Li Peifu
Yanjiu Ziliao

吴义勤

主编

李佩甫

研究资料

张自春　选编

百花洲文艺出版社
BAIHUAZHOU LITERATURE AND ART PRESS

图书在版编目（CIP）数据

李佩甫研究资料 / 吴义勤主编. –– 南昌：百花洲
文艺出版社, 2024.12
　ISBN 978-7-5500-0649-2

　Ⅰ.①李… Ⅱ.①吴… Ⅲ.①李佩甫 – 文学研究 – 研
究资料 – 汇编 Ⅳ.①I206.7

中国版本图书馆CIP数据核字（2022）第222356号

李佩甫研究资料

吴义勤　主编　张自春　选编

出 版 人	陈　波	
责任编辑	李梦琦	
书籍设计	方　方	
制　　作	何　丹	
出版发行	百花洲文艺出版社	
社　　址	南昌市红谷滩世贸路898号博能中心一期A座20楼	
邮　　编	330038	
经　　销	全国新华书店	
印　　刷	永清县晔盛亚胶印有限公司	
开　　本	720 mm × 1000 mm　1/16	印张　34.25
版　　次	2024年12月第1版	
印　　次	2024年12月第1次印刷	
字　　数	521千字	
书　　号	ISBN（978-7-5500-0649-2	
定　　价	78.00元	

赣版权登字　05-2023-104

邮购联系　0791-86895108
网　　址　http://www.bhzwy.com
图书若有印装错误，影响阅读，可与承印厂联系调换。

目　录

当代青年农民形象的新开掘

——简评小说《窗户》《十辈陈轶事》

黎　辉

一

我是——

土生土长的

和土地打交道的

新一代的青年农民。

赤脚走在村头的土路上，

我在想：路啊！

我脚下的路，

该怎样朝前延伸？

这是《路啊，我脚下的路……》（《奔流》1982年第12期）这首诗的第一小节。看来，"新一代的青年农民"形象已经引起不少诗人、作家的深切关注。

像是有意与之呼应，《奔流》1982年年末连续发表了《窗户》（王兆军作，载第11期）、《十辈陈轶事》（李佩甫作，载第12期）两篇小说。小说中的青年农民夏文新、大槐和桂桂，既不同于二十世纪五十年代合作化时期的积极分子，也不同于二十世纪六十年代"阶级斗争风浪"中的"接班人"，同时，也截然有别于粉碎"四人帮"、实行责任制以后的，或努力劳动致富，或追求纯真爱情的青年农民形象。他们才是真正的当代，即"新一代青年农民"的形象。

　　"新一代青年农民"都有着新的、美好的生活理想和追求。这倒不仅仅是指他们有怎样的物质生活追求。不是的。虽然，夏文新在盖"当旗头"的新房，"大槐穿着漂粉洗过的很白很白的衬衫"，骑着自行车，"桂桂坐在后边，戴着圆圆的白凉帽，穿着很鲜亮的碎花的短袖上衣"，和那无风也"抖得飘飘的""洋裙"。但他们并不是单纯亟亟于最新物质文明的追求和享受，而是追求"人住的房屋""人过的日子"，追求那种与现代生产收入水平相适应的、能够促使人们身体精神获得全面发展的美好生活、文明生活。夏文新并不怕"露富"，压根儿就不愿意"窝起尾巴过日子"，他甚至"觉得老辈人过的根本不能算日子"，是窝窝囊囊地苟且。他认为"活一天也要畅畅快快的，况且这是光明正大的事哩！""凭钱凭力气盖屋，就是起十八层大楼，谁能怎么着！"因此，他选地基时，要求"临着开阔的田野，看得见山上的林，听得见涧里的溪，眼敞亮，心舒服"。这种对环境的选择和考虑，已远远超出一般的物质富裕，而是崭新的文明生活、身心全面发展的追求了。至于大槐和桂桂，简直开了当代农村生活的新风气，成为新一代农民生活的"样板"和楷模。他们居然有"闲心思"在院子里"种了那么多花"，居然学城里人过"星期七"那样，"真正过起'星期十'来了"。他们不愿像老辈人那样一切循着旧习陈规"糊里糊涂"地过日子。"星期十"，他们双双进城开"眼界"买新书，找促使作物增产的"磷酸二氢钾"等新药剂；晚上，还"一家家请人上门来，摆了椅子，倒了茶，不是放那从城里带回来的会学人说话的匣子，就是念些什么'科学'的书"。平时晚上，"她和大槐一个拉琴一个唱，招来好多年轻人，说呀，笑啊"。这种文明健康富有情趣的生活，无疑是最能促使人的身体精神全面发展的生活。它应当是社会主义现代化新农村中新一代农民生活方式的方向。

更使那些肩负着旧意识的精神重负，囿于旧习俗狭隘眼界的"坷垃奶奶""赖货家"们看不惯、不理解的是大槐和桂桂那崭新的夫妻感情和家庭生活。如果说新媳妇自己走到婆家来，已被许多艺术家们表现过了，不算新鲜的话，桂桂却在这自己走来的新的结婚方式中又增添了她更新的特点："在一个日落的黄昏，独独一个人从县城边上走来了。大槐还在地里，她便开了门锁，（啧啧，她早早的就有了大槐的钥匙！）神神气气地拾掇起屋子来，当晚就圆了房。"这种大胆的举动，这种新而又新的结婚方式"足足地使十辈陈的庄户人看不起了。……这奇闻一下子惊动了庄里的三千口老老少少"！更令他们不理解的是，"桂桂不是不会生孩子而是不想生"，"计划着哩！"这一切，只有有文化、懂科学的新一代青年农民才能做到。我们的希望也正在这里！

《十辈陈轶事》的作者给我们切取了这对青年夫妻家庭生活的两个断面，用虚笔写出了他们平等和睦的夫妻关系。

李佩甫
研究资料

> 这时，前院传来了"咯咯"的笑声。
> "晌午吃啥饭？"大槐说。
> "面叶儿。"桂桂说。
> "面叶儿就面叶儿。"
> "我擀，你切菜。"
> "切菜就切菜。"
> "咯咯，咯咯。"笑得好甜，好脆，好响。

小两口那股亲昵劲儿不是跃然纸上了吗？

这种平等和睦的夫妻关系不仅是建立在获得了两次解放的生产责任制的基础上，尤其是建立在有文化、有知识、懂科学、懂文明的新一代人的基础上。有文化、懂文明，才懂得人的价值，懂得尊重对方的人格。同是生产责任制的条件，愚昧野蛮的赖货，仍然欺负着他媳妇，而"赖货家的"，也仍然不理解桂桂"女人也是人,咱要自己看起自己。……挺挺腰杆儿"这些话。她所因袭的依然是那"嫁鸡随鸡,嫁狗随狗"的千年古训。

这两篇小说都真实地反映了这样一个事实:新一代青年农民是不同于老一辈的,文化科学知识渗透到他们思想意识的各个方面,决定着他们新的生产、生活方式和人生态度。而这一点,却正是其他作品还没有注意到的。

新一代青年农民的新质,不仅仅是他们具有一定的科学文化素养,更重要的是粉碎"四人帮",特别是党的三中全会以后,社会主义民主空气给他们带来的强烈的社会主义民主意识。夏克勤老头之所以怕露富、怕恭维,依然抱着"房要小,地要少,官不侵,匪不扰"的古训盖房,是因为他担心"这年月的事,说变就变,比孙猴子还快"。夏文新恰恰相反。生产责任制这种新的经济政策、新的生产方式不仅改变了他的经济地位,同时也启蒙了他的社会主义民主意识,使他认识到了作为社会主人的正当民主权利。他不怕政策变,认为不会变,"再变,咱不会提意见吗?""老百姓也是人,提提意见还能开除了人籍?"这种强烈的社会主义民主意识,这种真正的社会主义国家主人翁的责任感,是我们国家社会稳定、生产发展的基本保证,是新一代青年农民不同于老一辈,也不同于其他任何一个历史时期青年农民的突出特点。

二

我觉得这两篇小说的作者都具有作家不可缺少的观察生活的敏锐目光,他们能够从普通平凡的生活琐事中发现内含的深刻意义,发现那显示生活潮流新因素、新趋向的生活现象。王兆军从比比皆是的农村盖房、安窗事件中,发现了两种观点,两种思想意识、生活方式的冲突,发现了新一代青年农民新的正当健康的生活追求及其强烈的社会主义民主意识。李佩甫从"过'星期十'"等现象中发现了新一代青年农民要求身心全面发展的生活追求。没有敏锐的目光,没有对生活的发掘能力,要发现这些是不可能的。

在塑造新一代青年农民夏文新、大槐和桂桂等形象时,两位作者在艺术上也取得了一些可喜的成果。《十辈陈轶事》从"赖货家"这个深受封建思想毒害之苦的妇女（也包括坷垃奶奶）的眼中去观看描写大槐和桂桂小两口那"惊人"的言行，显得格外真实。将"赖货家"与桂桂家的生活对照着写，就更增加了人们对新生活的追求的艺术感染力、说服力。而通过"赖货家"心灵的触动，也进一步显示了新的生活方式的巨大吸引力和坚强的生命力。《窗户》与《十辈陈轶事》两条线穿插来写的结构方式相反，它紧紧围绕着盖房安窗这条线集中描写父子二人两种思想意识的矛盾冲突。小说结束时，新房安上了宽大亮敞的玻璃窗，在人们的心里，也牢固地安下了新的生活信念。

两篇小说的语言是质朴无华的，不少对话富有个性，如夏克勤老汉的话就很容易让人识别出这个因受尽苦难而顽固守旧、胆小怕事的老农民的形象来。《十辈陈轶事》大槐和桂桂的对话又筛选得那样精炼。

小说的一些细节描绘也相当生动，例如：

（夏老汉）越想越气，他竟冲到那几个窗框前，用脚狠狠踢那铁棂子。太硬，踢不动，反把脚指头碰得发疼。他又抄起菜刀砍那窗框，转念一想，万一砍在铁棂上，不把刀刃弄坏了吗？干脆拿起水盆里的饭帚，朝窗上狠狠甩了七八下子水。

这个极能表现夏老汉性格的细节是很生动的。

这两篇小说，在新一代青年农民形象上有新的开掘。当然小说也是有缺点的，例如新农民，特别是大槐和桂桂的形象还显得单薄，对他们的内心世界还发掘得不够，丰富生动的细节描绘不多……这些都是有待作者今后努力提高的。希望能有更多更深刻的，新一代青年农民形象出现在我省的文艺画廊中！

原载《奔流》1983年第8期

李佩甫小说漫谈

乐　平

　　评佩甫同志的小说，并非一日才有的愿望。说不清从什么时候，他的作品吸引了我，并越发具有一种魅力。作者献给读者的年轻的真诚和深沉的思索，他对文学的执着追求和不断创新，特别是他对当代青年形象的热情关注和出色描写，都深深牵动了读者的心灵。

一

　　李佩甫不是编故事的老手。

　　说来也怪，小时候听外祖母讲了那么多美妙的故事，凭兴趣阅读了那么多小说，而那奇突曲折的故事情节却不能对他的创作产生"魔力"，他至今还苦恼自己不会编故事。

　　但他没有放弃寻找自己。面对年轻的生涯所拥有的生活体验和艺术积累，他执着地寻觅一条和自己的精神气质、生活基地相通的创作路子。这位普通的工人的儿子，动乱年代中所经历的特殊的人生体验，在乡村、工厂的生活磨砺，使他过早地懂得了世事的艰辛，也养成了内向、敏感的沉思型性格。这种精神气质，使他更多地透过纷纭复杂的社会现象和日常生活，把思维的触角伸入人的内在世界和精神灵魂，去关注、去思索、去发掘变革时代的生活底蕴。他在自己熟悉的生活园地耕耘，一怀挚情，两副笔墨：既为农村青年一代画像，也为城市青年立传。描摹当代青年的神采风姿，表现他们丰富而深沉的人生，特别是展示他们的生活、命运和心灵的历程，成为李佩甫作品的主体内容。或以深沉的基调，或以明快清新的色彩，或以朴实无华的画面，作者把自己对生活的热爱传递给青年，为他的同龄人谱写出一首首生活之歌、希望之歌、奋斗之歌。

二

走进李佩甫创造的青年形象画廊，那些淳朴而又充满新时代活力的农村青年形象，占据着引人注目的位置。这是作者的重笔所在，是他对生活矿藏最丰富的发掘，也是最能显示他创作风格和力度的作品。

乡村，这块曾经养育了无数儿女的土地，对李佩甫有着丰厚的赐予。昔日，黄河岸边淳厚的风土乡情，祖祖辈辈农民的希冀，中原大地质朴、雄浑的色调，这一切是那样深沉地搜入他的人生记忆。今天，急剧变革的农村现实，特别是和他同辈的青年农民在新时代的理想与奋斗、苦恼与欢乐，又这般强烈地撞击着他的心扉，把他引向一个曾经熟悉，却又陌生的天地。这里，交织着新与旧、创造与保守的矛盾和冲突，时时爆出各色各样的变革信息和前所未闻的新闻人物，到处喧腾着一种不可遏制的生命活力。新的时代生活呼唤着文学，激励着作家，反映时代的使命感，促使李佩甫把目光迅速掷向农村，掷向中华人民共和国成立后的第三代农民，他力图潜入农村生活内部，捕捉和剖析变革过程中的农村青年一代的灵魂和命运，表现农村社会关系和农民心理意识上的深刻变化，以反映中国农村的历史性转折。

生产责任制的春风刚刚吹来，就在农村的生活长河中激起层层波澜，也在农民的内在世界引起强烈反响。李佩甫迅速捕捉到这一变革信息，透过二怪（《二怪的画》），德贵、黑子（《多犁了一沟儿田》）这些最老实本分的庄稼汉的性格、心理的变化，来反映时代氛围的影响。"大锅饭"的年代，无望的现实曾使二怪沉默寡言、心灰意懒；一顶富农老子遗留的帽子，葬送了德贵的青春和前途；几棵宅基地里点种的南瓜秧，使黑子蒙受游乡挨斗的耻辱。他们沉重的心理负荷，被压抑的个性和坎坷的命运遭际，正是那个不公正年代的缩影。当他们从"挣工分"的狭隘天地里走出，也就宣告了那种指令性的劳作方式和赐给性的生活消费品的分配方法，正在泯灭之中；当他们摆脱了多年的精神重压，也就宣告了农民开始成为土地的真正的主人，重新成为自己人格和命运的主宰者。当然，应当看到，这些人物身上所反映的，更多的是农村变革初期农民对于劳动和生活权利的最基本的追求，他们还或多或少带着自然经济的残余留下的偏狭心理，他们的视野还没有真正转向自身以外、村子以外的更开阔的世界。

随着农村的改革，农民的生活视野越来越开阔，世代相袭的传统观念、风俗习尚、乡村古训、生活方式也发生了种种改变。这使我国农民将再一次经历像二十世纪五十年代消灭私有制那样的心灵颤动。《十辈陈轶事》《蛐蛐》《森林》，从不同角度反映了这种农村内部生活的变革，它们标志了李佩甫思想和艺术功力的不断深化。大槐和桂桂，蛐蛐，以及爽、旦、顺，他们以自己特有的风采和生气组成了二十世纪八十年代青年农民的群像，在乡村的社会生活舞台上，有声有色地演出了一场农村变革的剧目。桂桂和大槐的形象，对于十辈陈这个恪守着千年古训的偏僻乡村来说，无疑是对旧秩序的反叛，是新生活骄傲的旗帜。在习惯势力根深蒂固的十辈陈，旧的观念要顽强地表现，新的观念更要倔强地诞生，这种剧烈的变革冲突掀起了一阵阵的风波。桂桂的独特的结婚方式，小两口崭新、和睦的家庭关系，他们丰富多彩的生活情趣，科学的种田方式，足以使古老的十辈陈惊异和震颤。这就是农村的新一代，他们不愿像老辈人那样一切循着陈规旧习度日，而要以挑战者的姿态，去过"星期十"，去美化环境，去创造文明生活。他们所追求的，无疑是未来农村生活方式的新方向。

《蛐蛐》透露出一种新的美学气息，是李佩甫小说创作的新突破。作者没有把生活表面化，他潜入生活的底流，透过山村安电灯的小小风波，敏锐地揭示了农村实行责任制后的新矛盾，同时也赞美了新的时代风尚，人与人之间团结互助的新型关系。小说写得很美，杏园里葱茏的绿意，蛐蛐纯真、善良的心灵，以及他对小枝朦胧、美妙的情愫，都笼罩上一层诗意的光辉。

《森林》没有故事，没有情节，粗犷的线条勾勒出一幅力的素描。一反作者平素的笔法，这是一次大胆的尝试。它意欲"描摹出三条有血性的硬汉子，三个在荒凉的山梁上创造着未来的拓荒者的内在情绪，从而表现出掌握了自己命运的人的创造力的爆发"。爽、旦、顺这代年轻人所奔的"日月"，既不同于爷那辈儿"三十亩地热炕头"的热望，也不同于爹那辈儿庄稼地里"死受"，盼得吃饱穿暖的"幸福"，他们的拓荒是想挣那绿色的世界，从绿色的世界里换来父辈们永远不敢想的只有他们这一代才能拥有的日月，换来林场、花果山、风景区、疗养院……他们要文化、要科学、要掌握信息和管理，还要进入城市，了解世界。这种完全不同于二十世纪五十年代农民的新的素质和新的个性，正构成了二十世纪八十年代新型农民的精神特征。尽管在爽、旦、顺的面前，有荆棘丛生的荒岭野坡，有无数的艰难险阻，但沿着开拓者之路走过去，那希望的梦，绿色的梦，就一定会变成美好的现实。

从李佩甫的农村题材作品来看，随着农村改革的现实生活的发展，作者把握生活、表现生活的艺术眼光也不断深化，他奉献给读者的青年农民形象越来越深刻和丰满。如果说，二怪、德贵、黑子们的追求还限于对自身生活权利的争取，那么，大愧、桂桂、蛐蛐们的追求，则开始伸向自身以外的境界，反映出一种渴望改变现实生活方式、创造文明健康富有情趣的新环境的人生态度。而爽、旦、顺，则更是冲出了村庄，越过了父辈，充满了向大自然挑战、向时代挑战，立志改革整个农村生活前景的内在情愫。作者力图从不同角度、不同层次来为第三代农民画像，这种尝试是有益的、成功的。

三

表现城市青年题材的作品，同样显示了李佩甫的创作潜力。这类作品反映了城市青年不同的生活追求和精神境界，发掘了人生的丰富内涵。

真实生动、性格各异的青工形象，颇具特色。但它的创作轨迹并非直线。

1978年，作者一气发表了处女作《青年建设者》《在大千的岁月里》和《谢谢老师们》，开始迷上了文学创作。这些小说虽然表现了对生活的热情和感受，但深受当时依旧残存的公式化、概念化影响，艺术上是不成功的。稍后发表的《疑问》《夜长长》《憨哥儿》《青春的螺旋线》《我们锻工班》等作品，多方面反映了青年工人在人生道路上的困惑、踟蹰、痛苦、希望和追求，表现了他们纯洁、正直，热爱生活、追求理想的情怀。这些小说的人物，充满了个性化的语言，都写得活灵活现，富于生活气息。

《小城书柬》这部中篇，较早地关注到大学生走向社会后的人生选择，揭示了大学生的思想分化和变异。特别是高良这个人物的塑造，具有一定的思想深度和社会内涵。来自穷乡僻壤的农民的儿子高良，在医专读书期间，始终保持了勤奋、质朴的"高粱"本色。走向社会后，在某些不正之风的耳濡目染下，对现实中城乡差别的不平和对跻身上层社会的渴望，逐渐改变了高良的思想素质，他开始利用药房之便，到处网罗关系，以达到上爬的目的。我们痛心地看到，脱离了养育过他的土壤，忘记了他身后的农民，高良便背离了当代大学生通向人民的生活之路。高良的形象无疑是一记警钟，它提醒人们，当代大学生只有把个人奋斗和社会变革结合起来，才能不断地扬弃旧我，创造新我。

四

在艺术创造上，李佩甫是一个孜孜不倦的探索者。

他的小说，不是直接描写生活的大江大流，大波大澜，而是更多地撷取了生活长河中的朵朵浪花，通过平凡的生活场景，普通人的命运遭际，来反映时代力量在人们的心灵和生活中引起的震颤。

作为中原大地的儿女，他追求着黄河岸的乡土气息；对家乡土地的亲切眷恋，对中原人民的民族气质和美德的发掘，使他的作品有着泥土和小草的清新，富有真实的生活气息。作品内蕴含着中原气质、性格、心理的人物性格，独特的河南语言韵味，在给读者以深刻的思想启迪的同时，又给人以美感。

随着生活的深入，作者的艺术功力不断加深，由此逐渐形成了他的美学追求。纵观李佩甫的小说，从1979年的《小小老百姓》，到1982年的《十辈陈轶事》，其中的作品更多地表现出一种质朴美。这种美更多地强调了生活的真情实感，带有本色演出的味道。需要提及的是《夜长长》和《青春的螺旋线》两篇小说，作者在此或多或少地运用了意识流手法，刻画人物心理活动颇见功力。特别是前者，文笔行云流水一般，语言风趣、幽默，艺术构思比较别致，与后来《蛐蛐》的风格有某种贯通之处。

《蛐蛐》表现了作者新的美学追求，小说风格清淡、明净，像一泓清泉在月照下淙淙流淌，散发着使人微醉的诗意美。通过小枝的眼睛去看蛐蛐，可谓最佳角度，蛐蛐的价值在少女纯真的心灵天平上得到了最好的衡量。让绿色的杏园把蛐蛐和小枝之间微妙的恋情联结起来，使生活也变得诗意盎然。安电灯成为杏儿村的大事后，蛐蛐也成了中心人物，围绕这人这事，作者巧妙地展开了农村的社会关系，由此揭示出实行责任制后出现的新问题。最后笔锋一转，结局大大出人意料，蛐蛐走过了有权人、有钱人、恋人的家门，而使村里的孤寡老人王婆家最先亮起了电灯。这一笔，使蛐蛐的形象一下子站立起来。这种构思既精巧，又含蓄，给人带来回味再三的美感。

《森林》一反《蛐蛐》的清淡、柔美，表现出一种粗犷美。几个硬汉子在荆棘丛中，在滂沱大雨中的搏斗，他们为未来设计的宏伟蓝图，他们内在情绪的宣泄，都显示出了作品的力度。

从质朴美——诗意美——粗犷美，作者的审美理想在不断发展，作品的艺术功力也愈见丰厚。作者在追求清新、明朗、纯朴而又深厚的总体风格的同时，呈现出多样化的艺术特色。

李佩甫的小说愈来愈受到文坛的关注，但他还面临着新的突破。他的作品，如果系统来看，会发现一些人物之间有某种相似之感，这就给作者继续深入生活提出了新要求。再则，他的一些作品，人物虽有个性，但比较单纯，缺乏丰满感，多层次多侧面表现人物性格还不够。在生活积累和艺术积累达到一定程度时，期望作者能越出小巧范围，创造出大手笔之作，为中原文坛再添硕果。

男人们，中原的男人们哦

—— 读李佩甫小说有感

何　彧

1

不知从何年何月算起，父权代替了母权，男人统治了女人，男人成了这个世界的主人。

男人们开始在这个世界上逞能、逞强、逞霸，就这样逞下来，也不知逞了多少年，不知逞了多少代，不知逞出了多少喜的、悲的、不喜不悲、既喜又悲、喜中有悲、悲中有喜的喜剧、悲剧、正剧、闹剧、滑稽剧。男人们就这样有声有色地逞下来，逞出了也不知多少种男人的风格，多少个男人的流派。数数，数不清，真数不清这世上有多少种男人的风格、男人的流派。就像数不清这世上究竟有多少个男人一样。

中原自古多雄风。想想，中原的男人们在男人的世界里也自成一家，独具风采。这些中原的男人，虽没有锋芒毕露的狂放，却深藏不屈不挠的坚毅；虽没有大起大落的激情，却胸怀沉稳的心绪；虽没有震天撼地的欲念，却富有创基立业的精神。中原的男人们哦，像中原的山、中原的水、中原的土地一样，是裸露着的突兀的雄健的黑色，是无声无息流淌着的不到时候不露峥嵘的黄色，是坦然地面对着苍天烈日，充满生机、充满活力的博大无私的褐色。中原的男人们哦，不显山露水的男人们，那要画出这些男人的风骨和神韵的人，该是何样的人呢？

——李佩甫，一个男人，一个不显山露水的中原的男人。

佩甫，我佩服你。你这骨子里倔强的汉子。哦，哥儿们！你的《森林》、你的《小小吉兆村》、你的《红蚂蚱　绿蚂蚱》。好啊！你的那帮大大小小、老老少少、或好或坏的中原的男人！

2

不知是生活软了，还是作家软了，也不知是什么时候，我们的文学里出现了些软不拉叽的男人。也怪，这些软不拉叽的男人竟也会感动得一些男人伤心落泪，这真是我们男人的不幸。阴盛阳衰，难道就这样一直衰下去，直衰得再来一次性的革命，再回到母权，母性崇拜的时代不成！男人们哦，男人们，你们这些不争气的男人，咱们祖宗可不这样。

雄风犹在，雄风长存，可文学却慢慢地软下来。从曹雪芹的贾宝玉，天字第一号的酸种软种开始，文学里就冒出了些又软又酸的不争气的男人，怨天怨地，忧忧郁郁的男人，识文断字、知书达礼的书生型的男人。而这些纸上的男人又都是由世上那些和他们差不多的男人塑出来的。男人真完了？男人没完。只是由这些书生型的男人写书生型的男人，文学里的男人们就注定要软下去，酸下去，直到由另一种模样的男人写另一种模样的男人，文学方会变成另一副模样。

李佩甫得天独厚。这个土生土长的中原的普通青年，这个先辈没有传给他半点文学基因的普普通通的工人的儿子，这个生活在社会底层，听惯了叫骂的恶言秽语，看惯了斗架的勇猛凶悍的小城公民，这个为一个生产小队几百口人的生存大计废寝忘食、惨淡经营的下乡知青式的生产队长。打一开始，他就没做过什么文学之梦。他没有工夫，没有闲暇。他得活，他得活得不比他周围的人差，他得活得像个正儿八经的男人。

他拼过命，那是为了解决全队的燃料问题去很远的地方拉煤，日里拉千斤车，夜里钻麦秸垛睡的毫无戏剧色彩的拼法。他冒过傻气，那是为了练一身武功，好去打架，好去路见不平、出拳相助，而在门前掘地三尺，开出深坑，天天跳上跳下，日夜都想做一个顶天立地男子汉的愣小子的傻气。他绝过情，那是当他看到中学的好友当了民警却拿人不当人，往死里折磨捉住的犯罪嫌疑人以后，有些不合常规、不通情理地断了来往的颇不现实主义的绝情。

他不懂什么叫帅，什么叫雅。他不懂讨女孩子欢心的那些曲曲折折、真真假假。他实、他倔，他就站在那儿，一米七五高的骨架，一身黑而瓷实的肌肉，一套中原男人所特有的待人接物的个性和习惯。真格的，他是作为一个真格的人，一个真格的男人活着的李佩甫。他没有做过什么文学之梦，真格的，他没有。

可他却成了小有名气的青年作家。怪。连他自己都怀疑自己不是弄文学的这块料，可他却弄得一篇比一篇好。真怪。他写，他不是为当作家才去写。他是有一肚子的话要说，有许许多多的人生的感受，作为男人的感受——苦的、甜的、酸的、辣的——要倾诉。他写，写他的同代人，写他所熟悉的那些普普通通的工人和农民，写那些大大小小、老老少少、或好或坏的中原的男人。他在塑造着这些男人的同时，自觉不自觉地就把他自己身上所潜伏的那些性格基因遗传给了他笔下的那些男人。这样写下来，从《青年建设者》到《红蚂蚱绿蚂蚱》，大大小小的几十篇作品所透出的就多是硬朗朗的粗犷，就绝少纤细柔弱之气，就有一个个带着土味的倔倔的男人站了出来（就连那仅有的几个女人，也被他赋予强悍和果敢，坚忍和毅力）。

3

最叫男人们伤心和抬不起头的，也许就是穷，穷得娶不起老婆；也许就是那个农民的身份让他们在爱的道路上吃尽了苦、受够了罪。男人要是没有自己的女人就不会成为理直气壮、十全十美的男人。男人的郁闷、男人的悲哀，因这男人的缺憾而滋生；男人的自尊心、男人的尊严，却会因这缺憾的刺激而唤起男人们那不可抑制的抗争力。这世上，除了女人，还有更重要的东西，那便是男人的人格。《森林》里的那个爽，不就因为乡下人的身份而不得不在维护乡下人的尊严与军官的"四个兜"附加一个怀了野孩子的城里姑娘面前做出选择吗？他选择了尊严，但他却失去了地位，失去了家乡那个从小和他好的姑娘——因为他又成了农民，又穷了。那旦和顺，不也因为身为农民而无法既要自尊又要女人吗？爽、旦、顺，一行三个，带着男人的自尊心受过创伤以后的隐痛上了山，上了荒的、野的、灰蒙蒙的十二道山梁，光秃秃的四十八面坡。他们要在这苍凉的洪荒之地创一个新的世界，用这新的世界来征服那些高傲的城里的妞儿。那时，他们才会是真正的男人，真正的主人。而现在，他们不要，不要爷那辈儿、爹那辈儿用钱买来的"屋里人"。还有《小小吉兆村》里那个二十六岁的吉山根，不就因为不满足于过那种吃穿不愁、囤满囤流、老婆孩子热炕头的小康生活，不就为了娶县城里那个漂亮的妞儿，而贷款买车，不顾一切地积累着财富，要建立他的"山根公司"吗？这些在新中国成长起来的放眼看着外面那个大世界的年轻的农民所追求的只是城里的漂亮女人吗？不，他们是在追求一种理想，一种平等，一种作为男人，作为人的平等。他们也要像城里的那些男人那样活着。

但是，他们父辈的活法就不是这样。《红蚂蚱 绿蚂蚱》里的那个德运舅，那个在新婚之夜无法叫买来的新娘和他同房，又没有想到、没有防止那绝望的姑娘会轻生上吊，屈屈的一生都没读懂女人这部"字典"，却能按倒一头壮牛，可又乖乖地叫新娘的娘家娘儿们按倒打了个皮开肉绽，乖乖地行着二十四叩大礼，为一夜的媳妇披麻戴孝送入祖坟的倔汉。关于女人，他大概只知道她能为他生儿育女，传宗接代了。别的，他不知道——没人跟他说过，他也从没想过。贫穷的土地，把他可见的身、不见的魂全困在一个死死封闭的笼子里，他一生都没见过外面的世界和那世界里的另一种男人们的另一种活法。他一生也没弄明白包围着他的那些由来已久的老规矩到底是咋回事，没有弄明白他为什么要规规矩矩地依从着那些老规矩而行动，为什么他又总觉得屈。一条野野的铁汉，一个地道的中原男人，乐不知因何而乐，悲不知因何而悲，面对着种种人格的侮辱、残酷的折磨、沉痛的打击却又只能苦苦地忍着、苦苦地活下来，苦苦地重又回归到那属于他的唯一的生活轨道上去。中原的男人啊，叫人费解的中原男人。

4

男人就该是男人，男人的骨头是硬的。男人生来就是创业的，抵御困难、肩负重任、播种幸福的。男人的血管里流着的是自信的血，是自强的血，是愈挫愈勇的血，是坚韧不拔的血。男人因为是男人而自豪，男人也就因为是男人而活得更艰难、更吃力。那在光秃秃的山上创造着森林的三个野小子，累不怕，苦不怕，没有女人不怕，荒凉寂寞不怕，暴风雨不怕，彻底失败不怕，他们就为争口气，争一口男人的志气。他们要做世界的主人。那怀着做"山根公司"经理野心的吉山根，贷款两三万元买来的新汽车翻进了深潭。输了，却不服输。他决不向统治了吉兆村十八年之久的精神、政治领袖"铁旗杆"吉昌林低头求救。虽然求了他一切困难都会解决，但他不求，他决不再像他娘那样为了埋葬父亲而跪下乞求，他要维护他的人的尊严，男人的尊严。一个人可能会失去一切，可能会被粉身碎骨，但永远也不可能被打败。

男人就该是男人。男人们活动的场景就该是荒凉的大山，就该是贫穷的土地，就该是有着种种的艰难困苦，不平等、不幸的所在。只有在这样的环境里，男人的力量，男人的胆略，男人的气概，男人的雄壮之美，才能得以淋漓尽致地表现。

5

男人就该是男人。男人的血是热的。男人的身上就应该充分体现出作为人的一切美德。就应该像狗娃舅那样，虽然才十二岁，却能够一天割二百斤草，能够为全家人的生计整日操劳，浑身大人气。就应该像队长舅那样，忍辱负重，为了村民的生计而煞费苦心地对抗来自上级的错误指令。就应该像烈子舅和连山舅那样，有宽宽的肩膀，有黑瓷的肌肉，有一身干农活的真功夫，有把劳动变得像舞蹈一样美的本领。就应该像瞎子舅那样，虽然从来也没看到过光明，看到过世界，却能够顽强地生，坚毅地活，能够把自己的爱无私地分给那不相干的弱者而不索求任何回报。就应该像老槐舅爷那样，认定的路就走下去，不以物喜，不以己悲，静静地过自己爱过的那种生活，已近暮年，雄风犹在，仍甩得炸雷般脆响的扎鞭，叫一头犟驴死死站定。就应该像姥姥村子里的舅们和舅爷们那样，用博大无私的爱去爱那爹死了、娘嫁了的孤儿村孩，甚至胜过爱自己的孩子，而当这被培养成大学生，当了干部的村孩已经忘了属于他的那块土地、他的那些亲人时，他们还常常挂念着他。就应该像传说中的老祖爷那样，一个人勇敢地去创新世界，一个人靠自己的力量和劳动，创一个属于自己的新天地。一篇《红蚂蚱　绿蚂蚱》，简直就是用黄泥巴塑出了一个中原男人们的雕像群。那线条、那气势，那情绪、那神韵，是绝对男性化的刚、硬、韧、倔、崇高和伟大。

6

这些中原的男人，秉承着从远古的蒙昧时代，从男耕女织的封建时代传下来的祖宗的血脉和性灵，祖宗的规矩和教化，他们在一个恒定的封闭的生物圈内休养生息，中原的山、水、土地、阳光和风云雨陶铸着他们的性情。他们闲适恬淡，极易满足；他们心地平直，宽厚老诚；他们温良恭俭让，与人为善；他们豁达慷慨，讲义气；他们安于贫贱，适应性极强；他们生是第一，活是第一，延续祖宗的香火是第一；他们为了他们这生的目的、活的目的，一切艰难困苦，一切屈辱和磨难都能默默地忍受。这些中原的不显山露水的男人的喜和悲、爱和恨常常都是深深地藏在心里的，他们露给世界看的，只是他们那黑黑的脸、冷冷的眼，和那承担着生活和命运的重压变得越来越驼的背。这些中原的男人是一股强大的无声无息的力，这股力缓缓地稳稳地推着社会往前走，那规律稳稳、那方向稳稳，冥冥中叫任何力量也难以改变。

《红蚂蚱　绿蚂蚱》里的那些男人，对于他们所处的那个时代的"文化大革命"是淡漠的，他们的那个小小自然村仿佛世外桃源一般，"文化大革命"

的狂热、喧嚣在这里很少看到，他们这些男人，静静地像他们的爹们、爷们一样地种地吃饭，和女人睡觉。如果说"文化大革命"发生时的中国城镇更多地代表了我们民族不稳定的骚动的矛盾的一面，那么当时的中国农村的落后和保守则更多地代表了我们民族稳定的凝滞的一体化的一面，更多地显示了我们整个民族在其悠久的历史中所形成的内在的气质和秉性，内在的发展运动规律对一种外在的违背传统的暂时强大的压力的反作用力。这种反作用是通过它的社会成员——主要是那些男人——自身心理的平衡稳定和对他们一贯恪守的伦理道德观念、人生观的极大的近于盲目的自信、自豪，通过对来自那压力的一切现象的一种集体无意识的漠视、冷淡和固守成见来体现和完成的。

7

　　是传统赋予了中原的男人们更多的使命，是历史造就了中原的男人们更多的血性，是岁月把中原的男人们雕塑得像那顽石和那土地一样刚硬、质朴，蕴藏着极大的生命的活力。李佩甫在展现着那些男人的性格的同时，也在展示着一种作为人所应该拥有的理想的素质和属性，作为人所应该具备的对待生活、命运和大自然的理想的积极的态度。而同这种理想人格紧紧联系着的就是理想的人际关系的追求，是人对于人无私的博大的深沉的本能的真挚的爱的呼唤，是对建立在权势、功利、金钱、情欲基础上的人对于人的利用、算计、冷漠、遗忘的愤怒和谴责。

　　李佩甫在塑造着那些中原男人的形象的同时，也真实地传递出了回荡在中原农村这块古老的土地上的声音。这声音缓滞、混沌、沉重、质朴、粗犷、豪放、高亢、悲壮，这是唢呐吹出来的声音，是有着豫剧、曲剧一样的节奏和旋律的声音。这声音既是中原农村这块土地的历史的声音，也是中原农民生老病死、婚丧嫁娶、敬神拜祖、春种秋收，同命运做着不屈不挠搏斗的人格的灵魂的声音。这声音强烈地震撼着我们的心，叫我们这些中原的男人想到我们自己的父亲、爷爷和那不知模样的远远的先人。通过李佩甫的爱与恨、肯定与否定，我们可以看到作者自我的人生追求是多么明显地遗传在了他的作品里，通过这种遗传，我们又是多么容易地区分出他和他的同代作家的本质区别及他所应该类属的作家群体。

8

李佩甫还在走，走他的人生之路、创作之路。虽然，我不知他走去的明天、后天会是什么样子，但我希望，我将来看到的那个人，那些作品，只会比今天的更深沉、更老辣、更符合理想、更为男性化、更具男性美。我希望，我们中原的那些男人能通过佩甫的笔倔倔地、堂堂皇皇地、厚厚实实地走出去，去让更多的外方人了解、认识、钦佩、敬慕我们中原的那些男人。为我们男人，为我们中原的男人们拼吧，佩甫，我知道你是条汉子。

原载《奔流》1986年第9期

深沉的性格　多彩的人生

——读《李氏家族的第十七代玄孙》

甘以雯

青年作家李佩甫以其对人生、对社会的深刻的体验，以其对家族、民族历史和现实的独到见解，写下了《李氏家族的第十七代玄孙》（《小说家》1986年第5期）。

人，均有其原始属性和社会属性两个方面。原始属性是由先人们那里继承下来的，社会属性是后天的。小说以结构现实主义的手法，铺设了历史和现实两条线。其第一条线系横线，描绘了李氏家族第十七代玄孙中形形色色的人物，展现了当代中国社会丰富而多彩的现实生活。其第二条系纵线，通过对李氏家族一代一代先人的形象的描绘，展现了李氏家族的历史，也从一个侧面透视出了我们民族、我们祖先的历史。

小说纵线中的人物带有一种生命的活力，带有一种美的或者丑的、善的或者恶的、文明的或者愚昧的人格的力量。他们的身上都带有一种粗野的、原始的色彩。"瞎话儿"（二）中的颎烧死了被奉为"神虫"的蚂蚱，遭到爷爷和族人的惩罚，他至死叫嚷着让爷爷尝尝香喷喷的蚂蚱，申辩着自己发现的真理。"瞎话儿"（八）中的李发祥为了复仇闯到京城告御状，见不到皇上，他竟敢点响紫禁城报警用的警炮，冒着生命危险打败了仇人。他们的爱或恨、生或死，都一片真情，毫不矫揉造作，毫不顾忌后果，质朴可爱，赤裸裸地表现出自己的意志和情欲。正是这种原始的粗野的色彩构成了祖先性格的魅力。

水有源，树有根，世界上的事情，万变不离其宗。十七代玄孙从祖先那里继承下来的血脉，一代传一代，哪怕仅仅剩下一滴血，祖先的性格依然影子般罩在他们的身上。从大李庄嫁出去的姑娘李满凤狠狠地要彩礼，泼了命地干活还债，又为了情爱舍弃了一切，毫不犹豫，全不遮掩，想怎么干就怎么干，既质朴倔强又愚昧无知，这里面分明蕴含着祖先那原始的野性和叛逆的性格。然而，随着社会生活的发展，十七代玄孙的思想、感情日趋丰富、复杂了，他们的性格绝不是那么单纯了。刚刚上台的年轻的李县长，明明看到了恶势力在自己所管辖的县里布下的一张关系网，他身上热血沸腾，极想与恶势力拼杀一番，但以往的经验教训和本身的学识，使他反复地权衡利弊、计较得失，不能像祖先那样不顾一切地依照自己的本意去拼杀，最终也未敢与恶势力抗衡。

总之，从十七代玄孙的身上，可以看到先人们的影子，从先人们的身上，又可以探寻十七代玄孙思想性格形成和发展的脉络。纵横两条线相互交融，历史和现实相互关照，透过事物的表层去深刻挖掘和展示人物的内心世界，显示出作者刻画人物性格的厚度和开掘生活的力度。可以看出，小说从民族传统文化和世界现代文化中汲取了有益的东西，深沉、浑厚，撼人心魄，发人深思。

原载《小说评论》1987年第1期

李佩甫

研究资料

从蛛网里挣脱出来

——简评《李氏家族的第十七代玄孙》

刘　忱

一个家族的前天、昨天和今天，这就是李佩甫的中篇小说《李氏家族的第十七代玄孙》（《小说家》1986年第5期）所表现的基本内容。作品设计了两条线索：其中一条，七奶奶的"瞎话儿"告诉我们这个家族前天和昨天似梦似真的往事；在另一条线索上展示的则是李氏家族第十七代人多姿多彩的现实境况。这两条线索不是被硬性扭结在一起的。不是靠人物存在着的血缘关系简单表现为一代代人生命绵延的历史，而是通过今昔生活的对映来展示人们对自己生存意义日益深化的认知。

现代，在历史的进程中标示着惊叹号。李氏家族的第十七代人，是作者所要着重刻画的对象。七奶奶在离开人世的时候，"魂灵"依旧在村子四周游荡，因为她实在惦记这群多少都有点离经叛道的子孙。尽管七奶奶那从先辈传下的"瞎话儿"给这一代人的记忆留下了不可磨灭的印记，但他们还是被骚动不安充满新鲜活力的潮流所吸引。他们要求独立思考，自己选择自己的人生道路。因为拥有与先辈迥然不同的现实与未来，他们都有着和世代先辈们多少不同的梦想和追求。

旧式的农民一生有两件大事：盖房子；娶媳妇。有了房子才好娶媳妇，娶媳妇则是为了传宗接代。这集中反映的是家族的利益。而今，传统的婚姻观开始被取代了。在这个问题上，第十七代人有自己的新理解。李满凤是这一代人的代表。她的出嫁，纯粹是以青春和幸福作为抵押来换取养活两个弟弟的生活费，这是多么巨大的人生悲剧！而当时代一旦给了她施展聪明才干的机会，她便以诚实的劳动把自己从沉重的经济和道义的压力下解脱出来，重新选择生活。尽管日后她的处境也并不轻松，但她并不后悔，她毕竟可以自由地实践自己的独立意志了。她的形象也就出现了爽朗明快的色彩。还有放弃上大学的机会，一心一意供养情人读书的春生，在默默的劳动中忠实地奉献自己，而当情人背弃了他，他便引爆了装在月饼盒子里的雷管与情人同归于尽，以此表示自己对爱情的忠诚与执着，这一举动本身有农民意识中愚昧和狭隘。但是显然，李满凤和春生等人的行动与传统观念是不能同日而语的。

为爱情奋斗是孤独的，痛苦的，而要改造社会则更是充满了艰辛。大李庄第十七代人中，一些先进分子已经被知识开阔了眼界，他们的脑海里，已不再仅是房子、媳妇和土地，他们有了更高的理想目标。李金魁当上了县长，他想的是把全县三年变个样，五年再变个样；李宝成想当个第一流的好村长，然后到省里或团中央工作，他甚至还想到联合国去为全世界人民谋福利。这已不再是土地依附者的胸怀。十七岁的少女晚玉没有这样的大志，她却渴望看一看大李庄以外的大世界。李二狗算得上是个改革的"弄潮儿"，他进了城，在一次极其偶然的机会中摇身一变成为"万元户"，他通过各种各样的手段创办了"太平洋贸易开发公司"。且不说他们的所作所为于社会有什么实际贡献，仅这种不愿守旧的精神本身就具有时代特点。鲁迅先生说过，在中国搬动一张桌子都会流血。何况是改变社会呢？第十七代人为此付出了极大的代价。在他们的道路上，充满了坎坷荆棘，有些来自外界，有些则来自他们自身。李金魁一腔热血，却不得不在官僚主义结成的关系网下踌躇彷徨；李二狗的公司，不得不应付各种势力的盘剥、利用，而当他山穷水尽的时候，却被控告为经济犯罪锒铛入狱，做了别人的替罪羊。轰轰烈烈的事业，也如同做梦一般消失得无影无踪。李晚玉仅仅为了"看一看广州什么样"的一个闪念而失去了一切：青春、幸福、父母之爱和故土之情。就连那个竞选成功的村长李宝成也历尽艰难。这些都体现了第十七代人前进中的磨难。

我们应该看到，第十七代人所面对的社会环境，有隐显两个层面。一是滚滚涌来的时代新潮，一是几千年来形成的习惯风俗、伦理道德，后者的势力看起来更强大些。这个几千年才得以形成的又广又密的蛛网笼罩着大李庄。要想从蛛网里挣脱出来，是需要经过艰难而充满痛苦的漫长历程的。

那么，这个蛛网是怎样形成的呢？我们可以从七奶奶讲的"瞎话儿"中寻找其历史的渊源。很显然，这"瞎话儿"不仅仅是供老奶奶给小孙孙讲故事消遣用的，而是李氏家族的兴衰史。在某种意义上，它也是我们整个民族发展变迁的缩影。这"瞎话儿"的意义不仅在于用朴实的口语叙述，而在于用现代意识对它进行观照。作者写的是第十七代人所接受的"瞎话儿"，因此也可以说，他是抱着自觉的反省态度来表现"瞎话儿"的。李氏家族从野蛮到文明经历了数百年的岁月，先辈们为了生存奋斗过，挣扎过，在这个过程中，进步与落后、迷信与革命、武力与和平、自然与社会经过了无数个回合的搏斗。一个家族兴也罢，衰也罢，都在封建专制制度的股掌之上。祖宗们或许并没有想过，当他们成为皇帝的顺民时，他们所得到的只是"奴隶"的头衔。他们被束缚住了，反过来又不自觉地来束缚儿孙们，直到形成那张看不见摸不着而又无时无刻不存在的大蛛网，罩住后人头顶上那片青蓝蓝的天。

七奶奶以为："血脉一代代连着。"但连着十七代人的又岂止是血脉？况且基因会变异，会生成改变原有基因的新力量。这群脚步蹒跚的第十七代人，使我们看到了一个古老的民族如何奋力从蛛网里挣脱出来。应该说他们也是中华民族振兴的希望所在。

原载《理论月刊》1987年第1期

乡土情思与李佩甫近作

吴　方

李佩甫近作，一篇《无边无际的早晨》（《北京文学》1990年第9期），一篇《黑蜻蜓》（《中国作家》1990年第5期），就印象而言（注意不把话说过了头），我觉得都够得上并非浮泛之作。"不浮泛"，也就是比较实在的意思，使作品有一些分量，包括感情和思想上的分量。这么说，两篇小说的故事倒不算讲得出类拔萃，至少不够灵气，大概，这是作者的生活体验具有负重感所决定的。人们从李佩甫那儿读到有关乡下人的事情时，分明感到字里行间隐隐的沉重。

这些年，"乡土文学"（或曰关于乡土生活题材的创作）成了极活跃的文学现象，佳作不少，然而从理论上给予界说却不容易。大致讲，比如说因具有地域风俗特色，而成为审美经验、认识内容在组织上的新鲜因素，像令人感觉兴味的"文学考古"活动。又比如说，由于文化反思的要求，对照乡土生活的某种状态结构，从而刻画传统走向现代之际所隐含的文化冲突主题。不过，李佩甫的创作为乡土小说中的一路，其诉求与个性恐怕不是那样的。《无边无际的早晨》（以下简称《早晨》）与《黑蜻蜓》的叙述重心往往偏倾于"主体"（叙述的与阅读的）同"乡土"的关系，好像是通过小说讲述的形式诉说一种复杂的"乡情""乡思"。《早晨》的主要角色李治国就是一个被乡土所养育而又从中走出来的"背叛者"，他的背叛似乎合理而不合情，事业的成功伴随着良心的失落，以至于对自己的"何来、何往"终于发生了无法排遣的怀疑，也正如《黑蜻蜓》中的"二姐"，苦作的一生在"我"看来，其穿越宿命而达到无所待的境界，似乎已不是悲悯之情所能笼纳的——"我"不得不想想生存之谜是怎么一回事，能参得透吗？也正在这种叩询式的回溯关系里，乡情、乡思变得比它们的初始形态更复杂也更沉重了些。李佩甫写乡土生活，带有明显的"与心徘徊"的意向，他不是在那里"中立"地描述如此那般的生活事象，不一定说这个好或者那个不好，满足于做一种褒贬是非的价值评判，于是，"乡土"似乎显现了另外一种魅力和意义：开启和伸展了，也影响了一个现代人生"游子"的心理空间，"离土"与"归根"，两种心理倾向在意识与无意识的矛盾冲突中，意味着重铸人格的心理历程。

汪曾祺先生又曾认为乡土文学是一个恍恍惚惚的概念，但又指出有一种情况并不妥当："某些标榜乡土文学的同志，他们在心目中排斥的实际上是两种东西，一是哲学意蕴，一是现代意识。"（见《小说文体研究》一书353页）这么看，乡土文学其实可以有很深的蕴藉、寄托，比如李佩甫近作于构思乡土题材时所寓托的心理空间，不妨说正是见个性、避浮泛的地方。

《早晨》与"广义乡土"

也许"乡土"这一恍恍惚惚的说法有两种意义。

一、狭义的"乡土"。如《早晨》中那个颍河边的小村子大李庄，呱呱坠地便失母丧父的"国"被村子养大，乡土之于他，不仅是一条小路、一段土墙，蛐蛐的短叫、村野的气息，还有一种叫作"恩义"的纽带牵着他的身心。后来，人离了土，做了官，他与乡土的疏离逐渐由空间上的"隔"转化到心理上的"隔"，而乡情沉入了潜意识，被一种"理性"所压抑。小说揭示了一个漫长而难以解决的压抑与反压抑的心理危机。

二、广义的乡土。也可以说是每个人历史的一部分，人格的一部分。一个人可能走得很远，漂泊异地，也可能随着年龄、阅历的增长转换人生角色。但"乡土往往不仅意味着一种深植于心灵深处的文化联系，还可能意味着一种本源性生活，真实的价值生活，在扰攘的现实中，精神的纷乱中，对人生产慰藉、感应、召唤"。我们愿意从这一角度去理解《早晨》的含义。大李庄的乡亲们，你可说他们还很贫穷、落后，但你不能藐视他们近于神圣的质朴与真诚。

是不是这样，作家本人未必想过这些，但李佩甫也许不得不让人物面对命运的这个问题："你是谁？……你要到哪里去？"或许问题不是作者主观要贴上去的，它产生于"国"的三十六年生活里。

三十六年，由童年到成年，由卑贱者到"生活的宠儿"，其实都不过是些平常的缺乏色彩的日子。但平常的人们，无论如何卑贱，却给了孤儿"国"两个东西，一个是爱，一个是做人的方式。他们哺养他，保佑他，也用皮鞭教育他，没有关于善恶、真伪、美丑的说教，爱与教育就在他们本身的淳朴生活与无言的道德准则之中。所以过了许多年，虽然"国"曾拼命地洗刷掉许多记忆，仍然发现，"生活的底板太厚了，洗了一层又一层，总也忘不掉乡亲们为他送行的情景"："眼前是四十八里乡路，身后是黄土一般的人脸，人脸很厚，一层一层地叠着，像动画片里的木偶。风簌簌地从人脸上刮过去，黄尘漫过后仍是人脸，墙一样的人脸。那淡淡秋阳熬着人脸，路两旁那无边的熟绿挤着人脸，可那饼一样的人脸仍然举着，叫人永远无法读熟。那时，他听见梅姑在他耳边轻声说：'国，还回来不？'他说：'回来。'"

"回来"，往往是乡土寄给人的基本信息，纵然如一种朦胧的回到本源性生活的愿望，一种情怀。在这一点上，国不免耿耿于怀，同时由于进入了另一个世界、另一种角色，离乡土也越来越远了。后来直到国当了乡长，为什么总不能回去？实际上不过是不能以本来面目回去罢了。异己力量把他变为"忘掉"诺言与恩义的人。尽管总会有这样那样的理由和考虑，实际上乡土根本不曾疏远他，也不想索取回报，倒是他越多心，越老成世故，也就显得越俗气，越被自私与虚荣心所束缚。依靠努力，他的从政生涯是成功的，同时命运也给他留下一份尴尬：一方面在"计划生育"与"修路占地"两件事上，他是政策的正确执行者，无情地征服了大李庄的农民；另一方面又无法摆脱灵魂深处的拷问。在这里生活的人们显示了它本身的一种困难：一方面国是有道理的，乡人没有道理，二者有是非的分别；另一方面，国的正确里有着"做作"

和"假"，有私心，那种被堂皇所包裹的私心，而乡人们的错误和屈服里却是无伪饰的，淳朴、真诚。大概，是非与真伪是两个层次的问题吧。生活的复杂与人的困惑因此而构成难以言说的情境。我觉得，正是在"真实生活"与"虚假生活"对立着的层次，在心理内涵的开掘上，《早晨》的笔触看来才不像从生活的表面浮掠过去。国在表面上成功了，却在内心里失败了："你得到了什么？不错，你得到了乡长的职位。可你却失去了最最要紧的东西，你切断了你的根。……你吓唬他们的时候，他们没有人吭一声，他们沉默着、沉默着、沉默着……可你害怕这沉默，心里怕。""在你内心深处藏着恐惧，对乡人欠债的恐惧。你怕人家说你忘恩负义，总想摆脱'黄土小儿'的压迫。于是你变被压迫为压迫，用权力的大坎拦住了漫无边际的乡情。"他为什么不敢面对曾对他恩重如山的乡土，为什么他恐惧"回去"？原因恐怕还是埋藏在人格的结构中，让人忍不住去追寻。

关于人与乡土人情的疏离这一古老的主题，《早晨》的个性，在于说这一主题呈示于一种"不理想状态"，即"可信而不可爱"与"可爱而不可信"的矛盾得不到解决的状态。因此，国又不能仅仅被看作传统的忘恩负义者。比如说，国一旦进入"公社通讯员"（侍候书记的差使）的角色，他就必然要争取在另一种较为复杂的环境中"适者生存"，他需要学习、调整，按照某种"规则""艺术"去选择自己的做人方式，以达到个人的发展与成功，他不得不改变自己的人格类型。这很自然，正像一个登上舞台的"演员"，按照世俗或规则的需要，为了得到社会的承认和被"秩序"所接纳，来扮演某种性格。换句话说，国必须发展一种人格面具，并受面具支配。不妨说，在这一点上他成功了：在人际与官场之间，"他细心地观察公社大院里的每个人、每件事，在人与人、事与事之间做出比较和分析……在潜移默化中走向成熟，也使他游刃有余地在公社大院中生存下去"。不过，与其说他揣摩到了生活的某种艺术奥妙，倒不如说，他在掌握了"面具"的功能时，"面具"的机制也掌握了他，同时以牺牲真实生活及其他精神需求为代价，来进入那种比较无情的"适应机制"。确实，当整个机器开动起来的时候，一个小小的齿轮能停止转动吗？甚至，这种机制也进入了私人情感的领域，使国不能像正常人，在不可免的人格面具之外还保持另一重生活的自由。

比如与一位副市级干部女儿的婚姻，何尝不是个典型的例证："国心里一直是不情愿的，他觉得他还能找一个更好的姑娘，不抹珍珠霜漂亮的姑娘，像梅姑年轻时那样的。不是假货。"可他还是接受了。他不能不接受，也没有理由不接受。理由。不妨说理由之命令就来自"面具"。"国的婚礼十分隆重……而国却像在梦里。他觉得一切都是不真实的，假的。在这些人中间，有冲着职务来的，有冲着关系来的，有冲着形式来的，当然也有朋友，那也是'职务'的朋友。有些人心存嫉妒；有些人私下里恨不得把你掐死！可他们全都笑着，像道具似的笑着，笑得很商品化。场面是很热烈的，一切应有尽有。可这里唯一缺少的是亲情。没有亲情。乡人们没有来，一个也没有来。"显然，在得到与失去、满足与匮乏的矛盾并存中，体现着"真实生活"与"虚假生活"的讽刺性对立。而且，你一旦进入了看似真实而本质上虚假的生活机制，以至于不得不如此，那么"你无论说什么话，办什么事，都在众多眼睛监视之下。你必须有更好的伪装，说你不想说的话，办你不想办的事"。

　　"乡情"显然不在那种虚假的文化行为规范里边。尽管单纯、质朴，却是国感到已经失去的"什么东西"。我觉得，在《早晨》中，人物与乡土的关系是一个阅读层次，主题表达层次。而事情显然并不仅止于此。也就是说，在"广义乡土"的文学诉求意义上，还有一个关于"真实生活"与"虚假生活"的反思性的阅读层次、主题表达层次。《早晨》大概因此而带有文化寓言性质。不过，话说回来，文学恐怕还不能为解决人的存在困惑提供简单的"处方"，它不过揭示些什么，如《早晨》所反映的，引起人们对自己的体验作具体的反思，想一想，人与生活能否发现有生气的关系、更真实的关系，我们经验中的某些成分能否有更深刻的诉求？

《黑蜻蜓》的"第二层次"

　　翻开《黑蜻蜓》，似乎怀疑老题材还能写出什么新东西。乍一看，它确实不是以新鲜取胜的，它不过以"我"回忆的方式，勾勒了"二姐"——一个农村女性苦楚劳碌、死而后已的一生。应该说，有许多类似的小说让人们感动过了，而且相当熟悉。然而"新旧""熟悉陌生"可能并不是文学阅读的取舍标准。二姐的故事有它普通的地方，也有它特别的地方。

在一种阅读层次上，我们看到"苦难"，二姐命苦，"一岁没爹，两岁没娘，三岁发高烧，就烧成了一个聋子"。她一生都在苦做，似乎为了生存，要把苦命做穿。处理点心匣子的细节，还有"打坯""织布"的场景，都格外强烈地表现着苦的程度——苦成为一切的一切，成为二姐的生命本身。

然而苦难本身也还不重要，重要的是二姐之于苦难的态度。换句话说，在另一个阅读层次上，苦难成为被人所超越的苦难，二姐的人生意义仿佛不在于这个普通女性承受住了命运给予她的种种不幸，不在于否定人生的某种不合理现象，而在于有一道超俗的光辉，肯定着人生的超越性的精神，一种积极的，充满宗教情怀的宿命哲学。"她一生都吃着黑面饼子"，"吃得很香甜"。她的指纹印在成千上万的土坯上，"泛着甜甜的腥味……在那腥味的刺激下，整个坯场都活起来了"，"那机械的打坯动作一下子就变得很生动，很天然，像诗一样活鲜鲜地从坯斗上流了出来"。织机的声响很单调也很陈旧，"细听去……就像一个浑身疼痛的老人在呻吟"。然而你慢慢听，"就觉得有什么流过来了，缓缓地流过来，把那'哐'声像穿珠儿一样地连缀在一起，就有了圣歌般的肃穆。那音韵哑哑的，仿佛老人一边在唱摇篮曲，一边轻轻摇拍着婴儿。那和谐从一下一下的节拍中溢出来了，欢欢地、温柔地跳动着……"

我们似乎很难清理"二姐"苦难史中的矛盾。她是苦抑或是乐，她是愚昧可悲抑或让你在她的奉献牺牲面前肃然起敬，感到自己的软弱与浅薄，她是卑微的又是非凡的，等等。解释的艰难恰恰表明了人生的深广、历史的复杂性远远大于解释。当以往的历史概念要我们株守连续性、确定性的圭臬时，在视野中逐渐浮现的生存痕迹，却以多样的、个性的、矛盾的形态提示苍生的神秘。人只有尽可能打开意识的窗子去读它，而不必期待有一劳永逸的解释。我很愿意这样保留李佩甫近作给予的印象。

一九九〇年九月北京小街

原载《北京文学》1991年第1期

凝冻的厚土与跃动的大地

——李锐与李佩甫创作比较

梅蕙兰

李佩甫

研究资料

　　山西有个李锐，河南有个李佩甫，这二李好像憋足了劲比赛似的，一个写高原厚土，一个写中原大地。这厚土是古老贫困、沉闷闭塞的，有一种深远久长的历史感；这大地是广袤无垠、丰富多彩的，生长稼禾与万物，有一种鲜活跃动的现实性。同是写土，却因为这一块与那一块的不同，他们的笔下呈现出了不同的人文景观；同是写土，却由于他们的感情投入和审美视界的不同，他们的创作表现出了两种不同形态的历史运动。李锐更多地感触了历史在现实中的浓缩、凝聚与积淀，李佩甫则敏感于现实对历史的偏离、背叛与抛弃。因此，李锐的厚土系列是不断挖掘与书写着的一部活着的历史，李佩甫贯穿着大地情思的整体创作，是在描绘着急剧变革的现实中反复吟唱着的一曲历史挽歌。

一

　　土地是人类的生命之源，生存之根，它饱经沧桑巨变蕴藉无限，它默默地承受一切，含讷无言。当李锐试图准确地描绘出自己对吕梁山的印象时，当李佩甫欲真切地表现出中原农民在现实变革中的精神变化时，他们不约而同地把目光投向了人们脚下的那块土地。人们的生存苦乐是那块土地给予的，生命颜色是土地的颜色，精神欲求也是土地的启示与赐予。因此找到了"厚土"与"大地"这些个有意味的文学意象，就等于找到了人们的生命和历史，找到了人们的精神和文化。在李锐笔下的高原厚土与李佩甫笔下的中原大地上，我们首先感受到的就是他们对不同地域乡土历史的认识及不同的文学描述。李锐客观冷静地述写着变中之常，李佩甫热切而忧虑地刻画着常中之变。

　　太阳一次又一次从西山顶上落下去，好像把西山磨秃了，日子过得真慢呀，慢得叫人发闷，闷得叫心发木。（《凤女》）

　　李锐整个作品的核心就是一个"慢"字。好像时间被凝固了，太阳被定格了。这种慢是一种生活节奏，是一种生存基调，是一种人生步履艰难的象征。这种慢的表现方式，就是一种重复，一种迟钝，一种落伍，一种原始。在这种缓慢的生活中艰难爬行的是吕梁山人蒙昧混沌的人生。《古老峪》中那种古老的生活方式，《选贼》中那种没有了头领的恐惶感，《合坟》中那种对死者的温情被赋予了封建迷信的形式，《假婚》中那种食与性的交换，《眼石》中那种占有对方女人的复仇方式以及事后的心理平复，都使人觉得作者所写的不是当代的生活而是远古的过去。在《厚土》续篇中，硬铮铮的打猎汉子相信神鬼报应，把自己的婚姻完全押在被野猪咬伤的偶然事件上（《好汉》），更加荒唐的是把现代人的离婚视为异端和怪事，并求助于神的力量来挽救（《送家亲》）。好像世代的更替，时代的变迁都没有在这里留下任何痕迹，人们还生存在粗鄙低下的蛮荒层次。因为贫穷，男人不能挺起胸膛维护自己的尊严和名誉，牧羊人对自己尊严的维护注定了他终生独居的命运（《青石涧》）；因为愚昧，女人没有做人的自由，也不知如何做人，完全处于工具的地位。为了几餐饱饭（《假婚》），为了一块炭（《马大炭》），甚至为了男人的一句永不兑现的诺言（《篝火》），屈辱地蜷缩在男人的衣襟下，忍受着肉体与心灵的伤害。在男人眼中，女人只有性别，没有人性，男人对她们只有性的干渴，没有情的滋润。总之，在这里，人们的任何渴望与追求都被压抑在人生需求的最低层次，默默地接受命定的苦难与恒常。他们并不乏勤劳和善良，也不乏温情和希冀，但落后的生产方式、陈旧的生活观念、传统的文化意识使他们的生活像"凝冻了一般，没有一丝的生气和活气"。因此，李锐在《看山》中写道："山们还是一如既往地沉默着，木然着，永远不会和昨天有什么不同，也永远不会和明天有什么不同，不同的只是人老了……"吕梁山人如山一样的静默、木然，也如山一样世代重复着恒常不变的生活命运。"他们打场用的连枷，春秋时代就已定型；他们铲土用的方锨，在铁器时代就已流行；他们播种用的耧是西汉人赵过发明的；他们开耕垄上的情形和汉代画像石上的牛耕图一模一样……世世代代，他们就是这样重复着，重复了几十个世纪，那个被文人叫作历史的东西似乎与他们无关，也就从来没有进入过他们的意识。"（《〈厚土〉自语》）厚土之厚就在于这里的一切都存在于时间之外，生活没有变化，历史没有流动的凝滞性；厚土之厚就在于这里的人们因袭与保留了较多的历史生存形态而形成的巨大乡土惰性。科林伍德说："历史的价值就在于它告诉我们人是什么。"李锐无意于写历史，但他在对吕梁山人生存现状的描写中，写出了人性中的历史，写出了历史中的人性。

与李锐的写生活常态、写不变相反，李佩甫写的则是生活前进变化的节律，是改革大潮催生的一种时代景观。他作品的核心全在于一个"乱"字上：

村人们的心已经乱了……乱了……一切都乱得不像样子了。

……

乱了，一切都乱了，连狗都不安分了。（《金屋》）

这"乱"是对现有秩序的一种反叛，这"乱"是变的外在表现形式，这乱就是变。从《小小吉兆村》至今，李佩甫一直诉说着乱中之变这个话题。"变"是一个飞翔的时代精灵，是一种流动的历史脉息，是一种辩证唯物史观的现实观照，是一种对人的精神世界的整体把握。因此，李佩甫通过对现实生活中不同程度、不同方式、不同形态的变与乱的描写，表现了时代特征，展示了历史流向，写出了人们精神世界的危机与矛盾。在《红蚂蚱 绿蚂蚱》中，李佩甫写的是变革前人们在平静生活中的追求和希冀。在《李氏家族的第十七代玄孙》中，李佩甫有感于现实的变革有意识地通过纵向的历史与横向的现实交叉铺衍，揭示出了以恶的形式延续和变化的人性与历史。在《画匠王》与《金屋》中，他更把现实中的乱与变推向了极致。《画匠王》八个短章写尽了各种形式的变与乱。黑孩是全村致富的门路，也是全村人耻辱的标记，他隐含了以村里姑娘的贞洁为代价换取的一条生财之道，这是变；象征权力的六叔下台了，威风扫地了，畏缩的狗剩从此昂起了头，这是变；铜锤女人与明堂多年的纯情关系以一千元的价格交割清楚了，这是变；赡养老人孝敬父母的人生责任丢掉了，"学而优则仕"的古训失灵了，这是变；以玩麻将巧妙地贿赂检查组者成了厂里的功臣，死后还落得"以身殉职鞠躬尽瘁"的美名，这更是变；由偷菜而引起的看菜，偷情、私奔以致最后的杀人告官也还是变。这里李佩甫写的变是普遍的，从固守旧的生产方式到开放的商品意识，从权力崇拜到砸碎偶像，从崇尚文化到贬低知识，从古朴民风、友好相处到相互猜疑、反目为仇，从恪守道德到个性自由，整个价值都打翻了，整个生活秩序都乱套了。金钱与道德在拉锯，人心在这二者之间动摇滴血。《金屋》在两种力量的对峙中更加凸现和强化了生活中的变与乱，表现了人们对新的生活方式的疯狂欲望与仇恨拒斥。《无边无际的早晨》中的李治国在冷酷的清醒中，在痛苦的矛盾中，在心灵深处的忏悔中，告别了乡土，抛弃了自己的根，从一个乡村娃子变成了会做假、会用心计的现代官僚。他不再感情用事，不再以善良宽厚待人，而是以恶处事，以怨报德。《黑蜻蜓》中二姐的儿子也穿起了皱巴巴的西装，要求到城里做事，尽管他们的母亲在乡土上付出了一生的辛劳，为他们挣得了优越于过去好几倍的生活，他们还是不满足，还是要离开土地。李治国与二姐儿子的变是他们对乡土精神的背叛与抛弃，从中我们看到了现实前进的脚步，听到了历史"咯吧"的断裂声。

　　如果说，李锐笔下的厚土，是一潭死水，一口深井，一个漫长而冰冻的冬天，一个无声无望的黄昏，那么李佩甫笔下的中原大地，则是一汪活水，一条汹涌奔腾的河流，一个热烈而丰茂的夏天，一个喧闹异常的早晨。李锐写的是沉默、隐忍、压抑和沉寂，谁又能说这不是变的前奏，变的先兆，变的渴望与等待，变的力量的凝聚呢？在生存困境中艰难跋涉，在无望与无可奈何的暗夜中支撑起生命的光束，其实这本身也是一种不断行进的社会形态，一种悄无声息的历史运动。李锐虽然写的是不变，但他以不变来观照变，揭示出了变的必然性与可能性。李佩甫描绘的五光十色各种形式的变与乱，是农业文明向工业文明转型与过渡时期的一种历史现象，是人们告别昨天走向未来的一种必然的心理反应。他虽然写的是变，但他以变来观照不变，把这种变以乱的形式表现出来，把这种变写得那样令人惊恐不安、精神错乱，那样令人憎恶与反感，那样无情无义，那样充满罪恶。这本身就是一种"不变"的社会心理反应，一种对传统精神的固守。因此，我们说在李锐的不变中潜隐着变的因素，在李佩甫的变中又显露着不变的心迹。他们从不同的角度展示了中国乡土上历史与现实的辩证关系与不同的矛盾运动。

二

同是写乡土，李锐写"常"，李佩甫写"变"，李锐写乡土惰性，李佩甫写乡土活力。这固然与吕梁山区的单调闭塞，与中原大地的丰富开放有关，但更为重要的是他们对传统文化的审美态度和价值取向的不同。李锐表现了严峻的审视与批判，李佩甫表现了温情的反思与怀恋。

虽然李锐与李佩甫都有过上山下乡的生活经历，但不同的文化心理构成了他们不同的审美体验，不同的童年记忆形成了他们不同的文化取向。在"红房子"中生活过的李锐曾经资助过一个乡村孩子上学，并供给他饭食。而普通家庭出身的李佩甫曾受惠于姥姥的村庄，像小脏孩那样受到乡人的关心和照顾。最初的乡土记忆，使他们一开始就站在了城市文化与乡土文化的不同点上，并由此获得了他们今天创作中的两种不同的文化视角与情感态度。可以说，李锐自始至终都是一个乡村中的局外人。他也像一滴油不能溶入一桶水那样不能对乡土文化产生认同。从都市到乡村的巨大落差，更加激活了他身上的那种城市文化的因子，使他越发敏锐深刻地感受到了乡村的落后和愚昧，并自觉或不自觉地用城市文化的眼光对乡土文化进行着拒斥和审视。于是，插队六年，吕梁山成了他认识人生、认识农民、认识中国乡村现实的一个窗口。准确地说，他对中华民族的认识是从这里开始的。他在《〈厚土〉自语》中说，"中国是什么？中国是一个成熟得太久了的秋天……"它"冰冷、苍老、疲惫、尘垢满身。……在这太久的秋天里，每一个人都毫无例外地注定了是这片秋色的一部分，也是这苍老疲惫的一部分"。这是李锐对吕梁山印象的形象概括和哲理升华，也是李锐对《厚土》意蕴的自我解析与阐释。即使写得最具抒情意味的《看山》，也被人生的沉重濡染、压抑和覆盖。在《青石涧》中既写出了牧羊人只能忍受屈辱的命运，同时也揭示出牧羊人的自尊是一种小生产者的私人占有。尤其是对于"塔标"，它是牧羊人心中珍藏的一种对现代文明的渴望，一种神秘，一种可望而不可即的生活亮光。他虽然不懂它的用途，不知它叫什么名字，却因为首先见到它而把它看成自己的专利，教师给学生讲解，好像侵犯了他心中的神圣，他为此反感和愤怒。《二龙戏珠》是李锐全部作品中唯一以农村改革为背景的小说，但改革在这里也是畸形的。整个作品呈现出的是一种恶的力量，一种邪气，一种野蛮，一种残忍的氛围。传统的重负限制了人们的眼界，拖住了历史的脚步，不仅使人们过去的生活单调古板，毫无色彩与变化，而且也使今天的改革分外艰难与滞重，李锐在对吕梁山过去印象的追忆与今天现实的摹写中都表达了对传统惰性的批判。

与李锐相比，李佩甫则更多地表现了与乡土的联系，更多地表现了对乡土文化的认同。他在《小小说选刊》与《中篇小说选刊》的两次创作谈中，都用了"一抔老娘土"这个题目。在对人与历史的认识中，他始终强调了人的传统根性和人与大地的联系。人不能割断自己的历史，不能忘记大地的情义。李佩甫自己也忘不掉家乡的热土，这土曾给予他饭食，孕育过他的情感，这土里有着并不完美但善良朴实的各种性格的寡妇们，也有着他可尊敬可骄傲的勤劳倔强的二姐，这土里外藏着他的童年，也滞留着他童年解不开的谜。因此，当改革的大潮把人们的生活秩序整个打翻时，传统的生活方式对于新的生活方式有一种天然的抵制和抗拒，这抗拒既来自乡土的惰性，也来自乡土具有永恒魅力的传统美德与坚强人格，更来自李佩甫忘不掉的乡情与童年的记忆。因此，李佩甫既看到了各种形式的变与乱，又深刻地感触着变中的不变，他也为乡土的变迁、人心的变化担忧，为传统的精神道德的崩溃焦虑。他没有人云亦云地歌颂现实，而似乎是一个保守主义者，对变革表现出挑剔的态度。在《画匠王》《金屋》中，虽然充分展示了各种形式的变与乱，却给这种变化以道德上的否定。对于乡土上的诗意和温情被破坏的冷酷更流露出一种无力回天的悲哀。在《黑蜻蜓》与《无边无际的早晨》中，他挖掘历史的记忆，力主历史的承接，写古典的传统的乡土美德，为逝去的美好唱赞歌。写浓重的乡情与割舍乡情的矛盾，对现实人心的变化进行诘问与拷打。《无边无际的早晨》中的李治国是一个走出乡土，离开乡土，抛弃乡土之根的现代人之象征。乡里人的善良宽厚、无私仁义养育了他，成就了他，他却一次次地在背叛乡情与大地中提拔升迁，变成了铁石心肠六亲不认的面具人。他高升了，离乡土更远了，乡人们并不记恨他，托人捎来了帮他消灾解痛的"命根儿"——老娘土，这是乡情与大地的象征。也许离开乡土，走出乡土就是走出了狭隘和局限，抛弃了古老和陈旧，但他却离真正意义上的人越来越远了。孤独、冷漠、疲惫、焦虑这些东西与现代文明结伴而来。李佩甫以丧失人性的可怕性否定了叛离乡土的合理性。"人是不能离开热土的。"瘫爷在人生的弥留之际突然想问一问自己，"人活着是为了什么？人又是什么东西，给万物以生命又养育了万物的大地又是为了什么！"李治国在离乡土越来越远的汽车上，脑子里也飘动着："你是谁，生在何处，长在何处，你要到哪里去……？"李佩甫在自己的作品中反复地强调和提示着"乡土"对人的意义，他曾公开宣言要走向大地。虽然我们不能准确地破译这"大地"的含义，但其中必然包蕴了乡土精神与乡土文化。在人们盲目地追求现代物质文明的热潮中，他想以美好的乡土精神来洗涤现实的浊气，救助人们的灵魂，以期在新的生活秩序中重建人们的精神信仰与道德规范，重建人们与大地与历史的联系。

　　李锐与李佩甫从乡土历史的常与变中看到了传统文化的负面与正面的作用和影响。李锐在不变中深刻地感受了传统文化的负面，李佩甫在变中更多地领悟了传统文化的正面。因此，李锐在写着吕梁山农民生存困境的同时，也在思考和批判着我们这个民族的历史沉疴和传统惰性，他希望我们这个古老的民族，抖掉千年尘埃，冲破历史屏障，从旧的生活模式中挣脱出来，实现人的现代化。李佩甫在写着现实中各种变化的同时，也在审视着人们心灵中的罪恶和不义，在肯定着人们离开乡土的同时，也在批判着他们人格的失落，人性的异化。他希望人的现代化进程有一种更合理的形式，希望人的心灵健康发展。李锐表现了对现代化的向往，李佩甫表现了对传统价值的依赖。传统文化在我们的民族精神中太深厚了。它是一种重负，也是一份财富，它束缚着人们的观念，是人们走向现代化的羁绊，也有一种依然有生命力的素质，有一种永恒的美。李锐与李佩甫从不同的侧面和向度表现了传统文化的两面性。

三

李锐与李佩甫不仅找到了共同的文学意象，都从人们脚下的土地中来挖掘和表现乡土的历史和文化，而且他们不约而同地尝试与创造了一种新颖的文体形式。李锐的《厚土》与李佩甫的《红蚂蚱　绿蚂蚱》《画匠王》，都是以一个共同的主题意向统领起几个相互间各自独立的短章，使散点透示的光束，汇集成一个强烈的光柱。"厚土"与"大地"既是乡土历史文化的总体象征，又是具体的人生场景与事件的单个描述。他们对不同地域乡土历史的认识，以及不同的文化意向、情感态度又使相同的文体形式呈现出了两种不同的风格特征。李锐的作品冷峻、客观、简洁、犀利，在不动声色的描述中饱含着一种震慑人心的力量；李佩甫的作品，热烈、丰富、哀婉、抒情，在一唱三叹的艺术格调中潜隐着一种诗情和韵味。

为了突出"厚土"的古老、沉寂，李锐总是采用一种现在进行时的叙述方式，开头没有铺垫，没有交代，没有叙述人的启示，而是一下子进入人物的某种心理状态或事件进程的某个阶段，使人有一种突兀感、冷僻感。让人一开始就进入故事，贴近人物，步入场景，给人以视觉的冲击，心灵的震动。这使作品获得了一种粗朴的未经加工的艺术效果。

为了突出乡土的变化，李佩甫总是在一个新旧生活的对照点上开头，这是叙述意义上的启示，是一种对人物事件来龙去脉的交代。《红蚂蚱　绿蚂蚱》

开启于对姥姥村庄的美好回忆,《画匠王》开启于旧生活的结束,《金屋》开启于一座金屋的突然出现。这样的开头交代出了时代的变化与两个时代的差别,同时也把人物和事件放在了新与旧矛盾的交叉点上,让人感到动荡不安,感到变化和无常。

为了突出厚土的凝滞不变,无论写人写事,李锐都用最简洁浓缩的语言,即使对人精神世界的刻画也缩减到最少。《古老峪》中,当工作队小李说农家姑娘听文件认真,让她当先进时,这姑娘却说:"我啥也听不懂,我是看你念得好看。"一句话写出了这姑娘的木讷、无知,人生层次的低下,精神世界的空白。《假婚》中先写了女人的冷静,最后一句"男人粗拉拉的手掌无意中在女人脸上抹下些温热的泪水来"。又把女人在这场食与性的交换中那种忍辱,那种被看穿后的难堪以及心灵深处的哭泣都袒露了出来。李锐作品中简化的事件,简洁的语言,不仅表现了人们生活的苦寂,精神的平板单调,而且也给读者留下了阅读上的空白,让人去想象,去品味。

为了展示"大地"丰富多彩的变化,李佩甫总是多角度多侧面地描写人物和事件。他笔下有大善大恶、大智大勇的复杂人物,也有柔弱又倔强的普通人。杨书印是个集权欲与阴谋于一身的人物;二姐那勤劳倔强中不仅包含着接受命运的软弱,也显示着与命运抗争的力量;李治国更是一个经历着心灵分裂与感情撕扯的复杂人物。以"变"为核心的"金屋",更像李佩甫手中的魔方一样,任意把玩,展示它各种不同的组合图案。李佩甫把实在的东西虚化、幻化,使它具有了多义性、无限性,这金屋是不确定的,不可穷尽的,每个人由于不同的心境和眼光都会幻化出一个自己的金屋。李佩甫对人物与事件的这种精雕细刻,多侧面地描写,使他的作品显得丰满厚实,多姿多彩。

李锐与李佩甫都能把自己细致真切的生活体验转化为生动形象的艺术感觉。李锐给予无形的情绪意念典型化的物化的表现,使其惟妙惟肖给人以视觉形象,如《眼石》中写拉闸人脑子中敲的大铜鼓,就把拉闸人的愤怒情绪独特地表现了出来,使人过目不忘。李佩甫笔下的艺术感觉是灵动传神的。《黑蜻蜓》中听二姐织布机的响声,开始"像一个浑身疼痛的老人在呻吟",后来简直如"圣歌般的肃穆。那音韵哑哑的,仿佛老人一边在唱摇篮曲,一边轻轻摇拍着婴儿。那和谐从一下一下的节拍中溢出来了，欢欢地、温柔地跳动着……"这感觉是晶莹透亮的生活露珠，是倏忽即逝的思想闪光。这样的艺术感觉使作品气韵盎然，充满着生命的活力。

总之，李锐与李佩甫写出了两块不同的乡土，也即两块不同的精神土地。一块是积淀着历史惰性的厚土，一块是生长着现实精神的大地。他们对民族社会都有一种潜在的责任感，都从历史文化人性的角度来观照我们的乡村社会，有感于变革的艰难，李锐揭露和批判了民族心态中沉重、消极黯淡的一面，有感于社会变革给人们带来的物欲的滋长，李佩甫则坚持和张扬着传统精神。虽然他们对传统文化表现的态度不同，但却是为了一个共同的目的，更好地开发和耕耘人们的精神大地。

李锐已走出了厚土，李佩甫仍执着地走向大地。沉积在人们心灵上的厚土将在李锐的创作中慢慢地剥落，美好的精神大地在李佩甫的创作中会更加丰厚。

原载《中州学刊》1992年第1期

"喧哗与骚动"之后的思索

——读《金屋》札记

张剑桦

　　青年作家李佩甫最近推出的长篇小说《金屋》，读后如嚼橄榄，余味无穷，是一部蕴意丰富的作品。无疑，《金屋》标志着这位具有创作追求的作家的小说艺术日臻成熟。

　　总体而言，《金屋》描写了当前变革中的中原大地上，蓦然耸起一幢颇具现代意识的、金碧辉煌的"金屋"；与此同时，金屋又诱惑了乡村中无数的男人和女人。继之，金屋也成了村民们眼中的洪水猛兽，罪恶的象征，并带来了扁担杨村的一片"喧哗与骚动"：艳羡、嫉妒、仇恨、诅咒……将扁担杨这个宁静安谧的古老乡村弄得人仰马翻，欲海横流。可以说，这部小说在一定程度上揭示了当代农民骚动不安的心态，展现了在商品经济大潮冲击下，农民因失于理性的困惑而汹涌宣泄的情欲。在这部19万字的小说中，人性与兽性、文明与愚昧、现实与历史、金钱与权力，在其中，犹如"蜂蜜掺毒药"，相克相生，冲突激荡。在表现手法上，《金屋》采用了以小见大、窥斑见豹的"缩影"式手法，熔现实主义与现代主义，冶写实与象征、隐喻、荒诞为一炉。构思之精巧，描写之精细，语言之精美，读后确有耳目一新之感。

　　杨如意是《金屋》中着力刻画的人物之一。这个来自扁担杨的青年农民，他的全部行径无非是欺诈、行贿、玩女人、编织人际关系网，这是个地地道道的拜金主义者。他腰缠万贯，挥金如土，且具有"鲁滨孙"式的冒险精神。他在扁担杨建造了一座这样的金屋：

> 整座楼都是按最新样式设计的，门里套门，窗上叠窗，四外朝阳，八面来风，到了也没人能算出这楼房到底有多少门，多少窗。一楼的廊柱和面是用水磨石砌成的，远远望去像镜面一样的光滑，二楼有宽大的曲形外走廊，走廊边上是白色的雕花栏杆，看上去曲曲幽幽，时隐时现，叫人闹不清这楼是怎么上的，又是怎么下的。至于墙壁，则全是用一块一块的金黄色釉面砖贴成的，灿灿地放光。楼房的各处都还装上了最新式的壁灯，那壁灯是粉红色的，隐隐地散在楼道里，又像是女人在招手……

杨如意"用人民币堆起来"这幢不同凡响的洋楼的主要目的：复仇。这是一种情感的宣泄。当然，一开始便带有野性的思维。绰号"狗儿"的杨如意，三岁时候，作为娘的"附件"——耻辱的"带肚儿"随娘来到扁担杨。娘用身体给他换了一个吃饭的地方，这地方又同时使他永远地打上了耻辱的印记。"带肚儿"这个尚未被纳入《现代汉语词典》的中原农民的方言，带有极大的蔑视意味。自然，扁担杨村民们一向把杨如意看作"外来户"。纵令扁担杨暂时给他一个栖身之处，村民们从来就不承认他是扁担杨的"正根儿"，而一直把他当作"狗儿"。这种偏见似乎成了扁担杨村民们心照不宣的铁的逻辑，这当然是封建宗法制度观念的一种折射。

杨如意是幸运的。他的青春年华正好赶上中国大地的社会现实发生了重大的变革。饱经沧桑的中原大地，辽阔、富饶、神奇、壮美、古老、簇新。改革的大潮涤荡着广袤的原野，扁担杨是中原大地的一片厚土，"染乎世情"，大潮澎湃，泥沙俱下，形形色色的人物自然要在这座大舞台上表演。杨如意在外面捣鼓了六年，居然成了"中华人民共和国XX部涂料厂厂长"。为了宣泄，为了炫耀，为了复仇，杨如意专门把金屋建造在扁担杨村民的脊梁上。这座金屋聚了扁担杨村所有的阳光和目光，一下子摄去了所有村民的魂魄，整个村子都失去了笑声。"人们默默地走路，默默地干活，默默地吃饭。扁担杨沉默了……"此时此刻的杨如意，该是一种什么心境呢？请看，他"在光芒四射的楼顶上站着，两腿叉开，居高临下，一副大人物的气魄……他的心在升腾，身在升腾，五脏六腑都在升腾"。这个当年在扁担杨得不到"村籍"，见人就磕头而盼望得到人们承认的"带肚儿"，今朝踌躇满志地穿着笔挺的西装，站在扁担杨的最高处，身躯立出一个"大"字，环视着扁担杨的村舍，"一览众山小"，整个扁担杨就在他的脚下……

杨如意是怎么发迹的呢？作品采用了"隐笔"，没有去描写他在外面闯荡的日日夜夜、风风雨雨的"暴发史"。至于他在外面究竟如何进行"资本积累"，只是一笔掠过。越是如此，越使人感到杨如意的神秘。正如我们谈劫生辰纲的梁山泊好汉，生辰纲所要送的那个豪贵场合也许值得描写，而我们却不能去管。谁不想知道哈姆雷特在魏敦堡的留学生活，但是我们只关注他的家庭悲剧。同样，我们注意的是杨如意与对手交锋的几场"重戏"。无论怎么说，杨如意都不是过去作品中传统的正面典型形象，但这个年轻后生却是实实在在的"硬汉"角色，"进攻型"的人物。《金屋》第34节，写他第一次与扁担杨的村长杨书印较量时，便显示出一种桀骜不驯的气度。面对杨书印这个老奸巨猾、工于机谋的扁担杨"第一人"，杨如意则在战略上藐视对方，而在战术上重视对方。他"坐下后，从兜里掏出一盒'555'牌香烟，撕开精美的包装纸，从里边弹出一支来，叼在嘴上，又摸出电子打火机点着，一口一口地吐着烟圈"。"弹""叼""摸""吐"四个动词，四个动作，杨如意做得从容不迫，旁若无人，颇有点大家子气。看来，杨如意是想先发制人，把对方镇住。"话不投机半句多"的僵持之后，这一老一少的目光终于相撞了。一个是沉稳老辣的精于算计的目光，一个是年轻的狡黠的带有野性的目光；一个像天空般无常，一个像海洋般深邃。初次交锋，杨如意占了上风。权力象征的扁担杨村的"铁腕人物"杨书印，最终还是败下阵了。再如《金屋》第70节，当他识破村长杨书印的真面目时，与之进行了针尖对麦芒的斗争。杨如意"狠狠地甩掉烟蒂，鼻子里重重地哼了一声！"杨书印挖空心思，白骨精害唐僧——一计不成，又生一计，企图把杨如意打翻在地，扼杀在摇篮之中。杨如意对此早有思想准备，毫不客气地对他进行了毁灭性的反击。他一股脑儿把杨书印多年来的丑恶行为和盘托出：奸污17岁的花妞姑娘；伙同公社粮管所所长非法倒卖队里公粮一万四千斤；私吞上边拨下来的发大水时的救济款五千元；为抢占一片好的宅基地盖房用，逼死人命一条；第二次盖房，私自吩咐人砍队里的杨树、桐树四十棵；有一年冬，趁男人们去工地上挖河，奸污妇女两人；私分"计划生育罚款"三千块；为巴结乡供销社主任，私借队里拖拉机给人用，结果开成了一堆废铁；每年给乡、县两级有关系的人送粮、油、瓜果多得无法计算……而杨书印做梦也没想到，杨如意掌握他的这份"黑材料"竟是用钱买来的！在杨如意咄咄逼人的攻势下，杨书印这个主宰扁担杨命运38年的实权人物，软瘫下来，颓丧地承认："我是老了。"

　　杨如意虽然有钱，锦衣玉食，但还不是"阿巴贡"式的守财奴，也不是"葛朗台"式的吞钱兽。他事业成功了，并没有忘记扁担杨的父老兄弟。他为了使家乡人民尽快脱贫致富，给闲散农村青年寻一条出路，在扁担杨贴出一张"招工广告"，待遇从优。在孝敬老人方面，他没有忘记后爹罗锅来顺的养育之恩。金屋盖起后，他先让后爹罗锅来顺搬进去"享享福"，又给后爹罗锅来顺买回一只狼狗消除老人孤寂之感，以至于最后掏钱葬父。在对待爱情上，杨如意确实玩过女人，但猥琐之中也含真情。他为在卫校念书的女朋友惠惠掏了三年学费，并不断地真诚地对惠惠解剖自己："我承认我不是好人。"人就是这样一种复杂的高等动物。套用雨果的说法，人一半是野兽，一半是天使。换句话说，人有理性的一面，也有非理性的一面。杨如意这个人物很复杂，不能简单化地往他脸上贴标签。但其中一点可以肯定，他毕竟是中国人，灵魂深处也自然具有中华儿女的"集体无意识"。客观上讲，他是失于理性困惑的农民企业家，或者说他是一个良心尚未完全泯灭的平民个人奋斗者的形象。

　　杨书印是《金屋》中刻画得较深刻的人物之一。这是个城府极深、手眼通天的"地头蛇"。他懂得"活人是一门艺术，他深深地掌握了这门艺术"。在当今社会错综复杂的人际关系中，任何人要想活得好一些就得靠关系，关系是靠交换得来的。但这不仅是一种物资的交换，而更多的是人情的交换，智慧的征服。他不像杨如意那样"堂吉诃德"式的锋芒毕露，他是以柔克刚，采用

"攻心术"征服对手。多年来,他一直播撒着人情的种子,不急功近利,不立竿见影,不贪图短期收获。他把人情的种子播撒下去,让种子慢慢地在人心里发芽、开花、结果。瞧,乡供销社主任登门了,化肥、尿素等乡下短缺物资送上门来了。握有实权的乡里"烟站"的人,多少人想请都请不到,现在却三五成群地聚集在杨书印家里,猜拳行令,搓麻将赌博。乡里工商所、税务所等单位有头有脑的人物,都是杨书印家里的座上客。"县官不如现管",这些人往往比乡长、县长更管用,更实惠。杨书印有气魄,胆大心细,遇事不慌,敢在自己家中的前院招待县公安局抓赌博的人,后院却有条不紊地安排赌博,神色竟一丝不乱。52岁的杨书印可以说已经走到了人生的顶峰,似乎没有人再超过他了。房盖了,三个儿子都安排了。县上、乡里都有朋友,有什么事说句话就办了。还有谁能比他的日子更红火呢?在扁担杨他先后熬去了六任支书,而他却岿然不动,紧握权柄。

按照荣格心理学,每个人都有隐藏着"真我"的人格的最外层的所谓"人格面具"。这是一个人在他与别人交往时所戴的面具,当他要在社会上露面时,"人格面具"代表着他;因而"人格面具"可以同他的"真我"的人格不一致。杨书印的"人格面具"是堂堂的一村之长,扁担杨的决策者。然而,撕掉他的"人格面具",他却赤裸裸地像贾府的正人君子贾政(应该是很正),其他恶迹且不说,单说他对杨如意这一代新的农民企业家恨之入骨,处处设陷阱、使绊子、笑里藏刀这一点,足以证明他是个十足的伪君子。他曾私下多次夸口说,扁担杨没有"能人"了。扁担杨的"能人"都是经他一手送出走的,再没有能干的了。偌大的扁担杨,在杨书印眼里不过是一群白吃黑睡打坷垃的货……应该说扁担杨还有一个"能人",那就是他杨书印本人。可是,他错了。至少说看错了一个人——杨如意。曾几何时,一个狗瘦的娃儿,拖着长长的鼻涕,长着一双饿狗般的涎眼,啃起红薯来像老鼠似的,一阵碎响。杨书印甚至没有正眼看过他。万万没料到,这个"带肚儿"——杨如意,居然成了扁担杨站得最高的"人物头"。杨如意一个人独闯天下,一举成功,回来就呼风唤雨了。尤其杨如意那座富丽堂皇的金屋,把一村人(当然包括他杨书印)的脊梁骨都折断了。这年轻后生,虎虎有生气,是他杨书印唯一的也是难以制

李佩甫

研究资料

服的对手。杨书印的骨子里，倒不在乎杨如意干了什么，而在乎杨如意有魄力有能力。这一点，对杨书印来说是最大的威胁。杨书印妒火中烧：毁了他，毁了金屋！只要重搞一次"村政规划"就可以毁了他！然而，"小不忍则乱大谋"，老辣的杨书印，冷静之后并没有采取鲁莽行动。他知道要征服杨如意这匹不驯的野马，强攻不如智取，必须"以柔克刚"，首先征服他的心。杨书印希冀杨如意迟早拜倒在他脚下，迟早有一天到他那里"招安"。他一方面以"老叔"自称表示对杨如意悉心关照，另一方面却巴不得杨如意碰上倒霉事，或出现经济问题。更卑鄙的是，他利用在扁担杨的势力，煽动村民，蛊惑人心，一次次地把污水泼到杨如意头上，一次次把屎罐子扣在杨如意身上，其目的就是把杨如意搞臭。

杨书印整人惯用的伎俩就是要弄权术，杀人不见血。他看到杨如意这样的年轻后生像青草一样苗壮地成长起来，恨得咬牙切齿，生怕这年轻后生征服扁担杨村民们的心。杨书印最担心的就是杨如意们夺去他手中的权力。而杨如意偏偏揶揄他：在扁担杨要想让人们富裕起来或干成某一件事，前提条件就是要杨书印们尽快下台！这句话像一柄锋利的钢刀直刺杨书印的心窝。他最害怕的就是失去权柄。杨如意的话居然使杨书印夜不能寐，甚至使他精神恍惚地做出了一连串荒唐的、滑稽的、可笑的、可悲的举动。杨书印为了验证他在扁担杨的"绝对权威"，居然像精神病患者一样，亲自去敲老榆树上那口生了锈的大钟。村民们以为村长有什么"重要指示"而随着钟声聚集起来，杨书印清醒之后方知自己做出了精神失常的事儿，只是对村民们淡淡地说了声："散会吧！"被愚弄的村民们愤愤不平地骂娘。杨书印夜里总睡不好觉，常常做一些荒诞不经的梦。他老梦见村里的"公章"丢了，"公章"代表着权力，它是印把子的有形象征。在某种意义上说，"公章"就是杨书印的命根子，他掌管扁担杨38年大权，这枚"硬家伙"帮了他多大的忙啊！"公章"不能丢，不能落到杨如意这厮的手中！于是，他索性把"公章"拴在自己的裤腰带上……杨书印这一系列精神分裂症似的失常举动，证明他思想的空虚和苍白。

"金屋"乃是小说的总线索，它在整部作品中先后出现40多次。作品不惜笔墨，铺张扬厉地渲染金屋的豪贵。这座金屋在不同时辰、不同季节、不同色调中，反复多次呈现出各种异象。赤橙黄绿青蓝紫，斑斑驳驳，光怪陆离。作品描绘了一种由无限的开门、错综的回廊、多姿的色调所造成的无底的空旷的空间之恐惧。就是这座藏娇、惑众的金屋，使扁担杨所有恬然自足的农家屋舍一夜之间变成了黯淡的废墟。所有到过金屋的人，在精神上都崩溃了；所有迷恋于金屋的辉煌的人，在心理上都倾斜了。表现得最突出的还是村长杨书印。他不仅仇恨金屋的存在，而且更仇恨金屋的建造者——杨如意的存在。杨书印这个道貌岸然的"达尔丢夫"，早就经受不住这幢熠熠生辉的金屋的诱惑。他的灵魂深处存有一种对金屋的占有欲，又有一种客观上不能占有的仇恨和一种不曾占有的恐惧。透过现象看本质，杨如意与杨书印的矛盾冲突，折射出来的意义，就不再是一般性的个人意气的恩恩怨怨了。这种意义便带有普遍性和社会性了。他们之间的矛盾纠葛，其实是金钱与权力的斗争：客观上讲是新旧生活方式的斗争。更深一层讲，这是变革中广大农村存在的开拓进取与因循守旧的尖锐矛盾的斗争。《金屋》则是把这一矛盾冲突作为一条脉络贯串小说的全过程。

与此同时，由于这座闪光的金屋在整个扁担杨"压了一圈儿"，村民们仿佛都"陷入了惶惶不可终日的境地"，面对金屋，扁担杨形形色色的人物都亮了相、曝了光。这就给扁担杨带来了轩然大波，带来了"变乱"，带来了"喧哗与骚动"。你看，扁担杨最漂亮的姑娘麦玲子已经守不住她的小小的代销店了，失去常态，她甚至渴望被人强奸。她甚至还点燃麦秸垛来宣泄锁不住的不可名状的情欲。终于，这个标致的农村姑娘魂不守舍而失踪了。人们猜疑是金屋这个怪物勾去了麦玲子的芳心，进而怀疑杨如意把麦玲子拐骗走了。来来这个年轻后生，从"柏拉图"式的精神恋爱到性变态者，他的灵与肉受到极大摧残后，成了地地道道的废物。河娃、林娃兄弟心中却充满着不能占有金屋的仇恨。他们往鸡屁股打水，又觉得这种"小不义"不能一夜之间暴发为万元户，于是干脆采取"大不义"铤而走险，竟然拼力于赌博和以杀人绑票要挟，丧心病狂地拦劫杨如意，并公然下一张交出一万元的"帖子"。春堂子更因无法忍受靠他家里那头郎猪配种挣下的几个钱娶媳妇而自杀。杨家姓氏的老族长瘸爷，更是一个封建宗法制度的卫道士，这个封建宗法制度的"退休了的奴隶"，把金屋视为万恶之源，视为"阴宅"。在瘸爷看来，扁担杨的一切"变乱"正是这座"阴宅"带来的。他出于对杨氏家族命运的担忧查阅族谱，在远祖的"脉线卷"上查到了"杨万仓"，然而在这个名字之下没有任何记载，只有一个无法理喻的因而令人生畏的符号"⊙"。瘸爷百思不得其解，为显示对家族的笃诚，他竟然选择在金屋的铝合金大门上吊死……扁担杨"功高德彰"的村长杨书印，看到扁担杨像一锅沸腾的开水，又经过与杨如意几个回合的交锋，节节败退，感到一种"无可奈何花落去"的世纪末日的悲哀和颓唐。当他到过金屋之后，竟鬼使神差地当众抖着他那硕大的"阳物"撒尿了。"撒尿"，在扁担杨村民们看来，一向是村干部将要垮台的拙劣的表演，垂死的挣扎。精明一世的杨书印眼看着他经营38年的扁担杨这块"世袭领地"，再也恢复不了原先的古朴与宁静了！他失去了正常人的理智，不顾廉耻，把憋在膀胱里的一泡重重的热尿，"射"在扁担杨的村街上。这泡热尿的"扫射"，使杨书印紧锁在灵魂深处的"本我"一下子现了原形：一个丑恶的灵魂还原了！杨书印的人格"阴影"，原来是人格的一种低级的，像动物的部分，是一个人来自生命较低形式的种族遗产。因此，"阴影"具有多种不道德的、易于动情的、令人生厌的欲望和冲动。杨书印人格"阴影"曝光后，则成了狗屎堆。

在中国广袤深厚的土地上，农民问题始终是一个严重的问题。广阔的农村大地，好比人类的一位带有野性的"乳母"。人，这个大地上的流浪者，在获得了一个栖居之处时，他似乎就获得了一个根。栖居的房屋或住宅就是这个扎到大地里去的根。弗洛伊德曾把房屋比作"子宫"，那当然有些偏颇。然而，房屋对于人类的重要性是不言而喻的。城市里，为争夺住房而闹得剑拔弩张；乡村里，农民为建造房屋可以孤注一掷……人，通过房屋这个扎在大地里的根，便建立了自身存在与大地万物的永恒联系。如同植物一样，房屋与大地万物是协调一体的风景。奠定基石，筑起屋舍、庙宇，竖起社林而有了与大地相适应的文化社会。作为高级动物的人类，在栖居中也同时获得了一种神圣的植物天性。人，有了一个根底，一个家，他就可以在无尽的灵魂漂泊中进入返回，向大地返回。房屋住宅本如同植物，它的发展是植根于大地之上的文化形态的开展。因而，大地是无罪的，大地是人类借以生存的厚土。

《金屋》的着眼点正在于描绘了大地。通过扁担杨村的人与人关系的嬗变，在一定程度上揭示了当前变革中的人的本质的某些方面。作者在执着地追寻着大地上的"力"，即这个民族赖以延续而生生不息的"力"。作家李佩甫在致友人的信中曾说，一位作家，"应该站在地球之巅俯视人生。不平视人生，要居高临下地俯视大地上的芸芸众生，这样才能把握某个社会历史阶段的人生过程，人类的本质及社会发展的某些本质方面"。他还说，他写过孤独，写过死亡，写过毁灭，写过具象人生；然而常常苦恼，常常否定自己。他自谦是创作上的"草莽"，其实有着强烈的创作追求。作者本身就是大地之子，他是吸吮着土岗的岚雾、丛林的珠露、田泽的水汽、村野的河溪长大成人的。十多年前，他从乡间古老崎岖的小路走上专业作家的殿堂，但他始终未能忘情乡村的田原山野。虽然，他和他的同辈作家一样，曾一度积极领略过现代西方文化吹来的异样风雨，但他身体中仍然流淌着神农氏的血液。李佩甫自叩入文学创作之门，就不断探索，不断追求，不断创新。他非常重视生活，并深入农村与农民"共事"，在生活中"不抱不哭的孩子"。他由平视而俯视，由俯视而审视，试图写出人类在某个社会历史进程中的生存状况，更想剖析人的本质（包括社会性与生物性的）。

　　最近一个时期，李佩甫在创作方面给自己框定了一个目标——畅写"大地"，把大地当作某种化身来进行全方位的审视，这固然不是具象的大地，而是一种"神性的大地""活的大地""沸腾的大地""无罪的大地"。他想写大地的欢乐，又想写大地的悲哀，更想写大地的变迁。久而久之，大地——成了李佩甫创作的取之不尽、用之不竭的母体。作者笔锋对准了大地的主体——人。如果说他的长篇小说《李氏家族第十七代玄孙》还只是这方面的初步尝试的话，那么这部新作《金屋》则是他的这种创作追求的"课堂挂图"。还可以说，一种逐渐觉醒的大地意识或谓大地精神，正在李佩甫的小说世界中逐渐升起，并光明朗照起来。诚然，大地，在李佩甫的小说中不仅仅是一种静态的自然环境，也就是说不单是一种"纯地理"式的背景描绘。李佩甫笔下的大地不只是人类劳作的作坊或工场，而正是这个大地，这个孕育了蚂蚱、草木的大地，并给昆虫以情欲，给禾苗以性能力的大地，同时更孕育了高等动物——

人。在李佩甫那里，大地是一种思想，一种精神形态，一种灵魂的可见的撼人的精神形式。唯有基于大地，才能建立自身存在，建立人类历史和道德存在；唯有大地才是圣洁的、至高无上的。正像他在近期发表的一部中篇小说的"余墨"中所说："眼前出现的一坡一坡的土地，漫无边际的土地，土地上流淌着血脉一样的河流。大地静静的，河流也静静的，秋收后的大地舒伸着漫向久远的平展，沟沟壑壑都清晰可见。土地乏了，干瘪了，木木地横躺着，可大地仍然书写着万物的根基，镌刻着人类的历史。"杨如意们建造的"金屋"的根基仍然是大地，这大地也只是构成人类存在的一种永恒的根基。这里发展着一切生命形态，更不能不发展着一种最高的生命形态——人的灵魂。尽管这灵魂被罪愆之火灼伤了，然而只要大地仍旧默默地保藏着生机，保藏着无限回春的能力，一种最高的生命形态必定会生长出来。

从大地之子到文学之子的青年作家李佩甫，创作的主旋律仍是写实的，《金屋》的基调也仍是现实主义的。但《金屋》又不完全是传统的现实主义作品。作者打破了传统的线性思维的桎梏，摆脱了单一主题框架的束缚，进行创造性思维，走出了一条新的创作路子。作者采用他自己称之为"切块"的写法，即把这块大地分块进行"切割"，不再追求单一的主题深刻，而把大地连泥带土，一小方一小方地切割出来给人看，以便充实作品思想内容的内涵。

《金屋》的主要思想含义在于：扁担杨这个改革大潮中的广大农村的"缩影"，展示了改革旋涡中各式各样人物心灵的"深层结构"，捺准了当代农民跳动的脉搏。扁担杨的"喧哗与骚动"说明了什么？它至少给人们提供了一个思索空间，即改革大潮是进还是退？人们应该怎样生活得更好些……

原载《许昌师专学报（社会科学版）》1992年第1期

在剧变中探究乡土之魂

——略论《颖河故事》的艺术成就

雷　达

倘若对文学界、影视界表现当代农村生活的创作现状有所了解的话，就不能不承认，十八集电视剧《颖河故事》是近年来少见的颇有分量的厚实之作。一般说来，影视创作的水准受到文学创作水准的制约，文学思维作为一个民族艺术思维的先驱，往往能给影视创作输入最新的形象和观念，思考和灵感；影视超前的情况亦有，但不多。《颖河故事》是以文学性的丰沛见长的。它的编剧李佩甫，是目前小说界的佼佼者，乡土派作家中的一颗新星。他的中短篇小说如《无边无际的早晨》《画匠王》《田园》《豌豆偷树》和长篇《金屋》等，发表后引起了广泛关注。文学界看重他，不仅因为他对当今农村生活熟悉，刻画各种乡间人物准确而深刻，其作品富于中原地域色彩和浓郁的乡村诗意，更重要的是，在此大变革、大动荡的环境中，他在深入描绘经济关系剧变的同时，不忘精神价值的探求，他被乡土情结纠缠，寻根意识浓厚，作家主体对生活充满矛盾的评价，而这恰恰使他的作品达到一种不落俗套的深度，非客观展示现象者可比。《颖河故事》是他专为影视而写的独立脚本，并非某一部作品的改编，但熟悉者不难发现，他力求集大成，把他思索良久的人物、场景、情感矛盾，尽量巧妙地编织到一个艺术整体之中。他过去的一些作品中类

51

李佩甫研究资料

似的人物，好像一齐汇聚到这里，重新组合成新的空间。年轻的导演都晓，能够独立执导内容如此纷繁的作品，也确实出手不凡。无论从哪方面看，《颍河故事》都是值得注目，且令世人一新耳目的作品。当然，它也存在偏执于乡土本位立场、结尾比较虚飘、情节过于密集、不善于利用艺术空间展开抒写，等等弱点。

一、全景性的农村现实图画

看到我用"全景性"这样的小题目，或许有人担心，这是否有评价过高的溢美之嫌？只要从创作现状出发，就不会感到奇怪。无论文学还是影视，我们都不大缺乏写相对封闭和静态的农村历史的作品，也不大缺乏写改革初期农村脱贫致富的故事，缺的似乎正是表现今天的农村——二十世纪八九十年代之交的，正在更深刻的层次上变动着的农村的作品。这个时段的农村，主要矛盾已不再是拥护还是反对联产承包责任制，或忧虑于政策会不会变，或怎样看待先富起来的人之类，而是伴随商品经济的深化，市场经济的闯入，农村在经济、政治、文化、道德诸多方面呈现的新矛盾、新困惑。其中，对精神家园的寻觅，对道德规范的思索，以及在价值紊乱的情势中寻求人生立足点和文化皈依的努力，变得日益突出，这就不是轻易可以把握得准确的了。李佩甫之所以被认为是当前有代表性的乡土作家之一，《颍河故事》之所以不同于许多表象化的电视剧，其根本原因盖在于跳出了既定的模式，带有鲜明的二十世纪九十年代农民的精神特征。李佩甫作品的价值是在"改革文学"和"寻根文学"衰落之后的一段相对沉闷的时期里显露出来的。他和另一些作家起到了某种填补空白的作用。

对任何一部大型电视连续剧来说，我们都首先要看，它是否提供了足够丰富的命运戏剧。《颍河故事》的结构是浓缩的，密集型的，它包容了大量农村的众生相，其容量接近于一部长篇小说，它在艺术构思上的一个突出特点是，不仅仅着眼于几个人物的命运沉浮，也不仅是被某种思想意念吸引，而是"目有全牛"，力图把中州平原上的画匠王村作为一个浓缩的小社会来设计，而这个小社会正处于农村自然经济解体的大背景下，它的人物不管"离乡"也好，"还乡"也好，都是时代潮流在暗中操纵，并非个人的盲目之举。因而，看《颖河故事》，我们会强烈感受到一种历史感、沧桑感，那背后是在经济剧变中的命运思索。

如果粗略地分解一下，我们将会发现，举凡农村社会的政治问题、经济发展、教育现状、道德分化均可在《颖河故事》中找到脉络和踪迹。这里有政治生活的线索。比如充满进取心的青年王宝成，一直在为取代黑子叔的村长位置奋争。黑子叔作为保守僵化专制的代表，又要拼死维护自己的既得权利。剧中关于乡政府刘秘书的点染，孙干事的多变面孔和一腔苦衷的描绘，也非闲笔，意在揭示当今农村的生存状态。民办教师王文英的出现，尤其不可忽视。他绝不是农村的外在成分，而是作为农村社会不可或缺的一分子，农民精神价值的独特体现者出现的。他的意义绝不在于反映一下寒碜的教育现状，而是表达文化的窘迫，同时歌颂一种寂寞的献身精神。当然，婚姻、家庭、爱情是该剧的重头戏所在，包含着多对男女的情爱纠葛，如李香叶与大有（即赖货）的漫长痛苦的离异过程，唢呐手连升与麦玲，以及麦玲与王文英婚恋的曲曲折折，王宝成与晚玉的不欢而散，春生与晓霞关系中春生的痴恋和晓霞的变心等等。这真可以称为当今农村的鸳鸯谱、婚恋大全了。然而，可贵的是，言情乃表象，编导们真正感兴趣的，是每一桩婚恋中包藏的社会内容、经济根系和道德内涵。这就不是为言情而言情，反倒赋予全剧一种思考生活的品格。除了这些，我们还发现，血缘视情、人伦道义、传统的文化精神，作为一条隐线索贯串全剧，大碗婶、连升娘这些老人，都并非仅属关照情节的陪衬，他们各有主动性，把宗法农民文化的要义尽情发挥。

这还不是全景性的现实图景吗？全景性并不是"多"和"大"的概念，也决不是杂乱的堆积，全景性是一种富有深广度的张力，是多重命运交织而成的有机的世界，以其整体的典型性获得较大的艺术概括力之谓。在《颖河故事》里，落伍的、邪恶的、背叛的、迷途的，屈辱的与新生的、苦难中奋起的、献身的、善良的种种角色并存并争，撞击交汇，形成一种动势强烈的生活流。

二、透视大变革中的价值浮沉

《颖河故事》虽长达十八集，也无惊险的情节可观，完全是农村日常生活戏，却看来不累，有股内在的吸引力，这是很不容易的。它的吸引力的奥秘何在？我以为不在别处，正在于真实地、合情合理地揭示了变革时代各类人的价值沉浮。这里的每个角色都在"动"，都具有不确定性。每个人都面临着选择，都离开了自己安身立命的基础。至于向何处运行发展，那就全凭生活的魔术师摆布了，大家都在寻求自身的价值，但贫富、荣辱、尊卑、高下、幸与不幸又是何等的变幻莫测啊。

我们不妨举王连升和麦玲的例子来说。第一集开场，连升与麦玲的"唢呐大战"，气氛激烈，妙趣横生，真乃先声夺人。我们怎么也不会想到，这一对唢呐手此后的际遇竟是那样起伏曲折。王连升手艺出众，人长得模样精神，在乡村属于手头活泛者，更兼他唯母命是从，是个孝子，就更令村人歆羡。在传统的农业社会，他属于最有出息的后生，他母亲为儿子择媳的条件，也就不无苛刻。女唢呐手麦玲主动求爱，热烈大胆，赢得连升的心，但王母坚决反对，连升只好唯唯听命。后来虽有偷情，私奔，但连升在母威面前一一败退了。这个善良、懦弱、优柔的青年，始终生活在传统的阴影里没有觉悟，不敢也不想自主自己的命运。于是，在商品经济发展和个性意识苏醒的年代，他的性格与时代精神错位，也就愈来愈黯淡无光，由有价值变得无价值。有趣的是，他的母亲毫无知觉，依然以为其子身价颇高，待价而沽，殊不知连升已非昔日的连升了。王连升最后怀子念旧，精神崩溃，患了傻呆症，准确地说，是文化上的失语症。他不仅是通常意义上旧礼教、旧道德的殉葬品，更是精神价值上的落伍者。

连升的没落是与麦玲的冉冉升起相比照而存在的。麦玲可以认为是该剧最新鲜、最光彩的人物，以往的作品中很少见到类似者。她一开始就有点自献之羞：从传统眼光看，作为女子，吹唢呐，不雅；吹唢呐吹到情急处脱了外衣，露了真身，更不雅；及至毛遂自荐式的求爱，就更加有失体统。怎不招人嫌弃呢？那时的麦玲是被视为无价值的。她嫁给王文英后，仍不顾一切地偷情、私奔，任性至极，甚至与连升生了孩子。事实上，她的火辣的爱带有盲目性，连升并非她理想的伴侣，只是她一厢情愿的幻影。但这种爱又有很宝贵的内涵，那就是一般农民身上少有的敢爱敢恨，强烈的自主意识，抗拒宿命的叛逆精神。这种精神一旦与时代大潮汇合，释放的能量就很惊人。她摆服装摊，开服装店，最后办服装厂，又悉心照顾文英的双亲。为乡村捐款助学，说明她是个有情有义的叛逆者，不忘本的乡土女儿，其性格光彩愈来愈耀目。有观众说，越看到后面越觉得她漂亮动人，不是没有道理的。同样地，她也不是通常意义上封建意识的反抗者，而是从农民母体裂变而出的现代精神的体现者。

《颍河故事》就是这样超越着一般农村题材作品的模式，在复杂的命运变幻和情爱纠葛中大力发掘耐人寻味的价值变化。再如黑子叔和他的女儿晚玉，其命运也很典型。黑子叔的大半生，都是独断专行，吆五喝六，习惯于村人的慑服，他已成为画匠王村最大的绊脚石却不自知，他愈是挣扎，就愈是显示出不可挽回的没落。晚玉年轻标致，艳羡大都市的豪华，渴望过文明的生活，这本没有什么错。但她不知道怎样去实现自己的价值，怎样去应付剧变中的社会，于是，失重、轻信、跟人出走，险遭毁灭，这悲剧不已经发生过且在继续发生着吗？

三、发掘乡土之魂

《颍河故事》超出于写农村的一些平庸之作的关键，是立足点比较高，它突出了这样一种眼光，即摆脱精神的贫困要比摆脱经济的贫困艰难得多。它时而触及这样一个根本性的主题：中国农民现代意识的觉醒，其过程是漫长而艰辛的。它的编导们显然并不同意那种，认为农民身上集中了国民的劣根性，天生保守、愚昧，难以救药的偏颇观念，他们更倾向于认为，振奋民族精神之路，主要不靠外来力量对传统文化一股脑儿地扫荡和扬弃，而靠吸纳新的血液，完成自身的蜕变和更新，因而，编导们把很大注意力放到发掘乡土之魂上去。所谓乡土之魂，主要是我们民族精神哺育的美好人格，贫贱不移的情操，仁义的人伦情感等等，对于乡土、故园，作者们倾注了深厚的眷恋之情。上篇

李佩甫 研究资料

叫"离乡"，下篇叫"还乡"，归根结底还是要回到乡土。这似乎才是最可依靠的精神家园。对于这样的倾向可以见仁见智，但执于一端总比毫无主见牢靠得多。

作品的思想倾向只能通过人物来体现。我认为《颖河故事》在这方面用力最大，笔墨最多。曾有人感慨，写新人难，写农村新人尤其难，不是没来由的。不少作品写新人，常常落入理想化、虚假、生硬、概念化的窠臼，不免于胶柱鼓瑟之病。《颖河故事》所刻画的李香叶、王宝成、王文英、麦玲、春生等脊梁式的角色，都比较好。真实，可亲，不拔高，不虚饰，各有其荡人心魄处。应该说，这是很不容易的，它们所达到的成色，在目前的文学界也很罕见。

就拿李香叶来说，她差不多是全剧的中心人物，经历了由屈辱到自强的全过程。她起先不过是个忍气吞声，备受丈夫欺凌的贤妻良母罢了。她的一再忍让，代夫还债，还可见出封建意识的烙印。可是，大转型的时代使她有了改写自己命运的机会。这种"改写"是了不起的革命，无论从农民的现代觉醒，还是农村妇女的精神解放的意义上看，都不可低估。她靠自己的双手，成为女劳模，女老板。她靠自己的头脑，获得了灵魂的新生。从演员的表演看，她略显文弱了一些，但因内在的思想的支撑，她的形象还是坚实的。该剧对王宝成的刻画，也很见功力。没有精细的观察和独到的发现，是写不好也演不好这种农村带头人的。他起初给人太愣、太外在化的印象，如拉选票的过程。在他当选村长以后的戏里，他显得踏实，成熟，血肉渐丰，救孩子一节，十分感人，坚决反对充当假典型的戏，更见光彩。民办教师王文英，同样是个极感人，也极新颖的人物，他的忠厚、木讷，以及他处理家事和教务的思维方式，都准确地揭示了他美好的心灵，质朴高尚的品格。

我以为，《颖河故事》对农村新人物形象的探索，不论从剧作还是表演，都有认真总结的必要，因为这向来是创作上的弱项。现在看来，它至少在两个方面值得注意：一是角色与环境、人物与乡土的交融互渗，让人感到这样的人物只能是这块乡土上成长的；二是人与时代的关系，时代潮流的作用不是外在于人的事件推力，而是转化为人物自身性格逻辑的发展，注重内在的真实性和文化底蕴。

《颍河故事》还涉及目前农村题材创作中一些普遍性的问题。例如，在城乡关系上怎样看待都市文明？作者究竟是站在乡土本位的立场还是现代意识的高度？我感到，《颍河故事》的作者虽有告别传统农业社会的理性自觉，却又有苦恋乡土的感情执着，包括对聚族而居的血缘亲情，人伦关系的眷顾。每当出现城市与乡村两种生活方式的比照时，他更倾向于乡土：他似乎隐隐视都市为大染缸，对之怀着畏惧。围绕晓霞和变心，剧中出现了一些大学生的言谈，作者显然抱着疑惑和偏见。这不奇怪，不止是该剧的作者，还有许多擅写农村生活的作家，由于他们曾是农民的子弟，血管中流着农民的血液，青少年时代在农村度过，自然容易与农民保持情感共鸣和文化共识，对农民的缺点甚至也不忍批评而取迴护的态度。从创作上讲，作家、编导完全有坚持自己评判生活的眼光的权利。

可是，总体把握上的思想矛盾，不应该成为深刻揭示生活真实的限制，更应避免采取比较简单的方式综合矛盾。该剧的结尾，主要人物齐聚广州，一面在高级宾馆槽槽懂懂，闹些笑话，一面沉醉在幸福的憧憬中。花好月圆，百事遂心，好像物质丰裕、皆大欢喜的理想国就在眼前。这未免有些"大团圆"式的轻飘，与全剧深沉的格调也不统一。是不是作者急于完成商品经济观念与传统文化精神的统一，物质的丰裕与返璞归真的乡土意识的统一？这样的统一很难达到，急于扭合，就有可能掩饰矛盾，制造廉价的乐观。中国农民走向现代化的道路，不可能不经历深刻的痛苦和蜕变。

至于该剧艺术处理的得失，还有许多可探讨处。如大有这个人，贯串全剧，分量太重，不断"夺戏"，又没有什么性格发展；又如情节太密太实，节奏缺张弛，很少留出沉思、抒情的空间，等等。但我认为，《颍河故事》的贡献主要在对农村题材影视创作上的启示，本文的重点也在这里。

原载《中国电视》1994年第3期

李佩甫
研究资料

《城市白皮书》：当代城市精神生态的忧思和拷问

陈继会

问：城市是什么？

答：城市是一系列物化形态的东西（马路、汽车、剧院、歌厅、商厦……）的刚性的排列组合；城市是一种心理状态（风俗、礼仪、行为模式、生活态度、情感方式、思维习惯……）隐性的外化。

问：城市的属性是什么？

答：城市是现代文明的发祥与集散之地；城市是诸般"工业文明病"的产生与传播的源头。城市是建在"地狱"上的"天堂"；城市是兼有魔鬼与上帝特性的尤物。

问：城市与乡村是什么关系？

答：乡村是城市的宽厚的兄长，城市是乡村的精明的小弟；乡村以企羡和忧思的目光注视着城市，城市用自恃和轻浮的眼神傲视着乡村；乡村的目光在城市的傲视下开始变得游移不定，城市的眼神在乡村的注目中似乎更加自负和放肆。

问：对城市的褒扬和批评究竟是什么时候开始的？

答：同城市的诞生一同出现。这是一对拆攻不开的孪生兄弟。对城市的赞美和对城市的诅咒都是人类文明史上绵延不绝的一种传统，差别只在于你立论的立场。

......

关于城市，关于乡村，关于城市和乡村，这一系列相互矛盾冲突但又不无内在逻辑联系的问答，我们可以一直开列下去。上述自我问答，既源自我长时间以来对这一问题的思考，也因为我最近读到的人民文学出版社出版的李佩甫的关于当代城市生活、关于城市文化生态的报告书。李佩甫在拷问城市。阅读《城市白皮书》，我对佩甫有了一种敬畏之感——我敬佩作者于书中所表现出的价值取向和文化态度。《城市白皮书》表达了李佩甫作为一位作家的良知：作者直面商潮裹挟、日益物化的焦灼的社会现实，呼唤精神的甘霖普施大地，滋润干涸的国人灵魂。佩甫对于民族文化历史走向，对于民族精神的现代重建，乃至时下全民关注的社会主义精神文明的建设，给予了深的忧思和热情的关注；同时我也更加"畏惧"佩甫的那双眼睛——小说中小姑娘明明那双足以洞穿一切虚伪与矫情、贪欲与浮躁的双眼。这是一双更见深邃、尖锐，也更为真诚的神性的双眼。面对这一双眼睛，每一位读者都会认真检视自己的行为，时时反省和拷问自己的灵魂。

李佩甫在他过去的诸多作品中，都曾对城市与乡村作过比照的评价，也因此招致了批评的意见。譬如，说他是站在农业文明的立场上，抨击工业文明，等等。讨论这一问题，我们无法回避一个理论前提，即如何看待城市。

诚然，从历史的眼光看，城市是进步于、异质于乡村的另一种文明。马克思主义经典作家曾这样表述过城市与乡村的异质与对立："物质劳动和精神劳动的最大一次分工，就是城市和乡村的分离。城乡之间的对立是随着野蛮向文明的过渡、部落制度向国家的过渡、地方局限性向民族的过渡而开始的。它贯穿着全部文明的历史并一直延续到今天。"（马克思、恩格斯：《费尔巴哈》）人类社会从乡村发展到城市，其间经历了漫长的时间。这种由乡村到城市的社会形态的转化，是带有划时代意义的——它标志着人类文明发展的不同阶段，这是一种质的飞跃。也正是在这种意义上，西方一些社会学家将世界史看作人类的城市时代史。因为，第一代优秀的人类，他们是农业文明的创造者；而第二代优秀的人类，则是擅长建造城市的动物。

但是，正如对城市的赞美与城市的出现一同诞生一样，对城市的诅咒也同城市的诞生一同出现，对城市的反对是人类文明史上绵延不绝的一种传统。人类学家的考证表明，在远古的许多神话中，城市都是由凶手建造的，因而认定在人们对城市的最初观念中，就包含一种罪感。认定古代人有这样一种意识：城市代表着与自足世界的分离，是把人的意志强加到由神力创造的自然秩序之中，是渎神的。城市的反自然特性，一开始就成为人们攻击城市的口实。也许，在某种程度上，反自然正是人类社会得以存在并发展的必然代价。但是，人类追求自然完美的天性，使得人们难以认同这种代价，所以，对于城市的攻击就代代不绝。

然而，这还不是问题的全部。带有浓重的商业色彩的现代城市，自负又负载着许多消极的东西。现代城市的商业文化属性，一方面使它冲淡了门第、家族的制约，人们获得了更大的自由、平等和民主，但在另一方面，城市人，尤其是大城市人，人们的价值观念更趋向于理性化和实利化（人际关系变化和转移的准绳是利益与金钱）。乡村式的亲切微笑的面庞，在城市开始变得模糊和遥远。于是，人们也便分明地感到城市的残酷和薄情。佩甫用了走向城市"是一次血淋淋的进军"，表达了他的感悟和评价。

商业化的现代城市，便利的交通，发达的通信，促进城市人口的流动，加速了人际的开放式的交往。城市中不同的社区，形成了不同的文化秩序和道德环境——体育场馆、学术会堂、酒吧舞厅……偌大的城市被分割成许许多多的小世界。这些小的世界互相毗连，但不互相渗透。一个人可以十分便利地从一种道德环境转入另一种道德环境。城市的这种文化生态，在其积极意义上，它可以使生活于城市的人们比较自由地找到适宜于自己施展才华的领域；但在另一方面，现代商业城市生活的这种浅表性、冒险性，也孕育了一批畸形的、病态的城市灵魂的出现。无视社会公共道德，专事寻求冒险刺激，金钱膜拜，人格分裂……现代城市一身兼有"上帝"和"魔鬼"两重角色。它创建了人类崭新的辉煌的文明，它同时也造出了腐烂和丑恶。

《城市白皮书》对于"城市"的拷问，其独特的价值在于，它不是仅仅从一般的意义上的剖析、攻击城市，而是在经济转轨、文化转型，整个社会日益被"物化"，精神日益被"边缘化"的背景下，去关照城市，剖析城市，进而表达作者的一种文化批判态度。情欲滔滔，物欲横流，精神匮乏，精神退位。这个城市充溢着物欲与情欲，弥漫着噪耳的市声和撩拨人心的"红蚊子音乐"。而精神则可悲地缺席——理想、责任、道德、义务、友谊、亲情……一切都变得无足道哉，不被所容。所以，作为一种良知，明明那双神性的眼睛最后也只能变作一片树叶，游离城市，漂泊于天际大野。

李佩甫在关照这个城市时，舍弃了对于城市表象的把握和描写，他把城市作为一种"心理状态"去审视和表现，因此也更深刻地进入和把握住了城市的灵魂，更准确地传达出了这个时代的城市的部分特征。作者常常在小说中借了别人的口，说出一些警世之语。譬如，说"裸露是这个时代的主题"；说这是个"洗心的时代"，"人的心很容易变硬的"；说人们都在学习叛变，学习不怕丢脸，等等。作者把一个处于文化转型、文化失范、价值真空情势下的当代城市人的心理状态，异常强烈地突现出来。变，是这个时代的大势，但又似乎缺少绳墨。我们曾经有过的优秀的传统被丢掉了，而新的价值体系又没有完全建立起来。价值真空使得一些似乎得风气之先者，随心所欲，加剧了世风的恶化。新妈妈一次又一次的出征（结婚，离婚。从一个城市走入另一个城市，从小镇到大城，从北方到南方），及其不断的"胜利"，是典型的表证。旧妈妈在一次又一次的坎坷挫折中，不断地抛弃作为一个工人曾经有过的美好品行，并最终适应、认同了现实，是一例悲剧性的表证。

在一种日渐物化的环境中，城市人的尴尬的生存状态和不容漠视的精神危机，我们从小说中的许多人物的存在中都可以强烈地感受到。陈冬难以适从的尴尬存在，以及她最终的撒手西去；魏政的虽胜犹败；尤其是新、旧两个妈妈面对一个女孩（明明）的那种表现：先是争相推拒，继之相互争夺。其原因全在一个"钱"字！推拒是因为不想付出，争夺是因为明明有"特异功能"可以挣钱。生存环境的物化，导致心灵的"物化"（"人的心很容易变硬的"）。连母子亲情都被染上金黄银白，这是怎样让人忧思的事情！

《城市白皮书》正是在上述意义上，表明了它的价值。作者在作品中向我们提出一个普遍而又重大的问题：金钱（物质）在这个时代所扮演的角色是什么？金钱对这个社会的腐蚀作用？金钱之外我们还有什么？应有什么？我们应当如何抗御这种腐蚀，重建既合于现代文明潮流又葆有民族文化传统的崭新的健全的民族精神？

从《李氏家族第十七代玄孙》《金屋》《画匠王》到《城市白皮书》等，李佩甫在他一系列的作品中，连续性地执着地思考着"恶"（金钱、权力、情欲……）在历史发展中的作用，从而表达了他的历史观念（或称为历史哲学）。比较一下他的三部长篇小说，我们会发现作者在历史观念上的微妙变化。如果说在《李氏家族》中，作者对于"恶"在历史发展中（尤其是在李氏先祖的繁衍发展的历史上）的作用，在给予了足够的承认和重视的同时，也表达了清醒的批判；那么，从《金屋》到《城市白皮书》，作者则是完全以作家的立场和眼光来思考评价恶的问题。

也许，李佩甫因此而蒙上"道德化地评价历史"的恶谥。其实，问题远比这种简单化的理解复杂得多。历史与道德的悖论，一直是一个无法回避的历史哲学命题。诚然，马克思主义经典作家的论述表明，他们并不是用什么美好的眼光来解释世界。他们说过，"卑贱的贪欲乃是文明从它的第一日起以至今日的动力"。（恩格斯：《家庭、私有制和国家的起源》）肯定过恶的历史作用。但问题的复杂性在于，作家有不同于历史学家的价值定位。作家最为关切的首先是人的存在、人的困境和人的命运，其间关于道德问题的思考，显然不是什么多余之举。正如同当一位历史学家在为一位封建帝王统一中国征战杀伐辩护时，历史学家没有什么错一样；作家对于人们在历史活动中所表现的种种恶、愚盲与非道德，表达自己的忧思和批判，作家同样没有什么不对。作为一位时刻关注着人类道德完善、关注着民族精神文明建设的作家，如果对此视而不见，那才是莫大的嘲讽。当一位诗人用诗歌来为人类的种种恶、愚盲和不道德行为伴唱时，这个世界上神圣不可侵犯的整个价值体系就突然轰毁，再没有什么是可靠和可以信赖的。因为，作为一位诗人，他应当守护的和所能守护的，也唯有这一块"精神家园"。舍此，也许就没有了他们立身的价值。文学家不会因此而懊悔。

作为"探索者丛书"之一种，《城市白皮书》显示了作者强烈的形式探索的意识。试图通过两条相互联系但又互不交叉的情节线索，通过两套不同的叙事话语，取得一种"复调音乐"的艺术效果；在历史与现实、社会与心理、写实与表现的多重对话与展示中，全面地表达作者的思考，是作者一贯的追求。较之于《李氏家族》等作者先出的作品，《城市白皮书》显得更为从容娴熟。出自明明的眼睛和出自魏政之口的两条线索，内在联系更为紧密。自然，两条线索之间的非均衡状态和畸轻畸重感还是存在的，还有待艺术上的进一步琢磨。

注重感觉的捕捉和描写，注重意象的营造和渲染，构成了此作的一大明显特色。作者借助于艺术上的"通感"，将视觉、听觉、嗅觉、触觉、味觉融为一体，赋予语言以声、光、色、味，表现出极强的艺术感染力。20世纪30年代以穆时英、施蛰存、刘呐鸥为代表的"新感觉派"，曾以探索的姿态，在对"上海——建在地狱上的天堂"的"感觉"和体验的传达中，将旧上海的形象艺术地展示给我们。李佩甫以新的探索的姿态，在对自我"感觉"的艺术传达中，极富穿透力地表现了当代城市人的文化生态和心态。

一切都在探索之中。《城市白皮书》一方面强烈地显示出作者的探索个性，同时，也明显地表现出刻意为之、失之于"过"的局限。感觉的过于密集，造成了阅读的滞涩感。加之部分感觉与意象的重复，致使全书滞重有余而通脱不足。

正如同我们对于这部小说艺术上的感觉和评价一样，探索中的局限，无损于探索的意义；同样，我并不以为佩甫这部作品所展示给我们的城市形态就是当代城市的全部形象。作者所写出的，是他自己感觉和理解的城市，是城市的另一面——作为现代文明的源头，作为新的文化和思想的强大的辐射中心，它在民族精神现代重建中的意义。现代城市作为商业交流中心，它在国家"城市化"的历史过程中和走向现代的历史进程中的意义，尚没有进入作者的视野，引起足够的关注。但是，《城市白皮书》作为一种精神性的思索和求索，它提出了许多直面现实、发人深思的问题。它拷问"城市"，并唤醒世人关注"城市"——关注民族文化的历史走向，和民族精神的现代重建；思考在何种意义上，我们民族的文化生态和文化心理，才算具备了真正意义上的现代性和现代品格

这是一部厚重的书，它所启示我们的，又不仅仅如此。

城乡、古今中的挣扎与修炼

——李佩甫创作论

张喜田

　　李佩甫的创作有着浓郁的乡情诗意，一打开他的作品，一股泥土的气息便扑鼻而来，就是那些作品的名字，如《红炕席》《红蚂蚱 绿蚂蚱》《无边无际的早晨》《送你一朵苦楝花》《黑蜻蜓》等，也令人遐想起乡村的风光。

　　李佩甫的创作是在两个世界中挣扎、修炼的，那就是在今天的与昨天的、城市的与乡村的对立与撕扯中进行的。而他的乡情则来源于乡村情景、自然人性和历史的嬗递中。

一、淳朴乡情的礼赞

　　"土地是很宽厚的，给人吃、给人住、给人践踏。承担着生命，同时又承担死亡。土地又是很沉默的，从未抗拒过人的暴力，却一次一次地给人儆戒。"①土地是这样伟大，作家也就由衷地赞叹与歌颂。

　　李佩甫作为河南作家的一员，他常以故乡生活为题材。家乡的风俗人情、

---

　　①　李佩甫：《在"瞎话儿"中长大》，《中篇小说选刊》1989年第4期。

山光水色，屡屡被他摹画在自己的作品中，作品显露出较为浓郁的田园风味。对城市人际关系、生活方式的不满，使他向往于具有醇厚、古朴的风俗人情和清新、旖旎的自然风光的农村，笔下很愿意造出些"桃花源"式的景象，极力描写乡村水陂田畴的自然美，那往往是一种逃离尘嚣和纷乱的静美，一种笼罩在安谧气氛中的农村的古朴美，作品就往往含有一种隐逸、冲淡的情调。

李佩甫仿佛是一个感觉主义者，他能看见、听见、感觉、尝到和吸入大自然所提供的各种灿烂的色彩、歌声，丝一样的质地、水果一样的香甜和花的芬芳。他像画家一样对色彩很敏感，如"红"（《红炕席》）、"绿"（《红蚂蚱 绿蚂蚱》）、"黑"（《黑蜻蜓》）等色彩在他的作品里经常出现。他往往唤醒人们酣睡于习惯之中的心灵，并且迫使它去注意自然界里经常出现而未曾被留意过的美和令人惊叹的事物。他赋予那些最普通、最自然的情景以不寻常的、全新的，几乎是超自然的色彩，以他那特殊的处理方式赋予现实中司空见惯的素材以某种幻想色调和色彩，以引起人们的想象和渴望。

河南作家一代代形成了强固持久的恋土情结。这恋土首先表现成形而下的，即眷恋故土的安谧舒缓的生活节奏和田园氛围，以及人们在故园所能获得的安全感。而这形而下的情感经年累月便又凝固成一种形而上的情结，即对"精神家园"的呼唤，这几乎是他们灵魂的归宿。乡情总是上升为一种精神的皈依，故乡往往幻化为精神的桃花源。而这种感情实质是对传统经济结构及其制约下的文化价值观的认同。所以，更能显示李佩甫创作的历史积淀和田园风味的，还是演变于自然环境之中的人情世态，是作品中的风俗画描写。

《红蚂蚱 绿蚂蚱》写的是动乱岁月中人们的生产和生活。这篇作品与其他作品（如《桑树坪纪事》《拂晓前的葬礼》等）不同，他虽然写的是家族，但没有宗法统治的残酷，只有一家人似的和谐、融洽，充满着亲情与天伦之乐。人们之间是同舟共济，而不是尔虞我诈、相互迫害。人们不为争权夺势而为如何把村子搞好、填饱肚子而奋斗。在灾难的岁月中，出现了安定、自足、和谐的人际关系。《无边无际的早晨》更能衬托出农村人的朴素感情。李治国生下来就没爹没娘，但是他没有成为孤儿，乞讨飘零，而是成了大李庄的"小皇帝"，吃百家奶，穿百家衣，长大成人。乡亲们不仅供给他吃穿，而且还培养教育他，在人生道路的关键时刻还总加以点拨。这些折射出了农村的安详和乐气氛，反映了宗法农村自然经济的面貌，也在互相酬答中显露了劳动人民之间情谊的笃厚、淳朴。他以欣赏的态度对美好的风俗人情、对劳动人民的心灵进行了开掘和描写。

作家礼赞着农村的朴素人性、和谐的人际关系。这不仅与其他省的反映"文革"时期农村生活的作品不同，就是与河南的其他作家也不同。河南的其他作家在反映农村生活时，都着重反映农村的宗法统治的黑暗，"官本位"思想的残酷，而李佩甫却恰恰相反，反映的却是当官皆为民做主，一村一姓一家人。这与他的出身经历有关。他并不是土生土长的农村作家，他生活在城市，而他姥姥却在农村，农村只是他的一个"度假村"，他与农村有一定的距离，并没有真正感受到农村的痛苦，更重要的一点，农村是他的精神家园，尤其在大城市（省城）生活不如意时。以此为起点，他又必然作为刚正不阿的审判官，拷问着那些背弃了乡土、背叛了农人的"城里的乡下人"的灵魂。

"农村出身"这个先验的因素在浅层次上往往成为城里的乡下人自卑和萎缩的情愫，他们想尽办法进行脱胎换骨，忘掉乡村成为他们的一种不言而喻的动机。但在无意识的层次，乡村情感又是他们的根，是灵魂的最后停泊地。这样又对"忘却"——忘却故园乡土，迷失本原真性，失去我之为我产生恐惧。在作品中，作家一方面俨然一位刚正不阿的审判官，用传统的鞭子拷问着那些背弃了乡土、背叛了农人的"黄土小儿"的灵魂，无意识地流露出对于背弃乡土的恐惧，表达了对于乡土的自觉或不自觉的背弃、忘却的愧疚，在精神的返乡中，实现对于自己失落的美好乡村情感的祭奠；另一方面，表现了他作为一个生活于都市之中的"地之子"对城市生活的疏离而又自负的深层的文化心态。当他的城市生活经验转化为艺术表达时，则表现成他贬抑城市、礼赞乡土的情怀，厌恶并逃离城市。"国的婚礼十分隆重"，而"国却在梦里。他觉得这一切都不是真实的，假的"，"场面是很热烈的，一切应有尽有了。可这里唯一缺少的是亲情。没有亲情。"（《无边无际的早晨》）人们失却乡村社会固有的率真、执着、坦诚、放达，他们少了乡村人的素朴宽厚与洒脱雄强，人与人之间虚伪、矫情、自私、势利，生命在卑怯、苟且、龌龊、庸懦中消解。

李佩甫说："我个人认为，所谓神性，是一种创造性，是一种生命再现形式"，"只有生命的再生（再创造）才具有神性意识"。所以他"试图走向生命本质"，①反映生命的原生态，对生命力进行讴歌，这也是李佩甫乡村情感的另一表现形态。

乡下人最接近大自然，阳光雨露的陶冶使他们也有了自然的灵气，生命与自然合拍共振，生命力旺盛，成了生命的模本。

在《李氏家族第十七代玄孙》中，有许多充满阳刚之气、富有生命活力的人：孤身一人背犁开垦处女地的季和、冒死进京告御状的李发祥、9州13县的叫花儿头儿盖爷……他们都是大李庄人的先人，他们为开垦、繁衍大李庄做出了卓越的贡献。作家不着重写他们的贡献，而着重写他们做贡献过程中的伟武之举。作者描写他们就是为了与现实中的委琐、卑怯、懦弱的人作对照，为现实的人铸一面镜子。

历史中的男人是可敬的，现实中的很多女性也是可歌可泣的。《李氏家族第十七代玄孙》中的李满凤、晚玉等有着常人不常有的毅力和果敢，谈笑面对痛苦，最后超越痛苦。她们个性饱满，人格独立。

在李佩甫的作品中，很多农民的生活并不如意，但作家并不在于展示农民的痛苦，宣泄自己的愤懑，而是把痛苦作为锤炼生命的砥石，是生命力爆发的契机。作家表现了农民在痛苦中的挣扎，对痛苦的超越。以痛苦写生命，以挣扎显力量。《黑蜻蜓》中的二姐"一岁没爹，两岁没娘，三岁发高烧，就烧成了一个聋子"。她一生都在苦做，似乎为了生存，要把苦命做穿。苦成为一切的一切，成为二姐的生命本身。然而苦难本身也还并不重要，重要的是二姐之于苦难的态度，苦难成为被她所超越的苦难。二姐这个普通的女性有一道超俗的光辉，肯定着人生的超越精神，一种积极的允满着宗教情怀的宿命哲学，直至最后走向涅槃，穿越宿命而达到无所待的境界。

在李佩甫的作品中，表现了很多身有残疾的人，几乎每一篇有一位，但这些人身残志不残，能够自食其力，并且还为他人做贡献。瞎子福海（《红蚂蚱

李佩甫
研究资料

---

① 李佩甫等：《对话：文学与人的神话》，《莽原》1996年第3期，第71、74页。

绿蚂蚱》）、结巴来喜（《乡村蒙太奇》）、二拐子（《画匠王》）、呆儿哑巴（《李氏家族第十七代玄孙》）等都虽身有残疾，但活得富有生气，畸形中求得生命力。李文华（《豌豆偷树》）眼有"棠梨花"，母亲是个瞎子，却一心一意教书，教乡下的孩子学问和做人，并为一些不幸的孩子打抱不平，把自己微薄的工资捐给贫困的学生做书杂费，最后用自己的肩膀撑起了坍塌的教室的大梁，用自己的残疾的躯体换回了几十个孩子的生命。可见，"作为人，自然法则是一样的。但通过法则的过程却不一样，纵然说过程有相似之处，但对过程的体验决不一样。不管怎么说，只要生活过，每一种生命都有过辉煌"。[①]

古人、乡下人是勇猛刚武的，而那些城市人则是软弱卑怯的。"哥哥"（《送你一朵苦楝花》）"带着两腿泥"，"从一览无余的乡村"，"跌进了城市的旋涡，在花花绿绿的橱窗前失迷了。于是他被'囚'进了一个上不着天下不着地的'方格'，有一个属于城市的陌生女人管着他"，他"出了门便消失在人流中，回到家便化进了'方格'里，他没有了自己，更没有属于自己的一点点东西"，他"很想走出'方格'，又极怕失去'方格'，在城市，这是他唯一的藏身之所"。"在那陌生女人面前，他每时每刻感到了乡下人的卑微。他无法逃脱这卑微"。在文化的涨潮中，"哥哥"成了一个"城市人"。现代文明副效应的无言威迫，使他感到人生如寄，于是，他打着心灵的白旗选择了皈依城市的人生道路，日甚一日地陷入了灵肉分裂的痛苦。他身上的人性尚未完全泯灭，还存在着人性归返的自在要求。于是，就在心灵的祭台前自悔自恨，自讽自嘲。他的更深层次的悲剧，在于他什么都清楚，就是改变不了自己。于是，他就从自我忏悔走向了自我麻痹，自我谅宥，不可逆转地从活人向符号转化，成为一个卑微的现代文化性格。他的悲剧既投影着历史的血污，又包蕴着自我戕杀。

在李佩甫的笔下，城市与乡村代表着两套不同的价值系统，显示了两种不同的文化精神。他关于城乡二元对立的描写，明白地表达着他对城乡截然分

①　李佩甫：《泡"豌豆"》，《中篇小说选刊》1992年第4期，第58页。

明的评价态度——一往情深地眷恋着故乡的大地热土，厌恶并试图逃离城市生活。

李佩甫身上有着过于沉重的传统道德观念积淀，它与农民美善统一的淳朴道德观念有着千丝万缕的联系。这不能不影响到他的文化心态。现代意识引导他观察生活时走向多元与复杂，传统道德观念则使他评价生活时走向单一和定向。这就形成了矛盾。农民那种美善统一的道德观念总是潜在地干预着他用现代意识拥抱生活时本应达到的深度和广度，使他习惯于站在农村文化的立场看待城市文化，自觉不自觉地过于看重了城市文化的副效应，本能地产生出排拒力，而未能在一个更为阔大的历史框架里勾勒美丑杂陈、善恶一体的城市文化背景，未能向人物提供更加纷繁的人生选择，复杂性相对简单化了。乡村厚重的情义与城市的人情淡薄相映照，这种二元对立地把人的生存地域作为人性划分的界限，实际是一种意识形态的虚幻性。

二、痛苦挣扎中的转变

李佩甫认为，"灵魂总在寻找失去的父亲"，要"击倒现实的父亲"。[1]华兹华斯说："诗，来源于以宁静的心情回忆起来的感情。"[2]

李佩甫的创作很富有时间意识，在作品的标题设置上就有意识地突出时间，如《画匠王——一九八八年》《乡村蒙太奇——一九九二》等，时间给人一种纵深感，一种流动感。时间的迁移形成历史。当河南的其他作家热衷于描写乡村史、家族史的苦难时，他却描写家族的发展史、奋斗史，描写血脉相继。他大量写昔日的生活，描写这些企图谱写一部家史，这家史有痛苦、有艰难，也有悲剧，但无毁灭、无悲观。写家史是为了寻找家族的繁衍史，"人类的痕迹是繁衍，繁衍的轨迹是血脉，血脉一代一代连着，就有了种的区别，就有了人的历史，就有了活人的固定区域。那么，人又是怎样活过来的

---

① 　李佩甫等：《对话：文学与人的神话》，《莽原》1996年第3期，第71、74页。

② 　转引自勃兰兑斯：《十九世纪文学主流》（四），人民文学出版社1984年版，第81页。

呢？""常常觉得没有指望了，没有指望了，却恢恢地又活了过来。还能说什么呢？那无尽的日月，那死不了又活不成的日月，被血脉的长线串着，坚韧地扯出了长长的人生。"①他满怀敬意地讴歌历史上人们的丰功伟绩，写人们之间的友爱、和美，与其他作家关注于仇杀、血泪、愤怒不同。

他常常叙述一些悲剧性的事件，但经过他的独特艺术处理，往往会产生不同凡响的效果。如此艰辛严酷的人生似乎必须配之以一种如泣如诉、痛苦伤感的叙述风格，但他却采取一种惊人的冷静的叙述语调，极其客观而颇带调侃地讲述仿佛已经古老得再也不能打动人的悲剧性故事。苦难沉重的过去在作者超脱旷大的艺术气度中化为"江山依旧在，几度夕阳红"的轻叹，化为一缕青烟，随风而去。

他常把一些广泛流传于中原农村的故事，化用到作品中，采用一种类似民间故事、童话、神话的表现方法，有着魔幻现实主义的风韵。表现的似乎是人的创世纪，是人的原始记忆。而记忆"意味着'内在化'和强化，意味着我们以往生活的一切因素的相互渗透"②，"意味着一种新的更深刻的理解，意味着对诗人个人生活的再解释"③。"在人那里，我们不能把记忆说成是一个事件的简单再现，说成是以往印象的微弱映象或摹本。它与其说只是在重复，不如说是往事的新生；它包含着一个创造性和构造性的过程。仅仅收集我们以往经验的零碎材料那是不够的；我们必须真正地回忆亦即重新组合它们，必须把它们加以组织和综合，并将它们汇总到思想的一个焦点之中。"④这个焦点就是对美好的历史的眷恋，是"一种回归母体、寻找家园，甚至再造童年的生活冲动"，传达出了"寻找英雄神话的情结"。历史为现实筑成了一座纪念碑，一个参照系，映衬了现实人的卑微和种的退化。但历史是一条源源不断的河流，自古流到今，昨天是今天的根，今天是昨天的果，明天又是人类的希望。沉溺于过去，耽于幻想，对往昔生活一去不复返的过分哀伤和眷恋，透露出避

---

① 李佩甫：《在"瞎话儿"中长大》，《中篇小说选刊》1989年第4期。

② 卡西尔：《人论》，上海译文出版社1985年版，第66页。

③ 卡西尔：《人论》，上海译文出版社1985年版，第67页。

④ 卡西尔：《人论》，上海译文出版社1985年版，第65页。

世和隐逸，弹奏的只能是一曲历史的挽歌。

李佩甫说："虚幻将作家社会生活意识很实的部分变成一种虚构而不是伪饰，有变成无，在作品结构一个村庄、一方地域，将自己对社会与地域文化差异的思考放进创造中，用里面的人物生活这一虚幻的世界表达思想，这样，所有人物都成为演员或代言人，演出或说出生活的状态和形态。"①但"观念似乎并不全是对过去某些事件的回忆，而是对未来的期望，即使仅仅是指向一个直接当下的未来"。"我们更多地是生活在对未来的疑惑和恐惧，悬念和希望之中，而不是生活在回想中或我们当下经验中"，"思考着未来，生活在未来，这正是人的本性的一个必要部分"。20世纪的人不管是在乡村或者是在城市，人类都将面临共同的生存问题，即城市化是历史发展的必然趋势，现代文明终究要代替中世纪式的农业文明。作家毕竟生活在历史的河流中，历史的冲刷撞击着他，他必然随历史而动，创作的实践完善了他自己。李佩甫在1996年创作了《学习微笑》，这无疑是一种仪式，预示着他创作的转轨，是一种飞跃。

刘小水的丈夫陪领导初次赌博就被拘留了，却又因太诚实而被罚了3000元，赎出之后又失去了工作；公公本以"国营"职工而自豪，到老年却无钱看病，医疗费无法报销，欠了很多账，萌生了死的念头，但他却要卖冰棍、汽水来还债，最后死在街头，是站着死的，成了城市的雕像。刘小水家中的不幸一桩接一桩，而她却又被厂里抽调去学习"微笑"，以色相来为厂里服务，到最后一切全白费，厂垮了，她没有了工作，但她不气馁、无牢骚，到街头摆起了小食摊，自己养活自己……作家在这些人身上看到了一种东西，"觉得那是一种高贵和人生的大气。这高贵才是真正的高贵，这大气才是真正的大气，生命力和承受力都在那里边含着"。②这是生命的赞歌，由早时赞美农村人的生命，到现在对城市人的生命赞美。

由"微笑"着看待农村，到"微笑"着看待城市，李佩甫在城市里也学会

李佩甫
研究资料

---

①　李佩甫：《拾来的"微笑"》，《中篇小说选刊》1996年第6期，第44页。

②　同上。

了"微笑"。这种转变不仅是李佩甫个人的转变，也同1996年中国文坛一样，现实主义得到深入，强化了文学的当代性和历史使命感。同谈歌的《大厂》、刘醒龙的《分享艰难》一样，触及了改革开放的深层。因为，"改革开放就全国、就整体来说，是经济的突飞猛进的发展和繁荣，是社会的富裕和进步。但对某些企业和工厂，对部分人，可能出现相反的情况"。怎么解决这些问题，"要靠大家的共同努力，要按经济规律慢慢调整、摸索，要克服和处理改革开放过程中出现的各种问题"。大家共同努力，"分享艰难"，同感欢乐，共同跨过世纪末，迈向新世纪。这是1996年文坛的一个共同主题。李佩甫也抛却了心底的妖孽，越过了以往的魔障，微笑着看待人生，微笑着走向新世纪。

原载《河南师范大学学报（哲学社会科学版）》1997年第3期

画出当代人的困窘与希望

——读解李佩甫中篇小说《学习微笑》

李少咏

一

当新世纪的钟声即将敲响之际，我国的社会主义市场经济体制建设方兴未艾，以前所未有的规模、气势和发展速度，引起了全世界的瞩目。市场经济的迅猛发展，首先为我们带来了物质生活的极大丰富与流通渠道的极大拓展，刺激了社会生产力的进一步活跃与发展；另一方面，也不可避免地带来了这样那样一些不能尽如人意的负面影响，诸如偷税漏税问题、贪污腐化问题、社会治安不稳定问题以及国有企业职工大面积下岗问题等等。在这些问题当中，贪污腐化现象最为人们所深恶痛绝。而大批国有企业职工下岗及再就业问题则是涉及面最广、最为人们所关心的一个带有普遍性的社会问题。

毫无疑问，当历史的车轮行进到二十世纪九十年代以后，我国的经济体制改革尤其是国有企业内部和外部机制的改革才真正进入了一个全新的时期，广大工人兄弟姐妹几乎是在没有任何精神及心理准备的情况下就开始承受起了前所未有的大幅度社会改革所带来的历史性的阵痛。生存状态和生活环境的急剧变化，必然会导致人们精神心理状态的剧烈震荡与变化，改革初期那种对于改革开放的光明前途的热烈而天真的向往与憧憬，渐渐地被残酷的生存竞争所带来的某种苦涩感和无所适从感所取代。个人的喜怒哀乐、家庭的悲欢离合、企业的聚散分化或解体重构，所有这一切在一只看不见的手的神秘操纵下，演绎成了一幕幕生活的悲剧、喜剧和壮剧，当然也不可避免地出现了一些闹剧。

正是在这种希望与困窘同在，鲜花与棘刺并生，波澜壮阔的同时也不乏暗流汹涌的时代大背景之下，我们的一些富于社会责任感和美好的个人道德良知的作家带着对普通民众生活的热切同情与关注，用自己手中的笔，为我们描绘出了一幅幅富于鲜明的时代色彩和深刻的历史纵深感的当代社会生活生态图，传达出了一种混合着强大的情感与道义力量的时代的声音。

在这批优秀作家当中，以《红蚂蚱　绿蚂蚱》《黑蜻蜓》《无边无际的早晨》《豌豆偷树》《田园》《画匠王》《李氏家族第十七代玄孙》《金屋》《城市白皮书》等作品而饮誉当代中国文坛，先后荣获全国"庄重文文学奖"、"飞天奖"、"河南文学艺术优秀成果奖"、《小说选刊》"优秀中篇奖"、《中篇小说选刊》"优秀中篇奖"以及《上海文学》年度奖、《莽原》文学奖等二十余种文学奖励，部分作品分别被以英、日等多种文字译介到国外的河南作家李佩甫是较有代表性的一位。而他的中篇近作《学习微笑》，同样是一部从思想到艺术诸方面都达到了一种较高境界的优秀之作。

二

《学习微笑》最初发表于1996年6月号的《青年文学》杂志上，后经《中篇小说选刊》《新华文摘》《作品与争鸣》等报刊转载，在读者中产生了广泛的影响。小说所讲述的故事十分简单：某食品厂糕点车间的女工刘小水因为眉心生有一颗痣，被厂里抽出来去学习一些礼仪，好接待准备来厂里投资的港商。她和其他几个姐妹一起，被辅导老师指定要先学习微笑。这微笑很好学，又很不好学。因为她们要学习的不是一般日常生活意义上的微笑，而是一种包含了更多社交礼仪性质的微笑。好在，她们最终都学会了。主要是掌握了发出这种微笑的基本要领，即"露三分之一牙"。学会了"露三分之一牙"之后，她们被厂里安排去与一些能为厂里搞来钱的单位搞"活动"，因为厂里已经很长时间连基本工资都发不下来，大部分职工事实上已经处于待岗或者说是下岗状态了。她们历尽艰辛学习来的微笑最初运用起来是成功的，甚至可以说是非常成功的。特别是刘小水的微笑，简直到了出神入化，能够勾人魂摄人魄的程度。因为她眉心有那颗痣，因为她眉梢眼角总是充满了一股我见犹怜的哀伤与幽怨，还因为她的缄默与沉静，使她走到哪里都会成为人们注目的焦点。

然而她们这些成功的微笑说到底最终还是不值一文。厂里的所有努力得到的最后回报是谈判失败，引资泡汤，工人下岗，厂长当众宣布工厂破产。而这一切只不过是因为，市里有一位很有背景的人物从中做了一点小小的手脚。一点就够了，就足以左右整个局势的发展变化，这也许便是中国所谓的特殊"国情"吧。

最后，刘小水在街头摆了一个卖点心的小食摊，专门卖她在厂里做得最拿手的炸梅豆角，生意居然很好。

故事就这么简单。当然，中间还穿插了一些其他的生活细节。比如刘小水与公公的冲突与和解。刘小水与娘家人之间不尴不尬的相互关系，还有刘小水的丈夫被抓进局子里又被放出来等等。即使加上了这些内容，故事仍然是十分简单的。然而，就是从这简单而平凡的故事的讲述中，李佩甫让我们看到了一幅活生生的当代的中国普通人的人生景观。

首先，这部篇幅不大的中篇以形象化的手段，为读者描绘出了我们当前所身处其中的这个风车般飞速转动与变化着的时代的一个小小的侧面。

曾几何时，我们占世界人口五分之一甚至四分之一的中国人所面对的似乎还是一个无欲的社会。绿色、灰色和蓝色这三种最普遍最基本的色彩就可以大致概括出一个泱泱大国二十世纪六十年代、七十年代和八十年代前期的主要时代特征。[1]

历史的车轮滚入二十世纪九十年代以后，从一些大中城市开始，我们那个

---

① 王唯铭：《欲望的城市》，文汇出版社1996年版，第217页。

曾经被某些人引以为豪的无欲的社会似乎在一夜之间忽然塌陷了下来。市场经济的大潮如积蓄了千年力量的维苏威火山，一经喷发便形成了一股不可抗拒的洪流，冲决着并震惊了这个世界。由大城市到中小城市再到普通乡镇，各种娱乐消闲场合像雨后蘑菇般迅速生长起来。BAR以空间的形式释放着城市的第二类情感；卡拉OK和它的亚种MTV、KTV以音响的形式刺激着城市的内分泌系统；各式各样的品牌、商标以包装的形式挑逗着城市以及城市人、准城市人的虚荣、骄矜与傲慢……举目所见，比比皆是欲望的大街和在大街上行走、驻足的解放了感官的男男女女。[①]

这便是我们这个时代的现实生活的喧嚣的面孔。而在这副浮躁、跃动，充满欲望与感官刺激留下的灰败的烟尘之色的面孔的后面，是更多的人的挣扎、哀叹、幽怨和发自内心因而压抑不住的饮泣。

《学习微笑》所揭示给我们的，就是这样一幅既充满着复杂的矛盾又有着内在的协调统一性的真实的现实生活图画。

有关喧嚣世界万丈红尘的描写，小说中先后出现了两处。一处是在皇上皇舞厅。厂里请审计局的人吃饭以"联络感情"，目的当然是想让他们"审计"出一些对工厂有利的东西。饭后去皇上皇舞厅"活动活动"。小说中这样写那个令一般人望而却步的"皇上皇"：

> 进了舞厅，刘小水就觉得眼晕，到处都是半明半暗的光，到处都是半明半暗的颜色。闪闪烁烁的光，闪闪烁烁的颜色，人就像是在梦里一样。只见沙发是一小团一小团的。中间是一个圆圆的小矮桌。桌上放着各种饮料，人却没有几个。

就是这样的环境，几个人玩一晚上就是三千元而且还是打了八折的。一罐健力宝要二十元，一小盒口香糖也要十元。说这里是"有钱人的天堂"，恐怕没有人会产生什么疑问。

---

① 王唯铭：《欲望的城市》，文汇出版社1996年版，第218页。

另一处所在名叫"蓝天"。小说没有对其外观和内部设置作细致的叙述与描写，而是大笔勾勒加旁敲侧击，点出了它比那个"皇上皇"更高档更豪华，当然也更需要大把大把钞票往里扔的堂皇与气派。

小说写道，在去"蓝天"以前，刘小水和她的几个姐妹坐在厂里那辆破面包车等着与要去洗桑拿的客人一块"活动"。

> 有女工不好意思地问：啥是桑拿？有人说：不就是洗澡呗。有人说：那可不是一般的洗洗。又有人问：那是怎么洗？有人说：带按摩呢，一个钟点几百块！又是一片骂声……

洗罢桑拿进了"蓝天"，几个客人要跳舞要唱卡拉OK，刘小水成了抄歌单的。这时小说写道：

> 在一次次送歌单的过程中，刘小水才知道，在这里唱一首歌竟然要十块钱！当马科点歌点到五十一首（其中包括十七首《嫂子》，卞科点到四十七首（其中包括十一首《潇洒走一回》）时。刘小水突然踉踉跄跄地跑到蓝天的门外抱头大哭起来！……

就在这样的环境中，几个客人一晚上仅点歌就点了三百七十四首，而工人阶级的代表刘小水有的，却只能是哀叹与眼泪。

除了眼泪与哀叹还会有什么呢？厂子资不抵债，自然也就不可能发下来工资，更不用说过去让他们自豪也让别人羡慕的奖金了；公公当了一辈子劳模，积劳成疾瘫痪在床，厂里却连一分钱的医疗费也无力为他报销；丈夫因为担心在优化组合中被组合掉而陪车间主任去玩两把以培养感情，却被派出所的抓去张口要罚款三千元，可他们这个家，却连一分钱也难下了拿出来，亲戚邻友家跑遍了，处境也都差不多，终究也没能借来钱把丈夫领回来。在这种情况下，亲眼看着某些人挥霍工人们的血汗钱一掷千金毫不吝惜，只不过是为了满足一时的感官刺激与快乐。她刘小水怎么能不当众号啕大哭呢？如果这种时候她还能坐在那里无动于衷，那么作为一个人，作为一个女人，她才真正是不可救药毫无希望了。

三

记不清是哪位哲人说过的了，现代人的一个重要特征，是再也没有了一个确切的价值需要他去相信。价值核心的丧失，使现代人在生活上越来越追求外在的刺激，艺术上也相应地去追求一种外在的形式推演。然而，就是在这样一片寂寞而荒凉的精神大地上，我们却仍然能够看到一些真正的大师，用他们的勇气、人格以及承受苦难的精神，尽其所能地在一片精神的废墟上把人类残存的希望与信心聚拢起来，以获得一个完整的基础去关怀人类生活，解释未来新的生存。就像伟大的后期印象派大师塞尚所说的那样：他们追求一种与真正的人生现实相连的艺术，他们追求"完整"的美而不很在意其是否"漂亮"。又如米沃什诗句中所描绘的：他们"站在地狱的屋顶上，凝望着花朵"。

李佩甫当然还不是严格意义上的大师，但这并非就意味着他不具备大师所应具备的某些品格。在这部《学习微笑》中，李佩甫便以悲天悯人的大师般的博大情怀，在揭示出生活的喧嚣浮华的一面的同时，也以更多的笔墨描绘了作为社会底层人的刘小水们的抗争、拼搏、牺牲精神和永不退缩、永不言败的属于工人阶级的优秀品质，让我们于灰色的绝望与困窘中看见了一线希望的曙光。

刘小水们的拼搏、抗争、牺牲精神与他们的工人阶级主人翁意识在小说中被作家表现得既苍凉又悲壮。

作为文明社会的现代人，我们都有这样一个常识，即无论一个人、一个工厂，还是一个国家一个民族，都要生存得有骨气，有尊严，否则将难以在这个世界上堂堂正正地立足。在《学习微笑》这部短短几万字的中篇小说中，刘小水也好，和她一起被厂里选中去"学习微笑"的李月琴、小葵们也好，甚至在刘小水那摆小摊儿挣个辛苦钱的父母和辛劳一生患了半身不遂症的公公身上，也都无一例外地显出了人性的尊严的一面。

刘小水的丈夫国福因担心被车间优化组合掉而去陪车间主任打麻将联络感情，结果被派出所抓赌抓住要罚款三千元，可刘小水一分钱也拿不出来。母亲说能不能让厂里给想点办法，话没有说完就被刘小水打断了。她说："我没让厂里知道。厂里三个月没有开工资了。厂长一直在跑合资，如果能合资就好了。"在她朴素而单纯的心目中，有厂才有家，只有厂里情况好了，自己的小家也才会跟着好起来。这种朴素的工人阶级主人翁意识，在她做的一个梦中得到了更为形象化的演示。有一天夜里，她梦见了一棵树。那树上有很多很多的蚂蚁。她还梦见自己也变成了一只蚂蚁。她，她的亲人们，她的姐妹们，所有所有的人，他们都变成了趴在树上的蚂蚁，很小很小的蚂蚁。起风了，开始树不动，树因为大而不动。可是那风越来越大，越来越大。树终于动了，扛不住强劲的风了。他们感觉到了树在动，树摇晃着，摇晃着，一直在动。开初，树不动的时候，他们都一直以为他们是在树上长着呢。他们跟树是一个整体，很牢固地长在一起的一个整体。可是，后来树动了，后来风一大，树就动了。树动得越来越厉害的时候他们才发现，其实他们是一个一个的，很散很小的一个，他们并没有跟树长在一起……

这是刘小水的梦，却更是一种生活现实的形象外化。它其实昭示了一种社会生活中的相互关系，即工人与工厂的关系。工人是蚂蚁，很小很小的蚂蚁；工厂是树，很大很大的树。很小很小的一个个蚂蚁抱紧一棵树的时候，成了一支蚂蚁大军，很强大。可是树不能动，树一动就会把蚂蚁摇落下来。树更不能倒，树一倒蚂蚁就无所依附，也就溃散了。那是很自然的事。能够认识到这一点很难，能够清醒而自觉地认识到这一点并且努力保护这棵树不让它倒下来，更不容易，更难能可贵。刘小水不怕难，她做到了。她历尽千般痛苦的折磨后做到了。她的公公，那个当了一辈子劳动模范最后患了半身不遂的老工人也做到了。而且，做得更为惨烈，更为悲壮。

公公在工厂工作了一辈子，退休后患了半身不遂。按理说就该躺在家里养病的。可他是个倔人，非要挣扎着去街上卖汽水，好自己挣点钱抵上厂里无力为其报销的医药费。在为买汽水的孩子开启瓶盖时，公公半身不遂的身子歪成了一个倾斜扭曲的畸形人体支架。小说里写道：

他一只手高高地半蜷着。那是一只僵硬的不听使唤的手，那不顺遂的胳膊就像是只断了弦的弯弓；公公的另一只手却紧贴在汽水瓶上，手腕一压一压，看了让人心酸；最用劲的是他的下巴了，就好像是那个下巴在起那个瓶盖，他的下巴紧紧地绷着，绷成一斜一斜的肉棱，肉棱子一紧一紧地脉跳着，看上去惊心动魄。她赶忙走上前去，说："爸，我来吧，我来。"

　　公公斜斜地看了她一眼，却没有松手。公公仍在开那个瓶子。公公曾是八级钳工，他一直在开那个瓶子，大约有半分钟的时间，他终于把汽水瓶子打开了，尔后他很快地转过脸去，背对着那孩子，用含糊不清的语音说："喝。"

　　刘小水默默地望着公公，没有再说什么。她知道公公背过脸去的原因是怕吓着那个孩子……

　　后来，公公死了，硬气一生的公公死在了他的"岗位上"，不是他的钳工岗位，是他在街头卖汽水的"岗位上"。小说里这样描写刘小水公公的死：

　　当刘小水骑车来到电影院门前时，她突然发现电影院旁的汽水摊前围了很多人。人们都在愣愣地傻看着什么。她心里"咯噔"一下，紧走几步来到跟前，只见在夕阳的余晖下，公公挺身在汽水摊前站着，仍是蜷着一只胳膊，伸着一只胳膊，那只伸着的手里攥着一个启瓶器，启瓶器紧紧地压在案上的一颗钉子上。刘小水知道，那只钉子是公公用来练习一只手启瓶用的。公公看上去满面红光，嘴角处流着长长的水涎……原来人们是在看公公嘴角的水涎，这么多人都在看公公嘴角的水涎！水涎拉得很长很长，摇摇曳曳地吊垂着……

　　刘小水走上前去，叫了一声："爸……"

　　老人没有吭声，老人半勾着头一声不吭。老人脸上的皱纹舒展开去，看上去竟然笑模笑样的。

刘小水看着公公，倏地，她的脸色变了，她上去推了一下公公，只见公公的身子慢慢地慢慢地歪下去！她赶忙扶住公公，到了这时候，她才发现公公已经死了，公公竟是站着死的！……

这就是一位优秀的八级老钳工的死，是一位真正意义上的新中国的工人的死！这幕一位老工人之死的壮剧，是一曲人的人格尊严的壮歌，更是一曲感天动地而泣鬼神的社会主义主人翁精神的颂歌。

有这样的工人在，有这样的中国工人阶级在，我们又何愁祖国不发达，何虑民族不兴旺，何惧当下的一些暂时性困难呢？就像里尔克所说的，有何胜利可言？挺住意味着一切！这便是我们中华民族的精神命脉之所系！这便是我们伟大祖国的未来希望之所在！

与刘小水的公公相比，刘小水的父亲和母亲这两位老工人少了点大勇者的无畏与强悍，却更多了一份超人的坚忍与承受苦难的毅力和耐力。无论是追赶那位上厕所不交费的所谓"大款"要那该交的一角钱，还是为了五元钱的酬劳去为连亲人也不愿沾手的因癌症去世的病人洗身子穿衣，抑或是用计谋设圈套从刘小水的境况稍好一点的哥哥姐姐那里筹来一些钱帮助刘小水营救她丈夫国福，刘小水的父母身上都表现了一种普通劳动者所特有的善良、坚忍与对苦难的承受能力，表现出了他们对于美好未来生活的执着的向往。这种精神，也同样是我们伟大的祖国、伟大的中华民族兴旺发达，早日实现现代化，骄傲地屹立于世界民族之林的精神动力与根本保证之所在。

四

我们知道，作为一种以语言为建构材料或者说基本载体的小说艺术，作品中所出现的任何一个意象或形象都不仅仅在表示着一种现实的或艺术的存在，而是同时也显示着一定的甚至是十分独特的其他含义。比如，马匹在小说中出现，既是现实的马匹，又蕴含着某种快速奔驰一类的意味；电话则代表着某种信息传递的生活意念；而铁窗与监狱的围墙则在于关押囚徒，街道上的车水马

81

李佩甫

研究资料

龙可以理解为繁荣昌盛，如此等等。即使不是这些形象片段而只是一个小场面或者一个简单的生活细节，它们在完成叙述或描写的同时，也会让人感觉或领会到一些特殊的含义或意蕴。这种借助某种感性形象去进行联想、暗示，从而传达出自然物象的自身特点与性质之外的抽象的思想和情感的方法，在写作学上一般被称为象征。在古希腊文化传统中，象征一词原意是指把一块木板分成两半，双方各执其一，作为保证互相款待的信物。后来逐渐引申为代表某种思想、观念、情绪等的物象符号。而在现代小说艺术创作实践中，象征则成为一种十分有效因而非常频繁地被作家们巧妙运用的艺术表现手段。作为一位已经相当成熟的作家，李佩甫在创作他这部《学习微笑》时，很显然也非常充分地利用了这一表现手段。

通读整部小说，我们可以感觉到作品中到处都充满着隐喻与象征。这些隐喻和象征的意象像是一块块珍贵的燧石，时时点燃着作品的意象与激情之火；又像是一颗颗闪耀在小说艺术天空中的星星，时时照彻小说中人物的生活与命运的隐秘与幽暗之处。在作家那只看不见的魔法之手的操纵下，它们最终经由读者的阅读感受过程巧妙地汇合在一起，凝聚成一股强大的、具有无与伦比的精神穿透力的力量，使整个作品展示当代人生活的困窘与希望的主题更加鲜明地凸现了出来。

"学习微笑"这四个平凡得不能再平凡的汉字，一经组合成小说的标题便成了一个隐秘的象征。众所周知，微笑是一种任何一个健康正常的人天然就会的最基本的生理功能，根本不需要去专门投师学习。既然微笑是根本不需要去专门学习的，那么作家为什么还偏偏要选择"学习微笑"这么一个偏正词组来作为自己一部十分严肃的作品的标题呢？作家不是精神病患者，也不是在故作惊人之语，他显然别有心机。

事实上，这种别出心裁的象征性的标题方式，一开始就调动起了读者某种强烈的阅读期待，这也正是李佩甫高人一筹的地方。而一旦你进入了这种强烈的阅读期待的状态，作家至少就已经成功一半了。接下去，他的任务就是一层一层地揭开这"学习微笑"脸上蒙着的那些面纱，一步一步引导你走进他所设定的叙述圈套之中。

"学习微笑"既然在通常意义上是一件根本不可能的事，那么作家把它堂而皇之地写进作品并且作为标题送入读者的视野，当然也就具备了某种难以言说的荒诞意味了。而这种荒诞，事实上也正是我们当代中国人所时时需要面对的无数现实生活场景中的一个小场景。有了这种先入为主的体验生活荒诞的感觉，后面的故事的内蕴也就会很容易地被读者解读出来了。继续阅读下去我们就会发现，作家的真正意图其实并非在描绘主人公怎样去"学习微笑"上——虽然那也是很有意味的一件事，而是更在于据此揭示出我们当前的现实生活中某种不合情理不合理想却又真实存在着的一些东西，从而引发我们对于生活，对于国家和民族的前途命运的一些深层思考。

　　蚂蚁与大树的故事是又一个象征，"露三分之一牙"也同样是一个象征，而且更具有形象化和典型性色彩。作家在描述刘小水们拜师学来的微笑时，不说"微笑"而说"露三分之一牙"，既表现出了现实生活中真实存在着的这种滑稽可笑的现象，又揭示出了那些奉命学习微笑也就是"露三分之一牙"的年轻女工们无聊而又无奈的生活状况。调侃意味的加盟在某种意义上更使这个临时搭配起来的六字短语具有了一种不可思议的神奇艺术表现力。

　　作品中最深刻最富于悠长余味的一个象征，大概是刘小水在小说最后引述的她父亲说过的那句话了。

　　刘小水和她的七位姐妹"学习微笑"结业后没有收到预期的成效，厂方与港商谈判因为某个掌握着比"微笑"更具效力的东西的大人物从中做了点手脚而宣告彻底失败，工厂正式宣告破产，她们当然也就和其他工人兄弟姐妹一样彻底下岗了。七天后，刘小水在街头上摆了一个小小的点心摊，现炸现卖梅豆角。由于在工厂时的专心致志刻苦磨炼，她的技术非常精湛，炸的梅豆角既好看又好吃，所以生意很红火。那个教她们"微笑"的礼仪老师偶尔从她的摊前经过，望着她说："你会笑了。"刘小水就很自然地露出三分之一牙，笑着说："我爸说，人死了，细菌也就死了。人活着，细菌也活着。"

　　真正是神来之笔。石破天惊。

　　一切哀怨，一切悲伤，一切痛苦，一切磨难，所有一切的一切，全都在这一句话中得到了消解，得到了净化，因而也得到了升华。还有什么比一个迷

李佩甫研究资料

途的漂泊者重新找到迷失了的人生航向更让人兴奋、让人激动、让人欢欣鼓舞的呢？沉静如水的刘小水，这时才真正成了一片涵纳百川、胸藏万有的泱泱之水。

今天的李佩甫还不是大师。但是，仅凭这句话，仅仅凭着这句话，他已经离我们心目中的大师不远了。你说是不是？

原载《周口师范高等专科学校学报》1999年第1期

"村妇性生存"的全息裸示

——《羊的门》阅读笔记

李伯勇

一

照理说，自20世纪80年代中期"文化寻根"的文学运动给作家一个崭新而深刻的思维与视界以来，以乡土为背景的长篇小说《古船》《白鹿原》等总是独领风骚，但我们在赞叹的同时，也似乎揣有一种预感：这类小说已把乡土——民族的文化性格精髓的揭示穷尽了。

可是，随着一批成功的探索民族灵魂、反映乡土精神的长篇小说的相继出现，李佩甫的《羊的门》在世纪之交又实实在在地出现了，人们同样感受到一股新异的震撼，一股新的艺术审美冲击。

《羊的门》对中原农民——民族文化性格又一次做了深邃而深刻的揭示。从40年不倒的呼家堡村支书即头人呼天成与刚刚"上路"就不断地筋斗翻转的县委书记即后起之秀呼国庆，我们感受到了历史的张力、拉力和惰力——历史的合力，这块浸透历史文化汁液的土地既推动他们，又深层地制约他们。

不过，与其说《羊的门》通过呼天成、呼国庆做了这种成功而深刻的揭示，成功地塑造了这两位呼家堡不同年代的头人（头羊），不如说《羊的门》更成功地裸示了数十年来呼家堡"村妇性生存"的生活现实与精神现实。

在我看来，《羊的门》不俗的思想艺术成就，并不是发现和塑造了呼天成、呼国庆一年老一年轻的乡土头人的典型形象，而在于，它时而自觉时而不自觉地对"村妇性生存"做了全息的概括与裸示。通过呼家堡，这部长篇以全息的镜头，凸现了"村妇性生存"的生活本相和精神本相以及给新时代留下长长的阴影与尾巴。呼天成、呼国庆的成功和失败都蕴含在这种村妇性生存的境况中。在这里，呼家堡只是中原农村的一个缩小的标本，但在相当程度上，凸现了一个时代中国农村最基本最显目也最滞重的生活特征与精神特征。

二

村妇性生存导致的村妇精神正好与鲁迅所深刻揭示的阿Q精神相衔接，两者各自显示了不同时代的国民的精神特征。

在20世纪初，通过《阿Q正传》，鲁迅概括出国民最含民族劣根性的生存世相与精神状况：阿Q相、阿Q精神。这是长期以来皇威耸然皇权肆虐下国民的精神状态。这是无从选择的选择。可以说，当年鲁迅持"哀其不幸怒其不争"的贬斥意味。但随着时间的推移，阿Q精神、阿Q性生存已不怎么带灰色的贬斥味，而呈中性化了。其实，阿Q精神也是人类的一种特性，一种支撑，它体现人在某种极为不利的境况下致使自己不陷入绝望的一种文化本能。任何人身上都有阿Q精神的因子。

同样，20世纪末《羊的门》所揭示的村妇性生存、村妇精神在很大程度上也是呈中性意味。一个重要原因，就是作家将文化批判的锋芒主要集中在呼天成、呼国庆等几个主要人物身上，那些弱小人物的村妇意识却不经意地得到了显豁。自然，贯串着作家的理解、同情和悲悯。正是这样，在对中原以呼天成、呼国庆为主轴的全方位生活的描写中，以呼家堡为基地的村妇性生存才得以习焉不察地裸示，因而更具叩击心智反复玩味的艺术效果。

村妇性生存——现代中国乡村国民的精神特征的充分揭示是李佩甫的一个

贡献。这里，我们既看到了乡村民众的顺从、善良与热情，也看到了他们的被动、等待与茫然，他们缺失的正是立足乡土的主体精神。许多时候他们是在微笑、欢呼和感激中失去这种主体精神。他们或长或短横亘着一个精神解放的过程即扬弃村妇意识的精神过程。在这一过程中，充斥着中国现代生活进程全部的艰难与复杂，决绝与缱绻。

三

1925年，鲁迅写的《好的故事》把村妇村女当作美丽乡景好的故事的重要组成，无论是岸上风景还是水中倒影天上流霞，他都把村女置于其中。这时他是以包括村妇在内的动态风景表示着他的憧憬，显然，村妇是一个清新健美的形象。但是，他在1921年初写的《故乡》，对现实中的村妇如豆腐西施杨二嫂，又禁不住失望和嘲弄了。也许，他已写过《阿Q正传》，在后来的村镇乡土小说里，他把封建礼教重压力戕害下荒芜麻木灵魂（通过九斤老太、祥林嫂等村妇）的揭示当作了创作主旨，在这些村妇身上，连阿Q的精神胜利法的影子也没有了。

眨眼过了半个世纪。在中原乡村呼家堡，另一种生活场景另一拨成为生活主人的村妇款款登场了。

此时，村支书呼天成已当稳了村里头人，深居简出，但呼家堡的一切由他继续操心，归他安排，他已责无旁贷地担承起历史重任：改造这块"绵羊地"，为呼家堡人争利益谋利益，让呼家堡显赫于天下。同时继续体味、享受和释放高高在上的威严高贵（17岁进京参观故宫，皇宫的高贵、威严、雄伟、辉煌给他留下了极为深刻的印象），成为他这个以"玩泥蛋蛋"自居自恃的人的信仰与信念。

在20世纪60年代初，还是个村副书记的呼天成，为着要确立他的领袖意识，他是借助单个的"他"或"她"即设立对立面来表现威严的，比如让偷窃庄稼的人站在村口示众，他一声骂"贼"就镇住了村里几百口人，从中他更发现了这块土地上的人很软弱，卑琐，怕威权，怕孤立，趋势，怕抛出多数人之外。这里，呼天成不是从书本上，不是从上头的报告，而是像看着一棵树从地上长出来，从最普通的生活、最熟悉的人发现人们对于权力的崇拜和畏惧，在许多场合"多数人"本身就能体现一种咄咄逼人的权力，应该去争取和营造哪怕是一时的、表面的"多数"。

然而，呼天成毕竟是苦家出身，吞噬过艰辛苦难，所以他对村里百姓保持着真诚的同情心与质朴的乡里情怀。恩威并施之中，他不断加深了对这块土地人情世故的体察。比如他临危保护省里大官（副书记老秋），挽救和提拔年轻人，不求回报的感情投资，沉得住气，敢于承担责任，凡此等等，都是他在这块土地上体味出来感悟出来的，因而他的所作所为充斥着这块土地的底气、灵气和霸气。

20世纪70年代正是"文化大革命"肆虐城乡的年代。虽然《羊的门》对此背景一直没有清晰地点明，但呼天成受此熏陶与触发则是肯定的。我宁可这样以为，作者有意淡化这种背景的浸染，是突出呼天成权威高峰期滋长的雄心壮志：在这块土地上种下他的声音，只留下他一种声音，让他的声音化成呼家堡人的呼吸，他以"给予"的大智慧大技艺为制高点，用呼家堡做实验，种出一个"人场"，实现集体梦。显然，整体性地改造呼家堡这个国中之国的国民性，是他的殚精竭虑所在。只不过在呼天成，并不是这种理念的自觉贯彻，更多时候更多场合他是饱蘸热血情感，感性地实施。他这种"封闭性"改造当然违背历史的发展方向。因此，我们更可理解，这场"文化大革命"——文化动乱在这块土地上发生的必然性，在国人"村妇性生存"覆盖面增大之时，它也就加速了步伐；它热火朝天地行进之日，正是"村妇性生存"形成和强化之时。

这一切在呼家堡由呼天成一步步"种"出来。当然，这种"种"自有呼天成特色，他时时需要即使处在暗中的对立面，他需要较劲斗争，这样他的生命始终处于高度激活状态，大气豪气源源而来。

秀丫在呼家堡奇特的命运最能体现惊心动魄的村妇性生存的历程，从中，也充分展示了村妇性生存的诸般特征。在秀丫身上，既是村妇性生存的最佳视角和起点，也是村妇性生存最深刻最绵长最隐秘的所在。

在秀丫穷追不舍欲将身子奉献给他时，呼天成凭借由孙布袋暗地里交给八圈再转到自己手上的《易筋经》，练起了气功，这样他既能一次次在秀丫奉献的胴体面前陶醉，同时能在这具丰美的胴体面前屏声静气地止步。他不是酒色之徒，而是有坚实的信仰，他是呼家堡这块中原大地的灵魂。

尽管这样，秀丫还是心里只有他，依然次次向他的场院跑，要向他献身。可以肯定，她已成为呼家堡的普通一分子，自然天天能听见看见他的压倒一切的声音和身影，熟悉有关他威权恩惠的神话般的传说，因此，在她对他的渴念中，权威与情感交织在一起。有别的男人，但几十年不倒的头人呼天成只有一个，何况他后来安排她当上了赤脚医生。因此，在20世纪90年代呼天成年届六十面临退休的时候，秀丫年轻的女儿小雪儿走进他的茅屋，解开扣子，准备用青春的身体作为生日的礼物向他进奉。虽然她妈影响和开导过她，但她的确也是自愿的。

毕竟小雪儿跟秀丫是两代人，可以肯定，她远没有她妈那种源自内心的执着而炽烈的感激和痴恋：秀丫在执意向呼天成献身的漫长岁月，倒常常喷涌出女人性而不是村妇性，因而显得可爱，令人同情；然而，小雪儿即使感激呼支书救了她一家，也当会知道她爷孙布袋的悲愤以及一次次对呼支书无力但勇敢的较量（抗争），何况在她爷死后，呼支书仍粗暴地鄙视和践踏她爷（在孙布袋坟前，呼天成叫秀丫"脱"），因此，她对呼支书的感激充斥世俗的考虑，"加加担子"，给她安排好前途，有体面的工作，能做体面的人。可见，"村妇性生存"已渗透在这块土壤里新一代幼小的心灵中，小雪儿们已过早地村妇化了，这不能不令人深感悲哀。

四

如果仅仅以秀丫母女做实例，还不足以说明呼家堡"村妇性生存"这一现实。充其量，秀丫母女只能说明人的尊严、个性趋于萎缩的事实，从某种深度体现了较彻底的"村妇性生存"罢了。

"村妇性生存"指涉一个地方的生活——精神上的生活状况，显然，应该以更多普通人的生活方能使其从广度上得到有力的印证。从这点上说，秀丫母女对威权的认可、倾倒、依附与渴盼，只是呼家堡"村妇性生存"的个别例子。

事实上，呼家堡"村妇性生存"早就开始了，也泅漫着。因为头人呼天成要确立领袖地位，种下一种声音，实施他整齐划一、统一分配的"集体蓝图"，实现"夜不闭户，路不拾遗"的大同世界，就必须以村民的绝对服从和顺从做基础，即是说，以村民的村妇化做基础，呼天成需要并借助村妇性生存这一现实，反过来，呼家堡的村妇性生存也少不得一个强有力的带头人、专制者。随着呼家堡村妇性生存的强化，呼天成的地位与威权也同时强化。

不过，从个人品质、领导才能、人格魄力来看，带头人一职实在非呼天成莫属。他熟谙乡村的底脉，有着乡村的灵气、智慧和霸气，而且他能自觉修养，身体力行。比如他活气，活小，舍得感情投资；关键时刻他能挣脱血缘网络。他公然反对老舅为垂危的娘求神拜佛，娘死后，他也只是在地下新村给她一个普通的编号；他生活简朴，从不沾铜臭（口袋里从不放钱），为呼家堡集体事业操劳数十年。因而，呼家堡的村妇化进程相当迅捷，村人不会感到别扭，更不会感到痛苦，何况呼天成不时善于借别人的"脸"——树立对立面，让村人觉得自己卑微，觉得自己生活在大多数人的阵营里，特别安全无比幸福。

在秀丫踏进呼家堡之前，这个村的八婶、半大孩子二兔、光棍孙布袋、木匠刘全、劁猪的老曹、民间艺人八圈、上错床的民兵队长等都在呼天成面前一一地溃败。他抓住乡民怕作为贼的缺点和弱点，让他们卑微，自惭形秽，挺不起胸膛，夹着尾巴走路，这不正是落威落势的乡村小媳妇——村妇的形象吗！

正是呼家堡，显露和弥漫着农民——民族性格的最核心处隐藏着的永恒——村妇性，借用别尔嘉耶夫在《俄罗斯灵魂》的话说，"不是永恒——女性，而是永恒——村妇性"。"大家转化成女人，懦弱、战战兢兢，拥抱着空气。"这是因为"过于生活在民族——自然的集体主义中（在呼家堡则是以血缘为纽带、自然村为基础的集体主义——李注），其中并没有能够加强个性、尊严和权利的意识"。

到了20世纪70年代，呼家堡这种"村妇性生存"已蔚为大观，彻底成了生活现实与精神现实，呼天成对呼家堡的统治已驾轻就熟，他的威望由人向神转化。

呼天成继续施用他的法宝：把人分成一个个层面，比如"队委会""扩大队委会""模范会""骨干会""积极分子会""贫协会"，他用这些极简单的形式，使人心有了等级感、颤簌感、满足感，自觉地趋利避害；不断给全村人上"集体意识课"。这时，他胸有成竹地发起了"斗私"运动。

"斗私"第一槌就落在"窄过道儿"于凤琴头上。

于凤琴在女劳力的会场"晾私"。她站在一个窄窄的小板凳上"狠斗私字一闪念"。接着是揭发。站在小凳上的她再次抬起头时才发现，村里的女人是多么恨她，她的人缘多坏。揭发她的人都气鼓鼓地戳上她的鼻子。开初是旁姓的妇女揭发，后来同宗的婶子、大娘、妯娌，她的二嫂、三嫂，她的婆家妹子，也都一个个上来了。有的女人用袖筒里藏着的大针扎她。她彻底被孤立了，比狗屎堆还臭了，她成为一个披头散发的女鬼了。最后由于受不了，她吊死在树上。"村妇性生存"终于显露出狰狞恐怖的一面。

女人们人人自危。要不是呼天成暗示和安慰，秀丫也会"上去坦白"的。人们经受着这种残忍的精神煎熬，呼家堡温情脉脉的面纱几乎荡然无存。秀丫暗中受呼天成保护，一直平安无事，这种时候她心里还是惶惶不安，禁不住说他"太狠毒"，然而她还是喜欢他！

其实，何止是秀丫一个人持这种复杂而微妙的感情！

于凤琴的自尽，这是死人呀，村里自然会激起轩然大波。可是，呼天成就是呼天成，他一点不慌乱，坚持初衷，继续推行"思想大扫除"。他巧妙地、不动声色地、居高临下地把揭发过死者的女人一个个推上灵魂的晾晒台，把人人有私心、人人都得过"筹"的网撒向每一个角落，使这些女人在会场上一个个举手露丑。数天前是勇敢凶狠的揭发者，转眼就成了狼狈的众矢之的（有的人吓哭了）。客观上也起到抚慰于凤琴家人的作用。这是大灵魂（呼天成）镇伏小灵魂（村妇）的心灵角逐，不用说，呼天成是赢家，其他人都是输家，可呼家堡人更加尊崇和依赖他，呼家堡女人身上的村妇性生存就彻底形成了，推而广之，也就形成了整个呼家堡的村妇性生存格局；呼家堡人心荒芜心灵萎缩。

这种精神状态只会导致一个失却生机死气沉沉的世界，在呼家堡却再次出现轰轰烈烈的景象，人们继续狂热着。可是，当历史翻开新的一页，人们很快就发现这只是一种过度膨胀即虚热的现象，都觉得被嘲弄被欺骗了，人们遍受精神创伤。村妇性生存才是那个时代的呼家堡真正的生活风貌。血缘关系，趋向集体、精神萎缩、害怕孤立、依附、感激报恩、愚昧顺从、和众、无主见、琐碎、谨小慎微偏要逞强逞能、不敢承担责任、等待别人安排、喜欢斗争、无限的忍受力等成了它的全部内容（连耍小聪明、嬉笑也在被追究之列）。在呼家堡，呼天成并没有如此提倡，相反他赞赏和提倡为集体的英雄主义，以身示范地教身边的人如何要有信仰，要活小，要有沉稳劲，要使呼家堡集体家业不断壮大，也可以说，他决不希望呼家堡人像落威的小女人（外表是风风火火的大女人，其实心灵上都是小女人）。但是，村妇性生存恰恰就成了这种历史的副产品，贯串于呼家堡数十年的历史过程，并且带进新的时代。

五

自20世纪80年代中国进入了新的历史轨道，敞开国门，经济建设，对生活质量的提高成了切实的生活内容，这新的历史阶段跟刚刚过去的昨天甚至前天不可同日而语。就在呼家堡，我们也不无惊讶地看到，又是呼天成带领村民创造了奇迹，实现了新的辉煌，他又成了新的历史的英雄。那种村妇性生存——精神内颖似乎没有给呼家堡带来任何的负面影响，这种现象似乎从未有过，仿佛呼家堡人从来就是底气十足意气风发，像永远打足气的气球，无论朝着任何方向，只要轻轻一拨，都注定会跃在前头。

准确地说，这是带头人呼天成有植根于这块热土的坚定信仰、坚忍精神，把既定的农民智慧、乡土资源发挥到极限的结果。数十年才有这种既深远又薄削的历史文化积淀，通过呼天成集中地体现出来。这也说明，即使是过去很不相同的新的时代，它必然保留着刚刚告别的那个时代的惯性和阴影，有的时候这种惯性和阴影起相当重要而关键的作用，呼天成就是这方面的集大成者。

他对这块土地上的人有深透的了解与把握（如他吼一声"贼"就令卑微的乡亲自惭形秽；他认定落难的秋书记将会东山再起），舍得花血本打开血路（如打开北京的面粉销路；用巨款疏通关节曲线救呼国庆），用感情加高价加等待取得技术成果（如不厌其烦、仁至义尽地对待董教授），用"洗手会"方式惩治"私"心膨胀者，用晾着不用的方法治本地的人才……这一切都明显地充满人治色彩。

他和他的呼家堡所利用与得益的都是"关系资源"，因而他能一次次改变或影响市委常委通过的决定，他因此备受关注和器重，声望如日中天，给呼家堡带来巨大的政治和经济利益。社会转型时期的种种特征都在他身上得到鲜明的反映。

但是，随着现代化进程的深入，时间的推移，这些"关系资源"终究会褪色和失去，人的现代化即提高人的素质才是根本——这是一切实力中最宝贵也最靠得住的所在。显然，这方面呼家堡有着不可忽视的缺失即隐忧。质言之，这块受"村妇性生存"染浸的土地是会难以为继的。相当程度上它靠呼天成苦撑；但面临退休，且身体不好的呼天成也觉得力不从心了。他也看出了呼家堡"后劲"乏力，所以决定把在外面"翻了船"的呼国庆要回来，当他的接班人。其实，呼家堡"村妇性生存"正是他种植的苦果，已显现出群体的缺陷，这才是必须认真对待的。

然而，毕竟是崭新的时代崭新的生活，新的生命肌体已经涌现。呼家堡也是这样，"这块铁板出现缝隙了"——

值呼天成六十岁生日期间，面粉厂的刘庭玉要脱离集体，带着老婆孩子走。这不啻是一声炸雷！呼天成的心被狠狠地扎了一下。享受着现代物质文明的呼家堡人习惯从自己的经验中找办法。村里从上到下都等他拿主意。大家在他倡导的会上，七嘴八舌地定出"捆""吊""停水""断电""株连爹娘""隔离反省"，让婆娘们戳其媳妇从而达到劝阻其不走的目的。还是那些肉体折磨精神折磨的老套路。这些并不是呼天成的旨意，而是遭受过类似折磨的呼家堡人的拿手好戏，村妇意识开出的新花，可见"村妇性生存"还笼罩着呼家堡的精神空间。呼天成也知道，这种种办法只能起震慑众人的效果，对刘庭玉已不能起作用了，因而使出"和庭玉见个面"的招数，这是他最高规格也是最震慑人心的撒手锏，可刘庭玉还是不辞而别。这说明，苍老的呼天成对今天呼家堡崭新的现实，无从也无力进行把握了。这还说明，植根于"村妇性生存"上的精神架构正面临颓败的命运，真正的历史新时代正向我们走来。

原载《小说评论》2000年第1期

打开《羊的门》

张 宇

谢谢李佩甫写出了《羊的门》。

由于我和李佩甫住隔壁，他的《羊的门》忽然走红，大冬天烤热了我的一面墙。

现在是下午，我想李佩甫正在隔壁的书房里枯坐着沉思？还想摆弄出《狗的门》吗？

闲来无事，闲来无事呀。摆一包烟，泡一杯茶，坐下来，把我读《羊的门》的感受整理出来……

一

你说自古以来，我们中国的这些男人，最让他激动的事情是什么？

老话说："洞房花烛夜，金榜题名时。"

可见第一是性，那么第二就是当官了。

真是没说错，仔细想想除了性，最能够刺激男人激情的还是政治。关心政治于男人，好像是传统了，甚至成本能了？要说我们中国的社会体制，从古到今设的官位已经很多了。从上到下，前后左右，到处都是官位，可谓官帽满天飞。但是，官帽再多，没有人的脑袋多。这样除了少数人之外，大多数男人一生并不能够直接当官指点江山呀。说起来实在委屈。不过不要紧，我们中国的男人善于向内转，不能够直接当官，就把这个官当在心里头，自觉地关心天下大事，也是一种精神享受。这么一说，我们就明白了，直到如今我们文坛那么多评论家不论看什么作品，先看它是不是深刻呀尖锐呀，这就是传统，说到底还是紧紧抱着那政治情结啊。

于是，《羊的门》一问世，那么多评论家一哄而上，你说说我说说他说说，其实大都在评论作品的思想性，具体说又在指出它的什么批判意识，并且强调这本书重要在于它的批判意识。有人说它在批判什么"封建主义"，甚至还有人说它是什么"人民批判书"。真是吓人呀。

这使我又一次觉得，我们的评论家实在是太关心政治了，太喜欢批判了。好像一本小说只有批判了才深刻，才是好书。没有批判，就没有意思了吗？于是就拿《羊的门》说事儿。说谁的事儿？不是说李佩甫的事儿，不是说《羊的门》的事儿，是说他们自己的事儿，拿《羊的门》说他们评论家自己的话罢了。你想想是不是这个理？

于是，我一直觉得《羊的门》本来是好好的一个整体，让他们评论家揪住耳朵不放，死死地揪住不放，定要说《羊的门》就是这一只耳朵。都快把《羊的门》说成"大字报"了。

不过也好。好在哪儿？真不真，反正就这么一煽呼，这本书轰动了，扩大了影响，看它的人多了。于是，正版的盗版的一起上，争取了更多的读者。

写到这里，我忽然不怀好意地猜测，这是不是李佩甫事先想到的？由于他了解阅读界的毛病，在这里故意设下了阅读的圈套，引人们上钩？做一只巨大的批判意识的驴耳朵，来争取阅读的注意，从而达到推销这本书——整头驴的险恶用心？

如果这本书没有这么多社会批判性的由头，勾引得这么多评论家说三道四，刺激了阅读，它还会走红吗？看起来还是沾了批判的光呀，这可是真的。

无论如何，还是因为《羊的门》放出了批判意识的风筝，挂出了羊头，才把自己的狗肉卖出去了。

如果是这样，可以看作这是作家驾驭市场的一个成功的范例。

真是时代不同了，这年头不光会写，还得会卖呀。

二

如果我们不太着急发表高论，读过《羊的门》以后忍住激动平静下来，先回味回味，甚至玩味玩味，把《羊的门》拆开看看，再合上想想，我要说李佩甫写《羊的门》其实着重写的是一块土地，而不仅仅是在写生长在表皮上的那些高高低低的花花绿绿的庄稼。

作品当然也可以只写庄稼。同样也可以写得很好。别的不说，李佩甫自己也这样写过。

但是，这一次李佩甫写《羊的门》，确实是在写土地。

要说厚厚的砖头块一样的一本书，《羊的门》里的内容自然非常丰富，结构的层次也很多，但是尽管写了那么多现实生活的庄稼，那么多人物命运的庄稼，那么多故事情节的庄稼，那么多深刻思想的庄稼，甚至那么多不是庄稼胜似庄稼的野草……

它却是在写土地，通过庄稼写土地的……

我和李佩甫相处多年，不敢说很了解，不敢说看透了他，一知半解总还是有的。李佩甫是那种很容易让人信任，却不容易让人看透的人。李佩甫看上去虽然貌似挺忠厚，但是他的艺术城府很深。不像我们这些半瓶子醋，一个个都把那点小聪明挂在脸上，看着也花花的，其实肚子里却没什么像样的货色。李佩甫属于那种用老实包装起来的内秀，属于那种少有的具有大聪明大智慧的作家。再加上人到中年，人生阅历丰富，艺术修养成熟起来以后，他太明白猪是猪羊是羊，猪毛长不到羊身上，猪毛只能够长在猪身上。咱们具体说，写猪你就得写猪毛吧？你总不能够写狗毛和驴毛吧？这一点你跨不过去。甚至你也不能够不写毛，你总不能够把猪写成秃子吧？但是写猪毛只是为了写猪，而写猪并不是为了写猪毛。这就是道理了。就像土地和庄稼一样，写庄稼是表，写土地才是本。因为只有什么样的土地，才能和就能和只能长出什么样的庄稼来。

面对土地，庄稼是没有自由的，只是必然结出的果实。说一句文绉绉的话，庄稼也只是土地的一种生命的表现形式罢了。于是，只关心庄稼是没有用的，你必须深入了解这块土地，你才能把握庄稼的命运……

不过，土地就是土地。

土地是天生的地造的是自然的，并不是人工合成的。

这样一说，李佩甫写的这块土地就有学问了。一方面李佩甫写的这块土地，并不是一块只有细菌和病毒的肮脏的土地，另一方面这也不是一块只有营养的香喷喷的土地。也就是说，他写的这块土地不是什么一块卫生田，也不是什么一张细菌床。他写的这块土地里有营养也有细菌，甚至分不出什么是营养什么是细菌的一块天然的土地。这样一说我们就明白了，这是一块什么样的生命都生长的土地，生长庄稼也生长野草，甚至生长鲜花也生长毒草的土地。

但是，有一点是有区别的，那就是土地的个性。李佩甫写的这块土地不是江南的土地，因为江南的土地偏一点酸性，形象上也偏红，是那种酸性的红土地。也不是大西北的土地，我国大西北的土地偏一点碱性，形象上偏黄甚至走白，是那种碱性的黄土地。当然更不是我国东北的黑土地了。这一点你可以肯定，如果你仔细地伸出你的舌尖品尝一下李佩甫描写的这块土地，你就会发现这土地也不偏酸也不偏碱，仔细追究也就是稍稍有一点走碱的味儿，这就是我们中原的基本上处于中性的土地了。

现在可以肯定了，他写的并不是天下所有的土地，只是这一块土地。

这一点好像很重要，因为只有什么样的土地，才能够生长出什么样的庄稼。

《羊的门》只有中原作家才能够写出来。

也只有李佩甫才能够写成这个样子。

因为正在我们一群作家沉迷于写实的时候，李佩甫已经悟到了怎么样写虚。

大概小说之道无非是有中生有、无中生有和有中生无，大部分作家都会有中生有，有点才华的作家也会无中生有，但是有中生无就是另一种境界了……

三

身为作家，谁不想写出优秀作品从而成为优秀的大作家呢？甚至梦想成为文学大师，在文学的史册上占一席之地，谁都有这种追求。只是一般作家和优秀作家的区别在哪里？

是不是写实是基础，虚构才是才华呢？

虚构的才华就是区别，它把一般作品和优秀作品、一般作家和优秀作家区别开来……

那么就可以说《羊的门》的可贵之处在于从具体到抽象，对现实生活的一种全面的虚构。

当然，我说的这个虚构并不是我们通常说的那种面对写实的那种虚构。还不仅仅是"本故事情节和人物是虚构的，切莫对号入座"，这还不仅仅是那一类浅层次的虚构。

这是对当代生活的一种整体的全面的抽象的虚构。

李佩甫能呀，在这一点上不得了呀。甚至可以说在这一点上，他超越了我们整整一大批作家啊！

如果我们认为《羊的门》是一部佳作，那么就可以说李佩甫是踩在虚构的天梯上，通过《羊的门》迈出了走向当代文学高峰的大作家的步伐啊……

因为长时间以来，文学界由来已久的创作习惯是回忆过去。真正的好作品，真正的大作家，我不敢说全部，我只说大部分都是凭回忆过去写出来的。如果你不相信呀，就请你回头看。回头看看我们的文学历史，许多的伟大作品都是描写过去的。作家通过对过去生活的回忆和联想，从而虚构出一个独特的艺术世界。于是，长时间以来，都喜欢描写过去，怎么样描写当代生活，一直困惑着我们的作家。

多少年了？几十年了吧？起码从我当作家开始，年年月月都听我们的领导教导我们要写当代的还说是火热的生活。但是，尽管我们的文学领导们一直让我们贴近现实描写当代生活，领导说句话说出来也放不下，我们也并不是没有努力过，但是怎么贴近？就说贴近还比较容易，但是你贴近以后总还得走开吧？你还得回到书房写作吧？但是，一回到书房我们就呆了，回过头来怎么样进入艺术世界？一直困惑着我们。好像只要我们一贴近就不会走开就不会虚构了。

现在好了，《羊的门》的问世给了我们启发，原来现实生活也是可以虚构的。

打开《羊的门》，可以说热乎乎的现实生活扑面而来，我们熟悉书里的人物，还有故事和情节，特别是那些生活细节露珠一样湿润着我们的眼睛。可以说，《羊的门》在具体之处大都是写实的。甚至可以说实得不能够再实，致使我们中原有的读者看过书之后要在生活里对号入座，说这是写这里的，那是写那里的，这是写谁的，那又是写谁的……这还不实吗？但是，等我们合上书本，整体联想的时候，我们就发现一切都虚，就飘就抽象起来了……

你说《羊的门》写的是什么？别说一般读者了，就是我们这些专业的作家和评论家，聚在一块开会讨论《羊的门》的时候，也是你往这里说，他就往那里说，大部分都是不同意见。那是没完没了的争争吵吵，谁也无法把大家的意见统一起来。这就是虚构，这就是小说艺术，它是一个整体意象和意象的整体。如果你走进去认真观看，你就会发现似真非真似假非假，到处都是通道却没有出路，飘飘忽忽如同走进迷宫一样。这样我们就发现，它什么都似，它又什么都不似，看着实实在在，伸手却怎么也捉不住的狐狸的尾巴。于是我们到头来实在没办法了，我们才不得不想想，回过头来说，啊，原来《羊的门》写的不是这里也不是那里，不是写你也不是写我更不是写他，李佩甫写的这本书只是一本小说，或者说只是一个寓言，或者说只是一个童话。

不同的是，这个寓言和童话是用现实的材料建设起来的……

它是我们当代生活的寓言。

它是我们现在进行时的童话。

是不是像雪雕一样？

看着是实实在在的物质的真实，如果你真要用现实生活的太阳一点一点去对照它，它就慢慢地化为乌有了，到头来只给你留下一个梦境……

四

不过《羊的门》不是那种史诗性的作品。

什么样的作品才是史诗性的？

因为好像长时间以来，我们对史诗性的作品慢慢地形成了理解的模式——那是史诗吗，你先得够长度吧？不长怎么会是史诗？要多长？当然是越长越好。弄不够一两个世纪，你也得想办法拉一百年或者五十年吧？因为不长不行呀，如果你要写史诗，一上来你先得把时间跨度占住。接着是什么？接下来当然就是一个或者两个家族的历史了。这个很重要，如果光有时间的跨度，没有家族的历史，你这个史诗就没有了结构的框架，撑不起来。得撑起来，史诗嘛，撑不起来还行？一有这样的家族历史，史诗的结构就撑起来了。然后呢？你要切记切记切切记，一定要背靠着社会历史的变迁哩。为什么？因为只是家族历史有什么劲？只有背景上加上社会的历史，你这个家族的历史才有意义和价值呀。这样一来，小历史就套进大历史，史套史，史中史，才能够史诗起来。再然后呢？再然后说起来就没意思了，因为再然后说起来就容易了，那就是咱们作家人人都会玩的人物命运的起承转合了……

多少年了？好像好多年了，我们都这样理解史诗性的作品。

如果仔细追究一下，恐怕还不仅仅是我们中国人的发明吧？而是深受苏联文学的影响？还是我们影响了苏联文学？我没有认真研究过。

但是，我明白这个模式深深地影响着我们的作家，于是，使我们出现的许多优秀的作品，怎么也摆脱不了雷同化的感觉，久久地走不出这个阴影……

于是，我才说《羊的门》不像史诗性的了。

但是，《羊的门》也给了我们一个妄想，它使我们看到了另一种可能性的史诗性的艺术追求。那就是假设片段辉煌地描写一个历史进程中的巨大的整体的横面，将这个时间凝固下来，凝固在我们的文字里，凝固成诗呢？

再留给我们的后人和文学史呢？

这样的作品算不算史诗性的呀？

这是不是另一类史诗性的艺术追求呀？

五

说说呼天成这个人物吧。

呼天成这个人物是《羊的门》这部小说的柱子，抽了他，这部小说就塌下来了。说说呼天成，也许是最有意思的了。因为说《羊的门》写得很好和写得很不好的人，大都是从怎么样看呼天成这个人物开始的。李佩甫的功过是非集中起来，好像都凝聚在对呼天成这个人物的价值判断上了。

呼天成是呼家堡的当家人。许多人特别是许多城里的吃饱了肚子没事儿找事儿的主儿，大都认为呼天成一手遮天，是对呼家堡进行封建统治的堡主一样。在呼家堡，呼天成一呼百应，他让人叫人就叫，他让狗咬狗就咬。呼家堡的人在呼天成的统治之下，别说没有行动的自由，也没有思想的自由。全村的人都没有思想，也不敢有什么思想，只有呼天成一个人在思想就可以了。这样村民们成了什么？成了呼天成招之即来挥之即去的行尸走肉？于是，那些城里的人对乡下人居高临下的觉着自己就有什么民主就有自由的思想家，自然就说东道西批评起来呼天成了，甚至把呼天成说得一无是处……

但是，也可以这样来看，如果你了解我们的农村生活，知道一点我们的农村贫穷到什么程度，你就会觉得有呼天成这样的人领导着一个村子，使大家从贫穷走向富裕，先吃饱穿暖了，再住上好房子，甚至使用上了城里人才能够使用的家用电器，有什么不好？设想一下，如果我是一个农民，你们城里的这些思想家能够像呼天成一样，走下来到我们村里，能够改变我们的贫穷生活，我就情愿听你的。你叫我干什么，我就干什么。我情愿没有思想，也不要什么民主和自由，跟着你走到哪里算哪里。

特别是，像呼天成这样的领导人，他一生都在想着村里人，都在为我们大家能够过上好生活而艰苦奋斗，从来也不搞什么特殊化，也不像你们城里人那样去腐败，吃苦在前享受在后，这样的好领导上哪儿找去？说一句你们城里人特别不想听的话，如果全国多一些呼天成，一个村子有一个呼天成，人民群众的生活水平只怕早就提高了，那么多农村人只怕也不可怜了。你们批评呼天成哩，和呼天成比比，你们自己能够比呼天成好多少？别说好，相比之下，你们自己只怕还不如呼天成哩。

这样一对比，我们就明白了，往俗里说呼天成身上有许多优点，也有许多缺点，他不是一个完人，你也可以说他好，你也可以说他不好，但是他确实是一个活人，一个鲜活的艺术形象哩。

现在我们可以回到小说艺术上说话了，我们作家写作和创造艺术形象，并不是只能够写好的一面，或者只能够写不好的一面，我们只是把人物写活……

李佩甫的贡献只是他为我们创造了呼天成这个典型的艺术形象，他并不负责对这个艺术形象本身框定出什么样的价值判断……

呼天成是这一个，而且是艺术典型，而且是我们的艺术画廊里崭新的艺术形象，我想这就够了……

至于对呼天成这个人物怎么看，你爱怎么看就怎么看吧，那是你的事情……

六

最后说说《羊的门》的不足之处吧……

《羊的门》写了好几年时间，但是一部作品的好坏并不是写作时间长短来决定的。虽然李佩甫写了这么长时间，但是让我看，还是仓促了一些。虽然小说的叙述速度提高了，密度也很大，信息量惊人，平心而论还是写得粗了。首先是叙述状态不怎么从容，这样就使作品看起来发紧，没有留下足够的空白，多少有点不怎么透气……

有人开玩笑说，李佩甫的败笔之处就是把城里的女人写单了。其实让我说这只是枝节，整个作品的叙述语言发紧发干，甚至有点发硬，不怎么圆润，没有水汽，这才是最大的遗憾呢。

人无完人哪。

呼天成是这样，作家也一样。

2000年2月于郑州

原载《当代作家评论》2000年第3期

放牧人群：从苏格拉底到呼天成

曲春景

两千多年的西方文明史，对发生在古希腊雅典那场著名的审判做过无数次的评论，由于柏拉图的生花妙笔，大多数人都会把最美的赞誉之词和由衷的仰慕之意送给苏格拉底，送给历史上第一个为思想自由而被剥夺生命权利的人；同时，对判处这位哲人死刑的雅典法庭投去厌恶的一瞥。然而，随着人类文明程度的提高，随着社会的发展，越来越多的人开始追问这位享誉千年的哲人被判死刑的真正原因，讨伐他为之付出生命代价的极权主义学说。最有代表性的是美国一位叫斯东（I.F.stone）的当代记者，他首次以雅典民主法庭辩护人的身份出现，把审判的目光再次投向苏格拉底，并写成了20万言的《苏格拉底的审判》一书。

苏格拉底和雅典民主法庭之间的矛盾，是人类历史中在社会政治形式这一问题上，"权威主义"与"民主派"发生的第一次思想交锋。民主派以鸩死苏格拉底而获胜，苏格拉底以杀身取仁而棋高一筹。但是，"权威主义"与"民主派"的矛盾，没有随着苏格拉底生命的结束而中止，也不会因为斯东对苏格拉底的重新审判而消失。恰恰相反，人类历史在这一问题上至今无力给出一个有效的能达成共识的解决办法。斯东对苏格拉底的二度审判，也只是再次伸张了民主派的立场，是当今这个时代对那次冲突的一种遥远的回声。这种回话，更加说明了苏格拉底与雅典民主政体之间的分歧和冲突，至今仍然纠缠着当代人。只是它在当下的语境中改头换面，重新以"新权威主义"与"自由主义"的形式出场，或者被置换为"新左派"与"新启蒙"的部分冲突等等。在文学领域里，目前引起读者极大兴趣和广泛讨论的《羊的门》，特别是由此引起的关于怎样看待和评说"呼天成与呼家堡村民的关系"问题，便是这一冲突的更为直观和形象的表现形式，是这个问题在中国现实语境中对人们的困扰。

历史的沧桑有着无以言说的感慨，众说纷纭中，优胜者不乏时尚的选择。人类的智慧在多大程度上能给出一个公正的不为时尚所左右的结论呢？今天，是一个英雄末路和围剿"精英"的时代。斯东对苏格拉底的审判在相当程度上是这个时代"反启蒙""反精英""反权威"的一种应和形式。这些后现代思潮和新左派理论的兴起，对于反抗经济社会中出现的不平等和不公正现象，有很大程度的合理性。但是，我们在拒绝权威和精英的时候，在重新审判苏格拉底的时候，也无法完全回避雅典民主法庭的缺陷。判处除思想言论外无任何其他罪恶的哲学家苏格拉底死刑，不但违反了民主雅典所信奉的言论自由的原则，同时，也反映出民主裁决无法更改的弱点，即多数人的意愿有时并非明智之举，甚或被某种情绪左右造成不应有的错误。两千多年的历史中，人们把那么多的同情和光荣给了苏格拉底，也不是没有一点道理的。苏格拉底的荣誉，并非完全归为他的弟子柏拉图如簧之舌的生动创造，苏格拉底那些关于美德、知识及社会群体的性质等学说，自有征服人心之处。在实践中，在我们自身的经验中，当我们放眼人群，看到每一个表演者内心所揣的那点意图之后，大多数人身上普遍存在的既自以为是又卑琐自私，既目光短浅又盲目自信，既沽名钓誉又急功近利的毛病等等，这些人性中无可救药又很难超越的丑陋现象，会让我们拥戴民意的心灵痛苦不堪。这时，我们会像呼天成一样，面对着一窝贼脸发出对"人民"这个词的疑问。并且，我们会再次认同苏格拉底的言说：除个别具有天赋的人能够获得美德和知识外，芸芸众生均如我辈一样盲目无知；社会是需要天才去放牧的人群，众生是需要个别具有管理和统治才能的人去支配的；人类的黄金时代是由神一样的人在放牧人群，就像普通人在放牧羊群牛群一样。这时，苏格拉底指责雅典城邦的公民自治和轮流执政，指责这种方式就是让一些既没有才能和品德，又盲目无知的人执政，便是可以理解的了。苏格拉底的权威统治和精英政治，是有一定土壤和基础的。有时，我们甚至会认为这是苏氏洞悉了人性的无知和愚昧之后提出的真知灼见。

两千多年来，社会有了很大的发展和变化，但是，人们在生存活动中仍然不断地与苏格拉底的这些问题照面。在不同时期不同民族的生活中，会以不同的方式重复着这一主题。在中国，在我们昨天和今天的生活中，也同样不能避免。

当呼天成面对着站在自己面前的几百口自私怯懦的人，并且思考："这就是书上说的人民吗？"他就遭遇了和苏格拉底几乎相同的问题。不同的是苏格拉底没有像呼天成那样去直接放牧这群人，成为他们的主人。

苏格拉底拒绝直接参与公共事务。但是他却在思考，思考着怎样让所有这些人都承认他们自己是既没有美德又没有知识的人，是不配参与管理和统治的人，他要用自己的智慧让大家相信，只有少数有限的人，用他自己的话说就是"那个知道的人"，才可以成为看管人群的牧人和统治者，大家应该把参与管理的权力自觉地让出来。苏格拉底对公民参政议政并且享有平等权力极为反感和不满。他教导人们"发命令是统治者的事，服从命令是被统治者的事"。他认为最好的方式是没有公民，只有臣民。他反对和讥讽雅典城邦的民主制，对民主到连将军和国防部长也要经过举手或抽签决定的办法充满了不屑，并常用这样的方法启发他的学生："如果我想修鞋，我要去找谁呢？"那些坦率的年轻人就回答说："去找鞋匠啊，苏格拉底。"他就又会提到木匠、铜匠等，于是，最后便问到这样的问题："谁应该修理国家这只船呢？"[①]显然，这个权力只能归于那个知道怎样统治和"修理"国家的人。在他看来，雅典当时的执政者是一群乌合之众，既没有知识和美德，又不懂管理。他认为人类社会群体是一伙盲目散漫的羊群，不能放手信任他们能治理自己。他常常站在雅典的街头，自由地传授着他的集权政治。如果不是他的两位贵族弟子后来两次推翻过雅典的民主政府，苏格拉底也不会被送上民主法庭。因蔑视和反对民主政府、

---

① 罗素：《西方哲学史·上卷》第十一章，商务印书馆1963年版。

教唆青年背离民主政体，苏格拉底受到了来自三个公民的指控。当时的民主法庭，是由来自各个阶层的陪审员组成，共500人，先以投票的方式决定这个指控是否成立；成立以后，再投一次票决定量刑，即给予什么样的惩罚。苏格拉底在审判席上对指控和审判充满了嘲弄和讥讽，但是最终，陪审团以360票比140票的多数，判了这位哲学家死刑。苏格拉底因此丢了性命。

与苏格拉底不同，中国的这位呼天成用直接参与权力的方式，不但统治了呼家堡，重新整治了呼家堡人的生活秩序，而且还赢得了呼家堡人的信任，成为呼家堡的权力中心，在呼家堡获得了至高无上的地位。在这里，呼天成不自觉地实现了苏格拉底的理想，成为一个真正的放牧人群的神人。呼家堡也成为一个苏格拉底所理想的领地，是一个没有公民只有臣民的村堡，发命令是呼天成的事，服从命令是村民的事，而且，出乎苏格拉底意料的是，这里没有关于权力的任何争议。

在西方的历史和文明中，关于权力的形式问题、归属问题、个人权力和政治权力的关系问题等等，对这些问题的讨论和思考，是和他们的文化一起成长的，是他们文化的一个重要的组成部分。苏格拉底讨论这些问题，柏拉图讨论这些问题，亚里士多德也讨论这些问题。追随他们的所有文化人都从思考这些问题开始。不管是君主制、贵族制、寡头制、民主制，它们的优劣长短均在讨论和探讨之内。即便认为应该把君主制放在首位的亚里士多德在考虑到对个人权力的限制时，也会强调：人若没有法律的限制就是最坏的动物。就连主张王党政治的英国经验主义者霍布斯在他的《利维坦》一书中，也首先讨论了个人权力和政治权力的关系问题，他认为个人的政治权力是通过盟约的形式交给一个人或一个政府的，这个盟约是公民通过选择订立的，在选择中必须少数服从多数。盟约一经选定，公民的政治权力即告终止。不管是少数或多数都必须服从盟约认定的个人或政府。没有反叛的权力。霍布斯受到后人的攻击，被认为是王党政治，其原因在于没有考虑对最高权力的限制问题。但是，在中国，在我们这个古老的民族中，在这片悠久的土地上，在几千年的文化传统中，从来不讨论也不思考国家形式问题、公民权力问题、政治权力与个人权力的限度问题等。在诸如"正德利用厚生""内圣外王"，这些被视为经典和构成汉文化核心的古训中，已经不用讨论就首先肯定了一个固定不变的前提：王。"内圣"的目的是达到"外王"，"王"是作为目的而存在的，不但不在讨论之列，而且是先在的，当我们接受"内圣外王"这一圣人之言的时候，它就已经作为一种被推崇和肯定的国家形式和权力形式，植入我们的潜意识中，并且成为文化人穷其一生所要侍奉的最高目标，成为他们渴望、仰止和敬畏的高高在上的终极关怀。中国的文化都是在怎样达到"外王"这个终极目标之下形成的关怀系统，正如顾准所分析的那样，是一种史官文化，是一种始终为最高统治者服务的文化。由史官文化造就出来的知识分子，在他们的文化血液中，早已经深深地埋下了对"王"的敬畏，"王"给知识分子的思考划定了边界。所以，中国古代的文化人远没有西方那些圣人潇洒，可以把国家形式和权力问题随便拿过来讨论讨论，把这些问题置于自己的视野之下去任意发挥其智力优势。中国传统的知识分子只能在这个既隐而不昭又无处不在的最高权力的笼罩之下去思考。他们不但不能跳出这种权力之外去反观这种封建的帝王形式是否合理、个人权力与政治权力的分配是否得当，而且压根就没有这种意识。中国的知识分子尚且如此，何况被这些文化所左右的普通百姓。因此，在呼家堡或者在其他任何地方，一般没有关于权力问题的讨论。人们最大的政治野心也只是要求有个明君明主，普遍关心的是由谁来统治自己。像鲁迅所说的是要做稳奴隶的问题。

所以，苏格拉底如果在呼家堡就会省心得多，不需要费心劳神地阻止大家去表决，也没有必要去辛辛苦苦地劝告众人把权力交给"那个知道的人"。在呼家堡，在这个不大不小的村落里，由于呼天成顽强的性格和他的统治能力，他几乎成了人人敬奉的神人，没有人怀疑他的权力，更没有人会提出关于政治权力和个人权力的限度问题。所有的人都心甘情愿地对呼天成顶礼膜拜，没有一个人敢对他的任何权力说个"不"字。村里有一个叫王炳灿的退伍军人，在呼天成为呼家堡人定工资的会上"忽地站起来，可他什么也没说，就又怏怏地坐下了"。就这一下，呼天成看出了苗头，借着王炳灿曾经接受过别人送的香烟一事，说他手不干净，罢了他的销售厂长的职务，没收了他的车钥匙，并且，在每天早操前，让他自己端着一盆清水走上台去，当着全村男女老少的面洗手。洗过之后，还要把手举起来，绕场一周，让大家看看洗净了没有，只要有一个人说不过关，就还要再洗。可以明显地看出，在呼天成的意识中，没有政治权力和个人权力的区别。应该说，呼天成在呼家堡拥有的只是政治权力，罢去王炳灿的职务不管对错还在他的权力之内，但每天早上惩罚他，让他当着男女老少的面洗手则是对他个人权力的侵犯。这种侵犯在这里不但没有受到阻挠，也没有受到任何怀疑哪怕是一点疑问地进行了一个月，而且，每次还有群众跟着起哄和助威。可见这种政治权力对个人权力的覆盖在汉民族文化中几乎是一种集体无意识。"把手举起来，让大家看看洗干净了没有"，看起来是一种征求大家意见的民主形式，实际上，这不但是一种专制形式，而且还是一种转移仇恨和转移目标的形式。这种形式的非民主因素在于，"让大家看看洗干净了没有"并不是真正的要尊重大家的意见进行少数服从多数的表决，并不是要采取多数人的意见，而是只要有一个人符合呼天成的意思说声"不干净"，呼天成就可以借他的口让王炳灿再洗一次，并且在表面上，让王炳灿再洗一次的人已转成那个说"不干净"者。这样在王炳灿的心里就会增加对那个说者的仇恨。那么，轮到这个说者倒霉的时候的日子也不会好过。如此下去，仇恨就会集中在群众与群众之间，政治权力对个人权力的覆盖和侵犯始终处在隐匿和无意识之中。

因为一个没有说出口的"不"字，王炳灿被呼天成看出反骨，让他当众丢丑威信扫地。低头认罪还不行，还要把他的自尊彻底整垮，整得他服服帖帖，直到在呼天成面前让他坐他都不敢坐才放他过关。呼天成在呼家堡是一个一诺千金一呼百应的神人，是一个苏格拉底所推崇的像神一样放牧人群的人。在这里很多人都是自愿地匍匐在他的脚下，俯首帖耳地听从他的调遣。在他行将就木的时候，呼家堡人为满足他的一个小小的心愿——听几声狗叫，几乎所有在场的人都趴在地上学狗叫。那天夜里，呼家堡这个无狗村却传出一片震耳欲聋的狗叫声。虽然，在这片叫声中我们没有听到人的声音，没有闻到人的气息。但是，正是这一点让我们看到了呼天成在呼家堡的极大成功——作为一个统治者和牧羊人的成功。呼天成是苏格拉底理论的一个不自觉的实践者，而且是一个极其成功的实践者。呼天成在呼家堡的领导艺术，完全符合苏格拉底的标准，是一个知道如何统治的人。

但问题恰恰就出在呼天成的成功上。

如果没有呼天成的成功，我们就看不到呼家堡村民奴隶式或工具式的生存状态，看不到呼天成怎样把手下的人变成听凭摆布的奴隶和不敢乱说乱动的臣民。换句话说，我们在《羊的门》中，看到了苏格拉底的理论走向实践以后，对普通人生存的自主性和主动性的废除，看到了"懂得如何统治的人"或者说"权威"在实践中对人异化到什么程度。正是呼天成的成功和他与呼家堡村民构成的关系状态，让我们醒悟，让我们重新认识苏格拉底的集权政治，重新思考时下学术思想界的"新左派"和"新权威主义"；并且，更重要的是，在呼天成的意识中，在政治权力对个人权力的覆盖和湮没中，我们看到了比苏格拉底的集权政治更加危险的东西——由于长期个体意识的缺乏所形成的对个人权力的集体无意识。正是这种由传统文化构成的对个人权力的集体无意识，使所有的呼家堡村的村民都不自觉地沦为集权和专制的帮凶。呼家堡的洗手会、斗私批修会和诸如此类的各种会议，使我们明白为什么在这块土地上会发生像"反右"时期那种人人积极又人人自危的残酷无情的斗争，为什么会发生像"文革"时期那种大规模的群众斗群众的现象。在中国，在大大小小的呼家堡中，个别天才的成功和权力的过分集中，往往意味着普通人个人权力的丧失，意味着大面积人群的被异化。更可悲的是由汉文化造就的对个人权力的集体无意识，形成了这块土地上众多的呼家堡心态——对无论什么样的强权都自觉自愿地拱手相让俯首称臣。所以，在我们这个缺少个体意识和个人权力意识的民族传统中，"启蒙"的任务还远远没有完成。不但在实践中民主化进程仍任重而道远，而且，一般民众的个体意识还没有真正自觉地建立起来。在呼家堡的大小事情中，呼伯如果不点头，所有的村干部没有一个敢吭声的，不但唯呼伯马首是瞻，而且呼伯说的话还往往被演义成一字千钧并具有神奇力量的咒语。除了臣服和崇拜权威之外，没有一个人拥有自己的大脑或者说敢于运用自己的头脑去思考。当刘清河同孙小有两个人操持电锯锯木头时，由于缺乏保护措施，刘清河用力过猛而被锯成两半。这本来是一个该由领导负主要责任的违章施工事故，但在呼天成的话语暗示中，人们开始把它说成是一个蓄意报复烈士后代的政治事件。呼天成让人先把孙小有看守起来，然后通知公安局来人处理。当孙小有的母亲同时又是一直愿意献身于呼天成的秀丫晚上来到他的住处跪在他面前求他救救她儿子的时候，他仍然不肯放过这个无辜的孩子，因为这是他不屑于说出口的情敌孙布袋的儿子。他说"呼家堡本该出一个烈士的"，一直到秀丫死死地跪在那里不肯起来，最后才说："我答应你。"终于，这个在他的授意下被当成政治事件处理要判死刑的案子，又在他和公安局长的交谈中变成了一般性质的工作事故。事后，不但没有人对这件事情前后不一的处理意见有所怀疑或问个究竟，而且，环绕在这个最高统治者周围的仍然是一片仰慕和崇拜之声。有的说："到底是人家天成有主意呀！人家听说后，在床上躺了半晌，人家一点也不慌。要是有的人，只怕都吓死了！"还有人说："老天爷，一个字，就是一个字的差别呀！天成生生救下了一个年轻人的命。"呼天成要的就是这种臣民，无论他怎样动用权力，怎样任意处理人命攸关的大事，这些臣民都会把他奉若神明，都会对他顶礼膜拜和山呼万岁。呼天成主宰着一切，并且很容易排除异己和扫清障碍。在处理这件事的时候，副支书刘书志，也就是死者刘清河的亲叔叔，在呼天成的门外等着他表个态拿个意见，却隔着窗户听到他睡着的呼噜声，刘书志急了，一边不停地走来走去，一边跺着脚高声吆喝了一句："他要不管就别管，有人管！"就这一句，十天之后，由于一垄玉米，刘书志的副支书被撤掉了，并且毫无声息没有一点反响。这种由史官文化造成的对权威的臣服的崇拜，以及长期的政治权力对个人权力的覆盖所形成的个人权力的集体无意识，才是一块真正的"绵羊地"。它使生长在这块土地上的人像这块土地上最为低贱的植物野草一样，虽然铺天盖地，但任人践踏无怨无艾，世世代代没有人对此有过任何怀疑。

呼天成在这里得到的待遇是苏格拉底无法比拟的。中国的改革呼天成是要利用的，但民主化进程在呼家堡恐怕要遭到上下一致的反对。如果苏格拉底面对的不是那个民主雅典，而是实现了他的理想政治的呼家堡，他是否还会坚持他的反民主立场呢？如果说在一个连国防部长都要靠抽签决定或者轮流执政的民主形式中，苏格拉底还有一定的合理性；但是在一个连起码的个人权力都会被随意践踏的王国中，苏格拉底的权威政治和反民主立场是必须受到再次审判的。随着改革开放的深入，民主化进程的要求会越来越高。然而，如果没有对个人权力的尊重，民主只是一句空洞的没有任何实际意义的口号。学会对个人权力的尊重，在能够运用大脑和理性的地方不臣服于权威，反对专制和集权等等，这些来自启蒙主义的文化内涵，不仅是西方人的文化专利。我认为，不管在哪一个民族的文化成分中，这些都应该是不可缺少的一部分。对个人权力的尊重是来自生命本身的要求。并不是只有西方人才需要尊重个人的生命权力，而是所有的人，不管是生活在哪个民族或哪个地区的人的生命权力都渴望得到尊重和受到保护。不管人们选择或者拥护什么样的社会和国家形式，都会以保证这个社会和群体中大多数人的幸福为首要条件，而人的幸福是以个人权力得到尊重和受到保护为前提的。但是，在中原这块土地上，呼天成不仅有市场而且还有很多崇拜者和拥护者。所以"新左派"攻击"自由主义"无视中国现代化进程中的现代性问题，攻击他们坚持启蒙和反封建立场，是否有点操之过急呢？我们也不能为了警惕现代性问题而去青睐封建主义的东西吧。对于中国的国情来讲，对于这个世纪初才开始走出封建社会、才开始向现代知识和现代文明迈进的脆弱的群体来讲，还有什么比呼天成的泛滥更可怕的灾难呢？比起这一点，民主派的那些弱点，是能够理解和忍受的。人类社会的发展也在不断地完善着由雅典人初创的民主形式，改造着那些粗糙的由抽签决定事情或轮流执政的形式。从这一点上讲，不管是西方的苏格拉底还是中国的呼天成都应该受到质疑和追问。

原载《文艺争鸣》2000年第3期

论李佩甫小说中的"成功者"形象

周志雄

　　李佩甫是扎根乡土的一类作家，在他的作品中有一大批散发着泥土气息的"智慧者"，这批人在生活中苦苦挣扎、苦苦追求、用尽智谋，最终都能在社会上独立下来，成为一种环境中的"成功者"。李佩甫笔下的"成功者"大多数生活在社会的底层，在城乡之间，在平常人与显赫者之间，在现代文明与乡土传统之间。这批人不同于张洁、蒋子龙笔下的工业巨子，也不同于陈忠实从历史文化根性中描写的农民。李佩甫小说中的人物扎根于现实土壤，随时代发展变化成长，既有对传统的依恋，又有对现代文明的追求，还有些许背叛传统的失落，却又不乏一种崇高的精神追求。需要说明的是，李佩甫小说中的人物性格是复杂的，本文分析的只是李佩甫小说中人物性格的一个侧面。"成功者"只是为了表述的方便而采用的一种称谓，这些"成功者"只是在他们的环境中实现了他们的某些愿望，办成了一些事情，但总体上看，他们仍然处于困惑和迷茫之中。文中的"成功者""智慧者"加上了引号，是因为李佩甫小说中的"成功者"与传统意义上的"成功者"的含义已有很大的不同，传统意义上的"成功者"是一个肯定性的称谓，他们的成就于他人于社会有很大的益处，他们的行为光明磊落、可歌可鉴。而李佩甫笔下的"成功者"则比较复杂，其人其事既值得肯定又需要批判，或者说李佩甫写的是在现实中挣扎的

"英雄人物"，而不是对一种理想人格的追求。

"成功者"的类型

中华民族是个英才辈出的民族，任何时代都有崇拜英雄的社会心理机制，从尧、舜、禹到秦皇汉武、唐宗宋祖，一部历史就是英雄的历史。英雄人物、杰出者、成功者在人们的头脑中都是令人羡慕和追求的对象。因时代的变迁，对英雄的定义各有不同。儒家对英雄的要求是"立功、立德、立言"。20世纪中国文学中，成功者形象以社会改革者、革命者、战斗英雄居多，这与中华民族在20世纪的战斗风云历史相关。文学作为社会变化的晴雨表，总是描绘着时代的风云变幻和世态人情。新时期以来，随着思想解放运动的兴起，以经济建设为中心的确立，这一时期的成功者大致可以分为以下几类：①当代改革者。这类人物往往肩负重大的任务，为许多人的生存和民族的振兴而奔忙。如蒋子龙、张洁、鲁彦周等描写的当代改革家。②知识界的成功者。如徐迟、黄宗英、陈祖芬笔下的知识界精英。③商界弄潮儿。如钟道新小说中的单身贵族，张欣、梁凤仪笔下的老板、经理，田雁宁小说中的由打工仔起家的老板等。李佩甫笔下的"成功者"大致也可以分为三类：一类是官场上的"成功者"。这类人往往开始只是官场底层的办事员，后来一步步提升到较高的职位上。《败节草》中的李金魁从一个普通的乡里副乡长干起，由副而正，由乡到县，最后混至市长。《无边无际的早晨》中的李治国从一个乡里通讯员干起，最后当上县长。他们如何一步步被提升是小说描写的重心，这些人物既聪明机灵，同时又非常熟悉官场的运作规律，是靠智慧一步步爬上去的。第二类是商场中钻营发财的老板。《城市白皮书》中的魏叔叔从一个普通的修车工干起，然后开始做书商，做化肥生意，做礼品销售，由一个一文不名的穷小子一跃为腰缠万贯的富翁。其实他所干的，无非就是彻底的皮包生意而已，但他巧妙地周旋于商贩与社会运作的职能部门之间，用智慧、靠钻营很快发财。第三类是名利双收的一些实力派人物。这类人物如《李氏家族第十七代玄孙》中的丐爷，从一个普通乞丐到当上乞丐头领，最后富甲一方，甚至在晚年靠智慧独挡强盗头子张黑吞。李大有善经营，有头脑，乐施善事，在村民中享有威信，后来还贷款20万元，准备大干一场。《羊的门》中的呼天成是李佩甫小说中集大成的"成功者"，是40年不倒的"不倒翁"。他年轻时当上呼家堡的一把手，立志成为呼家堡的主人，并苦心经营了强大的"人场"，成为呼家堡人的能呼风唤雨的精神领袖，使呼家堡在改革开放后迅速致富。

这三类人物都有一个共同之处，那就是他们扎根于现实，有着深深的乡村记忆。不管他们是乡长、县长，还是暴发户、地方领袖，他们的智慧，他们的生命精髓，都是平原精神的延续。他们有别于上述的新时期以来文学中的改革者和知识界精英，他们不是那种脊梁般的人物，他们缺乏那种为民请命的豪气，也没有浩气长存的惊天伟业。他们或钻营，或巧取，或机关算尽，终能实现他们的某些愿望。《城市白皮书》中的魏叔叔在商场上迅速发财，他也不是那种现代化工业社会中的大老板，他与后者的区别在于，他并不是完全以平等互利的商业原则来做生意，而是靠拉关系走后门等方式赚钱，他的机灵、世故、圆通来自平原人的刁钻、狡猾。在李佩甫所写的三类"成功者"之中，尤以第一、三类人居多，这两类人都是生长在平原之上，他们一生中干了很多大事，走了很多地方，甚至受过高等教育，在精神上他们却永远是平原之子，这正是李佩甫笔下"成功者"的独特之处。

"成功者"的人格构成

"义"。中国是一个以道德为本位的国家，是有着五千年文化传统的礼仪之邦。儒家讲"舍生而取义者也"[1]，"老吾老，以及人之老；幼吾幼，以及人之幼"[2]。《水浒传》里梁山泊的"聚义厅"后改为"忠义堂"，都离不开一个"义"字。历朝历代的战争都讲"正义之师"。"义"，是一种为人处世的原则，亦是中华民族的一种传统美德。它体现的是一种关爱他人，为他人解难，急他人之急的精神。《水浒传》里的宋江因行侠仗义，广结广交，好急人之危，人称"及时雨"。论谋略，他不如吴用；论武功，他恐怕在梁山好汉中只算下等。然而正是"义"这一重要因素使他被众兄弟推为寨主。"义"

的正面作用在于缩短了人与人之间的距离，体现了一种人之为人的人性美。实际上，"义"总是与"知恩图报"相联系，因而在实际操作上，人们往往将"义"当作一种处世技巧，一种建立人际关系网的方式，带有明显的功利因素在其中。墨子讲："若我先从事乎爱利人之亲，然后人报我爱利吾亲乎？……'投我以桃，报之以李。'即此言爱人者必见爱也，而恶人者必见恶也。"[3]墨家文化代表了中国文化的民间形态，在民间，"义"往往作为一种有功利目的的处世原则，而非儒家的无条件的"爱"。如宋江、刘备的"义"都取得了巨大的社会回报。以至于鲁迅说："欲显刘备之长厚而似伪。"[4]李佩甫小说中的人物生活在当下的社会现实之中，除了《李氏家族第十七代玄孙》写于20世纪80年代末，《无边无际的早晨》《败节草》《城市白皮书》《羊的门》都是李佩甫20世纪90年代的作品，这些小说是对20世纪最后10年中国社会生活的把握和思考。这10年，正是中国经济快速增长，计划经济向市场经济转型，主流文化向多元价值取向转向的时期，也是一个欲望充分释放的时期。市场经济以效益为前提，在这一经济形势下，人与人之间的关系中功利因素越来越强。李佩甫小说中的"成功者"对"义"的认识更倾向于墨家的功利观，他们往往将"义"作为一种处理人际关系的策略和技巧，与毫无条件地扶弱济贫的"仗义"有很大不同。《李氏家族第十七代玄孙》中的丐爷凭借过人的胆识挖出了自己的一只眼睛获得丐帮爷位。在乡亲中，仗义疏财，名显一时，还出资修了一座桥，令县太爷大为赞赏，并以自己的豪气结交了土匪头子张黑吞，以"义"获得了土匪的信赖。几十年来，别的地方失窃，可丐爷不仅保住了自家，也保住了村子。后来家道衰落的主要原因也在于违背了"义"的原则。李大有的影响力也在于仗义上。他精明能干，也乐于为村里人排忧解难，成为村里举足轻重的人物。《无边无际的早晨》中的李治国，《败节草》中的李金魁，官运亨通的主要方式是不遗余力地为人办事，用尽心机获得人缘。《羊的门》中的呼天成对"义"的认识运用已经到了"化境"。40年来，他经营了一个上至中央下到地方的强大的社会关系网。他冒着生命危险背回了省委书记老秋，在斗争的年月里让老秋在呼家堡待了一年零四个月；为了一个下乡知青，他让村里拿出十根水泥杆换小青年的前途；为办起村里的粮食工厂，他不惜花重金请教授做试验；为了开拓"呼家面"在北京的市场，他竟将面条白送人还搭上一辆轿车。平时逢年过节，他的"慰问法"总是使他与外界保持着紧密的联系。他不断地种植人情，在适当的时候进行收割。

"智"。"成功者"自然都是聪明人，其智慧见识明显高于周围其他人，以至于别人都愿意以智者为精神依靠。李佩甫小说中，"成功者"的智慧多表现为对人的优缺点的熟悉，对世态人情运作规律的深刻把握。他们虽然大多文化水平不高，没上过大学，但机敏过人，工于算计。呼天成写的字像木棍似的，但其智商十分高。魏叔叔自比一条蛆，但他在城市里的钻营术是很高超的。在与各种人打交道时，他几乎完全知道该怎么开口，怎么对付人，显得游刃有余。能做成第一笔生意，关键在于他创立"顾问法"，这是一种变相的"贿赂大法"。在第二笔化肥生意中，能扭转形势、化亏为盈主要也靠活动关系，靠送钱，还是贿赂。第三笔生意已进入"艺术"层面，做套子，做关系，已到了炉火纯青的地步。第四笔"借腿搓绳"的生意，为攻下一个销售科长宋木林，竟贿赂银行职员查清他在城区47个储蓄所的全部存款。在魏叔叔的四笔生意中，生意的成功与否完全取决于对关系的疏通。这既是对目前社会体制的钻营，也是对人性弱点的钻营，以至随心所欲战无不胜。呼国庆在与调查组搞关系时，不仅要尽聪明取得了好印象，还因此获得了一个美丽的情人。李大有为满凤爹还赌账要"狐假虎威"，为满囤离婚的事出谋献策更是技高一筹。李金魁对官场的领悟学习基本上是无师自通。

"韧"。"韧"既有临危不乱、沉得住气的意味，又有坚韧、顽强的意思。要做官，成大事，都讲究修养心性。第一件事就是要处事不烦、不急躁、不怨、清醒。头脑清醒才能做出正确决策。耿恭简常对曾国藩说："居官以耐烦为第一要义。"在《羊的门》中，"韧"性的另一种表达是"好死不如赖活着"，是一种含有无赖意味的耐力，一种一定要活下去并活得成功的信念。在重大决策之时，在别人都急着拿主意的时候，呼天成总是在那张草床上躺着，然后在别人一筹莫展之时，做出一个让所有人都认为是应该如此的决策。在呼国庆的危急时刻，呼天成拿出几个泥做的棋子让他明白该稳住气。为成为英雄，他还苦苦修炼功夫十余年，以面对心爱的女人的裸体抑制自己的冲动来练习自己的"韧"性。

以上分类只是对李佩甫小说人物性格表层特征的一个粗略把握。实际在作品中，作者总是将人物紧贴于大地之上，力图写出人物的生命之力、成功之智的现实原因。具体来说，是对平原人生命精髓、人格精神的追寻。在《败节草》中，李金魁"在他很小的时候，他就凭着那一株草和一个字的启示，在无意间接近了平原的精髓"[5]。在《黑蜻蜓》中，作者说："我知道这是个充满怨言的时代，世界上到处都是怨言，人人都有怨言。可我不明白，二姐为什么就没有怨言呢？二姐总是在劳作，一日日的劳作，无休止的劳作。那么，二姐的欢乐在哪里呢？欢乐？！"[6]《无边无际的早晨》中的李治国当上了县长，在他的潜意识中，不断出现的是一个融进泥土牛粪、裹有麦香的"黄土小儿"的形象。李佩甫的作品总是对黄土地上民族的生存之谜进行追问。"力在哪里呢？使血脉得以延续的生命之力在哪里呢？"[7]"连年的战乱，天灾又是那样的频繁，人是怎么活过来的呢？那一代代的后人又是怎样得以延续呢？"[7]形象是作家理想的载体，李佩甫小说中的"成功者"总是具有鲜明的平原特色，这些"成功者"只不过是在现代社会条件下深得平原精神内核的大地之子。

通过上文的分析可以看出，"成功者"的行为中有很多不值得赞美的东西，他们的钻营、贿赂之术的"正义"性值得仔细分析，"义""智""韧"等传统美好品质化到他们性格中已经发生了变形。另一方面，由于李佩甫挖掘的是"平原的精髓"，因此他对待人物的感情态度是复杂的。

"成功者"的失落

李佩甫是一个清醒的现实主义作家，他的清醒之处在于他一方面描写钻营者的成功，官场逐鹿者的沉浮，另一方面他写尽了"成功者"的罪恶感，并从"成功者"对社会现状的洞悉中反映出对现实的批判。他早期的《无边无际的早晨》写李治国在成功后精神的失落，明显地显露出作者对和谐、纯朴乡情的一种寓言式的抒写。他后来的《城市白皮书》《羊的门》《学习微笑》《乡村蒙太奇》则逼近转型期的生活现实，如以人际关系为转动枢纽的社会现状，以上级任命下级的方式取代民主选举的政权运作方式，公有制企业不健全的运行机制，以权谋私、权大于法等不正之风。

李佩甫笔下的"成功者"对现实采取一种实用的态度，却又不放弃对现实批判的立场。他们不惜代价地追求成功，却又不满足于成功，甚至怀疑自己所做的一切。李佩甫总是力图揭示出人物身上的传统根性，这正是作品中"成功者"的生命之力的来源。但我们仍然要清楚地看到，他所写的传统是一种文化的民间形态。他既非批判国民的劣根性，又不弘扬中华文化的古老优秀传统，而是采取一种比较中立的立场。他更醉心的是一种生之力，一种如何才能有效的实用哲学。正是从这一点入手，他触及的是一个中国当前社会底层的现实，既不时为人物的成功而满足，却又让他们不时感到难以言状的失落和绝望。如《城市白皮书》结尾，魏叔叔在发财后，倍感空虚，花钱请人听他讲话。《无边无际的早晨》中李治国在娶了城市女人，当上县长之后自问："你是谁？生在何处？长在何处？你要到哪里去？……"[8]《败节草》中的李金魁在事业上一步步走向成功，却最终为情所累，难以决断。在《羊的门》中，呼国庆在官场混不下去，呼天成斥之为"没有信仰"。呼天成的信仰是什么，是"大海航行靠舵手"歌声下的呼家堡模式吗？李佩甫小说不同于刘醒龙、关仁山、谈歌、何申等"分享艰难"小说对"艰难"现实持认同态度，他一方面为作品中人物的成功而沾沾自喜，另一方面他却为他们为实现自己的目的所采取的方式表示怀疑。这就是生活的逻辑，这就是"成功者"的悖论。也正是在这些故事的结尾中，李佩甫对经世的成功哲学进行了批判。

这也突出地反映在李佩甫小说中人物对待感情的态度上。以现代人性的观点来看，李佩甫笔下的"成功者"在对待感情问题上都没有健全的人格。"我的祖辈，我的父辈，他们也不知道什么叫爱，他们只知道一个字：活。"[9]"他们是在'将就'中活的。你知道将就的含义吗？在这里，'将就'不是一般字面意义上的将就，那是一种长久的人生。是磨山来的人生。儿子是要生的，没有爱也要生。一个儿子是一个希望，两个儿子就是两个希望，有一个夭折了，就再生一个，他们生的是一种未来的希望。他们是在种植未来。"[9]从"成功者"与女人的关系来看，"成功者"把事业、功名放在第一位，也因此获得女人的爱，可他们却没有像追求事业那样的力量来追求情爱幸福。女人只是"成功者"成功的一种衬托，而不是以一个平等者出现在"成功者"的生命中。《李氏家族第十七代玄孙》中的李家福完全无法离婚，他摆脱不幸的婚姻甚至带有忘恩负义的意味在其中。《羊的门》中的呼天成为了自己的事业不惜牺牲青春，压抑自己对心爱的女人的冲动。呼国庆在官场上的纷争影响他无法按自己的感情去做，被谢丽娟骂为"完全是一个懦夫"。李金魁在李红叶火热的感情面前退却，他更专注的是前途。这与巴金的《家》中觉慧对鸣凤的态度，刘恒的《白涡》中周兆路对待华乃倩的感情相似，他们都有一个共同的理由，那就是不能毁了前途。李佩甫的小说总是在男人身后设置一个漂亮多情的女人，女人专注于男人，对男人爱得毫无条件，而男人往往会因为一个更大的目标如地位、事业、前途等，抵制女人的诱惑。即使身深陷其中，却欲摆脱，将此看作不道德、影响不好。与刘恒的《白涡》、张爱玲的《红玫瑰白玫瑰》一样，李佩甫对男人畏缩的态度也采取了批判的立场，如谢丽娟认为呼国庆"没有一点人格"。但实际上作者对人物的欣赏总是大于对人物的批判，在他的小说中，爱情和事业总是处于一种难以调和的状态。女人成了衬托男人成功的背景，获得女人的爱是男人成功的一种标志，能抵制女人的诱惑，把女人放在一边，成了男人能战胜自我的一种值得夸耀的事情。于是我们看到，李金魁在李红叶身上得到的不是一种来自女人的爱，而是对征服女人的"力"的领悟，呼国庆在官场上的麻烦都是因为女人引起的，呼天成的韧性是以牺牲心爱的女人为代价的。这也许是中国的某些现实，中国人的负担太重，羁绊太多。可以看出，李佩甫的乡土情结太重，他太偏爱自己的人物，太执迷于平原的精髓，而不像鲁迅等作家那样以强烈的现代精神来烛照乡村，这也正说明了李佩甫抓住的是现实的中国社会的某些侧面。

现代作家写乡土主要有两类：一类是对乡村的落后、愚昧、野蛮进行批判，以现代的眼光进行改造；另一类在他们的记忆中，乡村是一个美丽、和谐的神话境界，是他们逃避现代工业文明病的精神避难所。前者以鲁迅为代表，后者以沈从文为代表。显然，李佩甫没有采取前一种立场，也不满足于他早期作品《画匠王》《黑蜻蜓》《无边无际的早晨》中对乡村神话的虚构，对变革历史中恶的否定，那只能像早期寻根作家一样陷入现代与传统的冲突中徘徊不定。他转向以一种更现实的立场来对待乡村。这在他20世纪90年代的小说《田园》《乡村蒙太奇》《满城荷花》中对艰难的现实生活捕捉中都有鲜明的体现。现实的立场，实用的态度，使李佩甫将笔力集中到他对人物成功过程的细致描绘上。因此，他的人物总是处于现实的斗争之中，有一个又一个的问题等着他们去解决，在征服现实的过程中，他们开始步步成功，从中也表现了作者对当今社会的批判和思考。在结构手法上，适应人物的命运表现，故事情节紧凑、环环相扣、可读性强。

李佩甫小说深刻地反映了在经济转型期，阻碍中国走向现代化过程中腐朽的、令人担忧的一面。他对现实的把握是深刻的，"他为人处世清醒得很，既懂善，也识恶，谁也骗不了他"[10]，他的文字是有力的，他抓住的是中国的每一件事怎么办成的，乡村记忆使他在走向现代文明时，有现实的忧虑，有对理想的迷茫，也有对乡村和现代文明的双重批判，他只能陷于绝望的忧虑之中。这正是当今中国知识者普遍的信仰危机。从这个意义上讲，李佩甫的忧虑和思考是这个时代的情绪，是一种历史给予知识分子的必然命运。

参考文献：

[1]孟子.告子章句上[M]//朱熹.四书集注.海口：海南出版社，1992：453-454.

[2]孟子.梁惠王章句上[M]//朱熹.四书集注.海口：海南出版社，1992：263-264.

[3]墨子.兼爱下第十六[M]//管曙光.诸子集成.长春：长春出版社，1999：461-462.

[4]鲁迅.鲁迅全集：第9卷[M].北京：人民文学出版社，1973：271-272.

[5]李佩甫.败节草[J].小说选刊，1998（11）：61-62.

[6]李佩甫.在"瞎话儿"中长大[J].中篇小说选刊，1989（4）：77-78.

[7]李佩甫.羊的门[M].北京：华夏出版社，1999.

[8]李佩甫.无边无际的早晨[M]//莫怀戚，阎连科，李佩甫，等.1990中篇小说选（第二辑）.北京：人民文学出版社，1992：173-174.

[9]李佩甫.羊的门[M].北京：华夏出版社，1999.

[10]小风.老实人，却不是弱者[J].小说家，1987（6）：11-12.

121

李佩甫
研究资料

穿行于历史与现实之间的寓言写作

——《羊的门》阅读札记

郭　力

　　世纪之交，作家们对历史表现出极大的热情并开始通过小说创作对历史文化进行回顾反思，虽然作家不是史家，但用文学视点这一独特的艺术审美方式对历史进行部分的还原，尽可能接近历史的本质真实。当下的创作群体已很少以政治意识来整合历史，而是有意摆脱正统史观的视角，在文本中注入更多当代人的历史意识与人性因素，逐渐抛开了以往的宏大叙事框架，把历史场景融入世俗化的日常生活，日常性代替了历史性的叙述，故事的真实感逐渐为寓言的虚拟性所取代，作家的叙事过程成为一种在历史与现实之间穿行的寓言写作。河南作家李佩甫创作的《羊的门》向我们揭示出寓言写作的真正意义，文本在虚拟与仿真之间发挥了多重的指涉力量，并使小说具有了潜在的文本价值。

一

　　小说《羊的门》开篇扉页上引用了《圣经》中的一段话"耶稣对他们说，我实实在在地告诉你们，我就是羊的门……凡从我进来的，必然得救，并且出入得草吃。盗贼来，无非要偷盗、杀害、毁坏。我来了是要叫羊得生命，并且得的更丰盛"。怎样理解作家引用这段话的深意，结合小说中人物的四十年人生历程，可以肯定呼天成就是这块土地上的"主"。他在村中君临天下，以自己的全部精力、智慧以至激情创造了呼家堡"四十年而不倒"的人间神话，"中原首富"的人间奇迹证明着他一生的成功与辉煌。在呼天成的"王国"里，除了人们可以看到的统一式样的地上地下新村外，还有看不见的然而确是煞费他大半生心血构建的精神王国——道德乌托邦。这是全书最重要同时也是最具有认识价值的核心内容，这部分内容以虚拟的艺术手段使其成为全篇象喻性的语境，并使整部小说成为一篇寓言，凝聚着鲜明的意识形态批判色彩，其批判力度直接构成对呼家堡道德乌托邦的消解。

　　"三十六年前，在一个秋日的黄昏，年轻的村支书在村口上，面对一群下工的村人，开始有了'主'的意识。"（《羊的门》）这时的呼天成才二十多岁，然而他已经懂得了真正的统治并不是靠权力来维持的而是靠智慧。于是在和全村人第一次公开沉默的精神对峙中他赢了，原因是那一声炸然的"贼"字，在村口的脸墙上炸出的一片愕然中，"他明白了，只要镇住了心，就镇住了人。心很小，人很大，可心是人的主"。（《羊的门》）圣贤的古训"劳心者治人"的法宝稳稳地握在了年轻的呼天成手中，从此"冶心"成了悬置在呼家堡上空的宝剑。历史上，每一位王者黄袍加身都要有一个从人到神的过程，也许那只是历史的瞬间，可呼天成却用了整整四十年的时间，把自己成就为呼家堡的"主"进而成为罩满神光的人格神，封建专制思想的幽灵在历史与现实的夹缝中捕捉到呼天成的权力欲望，经过伪装以公正无私的面孔出现在群众面前。"谁是创造历史的主人"？是"主"，还是呼家堡人民？社会学告诉我们，人民的真正面目总是隐匿在历史的深层结构中，教科书的脉络是"王者天下"的朝代更迭。在"主"与"人民"之间，历史瞬间的两难选择就这样借助于呼家堡寓言性地复活了。在这场精神意志的较量中，谁将自己纳于光明正大的伦理善行中谁将是胜者，因为"合乎伦理的东西具有普遍性，同时又是神圣的"[1]，更何况这普遍性的东西还带有政治公开的不容置疑的正确性。在"富贵不能淫，贫贱不能移"的传统伦理文化影响下，汉民族自有其道德尊严，以善自律，固穷而不苟得早已是民族共识。炸然的"贼"字已使全村人没有"脸"（尽管全国性的饥饿并不是这个民族的过错），而乡下人是活"脸"的。呼家堡人在"贼"字面前失去了历史创造的话语权。呼天成为他们制定的管理"十法则"（如评议法中的"背靠背""脸对脸""脱裤子""墙上挂"等）成为唯一的法定的公共话语，彻底地剥夺了人作为个体存在的话语私隐性。与此同时也消解了村人群体社会力量，因为不断深入的批私揭丑已使村人以血缘为基础的宗法关系开始瓦解。当"主"洞悉了羊群中每个信徒内心发生的一切，作为牧羊人的"主"就确立了他的主体地位和他的主体世界。从此呼天成可以稳稳地登上宝座君临天下了。

如果只认为呼天成单纯地玩弄"统治术"未免片面，他的生命还跃动着对于成功的渴望，把呼家堡建构成道德乌托邦的理想使他处于激情状态。信仰就是一种激情。这种信仰源于民间对于意识形态中心权力的崇拜，经过世俗化后政治被演绎成社会权力网中的个人权力意志。政治激情使他成为中原大地的智者与行动家，四十年苦心经营成果惊人，呼家堡整齐划一的地上地下新村、产值超过一个亿的进口的"呼家面"生产线，村人对他的绝对服从拥戴，这一切宣告着呼天成的成功。另外还有呼天成以他远大的目光用四十年经营起来的"人场"，一个从乡到县、从省城到首都的巨大关系网，使他到达了呼风唤雨左右逢源的人生辉煌的顶点。呼天成的一生功业核心之处还在于他的"治心"工程，用激情与智慧创建的一整套独特的集体道德价值体系，使呼家堡成为现实的乌托邦神话。"集体是什么？集体是一种信仰，是一种觉悟，要活在一块活、死在一块死。"（《羊的门》）大公无私的精神使集体成为祭台，拿每一颗藏"私"的心献祭。当然呼天成心里也有一块祭台，但那是不能让村人看见的灵魂深处的权力意志与情欲的搏斗，因为他要把自己活成神，神是不能有一点差错和私欲的。这使他的行动过程显得"悲壮"，在某种程度上甚至获得了"悲剧意义"。在这个几近于思想纯粹的精神王国里，呼天成成为绝对真理的化身。他把自己日常行为方式先行纳入公众意识的普遍性存在中，体现为一系列代表集体利益的善行义举中，他是公共道德体系"法"的体现者，而这样做的代价是必须彻底压抑作为一个人原初的良知与情欲。或者呼天成向我们说明人一旦作为政治主体而存在，对于他们自己及村人的生命自由来说最终只能走向人道主义的反动，因为权力专制与人性之善只能构成生命的悖论。在呼天成穷其一生勤勉不辍地追求一个大公无私的绝对真理时，真理已于理性层面远离了他，呼家堡的精神王国建于沙坝之上。权力统治将崩溃于权力的反抗，一个叫狗儿的年轻人在呼天成六十大寿那一天执意要领老婆孩儿离开这块土地，羊儿终于开始逃离精神的囚笼，异化的生命回归于生命的自由。弱者对自由的渴望就如同岩缝中顽强向上的小草，它起始于生命尊严的抗争。对思想专制的反叛开始于对集体至高荣誉的挑战，直指呼天成的绝对真理。这对于呼家堡将是一个新的意义。

二

　　每一部长篇小说都隐现着作家对于历史的观照，这体现在作家叙事结构意识中。在向中国传统文化掘进与揭示当代社会生活的丰富性的契合点上，李佩甫设置了小说人物活动的背景，他的笔端游走在呼天成四十年历史回顾与呼国庆官场权力之争的现实之间，能够显示作家的艺术匠心之处在于对历史与现实的不同处理，呼天成四十年的成功历史具有虚拟的象喻意义正反衬着呼国庆现实重压下的左冲右突的困境，虚实相间张弛有致构成小说叙述的巨大张力，这两个人物被嵌在作品内在隐喻框架中，他们之间精神的对立互补乃至融合成为解读这个文本寓意的重要一环。如果说呼天成作为人格神的话，他对于呼国庆来说的意义就是精神之父，我们看到了一个男人（儿子）是怎样在社会文化序列中对精神之父确认的成长过程。

　　作家塑造的一县之长呼国庆并不是社会历史进程中变革现实的时代"弄潮儿"，他的潮起潮落都是与他的个人私欲的扩张有关，年轻气盛志得意满的呼国庆在权力角逐中共有两次重大转折，每次都使他陷于险境，是呼大成"死棋活走"动用关系网使他绝处逢生。官场中起落沉浮的教训与呼天成的教诲促使呼国庆迅速成长。小说中有一个细节，在两次转折的关头每一次呼天成都与呼国庆下独子棋，第一次呼国庆并没有领悟老人的"死棋活走"的深意，甚至在摆脱险境当上县委书记时心里还想摆脱老人的羽翼展翅高飞，结果又一次从空中栽落下来。当呼天成在隔离室又掏出棋盘时，这第二次使他终于深悟到这一方一圆两个泥蛋的寓意：老人在教育他要"外圆内方"，人生在很多时刻犹如在下独子棋，没有选择又有着无限的选择，狭路相逢千万不要存有和棋的希望。"你唯一的希望是等待对方出错。这时候你走的是一种心理，走的是耐性，走的是谨慎。这是一种消磨人的玩法，走的是精、气、神，走的是钝、忍、韧。"（《羊的门》）呼国庆终于达到了彻悟的境界。古老的中原大地本来就深植着中国传统文化的根系，在文化生成结构的发展变化中，从生存策略着眼的处世之道生活智慧在这块土地上有了新的演绎，就像作者所说"平原上的草是在'败'中求生，在'小'中求活的"，这个"活"是由无数个"小"聚集起来的，所以平原上长大的人只要有灵性都会领悟一个"忍"字，"忍"是日后成事的基础，一个"忍"字会衍生一个"韧"，是"野火烧不尽，春风吹又生"，是绵绵不绝的根本所在。"忍"与"韧"成就了呼天成，也终将成就呼国庆。玩泥蛋玩出的"外圆内方"其实包括了几千年传统文化的深刻蕴涵，甚至从中可以领略到国人的民族共识：以不为为成就至境，以容忍为道德善择。儒家的中庸克己，道家的清虚无为，佛教的悲悯修心，禅宗的冲淡守静等等，这些传统文化的精华在与世俗的生存选择嫁接中变成了"活"命哲学，进而衍生出中国独特的政治权术文化。呼国庆在现实官场的挤压碰撞的教训使他更渴慕呼天成四十年而不倒的成功经验，他的精神世界潜在地以呼天成为其摹本，仿佛看见了自我完美无缺的镜像，呼天成成为象征之父。正如拉康所言："在这个父亲的名字中，我们必须识认出象征功能的基石，有史以来，此一象征功能就把他的形象认同为法律形象。"[2]拉康坚持一个被抽象化的父亲，是在文化中起着重大作用的。父亲的名字也可以从宗教意义上加以理解，总而言之它是一种文化因素。在这个强大的政治权力文化体系中，呼天成不仅是呼家堡的"主"，真理与法律的化身，也是一县之长呼国庆的精神之父。在对"父"的确认中他逐渐放弃自我生命选择的自由从而进入社会（官场）的文化序列之中，正是在这个意义上他成为呼天成首选的呼家堡接班人。

在历史与现实的夹缝中理性无法做出道德判断，现代思想在历史惰性与文化积淀面前失去活力，在对"精神之父"承传的历史责任中，呼国庆没有其他选择的可能性，一切都将被纳入象征之父的权力（政治与文化）秩序中。文本也由此进入了一个大象无形的深刻寓言过程，无论是历史还是现实都被赋予了鲜明的意识形态色彩，小说显示出深刻的批判力度。

三

李佩甫客观冷静的叙述态度决定了文本宏观叙事的深度，他把人物整合在细致的心理剖析与强烈的外部性特征中，结合大量生动的细节勾勒出人物命运的发展轨迹。在给读者留下对人物自由评判的空间的同时也传达出作者自身对历史的认知态度。这体现在对呼天成这个人物的价值判断中，判断将直接靠近文本的思想内核。《羊的门》是一部写实性较强的作品，人物处于结构中心的位置上具有鲜明的性格逻辑。但毕竟与传统的写实小说的典型形象有着明显的不同，人物性格有了新的审美内容，特别是注重对人精神现象学内涵的探索与表现，使呼天成的形象具有精神现象学方面的独特性。这对于多层次的理解这个人物并力图做出合理的价值判断将是一个重要的线索。

呼天成在从人到神（主）的转换中成为呼家堡绝对真理和权力的化身，受到村民的拥戴，得到赞美与眼泪，他相信自己的伟大值得这一切，因为只有他自己知道他为得到这一切付出的沉重代价——良知的泯灭与情欲的压抑。这种自我灭绝的精神折磨使他几近于疯魔。文本为我们展现了一系列具有反讽效果的生动细节。例如"断指展览台""呼家堡十法则""挂星的灵魂"等等，这一切无不昭示着呼天成作为"主"具有给予与剥夺的神力，他甚至还有精神生杀予夺的法力，公正无私的集体道义已化为精神利刃随时宰割戴罪的羔羊，比如触及灵与肉的斗私会最终让争地基的小女子上了吊，他母亲因为信基督冒犯了他的权威最终也没有等到儿子送终，这一切都在无声地证明着呼天成畸变的人性，而他与秀丫的关系则让我们更多地看到了呼天成神魔一体的人性复杂性，对呼天成两性关系的描写更深刻地揭示出他从神向魔转化过程中的残忍与荒谬。

秀丫是呼天成拾来的女人，他把她给了光棍汉孙布袋，因为他借过好偷的孙布袋的"脸"作为他祭旗的第一刀。这张"脸"成了权力钓民心的"饵"。但呼天成却为这笔私下交易付出了代价，他被地狱之火煎熬了大半生。秀丫那在月光下如水的肉体是那样柔美诱人，从此正是这一团粉白色跳动的火焰使呼天成炸成一片疯狂的火海。继而每当他想看到得到这棵叫人发疯的"白菜"时，都会想起"沙拉、沙拉"的脚步声，像符咒一样让他堕进地狱。"于是，他把自己锯了，他把自己的心一锯两半，用这一半打倒另一半。……仅仅是要一个女人吗？你要想成为这片土地的主宰，你就必须是一个神。……神是不能被捉住的。"（《羊的门》）可见呼天成要做呼家堡的"神"，必须做自己的魔鬼。这种人格分裂的双重性显示出丰富的精神现象学的内容。那一声声冷冷的"脱"和一次次对着那雪白美丽的胴体练功，都使他获得自虐与施虐的极大快感，在和孙布袋猫捉鼠、鼠捉猫的较量中，他获得了超越情欲的精神满足，而脱光的秀丫仅仅是他的诱饵，强烈的性冲动已经转化为强大的权力意志，为了功利的现实原则，他的自我压抑了生命欲望的快乐原则。残酷无情的性压抑导致他的病态人格，畸变的人性使这个现实公众中的人格神具有了魔性，冷酷无情泯灭良知，他是用生命的异化达到了权力的辉煌。

有一点颇耐人寻味，文本中的两性关系都处于权力意志的控制与把握中，无论是呼天成与秀丫，还是呼国庆与谢丽娟，抑或其他人都无法摆脱。按照福柯的观点，性意识与性意识所赋予的意义是权力扩展的主要工具。正是在这个意义上，脱光的柔美如水的秀丫与穿着妖艳风流的谢丽娟都是在展览中被"看"的占有之物，"看"延伸着男性主体的性意识与权力意识。女性的身体与女性主体都成为权力的牺牲品。权力使女性在屈辱中被剥夺了生命本质的诗意与美丽。这是强大父权社会主宰下的妇女命运的必然性，今天秀丫们的命运必然与历史中妇女命运的悲剧性还有着类本质的相似，因为她们自身还没有力量与强大专制的男权社会相抗衡，只要她们的命运还操在神魔一体的呼天成们的手里，失败就已写在历史的宿命中。

权力欲望的控制与扩张使《羊的门》成为一个有机的整体隐喻框架，这是一部关于历史政治文化的寓言小说。同样是历史，与新时期家族小说不同的是，《羊的门》避开了以家族为中心从而把人物置入宗法关系的叙述视角，呼家堡一排排的地上地下新村解构了以房基地、祖坟为血缘联系纽带的家族化乡土宗法关系，而把人物置入至高无上的"集体"之中。《羊的门》超越了家族小说叙事视角的家族性与私密性特征，从对世俗化的私人生活的关注转向精神向度的群体生活，从而使叙事话语又回到"公共性"中，这种转换使文本获得了重大的"政治性"内容，其思想旨意被赋予鲜明的意识形态批判色彩。作家历史关怀的态度通过呼天成人格神的塑造完成透视出来，其笔端在构建的同时也在解构着呼家堡的道德乌托邦，呼天成与呼家堡成为作品丰富象征寓意的巨大载体，使小说潜在的文本价值指向了对道德理想主义的彻底消解，并再次证明了寓言写作的巨大而多重的指涉意义。

参考文献：

[1]克尔凯郭尔.恐惧与颤栗[M].一谌，肖聿，王才勇，译.北京：华夏出版社，1999：62.

[2]陆扬.精神分析文论[M].济南：山东教育出版社，1998：155.

原载《北方论丛》2000年第6期

李佩甫
研究资料

生命与生存

——从《活着》和《羊的门》看生命的意义和生存的本质

杨玉东

　　随着经济体制改革的纵深发展，各种价值观得以呈现。站在新世纪的门槛上，中国的农民在物质极大丰富后陷入了精神上的困惑，其中最重要的一个命题就是人为什么活着。人们评论、争议，但没有一个明确的答案。或者说这是一个无解的命题，因为有太多的答案。就在人们探索思考的时候，人们的精神导引者——我们的作家站在时代的高度，用自己的心灵给我们绘就了一个答案，或者说给我们指出了一种活法。而指出这种活法的就是作家余华和李佩甫。在《活着》和《羊的门》中，他们以独到的见解和生花的妙笔，给我们绘就了生存的意义，使人感动甚至震撼。但由于各自的思维方式、生活环境和表达风格的不同，他们的故事就有了差别，有了不同的内涵及不同的情感冲突和碰撞。但矛盾的是过程，结果却是和谐的。

一

　　在先锋派的作家中，余华是对中国文化意义构筑最为勤奋的作家，也是对传统文化最为敏感并最具颠覆意识的作家。这种意识，使他回归并超越了

"五四"时期一批对社会与人生进行思考和探索的作家。

　　"五四"时期的作家，对社会与人生思索最多、最深的作家莫过于鲁迅先生。在鲁迅先生的作品中，传统意义体系被定位为异常，新生的人物或事物总是弱小的，值得同情并代表真理。我们知道，矛盾运动的方式总是旧的势力对新生的事物进行摧残与迫害，因此，鲁迅先生通过对新生事物被扼杀的叙述和描写，传达出启蒙的话语。而余华的作品，一方面进行个体文化意义上的探索，另一方面又从哲学的角度构建许久以来作家所勾勒、所描述的文化意义，在形而上与形而下中穿行。

　　余华的《活着》给我们讲述了这么一个故事：一个叫福贵的老人既没有福气也不高贵。他的家人一个个悲惨地死去，唯留下一头与他一样老的黄牛。在这里，作品剥离了生命的表象，以一种生命存在的意义和精神展示着作者对生命意义的叩问，得出了"人是为活着而活着"的这个哲学层次的答案。而这一答案，是通过主人公的生活态度和叙述人的态度阐释出来的。主人公福贵面对种种不幸，仍然表现出坚韧和乐观，使读者生出由衷的敬意。他并不是一个伟人，他直面现实和人生的勇气，使他成为一个大写的人。福贵的形象，使人想起海明威笔下的硬汉桑提亚哥，他让人清晰地认识到：人，作为万物之主宰，即使曾经经历过失败与苦难，精神上也永远不会倒下。

　　福贵并不是英雄完人，他是生活中随处可见的普通人。年轻时吃喝嫖赌，气死了父亲；上学时辱骂私塾先生，不思进取；战场上想当逃兵，不思报效国家社稷；他没有崇高的思想意识，也没有使人的灵魂得到净化的精神，他只是凭着人的"本心"真实地活着，这么一个人物却成为作家歌颂的对象，原因何在？

　　余华在《活着》的前言中作了回答，他要寻找的是"排除道德判断的真理"。其实，作为与大自然斗争的人类，生活本身的艰难也造就了人类的含混苟且，天地间有许多或大或小或轻或重的善行恶德，而这善行恶德又彼此之间纠葛在一起，大善背后隐藏着大恶，极美之旁并列着极丑，可又有谁能把它们彼此之间的界限划分清楚呢？你可以在文艺创作中把美丑、是非、黑白、好坏分得清清楚楚，然而作为社会中的人，谁又敢说自己一生中规中矩、毫厘不爽

李佩甫

研究资料

地走过是非之事而毫无差池？正是因为这种对人性可贵的真诚，使作者能够让内心真实做主，热烈地赞颂一个生活中的普通人面对人生的艰难所表现出的对于生命的尊重和热爱。

福贵不是悟透人生的哲人、圣人，但他对于生命的态度却不亚于那些圣人、哲人。《活着》通过描写福贵、描写他一生中所有的亲人先于他死亡来表现人对苦难的承受能力、对生命世界和生活本身的乐观态度，并以温情的叙述展示作家所要寻找的真理——在摆脱了人与现实的紧张关系之后所获得的对于人生的理解、超然、同情以及对于生命的尊重。

就是这种对生命自身的尊重，主人公福贵历经苦难却仍充满着生存的乐观。面对一个个亲人的死亡，那凄惨的命运已令读者不忍卒读，但他却能开脱自己，从未放弃对生存的希望和生命的热爱。即便是最后一个亲人离世后，福贵仍觉得自己还能活几年，就买了一头别人不愿要的老黄牛相依为命。面对那位采集民谣的年轻人，回首自己苦难的一生，他没有声泪俱下地痛说，也没有对苦难的埋怨，只是平静淡然地叙述，在小说的结尾，作者这样写道："福贵站起身来，拍拍身上的泥土，数落着身旁的忠实的同伴——一头与他同样苍老的老牛。充满了温馨和人情味，而后喊起歌儿，消失在苍茫的暮色中。"

二

与余华相比，李佩甫是一个冷静的作家、理智的批判家。李佩甫的批判，不是对文化的颠覆与重建，而是在真实地描写一种特殊的生存状态之后的清醒洞悉和冷峻的批判。在他的作品中，他将自己对人生的态度隐藏起来，在触及中国文化的深层次意蕴的同时，探索中国人的灵魂，从而使其作品《羊的门》具有精神和文化的双重内涵，显示着与众不同的特色。因此，它超越了同时代的揭露社会问题的其他作家的小说，使作品更具深度和广度。

著名文学批评家白烨说："《羊的门》让人大喜过望。它深刻而生动地揭示了由人际关系大网构成的中国社会独有的文化和特有同情，从而使它成为中国社会的重要作品。"[1]正因为对中国社会的独有揭露，才使读者在了解社会和解读作品中相互参悟。

《羊的门》阐述的是豫中平原上人们的一种活法。它讲述了这样一个故事，呼天成穷一生之精力经营"人场"，将呼家堡建成了一个独立的王国，富裕而且神秘。而呼国庆的宦海沉浮与挣扎，把现实的温情与残酷淋漓尽致地呈现出来。作者通过人物在官场、情场上没有硝烟的搏杀，以现实主义的冷峻来洞悉这块古老天地的精神内核和人在复杂的环境中的生存方式。

生存是一个很简单的词，但要真正地实现，却是一个很艰苦的过程，《羊的门》中的平凡的百姓，因为生活在平原，无处可依，无处可靠，只能在自己构筑的"屋"中艰难地生活。实质上，"屋"对于平原人来说，是一个可以躲避的物质世界，但其精神意义远大于物质意义。因为生活的苦难，因为时事的纷纭复杂，"屋"也不过是能够证明他们"活"着的，能够证明他们还存在的，还在生活着的那一方天地，而活着也凭的是一口"气"，为了这口"气"或为了活着，拼命地去挣扎，哪怕是血泪交织。

《羊的门》首先给我们的印象是平原的质朴和温馨，随着叙述的深入，进入读者心灵世界的却是呼天成呕心沥血建立起来的王国——呼家堡。应该说，呼天成作为作品中的核心人物，以自己的大气与睿智、精明和能干诠释着平原人独特的生活方式。呼天成是一个几近神话的人物，他一生艰苦卓绝，靠自己的机智与敏感将呼家堡建成独立、富裕的亿元村。他是一个农民，也是一个英雄，与福贵相比，他多了高尚和无私。他是勤劳的、俭朴的、明智的，他在一步步建设村子的同时完成了自我的完善，不仅成为整个村子的主宰，甚至影响到相当大的范围。他是一个英雄，也是个农民，在呼天成身上，仍然存在着农民的狡猾和自私以及玩弄权术的心计和阴狠。他利用孙布袋完成了收服人心的第一步，又巧妙地将八圈的革命消弭于无形中，从而巩固了自己在呼家堡的地位；他利用秀丫的痴情去锤炼自己的灵魂，从而使自己高大起来却丝毫不顾秀丫的悲哀与无奈。因此，他是一个复杂性格的人，不能简单地以高尚或卑微来概括。然而在他身上，却鲜明地折射出"活着"的光荣与苦涩以及平原人特有的骨弱气硬的生存状态。"人活一口气"是中原延续几千年的生存状态和生存法则，就为这口气，人们在无数的苦难中仍然要结婚生子，繁衍生息。他们背负的是生命的长链，每一个扣都是一个大写的"活"字，而这个"活"字又是由无数个"小"字组成。但由于过"小"，已经成为无骨的象征。生命存在的意义到底是什么？痛苦、磨难，抑或经历了血泪之后的团圆与幸福？平原上的人们回答不了这个问题，福贵也回答不了这个问题，信奉"好死不如赖活着"的人们如何能回答这深奥的哲学命题？

珍重生命，因而拼搏；轻视生命，夸大人的弱点和不足，这是两种人生态度。这两种人生态度并存于《羊的门》中，呼天成在诠释这些。然而，"窄过道儿"于凤琴的死，却又在表现着人的一种夸大的劣根性，因为这正是呼天成所提倡的"控根掏心"导致了于凤琴被揭发，直至死亡。他们一方面永不放弃生存，同时又漫不经心地践踏着人的尊严与生命。无论在什么时候，人都在为活着而努力，哪怕努力是无休止的折磨、无尽头的锤炼。人们常常意识到苦难而去挖掘热情，常常在长久的悲痛之后去创造生命、尊重生命。人们期盼生存的心愿和对生存的要求之低使人不忍去思考。因此，生存本身就是一种执着和希望，就是一种精神。不仅平原上靠着一口气生存的人如此，历尽沧桑的福贵何尝不是如此？我们不能用自己的眼光和思想去探索、评论什么，人因为生之不易而不停地追索，所以就有了千方百计，有了痛苦和欢悦，有了苍凉和悲忧。

呼天成并不是十全十美的人，因为对生的期待与盼望，使他生生不息地努力，在日出日落中诠释着人生和命运。在某种意义上说，呼天成活得很充实，也很有精神气儿，他用智慧和深沉在40年的岁月中支撑着呼家堡，支撑着平原上的一道精气和内涵。这内涵其实就是那些埋在土里不容易被人看到的东西。其实，正是这泥土在承受着人的生存、人的不幸，泥土的本质也就是呼天成所说的那口"气"。

三

有人说，《活着》的写作过于残忍，《羊的门》的叙述过于冷峻。然而正如作家所说，作家的残忍和生活的残忍相比是"小巫见大巫"；作家的冷峻和生活本身的冷峻是小河之于海洋。的确，是残忍的生活本身而不是余华安排了福贵的命运，是生活本身的冷峻促成了《羊的门》中刻骨的冷峻。只不过相比而言，余华的残忍在于他没有囿于传统文化的局限，即以一种花好月圆的结尾来迎合读者，而是拂去文学的假象，硬要我们看清生活本身的残忍；而李佩甫的冷峻之处在于他以君临天下的姿态揭出生活现实的残酷与竞争。他们二者最大的不同在于对各自作品主题的把握，从而表露出两种不同的生存方式和同样的坚韧不拔，只不过一个是深刻地揭露，一个是客观地表述。

面对人间的痛苦和无常，余华在作品的背后蕴含了一种近于残酷的热情，一种近乎偏执的悲悯，以及面对读者所体现的负责和真诚，这也是作家的叙述方式与技巧。它以一种平静并近乎冷漠的方式讲故事，通过故事传达作家"人是为活着而活着"的哲学思考和人生态度。这写作背后语言的抒情性始终贯穿在作品中，表现出一种巨大无比的温情以及对生命的赞颂。正基于此，《活着》中有一股穿透人生本质的力量；也正因为此，它是一个成熟作家的成熟作品，带着作家深沉的思索。

而李佩甫并不如此，他的笔调是辛辣的、老练的，蕴含的是作家对现实的愤怒和冷峻严肃的思考。他客观地叙述，平静地描写，在一种苍茫甚至带点凄凉的氛围中讲完了故事，从而表达出故事之外的对人的那口"气"的尊重与怜惜，从而剔离了肤浅意义上的生存价值和意义。在现实与虚构的交汇处刻出了一道深深的记忆的痕迹，通过戏剧性的情节显扬了批判的激情。而这种批判是冷峻的、探索的、深沉的乃至是独特的，艺术上达到了圆熟的程度。

余华和李佩甫分别用一个沧桑悲壮甚至带点苍凉深沉的故事，去思索中国传统文化中某些独特的部分，作家长久以来的寻根有了一个最佳的喷发口以表达自己的意念，完成了某种沉重的几乎是带有牺牲的完善和执着。他们对于生存的意义和价值的探索在某种层次上说是对中国传统文化的皈依。正如《圣经》所说："我就是羊的门。凡从我进来的，必然得救，并且出入得草吃。盗贼来，无非要偷盗、杀害、毁坏。我来了是要叫羊得生命，并且得的更丰盛。"（《圣经·新约·约翰福音10》）或许从这段话中我们可以知道余华和李佩甫的创作意图。他们寻求的是一种救赎，或者是一种精神，或许是因生而痛，因痛而想。但无论如何，只要具备了挣扎生存的意志，便拥有了面对苦难的乐观超然。这或许是余华和李佩甫想要表达的最终目的。

四

　　生活的确充满了痛苦，而且生活的某些区域内往往充斥着荒谬的存在。人在无法选择地降生后，就背负起沉重的躯体，终日为欲望、需求而忙碌，殚精劳神，却依然逃脱不了化为虚无的最终结局。生命的不能承受之多和实现之少、欲望难成的痛苦和满足后的无聊、高处不胜寒的痛苦、永远是可望不可即的爱情……许多智者由此参透了人类的宿命。在体验了生命中最尖锐的疼痛、最疯狂的郁怒之后，终于能直面死亡。他们的不畏死或许是另一种意义的壮烈，个体的有无对于整个人类而言是无足轻重的。然而假若人类的个体都因生命的无常和人生的痛苦而走向死亡，那么人类又将如何？我们或许是普通人，不是贪生，就是畏死，存在着人性本身固有的弱点，但面对早已注定的痛苦的结局——死亡，怎样面对现存的生命，是消极沉沦在痛苦的旋涡中，还是极力地挣扎，在悲与痛、血与泪中撑起一个"屋"，含着那一口关键的"气"？其实，福贵与呼天成已经给我们做出了肯定的回答。

　　余华说"人是为活着而活着"，这种简单的话概括了生活中的种种风雨苦难，概括了所有高尚的、卑鄙的、伟大的、渺小的人的终极目标。人本来就是为了活着而活着。一个"活"字，含蕴的是千载以来的忧愁、痛苦和延续数千年的生存法则。人不可避免地要面对亲人的亡故，友情的背叛、爱情的不洁以及人生的一切失落和无奈。但是，只要他还活着，就可以看到新的朝阳、绿的树木、艳的鲜花和嬗变的岁月，那么他就会获得对生活与世界的超然与宁静的态度。世间的欢乐与悲哀，半是社会所加，半是个人所为。社会所加的那一半，我们除了坦然地承受之外，别无选择，但我们还有主动权，还有行为的另一半。

　　平凡世界，世俗人生，要想拥有平静与质朴，就只能任生命在庸俗的人与事中穿梭。或许有一天，当我们参透了生命之后，在为活着而活着时，我们能以旷达和超逸的态度去完成自己生命的丰满，福贵是这样，呼天成也是这样。

你难道不认为这是余华和李佩甫想说明的哲理吗？

参考文献：

[1]李佩甫.羊的门[M].北京：华夏出版社，1999.

原载《南京理工大学学报（社会科学版）》2001年第4期

137

李佩甫
研究资料

中国乡土小说三家略论

曾镇南

收入这套中国乡土小说丛书中的三位中国大陆作家——李佩甫、刘醒龙、何申——的中短篇小说集的书稿，放在我的案头已经很久了。一篇在读者的阅读上多少能起些导引作用的序言，应该是在全部读完这三部书稿之后，才能写得比较切实中肯的；但由于时间的限制，我只能从这三本集子中每本依目录顺序选读头三篇，就这九篇已读过的小说和作家的风格谈一点管见，供有兴趣的读者参考。

一

李佩甫是从河南中原大地的田野深处走出来的一位认真而执着的作家。他的小说，以剥露农村生活的真面，尽显笔下人物的妍媸，运思幽深，立意孤峭见长。"乡土小说"这名目并不能框定住他的创作畛域，因为他也能写城市。但即使他写到城市，他的忧愤的，有时甚至有点愠怒的眼光，也往往是从田野这个参照物上折射出去的；更不用说他那些描写农村生活和人物的小说中沉沉地跳动着的乡土血脉和郁盘着的乡土情结了。

就我这次读过的《败节草》《黑蜻蜓》《无边无际的早晨》这三篇小说

而论，最便于我们一窥作家的乡土情结而且透露出了些许自叙传色彩的小说，不能不首推《黑蜻蜓》。这篇小说从一个长大后成了作家的"小脏孩子"的童年回忆展开叙述，把一个一生只知勤劳苦做，耳聋心不聋，人穷志不穷，言寡情不寡的普通农妇二姐的形象，活脱脱地刻画出来了。那个似乎成了"精气"的缓缓移动过来的大草垛下用细腿支撑着的8岁的小妮子；那个"日子过得艰难，人又撑得极大"，十几年不到姑家走亲戚，送礼一出手就是半扇猪的"死妮子"；那个也有着自己青春的秘密，在鞋底上绣着黑蜻蜓，有主见也有情义的女孩子；那个为国家奉献了儿子，把老式织布机使用到坍塌破碎为止，只活了47岁的农村妇女……这一个个影像在我面前交混迭印成一个无声无息却形神毕现，无怨无悔却情义兼备的二姐形象。这个人物是深深地浸润在作者的感情里的。当小说里"我"的新婚妻子讶异于二姐衣领上的虱子并流露出避之唯恐不及的神色时，"我"不禁对城市女人的浅薄和挑剔愤然而斥了。在这里，二姐的存在，成了"我"生命中的根基，成了"我"的社会伦理热情和道德感的一种触媒。在这篇小说中，隐伏着一条通向李佩甫的心灵世界和创作心理的密室的可靠通道。

而且，《黑蜻蜓》也丰赡地展示着这位作家湛深的观察力和曲达的表现力。试读二姐的未婚夫借别人的一身新的蓝衣服来相亲的情景和二姐退钱却留下红纸包儿的描写，是多么有力而蕴藏丰厚呵。这个情节和后面二姐一家人穿上自己缝制的"一色蓝"，组成"蓝色小分队"到姑家参加"我"的婚礼的场面，形成了绝妙的前后呼应，产生了强烈的艺术效果，实在是神来之笔。一斑可窥全豹。即使在艺术上，《黑蜻蜓》也无愧为李佩甫的代表作。

当然，如果就情节的丰富性和生动性，人物性格的社会生活内涵，作品的社会意义而论，也许有的读者会更喜欢《败节草》和《无边无际的早晨》。这两篇小说有一个共同点，即都着力于刻画那种从中国农村多年来的沧桑变幻中历练出来的、带点"贼"气和戾气的农村干部形象。李金魁也好，李治国也好，他们都是从极度贫穷的乡野底层挣扎出来，纡回地在所谓"仕途"上攀缘上来的。在他们身上，带着生存环境逼成的种种生存拟态，也带着某种于连式的无情无义和不择手段。作家在剥露这些的时候，笔锋真是锋利无比，足以穷形尽相。但这种剥露的内里，似乎为一种孤愤所驱动，所控驭，有时就不免有点刻意了。两篇小说中，《败节草》中的李金魁，更多一些知识的狡智，其经历的大起大落，其判断形势以决行藏的天然直觉，被描写到了出神入化的程度。但李金魁升到市长位置之后的种种描写，和他无意中掌握了市委、市政府班子中37人受贿记录之后抛硬币以决定自己下一步举措的小说结尾，给人以仓促之感，并且和小说前面的大部分篇幅中浑和的农村生活故事、情调、氛围不太协调。而《无边无际的早晨》中的李治国，则更带农村"贼"娃子的精贼和戾气。这个吃百家奶长大的孤儿在当上乡长后硬撑出来的冷面和铁腕，以及这冷面和铁腕后面的内心冲突，的确是写得很深刻的；但有的地方略有张扬之感。倒是那个小金魁的监护人三叔的形象，真是绘声绘色，无懈可击，笔墨不多，却意味深长，在我脑子里留下的印象，似乎比李治国的形象更深切持久一些。作家在不经意中以俭省的文字勾勒出的次要人物形象，往往比他刻意突出、浓墨重笔描写的主要人物形象更鲜活、更自然，这是小说创作中屡见不鲜的现象。这种现象是很值得留心艺事者深思的。

二

刘醒龙是生活在湖北，有长期农村基层生活经验的作家。他擅长通过对农村基层干部的生活、心态、言动的精妙描写，来表现他对农村现实关系的深刻了解，使像我这样对农村情形、农村干部只有远远粗粗地一望的印象的人看了之后恍然大悟，大为叹服，并生出无限的感慨来。他也钟爱乡土乡风，对城里人城里事颇有微辞，但他的情绪却是和缓的，讽刺是略偏于轻嘲的，故事也往往带些喜剧色彩。

置于卷首的《路上有雪》，最能见出刘醒龙乡土小说的这种老到而轻快的特色。小说讲述了一个通过考试被提拔任命的乡书记安乐履新之初的一段生活故事。这故事从县三级干部大会上安乐所辖的一群村支书的不太正常的举动开始，然后场景移到乡里、村里，渐渐掀开帷幕，突然爆出意外，屡屡在一筹莫展之时发生急转直下的变化，最后平和地把你引渡到真实的乡土生活之流里，让你不无忧虑也颇觉宽慰地感受缓缓变革中的中国农村蹒跚前行的步履和生活变化的脉动。刘醒龙实在是很能讲述故事的。他把只有小波小澜、有惊无险的农村基层工作和平淡无奇、琐碎零乱的农村日常生活，组织成了悬念迭起、兴味无穷的套中有套的故事，吸引你不嫌絮叨地读下去，从有些神思不属到终于全神贯注，欲罢不能，这里有着怎样的魔力呢？我想，首先是由于对生活内情的了解之深而给出的新鲜感。例如，使我们一听就会拊掌称善的治乡良策——比如翻修校舍，兴办乡村企业之类——原来也会在一定条件下变为秕政；而让我们一提起来就蹙额叹息的乡村干部催征逼讨的强硬粗暴，在某种境况下却又是以邪制邪的有效办法；在一般情况下需要竞争竞选上任的村干部，在特殊情况下也会来一次集体大逃亡；而往往是面和心不和的乡书记和乡长的关系，在安乐和高天元的故事里，却是如此配合默契、心领神会。在这些出乎意料、略带荒诞的故事的进展中，我们看到了真实的农村生活，真实的农村工作。"正因写实，转为新鲜"，这真是小说艺术的不可移易的铁则。其次，这篇小说吸引我的，还有安乐和高天元这两个一新一老的乡干部身上那种真的人的活气息。年轻的安乐的机敏善悟和他对高天元的善解人意的呵护，他的果断处事和柔情缱绻，他的上进心和幽默感，都描写得恰到好处；而高天元的奇特的被默许的"重婚"生活，他的伪造车祸的狡智和痛斥在外游子时的气势如虹，无可辩驳，也写得入情入理，或脉脉含情，或虎虎有生气。最后是作者对乡村生活的那种乐天的也不回避矛盾的态度，这大概也是中国大多数读者所乐于接受的。乡路上是有雪，也许还有深的雪坑；但已经有像安乐、高长天、毕建成这样一些踏雪而行的早行人，雪是会化的，路是会拓宽、延展的，生活在迟缓而纡曲地进步着。——这不正是中国整个的现实的缩影吗？

《大树还小》和《白菜萝卜》从两个独特的角度，表现了作家对淳朴正直的乡下人的赞美和对浅薄自大的城里人的嘲讽。前者是关于"文革"中知青生活的再咀嚼，弥漫着悲剧的氛围；后者是现在乡村的人事与城里的人事的交融与碰撞，微带轻喜剧的色调。如果说，《大树还小》中秦四爹的重情尚义与白狗子的无情无良（他竟在不知情的情况下纳有恩于他的农村朋友之女为"小蜜"！）形成了鲜明的对照，使得小说的道德谴责的意思过于直露的话，那

研究资料

李佩甫

么，《白菜萝卜》中的农村汉子大河与进城经商的弟弟小河，寡居的卖服装女商人佩玉之间发生的冲突、纠葛，则表现得比较含蓄微妙，只是客观地把两种不同的人生样态和文化心理相映成趣地展示出来罢了。其实，农村虽然有愚昧落后的一面，但中国农民的血性、正气并不能掩；城市是藏龙卧虎、引领社会潮流的处所，但八方杂处，九流交汇，却也是较多藏污纳垢之地。更何况随着社会的发展，城乡接合部的扩展，小城镇的兴起，使得城乡生活，城乡人物之间的界域，不再那样犁然两剖了。作家的恋乡拒城的情绪，原也无须那样强烈偏执了。白菜萝卜可以各有所爱，也不妨兼爱并取。大河虽然不能全部接受佩玉，但不也终究一度睡在一起了吗？

三

倘若说刘醒龙带着些江北江南的聪颖气，李佩甫严守着中原大地的古道风，那么，身处燕北的何申，则更多一些北方汉子的豪爽劲道。这在他的小说中是看得很清楚的。

何申的小说，我是读过很多的。每一把卷，就读得津津有味，常常有"没事偷着乐"的时候。这次又读了《乡村英雄》《村民钱旺的从政生涯》《富起来的于四》这三篇，又感受了一番这种读小说的愉悦和开心。

《乡村英雄》是一篇"文革"乡产政治闻人赵德印的轶事录。因为特定的时代机缘，发明了大粪高温发酵法的老农赵德印，一度被提拔到县革委会常委、"九大"代表的高位，由此引发一连串在那个时代习以为常，如今看来却是荒唐笑话的故事。像这样的人物，因其属于那个被否定、被唾弃的时代，大抵带着滑稽的悲剧色彩沉没到历史的烟尘中去了。但何申写他，却不止于嘲笑揶揄，而是较深地写出了造成这样的人物的社会环境、时代风气，使我们看到了是怎样的时代条件使一个朴实粗豪、勤劳耿直的乡下能人扮演了力不能胜、身不由己的政治点缀角色，弄出了诸如让乡民躲原子弹，一口咬定林彪乘坐出逃的"三叉鸡"是被导弹打出个大洞才坠毁等等让人哭笑不得的喜剧。同时，何申还更深刻也更真实有力地写出了，是怎样的现实农村生活条件和农民固有的传统智慧，使这样一个被抹上可笑的政治油彩的老农，在当时的社会矛盾的境况中，终究显露出了正直仗义、颇具远见的英雄本色。在生产实践和乡间生活中形成的朴素的眼见为实、实事求是的农民思维方式，经过初步的文化学习的滋润，便从政治乱云浊雾的间隙，生长出了嫩绿清新的思想枝条。在赵德印那些用俚俗粗鄙的语言表达出来的"远见卓识"（如"历朝历代的嘎咕人，都没好下场"；"难说呀，能把船翻过去，就兴许能把船翻回来"；"庄稼人，首先得吃饱肚子，毛粮一年三百六，拿啥实现机械化？"等等）中，的确有着一种任何情势下都恒定的对世间万事万物的真知灼见。而在赵德印的公道直行的行事（如对刘四海的防范与教育，对骂过他的知青的大度处置，对仗势"撬行"的梁玉华、周强的强硬反击等等）中，更可见出这位宁折不弯、敢作敢为的老劳模的草莽英雄气概。这位粗豪可爱的赵德印，使我不禁想起鲁迅说过的一段话："老百姓虽然不读诗书，不明史法，不解在瑜中求瑕，屎里觅道，但能从大概上看，明黑白，辨是非，往往有决非通达的士大夫所可几及之处的。"喝中国农民的"狼奶"长大的鲁迅对中国老百姓的这一判断，和何申笔下的赵德印身上正直、求实的英雄品格，对于我们认识今天乃至将来的中国社会和中国民众，仍然是可靠的、屡试不爽的指针。何申在小说标题下引"温故而知新"牟其端，看来是不为无故的。

《村民钱旺的从政生涯》中描写的经村民大会选出来的葫芦峪村民主理财领导小组组长钱旺的有趣故事，则是何申从当前中国农村人民民主的新发展中，从活生生的现实中切割下来的一个"活体切片"，它所具有的时代意义和艺术意味都不能不使我们刮目相看。实际上，钱旺在执行其理财监督职责的过程中表现出的咬定死理不放松的较真劲儿，软硬不吃随机应变的柔韧劲儿，不怕鬼不惧邪的硬气劲儿，都是和《乡村英雄》中的赵德印一脉相承的。但他的"从政"，是民选而自愿的，和赵德印当年由上头指定不太情愿不同。而且他的从政内容，是有法为据、具体可行的，和赵德印当年参加常委会却茫然无所措手足也大异其趣。但他从政遇到的复杂情况，却也是和赵德印那会儿不可同日而语的了。新的时代条件和社会情况，使钱旺看起来有点像摇摇晃晃独战风车的堂·吉诃德一样。正如同情并协助他的村会计钱素霞所说的那样，如今像钱旺这样的人太稀少了。物以稀为贵，人以正为宝，正气的确是在钱旺这一边。当妻子请求进屋来诱迫钱旺为他们的非法开支条盖戳子的村干部"多担待，别生气"时，小说是这样写的："钱旺瞪了她一眼，他想横竖也是个中华人民共和国公民，就得公公正正像戳子那么立在那儿活。再有就是纸里包不住火，肚里盛不下屎，啥事都有个真相，没权没势受气是暂时的，早晚有一天还得天是天地是地，人间有正气……"这是多么硬朗澄澈的想头！作家把支撑钱旺灵魂的支柱竖出来给我们看，最后又让钱旺挺身而出报警捉赌扫黄，暗下决心竞选村主任……这也许是有些理想化了。但是，把生活中还那么稀少的这一粒民主的良种撒入自己艺术构思的范围，多浇一些作家主观感情的雨露，以促其发芽，成长，伸枝，展叶，使它的无限生机和光明前途展现出来，这不也是力促生活前进，力求人生改善的作家应有的艺术权利吗？

还有一篇《富起来的于四》，读来更是令人忍俊不禁。于四原先是个穷得上不起学、父亲临终想吃口肉也吃不上的农民。改革开放后，"箍得跟水桶似的"政策松了，他也就可着劲儿往富里折腾。这个人精力旺盛，脑筋灵光，心眼儿活泛，很快就先富起来了。作家着重写他富起来后的一次次折腾：给儿子举办的张扬而尴尬的婚礼，为确保木材供应强迫女儿嫁入大山沟，给媳妇的塌鼻子整容，闹起往松树坡给父母迁坟的风波……这于四"好像一颗火星子，跑到哪里就得燎起点火来。而他自己像是水火不怕的孙悟空，翻来覆去伤不着他一根毫毛，周围的人却水呛火燎地被折腾个够呛"。中国农村中像于四这样能量大胆子大不安现状不循常规的能人奇人还真有一些，在他们的折腾故事中，最能见出改革开放后农村生活的无限发展的可能性和斑驳奇特的多样性。作家能和于四这样的拔尖人物保持朋友关系，在接触中给予有限的教育、影响和帮助，使他后来多少也认识到自己没有文化的局限性，哪怕自费也要逼儿子上学，这当然也很有一些意味。但这小说的价值却不在于作家想含蓄地提出的对富起来的农民的教育的必要性问题，而在于何申在于四的折腾中客观地写出了中国农民的合理的生存、温饱、发展的种种欲望怎样以荒唐可笑的形式出现。即使在最令人发噱的强迫妻子做隆鼻手术的故事里，不也隐含着令人有些心酸的人的爱美的潜意识吗？

何申的小说充满了有趣的故事、谐谑的语言、民间的智慧、乡土的气息，而且时代感强，常常写出一些人人笔下所无的新鲜人物（如钱旺）。但他有时往人物身上堆垛了太多的笑料，难免就有把人物漫画化的油滑倾向。这是在今后的创作中应该力避的。鲁迅当年告诫张天翼的那句话——"油滑是创作的大敌"，似乎已被不少有才华的当代作家忘却。其实这句话是包含着一个重要的艺术规律在内的。幽默可为作品添智，讽刺可为作品加力，而逾度的幽默和讽刺所造成的油滑，却会减杀作品内在主题的严肃性，毁掉作品艺术上的浑和感。我看到不少冰雪聪明的作家也不免耽于自制的油滑而扬扬自得，每每为之惋惜不已。——这些题外话因谈及何申的作品而触发，却不是指何申的小说而论的。油滑之为疾，在何申小说中只是微恙而已，而在别处则已是泛滥的痼疾了。

注：本文为解放军文艺出版社"中国经典乡土小说六家"序言。

原载《理论与创作》2001年第5期

李佩甫

研究资料

背叛的尴尬

方向真

李佩甫在其长篇小说《羊的门》的开头，几乎是用诗性的语言铺张扬厉地书写土地对人的恩惠，大地气息无所不在的感觉，人与土地深深的纠葛。李佩甫说："我把人当作植物来写。"植物是大地孕育的生命，与它生长的这片土地有着天然的联系，离开这片土地植物或者枯萎死亡，或者失去其原有的形态面貌。

然而，极写土地生命气息，极写人对自己乡村的感恩之情的李佩甫却在他的小说里展示了一个又一个逃离乡村的人。他们或怀着屈辱、仇恨和对乡村的诅咒而去，或怀着出人头地的梦想上学、招工、招干而去，或被冥冥意志所驱，冲向陌生而久久向往的外部世界。

由于儿时的一段乡村生活和后来作为下乡知青到农村的生活经历，李佩甫深切体察了农民的生存，他的文学触角已进入乡村人的生命意识深层。他眼中的乡村人植物般地汲取大地的养分，把生命的根深深地扎入了土地。但人毕竟不同于植物，人天然地依赖他所生长的乡村大地，又会主动地背离土地，虽然这背离是痛苦的，且其创痛会伴随终生。

李佩甫大部分作品中的人物都生活在乡村，或是从乡村出来的城市人。李佩甫的笔尖也总是游离于乡村与城市之间。他笔下的乡村与城市关联纠葛、迷离缠绕、相生相克、尴尬困顿，有的人逃离迷失，有的人出走后屡屡失落却不愿归乡，有的人想以财富和新的身份回乡雪洗昔日的屈辱却以失败告终，有的人盘踞乡村却通达于城市……

如果用一组组概念化的符号来概括李佩甫的小说，它们可以是：

乡村—城市　　承受—解脱

土地—天空　　接受—拒绝

留守—逃离　　德行—罪孽

认命—挣脱　　现实—幻想

自生自灭—生命意志

上述符号，是否可以作为解释李佩甫小说的密码？其实，是李佩甫的小说向我们提供了这些解释小说的符号。

符号毕竟是空洞的、没有生命的，但我们能借它进入李佩甫的小说世界，进入他笔下的人物意识……

李佩甫小说中的乡村逃离者们的生活背景是相同的，即传统的、农耕式的乡村。这里的人们祖祖辈辈聚族而居，日出而作，日落而息。牢固的宗族观念、单一的道德、单调的日子统一着人们的思想，人们命定地按着上代人的生活方式生存。他们与土地有着天然的亲和力——无怨无悔，自生自灭，自然地接受命运的赐予。而那些逃离者对生活的欲望远远大于周围的人，他们的自尊意识也远远超出了生活所能给予他们的那一丁点可能，他们的父辈在乡间的地位大多卑微，《豌豆偷树》中王小丢的父亲见人只会点烟，讪笑；《金屋》中杨如意是个"带肚儿"，其养父罗锅来顺靠着村人的乞怜将他带大；乡间平静如水的日子又没有契机，他们只能守着父辈的卑微艰难度日。他们没有能力也决没有可能从乡村打开一个缺口，来改变使他们感到压抑的生存状况。而冥冥之中的生命意志又不甘接受命定的一切。于是，他们背叛土地、背叛祖宗、背叛父母和乡亲，别无选择地走上了遥远陌生的生活。他们中的一部分，如杨如意、王小丢、麦玲、小妹等自然也就成了乡村人眼中的异端。

李佩甫笔下的乡村逃离者大致有这么两类：一类是通过乡村参军、招工、上大学等乡村推荐、认可的方式离开的，如《无边无际的早晨》里的杨治国，

《送你一朵苦楝花》里的哥哥"我"，《田园》里的金令，《羊的门》里的呼国庆等；一类是怀着屈辱、仇恨和绝望出走的，如《金屋》里的杨如意、麦玲，《送你一朵苦楝花》里的小妹，《豌豆偷树》里的王小丢（此人虽是考上县重点中学离开的，因他对乡村的仇恨，将其归为第二类）。前一类是乡村人的荣耀，不管此类逃离者内心有多复杂，有诸多失落的痛苦，他们在乡村人看来是道德的，修成了正果。而另一类在乡村人眼中是罪孽，被乡村人视为异端（杨如意衣锦还乡，在村里盖起了一幢有几十间华丽房屋的二层楼，可村人几乎都拒绝踏进他的家门；王小丢为了报复村长对父亲的轻视，在村长家大喜日子里给他家办难堪，村里人说他"这娃真不是人""太狠毒"）。这些被视为异端的逃离者惶然不知何处能接纳他们，前方没有亲人，没有居所，没有生存的基本保障，他们只是怀着盲目的、积蓄已久的生命冲动，从沉闷压抑的乡村冲向不可预测的陌生世界。两手空空的他们要抵达遥远的城市是何等艰难！对于这些乡下的苦孩子来说，要进入城市，在城市觅得一席生存之地无异于登上九重天！他们过于强旺的血气使他们浪迹于陌生的天地而灵魂无所归依，他们要为他们的逃离付出沉重甚至是惨痛的代价！

上述乡村的逃离者背叛土地就等于背叛了祖先背叛了根，而必然为村人所不容。《金屋》里有两个颇具意味的场面：一个是村里的家狗们与杨如意从城里带回的狼狗对峙的场面；一个是小说结尾时以瘸爷为首的扁担杨村村民与杨如意带领的从外村雇来的为其爹送葬的队伍的对峙场面。我们不妨比较一下：

　　罗锅来顺在院里站了一会，看那狗狂躁不安地往门口扑，也觉得门外有什么动静。他走过去趴在门缝里往外一看，不禁毛骨悚然，倒吸了一口凉气！

　　村街上，像鬼火似的闪烁着一片磷光！那绿莹莹的光亮在楼房四周来回游动着，时而前，时而后，时而左，时而右，一排排一层层的，到处都是……是狗，一群一群的狗！

　　几十只狗齐刷刷地趴在门口处，那磷火逼视着大门，呜呜地发出挑战的吼声……

在村口的雪地上站着一个人：那人腊月天光着黑黑的脊梁，金鸡独立在寒风中，一动也不动，那是瘸爷，本姓本族德高望重的老族长瘸爷，是瘸爷挡住了这支送葬的队伍。

……

这当儿，村里人全都跑出来了，人们齐齐地站在瘸爷身后，黑压压一片。

……

瘸爷大手一挥，吼道："接过来！来顺走了，咱要排排场场打发他。要娃子看看，这世间还有仁义在！"

村人们被瘸爷的凛然之气打动了，一个个心里热乎乎的，说话间呼啦啦涌上前来，打幡的打幡，抬棺的抬棺，秩序井然不乱……

……一千多人的送葬队伍齐刷刷地走在雪地上，没有人说一句话。默默地走着，默默地……

身穿重孝的杨如意被甩到一边去了，没人招呼他，也没人理他，他简直成了一个与此毫不相干的局外人，一个被遗弃的狗杂种！……

如果说狗出于本能相聚对付外来的同类，那么，扁担杨村人对杨如意的排斥，则是集体无意识的表现。怀着复仇心理离乡出走，而后又挑战性地在村里建起金屋的杨如意必然遭到全村人的唾弃，遭到乡村无形的道德审判。

乡村女孩子的逃离更让父母和乡亲噬心地痛。小妹的一次次不可阻挡的逃离，让"爹彻底萎了。他在地上蹲着，失败写在脸上。娘也蹲着，那神情就像在受刑……"。当小妹当众脱去她那贴身穿了十八年的"红兜肚"——象征着杨家人和乡村人的红兜肚，就等于残酷地宣布自己背叛的决绝！这些怀着仇恨割断自己的根脉，割断与土地联系的人，一生注定丧家犬般地奔逃。

前面所讲的第一类逃离者虽然成功地进入了城市，可他们的精神已植入了乡村，他们已永远无法割舍对土地的眷恋，置身于现代文明城市的他们又牵魂地梦忆着乡村。每当失恋、官场失意或人际纷争得焦头烂额之际，他们便鬼使神差地回到乡村，他们要在这里寻求庇护和安慰，使生命的元气渐渐恢复。对乡村和土地的歉疚、忏悔、回归成了他们净化心灵的仪式。只要还有这"仪式"，他们就不曾彻底堕落，就不曾对自己进行彻底的精神放逐。

李佩甫笔下的上述两类人逃离乡村的原因和契机各不相同，但他们身上却都潜伏着魔性的创造与毁灭之力，这魔性时时冲撞着他们的生命，躁动着他们的生存欲望。这些命定的不安分的人终生被自身的魔性驱赶而灵魂无所归依。

乡村另一类魔性的人令这些逃离者敬仰、畏惧，他们是乡村的权威呼天成（《羊的门》）和杨书印（《金屋》）。他们终生盘踞在乡村，成为乡村的主宰；他们都热心地发现青年苗子，资助他们上学，用尽办法为青年开路子找门子，让他们到乡里、县里、市里、省里谋职和升迁。那些走出乡村的青年就成了呼氏、杨氏手中放飞的风筝，无论飞多高多远，仍在放风筝的人的掌握之中。呼天成、杨书印们通过这些放飞的"风筝"来实现他们与外界的联系。城市对他们已撩开了高贵、神秘的面纱，他们可以堂而皇之地进入，受到很好的礼遇。他们通过那些对他们感恩戴德的进入城市的人的尊崇与诚意的接纳而获得进入城市的感觉。甚至，他们觉得与城市达成了某种默契。他们是地道的乡村人，却又摈弃了乡村人的卑微、狭隘和局促。他们充满英雄主义的情怀，同时又很懂得节制，能用尘世赐予他们的理智来约束自己与生俱来的魔鬼之力。他们在城市的边缘俯视那些被局于温柔方格中的城市人，脸上情不自禁地流露出些微的优越来，他们是乡村上一代胜利的守望者。

然而，城市毕竟充满了诱惑，新一代的乡村人呼国庆、哥哥"我"和志国等，难以具有透穿世事的宁静心态，他们要千方百计进入城市，不惜成为城市这座庞大喧嚣快速转动着的机器上的一个小小的部件。放逐自己是要付出代价的，这代价即反叛的代价。这里，出现了一个悖论：欲获取生存的更大空间和自由，却又得经受惶惶无系的痛苦；挣脱了乡村大地的束缚，却又要承受道义上的拷打。李治国就要被县委派来的车接去上任县长了，离开家乡的路上他沉默不语，"脑海里仍飘动着：你是谁？生存何处？长在何处？你要到哪里去"；呼天成在经历了官场的挣扎沉浮之后，面对城市与乡村的选择，竟去留难决；哥哥"我"大学毕业留在城市工作，与城市女人结婚，在城市占有了一席之地，可他仍想继续逃离，只是"城市把他软化了，他没有勇气再次经受苦难了"，他只有背着沉重的债务虚伪地活着……

李佩甫以他深刻的文化洞见塑造了这一个个生动的文学形象——乡村的逃离者。还有什么能比对土地的背叛对根的背叛更能撼动我们的人性？人的复杂和尴尬皆在其中了。

参阅书目：

[1]李佩甫.羊的门[M].北京:华夏出版社，1999.

[2]李佩甫.无边无际的早晨[M].北京：华夏出版社，1997.

[3]李佩甫.金屋[M].武汉：长江文艺出版社，2000.

原载《中州大学学报》2002年第2期

李
佩
甫

研究资料

"村支书"和他的反抗者

——《羊的门》等五部乡村叙事文本解读

赵卫东

一、乡村叙事的权力母题

分析当代农村题材小说的深层结构，我为其中几乎无例外地对权力的诉说而震惊。"权力"这个字眼，就是当代农村题材小说叙述句法最大的一个主词。奴役与反奴役，人性与反人性，爱情与非爱情，都与对权力的颂扬与诠释，质询与抗议，歌颂与暴露深深地纠结在一起。在广袤的农村，权力就像一张无形的大网，把人的尊严与羞耻、热情与疲惫、生命与死亡都一网打尽。本文选取的五部小说，叙述的都是有关"权力"和反抗的故事：《拂晓前的葬礼》（1984年，王兆军）、《秋天的愤怒》（1985年，张炜）、《浮躁》（1985，贾平凹）、《苍生》（1996年，浩然）、《羊的门》（1999年，李佩甫）。本文命名为"'村支书'和他的反抗者"：一则因为它们受到同一种叙事句法的制约，在叙事模式上具有某种相似性；二则因为这五部有关"农村权力叙事"的小说中权力获得者（其中约有四部还兼有主人公的身份），几乎是清一色的"村支书"——例外的只有《浮躁》。但只要我们细读文本，就会发现其实这位两岔乡乡长田中正的权力角色和村支书相差无几。为了行文的方便，本文将其统称为"村支书"。又由于这五部小说无论是其作者在当代文学中业已形成的地位，还是它们在读者中产生的影响，^①都证明了当代农村小说对"权力"书写的广泛性与一致性。处于社会结构最底层的农民，是被奴役最苦，剥夺也最深的人类，对权力的崇拜和恐惧，构成他们共同记忆的一部分，因为权力常常是作为他们的对立面对他们的日常生活产生影响。在我看来，揭示农村社会生活的权力问题，也就在最实质上揭示出了农民的本真生存状态。

本文在研究方法上受到普洛普研究俄罗斯民间故事的启发。在考察这五部小说的基础上，本文也将从中抽取出几种稳定的"情节功能"和"角色"，以期能在文本细节和叙事模式的层面上展开"权力叙事"的分析。情节功能分别是：1.村支书获得权力，成为"村支书"；2.村支书巩固权力，以个人魅力奠定自己在人们心中精神偶像的地位；3.村支书不爱自己的妻子或妻子没有魅力，家庭生活不幸福；4.村支书与其他女人有染；5.村支书逐渐蜕化，并引起了人们的不满和议论；6.挑战者搜集村支书犯错误的证据，揭露村支书的过错。本文获得的人物角色有：1.村支书；2.村支书的帮手；3.反抗者。要说明的是，并非这五部小说的情节都完全符合以上六种。比如，《秋天的愤怒》中并未交代肖万昌是如何当上村支书的（情节功能1），小说也并未涉及肖本人的夫妻生活（情节功能3、4）。而《羊的门》里，则没有情节功能6。本文的研究一定程度上有意地忽略它们在具体叙事上的差异，换来的代价是"求同存异"地找到它们共同的"叙事句法"。

需要说明的是，这里6个次序的情节功能基本上是其"事序结构"，而非"叙述结构"。事序结构指的是事件的发生在时间意义上的顺序；而叙述结构则是叙述者出于某种修辞目的对事件的重组。在小说中，"讲述时间（话语的

李佩甫

研究资料

---

① 《拂晓前的葬礼》曾获第三届全国优秀中篇小说奖；《秋天的愤怒》曾在多个张炜本人自编以及其他小说选本中出现；《浮躁》曾获1988年美国美孚飞马文学奖；《苍生》与《羊的门》也多获读者的好评。

时间）的次序永远不可能与被讲述时间（故事的时间）的次序完全吻合"①。文本中的叙述结构对原始事态事序结构的重组，最终反映出作者对该故事本身的一种理解，是一个更深的"意义结构"。这正如在本文中，笔者对这6个情节功能的排列，基本上都不是小说文本中的叙述结构，而是笔者对小说文本的叙述结构的另一层叙述的结果；而这个结果在事实上也反映出笔者的某种"态度"——或者称为"意义结构"。下面将依次讨论这6个情节功能及其与角色之间的复杂关系。

二、情节功能与人物角色的文化解读

情节功能 1：村支书获得权力，成为"村支书"

《拂晓前的葬礼》讲述田家祥当上村支书的过程在叙述密度和长度上十分惹眼，这是因为叙事本身在此有意强化田家祥当上村支书的私心自用与他改变家乡穷困面貌的良好愿望、能人当选的正当性与耍手腕使暗计的阴谋手法之间的矛盾，而加剧了读者在道德评判上的紧张。这也无疑对文本在深层意义上所散发出来的哀伤情调起到烘托作用：一个珍藏在叙述者心中的宝贵爱情，一个心目中的英雄，就这样堕落下去，正在被群众无情地抛弃，这个"葬礼"是多么令人感伤与哀叹。《苍生》中，邱志国当上村支书的过程虽没有被刻意地渲染，但是，这个由反抗者父亲叙述出来的邱志国早年拎着脑袋闹革命的故事，显示了他登上村支书权力宝座的合理性。

从小说隐约的叙述中，我们推测除了田家祥外，其他四部小说中的村支书基本上都是中华人民共和国的第一任"村干部"；他们另一个共同特点是自己或先人为革命做过贡献。在他们身上，朱老忠（《红旗谱》）、赵全林（《暴风骤雨》）、肖长春（《艳阳天》）等人的影子依稀可见。他们是从枪林弹雨的革命战争或是在疾风暴雨的土改运动中脱颖而出的翻身农民的领袖或典型，

---

① 托多罗夫：《文学作品分析》，王泰来译，载《叙事美学》，重庆出版社1987年版，第23页。

是经受了"考验"和"洗礼"的一代农村"新人",也是新型的乡村精英,权力理应交到他们手上。

但是,这也许只是文本表层的含义。只要细读文本,我们不难读出另一层意义。《浮躁》在叙事上隐含的反讽口吻,颇具对字面意义的颠覆力量。因为,读者显然可以怀疑"打江山坐江山",以及依靠裙带等家族关系世袭权力的合理性。而田家祥之所以当上村支书,一方面是他勤劳办事、他的个人能力使然,另一方面则是他的仇恨和私欲。田家祥出人头地的动机有两个细节可以推测:他在看合作化工作队的干部洗澡时,发现他们除了外面穿长裤之外,里面还穿了小裤子,幼年的田家祥对此愤愤不平,令人想起项羽看见秦始皇巡游时的威仪大发"彼可取而代之"之慨;还有一年他家的猪跑出了自家的猪圈,被民兵连长逮着,大队让他家拿出20斤小麦或罚10元钱,因他家拿不出,硬是把这个田家唯一值钱的家产给杀了。田家祥说:"我长大了,非杀这些大人不行!"这些"小事"在田家祥心中埋下了反抗的种子。这似乎也隐含了田家祥最终走向堕落的必然结局。如果说田家祥为群众办许多好事具有历史价值的正义性,那么,他的深层动机当中包含的私欲,不是已经将其消解得七零八落了吗?

也许我们这个民族遭受的压抑太苦、太深,也许我们从来没有获得过真正人的待遇,以至于我们无法,也不知道如何对待他人,对待权力。对压抑的表达,仍然只有通过压抑来发泄,这个表面的合理性,显然是作者要着力颠覆的。

中国传统的乡村多半是由当地德高望重的乡绅自治,他们也往往是当地百姓心目中的精神领袖。有知识有身份的乡绅充当了政府和农民之间的中介,在他们的教化和管理下,农村社会保持稳定运行。然而,由于社会不断地动荡,政府对农村的剥夺到了农村社会无法在自治基础上继续运行的时候,常常就会发生农民的自发反抗。上台农民推翻了乡绅阶级依靠知识和道德建立起来的民间权力机制,却无法解决农民自身素质问题,而迅速发生变质。这是自近代以来农村社会的剧烈动荡而导致乡绅精英的退场,权力劣质化后一直无法解决的问题。他们的上台能解决这些问题吗?

情节功能 2：村支书巩固权力，以个人魅力和威权奠定了自己在人们心中精神偶像的地位

这个情节功能是上个情节功能的顺延，村支书各有各的招数，五部小说中的两部加以大肆渲染。对于田家祥而言，他的对手主要是有一定权力基础的上一届干部田福申、田福珍。为了彻底打败自己的政治对手，牢固树立自己的权力，他又施苦肉计，又演双簧戏，明里暗里的手段令人叹为观止，似乎中国人的政治智慧正应了亚里士多德所说的"人天生是政治的动物"这句格言。特别是当他强奸女知青的恶行被田福申、田福珍告上县里将要败露之际，他却能通过一场自编自导的精彩演出，不但挽狂澜于既倒，而且彻底击败对手，永远地在这块土地上树起了自己的政治权威。"庄稼人的一切特点，都被他洞察得一清二楚，使用这些特点像使用筷子一样熟练"，女知青（叙事者）在这样的表演面前被深深地震撼和吸引，"我虽然早就佩服他的能干，但这一次仍是大开眼界，我看得更清楚了。他无疑是农民中最优秀的分子，是一个典范，一个标本。这是可以指挥千军万马的人物，这是一个铁石做材料的艺术家"。

呼天成（《羊的门》）的成功在于他从最深处把捉到了农民的心理和人性，他利用它们，也扭曲它们，"化百炼钢为绕指柔"，他的手腕说明他是一个大阴谋家。他管理着一个村，这个村实际上就是一个羊圈；他是牧羊人，他的村民则变成十足的"沉默的羔羊"，任其驱策。呼天成知道，"他要'日弄'好一个村子，就必须彻底地征服人心。要想彻底征服，他就得先摧毁一些东西，而后才能建立"。他通过指挥、诱导人们之间相互斗争，开批判会、洗手会等形式，摧毁了人性中固有的善良和自我选择自我决断的潜力。他在呼家堡人人性的废墟上重建起来对他无条件的信仰。他又把这种信仰仪式化了，结果他成了"救世主"，成了真正的"神"。这便是《羊的门》的真正寓意。

呼天成的神奇之处还在于他虽偏居一隅，却能将他的"人场"种到这个号称"现代化"国家的任何一个细胞里。他不但能左右省报的舆论导向，甚至能使市委常委会通过的决议变成一张废纸。他的实际权力要远远大于他的有形权力。这部小说不但向我们昭示着，当"农村"一词被"民间"一词巧妙地置换，成为不少人象征性地谈论农村问题的口头禅时；当"民间"被学者们想象

着作为"官方"的对应物，以及蕴蓄理想的生机、发育真理的温床的时候，这里的"民间"不啻是对想象的"民间"的一个极大的反讽；而且，它呈现出来的中国极其发达的传统权术文化和当代中国政治文化的融合，乡村和城市的融合，使我们又一次清醒地意识到，中国仍然是一个"乡土的中国"！

情节功能 3、4：村支书不爱自己的妻子或妻子没有魅力，家庭生活不幸福；村支书与其他女人有染

五部小说中有四部写到村支书不爱自己的妻子，或妻子没有魅力，有三部写到他们和其他女人有染，例外的只有《秋天的愤怒》。田家祥（《拂晓前的葬礼》）由于家庭贫困，在父母的眼泪中被逼无奈地和自己不爱的女人结了婚，自然婚后也谈不上有爱情的存在。"他整天忙自己的事情，家中的那个女人对他来说只是一个物件，一个奴隶。从另一种意义上说，她是他意志的一块磨刀石。"应该说，他是贫困的牺牲品，也是婚姻悲剧的主角。但是，田家祥却得到了女知青（叙事者）热烈、深沉的爱。女知青"渴望用自己的爱去润泽那干涸得龟裂的土地"，田家祥对此一清二楚。但是为了权力的"事业"，他在自己门口立上"泰山石敢当"石碑，来告诫自己斩断情丝。呼天成（《羊的门》）肯定不爱自己的妻子，他爱的女人是被他救活后由他主持嫁给孙布袋的秀丫。呼天成有若干个和秀丫偷情的机会，可是他在孙布袋漫长的跟踪监视下，终于没有敢于去做。他自问："你仅仅是要一个女人吗？你想要成为这片土地的主宰，你就必须是一个神。在这个时候，你就不是人了，你是他们眼中的神。神是不能被捉住的。哪怕被他们捉住一次，你就不再是神了。"[1]事实上，《羊的门》实际上写了两个爱情悲剧，或者说，整个小说由两个结构和结局都十分相似的"爱情"故事组合而成，一个是呼天成和秀丫，一个是呼国庆和谢丽娟。田中正（《浮躁》）的妻子长期卧病在床，而他竟一边和自己的嫂子乱伦，又同时和别的女青年（翠翠）来往，虽然他是真心爱翠翠并有意和她结婚，却最终导致翠翠流产抢救不及时而死亡。《苍生》中的邱志国在土改时，用向地主恶霸滑鼻债务的方式霸占了地主的小寡妇，但是当"肃反"运动

李佩甫
研究资料

---

① 李佩甫：《羊的门》，华夏出版社1999年版，第155页。

到来时，他为了用行动表明自己的阶级立场，毅然和她离了婚。为了向组织表明彻底和已离婚的老婆决裂，他表示："只要是女人，能给我做饭、带孩子，能占上窝儿、堵住旁人说长道短的嘴，让我领导对我放心、信任，这就行了。我还管她漂亮不漂亮！"在区委书记的安排下，他很快就和一个28岁的又老又丑的老姑娘结了婚。这个情节功能一方面说明村支书在男女关系问题上的道德堕落，另一方面透过形形色色的村支书"情爱悲剧"叙事，我们看到当男主角（田家祥、呼天成、呼国庆、田中正）在面临权力和情爱的冲突与取舍时，都势必把天平移向前者。这些勇敢的女人则必须像我们惯常见到的爱情悲剧一样，无奈地成为恒定的牺牲品，甚至付出生命的代价（翠翠）。福柯认为对性的压抑也是一种意识形态力量，把人从性的压抑中解放出来，也就意味着把人从被权力压抑和剥夺的性中解救出来。人最根本的自由首先就是性的自由。由此看来这些弄权的男人受到的是权力和性的双重压抑和奴役。这不再是一个类似传统的"始乱终弃"的小说母题，而在现代意义上焕发出深刻的批判力量。

情节功能5：村支书逐渐蜕化，并引起了人们的不满和议论

五部小说无一例外地写到村支书的蜕化，原因则有这样几种：1.乱搞女人；2.利用职权为自己谋福利。至少这五部小说中有四部小说的主人公犯有经济问题，以权谋私似乎成了不可阻挡的"趋势"。经济改革必然会使一部分人先富起来，先富起来的人再去帮没有富起来的人，最终达到全面富裕。在这设计好的"程序"中，"谁将是那些最先富起来的人"这样的问题可能会在设计中被遗忘。权力天然就是"稀缺资源"，甚至无法在"市场"上找到可比的同价物，权力在"失序"的转型期参与对资源和金钱的角逐，不但是必然的趋势，而且将百战百胜。此时，谁掌握了权力，谁就将是胜者。在这场根本不公平的比赛谁先富起来的"游戏"中，其实早在比赛开始的锣鼓敲响之前，胜负早已有了定局。由此，有关农村改革的真正意义在这些文本当中，被有意无意地"质疑"或"颠覆"。

这不是最彻底的颠覆，最彻底的颠覆是在《羊的门》。呼天成似乎没有经济方面的问题，但他大奸似忠，他的"呼家堡"是一个"封建王国"的象征。"堡"这个词除了字面意义之外，我们还可以从侠义小说中知道它通常是江湖盟主依靠武力建立起来的巢穴。它水泼不进，固若金汤。盟主犹如国王，一切生杀予夺，尽在一人之手。呼天成不只是靠金钱、权力，而且靠征服人心，靠种植"人场"，成为这个"堡"的"教父"。他要死了，死前的愿望却是想听一声狗叫。杀死全村所有的狗，曾经是他下的命令。小说结尾的一笔写道："在黑暗中，呼家堡传出一片震耳欲聋的狗叫声！"这个情节不禁使人感到深深的震撼，令人一时产生时空错位不知身在何处之感。

情节功能 6：挑战者搜集村支书犯错误的证据，揭露村支书的过错

五部小说都写到了村支书权力的挑战者，他们的行为一律遭到父母或朋友的劝阻和反对。《浮躁》《苍生》特意强化了挑战者搜集村支书犯错误的证据。

田永顺（《拂晓前的葬礼》）反抗的动机不同于前支书田福申出于对权力失落的不满，也不同于田家坤出于发泄田家祥在自家宅基地问题上的蛮不讲理。他劝田福申不要去告田家祥，因为他们"代表的是过去"。他曾经以一个党员的身份劝田家祥改良土壤及改变作物结构、"与时俱进"实行包产到户，但所有建议都被田家祥粗暴地拒绝。"历史走得快，它简直就是在一瞬间把一个由它推出来的人物一下子甩得远远的。一种神圣的责任感，正从田永顺心头升起，他要自己认真想一想，掂一掂面前的担子。担子很重，但他想担，因为别无他人。他要向田家祥证明：一个真正的共产党员是应该永远不停地前进的；他要实际行动说明：大苇塘村并非只有你田家祥才是英雄好汉。"

《浮躁》里面写到两个挑战者：金狗和雷大空。《秋天的愤怒》中的主角李芒既是村支书的反抗者又是他的女婿。《苍生》中的挑战者田保根高中毕业，呈现在他面前的乡村秩序是，邱志国等人控制着权力和财富过着上等人的日子，而等待他的则是像哥哥一样用牛马力在土里刨食，为了盖上新房而累得吐血。在又一次高考失利后，为了改变这里的现实，他无可奈何地选择了从窑厂中坑骗国家，并做好了与邱志国打一场持久战的官司的准备。

中国历来的农民反抗，无论是有组织的"替天行道"，还是绿林好汉的"啸聚山林"，根本上都是出于一己之私，一旦得到权力，权力很快就会被他们重新变成压迫别人的工具。在研究挑战者的动机时，我发现除了《羊的门》

无法确知外，另四部小说的挑战者多是出于公愤而非私仇。对权力的反抗不再是出于对权力本身的觊觎（如田家祥）和滥用，而是对公平和平等的要求，在为他们跳出了权力压抑的轮回而感到欣慰的同时，耳边响起的是历史前进的车轮声。那个在《羊的门》中始终没有正面出场的"狗儿"，犹如闪电一般，撕开了沉浸在暗夜中的呼家堡的一角，使人在黑暗中看到了一点微明的希望。

之所以冲破了父母的劝阻，不愿再做逆来顺受的"沉默的多数"，毅然决然地成为"挑战者"，是因为历史已经在这些"新人"身上种下了反抗的"基因"。小说似在说明，当年乡村权力舞台上叱咤风云的村支书，限于自身的条件在农村体制改革中必然不能"与时俱进"，因此也必然会被历史所抛弃；而代替他们在乡村权力舞台上登场的，必然将是这样一拨新人。而20世纪后半叶的现实主义文学焦虑本源，就是必须在芸芸众生中寻找代表历史前进方向的"新人"或"英雄"：他们常常诞生于某个特定的历史时刻，对既定权威和秩序发起反抗。

三、历史语境中的权力叙事逻辑

20世纪中国文学的乡土叙事具有某种内在的连续性，并且在深层结构上呼应着近代以来中国社会不断变迁的大语境。20世纪中国社会发生了多次革命——旧民主主义、新民主主义以及社会主义革命，革命的主体是农民，实质是政权的易手。鲁迅的乡土叙事主调是启蒙，因为在鲁迅看来"立人"必然是"立国"的前提。鲁迅的焦虑集中在一方面他对中国人（当权者、智识阶级，当然包含农民）看得相当地悲观甚至于绝望，因而他对国家的前途充满忧患意识；另一方面他又不得不在这样的中国人当中寻找中国的出路。因而当他把目光投向毛泽东领导的生机勃勃的农民革命时，始终同情弱者的立场使他最终把"立国"的现实力量放在农民革命一边，尽管他并非没有保留。鲁迅似乎并没有给农民社会的骚动不安一个明确的指向，"革命"一向不是他的小说的主题。在20世纪30年代民族矛盾和阶级矛盾都越来越激化的情势下，鲁迅大约会在表现"新兴的阶级力量"这个课题面前手足无措。然而启蒙并不是一个自足的话语，20世纪的启蒙话语不仅受到革命的压抑，同时还裹挟在革命话语之内，两者之间一方面呈内在的紧张，另一面又有目的的一致性。虽然废名等人的乡土叙事带有明显的"幻想"色彩，它貌似游离出了"启蒙"和"革命"，其实不过是在这两个话语的挤压之下的另一种表述。它的文本本身缺乏紧张感，但大大加深了文本和现实之间的紧张感。在"阿Q"时代是上层阶级不许阿Q这样的农民革命，在中国共产党领导的新民主主义革命中则是千方百计地鼓动农民起来革命，因而在20世纪30年代左翼作家笔下，"革命"叙事逐渐形成主潮。革命的实质是权力问题，所以无论是左翼文学还是20世纪40年代的"土改"小说，都以革命阶级夺取权力为叙述的焦点，其情节设计常常以农民打倒地主分得土地为枢纽。20世纪50年代以来，当"革命"成功，政权交到农民手上之后，乡村叙事的语境又发生了新的变化。农村和革命战争叙事的深层句法是"政权焦虑"，在文本层面或表现为论证剥夺"剥夺者"的合法性，或表现为对革命战争艰苦场面的回忆性叙事以及歌颂战争本身的正义性，它们仍然受到"革命"这个大文本的制约。

新时期以来的农村题材小说在文本面貌上呈现出多样化的趋势，而"权力"叙事依然不绝如缕。本文所叙述的五部小说的叙述空间和叙述时间正好接续了20世纪50年代以来的"乡村叙事"，说明乡土叙事的确具有某种内在连续性。尽管文本表现的矛盾已经由阶级之间的严重对立转换为"人民内部矛盾"，但是权力争夺仍然没有"淡出"历史舞台。20世纪70年代末启动的农村体制改革不断冲刷着农村社会的生产力和生产关系，社会转型在农村悄然发生。这个时期惹人瞩目的焦点之一，就是公权沦落为私人牟利的工具以及不断加深的贫富分化。从郭全海（《暴风骤雨》）、王金生（《三里湾》）、肖长春（《艳阳天》）到田家祥和邱志国们，这之间的历史嬗变的确耐人寻味。"村支书"在中国的乡村管理体制中是个很特别的角色，呼天成的历史嬗变的确耐人寻味。呼天成早就发现"村一级的所谓组织并不具备权力形态，因为它并不是村人眼里的'政府'。在村人的眼里，'政府'才是真正的'上头'，而他仅仅是上头与下头之间的一个环节"。①然而在事实上，村支书的权力范围几乎无所不包，覆盖了农民从生到死几乎所有的生活细节。更为严重的是，村支书的权力几乎不受任何制约。民主和法治在农村基本上还没有任何市场。我国当前推行的农民公选村民委员会的制度，虽然立法本意是要在农村开展民主，但实际上已在具体的实践中搁浅而起不到应有的作用。没有监督和制约的权力必然腐败，村支书本人也许不坏，但体制却带有塑造性，不同的体制会塑造出不同的人。从这一点上说，村支书也是受害者。

五个文本的乡村权力叙事尽管各有侧重：《拂晓前的葬礼》侧重于权力对人性的腐蚀，《浮躁》《秋天的愤怒》《苍生》则近距离地探询权力本身的蜕变，《羊的门》探究的是权力文化的运作机制，但都贯注着久违的道德批判激情。尤其是《拂晓前的葬礼》《浮躁》《羊的门》在揭露中流露出深沉的忧患意识和对历史的探询，使得文本充满了思想的张力。中国社会的现代化工程正热火朝天地进行，乡村的城市化已经成为清晰可见的图景展示在前。在乡村社会面临大变革的时代氛围中，未来乡村叙事的兴奋点又会在哪里呢？

原载《小说评论》2002年第6期

---

① 李佩甫：《羊的门》，华夏出版社1999年版，第55页。

话语与权力的互动生长

——呼天成形象分析

文贵良

在《羊的门》中，呼天成是呼家堡的魂，是呼家堡的主。他为呼家堡辛辛苦苦干了四十年，奉献了自己的青春、血汗与生命，让呼家堡获得了经济的繁华，让呼家堡人享受了物质利益。但是，呼家堡人是以支付精神自由和话语权力作为惨重代价的。呼天成成为"主"的过程，就是他制造话语与拥有话语的历史。在《约翰福音》中，上帝就是"羊的门"，人就是"羊"，羊从门而得草，人从上帝而延续生命。其实，上帝是一个无形而又无处不在的"此在"，这个"此在"以说的存在样式展露。在《创世纪》中，"上帝说：'要有光'，就有了光"。上帝说A就有A的句式是上帝言说的基本方式，从"说"到"有"没有任何中介，"说/有"共时同构。作为存在样式的"说"同时又是上帝的话语实践，作为"说"的意义实现的"有"同时又是话语功能，"说"作为话语实践的存在性与"有"作为话语功能的绝对性合二为一。这就是上帝话语的存在论本质。小说以"羊的门"为题，其寓意显而易见。在小说中，呼天成是如何制造话语的呢？

"贼"与"脸"：呼天成成为"主"的意识来源于一个偶然事件。在饥饿的岁月里，呼家堡不断有人偷盗。呼天成在村口抓住了三个人：八婶、二兔和布袋，他让他们挂着赃物在村口示众，围观的几百号堡人表现出一阵天聋地哑的沉默。呼天成从他们的沉默中，敏锐地看到了呼家堡人对"贼"字的畏惧和对"脸"的爱惜，他锐利的目光照射出堡人内心的恐慌。恐慌的堡人自觉地把赃物撒在了回家的小路上。他终于感到："我就是他们的主，我要当好这个主。"

呼天成十分清楚：堡人只有看见"贼"站在太阳底下的时候，才会感到耻辱，要让这种耻辱植根于他们的心灵，化为他们独处时的自觉，必须进一步巩固。于是，他大胆设计了一个"阳"谋：借孙布袋的脸。孙布袋每次都能成功地偷到某种东西，但每次都被抓住，挂着赃物在村口亮相，给堡人看，告诉他们："这就是贼！"堡人眼中的"贼"经过多次的条件反射，不仅烙在孙布袋的脸上，而且刻在堡人的心上。孙布袋的身体展示，给了堡人一个潜在的陈述："我要是偷，就是这种贼！"[①]米兰·昆德拉在《不朽》中说："恰恰是脸遮住了羞耻。"而在这里，孙布袋的脸恰恰是显示了羞耻。"贼"与"脸"是对立的。"贼"是一种羞耻，而"脸"在堡人看来是活人的招牌，是获得身份的标志，谁失去了它，谁就失去了说话的资格，也就是失去了话语权。呼天成借了孙布袋的脸，他却获得了一个陈述："这就是贼！你们还敢偷吗？"堡人的陈述是投向自身的，对自身的解剖暗含着被征服的意向；而呼天成的陈述是指向别人的，对别人的拯救显示了他获得话语权的现实。呼天成的话语就是这样借着别人的脸（踏着别人的人格和尊严）走向成熟的。福柯在论述启蒙思想家的话语时指出："这种话语为统治权力行使提供了一种处方：权力以符号学为工具，把'精神（头脑）'当作可供铭写的物体表面；通过控制思想来征服肉体。"[②]呼天成当然不是启蒙思想家，但是，他借孙布袋的脸一事无疑给堡人进行了一次生动而深刻的道德启蒙。对堡人来讲，烙在孙布袋脸上、刻在堡人自己心上的"贼"字作为符号还具有咒语的功能，完全征服了大脑，反过来控制了他们的肉体行动：偷盗。

---

① 李佩甫：《羊的门》，华夏出版社1999年版，第81页。

② 米歇尔·福柯：《规训与惩罚》，刘北成、杨选婴译，北京三联书店1999年版，第13页。

呼天成的惩戒展示后来演化为五花八门的会议：评议会、斗私会、洗手会等等。在会议上，被惩罚者不仅要展示肉体，还要展示灵魂。"窄过道儿"于凤琴就是在斗私会上被众人的喧哗淹死的。众人喧哗具有明确的功利目的，但它并不思考结果。众人喧哗的巨大摧毁力来自统一的集体空间，没有这种空间，喧哗不可能实现。它像无数锐利的刀刃，细细地割碎了于凤琴的脸面，并从这种仔细的活儿中获得某种释放话语能量的快感。众人喧哗在摧毁"私"、自尊与生命的同时，却建筑了权力话语的基石。一切权力话语都是从众人喧哗中获得力量与满足。呼天成苦心孤诣地营造各种会议，正是采用四两拨千斤的武术机制来建构自己的话语系统。可悲的是，众人喧哗在话语犯罪的快感中沾沾自喜。

"脱"与"写"： 在呼天成与秀丫的关系中，叙事在表层中展示的是呼天成通过对易筋经的练习，成功地抵制了秀丫性的诱惑，成就了他四十年不倒的辉煌历史，打破了"英雄难过美人关"的经典概括。在个体与理性、性爱与意志的较量中，后者占了上风。呼天成失去的是肉体狂欢，获得的却是宝贵生命。呼天成失去性功能在孙布袋看来是呼天成终于失败了一次。但呼天成在孙布袋的坟旁命令秀丫赤裸裸地躺下，证明自己并没有失败。叙事在深层上表现的是呼天成对性话语的占有。在性话语中，呼天成对秀丫的陈述是："脱。"这一陈述在叙事中重复多次，它的祈使特征表明了呼天成在性活动中的支配地位。起初，呼天成也有占有秀丫的意愿与行为（在秀丫的脚趾上划"丫"字），但自从被一种"沙沙沙"的声音和狗吠声干扰后，尤其是练习了易筋经之后，他总是命令秀丫在他面前显露白色的肉体，并不占有。他并不去满足秀丫强烈的生命欲望，不打算将两人的精神之恋转化为肉体交会，而是让她充当了诱惑的象征物，秀丫就是他的"病"，呼天成以练易筋经来抵制性的诱惑，以完成一个"主"的形象。赤裸裸地躺在草床上的秀丫就成了真正的"牺牲"：祭品。

在性话语中，秀丫对呼天成的陈述是："你来'写'我呀。""写"是什么意思呢？"这个'写'字在平原的乡村是一种诗意的表达，也是一种文化的表达。它有着极其丰富的内涵。'写'在乡村里是一种形式的升格，是平凡事物的高级说法，是带有图腾意味的。它有'做'的含义，也有'请'的含义，还有'用'和'拿'的意味。它通常表达的是一种'严肃'和'郑重'，是大节大庆大婚大典上的词语，这是民间的一种大雅啊。"①所以，秀丫的陈述充满了渴望与哀求，同时，它对性爱交会的美好遐想充满了诗情画意，灌注了生命激情。秀丫展示的是真情真爱，而呼天成给予的却是挑逗和冷漠，这正是对秀丫真情至爱的欺骗、亵渎与榨取。可以说，这是一种性爱犯罪，它既是对女性肉体的观看，也是对女性尊严的藐视，更是对性爱的背叛。爱对呼天成来讲，正如罗纳德·拉因指出的："爱，不过是暴力的遮羞布而已。"②在性话语中，爱成为暴力。秀丫的肉体展示成了作为"牺牲"呈给"主"的献礼，对秀丫来说，每次献礼都是一种残酷的肉体折磨、性爱煎熬和精神虐杀。

"鱼"与人：呼天成在抵制性的诱惑上可以凭借自身的毅力来完成，但若想摧毁呼家堡人的某种信念则要艰难得多。小说叙事有两次展示了呼天成驱逐"神"的风姿。第一次是呼天成当众捏死一条小鲤鱼——小娥的魂灵。呼家堡有一个习俗：要给在哑巴河淹死的人招魂。因为在堡人看来，冥冥之中有一个"神"在夺取生命。这种观念占据了呼家堡人部分的精神领域（呼家堡人的精神领域本来就窄小）。刘全为女儿小娥招魂的事震动了全堡，四天招魂的悲壮持续使堡人紧张不已。堡人为小鲤鱼的到来而呼叫，刘全为小鲤鱼的到来而感谢"神"的恩赐。堡人完全忽视了呼天成的眼光。呼天成敏锐地洞察到人们在信奉另一个"神"（主）。在他看来，呼家堡只能有一个神——就是他自己。他要成为呼家堡的神，他就必须在堡人的信念系统中摧毁另外的神。招魂被认为是"迷信"，"迷信"就是迷途之信念，被呼天成称为"邪气"，他说不能让邪气压了正气。正气是什么呢？正气就是呼天成的呼吸。呼天成当众两指一夹，就捏死了小鲤鱼，这无疑是在堡人的精神世界里投放了一颗原子弹，轰毁了他们旧有的信念系统。于是堡人由敬畏鬼神转而敬畏他。在堡人的日常言语中，"天成"开始变为"呼支书"，他开始进入堡人的信念系统，迈向话语主

① 李佩甫：《羊的门》，华夏出版社1999年版，第147—148页。
② 罗洛·梅：《爱与意志》，冯川译，国际文化出版公司1987年版，第1页。

体的讲台。

第二次呢？呼天成的娘入了基督教，信奉上帝。她在临死时的唯一愿望就是按着基督教的葬礼进入天堂。但她这一愿望的实现必须有呼天成的点头。对呼天成来讲，这是一次与异域神的较量。呼天成在母亲面前的让步，就意味着他对上帝的屈服，上帝就高于他，但最终他让母亲进了地下新村，人变成了数字，意味着人死后一律平等。因此，他战胜了基督教的上帝。

呼天成捏死小鲤鱼，是对本土神的驱逐；而让母亲死后进了地下新村，则是对异域神的驱逐。从此，呼家堡人的信念系统中只有一种声音，即呼天成的声音。至此，呼天成终于完成了作为话语主体的历史。

"活大"与"活小"：呼天成把自己的人生处世之方概括为一个陈述："人是活小的。"乍一看，这个陈述是"人是活的"和"人是小的"两个次陈述的简单相叠，"活的"和"小的"显示了人的存在状态。很明显，这样的次陈述表明的仅仅是静态的存在。但在"活小"中，"活"召唤着"小"，"小"回应着"活"，"活"是面向"小"的动态存在。这样，"活小"的呼天成才持续拥有充沛盎然的生命真气。"活小"暗示了一个对应物："活大"。"活小"与"活大"不是相反的，而是相对的；不是断裂的，而是相承的。

首先，"活小"表现在呼天成对自己身份的清醒认识上。他总是说："我是玩泥蛋的。""我是农民。"他始终把自己的生命涌动灌注于这块绵羊地——无骨的平原。草只有不离开大地，才会生生不灭，清香四溢；他只有不离开平原，才能不断制造话语，完善一个"主"的形象，成为话语的"主"。"呼家堡绳床"只是一种象征物。呼天成几十年从呼家堡绳床上躺过来，绳床是他的立足之地、栖息之方。他四十年不倒的历史道路上就铺满了生生不灭的草。草自古以来就是最底层人们的象征，也是最贴近大地的人们的象征，草就是"沉默的大多数"（王小波语）。

其次，"活小"表现在内外有别上，即呼天成对呼家堡以外是"活小"的，对呼家堡的内部是"活大"的。几十年来，呼天成竭尽所能，倾其心血，营造了一个极具人情魅力的"人场"，它蕴藏着巨大的潜能。从呼天成的角度来说，他因为"活小"，所以舍得投资，动不动就是几十万。他也不轻易启动"人场"，总是小心谨慎。在撞车事件中，他对手下动用了三个县的警力十分不满。从"人场"来看，"活大"的人面对"活小"的呼天成，可以彻底放弃尔虞我诈的疑虑与猜想，可以坦然揭开在官场空间中由笑脸、礼节等纺织的虚伪面纱，多少显露几许本真的人性，何况"活大"的人有时也需要呼天成启动"人场"。因此，"活大"与"活小"的切合关系滋长了呼天成与"人场"千丝万缕的亲缘姻带。但是在呼家堡内部，他是绝对"活大"的。他绝不容忍"他者"的存在。在呼家堡人的信念系统中，他不允许还有另外的"主"。在现实生活中，他对挑战他的话语的人十分憎恨。正当呼家堡人顶礼膜拜式地庆祝呼天成六十岁生日的时候，刘庭玉宣布：他要离开呼家堡。呼天成先是十分震惊，感到遇上了真正的对手。当刘庭玉根本不向呼天成告别就走时，他变得十分愤怒：这是对他话语权的蔑视，因为刘庭玉不屑与之对话。呼天成的愤怒中隐藏深刻的危机：刘庭玉走掉不要紧，但惧怕众人集体倒戈。所以他在呼家堡的紧急会议上说："这个头谁不能开？！走个把人有啥了不起的？还有谁走？你们谁还想走？！说呀？谁走都行，我现在就批准！谁走报告！"①

一连串的反问句，愤怒威慑溢于言表，但同时也强烈地透露了他内心的恐慌与忧虑。他对异己力量的报复可以说达到了疯狂的程度，狗吠声干扰了他和秀丫的"好事"，他就命人把堡里的狗杀尽。

最后，"活小"表现在具体操作上并不减少"活大"的远景。第一，呼天成认为"活小"方能"活大"；第二，呼天成只是对呼家堡外"活小"，对呼家堡内"活大"；第三，"活大"也好，"活小"也好，它们有一块共同的基石，那就是呼家堡的集体利益。因此，呼天成才尽最大可能地结交"人物"。在饥饿的岁月里，他强送给秋书记五个鸡蛋；在"文革"中，他冒死把被打个半死的秋书记背回家养了一年多。他不仅有一双识人的慧眼，也敢于和善于培养人才，对邱建伟、冯云山、孙全林、范炳臣等青年人，不仅为他们提供上大学的人生良机，同时也在他们晋升时出策出力。他在处事上特别能洞明人情，

---

① 李佩甫：《羊的门》，华夏出版社1999年版，第71页。

深谙中国人际的个中三昧。第一次营救县长呼国庆，为市委书记李相义的女儿以捐款的名义弄了一个出国留学指标；第二次营救县委书记呼国庆时，到省城动用了省委组织部、省报、省银行三家权威单位，在省的党报上进行新闻轰炸。两次处事都没有显山露水，可谓羚羊挂角，无迹可求。有时，他显点狡猾精明，对带来猴脑宴的秋公子以借二百万打发；在"文革"中，对红卫兵派系均以支持表态。

"十法则"：呼天成苦心孤诣地不断制造陈述，最后形成的话语系统就是"十法则"。话语以条文的形式被书写，个人话语就以合法的形式进入公共空间，获得了公认的惩戒功能。"十法则"作为话语有两个明显的特征。第一是话语表述的世俗化。在行文上，"十法则"采用了呼家堡人喜闻乐见的言语形式。呼家堡健身操的名称就是耕作的名称；记工分叫"背靠背"；批评别人叫"脸对脸"；自我检查叫"脱裤子"；轮换干部叫"换衣裳"；选拔干部叫"拔青苗"，等等。这些活生生的言语就存在于呼家堡人的生命气息之间，融入了他们的血液之中。当呼家堡人自觉/不自觉地接受这些表述时，他们同时也就把自身置于话语的光环之内。第二，话语系统具有强烈的规化性。"规化"包含了规范和惩罚两层内涵。首先表现为话语系统对肉体的控制。话语系统中一系列的细则规定人们的起居饮食，如：听晨曲《东方红》起床，做呼家堡健身操，听不同铃声上下班，等等。其目的就是要塑造福柯所说的"既驯顺又能干的肉体"[1]。肉体已不是精神之气的灌注之所，单纯地为工作需要。其次表现为话语系统对精神的控制。这些控制渗透在村规和村干部细则评议法、奖惩法、婚姻法当中。村规中"不许放屁"就意味着与呼家堡利益有悖、与大众声音有异的声音不能存在。学习老三篇的政治分要高于劳动分；洗心、醒脑、过思想箩、开帮助会等惩罚条文正是对精神自由的抹杀与掠夺。这种对肉体与精神一起控制的话语系统一旦付诸条文，就标志着一座没有铁栅栏的"监狱"已诞生。在"监狱"中，个人的身体发展、人生爱好、精神自由均被整合

---

① 米歇尔·福柯：《规训与惩罚》，刘北成、杨远婴译，北京三联书店1999年版，第338页。

进单一的运作模式中。

　　呼天成四十年不倒的历史，就是制造话语并实践话语的历史。话语制造在小说叙事中表现为作为"主"的种种陈述。在人与他人的关系中，呼天成从借孙布袋的脸与植"贼"于呼家堡人心里的同一叙事中，获得应该成为"主"的萌芽，并开始制造陈述（"这就是贼！你们还敢偷吗？"）。在人与自身的关系中，呼天成以超于常人的意志战胜了性欲冲动，但他的"脱"又是对秀丫的"写"的反动与背叛。在人与神的较量中，他两次驱逐神均以神的失败告终，至此，他进入呼家堡人的信念领域，成为话语的"主"。在人与地域文化传统的关系中，"人是活小的"作为陈述结构在他的处事上显示了活生生的功能。最后，他的话语系统以"十法则"的条文被书写，意味着他的话语获得了公认的身份来实践权力功能。

　　在上述分析中，也许能得到某些有益的启示。有益的启示并不完全在于解决了问题，而在于提出了问题。这个问题就是：话语与权力的关系如何？福柯说：话语即权力。意思是说：成型的话语在自身的范围内具有权力功能。王小波说：权力即话语。说的是：权力总是为自身找一套表述系统（话语）。对他们的陈述，人们总是对"权力"和"话语"两个词特别关注，常常忽视了"即"这个词，其实，"即"标明了"话语"和"权力"的同一性，"话语"与"权力"不过是同一个所指的两个不同能指。于是，在"权力"与"话语"之间存在一种静态关系，也许，这适应成形的话语，具有规化功能的话语。但是，话语形成的过程应成为关注的中心。常使人困惑的是：在话语与权力走向同一之前是否有一个过程？如果有，前话语与准权力之间也是一种同一关系吗？换句话说，话语制造与权力获得是同时进行的吗？这又涉及另外一个问题：如何给话语划出边界？即话语形成的标志何在？自然，不可能从呼天成的话语分析中一劳永逸地解答上述问题，找出带有普遍性的规律。不过，可以认定，呼天成话语形成的标志是"十法则"；在"十法则"之前，呼天成制造的是单个陈述。话语就是陈述的积累。当陈述的积累完成一种结构系统时，话语便形成了。在话语形成之前，话语制作者给出的是陈述。从呼天成的话语分析中，可以看出陈述与权力之间的关系是一种互动的关系。当然，话语系统与权力都不是静止的，权力会制造新的陈述，新的话语又会增添新的权力。如果以动态的眼光来看话语与权力的关系就是：权力向话语而"是"；或者说，话语向权力而"是"。用呼天成的话来说就是：权力是"活"话语的；同样，话语是"活"权力的。

如果把呼天成的话语置入中国的历史文本中，不难发现它作为符号的寓意功能。在此无须讨论。但笔者要问的是另外一个问题：如果有两个呼天成，一个呼天成占有话语，整合了呼家堡的肉体和精神，带来了物质的奢侈与豪华；另一个呼天成放逐了话语，给了堡人精神自由的私人空间和公共空间，同时带来了经济萧条与物质贫乏，你会选择哪个呼天成呢？

或许，你会选择第N个呼天成？

原载《书屋》2002年第11期

李佩甫
研究资料

善与恶是人性中的天使和魔鬼

——读李佩甫的长篇小说《城的灯》

庄桂成　岳凯华

　　河南作家李佩甫继长篇小说《羊的门》之后，又创作了其姊妹篇《城的灯》（长江文艺出版社2003年3月出版）。很多人在评论这篇小说的时候，认为它凸现了中国城市与农村的二元对立，批判了这种现状的不合理性，呼唤时代变革的早日到来。但是笔者认为，如果不能说这种评论是对《城的灯》的误读，那么至少是浅读，是对作品的一种肤浅的了解。文学家在某种程度上也是哲学家，他们往往通过纷繁复杂的社会表象，深入到人性深处来阐述问题，《城的灯》就是如此。

一、灯的意象所昭示的功利性目标

　　李佩甫说《城的灯》这个题目是作品完成前夕才想出来的，用作家自己的话来说，"我整整想了一年而不得，夜不能寐啊！后来，就在稿子将要杀青的时候，我才'借'到了一个题目"。这个题目和《羊的门》一样，仍然是来自《圣经》里的一句话。可见作家在命题之时，是动了心思的，也可说有其深层含义和寓意的。

冯家昌第一次进城的时候，他首先看到的便是城里的灯："冯家昌终于看到了连成片的灯光！那灯光像海一样广阔（其实，他并没有见过海），亮着一汪儿一汪儿的金子一般的芒儿……"刘汉香第一次进城找冯家昌的时候，她也被城里的灯光惊住了："华灯初上，城市成为一条条灯的河流。五光十色的广告牌子像一只只彩鸟，闪烁着迷人的华丽。"城的灯就是指城里的灯光吗？作品里人物的观感就是说城里的灯光很美吗？不，这个意象寓示着世俗社会里的功利性目标。冯家昌出生于贫穷的农村，冯家在当地又是单门独户，因而不断遭到排挤。因此，自己"日弄"出去，并且把他的四个弟弟"日弄"出去就成了冯家昌奋斗的功利性目标，是冯家昌心目中的"城灯"。

刘汉香也有其心目中的"城灯"。刘汉香后来成了上梁村村长兼支书，她也要率领全村百姓奔向"城的灯"，即把上梁变成热闹的"城"。种果树，种花，她硬是率领村民闯出了一条奔向"城灯"的道路。作品中是这样描绘她的：

> 那是一盘大绳，很长很粗的一条绳，那绳是好麻拧的，很结实。那绳子的每一结她都检查过，是根好绳。她已戴好了肩垫，把绳子的一头挂在肩上，另一头就拴在村中的那棵老槐树上。她想，她得把土地捆得更牢实一些，拴一个死扣，不然，她是拉不动的，这是一块一点九八平方公里的土地呀！……这时候，老德突然跑来了，老德拦在了她的前面，慌慌地说："进城吗？"她说："哎。"老德有些不信，就问："就是你说那城，新城？"她很认真地点了点头，再一次说："哎。"

城市的灯是一种诱惑，冯家昌率领他的家族向之奋进，刘汉香也拉着全村百姓向它走近。因此，这个功利性的目标就成了整部作品的一种主导意象。城的灯就代表着人们心目中的美好生活，进城则是指人们对美好生活的追求。这种追求是历史理性发展的必然，但它同时又涉及人类的情感，涉及人文关怀，并与之产生矛盾。这也正如刘汉香所见，城的灯很美，但是"颜色和灯光把城市的夜涂得光怪陆离"，这个美丽的功利性目标后又隐藏着"恶"。整部作品就是在城灯的"光照"之下展开，也由此演绎出人世悲喜剧，展示出普通人群中人性的善和恶。

二、功利与情感的矛盾所展现的人性善恶

功利作为人们对物质利益的追求及其实现，其道德效应是二重的。即功利既可以使人道德高尚，也可以使人走向罪恶深渊；既是从事善举的物质前提，也是产生罪恶的催化剂。因此功利本身是无善恶性质的。功利的善恶性质存在于功利的现实化过程中。冯家昌奔向"城的灯"这个功利性目标本身无可厚非，即把他自己及其兄弟"日弄"出农村，过上他们所要求的好生活，这是符合社会发展和人性欲望的正当要求。但在此功利性目标的追求之下，他呈现给身边亲人的是两副截然不同的面孔。

对其家族和兄弟，冯家昌是一名"父亲"式的兄长。他为了把几个弟弟引出农村，先是自己动用一切人际资源，坐上了军区动员处处长的位置。然后将冯家老二铁蛋"弄"进了兵营，而且颇为用心地将他安排在离自己不远不近的部队，使他既能得到锻炼，又能在成长的道路上享受到"兄长"的关怀。接着冯家昌又将老三狗蛋"弄"进了部队，这一次安排更有心计，让其弟弟到荒凉的边境哨所放羊，为的是磨炼他的心性。最后终于助他考上军校，读上了硕士，成为驻外使馆武官。后来又将老五孬蛋也"弄"进了驻扎在上海的部队，帮他渡过服役生活中的一次"难关"，让其成了生意场上的高手。除了不愿出来的老四之外，冯家昌对每一个弟弟都是耗尽心血，竭尽所能且"因材施教"地培养。这是一个富有责任感、富有爱心的人物形象，是人性中善的一面的表现。

但是，也正是因为"城的灯"这个功利性目标的强烈诱惑，又使冯家昌决然抛弃了漂亮贤惠且苦苦守候他五年的刘汉香，违背了自己曾经写在纸上（寄回家的奖状）的诺言。刘汉香是村长的女儿，美丽大方，是村里的一枝花，两人因恋情发展也曾偷吃禁果。难能可贵的是，当冯家因母亲早逝而乱成一团的时候，她不顾闲言碎语，毅然以出嫁媳妇的身份料理冯家，并为之吃尽苦头。

但是，当司令部的周主任给了冯家昌一张提干表，然后问他在家是否订过婚时，冯家昌"仅仅沉默了一秒钟的时间"，立刻说没有。城灯的诱惑使他抛弃了初恋情人，强烈的功利心理战胜了美好的人间情感。此时呈现给读者的又是一个自私自利、始乱终弃的人物形象，是人性中恶的一面的表现。

这种人性的善恶在冯家昌身上交织着，而这种善恶交织的原因就在于功利与情感的矛盾。摆在冯家昌面前的，一边是诱人的功利，一边是美好的情感。冯家昌强烈地想实现他的功利目标，这个目标却与他的初恋情感发生了冲突。权衡之下，他选择了功利，因此当他的几个兄弟来军营"责问"他的时候，他果决地说道："不要再说了。什么也不要说了。我什么都知道。那骂名，我一人担着。我这是为了咱们冯家……"当然，冯家昌也为此犹豫徘徊了很久，功利与情感的矛盾导致了他内心深处的人性善恶斗争。

三、 善恶的对立统一是人性描写的必然

人的本性是善还是恶是一个有争议的问题。中国伦理思想史上，性善论的最早提出者应是孟子，他认为人就其本性而言是善良的，人天生具有善端，人人都有恻隐之心、羞恶之心、辞让之心、是非之心，于是断言："仁义礼智，非由外铄我也，我固有之也，弗思耳矣。"性恶论的最早提出者应是荀子，他认为人之为人，就在于能"群"，在于社会生活，而情欲为人的本性，如果顺着人的本性而行动，其行为必然是不道德的，必然要破坏群居和一定的社会生活。因此，人的本性是恶。实际上，每一个人的人性深处是善恶皆有。

《城的灯》就很真实地描写了冯家昌人性中的善恶，作品的艺术魅力也就在于展示了这种人性深处的斗争。因为对于冯家昌这个人，你既不能说他善，也不能说他恶，这就是一个真实的冯家昌，一个普通人的优点和缺点他都具备，但又有属于他自己的特点。这与20世纪中国文学史上那种"假大空""高大全"式的人物，是拉开了一定差距的。

相比之下，小说对冯家昌的情人刘汉香的描写，就没有那么精彩了。冯家昌追求功利目标，对其兄弟表现出善的一面，对其情人表现出恶的一面。刘汉

香也追求功利目标，对其村民表现出善的一面，但其人性中却没有恶的痕迹。整部作品之中，刘汉香几乎成了一个"圣母"式的人物。她从在小说中出场开始，就表现得那么无私：默默地给冯家昌送鞋；不顾闲言碎语主动照顾冯家昌全家；被冯家昌抛弃之后毫无怨言地对他表示理解；是她带领全村民众走上了致富之路；别的村民为一两个苹果争吵打架的时候，她却很大方地让自己的苹果树成为"礼仪树"（即各级领导来上梁村视察时占便宜而摘的树）；甚至在她被一群流氓少年轮奸的时候，她也只是不停地说"谁来救救他们"，一副悲天悯人的模样。

刘汉香这个人物写得太完美了，以至于显得有点不真实，缺乏作品应有的悲剧力量。以至于到了后来，冯家昌的目标实现了，即冯家几兄弟都混出来了，用小说中的原话来说就是"冯家现在是政府有人，经商有人，出国有人……已经要风得风，要雨有雨了！"刘汉香的目标也实现了，她带领村民致富，而且把昔日的上梁村建成了"城市"，现改名叫作月亮镇（也叫花镇）。为了避免作品落入中国大团圆结局的俗套，作家只好让刘汉香死去。但无论怎样，作品也没有如实写出刘汉香人性深处的"恶"，实际上如实写出刘汉香人性深处的善恶斗争更有力量。哪怕只是一点"微恶"，那也可能比现在这种完美更能震撼人心。因为人性之中本来就是善恶皆有，二者是魔鬼与天使的组合。

由此看来，李佩甫的长篇小说《城的灯》深入描写了人性善恶，当然也有些许遗憾，但仍不失为佳作。但如果说《城的灯》仅是描写城乡的二元对立，作品就成了恩格斯所说的时代精神的传声筒，那就低估了小说实际的艺术成就。

原载《当代文坛》2003年第6期

李佩甫：来自平原的声音

很具有戏剧性的，《羊的门》在1999年突然成为遍布全国的畅销书。一次，李佩甫在郑州机场，书贩追着他问要不要《羊的门》，当然是盗版，而且比正版贵，后来他想买正版送朋友也买不到了。《羊的门》之风波影响到《城的灯》，在此书未完成之际，就有很多出版社、书商追踪，2003年春天，由长江文艺出版社出版，首签15万册。这对改善李佩甫的经济状况有好处，但对他的内心没有什么影响。很多东西对他都没有构成影响，譬如他不看批评，包括批评他的，只有熟悉的朋友写的他才知道，看都不看，还去炒作吗？

今年7月，我们同去豫西北的青天河开会，开幕式完后在宾馆外照相时，与会者、当地人都纷纷邀李佩甫合影，几个人合了，还要单独合，李佩甫很认真地站着，满足每一个人的愿望。他说过他一生想当个好人，作为知青在农村当生产队长时，他就想当个好人，做点好事。我在远处的台阶上坐着观看，才意识到李佩甫是"名人"了，恍惚一阵，再看时，李佩甫正背着手向宾馆里跑去。这双手在不写作时，就像老农不扛锄头时，被干净利落地收拾在背后握着。

在《城的灯》里，李佩甫写过一棵"会跑的树"，那棵开着绵甜的紫桐花的树在一个雨夜"跑"了，有时我感到李佩甫也是一棵会跑的树，当然和他

177

李佩甫 研究资料

小说里的那棵树意味不同。还是在青天河，一行人在山里的黄泥小道上，一走一滑，两边的松针擦着脸，大家都走得缓慢而蹒跚，李佩甫大步流星地走在前面，像一棵树在树林里穿行。我以为他什么也没听见，可是他偶尔回应一句后面的人声，好像什么都听清了。他的声音在树梢之上，亮而悠，然后像阳光一样从枝叶间洒下来。我想起他小说里的那些话："天是极阔的，润着无边的蓝。那蓝静着，静得没有一丝皱纹，静得高远。淡淡中有鸟儿滑过一弧儿，没有痕。秋日安谧地钉在天上，泊一圆泅泅的明亮。"（《田园》）

那是几十年前的天空，小说家童年时的天空，他从许昌市走向乡间姥姥家的路上看见的天空。我总感到，在一个人的一生中，会有某种事物照亮他的内心，只有与之同构的心性才能被照亮。苏珊·朗格曾讲："艺术形式与我们的感觉、理智和情感生活所具有的动态形式是同构的形式。"（《情感与形式》）在同构的基础上相通，那些自然的形式影响着生命的质量。那天空似乎一直照耀着李佩甫，还有那天空下向远处奔腾的土地，土地上寂寞地流淌着的灰白色泥路，血脉一样的河流。每到秋后，大地静静，河流也静静。这些酝酿了他的心境、目光和表达。一次，他组织孙荪《风中之树》作品研讨会，一开始就把省委宣传部部长的名字介绍错了，拘谨的气氛一下变得诙谐起来。李佩甫用食指和拇指敲着桌子，熟知他的人都知道，他在会议发言激动的时候，习惯于那样敲桌子，似乎要用语言以外的声音帮助自己，从遥远的地方回到现场。他解释着为何脑子里冒出另一个名字，他常笑说自己一塌糊涂。

李佩甫清醒地把那平原作为写作的故乡，是在1985年后。20世纪80年代初，他和中国其他作家一样，受到大量译介作品的冲击，1985年是他极其困惑的一年，他感到随"流"写作的没底。后来他找到了他的大平原，他说："找到了那平原，我就不害怕了。"从此，他守候着那贫瘠又宽厚的平原，心中的平原，在上面撒下"声音"的种子。

他对于那平原的记忆与发现，是那样精细与刻骨。在《李氏家族第十七代玄孙》《金屋》《无边无际的早晨》等作品里，那些被岁月和劳作磨蚀了的女人，卑微地站着。五叔六叔们很亲热的样子，手搭在车杆上，一时没了词儿，很窘迫地笑着……隔了多年的时光，我又与他们擦肩而过，我的乡亲，我们的中原村民。20世纪80年代末90年代初，他的那些作品具有蓬勃的气息，充溢着激情和批判的锋芒，充斥着对视、对峙的场面：一条公路修到了大李庄的祖坟，乡民们全都坐在坟前挡着，从县里回来的国一眼就看出了乡民的凄凉。在市委领导的目光里，他还是冲上去，厉声喊着三叔的名字，这名字从来不曾被人当众叫过，那种心理较量，双方的心里都磨出了血，痛着，最终是乡人困窘地缩退。（《无边无际的早晨》）还有《金屋》里雪地上送葬的场面……无论怎样坚守，最终祖坟的神圣、族长的威风、乡间的习俗都被冲得稀里哗啦，那是城市化进程初期乡村的命运。

逃离土地已不可避免，那些逃离者在李佩甫的小说里，无处着落。城市不是他的，故土又回不去了，他们富了，心却荒着。那时，李佩甫认为权力和金钱是最腐蚀人心的。1995年前后，李佩甫在观念上完成了一次转变，他对中国社会的犯罪形态、权力与腐败做过细致的调查与研究，发现很多罪犯、对权力和物质贪得无厌的人，很大一部分都是童年经历过极端的贫困，贫困带来的屈辱使他们以后不择手段地去占有。贫困已在权力和金钱之前，以贫贱气和恶毒气损了人心。在某种意义上，贫穷尤其是精神的贫穷，对一个人的一生影响更大，对人的戕害甚至大于金钱对人的腐蚀。在这个问题上，《城的灯》中的冯家昌是具有代表性的。

冯家昌的童年至青年时代，很苦，很涩，身心刻满了屈辱。靠当特招兵，离开乡土。没有经历书籍和文明的洗礼，就直接进入了精明算计的阶层，人格的康复或升华都不太可能。每一步他都很清醒，要达到什么目的，因此，他比别人更能忍受，更能表演，每一次背叛或作假他都以"改变家族命运"为理由。四兄弟能否进城，乡村人如何挺进并占据城市，他把个人的欲望置换为集体的情绪和命运，而逃脱来自良心的惩罚。回到日常，我们会发现这一个冯家昌或另一个冯家昌，就在眼前，处在潮流、体制中的个人总有无奈的凭借：我不这样，别人也会这样。在集体的链条中，个人可以轻易地不自责、不忏悔肆无忌惮，心灵麻木成为普遍。在人类生活中，这种浑浊的人性表演到极点，便是战争，每一场战争的指挥者都有民族的理论的借口，给"毁灭和践踏"以光荣。我感动于弗洛伊德博士带领他的女儿，倾其一生从事精神分析与心理治疗，希望人能愈合创伤，具有自我建设和成长的能力。在一战后，写出了手术刀一般的著作《集体心理学和自我的分析》，解剖了人的本我如何借助于群体而逃脱超我的惩罚。

李佩甫不认可一些评论者关于"冯家昌是一个伪君子，卑鄙之徒"的说法。他研究"土壤与植物"的关系已经很久了，他更倾向于"土壤"的问题，在那样的环境里生长出冯家昌这样的"植物"（人），是自然的。他要深入社会的肌理，查看这块"土壤"到底适合什么样的植物生长。

李佩甫是一个有精神立场的作家，他不能让那些不幸的人都去顺应"土壤"，他要写出特异的那一个有光之人——香姑（刘汉香）。她掠过冯的背叛，掠过一切责难、诱惑和声誉，从物质和精神上去救助冯家及全村人。她带领村民植树，他们开始是争"地边""阳光""风向"，后来又相互偷果子。香姑用礼仪和美去拯救人们心里的"穷"，她把自己承包的12棵果树作为礼仪树，供来村里的客人品尝。她用月光一样凉而静的声音告诫村民："如果真想偷，如果改不了，就去偷我的吧。"她送蓬头垢面的妇人一把梳子，喊她们的名字而不是代号，在"鼻涕树"树上挂一手帕……文明就是这样具体而微地开始的。

"美是一种希望"，小说后面有一节，李佩甫这样命名。香姑最后种一种奇异的花——月亮花，那花是香姑经过四年的试验，嫁接、培育出来的，是李佩甫虚构出来的一种白亮如天灯的花。这个女子，她把什么都悟透了，她已经不能和那些蒙昧的人对话，她和花对话，和一个理想对话。她的那些观察日记，来自神的眼睛，君临万物的眼睛："刀伤不了花。嫁接的时候，刀要净，那一刀必须净，不能迟疑，你要是略一迟疑，花就哭了。这时候，伤花的不是刀，是手，是笨手把花伤了。刀太硬，太硬的东西伤不了花。相反，水却能伤花。水太软，水比花软，花的心脏是硬的，花也有骨，花的骨储存在它的遗传信号里，只有刀可以点醒它。""土是有心的。""花是在梦里生长的。""花也会尖叫。"……李佩甫写着写着就写惊了，那是一个什么样的地方呢，人的浊气一点也没有了。

沿着"逃离乡土，进入城市"这个自有现代文学以来不倦的主题，李佩甫又向前走了一步。他越过道德乌托邦，意识到了文明、秩序、美对于蒙昧的乡村是多么重要，他既写理想又不愿遮蔽现实。当代作家在表现乡村与都市生活时，总是讴歌乡村，谴责都市，时常用"乡村情感"来拯救在都市里挣扎的人。评论界所阐释的"大地"是海德格尔的哲学大地，我们现实的土地，土地上的现实，被回避了。事实上，今之乡村，有比城市更严重的精神匮乏症。李佩甫时常回到豫中平原，他太清楚中国社会转型期的现实了，他知道那乡村已不是文学里的乡村。年轻的一代不再像冯家昌，隐蔽、迂回地占有，而是更为直接和残暴，一群少年痞子因谋财杀害了香姑。随着中国城乡二元对立结构的打破，人被土地所黏滞、所围住，被宗法至上、礼俗秩序所规范的现实，变得松动了，情形趋于复杂化了。流向之一是：那些没有经过知识浸润的心，在物欲的诱惑下，滋生着暴力和仇恨，没有禁忌和怜悯。

观念的变化，带来了一系列的变化。1995年以前，李佩甫作品里，那些激情对峙的结果是村庄、土地和人物无法表达其愤懑、复杂的情绪，"哑"了，沉默不语，竭尽了表达，拒绝表达。1995年以后，那种激情、激愤少了，多了宽容，这也与年龄、心态有关；阅读中，催人泪下的感觉少了，作品更大气、开阔，那种感动不像山一样突然挡在你的面前，而像《羊的门》里豫中平原的气息，那土壤、草的气味，让你眼晕，头晕，慢慢沉醉。我一时还无法讲清这种变化对于一个作家意味着什么，但我知道这是必然。

这个北方作家总忘不了大平原上的艰难世事，城市化进程中的世道人心。前些日子，他从蒙古回来说：在草原上看不到尖锐的东西，一切都是弧形的，天是的，地是的，草原是的。这些年去了一些地方，相比之下，中原人还是太苦了，人口太密集了，人们一生一世的目标，就是为了盖一所房子。我问及他下一步的写作计划时，他说：想写写城市，在郑州待二十多年了。然后，再回过头来写那个大平原。在李佩甫的土地谱系中，有一本突兀的《城市白皮书》。在我们所看到的《羊的门》之前，他已写过一次，写到8万字的时候，他让它们见鬼去了，他感到一种可怕的"习惯"，就转向写"城市白皮书"，想从叙事、语感等方面来调整自己。这样看来，《羊的门》之前，那个获了人民文学奖等奖项的《城市白皮书》，有些像桥梁或铺路石，他最终要寻找的还是"羊的门"。

如果不正视城市深层的魅力，譬如城市的文化、文明和秩序，人生存的多样性和自由度，等等，就很难解释为什么各色人等都纷纷挤进城市，即乡村→中小城市→大都市，乡村就不可能获得拯救。我问李佩甫写关于城市的长篇时，会不会把这些考虑进去，他说当然。其实，《城的灯》已经写到了这儿。但我的眼睛掠过"城市"，固执地看到李佩甫在那个大平原上远行的身影，这个土地的儿子，一步一步地走成乡村的牧师及守夜人，他懂得悲悯与拯救比消解和毁灭更重要。当代文学中，建设性的情绪太少了，大家已羞于谈理想，他感慨地说过，中国作家到了表达精神尺度的时候了。

我偶尔去省文学院，听见别人喊"李院长，李院长"，总一时反应不过来是喊谁的，感到这个称呼隔了很多东西。对于李佩甫，当院长也无非是做好事和实事，作家李佩甫在场面上依然跑着、孤独着。他明白，写到一定程度，境界就代表了水平。

"绵羊地"里的冷峻剖析

——李佩甫小说的主题方面的解读

姚晓雷

1

20世纪以来，乡土民间一直是中国文学热衷关注的对象；对乡土民间的呈现又一直是与民间的苦难和改造这一经典主题紧密关联在一起，或者说是一个批判国民性的主题。这一主题暗含的逻辑就是在同情民间苦难的前提下，又把民间视为整个社会政治经济文化的基础，认为在乡土民间生存形态里其实也包含了造成对他们进行压迫和剥削的社会权力体制的必然性。它实际上也就等于设置了两个相关意象：一是作为有着某种人格缺陷的民众，另一是建立在民众这种人格缺陷上的、作为前者生存利益的对立面而出现的权力形态。河南作家李佩甫可谓是在当代表现这方面主题的佼佼者。他的乡土小说描写范围几乎从来不超过古称"许"今河南豫中平原这一块地方，但从内在精神上看，无疑是鲁迅所开创的新文学"批判国民性"衣钵的当代继承者，既始终不失一种强烈的现代理性的批判精神，又执着地把对国民性的挖掘同对具体的乡土民间内容的挖掘密切结合起来，从而营造出了一种既有现代理性精神的阳光朗照，也有着丰富民间生存审美意蕴的地域艺术图景。这种他所刻意营造的地域文化意象，用他创作的《羊的门》中出现的一个极其形象的词来说，就是"绵羊地"。充满灾难和战乱的历史构成的艰难的生存处境，使这儿的民间生存只有靠一种火气被磨平之后的阴柔坚韧之性来承担，并进一步演化成人们所共有的、世代相承根深蒂固的"在'败'处求生，在'小'处求活"[①]的生存本能。它一方面导致了这儿的百姓在对自身"败"和"小"身份的体认中，锻造出自己不无狡黠却最终只能从整体上强化自己弱势地位的生存术；另一方面也催生出了作为百姓生存的异己物的权力一族。

作为百姓一族的对立面，也作为在"绵羊地"这一地域文化意象里不能不有的特产，权力一族成为李佩甫所探讨的重点实在是势所必然的。权力一族与百姓一族的不同利益，决定了他们基本上是以百姓一族压迫者和放牧者的面目出现的，因而和百姓一族的命运也是紧密相关的，要真正关心百姓一族的命运就不可能把它们排除在视野之外；而且这里的权力一族建立自己话语的方式正是以百姓一族的人格弱点为基础的，对它的理解也就是对百姓一族人格特征的进一步深化理解。出现在李佩甫小说中的，和这儿民间精神特征密切相关的权力一族主要包括两种类型。一种是这块土地土生土长的"酋长"们或"牧人"们。这类人的职务不高，通常是村长或书记，对脚下的一块方寸之地进行全方位控制的追求是他们全部的生存内容和兴趣所在。和一般百姓被动的生存状态不同的是，他们都是一些深谙这块土地上生存术的人，既知道怎样建立自己在百姓面前的绝对权威，又知道怎样主动利用这块土地所赋予的生存智慧打通上面的关系，从而营造一个以自己为中心的生存秩序，并成为他的领域里说一不二的土皇帝。权力一族的另一种类型是那些从这块土地上成长或走出的新一代"官人"们。像《无边无际的早晨》中的李兴国、《李氏家族第十七代玄孙》中的李金魁，他们的活动范围和兴趣中心已不限于自己生长起来的那一方寸之地，而是进入了一场更大的社会权力的角逐中去，成了政客。但他们在官场角逐所主要依靠的，依然是从这块土地上获得的生存艺术。而且他们在官场角逐

① 李佩甫：《羊的门》，华夏出版社1999年版，第7页。

中的成败，也往往和他们对这块土地所赋予自己的生存艺术的领悟层次密切相关。

2

土生土长的"酋长"们或"牧人"们直接对应着平原的乡土特征，是作者重点表现的部分，也是作者刻画得最成功的部分。我们看到，他们都是以村子里特权人物的身份登场的，在百姓一族面前是霸道的，万能的。例如《小小吉兆村》中的吉昌林18年来一直是村里公认的谁也扳不倒的铁旗杆；《豌豆偷树》中的村长，不仅有权决定让谁浇地不让谁浇地，还可以霸占百姓的盖房押金并放言"屁哩！你去告我吧"①，甚至对得罪他的十几岁的孩子也不放过；《金屋》中的杨书印在扁担杨村说一不二，有着奸污村女、倒卖公粮、侵吞公款、逼死人命等种种劣迹，甚至敢光天化日之下当着村人面撒尿；《羊的门》中的呼天成利用百姓一族身上所具有的种种缺陷把自己打扮成主宰者，从来没有真正地把村人当作和他一样平等的人对待。这些也许是站在民间立场上看待乡村生活的人，所愿意大力批判的全部内容。李佩甫的优点在于仅仅把它作为一个起点，进而从一个地域政治文化和整个社会政治文化的交汇的大背景下展开剖析。这些人中的佼佼者，像吉昌林、杨书印和呼天成他们，虽都有霸道的一面，但决非简单的乡场恶霸，而是作者所精心挑选出来的政治文化怪胎。他们都是极富乡土智慧的人，能从领悟自己存身的地域文化信息出发，无师自通地领悟中国传统文化统治术的最高本质。他们既是属于地域文化的，又是属于整个传统文化政治结构的，是以具有特殊性的地域文化来呈现整个传统文化政治结构的秘密的。他们的形象特征都有多重内涵。

这种地域文化和整个社会政治文化多重内涵交汇的特征在这些人身上，首先体现为做小与做大相统一的生存术。如果说"绵羊地"的百姓身上集中地

---

① 李佩甫：《无边无际的早晨：李佩甫中短篇小说自选集》，华夏出版社1997年版，第391页。

体现着这块土地上有气无骨的特征的话，"酋长"们或"牧人"们作为这一地域的另类产物，则不能说完全是无"骨"的。然而作为这块"绵羊地"上的产物，令人惊讶的是他们的起家资本，竟然也脱离不了那种"在小处做人"的生存术，脱离不了这块土地所给人的阴性特征。这是由于在当代中国的权力网络结构中，乡村一级的头人也无法逃脱上面层层权力机构的制约，仍然处于社会权力机构中的底层地位。在这里，"绵羊地"里所提供给他们的"败处求生、小处做人"的文化个性，不一定是他们的一种自我认同，但成了一种从这块土地上获得的维护自己私利的生存智慧。它的一个功能是，用不务虚名的谦卑姿态应对来自外界各方面的冲击，把那些可能对自己权力地位形成威胁的东西不动声色地消解掉。在《小小吉兆村》中，当上边有了干部年轻化的政策后，身为原大队支书的吉昌林并不直接对抗这一政策，而是自觉地退居到副支书位置；可是新任的支书吉学文正因为被他认为最没出息最不会对他的位置形成威胁，才被挑了上来。相似的是，扁担杨村的杨书印，本来是可以当支书的，但他不当，38年来，"他没在最高处站过，也没在最低处站过，总是站在最平静的地方用智慧去赢人"①。这种智慧其实也同样是这块土地赋予人的"小处做人"的智慧。他既不把自己推到容易在上边和下边发生利益冲突时成为众矢之的的位置上，又使推上去的每一任村支书都有他可以利用可以控制的弱点，一旦村支书企图仰仗上边的力量摆脱他的控制，他便巧妙地给其制造一个当着上级和众人的面出乖露丑的机会，自己完全不用出面，就使其彻底丧失了上级和群众的信任，甚至还可以用对其假惺惺地表示爱护的态度捞一个关心人的好名声，六任村支书就这样栽在了他的手里。呼家堡里的呼天成更是把"人是活小的"这句话奉为座右铭，始终以"玩泥蛋"的身份自居，反对任何形式的张扬，因为在平原上，"你越'小'，就越容易。你要是硬撑出一个大的架势，那风就招来了"②。他不仅以此谆谆教育从这个村子里走出去的县长呼国庆，而且也身体力行，从来拒绝与各种出风头的场合沾边，在一次出车祸时，秘书

① 李佩甫：《无边无际的早晨：李佩甫中短篇小说自选集》，华夏出版社1997年版，第125页。

② 李佩甫：《羊的门》，华夏出版社1999年版，第353页。

因招来三个县的交警为他护驾，还遭了他一顿狠狠地训斥。当然，要达到这种"人是活小的"的境界必然是以牺牲人在生活中许多正常的享受为代价的，这块土地所赋予老百姓的抗衡苦难命运的"坚忍"之气也在他们身上同样起着作用，只不过被运用到对权力的维护上。杨书印付出的是戒酒的代价，在他38岁那年因为酒醉差点误事，几乎要对一位前来找他盖章的女知青动手动脚，过后为了不给自己的权位惹来麻烦就坚决戒了酒。呼天成付出的是性欲的阉割。《羊的门》中他修炼易筋经的情节其实是一个隐喻。他故意对着村里钟情于他的漂亮女人秀丫的裸体练功，来锻炼自己克制欲望的能力，他成功了，似乎获得了在这块土地上神秘萦绕的能克制百病的气，却永远失去了性欲……

不过单是如此想营造出一个特殊王国还不够，中国一向是个关系社会，下边的权力必须靠来自上边的一定的关系维持。因而这种地域文化和整个社会政治文化多重内涵交汇的特征体现在这些人身上，接着还表现人情投资与利益需要的一致。他们利用看似不起眼又令人容易认同的乡土人情姿态，或行贿赂之实，或示人以惠，从而为自己结成一张严密的关系网络。众所周知，关系的实质一向是利益交换，这里也不例外，吉昌林、杨书印家里的酒桌上经常可谓"座上客常满"；呼天成更是一掷千金，从不吝惜，为了帮县长呼国庆摆脱困境，不惜给市委书记李相义女儿就读的大学捐五十万，并为她搞到了一个出国留学名额，对上边有来头的秋公子一送更是两百万。不过这里的行贿大多不是直接的，而是通过"人场"经营的方式进行的。这也是"绵羊地"所提供给人们的"小处做人"的生存智慧的另一种延伸，是他们在当代背景下，利用农村意象在许多人观念中所约定俗成的淳朴印象，将本来充满种种尖锐矛盾的农村现实生活经过包装后，适时推出的一张用"乡土人情"名义注册的商业品牌。这种"乡土人情"的投资自然是以利益交换为条件的，但这更是一种远期投资。因为对作为村一级的干部来说，如果没有特殊机缘是不可能直接和当下高高在上的权力人物建立起多密切的关系的，他们只有采取凭自己的眼睛从自己周围寻找潜力股加以购买的方式，来期待并帮助它升值。人情投资的对象是对他们有用的人，主要包括两种，一是那些过去曾与这里有某种关系，在后来的政治运动中落难但还有可能东山再起的高级官员，如《羊的门》中省里的副书记老秋。最初老秋还是一个下派到呼家堡的不起眼的干部时，呼天成就以超常的眼光发现了这人的不简单并决心结交，在老秋临走时借遍全村凑出五个鸡蛋送给他；"文革"时老秋被人打断了腰，呼天成内心深处，依然觉得老秋不会就此完了，抱着赌一赌的想法把老秋背了回来，在呼家堡藏了一年多。时间证明了这一点，他背回来的不仅仅是一个人，而是一笔巨大的财富。除老秋外，四十年来，呼天成结交的还有一大批老干部。对他们，无论是在遭难的时候还是官复原职的时候，甚至是他们退居二线时，呼天成都没有忘记对他们一如既往地表示礼数。也没有送什么贵重的东西，而是迎合那些人的一种心理需要，用家乡的特产不断地给他们传递着一种乡情的信息，上层那里的"人场"就利用这些人的巨大的关系网络给培植出来了。此外，这块土地上这类权力一族人情投资的另一种重点对象，是那些在他们看来有官场潜力的这儿的或来了这儿的青年。当他们选准目标后，就以"爱才"的名义不遗余力地培养他，给他提供各种各样的机会，在需要金钱和关系开路时，他们毫不吝啬地用村子里的力量加以解决，如杨书印对杨文光，呼天成对孙全林、邱建伟、冯云山、范炳臣、呼国庆等皆如此。他们的投资看似纯然无求，却索取的是对方自以为是的良心，是比单纯的行贿还要厉害百倍的行贿，将对方对原则的违背内化为一种自觉的对个人的报恩行动。所以不管是后来成了省报记者的杨文光，还是成了市长的孙全林、成了省委组织部干部调配处处长的邱建伟、成了省报副主编的冯云山、成了省银行行长的范炳臣，以及成了县长的呼国庆，呼天成从他们身上收到的，都是永久的、百倍的回报。

营造好外部的关系网络只等于说是为自己拓展出了发挥个性生存空间的外部保障。地域文化和整个社会政治文化多重内涵交汇的特征，在吉昌林、杨书印、呼天成这些人身上的第三个方面还表现在，当他们着手在自己的乡村小范围内营造自己的一统天下时，他们由本土文化特点出发所采用的经营方式，竟无师自通地包含了整个传统文化政治结构的最高秘密——政统和道统的合一。所谓政统，即统治者所建立的权力秩序的现实形态；所谓道统，我认为，在传统的中国社会里，它不过是为权力秩序的现实形态寻找出的一套使其合理化的道德话语而已。我们看到，这里这些人不仅追求这块小小土地上权力的绝对主宰，还追求这块土地上精神道德的绝对主宰，是企图让二者合二为一的姿态出现的。前者体现为治人，后者体现为治心。这种在"治人"之外也追求"治心"的特征在《小小吉兆村》中的吉昌林身上还不十分成熟，但已有所表征。作为村里立了十八年都没有倒的"铁旗杆"，吉昌林通过各种不光彩方式，建立了以他为中心的权力体制，"要是想和他作对，除非你离开这块土地"；但他还有以豪爽大度收买人心的另一面，遇上困难的人"只要求到他门下，只要有人喊声'昌叔，我没有办法了'，他哈哈一笑，事儿就办成了"①，不管这个人有用还是没用。《金屋》的杨书印也类似，他在维持自己的霸权时，也以村里道德化身的身份做了许多保护村民、有利于村民的事，像过去吃大食堂的时候，他通过对上级的瞒报使村里没人饿死；像他也多次对处于绝境的村民慷慨地予以援手。这种政统、道统合一的传统社会统治特征在绵羊地里，最全面、最生动地体现在《羊的门》中呼天成对他的呼家堡的统治秩序的营构上。中国传统社会里权力建构的文化基础主要是法家和儒家。法家讲究建立一套以君王的集权为目标的苛刻的法律来规范其他人；儒家讲究正名，要为封建统治寻找一套可以被它用作规范的道德话语。他们大致构成了中国传统政治生活里政统和道统的两极。中国的传统权力建构大都是内法外儒的，呼天成也正是无师自通地运用这种方式来建立他在呼家堡的统治。解读呼天成建立他的统治王国的过程，实际上是从地域文化入手，对整个传统政治权力结构建构过程的解读。"镇住了心就是镇住了人"②，这句被呼天成反复言说的话可以说就是他营造自己统治秩序的总纲。值得注意的是，这里呼天成在"心"和"人"的面前用的是"镇"字，就暗示着一种政统的、霸道的信息，即利用绵羊地里人们容易被权势制服的"无骨"的特点，先建立起了一个能使他个人意志有效运转的强制性权力机构。

第四，在作为"酋长"们或"牧人"们最高代表的呼天成这里，这种地域文化和整个社会政治文化多重内涵的交汇，还体现为传统的"王道理想"与当

---

① 李佩甫：《无边无际的早晨：李佩甫中短篇小说自选集》，华夏出版社1997年版，第35页。

② 李佩甫：《羊的门》，华夏出版社1999年版，第79页。

代畸形的政治经济形态的奇特融合。如果我们仔细透视呼天成为建造他的王国所采取的种种措施，就会发现还无法完全用传统的统治规范来解释，它们还出色地容纳了许多属于当代社会的东西，都被呼天成熟练地运用为操纵村民的工具。它里边的当代政治话语形态也不全是负面的东西，如他的"干部细则"所规定的一事一长、专职负责，事情做完干部也自动解职的"小孩尿尿"法，进行干部轮换锻炼的"换衣裳"法，也包含有现代的社会管理经验。这还罢了，呼天成这里尤其还有许多属于当代市场经济的东西。呼天成不惜把面粉白送给北京粮店并情愿倒贴一辆轿车以求打开市场的企业策略，大胆地、不惜血本地使用大学教授研制成功的面粉保鲜技术的重视知识的眼光等，又使他具有了某种为许多现代企业家所难以企及的见识和魄力。我们看到，在民间道德运作的底层，其实还是经济在起作用。正是后一方面带来的呼家堡经济上的成功，才是巩固呼天成绝对权威的最重要的基础。在呼家堡里，人们早早地过上了多少代人梦寐以求的生老病死不愁的小康生活，且达到了"路不拾遗、夜不闭户"的理想。但呼天成所营造的呼家堡，其实质充其量不过是在当代文化背景下，以局部的形式保存的符合中国传统统治理想的王道乐土的象征而已。这里并没有真正建立起一个能保证每个人平等的个人权利的制度，这儿一切都是以确保呼天成一人高高在上的地位为前提的。也不能说呼天成这样治理呼家堡完全是在沽名钓誉，其中也包含着某种发自内心的道德追求，即由主子地位派生出来的对手下的关怀义务，或者说放羊的人对他的羊的照顾义务，如该书的题记中引用的《圣经》中耶稣的话："我实实在在地告诉你们，我就是羊的门"；"我就是门。凡从我进来的，必然得救，并且出入得草吃"。因而它在本质上仍没有超出封建社会"王道理想"的范畴，只不过在中国漫长的封建社会中，它通常只能是悬在多少君王头上可望而不可即的目标，却在这儿被呼天成靠奇特的实践得以完成。换句话说，呼天成竟是在当代市场经济环境下完成了许多封建帝王梦寐以求的王道理想的。

总之，土生土长的"酋长"或"牧人"们的形象内涵是复杂的。他们既无情地压迫和鱼肉乡民，但当他们自觉不自觉地追求一种"治心术"的道统力量时，某种程度上也起到了保护乡民的作用。但是毋庸讳言，这些封建式的道统追求之所以在今天还能产生一定的效力，通常是以我们今天更大范围内现代社会机制的不完善甚至是紊乱为前提的。本来，现代社会制度的基本原则应该是国家争取为每个人提供平等的生存机会，每个人都可以直接向法律寻求保护。只有当对民间权利进行保护的层层机构都失效、底层民间无法依照正常途径获得必要的生存条件时，百姓们才不得不习惯性地仰仗于传统的道德形式，而传统的"王道"形态才拥有了生存市场。作者也分明看到，在今天，这些人无论如何是无法给百姓一族带来真正的出路的。那些专以压迫和鱼肉乡里的人自不必说，即便像呼天成这样成功地建立了传统文化所追求的"王道"事业者，他所给百姓带来的保护也是以更大的丧失和牺牲为前提的。这儿经济上的成功，全系于呼天成一人。由于呼天成依据传统的统治术建立自己权威的过程，也是其他所有人的个人能动性遭压抑遭扼杀的过程，最终其他所有人都成了一群没有自己头脑、只会俯首听命感恩戴德的恭顺臣民。因而他们所换来的"做稳了奴隶"的地位也只能是暂时的、脆弱的；一旦失去了这把保护伞，他们的命运就可想而知了。所以小说最后提供的一个细节是十分意味深长的：呼天成突然发病，整个村子里的人立时陷入了一场面临灭顶之灾的恐慌中，甚至不惜一起学狗叫给他听！

3

当然，出现在李佩甫作品里的重要官场人物也不尽如此，还有着其他形形色色的人。像《羊的门》中始终和呼国庆斗法的王华欣，以及他们的顶头上司许田市市委书记李相义等，作者的描写也颇为形象。但一则他们是作为官场体制下的常规人物出现的，二则他们身上尚未显示出和这块土地精神特征的强烈的内在血缘，所以他们无法成为作品里的主角，也不是我们这里所要重点关注的对象。另外，即便那些从这块土地上出身的权力者，也并非全是这样民间利益的背叛者。例如在村一级干部里，也出现了像《小小吉兆村》中的新支书吉学文和《李氏家族》中的竞选村长李宝成那样想为村民谋福利的新人。吉学文是作为吉昌林的对立面而出现的，在村民吉山根的车翻进深潭的事件中，他凭一腔激情和赤手空拳竟然一度击败了吉昌林。这似乎寄托的是作者早期探索民间出路时的某种理想，但作者不久就意识到了这种理想的虚幻性。李宝成则是吉学文形象的另一种延伸，体现着作者思想的深化。在李宝成这里，虽然也有吉学文的勃勃雄心，但这为村民谋福利的勃勃雄心明显带有一种不切实际的罗曼蒂克。既放弃了从传统的民间秩序中寻找依靠，又不会在现代权力体制中营造关系网络，虽然好赖有个官职，却由于没有领悟到这块土地的真正奥秘因而也就没有真正的权力，所以他身上所具有的一些现代信念找不到任何支撑，空怀壮志却处处碰壁。从吉学文到李宝成的形象演变，从另一个角度体现了作者对在现有的社会基础下，依靠个别人的良心发现来拯救民间痛苦命运的愿望的破灭。

总之，不能不说李佩甫以特定的区域文化为背景，对在同民间的百姓一族精神特征的互动中催生的民间权力一族的特点进行的观察和剖析是非常成功的。本来，批判"国民性"的主题就包含了这样一个含义，即民间无法单从自身产生拯救自己的品格，因而对乡土民间的改造无法通过民间自身完成，必须借助于一个外来的现代动力。而这种外来的现代动力，则需要现代知识分子以大无畏的直面现实的批判精神来担当。李佩甫则通过对在民间素质上自然产生也必然产生的权力一族的剖析证实了这一点。尤为引人注目的是，李佩甫的这种对乡土权力的特定观照主要是以当代为背景的，而且他的"绵羊地"，很难说不是一个更大范围社会结构里的生存隐喻。在已经进入21世纪的今天，在目前我们知识界习惯于高谈阔论一些后现代新历史之类进口过来的、与中国现实只处于一种似是而非联系的普遍氛围中，不能不说李佩甫又给我们重新提出了这些极其尖锐的问题，今天的知识分子到底该怎样面对自己应有的一份现实责任呢？

原载《文艺争鸣》2004年第2期

羔羊生命册上的绳记

——评李佩甫长篇《城的灯》

何向阳

　　从《无边无际的早晨》那个坐在小轿车里的人将包着的老娘土掷出窗外开始，李佩甫一直在探讨个人与土地的关系。这个"个人"，有着种种生存的理由，为了改变前定的命运，他不惜与现实交换他贫瘠却也丰饶、顽强却又薄弱的才智，一切手段，都指向一个目的地——城市。这个"人"，时而顶着李治国（《无边无际的早晨》）的大名，时而替身而为杨金令（《田园》），时而换上李金魁的衣裳（《败节草》）[①]，到了今天，他"修炼"成了地道的冯家昌（《城的灯》）。

　　《城的灯》写的是一个叫冯家昌的人，打小在上梁村过着由贫穷带来的窘困屈辱的生活，这种生活练就了他极度的自卑与不可想象的自负，同村村长女儿刘汉香喜欢上了他，但同时也称他为"你狼"，小说写了这个"狼"人咬着冷冷的牙，咬破篱笆，从乡村艰苦突围，使自己成为一个城里人，同时也带出了他的三个胞弟的故事。如果只这么讲，也只是一个人如何改变自身命运的一般作品，这样的故事几乎每天都发生着，已经是太阳底下不新鲜的事了，如

果换了叙述者，它还可能写得更惨烈，更富传奇性。然而这两者都不是李佩甫所看重的，这个叙事人所关切的不是事件，甚至不是命运，他关注的是冯家昌——这个个人身后的东西，和烙在他内心变作他动力的那个现实，往深里说，也不只是身后的现实，而是这个人的最深处的心理，他的人格的历史。藏在小说中有这样一段话："人都有历史，每个人都有自己的历史，那历史就藏在各自的心里，如果他不说，你就永远不会知道他曾经历了怎样的活……活，好一个活！那一个字里又藏了多少玄机！"是的，这次，他要写的是个人人格的历史——相对于民族性格的历史；他要写的是"活"的历史，这个"活"字，是"活人"的活——相对于概念的"死"，同时，也是"人活"的活，是最基点的生存的活。

李佩甫把事件剪得很碎，几乎没有什么惊天动地的大事件，日子垒摞着，只在细微处不经意地有一些微澜，波澜不惊的样子，却在表面的平静下盖着无法不使人动容的东西，那些细细的刺，倒着长在肉里，在一颗细敏稚嫩的少年心底投入暗色，埋下伏笔。譬如，6岁时他闻到桐花"娘娘甜"，却不在意自家的那棵桐树被邻居刘屠户给圈了去、砍了、卖了钱，树就这么"跑了"，这时"奔跑中的父亲就像是一匹不能生育的骡子"，又"像口黑锅，一下子就扣在了穗儿奶奶的面前"，这一切就是因为自家是村里的外姓人，没有谁站出来说哪怕一句公道话，势力是可以颠倒是非的，这是一棵树给6岁孩子的"教育"。譬如，那只行走于乡间节日里的点心匣子，他不经意中发现那唯一一只提去给亲戚的别人送来的点心匣里竟装的是八个风干了的驴粪蛋，他"踩着心走路"一路忐忑到大姨家，坐在那里，心里七上八下，人几乎就要虚脱，最后，那只做了记号的点心匣子又周折转了回来，驴粪蛋是由他亲自倒掉了的，而那只空匣子仍然挂在梁头上，昭示着"体面"，"日子是很痛的"，这是一只匣子给9岁孩子的"感叹"。娘不在了，五个兄弟没有鞋穿了，小名叫钢蛋的他示范给四个弟弟自造的"铁鞋"，脚上扎了十二颗蒺藜走路，淡淡地面对弟弟和父亲的惊呼，"那不是血，那是铁锈"，从此，他打赤脚，是背叛也是宣告，是要活自己的活，"走"自个儿的路了，这是蒺藜给一个12岁男孩的课程。但是有一个女子看不惯"赤脚大仙"，送了他一双解放鞋，在刘汉香强迫他穿上后，他的心并不轻松，而是发出"真欺负人哪"的喟叹，是自尊无意中受到伤痛吗？"那耻辱一直深藏在他的心里"，甜和苦搅拌一起，是一双鞋子在一个16岁少年心底留下的印记。还有吗？还有，第一次约会，刘汉香问他记得小学一年级一起上课时吗？他只记得一年级的课文，"人，一个人；手，两只手"！"不知为什么，他身上竟有了一股气，这股气竟使他有了神游万里的感觉"，他在林子的黑夜里高声念它时，有种血热越过记忆，指示着一个方向，这是八个字最终完成的对一个不足20岁青年的教育。李佩甫剥离事件，切入对一个人的精神分析，他要写出的是一个个体的心灵历史，他何以如此，何以走了另一条路，何以能够做到他内心要达到的事情，他的目的在哪里？种种追问，所能倒出的线头，埋伏着，等着一场"爆炸"。正是有了这些引线，部队、城市、人际，那些"忍住""吃苦""内敛""投降"，种种策略才有来路，那些"磨脸""献心""发狠""示弱"才有根源，当然，还有那些不遗余力的表现、不择手段的赢取和不可避免的背叛。

　　李佩甫在他的前作长篇《羊的门》中，引用《圣经》中《约翰福音》的内容作为题记，"我就是门，凡从我进来的，必然得救，并且出入得草吃……我来了，是要教羊得生命，并且得的更丰盛"。那本书中，他探讨农民于族长的庇护下的生存，权力是他们的宗教，羊靠了头羊才能得救；这部书中，他依然探讨农民的生存方式，这里，是一种自救的方式，当权势成为一个个体的对立时，这个个体的离开到背叛势成必然，他背井离乡，打入城市，要占领他自己的人生高地，其间对策与扭曲，巨大的牺牲，难以想见的压抑，情感的牵系，道德上的忤逆，比起他的"自救"来，已没什么可以阻拦他的了。他可以为了这个目的掩盖一切必须服从于它的欲望，"在洗脸间里，冯家昌对着镜子用力地拍了拍脸，对自己说：不管怎么说，出了门，你还得笑，你还得打起精神来。你没有选择，你必须战斗"。这时的冯家昌，不能不说已成了他的目的实现的一个工具。人不见了，只有目的，人是目的通过的一架机器，某种程度上，狼一样凶狠的冯家昌也是一只放在祭台上的羔羊，他通过这种"牺牲"——成为道义所不容的逆子——而成就了三个胞弟的生存，他，给了他们除种地外的另一种生存的可能性。《城的灯》题记中摘引《新约·启示录》中的句子："那城内不用日月光照，因有神的荣耀光照，又有羔羊为城的灯……凡不洁净的，并那行可憎与虚谎之事的，总不得进那城。只有名字写在羔羊生命册上的才得进去。"

冯家昌是羔羊吗？他能进去那"城"吗？大多数人认可的是刘汉香这样的女性，她付出一切，却一无所有，相反，冯家昌以一无所有却拼了个全部占有，那么，究竟谁赢了呢？生活从不给答案。我们也无法从道德或者城乡上去判言断定，高加林经由那么长的路走到今天冯家昌的位置，也许真应问一问的是那个长出他的土壤。我们的文化太多时候要求个人，个人也承担了许多历史本该担当的责任，有没有一种文化，去反思那个个体如何是这样的个体的原因。如果有一天，我们从水土上去发现人的秘密，而不仅以道德评判个人，如果我们理解底层农民的宗教，不是信仰，而是权力，是城市构架的精神自尊，是那个巨大的生存落差显影出的人的处境的不公平，那么，我们或可从人性的角度原谅冯家昌，我们或可不拘泥于已成型的传统的道德律令，而看一看于此中挣扎，较常人几倍、几十倍付出，直到付出自己正直人格的这个羔羊。脚上十二颗蒺藜的他，难道不是另一种献祭的耶稣的形象？

这个意义上，我们沉痛于人的命运，于此悲悯之中，那些人、事的摹写与形象的再塑经不经得起细节的哑摸与观念的推敲已经不见得有多么重要。

最终，冯家昌也还是将自己放了上去，留在他身后的，是唾沫的汪洋。

原载《南方文坛》2004年第3期

196

试论李佩甫小说中的传奇化叙事

张延国

　　李佩甫是个现实主义作家，他的作品多以豫中平原上的人事为依托，或通过人际纷争、官场纠葛来反思人性和文化，或从人的现实境遇出发去探索生活的意义。小说是作家虚构的产物，任何现实都不过是作家的一种"现实想象"，一种"现实建构"，不同的作家在建构其现实形态、现实想象中又有着不同的方法。即使是同一个作家，他的现实建构方法在不同的创作时段也许会有所不同。具体到李佩甫而言，他习惯于采用两种方法：一种为贴近现实，以精细的写实、客观的描摹为主，这主要表现在《豌豆偷树》《学习微笑》《乡村蒙太奇》《画匠王》等作品中；另一种则是在现实性的大框架中广泛引入夸张的、传奇化的笔法，这样的作品有《李氏家族第十七代玄孙》《金屋》《羊的门》《城的灯》等，而尤以《羊的门》《城的灯》最为鲜明。在李佩甫的创作系列里，后者更成功，影响更大，且在李佩甫的创作实践中有不断强化的趋势。作家采用某种叙事方法来结构文本，可能会受到多种因素的影响，但就作者本人来说，他无疑认为这是体现其创作个性、达到叙事目的的最佳选择。任何一种叙事方法的采用，不仅仅是工具方法的探险，它还势必要影响到文本的故事讲述、人物构造、情节设置等各个层面，那么传奇化叙事统摄下的李佩甫的小说文本有何特征，其得失又何在？本文试图稍作探讨。

一、传奇化叙事对人物塑造的影响

中国小说源于"传奇"，无论是志人小说，还是志怪小说，内容上大多以奇人异事为主，形式上则极尽曲折变化之能事。唐人传奇虽随小说的发展而渐渐湮灭，但是以"奇"取胜的创作取向还在影响着后人，李佩甫的小说取材于现实，而"传奇"的创作旨趣则与中国古代小说一脉相承。从他的小说叙事中心的设置来看，《李氏家族》《羊的门》《城的灯》等小说有着不同的人事纠葛，但故事的核心都是关于普通人、"人下人"的斗争史、成长史、发迹史。呼天成从一个立足未稳的年轻村支书到四十年不倒，影响省市决策的"土皇帝"，控制全村人思想的"教父"；冯家昌由一个十几年没鞋穿的穷小子到娶上来头不小的老婆，当上小有权柄的处长。其间，桩桩故事，诸般波折，足以令人拍案惊奇。普通人、"人下人"成长和发迹的故事模式注定了李佩甫的小说与传奇之间的种种勾连。

在人物与环境的关系上，李佩甫的小说中环境往往被"仇敌化"。人物被置于恶劣的生存环境之中，环境大多是作为人的对立面、假想敌而存在，它给人带来物质的贫穷，精神的压抑，成为人物成长路上的巨大障碍。因此，作品中人物与环境常常难以沟通，尖锐对立，人物的成长就是通过个体抗争实现对环境的"复仇"，寻求对环境的超越，摆脱环境的控制。在作品中环境是虚化的、无形的，它包括围绕人的经济、物质、精神、文化、传统、现实等各种层面，但在叙事策略上，作者又将它附着在一定的群体上。《城的灯》中冯家昌的复仇是在外来小户冯家与村上大姓刘家、乡下人与城里人两个层面上进行的，《羊的门》里复仇则是在呼天成与村人、呼家堡人与外人之间进行的。作品也正是依照复仇视角来展开双方矛盾冲突的。由于"仇敌"的强大，复仇者往往处于弱势地位，复仇的任务注定是艰难的、长期的。而"复仇者"在强烈的"复仇焦虑"下也表现出一些怪异的精神特征：可怕的冷酷、阴鸷，无端的恨世，超常的隐忍，强烈的孤独，非凡的镇定。

从人物性格上来说，能完成普通人、"人下人"到操控自己命运的人上人的身份蜕变的必非庸常之辈，因此作者不遗余力地赋予笔下人物常人难以企及的秉性、奇特的性格。冯家昌从村里的"下等人"到城市的征服者、胜利者，靠的是过人的狡黠，工于心计，善于钻营；四十年不倒的呼天成更是深谙权谋，料事如神，攻无不克，战无不胜；"上梁一枝花"——刘汉香则美貌超群，眼光独特，爱上村人不屑的冯家昌，并不畏流言，未婚而自嫁，遭到抛弃后，又凭一人之力拯救全村。三人的所作所为，均在常人、常情、常理之外，不可以凡俗人等观之。在凸现三人性格传奇性上，小说分别采用了"智化""神化""圣化"的修辞策略。冯家昌几乎是聪明智慧的代名词，呼天成近于"战神"，刘汉香则完全是集美善于一身的圣女。而这三种修辞策略又有共同之处："非人化""反人性"。即不将人物当作活生生的人来描写从而凸现一般人所共有的人性，而是让人物披上某种先念的、抽象化的、概念化的、"超人的"性格外衣去上演今古奇观。

服务于人物传奇化性格塑造的需要，作者有意强调、夸张人物性格的某种特性、某一侧面，而忽略其他特性、其他侧面，反复渲染"奇"，而忽略"常"；追求性格的鲜明性、单一性，忽略丰富性、多样性；在性格的成长上，强调性格的稳定、静止，忽略性格的运动、变化、发展。从性格的类型上来说，它们属于福斯特所谓的"扁平型人物"，而从性格的塑造方法来看，则明显受到了中国古代章回小说类型化人物塑造的影响。

传奇化、极端化的人物性格生动展示了人被恶劣环境而激发的顽强生存意志，揭示了人性中种种阴暗面，以及传统文化施加于人的负面影响。但过分的传奇化张扬了人物身上的"奇"，而未体现出"人"来，使得人物形象存在不同程度的失真，不同程度的主观化、概念化倾向。人之为人，不在于他拥有超凡脱俗的品性，高人一等的能力，而在于他葆有常人所有的喜怒哀乐，文学不仅仅要表现出"奇"，更要把人的"庸常"、人的"无奈"、人的"尴尬"体现出来。极端化的"超人式"的传奇形象，夸张了个人的主观意志的作用，人为地简化了生活的矛盾，削弱了作品的现实主义深度，体现了作家对人及人性理解的简单化、片面化。

当然，传奇化叙事与人物性格真实与否、人物形象审美性高低并没有必然联系，同样是传奇化叙事，张爱玲从人物的情感、性格出发，把握住了人物性

李佩甫 研究资料

格的丰富性、复杂性、变化性，其人物形象塑造就为人称道。叙事方式对人物构建有一定的影响，但不可能左右人物的真实性、艺术性。决定人物形象生命力的关键是作者是否恰当地处理好了创作主体的主观动机与人物自身的性格逻辑之间的关系。李佩甫小说人物塑造上的失败就在于作者的主观动机压抑了人物的声音，人物失去自身生命力而沦为作者观念的符号。因而始终未能"塑造出真正具有内在复杂性、独特性、分裂性的'这一个'"。①

二、传奇化叙事对故事讲述和情节结构的影响

《羊的门》和《城的灯》这两部小说的结构相当独特，文本不仅分章分节，而且，每一小节都由若干小故事构成，每一个故事还加上相应的小标题。如《城的灯》的第一章就是由六个各自独立的故事："会跑的树"——"挂在梁上的点心匣子"——"扎在脚上的十二颗蒺藜"——"不会叫的蝈蝈笼子"——"人，一个人；手，两只手"——"藏在谷垛里的红柿"串联而成的。李佩甫为何要采用这样的结构方式而非别的方式呢？从文本内容上来看，这两部小说都是以主要人物为中心来推演情节，《城的灯》其实就是关于冯家昌、刘汉香的故事，《羊的门》也不过是呼天成、呼国庆故事的连缀而已。不难看出李佩甫延续了中国古代小说"人在事中、以事写人"的传统，重视故事在人物性格塑造、情节结构上的重要作用。为了凸现人物的传奇性，李佩甫势必要围绕人物的某些传奇特性横向展开情节，而叙述人物的成长史又必须保持情节的纵向推进，这样，客观上造成了文本整体结构的难度。因此，李佩甫干脆打破情节的整一性，把情节链分割成一个个小故事，并给每个故事加上相应的小标题，使每个故事都成为一个独立的情节单元。如此一来，既简约了结构，又避免了因不同时空、不同叙事指向的故事串接造成的结构凌乱。这种"串珠型"结构方法兼有"史传型"结构和情节型结构的长处，既减小了结构

① 黄发有：《准个体化时代的写作——20世纪90年代中国小说研究》，上海三联书店2002年版，第136页。

的羁绊，又便于不同类型故事的随机组合。

在加强情节故事性的同时，为了更好地凸现人性格的"奇特性"，李佩甫又赋予其故事"奇异"的品格，借"奇事"来张扬"奇人"，以"奇人"来演绎"奇事"，"奇人异事"的讲述构成了情节的基本结撰手段。冯家五兄弟脚踩蒺藜走路以锻炼意志，呼天成在裸体女人面前练习易筋经，呼家堡的绳床、展览台、人民评议会、洗手会，冯家和对上梁方言的研究，这些情节莫不新奇怪异，令人匪夷所思。在故事情节的组织经营上，李佩甫加强故事的动作性、偶然性、戏剧化，力求矛盾和冲突的外在化，县长呼国庆与县委书记王华欣的矛盾不是政治立场、经济管理方法的根本对立，而是源于一次酒后坐车顺序的错乱；突然改变冯家福命运的不是军营里的日积月累的良好表现，而是一夜之间的炒股暴富。奇人异事的精心构造，使得小说文本故事离奇，情节曲折，冲突激烈，五光十色，炫人耳目，扣人心弦。人物的发迹史、成长史也成为"眼睛的历史""看的历史"。[①]

传奇化叙事无疑给李佩甫的小说带来了广大的读者市场，正如华夏出版社出版的《羊的门》的内容简介里所说的："《羊的门》凸现着它作为高品位畅销书的一切要素：跌宕起伏的故事情节，人物命运的内在纠葛，环环相扣的矛盾演变，都使人读之不忍释卷。"小说的广告词毕竟是商家的营销策略，它并不代表作家的声音，但是文本中广泛运用的叙事方法至少可以表明创作主体对他偏爱的方法的自信心和清醒的自觉意识，这点可从李佩甫在《羊的门》火爆文坛之后，又迅速推出继续传奇化叙事的《城的灯》可以看出。正是对于读者期待视野的准确预测，对于市场的迎合，使得传奇化叙事不仅刺激吸引着读者，同时更支配牵引着创作主体的文本生产，令作者在故事的经营、情节的编撰的时候，始终存有"好奇心"，非"奇"不纳，务必出"奇"，从而陷入传奇叙事的惯性之中，难以自拔。有两个情节耐人寻味，一个是《羊的门》图文并茂地详尽展示易筋经的练法，一个是《城的

---

① 黄发有：《准个体化时代的写作——20世纪90年代中国小说研究》，上海三联书店2002年版，第145页。

灯》中反复介绍冯家和对于上梁方言的注释。这些都属于专业性极强的"知识""学问",与小说联系不甚紧密,本可三言两语一笔带过,但作者不惜延缓情节的进展,不厌其烦地介绍,从中可窥见作者展览奇门异术的得意和苦心。李佩甫的小说文本虽使读者饱享"眼睛的盛宴",但过火的传奇性、夸张的戏剧化又使文本由于过分编造,而不免生硬,难以周全,以致顾此失彼,破绽纷纭。比如《羊的门》中呼国庆与情人谢丽娟的第二次相会,衍生出诸多瓜葛,事后才知相会的机缘竟是呼天成出于考验呼国庆而做的有意安排。正如黄发有先生说的,"九十年代的历史叙述对于偶然性的极端演示,使作品变得繁复、驳杂,过分的戏剧化,情节的离奇与巧合,人物性格的强烈反差与过度夸张的命运落差,都使矛盾冲突外在化。这固然扣人心弦,但与历史小说殊途同归,走向另一种程式化,背离了生活,小说也只能流于表层的漫漶,无法揭示历史更为丰富深邃的意义"。[①]

三、传奇化叙事对创作主体价值立场的影响

"叙事的过程同时也是叙事主体的评价过程,叙事是一种评价。"[②]小说家通过叙事建构故事时空的同时,都要或多或少、或显或隐地留下自己的声音,体现出作家个人的情感、立场。创作主体的个人立场又要影响到他对故事、情节、人物的安排和组织,而文本的叙事则反过来牵制着作家立场的表达。那么,在李佩甫的小说中,传奇化叙事与作家的个人情感、个人立场是如何互动的呢?二者是否存在协调性?

李佩甫是个个人情感倾向相当鲜明的作家,在构建小说文本时他很少掩饰、隐匿自己的立场。他的小说虽多采用第三人称的全知全能的叙事视角,但叙述人并非一个中性的客观的历史"见证者",它总是或显或隐地作为一

---

① 黄发有:《准个体化时代的写作——20世纪90年代中国小说研究》,上海三联书店2002年版,第142页。

② 江守义:《叙事是一种评价》,《安徽师范大学学报(人文社会科学版)》2002年第4期。

定阶层的代言人去叙述故事。在《城的灯》里，冯家昌的身份经历了三次演变：乡村中受欺侮的外来小户人家的穷孩子、苦孩子——城市里谋求改变个人境遇的乡下人——乡村的背叛者，城市的皈依者。随着冯家昌身份的变化，叙述人也流露出不同的情感：怜悯同情—理解体谅—鄙弃批判。叙述人情感立场的不断迁延变化暗示着作家的时刻"在场"，以及创作主体对于叙述的跟踪调控。而冯家昌、刘汉香分别作为堕落者、沉沦者与"美善的标尺"的道德范型更是彰显出作家臧否分明的道德立场。叙述的倾向性、人物类型的道德化反映了创作主体清醒的理性意识对文本生产的干预渗透。同时，小说文本叙事的传奇化又影响着创作主体情感立场的传达效果。从呼天成、冯家昌、刘汉香三人的塑造来看，三人身上分别承载着创作主体的某种理念。呼天成、冯家昌两个形象主要是用以透视环境、权力对人的异化，反思人性的阴暗面及传统文化中的负面因子；刘汉香则是作为穿透黑暗、堕落的理想人物，"美善的标尺"而存在。但在传奇化的叙述下，呼天成、冯家昌玩弄权谋于股掌间，所向披靡的"丰功伟绩"，客观上宣扬、炫耀了权谋的巨大力量及阴暗心理所激发的顽强生命力。作家理性上批判权谋、人心阴暗，而"劝百讽一"的传奇叙述令他又不知不觉地张扬美化权谋的作用。因此，读者在阅读文本时，既有对于人心阴暗的惊叹、慑服，更有对权谋无穷魔力的迷恋、艳羡。究其原因，是作家在叙述过程中，"陶醉于自己的发现，沉浸于人心阴暗、权谋肮脏的欣赏、崇拜和玩味，显示出能看清黑暗堕落而生出的智力上的优越感"，[1]从而被叙述对象所同化，创作主体应持的批判立场缺席了，表现在审美上是作家价值立场的矛盾、含混、尴尬。而寄托着拯救父老乡亲走出贫穷和愚昧，在乡村建立希望之"灯"的重任的刘汉香，传奇化叙述不仅让她完全脱离了个人的私心杂念，成为道德的楷模，而且，还让幸运之神屡屡眷顾她，使得她流浪城市之际偶然学会种树，后来又天方夜谭般试验出"月亮花"。身负救世重任的"圣女"种种本领的得来竟全凭巧合和偶然，这不能不让人感到刘汉香式的救赎缺乏现实的支撑，也映照出依靠抽象空洞的"美善"来建立希望之"灯"的渺茫、荒

203

李佩甫

研究资料

---

① 摩罗：《寻找文学的尊严》，《当代作家评论》2000年第4期。

诞——这也许是一厢情愿的理想主义义者李佩甫所未意识到的。

四、传奇化叙事在小说中的得失

小说文本是一种虚拟建构，"传奇"则更是经过了夸张、戏剧化处理的想象，可以说，从小说的本质来说它并不排斥"传奇"。但是，又必须看到，"唐传奇"的"作意好奇"与草创期的中国古代小说摆脱史传实录、经史束缚，张扬想象，表现自我，探寻文学本体的努力分不开。此后，"传奇意识"虽然一直伴随着中国古代小说的发展，但传奇叙事已从最初的"扫奇列异""作意好奇""逞才使气"转向服务于小说审美性的需要，在注重情节传奇性基础上，也强调情节的现实性，即情节必须符合生活自身的逻辑，将情节的传奇性与现实性有机地融为一体。传奇叙事在中国古代小说史上的发展史启示人们：传奇的生命力的长短在于它是否包含着现实合理性，传奇是否只有可信度。也就是说，传奇与现实始终相反相成，它的戏剧性、偶然性中必定寓有某种必然性，再神奇的传奇最终仍要回到现实中，现实是飞升到空中的传奇的最终归宿。而超出情理的传奇，空穴来风的谈玄志怪，只会在耸动视听之后静悄悄地消散。

从李佩甫的小说来看，他的传奇叙事既受到古代传奇小说的影响，又受到清末"暴露小说"的濡染，同时还与二十世纪八十年代中期以来通俗文学市场的兴起有关。若论李佩甫的传奇叙事的最独特、最成功之处，笔者以为应在于他生动发掘出了人在环境的压迫下所激发出来的强烈抗争意识，以及这种抗争对于世界和人自身的强大反作用。文本中的种种传奇（奇人、奇事、奇行）就建立在不惜一切代价也要超越环境的斗争意识、自我拯救意识之上。虽然，他的传奇的滋生与中原大地恶劣的生存环境直接相关，但这种"斗争意识""自我拯救意识"是深藏于中国的一种由来已久的较普遍的社会现象。因而，当李佩甫用传奇的方法，夸张地、触目惊心地将它展现于我们面前时，其蕴含的一定的现实合理性和深刻性不言自明。同时，李佩甫又将人物的奇行异事与中国传统文化的影响联系起来，从种族特征、文化遗传的角度去推演人物性格，这样，他的传奇又具有较强的历史感，一定的纵深度。因此，和同时期的许多官场小说、政治小说、"新闻小说"相比，李佩甫的传奇叙事显示出了人性反思和文化反思的深度和力度，具有较高的文学品格。但另一方面，对市场效果的追求，对读者趣味的迎合，使得李佩甫的传奇叙事未能免除极度传奇化所带来的恶俗的好"奇"尚"怪"倾向，以致人物性格出现"非人化""反人性"倾向，情节不时显露出编造痕迹，创作主体的价值立场也矛盾含混起来，这些都导致了其传奇叙事审美性的降低。

原载《理论与创作》2004年第4期

李佩甫
研究资料

永远的乡土情结

——李佩甫小说的人文情怀与审美范式

陈昭明

　　李佩甫是描写中原土地的高手，一个出色的乡土作家，他把中原土地讲述得相当透彻，也十分吸引人。他的作品所展现的乡村、农民、庄稼、山水都具备纯粹的乡土野性。我们可以从中窥见中国乡村的发展历程，同时可以很清楚地看出作家"沉沉地跳动着的乡土血脉和郁盘着的乡土情结"以及"忧愤的，有时甚至有点愠怒的眼光"[1]的人文情怀。

一

　　李佩甫多年的下放知青生活，使他和乡村农民有着特殊的联系，对泥土有特别的感情、特殊的心思。他心里很清楚，土地在乡人看来意味着什么；他也很明白，乡人对土地的眷恋与崇敬。在他的作品中，最为明显的、最多的也就是描写土地了，描写生长在土地上的万物：庄稼、野草、水鸟、麻雀、月亮、房屋、水塘。他不遗余力地在小说中一次一次地描述它们，赋予它们为有生命的、有心灵的物体。人们也往往能够从这些充满诗情的文字中约略看出万物生灵的循环往复、人类命运的变迁，也更能领会作家的内心思潮。

我们来看他的《败节草》对草的描写："那一株很瘦很弱的小草，秆是青色的，微微泛一点灰，泛一点白，草节上还有一些麻麻淡淡的小黑点，让人看了心寒。"李佩甫赋予一棵小草以人的灵性，以它来暗示李金魁的人生命运，发前人之未发。李佩甫对乡野的描述则更显示一种浓重感，将对土地的深厚挚爱表达得更为感人，如《黑蜻蜓》描写道："那或是春日里雨后新湿的乡间土路，土路上印着小小脚丫和牛蹄的踏痕，踏痕一瓣一瓣地碎着，就像大地的图章，图章上刻着落日的余晖和割草的孩子摇摇的身影儿……那或是冬日里漫向旷野的寒冷，大地默默地横躺着，瑟缩着扬落后的疲惫，沟壑里，田埂上，却依然散着农人忙碌的痕迹，深深的脚窝，戳在地上的粪叉洞儿，弯弯曲曲的车辙……"这些漫不经心地长在土地上、印在土地上的小物体富有灵气，使人置身其中，不会觉得孤独、寂寞、冷清，而是感受到人生世间的一切都与你同在。亲切的车辙、大地、庄稼向你讲述着一个个动人的故事，生活对你来讲是美丽的，现实的，令人感动的。

李佩甫赋予这些死的物体以活的灵魂，在他的很多作品中都是用带点感触的语调讲述着乡人永恒的生命之源，即对土地的耕耘。他在《无边无际的早晨》中描绘：那滚滚的麦浪"像娃儿一样随风流动着，一注高了一注又低了，刺着耀眼的光芒，灼热的气浪在半空中升腾，吐一串串葡萄般的光环，光环里蒸射五彩缤纷的熟香，那熟香里裹着泥土，裹着甜腻腻腥叽叽地在田野里游动。麦浪里飘动着许多草帽，圆圆的草帽，草帽像金色的荷花绽放在起伏的麦浪里，这儿一朵那儿一朵，晃着晃着就晃出一张人脸来"。而在《黑蜻蜓》中，作者更是用饱蘸着深情的笔调述说着二姐和土地的相融："只见二姐被汗淹了，被黄尘淹了，也被那机械的劳作淹了，乍一看简直像一个黄色的幽灵！在那一刹那，只觉得眼前天是黄的，地是黄的，风是黄的，树是黄的，一架一架的土坯更是黄的，一个黄荡荡的世界在旋转！……土坯是活的幽灵……在那腥味的刺激下，整个坯场都活起来了。那温馨和甜蜜从一排一排的坯架上溢出来，漾着很深很浓的家的气息，而那机械的打坯动作一下子就变得很生动，很天然，像诗一样活鲜鲜地从坯斗上流了出来，惹人激动！"李佩甫始之于泥土，立于无边无涯的土地，深深地融于土地、乡村，情不自禁地礼赞这片人类生生不息的精神家园。

　　于是，作家的土地情愫就必然要对在土地上生长的万物之灵的人类做出描述了，生于斯而长于斯的乡人们就必然成为李佩甫刻写的对象了，深刻地领会李佩甫所带给我们的主人公，才能更加真切地领略作家内心的思绪。

二

　　我们来看看《羊的门》中的呼天成。呼天成在本质上是一个农民政治家，受农民思想习惯、道德传统等的制约，但又超出了一般的农民情感。他是一个"卡里马斯型"的典型人物，即产生于一定历史条件下的具有神圣性、原创性和令人服膺、景仰、服从的感召力和凝聚力的人。呼天成作为一个"成功"的统治者，其根本的就是对人心的征服，尤其是在对女人的统治上，最为娴熟也最为残酷地暴露出他那伪善伪神的本质。这最突出表现在呼天成与秀丫的关系上。秀丫本是一个逃荒女子，被呼天成强行推给老光棍孙布袋，孙布袋则以牺牲脸面（故意当"贼"，让村人唾骂）为代价，以此使呼天成达到对村人的统治的目的。秀丫也就整个地成为一个牺牲品，失去了所有人生的乐趣，定期到呼天成的茅屋为他提供性服务。后来秀丫老了，又主动把自己的女儿小雪儿奉献给呼天成，代替自己去和他做猫捉老鼠的性游戏。呼天成对孙布袋的控制，正如孙布袋自己所说"我放了30年羊，你放了30年的我，人也是畜生"，这是孙布袋内心凄凉的自然流露。李佩甫在对呼天成这个人物感到厌恶的同时，又满是悲忧。呼天成成为一个放羊人，丧失了和同类的亲切交融，就像作品中呼天成对夜色的描写："那时的夜总是很黑，村街总是很黑，村街就像是灰黑色的磨道一样，那黑深深浅浅参差不一，既看不清前边是什么，也看不清后边是什么，人在黑暗走，走的是一种熟悉，走的是一种心态，这时候人就没有了，人完全融在了黑暗里了。"这很逼真地把呼天成的心态和环境相融合，从而真切地体会到李佩甫对呼天成这个带有强权人物的悲叹，倾注深沉的人道关怀。

　　如果说呼天成是李佩甫对其沦为政治权力的奴仆与工具感到忧愤，深恶痛绝，那么，他对李金魁、李治国两人的刻画，就寄托了他的另外一种博大的胸怀，这就是对他们抛弃精神家园——故乡——永久的心灵栖息地的感喟与惋惜了。李金魁、李治国都被着力刻画成那种从中国乡村多年来的沧桑变幻中历练出来的、带点"贼气"的农村干部形象，他们都是从极度贫穷的乡野底层挣扎出来，迂回地在所谓"仕途"上攀缘上来的。在他们身上，带着生存环境逼迫的种种生存状态，也带着某种于连式的无情无义和不择手段。李金魁可以说是在最低贱的环境中长大，在童年时就产生了一种卑贱的心态，但也以其农村娃特有的精明一步步登上高位，领会到一种感觉："在时光中，他发现了给予和索取的奥妙，那就是无论多么小的事物，给予都是高高在上的……而索取是低贱的，索取在心理上永远处于劣势。"正是这种心理的支配，他一次次地给予，废品店救李红叶的父亲，大学毕业前夕的请客和送别，对乡人大郭主任的妻子的看望，越来越多地播撒着人情的种子，可谓是居心叵测。他最愿意干的事就是让人欠着，"人情就是人情，欠着就是欠着，这是一笔笔记在心灵上的债务"。李金魁就是凭着这份"贼"精，一点点升到市长的高位，"使李金魁彻底领悟了退却的艺术，完成了从感性到理性的一次升华"。作家李佩甫在他的主人公身上发现某种精神，某种良心被遗失，越来越清晰地丢弃某种支撑生命的东西，那就是背弃心之故乡，刻毒地背叛昔日的土地，但是这种刻毒又不是他所情愿的。因而，作者对其行为又表示一种关怀，李金魁背起铺盖，搬到废品店，决不回乡。这是一次精神上的放逐，也是情感上的背叛，他的心离昔日的大李庄越来越远，前程无望，回头也无望啊！从此以后，他要自我漂流了。确实，李金魁面对的是人生的进退两难。李佩甫如实地把其展现给我们，读者在情感上很容易与作者相接近，与他一同悲叹，一同惋惜。

而对李治国的人生历程而言，李佩甫同样把其刻画成进亦难退亦难的性格。李治国是吃着百家奶穿着百家衣长大成人的，而后一步步在乡人的帮衬下，走出大李庄，成为城里人。在乡里的计划生育行动、修建公路等事件中，他一次次地"背叛"生他养他的乡人，成为无情无义的官僚，他是踩在他的生命给予者的肩头上一步步得到提拔的。作家李佩甫在批判他的同时，特意地带点无奈，悲悯他的主人公。作家对李治国的大段大段的心理描写，可以说正是作家这种情感的体现。李治国刚当上乡长，在回乡与不回乡的问题上，受到心灵的谴责："你光肚肚儿从娘肚里爬出来，娘就死了，李治国……你是怎么长大的？”良心的责问与拷打可谓是痛彻骨髓的。在大李庄搞完计划生育之后，这种自责更严厉了，“乡亲们待你恩重如山，你怎么能下得了手呢？你欠了那么多人情债，你该还的，可你没有还”，“在你的内心深处藏着恐惧，对乡人欠债的恐惧。你怕人家说你忘恩负义，总想摆脱‘黄土小儿’的压迫。于是你变被压迫为压迫，用权力的大坎拦住了漫无边际的乡情”。如果说李治国能够彻底地忘掉乡人、乡情，完全沦为他乡异鬼，他也许就没有这样的痛苦。事情往往是相反的，李治国愈想忘掉，愈是渴望回乡。从李治国身上，更多地体现人生到处充满两难的困境，显示作者渴求人生家园的文学理想。

如果说，作家是通过呼天成、李金魁、李治国在权力政治与人生悲欢的冲突来表达内心理想的，那么，李佩甫在《黑蜻蜓》中对二姐的描述，就是李佩甫作为作家的精神世界和情感的真挚流露，作家实在止不住内心的波澜，急于表达自己对二姐的刻骨铭心的情感。二姐3岁时，得了大病，其姥姥、姥爷的“叫魂”，古老迷信却真诚。姥姥歪着小脚一蹦一蹦，走着喊着，喊着走着，一步步，一声声，从村里到村外，面向那闪着星星鬼火的旷野哀哀地唤道……那呼唤有多执着，那回应有多悲壮，这是一个天地鬼神都不得安宁的夜晚。两位老人泣血般的声声呼唤，合奏着一部悲魂激越的招魂曲。我们确实深深地被这人世间的亲情所打动，没有什么比失去人生的挚爱更令人痛心了，二姐的生命是两位老人给的。明于此，读者也就能够理解二姐在姥姥葬礼上的反常举动了。“二姐”竟用老人那种庄严、肃穆的吻，像“先人”一样地缓缓诉说久远的过去，诉说岁月的艰辛……那话语仿佛来自沉沉的大地，幽远而凝重、神秘而古老，一下子摄住了所有人的魂魄。而二姐出嫁时的凄惶，更是让人心酸。“没有鼓乐，也没有鞭炮，二姐就这么步行去了。她穿着那身湿漉漉的红衣裳，红衣裳在凉凉的晨风中张扬着，你是生命的旗帜，在漫漫黄土路上行进着，很孤独地飘扬。”二姐善良朴实，二姐终生劳累，终生不息，像流水一样柔情，像金子一般纯净，在她身上，李佩甫的精神理想得到具体的实现，他崇尚这种像泥土般圣洁的心灵，渴望二姐成为一只自由的黑蜻蜓，“看着它在蓝天与黄路间飞翔、起舞”，李佩甫在二姐身上寄托了自己全部的情感。由此，我们也就不难理解李佩甫要在《无边无际的早晨》中，着意地刻画乡村大地那散发着朴素而动人的乡情了。

三

李佩甫不断地描写着中原大地，以及中原大地上生活的人们，通过那广阔的原野展示他们的情怀、他们的生命轨迹，从而把作家自己的心灵图景展露给我们，给我们以真挚而又活生生的李佩甫。

批判权力的不人道造成人性的扭曲、压抑，期待着自由自在的生活，这在《羊的门》中表现最为突出。呼天成可以说完全沦为权力的奴隶，活生生的是一具毫无生气的政治动物，人的喜怒哀乐、悲欢生死已经不能对其产生作用。"心如古井，身似槁木"，正可以用来形容他的生命流程已经终止，剩下的只是一具空皮囊。他全部的心思就是如何把这政治的匕首挥出去，让它永远悬在呼家堡众人的头顶。象征呼家堡权力中心的茅屋怎样稳固，并使之永久地稳固下去，已经成为他生命的支柱。呼天成成为呼家堡全体人的"精神之父"，代价是他自己没有父亲，没有母亲（仅仅因为母亲信了基督教，他便拒绝去为母亲送终），失去了所有正常的家庭生活和私人生活，成为人不人、鬼不鬼的畸形人。在他的性格和命运变迁中，李佩甫始终掩藏不住自己内心的不安、恐惧和悲愤。

一切所发生的变革都难以掩饰李佩甫对乡土的深情：那是一种已经消失或正在消失，但又难以明示，无法还原，无法求证，但又足以成为否定、抗拒畸形城市生活经验的一种情绪、一种精神、一种文化存在状态。李金魁对乡村城市的抉择，而最终选择城市时产生的漂流感，心灵被城市挤压的困窘，城市飘零人渴望还乡的孤寂感，使他悲观绝望，注定难以找到人生的乐趣。李治国"生在何处，长在何处，要往哪里去"的人生困惑的飘零感更加痛彻心扉，那远去的用红布包裹的"老娘土"真切地描述乡人没有抛弃他，而他却彻底地丢弃那生养他的精神栖息地。"他的灵魂已扔出去了，随那裹有土坯一块扔出去了。他的'老娘土'，他的'命根儿'，还有那漫无边际的乡情，都被女人扔在半道上了……”李佩甫把目光投向了人们脚下的那块土地，“人们的生存苦乐是那块土地给予的，生命颜色是土地颜色，精神欲求也是土地的启示与赐予”。[2]李佩甫实在是难以忘怀家乡的热土，其血脉已经和家乡的泥土相连了，在城市中无法表现，而只有写作，才能真实地表达作家内心的情感了。

对生命的关怀和人生的深切希望，渗透在李佩甫的文艺心田。对生命两难的生存图景力求做出全景式的解剖，体现了一位作家的永久的人文情怀。正如李佩甫在《无边无际的早晨》中描写的生与死：“眼前就是先人的坟地了，一丘一丘的土‘馒头’慢慢地排列着，每座坟前都竖着一块石碑，一块一块的石碑无声地诉说着族人的历史。那历史是艰难的，因为这里排着死人的方队……前面是活人，后面是死人，这是一支族人的军团，是一条黑色的生命长河。”在这里，生与死连接在一起了，生的环链与死的环链紧紧地扣着，那沉默分明地诉说着生生不息，那沉默积聚着一股巨大的凛然不可侵犯的力量。对生命的礼赞和热情地祝福，造就了李佩甫深沉而博大的人生世界。

对乡土、乡情、乡人的热情礼赞，构成李佩甫全部的创作主因，其心魂也就和那无边的土地相融合。时时地关爱着那片土地上生活的人们，其生存与死亡，人生与命运流淌于其笔下，不论当前与今后，乡村的怀恋与记忆共存于李佩甫的文学描述中。李佩甫力求在其作品中构筑他心中的理想世界，刻写生命轨迹中给他留有记忆的人和事，把作家对人生的追问与探索，对人道的关怀，对人性的善良、天真、朴实的礼赞糅于他的小说中，构筑他的精神世界，描述他内心的人文理想，给作品以人性、灵性，富有生命的活力。

参考文献：

[1]曾镇南.中国经典乡土小说六家·序[M]//李佩甫.黑蜻蜓.北京：解放军文艺出版社，2001：1-5.

[2]梅惠兰.凝冻的厚土与跃动的大地——李锐与李佩甫创作比较[J].中州学刊，1992（1）：78-81.

原载《南昌大学学报（人文社会科学版）》2004年第5期

简论李佩甫创作思想的嬗变
——以《金屋》和《城的灯》为例

刘涵华

随着现代化进程的不断推进，中原这块养育了中华民族的热土正在发生亘古未有的变化。见证中原人民怎样一点点摆脱因袭的重担，在瞻顾前路的骚动不安中艰难而执着地前行，并以自己的思考和创作积极参与其中，最终推动中原地区的现代化进程，这是河南作家李佩甫自觉担当的严肃使命。

2003年，长江文艺出版社"九头鸟长篇小说文库"出版了李佩甫新的长篇小说《城的灯》。与《金屋》等作品相比，李佩甫对中原现代化进程中的诸多问题再次进行了深入的思考，其创作思想也发生了很多变化。

一、城乡两元对立中的情感与价值取向

城乡之间因一系列差别而形成的二元对立，一向是现当代作家关注的重要问题。李佩甫对城乡之间的差别是极为敏感的，其情感、价值取向也一直处于变化之中。在《金屋》中，尽管城市只是一个若隐若现的影子，但这个影子几乎可以说是欺诈与不义的代名词，它通过杨如意将自己的手伸进了扁担杨这个贫穷而宁静的小村庄，给它带来了成串的灾难。在"城"的金屋面前，"乡"

只是一个摇摇欲坠、不堪一击的烂草棚，再也无法遮风避雨。作者的情感、价值取向虽然极为复杂，但对城的敌意和对乡的怜悯是显而易见的。

在《城的灯》中，作者在对城市厌恶、批判的同时也开始了理性的思考和分析。"灯"这一象征物的引入本身就已经很好地说明了这一点。从人物看，李冬冬这一形象虽然单薄而苍白，但看得出作者是在理性的支配下竭力将自己的情感倾向拨向中立，做一种带有新的情感倾向的尝试；作者钟爱的充满理想色彩的人物刘汉香也是在"城"里林科所的老梅那里获得了再生的勇气以及带领农民向城市进发的契机和能力；冯家的几个"蛋儿"，进城时虽然不够光明磊落，但最终还是城市为他们提供了施展才华的空间，使他们告别了卑微，进入了常态人生。特别是军事院校毕业的家运和做了商人的家福，他们所应享有的生存空间，他们生命价值能得到体现的场所，都不是现阶段的乡村所能提供的。在《城的灯》中，作者对城的态度不再像《金屋》那么绝对，城的形象也不再邪恶到那么不可理喻的地步。

《金屋》中的"乡"，是封建意识阴云密布的地方，乡间百姓也一直是沉默而对历史毫无负担的一群人。罗锅来顺猥琐、瘸爷愚昧、大碗婶粗俗，他们像老鼠一样卑微，被支书玩弄于股掌之间而不自知，什么都能忍受，却唯独不许有人活得比他们好……对这些人物，李佩甫既同情又鄙弃，仿佛已对他们不抱任何希望。但在《城的灯》中，这些人已有所觉醒，他们在刘汉香的带领下，也要"进城"了。他们将逐渐摆脱千百年封建枷锁带给他们的贫穷以及由此衍生的陈规陋习，一步步迈向新的文明。诚然，从"乡"到"城"，乡亲们肯定还有很远的路要走，作家李佩甫对此也不无担忧，但他们毕竟不再是《金屋》中那群因无力改变命运而自甘与扁担杨一道衰落的可怜人了。

这种情感与价值取向的变化意味着，李佩甫正在走出乡土型作家的局限，日益成长为能够以足够的思想高度俯视整个人生和社会发展方向的作家。艾·阿·瑞恰慈曾指出："在我们作出价值的最终结论时恰恰需要的是我们对人类的历史和命运的完整意识。"[1]——正视城乡两元对立的客观存在，以思想家的敏锐和深刻关注中原现代化进程，并将自己逐渐深化的思考化作充满艺术魅力的创作实绩，这是作家李佩甫面对二十一世纪做出的选择。

二、对罪恶之源的思考与追索

与城乡这一二元对立密切相关的是金钱与贫穷。金钱与贫穷到底哪一个是罪恶之源，这样的追问也许缺乏科学的立论，但说到底，"金钱是罪恶之源"的看法是被扭曲了的不经之谈，是中原人民世世代代求之不得而生出的怨与恨的凝结物。千百年来，中原人民被"磨盘夹住手"的困窘生活，使他们无法面对"钱"这个字保持一种优雅的心态，因为在贫穷的深渊中挣扎得太久，这种不经之谈几乎已成为中原人民的集体无意识。这种集体无意识对李佩甫的影响是不言而喻的。

在《金屋》中，金钱一直被描述为罪恶之源。是它引爆了人的天性中最丑恶的东西，造成了一场场悲剧。春堂子死了、麦玲子走了、来来傻了、瘸爷上吊了、河娃兄弟入狱了……而金屋建成以前，扁担杨虽然贫穷，却至少是宁静祥和的。应该说，作家在《金屋》等作品中所流露的是一种类似于陶渊明那样的田园情结，而对于城市，则流露出或多或少的恐惧与厌恶。如果说在城市和乡村这一对立中，李佩甫将自己的"根"扎在乡村，对都市持否定态度还有一定的合理性的话；那么，这种对金钱的否定态度却失之于偏颇了。

好在李佩甫是一个善于思考的作家，其思想性的探索从未停止过。在关于《城的灯》的一次对话中，他曾对长江文艺出版社社长周百义说："过去我一直认为金钱是万恶之源。后来发现我错了，贫寒对一个人的一生影响更大，在某种意义上来说，贫穷对人的戕害甚至大于金钱对人的腐蚀。"在《城的灯》中，钱的形象与作用开始有所改变：小弟弟冯家福炒股暴富，成为巨商后把以前暗中克扣女兵姐姐们的"小钱儿"以百倍的数目偿还；四兄弟每年给刘汉香寄钱，在刘汉香是一种屈辱，但在冯家兄弟却是一种自知良心有愧的赎罪方式；在花镇的建设中，来自香港的裘董事长的资金更是当地百姓走上致富之路的必不可少的介质……

与此同时，对贫穷的控诉在作品中也成为重要的内容：冯家昌当"赤脚大仙"是因为穷，不敢接受刘汉香的爱还是因为穷。贫穷已成为他的"病"，不仅限制着他的发展，而且扭曲着他的心，迫使他背叛爱情、向城市"下跪"、以龌龊的方式求得家族命运的改变。而"六只小兽"对刘汉香的灭绝人性的无耻与残暴的折磨，其原因一是贫穷（斑鸠"缴不上学费"），二是愚昧（斑鸠"要是考上大学，将来做了大官，会还报你的"），而在两者之中，愚昧是贫穷的直接结果，换言之，这些最终沦为强奸杀人犯的六个十四到十七岁的孩子其实也是贫穷催生出来的邪恶的牺牲品。

金钱与贫穷、人类的善与恶是一个极为复杂，也许永远无法获得定论的话题，但对于作家来说，同时又是一个永远无法规避的话题。贫穷不是罪恶唯一的源头，金钱也并不一定导致必然的幸福。不过，在历史发展的现阶段，中原人民首先要战胜的，无疑是贫穷以及由贫穷所带来的一系列的不幸。《城的灯》所关注的，正是这样一个简单明了却久为忽视的重大问题。相对于《金屋》中"金钱是万恶之源"的观点，应该说，李佩甫在创作思想的发展历程上已经完成了一个重要的飞跃。

三、对人类精神救赎之路的探求

在对城市、对金钱进行深入而严肃的思考的同时，李佩甫还表现出对人类精神救赎之路的执着探求。《金屋》中的杨如意虽然在现实生活中是一个强者，但他的内心世界却一片黑暗，充满了被扭曲了的复仇的渴望。因为充满屈辱的童年，他恨几乎所有的人；而村里人对一个"拖油瓶"的暴富也充满了仇恨，他们以自己的方式纷纷进行着抵抗与报复。这一切使扁担杨几乎成为一个充满恐怖气氛的杀场，而结果是两败俱伤。当然，这还远远不是事情的结局，若干年后，下一个轮回将重新开始……在这里，仇恨和恶几乎是情节和人物发展的唯一动力，人们好像落入一个莫大的罪恶的旋涡，身不由己地被吸进地狱的深处。《金屋》虽然淋漓尽致地表现出作者对人性某一侧面的深刻的洞察与犀利的追问，但遗憾的是，在洞察和追问之余，作者并未能够为我们提供战胜这种人性的黑暗的道路与资源，钱这东西仿佛是人们永远无法战胜的魔法，紧紧地扼住了人们渴望飞翔的灵魂。

马尔克斯在诺贝尔文学奖获奖演说中说："我们作为人类寓言的创作者，

在这可怕的现实面前，有责任呼吁一种与此相反的理想。"[2]在《城的灯》中，与为了进城伤天害理的冯家昌相对应的一种新的力量终于出现了。刘汉香以她无可挑剔的美德，她的勤劳、聪慧、自强、隐忍、善良、奉献、牺牲等等为人类的精神世界点燃了一盏"灯"。这个人物的出现使《城的灯》出现了《金屋》中所没有的亮色，其创作手法和作品风格也发生了相应的变化。相对于小说上半部的"实"，下半部显得有些"虚"。"实"源于作者关注现实生活时良好的艺术感觉，而"虚"则出自基于现实生活之上的理性思索。后者对于李佩甫来说既是一种尝试，也是对已有思想艺术模式产生突破的标志。

这种突破是艰难的。因为，作家自身的思考在现实生活中倘若找不到有力的支撑，将会使这种思考变得格外沉重。实际上，这种沉重在《城的灯》中也多次得到了表现。刘汉香梦见自己拖着乡村进"城"，她掏出自己扑扑跳动的心，挖下自己的双眼，依然得不到信任与帮助，最后还付出了生命的代价……这样的构思充分说明，作者已经认识到了人类追求精神救赎之路的曲折与艰难。在科学技术的发展为人们摆脱物质生活的贫困而不断创造良好条件的同时，人类精神世界的苍白与丑陋正越来越明显地凸现出来，成为生存意义上的新困境。关注这一现象并竭尽全力地改进它，以使人类能够拥有更为和谐的生活，这是许多世界性作家关心的一个重大命题。在这一点上，李佩甫的探索与之不谋而合。沿着这一向度继续探索，面对的将是前所未有的艰难，可是，放弃这种执着的追求对一个严肃的作家来说更是无法想象的。因为，他将失去前沿的意义而湮没在驾轻就熟的自我复制中。

参考文献：

[1]艾·阿·瑞恰慈.文学批评原理[M].杨自伍，译.南昌：百花洲文艺出版社，1992：263.

[2]加西亚·马尔克斯.获奖演说[M]//.毛信德，蒋跃，韦胜杭，译.20世纪诺贝尔文学奖颁奖演说词金编.南昌：百花洲文艺出版社，1992：696.

原载《殷都学刊》2005年第1期

家政治：城乡冲突中的生态符号

——以李佩甫《城的灯》为例

刘绪义

如果说性与政治的完整结合，形成以性为中心的性政治是一种文化在成长中的生态符号的话，①那么以家族为中心的家政治则显然是这一文化的另一个生态符号。在我们这个传统文化中，尽管城市一天天地不断塑造着新人，但这一文化的"家"却始终是指向乡村的。道路正是这样一条纽带。但在今天，这条纽带更带有城市的"性器官"的意义。毋庸置疑，道路一开始是属于乡村的，但后来凡是城市所染指的道路都变成了城市的一部分，城市正是通过道路逐步对乡村实施分割式的性侵害的。今天"高速公路的诞生使道路成为人和乡村之间的围墙"②。这就构成了现代意义上的城乡冲突：故乡之恋与家园突围之间的精神矛盾和冲突。

家在中国传统文化中蕴含着丰富的意义，中国最大的政治就是家政治。几千年来，中国政治的广袤舞台实际上都是搭建在"家"之上的。家政治成为文艺作品展现社会文化图景的一个生态符号。本文试图以《城的灯》为文本来具

---

① 刘绪义：《性政治：成长中的生态符号——解读毕飞宇的〈玉米〉》，《理论与创作》2004年第3期。

② 马歇尔·麦克卢汉：《理解媒介——论人的延伸》，商务印书馆2000年版，第132页。

体分析。

　　"在这部长篇里，我要表述的，可以说是生长在'平原'上的两个童话：一个是要进入物质的'城'，一个是要建筑精神的'城'。这两种努力虽然不在一个层面上，但客观地说，在一定的意义上，他们都获得了成功。这里所说的'城'，并不是专指城市的，那其实是一种渴望或者叫作理想，是生活的方向，是自我救赎的一种方式。在这里，人就像是一棵会跑的树，走是一定的，但怎么走，走向哪里，却是未定的。所以，得有一盏'灯'来照路。"①作为小说的创作谈，是李佩甫对《城的灯》的诠释，也就是他创作的理念，对照文本，我们不难发现他这种理念感太强烈了，情节的设计上逻辑感也十分明显，换句话说，小说把他"要表述的"都尽可能地"表述"出来了。

　　《城的灯》表现的是城乡冲突、灵肉冲突。前者是具象的，后者是深层的。二者又是水乳不可分割的，共同完成人在生活的围城中左冲右突的人生图景。小说里的"城"是虚拟化的，这和许多表现类似主题的小说有着很大的相似性，但也有着特别的不同。小说没有涉笔具象的城，相反，这城却活在人物的灵魂深处。小说里的"村"则是具象的，一个叫上梁村的地方，一个孤独的家族——母亲早逝，父亲则是招赘上门的女婿。"家"才是小说的重心，是作家李佩甫寄托全部文化反思的支点，是直接指涉"城"的对应物。小说中的人物都与"家"息息相关，一个一个相互指认，构成一个人物链。在这个链锁中，一个成为另一个的"灯"。

　　1. 父亲

　　父亲是孩子们的"灯"，母亲则是父亲的"灯"。父亲是因为母亲才入赘到上梁村的，成为一个单门独户的家庭的家长。在残余的封建宗法制中，这个老实巴交的家长一直生活在最底层或者说这个村的边缘。小说一开头便讲述了冯家一棵长在自家院内的桐树"跑"了——被村人仗势抢走，身为家长的父亲为了要回公道，求爷爷告奶奶，低声下气，可怜兮兮，而村子里上上下下表现出来的是冷漠、敷衍与沉默，击垮了这个懦弱的汉子。"正是这棵树给他（指

---

　　① 李佩甫：《背上的土地》，《小说选刊》2003年上半年号长篇小说增刊，第4页。

冯家的长子冯家昌）带来了精神上的早熟。有一棵幼芽在他的心里慢慢地长着，一天天地长成了自己的'父亲'。"父亲倒下后，父亲的经验成了儿子心中的"灯"。

2. 冯家昌（钢蛋）

冯家昌是冯家的长子，九岁那年，"家庭外交"的权力便落在这个长子身上。这意味着"长子如父"要挑起家里的重担。如果说"树"的事件使冯家昌意识到权势的威力的话，那么接下来，"挂在梁上的点心匣子"便给了冯家昌关于贫穷的生动注解。"扎在脚上的十二颗蒺藜"使他明白什么叫自卑与苦难，这些都化成了一盏盏火一般旺的"灯"照在他心上，成为他日后人生路上的原始动力。

爱情对于冯家昌来说简直是一个梦，十六年的磨难却奇迹般地换来了爱情，爱情的主角却不是他，而是支书家的女儿，人称"国豆"的刘汉香。刘汉香的主动示爱并没有使他尝到爱情的滋味，相反只有自卑；谷垛之夜使他品尝到的也不是爱的禁果的味道，而是村支书的专制。这爱情又使他因祸得福般地踏进了军营的大门。在这一过程中，他又看到了权势的尊贵：因为在别人眼里的"福"，在他眼里却是顶着支书的紧箍咒的——他必须在部队混成"四个兜"的干部才能与刘汉香成婚，也就是说到那时癞蛤蟆才能吃到支书家的白天鹅。这样，支书家的白天鹅又成了他的"灯"。

在军营里，新兵连连长，和他有着相似出身的老乡成了他的"灯"。"忍住"是连长教给他的第一个锦囊，成了他进步的"绝招"；"吃苦"，是作为先行者、前辈的连长授给他的第二个锦囊，成为他晋升的"秘诀"；而真正使他脱胎换骨的是第三个锦囊："交心"。在此之前，冯家昌一直是揣着自己那颗忐忑不安的心活着的，把心交出去，自己就稳当了。冯家昌从中悟出了一个道理："交心就是脱光了自己"，"交心的过程，其实是一个让人细致、让人周密的过程；也是一种在漂洗中钝化、在漂洗中成熟的过程。一个不断地在心上上光、打蜡的人，怎么能不坚硬呢？"于是他成熟了。成熟了的冯家昌开始要把握自己的命运了。一方面他自己悟出了"内敛"的秘诀，继续发扬"吃苦"精神，一方面不断地谦卑地向人讨教交心；一方面他赢得了城市小姐的爱，一方面他不断地向刘汉香发出"等着我"的信号。

此时冯家昌个人的命运发生了重大转折，但冯氏家庭的命运却还是老样子。在城市小姐的家里，冯家昌再次遇到了审视，遇到了前所未有的审视。在未来的岳母和姨妈的审视下，他感受到了一种心理上的裸示。包括他的乡下人的身份、他那贫困的家庭、他那苦难的童年、他那不断地交出去的"心"，都在这里被再次展览。而未来岳父病中的"胡言"："你喜欢这个火柴匣子吗？"则更成了他心中永恒的天问。把心都交空了的冯家昌，自己不就是一个火柴匣子了吗？撒谎成了他的家常便饭，虚伪成了他漂亮的包装，陷害同事、要挟岳父、夫妻双簧则是他更趋成熟的表演。而最重要的，是他埋在心底里的冯氏家庭。他已经把自己"日弄"出来了，他还有着更重要的任务，要把家里其他"四个蛋儿""日弄"出来。而且他们大都有这样强烈的愿望，所以他面前的任务可谓是任重道远。

为了完成这个使命，冯家昌赌了一把，把自己押在了出了问题的廖副参谋长身上。结果是"功夫不负有心人"。冯家昌赢了，赢得很漂亮，不仅使自己如愿以偿，而且把他的对手、同是天涯沦落人的侯参谋逼走了。冯家昌终于成为冯家四兄弟的"灯"。

3. 冯家兴（铁蛋）

冯家老二的特点是个"倔"字。也是大哥冯家昌"弄"出来的第一人。在小说中的老二只是一个概念，他所做的一切都是在"灯"的照亮下，沿着老大设计好的人生坐标奋斗的。就是说，他只需要做就行了。不必有心，不必有思想。"他就像哥手里的一枚棋子"。他从部队里最笨的活儿炮兵装填手做起，帮战士们洗裤衩洗成了五好战士。接着去做汽车兵，跟连里最好的司机学开车，接着又去学新闻。从而他发现的一个最大的心得是对老三说的："一定要听哥的。"

4. 冯家运（狗蛋）

冯家老三"懒"。为了把他"弄"成人，大哥用的是"苏武牧羊"计。"三十六计"里边没有这样一计，是冯家昌在人生的战斗经验中总结发明出来的。和老二一样，老三只是大哥手里的另一枚棋子。老三最终"日弄"成驻外武官，实现了冯家昌"出国有人"的人生梦想。

5. 冯家福（孬蛋）

冯家老五从小表现出来的是鬼点子多。对他，大哥走的是一步闲棋。也就是说大哥在老五身上花的心思比其他兄弟都要少得多。他把老五"日弄"到花团锦簇的大上海之后，基本上就由着他自己怎么"日弄"。老五从一口一个"姐也"的娃娃兵到一个大款的过程，有着大哥冯家昌的影子。

6. 冯家和（瓜蛋）

如果说大哥冯家昌作为一盏灯在四兄弟的人生路上起着"父亲"的作用的话，那么老四则是一个逆子。"家和万事兴"，可这个冯家和偏不。

从老二、老三和老五的变化来看，我不禁要感叹大哥冯家昌深得孔圣人的真传，是个有胆有识的"教育家"。老二、老三和老五可以看作是这场"教育"过程中的"经典"范本。可是当老二、老三、老五都"弄"成人模人样时，老四却成了另类。这在大哥冯家昌的心头也许是一个挫折。

老四最文气，按理可以塑造成一个作家或者大学教授。可是他傻呀，偏要留在上梁村写什么《上梁方言》，得了"想死病"，爱上了"嫂嫂刘汉香"，最后成了冯疯子。

小说写到这里，基本上构成了一部家庭发达史。"冯家现在是政府有人，经商有人，出国有人……已经是要风得风，要雨得雨了！"这是两千多年来多少中国家庭的梦想啊！这是今天多少望子成龙的家长的夙愿啊！李佩甫以出神入化的笔调深入传统文化的底层，像"小佛脸儿"侯参谋的挖耳勺一样把人性中那一点点的隐私挖出来。直撩得人喊好！

然而小说并没有停留在这个层面上。小说中的冯家还有一个关键性的人物刘汉香。

7. 刘汉香

刘汉香不姓冯，她是支书的"国豆"，但她又实实在在是冯家的一员。她爱上冯家昌，并把自己献给了冯家昌，是她救了冯家昌的命，才有了离开乡土参军的冯家昌。是她在冯家最危难之际，不顾一切挺身进入冯家照顾那"四个蛋儿"。她以嫂娘的身份在冯家受尽了苦难，并把老二、老三和老五分别送出来，成为四兄弟心头的另一盏灯。她身上有着寒窑里王宝钏的品质，是一个传统的乡下女人的忠节、美德的化身。

既然她如此有功于冯家，为什么冯家昌不把她也"日弄"出去？这样，不管冯家昌如何卑鄙，如何虚伪，毕竟是一桩美事啊。

冯家昌有冯家昌的理由。

首先，刘汉香是冯家昌的一盏灯。这盏灯只能照在乡下，她不属于城市。"那马路，就是让城市女人走的"，"连灯光都像是专门为城市女人设置的"。只要稍稍拿城市女人一比，刘汉香就被比下去了。

如果冯家昌把刘汉香"日弄"到城市里，他心里的那盏灯就永远熄灭了。冯家昌所有的一切都将黯淡无光。

再次是冯家昌童年的记忆。那不堪回首的记忆决定了冯家昌只能把记忆埋掉，不愿意时时面对，或者说他不敢面对。

然而，小说决不是一部当代陈世美的翻版。

刘汉香的意义在于作为传统文化意义上的"灯"在新的历史时期被赋予了新的内涵。这便是作者把刘汉香刻画成一个圣母形象的原因所在。

如果说刘汉香为了谷垛之夜、为了冯家昌抛出的"等着我"三个字而决然不惜与父亲闹翻，提前过门，受尽了百般痛苦，都是因为传统意义上的爱情和"家"，那么她后来成为支书，带着村里人种树摆脱贫困，试种一种名贵的"月亮花"，在一个没有星星没有月亮的夜晚被六个穷极了的邻村少年轮奸而死之前喊出"谁来救救他们"，刘汉香的努力后来成功了，尽管她可以一瞬间成为百万富婆，她一而再再而三地拒绝了（先是冯家昌兄弟寄来的赎罪的钱，后有靠自己奋斗致富的钱），则具有了现代的意义。虽然这一切都让人觉得是作者苦心经营出来的，和小说前半部分不那么谐调，但是，这都寄托了作者对"家政治"的反叛，对冯家昌之所以成为冯家昌的根源的诘问。

正像我们没有理由诅咒古代的陈世美做出伤天害理的事一样，我们没有理由谴责冯家昌为了自己为了一个家庭的命运所做的一切，同样也没有理由认为他是一个卑鄙者，是一个贪婪者，是当代的于连。相反，作者引导我们思索的是，产生冯家昌的土壤是什么？是什么催动冯家昌拼命往城里钻？

这样我们来理解刘汉香就显得顺理成章了。作为一个乡下女子，她理解冯家昌所做的，上梁村村民们为她设计出来对付冯家昌的九条可以说条条都足以致冯家昌于死地，但刘汉香没有这样做。冯家昌所做的放在任何一个乡下青年的头上，都是可能的。原因是乡下的苦难，与城市的反差。是现实逼出了一个一个的冯家昌，是社会造就了一个一个的冯家昌。怪冯家昌没有任何意义。所以当刘汉香在城里打了一个转之后，她的心理变了。虽然她的爱情死了，但她的爱诞生了。要改变冯家昌，只有先改变乡村。

刘汉香死前喊出的"谁来救救他们"，有点类似鲁迅笔下的"救救孩子"。这不是简单的重复。"他们"既包括那六个穷极了的邻村少年，更包括冯家昌们在内。这更不是评论家雷达所说的"刘汉香之死既是李佩甫的道德理想主义的最高发挥，也是他对历史、都市、贪欲碾碎了道德之花表达出来的强烈义愤"[①]。这跟道德没有关系。相反，刘汉香的死是李佩甫的现实批判精神的最高发挥，也是对现实造就了冯家昌们表达出来的强烈义愤。这义愤就是城市的灯光为什么总是那么"迷"人？

谁来救救他们？应该是我们社会共同的责任。如果不是我们潜意识里面根深蒂固的"家"的意识，或曰"家政治"，使得我们每个人都像冯家昌一样只想着改变自家的命运，如果不是那些已经成了政府里的人、商场上的人心里狭隘的"家"的观念，我们的乡村也许会不至于几千年来还是那么贫穷，我们的农民不会还是那么卑微，我们的城乡冲突不会还是那么剧烈，就不会产生那么多冯家昌。

原载《理论与创作》2005年第3期

---

① 雷达：《〈城的灯〉中的圣洁与龌龊》，《小说选刊》2003年上半年号长篇小说增刊，第124页。

道德立场的坚守与困境

——对李佩甫小说的一种解读

刘新锁　刘英利

　　李佩甫是中国当代能把小说写得相当好看的几位作家之一，他的小说非常"抓人"，读者从中能获得很大的阅读快感，因而拿起来就难以放下。这来自李佩甫小说跌宕起伏的情节、波诡云谲的矛盾冲突、富有传奇色彩的人物和扣人心弦的故事以及被充分外化为动作的心理活动等等。除此之外，小说吸引力应该还有很重要的一个来源，那就是李佩甫几乎在他所有的小说中都或明或隐地显示着一种道德立场的价值判断：作品背后似乎总有一个强大的道德主体在对其中的人物品质和行动进行指摘和评判。尽管这个道德主体自身也有着内在的分裂痕迹，有时甚至在其人格构成中也存在颇为尖锐的冲突和斗争，但是他还是会难以自制地不时跳出来在小说中指手画脚一番。这种做法同样增强了小说的可读性，对一般读者来说，这样能够较为轻松地获得一种心理期待的满足，从而使得阅读过程变得更为省力。但是这种写作方式多少对李佩甫小说艺术含蕴的丰富性起到了某种负面效应，也对其作品内涵的浑然一体构成了一些伤害。

一

李佩甫有过多年的作为知青下乡劳动的生活经历。和许多下放知青一样，他在农村感受到了勤劳、质朴、善良的乡下人对他温情脉脉的呵护与眷顾。由此他对农村生活、对农民产生了深厚的感情，从他的作品中我们可以很清楚地看出他那"沉沉地跳动着的乡土血脉和郁盘着的乡土情结"[①]；与此同时，他也在不知不觉中濡染上了农村的思维方式和价值判断取向。在李佩甫的很多小说中，他都采用了一种朴素的道德化视角来观照自己作品中的人与事，采用诸如善与恶、好与坏、美与丑等一些相互对立的范畴对其进行审视和褒贬。这个特点几乎贯穿了李佩甫整个创作过程，这一点在他早期的小说中表现尤为明显。在发表较早的"画匠王"系列短篇中，作者采取的就是这样一种道德化立场。《画匠王——一九八八》中有一个小短篇《菜园风波》，作者叙述的是发生在小村庄"画匠王"的一场风波。伴随着集体化转为单干的浪潮在全国范围内涌动，这个小村庄也响应形势把村里原来公有的菜地分到了各家各户手上。菜地刚刚划分时，"平日里，你薅我一棵葱，我拿你两棵韭，没人计较。菜多时也分些给众人，全个情面"。但是渐渐地原来这种融洽和谐一片温情的氛围没有了："日久情薄，渐渐就生出些嫌隙，由嫌隙而口角"，由扎篱笆相互防范到因为猜疑相互对骂再到纷纷睡在菜园子里看守直到"整个村子里像火药桶似的，天天有人干架"，"一时，人都像疯了一样，生出了许多事端……"[②]，最后竟然发展到公安局来村里抓人的地步。在这篇小说中，作者采用了一种看似客观呈现的叙述方式，并没有指出这场风波究竟应该归罪于谁。但是在阅读过程中我们可以看出，在作者看来，小村庄原来那种和谐状态被破坏的原因就在于菜园分到各家各户引发了村人私欲的萌动和膨胀，从而导致了整个村子事端横生风波不息。作者对集体化公有制模式中人们那种道德化的和谐人际关系表现出一种深切的恋恋不舍之情。在同一系列中还有一个小短篇《捏蛋儿》，在同样冷峻客观的描述中表露出了作者对舍弃人伦亲情丧失道

---

① 曾镇南：《中国经典乡土小说六家·序》，解放军文艺出版社2001年版，第5页。

② 李佩甫：《钢婚》，江苏文艺出版社2005年版，第251页。

德观念的三兄弟的那种嘲讽与贬斥态度。三兄弟都试图放弃对体衰多病的老父亲应尽的赡养责任，最后不得不采用"捏蛋儿"（也就是抓阄）这样一种办法来决定父亲的归属。作者对三兄弟虚伪嘴脸的愤怒与讥讽暗含在字里行间，有时几乎难以抑制地直接迸发出来。在同一时期创作的另一个系列短篇《村魂》中，作者持守的也是这样一种道德化的立场和价值判断方式。其中的《二奶奶骂街》《响棒槌》等几篇，较为鲜明地表现出了作者重情义重良心重道德人伦而轻私心轻私欲轻物质利益的价值取向。

与这种思维方式和价值取向有关，自早期的系列短篇一直到后来创作的中长篇作品，李佩甫的大多数小说始终贯穿着一个"城乡对立"的模式。在这种模式中作者一如既往地坚持了自己固有的道德立场，延续了自己的道德化评判方式。尽管李佩甫对农民的奴性、愚昧和盲从等人格缺陷有着深刻的揭示和批判，但是当作者手中的笔牵涉他熟悉亲切的乡村生活和父老乡亲时，更多的却是对乡村生活氛围和美好人伦情感的赞美与咏叹。在李佩甫的小说中，生活在乡村中的人绝大多数是善良朴素重情重义的忠厚善良之辈。他们身上有着数千年遗传下来的民族劣根性，但是更多的是绵延数千年的仁义道德传统。李佩甫在写到乡村生活时更多的是用手中的笔去挖掘他们身上体现出来的人性美和道德善，挖掘他们那种发自淳朴善良本性而具有的对弱者的关心和眷顾本能，去描写笼罩和渗透在乡村生活中的那种浓郁的人情味儿，对所有这些发出源自内心深处的赞美和歌唱。中篇《无边无际的早晨》里，大李庄的村人毫无私心地抚养和照顾着父母双亡的国，全村女人都把他看作自己的孩子用自己的奶水把他喂养长大，并把善良、忠厚的品质和正直、正义的做人理念从小灌输到他的心中。《红蚂蚱 绿蚂蚱》中的狗娃舅年龄很小就挑起了生活的重担，靠自己的吃苦耐劳和近乎本能的生存智慧抚养着自己的弟弟，还无私地照顾着"我"——远方来的城里亲戚；瞎子舅以坚忍的意志面对命运给予他的无尽苦难和黑暗，尽自己最大努力对老母亲献上一份无比珍贵的孝心，在自己生活极为困窘的情况下还慷慨地收留了路遇的外乡怀孕女子，让她把别人的孩子生下并且对孩子尽心尽意地呵护疼爱视如己出，直到最后又默默地容忍了女人和孩子离他而去。李佩甫作品中描写了乡村中这些平凡甚至有着各种缺陷的人物，在他们身上闪耀着道德善和人性美的光华。但是当他手中的笔写到城里人，其叙述带上的就是另一种感情色彩了。他小说中的城里人几乎每一个都是虚伪自私、冷漠势利、高傲自大，缺乏人情味儿的。系列短篇《满城荷花》叙述了发生在一个小城的几个故事。《人面桔》中的老徐手中有些小权力，他花心好色，残忍地虐待自己的老婆；而在失势并且身体也垮掉之后，老婆便采用更加残忍的方式折磨着他：夫妻双方不仅毫无情分甚至比死敌更为残酷。中篇名作《败节草》中爷爷引以为荣经常借以吹嘘的城里"表姑奶"傲慢自大而又冷漠自私，给幼年的李金魁带来的是心灵上的巨大伤害和刺激。《无边无际的早晨》中，主人公国的城市妻子做作、自大、功利而且个人作风也经不住推敲……在国的婚礼上来贺喜的城里人没有一个是出自真心，"在这些人中间，有冲着职务来的，有冲着关系来的，有冲着形式来的"，"场面是很热烈的，一切应有尽有了。可是这里唯一缺少的是亲情……"①尤其是当这一切在和乡村那种朴素、真挚毫无功利算计的人间温情相互对照时，其苍白、虚假、丑恶更是尽显无遗。长篇作品《城的灯》中，作者这种贬低城市溢美乡村的感情倾向则表现得更为直白更为彻底。在"城市生活"与"乡村情感"形成的鲜明对比中，李佩甫采取的道德立场让人一目了然，读者从中甚至会感觉到他不自觉地陷入了一种偏颇的城乡二元对立思维方式：在他的笔下，似乎乡村的一切都是真的、美的、善的，而城市的一切都是假的、丑的、恶的；甚至一些本来非常淳朴善良有情有义的乡下人只要进入城市这个大染缸，也会在耳濡目染中熏染上城里人的一些坏习气坏作风，在道德上堕落、在人格上变质成为无情无义的"小人"，甚至是"坏人"。

另外，在这种道德情感和价值倾向的驱使之下，李佩甫的小说还不遗余力地塑造了一系列形象在道德上几乎达到一种完美状态的乡村女子。她们大都善良、贤惠、孝顺、勤劳、忠贞、通情达理而且坚强勇毅，在道德境界上这些女子几乎无可挑剔，几乎可以被视为道德上的"人格神"。在这些颇为类型化的女子身上，李佩甫寄托了自己心中极为珍视的道德理想，这些性格、命运富

---

① 李佩甫：《钢婚》，江苏文艺出版社2005年版，第214页。

有传奇色彩的乡村女子成为作者道德人格的现实化身和人伦情感的鲜活符号。在早期短篇系列作品《画匠王——一九八八》和《村魂》中，李佩甫就写到了属于这一类型的两个乡村女子。《香叶》中香叶的男人在城里坑蒙拐骗花天酒地，作为妻子的她则在乡村辛勤劳作养家糊口默默承受着一切；而在男人被骗逃走之后她不卑不亢地应付着突然降临到头上的灾难，表现出了强大的精神力量和极为顽强坚韧的意志。中篇《黑蜻蜓》更是饱蘸着如泣如诉的情感书写了一个乡村不幸女子的人生传奇。主人公二姐身上几乎集中了一个人一生可能遇到的所有苦难。一岁丧父两岁丧母，三岁发高烧变成一个聋子，和姥姥相依为命长大并在九岁就辍学肩负起养家的重任。长大后嫁到一个贫寒的农人家庭，靠着自己拼命地劳作来对付生活的磨难，并为每一个儿子建起一个院子让他们成家立业，但是中年之后丧子之痛的打击又无情地落到她的头上。二姐虽然是个聋子，但是她聪慧敏锐又善良懂事：相亲时看重的是对方的人品而对其贫寒的家世毫不嫌弃，对老人孝敬对弟妹亲切对子女慈祥对丈夫怜爱。尽管家境不好，但是她咬牙硬撑着，靠自己单薄的双肩为自己和家人维持着一种坚强自立不失人格尊严的生活，直到最后在生活的艰辛中肉体垮塌下来终结了自己多灾多难的一生。"天下雨了，她承受着雨；天刮风了，她承受着风；那老日头更是一日一日地背着……"①在这个女子身上，道德的完善同样体现出了一种强大的精神力量。李佩甫对这种乡村女子道德品格的描写与礼赞在长篇《城的灯》中更是到了登峰造极的地步。小说女主人公刘汉香几乎是李佩甫笔下所有女子美好道德品质的集大成者，她身上集中了一个乡村女子可能具有的所有美德和品质，这个女子成为李佩甫小说中的一个道德方面的完美造物孤悬于空中，让人似乎只能远远仰视却难以接近和触摸。这篇小说甚至让读者感觉到"人物被戴上了圣人与节妇的光环，给人一种虚幻感"。②

---

① 李佩甫：《钢婚》，江苏文艺出版社2005年版，第164页。

② 张晓辉：《明灯抑或幻象？——解读李佩甫长篇小说〈城的灯〉》，《名作欣赏》2005年第2期。

二

尽管对曾经在其中生活过的那方水土和给予了他无私眷顾的那些乡亲有着深沉的情感，李佩甫毕竟是一个具有较强批判意识的知识分子。他在采用固有的道德视角来关照和描写乡土生活方式时的确不无溢美之处，但是他也在以冷峻的目光审视着乡村生活道德化生活体验中表现出来的一些缺憾与丑恶。他在一些小说中无情地揭开了乡村生活中道德面具下的虚伪与矫饰，尤其是一些传统道德理念被人用作达到某种目的的获得实利满足私欲的工具与手段时，其中真与善的内质便被抽空了，这些道德理念只会徒具空壳；而在这些道德空壳和道德面具背后掩藏着的是美好情感的变质异化，私人权欲和物欲不知餍足的膨胀以及人性中邪恶和丑陋一面的表演。或许正因为李佩甫心中对传统道德的美和善是有一种发自内心深处的珍爱和维护，所以他对这些丑与恶的批判也是异常地透辟而深刻。

前文已经提到过李佩甫的系列短篇《画匠王——一九八八》，这是他创作的前期作品之一。在这个系列中，他已经体现出了一种对传统道德观念之虚伪与脆弱的批判意识。系列之一《捏蛋儿》中，自私自利道德沦丧的兄弟三个都试图推卸对老父亲应尽的赡养责任，在这种情况下找到了一个有名望的"公人"作为公证来抓阄决定老人赡养责任的归属。抓阄过程中兄弟三个还近乎无耻地在极度的自私自利心态之上笼罩上一层温情和道德仁义的假面纱。因为老父亲归属赡养就决定在几个小小的"蛋儿"之上，三兄弟紧张慌乱都不敢先伸手去捏，表面上却是通情达理地相互谦让："三兄弟都是明事理的人，自然都很客气。在这一刻，往日那些小小的不愉快顿时烟消云散了。你谦让了，我也谦让，互送着一片和解的诚挚。媳妇们也即刻做出很懂规矩的样子，松了那紧着的目光，身子拧出了一片温柔。"[1]作者反语背后的尖锐讥讽会让我们不由想起鲁迅小说《兄弟》对传统道德人伦亲情虚伪之处的深刻揭露。另一个短篇系列《红蚂蚱 绿蚂蚱》对这种"道德"的虚伪性给予的是更为尖刻的反讽和

---

① 李佩甫：《钢婚》，江苏文艺出版社2005年版，第239页。

嘲弄。《德运舅的大喜日子》中，德运舅的老婆刚过门一天便上吊自杀了，队长大方地开公仓借给他粮食料理丧事，村里人也热情地来帮忙，一时呈现出一片乡亲互助和睦温馨的景象。可是就在热情的"帮忙"过程中，大家却在不断伸手往自己家里偷东西，使得先娶亲后出丧两场事折腾下来的"德运家里塌下了十年还不严的窟窿债"。当少不更事的"我"问村里一个姥姥为啥都在偷时，姥姥竟然振振有词地说："文生，这不是偷，是拿。村里兴的，老规矩。咱庄没丢过东西，一根线都没丢过，多少年了。偷是贼干的勾当，这庄没有贼……"这里作者一针见血地揭示了这种"乡村道德"的极度虚伪和可笑。还是在《画匠王》系列中的另一篇作品《捉奸》中，哥哥在弟弟的陪同下亲眼看见了自己妻子与他人的奸情。弟弟要出去捉奸时竟然被哥哥阻止了，因为"奸夫"给了自己的妻子一千元钱——如果出去捉奸这一千元势必就得不到了。且不论传统道德理念中的"通奸罪"是否具有合理内涵，在这里为传统道德最为珍视的"脸面"和男人最大的屈辱竟然在一千元面前败下阵来。此后更荒唐的是年龄很大还没娶到老婆的弟弟竟然要求哥哥和他做一笔交易：他以五十元的代价要求哥哥同意嫂子"叫我也日一回"。更让人匪夷所思的是哥哥竟然答应了弟弟这一无稽而无耻的要求，并且一板一眼地和弟弟讲起了价钱。在这里，兄弟之间的人伦亲情羞耻之心道德观念在赤裸裸的金钱和生物本能面前竟然脆弱得如此不堪一击！恐怕这种现象对精心维护着传统观念、坚守着道德立场的作家来说，也是不得不正视和承认的具有客观可能性的一种存在。

中国传统道德倡导的是仁爱、亲情、义气这些理念，并将其视为人最可宝贵的东西。的确，这些也都是传统道德观念中的优良遗产，即使在今天也并没有完全过时。但是当这一切被用作满足个人欲望获得一己之利的工具时，这些也就失去了真正的价值和意义。在中篇《败节草》中，已退到人大的原乡副书记老郭的老伴得了癌症，当其他人因为老头失势已经"无用"而漠不关心时，主人公李金魁对他们竭尽所能地帮助和照顾。老郭被李金魁的"实诚"和"仁义"打动，使出浑身解数帮助李金魁攀上了副乡长的宝座。殊不知李金魁作为一个农家孩子天生就具有一种洞察人心和形势的"贼"，其"实诚"和"仁义"正是他用来实现个人权欲的一种手段。长篇《城的灯》中，主人公冯家昌也是一个出身贫寒的农家孩子，也同样有一种几乎是发自本能的"明于知人心"的能力。这种智慧或者说狡黠使得他很清楚人内心中最柔软最容易被触动的地方在哪里，因而他总能够利用这一点来得到自己想要的东西。廖参谋长失势之后，他无怨无悔地紧紧跟随左右，在物资贫乏的下放农场拿出几乎全部积蓄和运用所有的心计无微不至照顾着"老头子"的生活并渐渐赢得其信任，终于在廖参谋长被重新启用和高升后，他也被委以重任：这里冯家昌为实现自己目的运用的工具是"忠诚"和"义气"。而同样出于功利目的，在和城里姑娘李东东的恋爱中，他用的则是"亲情"和"体贴"，以此为手段赢得姑娘的心从而换取自己想要的权势和呼风唤雨的能力。冯家昌得到了自己想要的东西，却也付出了沉重的代价。在他身上，所谓的仁义道德因为失去了其最重要的内质"真诚"而变得甚为可怕和可鄙。笔者以为，1999年出版的长篇《羊的门》可以毫无争议地代表李佩甫到目前为止小说创作成就的最高峰，而将仁义道德这种工具运用得最为出神入化的，还是这部作品中的主人公呼天成。中国是一个道德本位的国家，传统的道德观念在所有中国人心灵中有着深厚的积淀，在其人格构成中占有一个相当重要的位置。因而，无论对于百姓，还是高官、愚民，还是智者，这种近乎"原型"功能的道德感都能够唤起人们强烈的内心共鸣。呼天成也正是利用这一点逐步实现自己的目的。他不仅在辖制的呼家堡建立起了属于自己的一个小规模的王国，甚至在相当大的范围内都具有了可以翻云覆雨的力量。他对人心、人性吃得太透彻，对传统道德观念中的"情"和"义"可能会发挥的能量理解得太深刻。作为一个土生土长的半文盲的他娴熟地运用这些手段，将一大批煊赫一时的"大人物"控制在手中为他所用。几十年来，他以"情"和"义"为工具经营了一个上至中央下到地方的强大的社会关系网，以自己为核心形成了一个几乎可以产生无尽能量的"场"。从他手中撒出去的"情义"如同一粒粒种子到处落地开花，在他需要的时候便可以放手收割自己所需要的千百倍回报。呼天成几乎是无师自通地掌握了中国传统道德文化的精髓，并将其运用于自己的统治术中，实现了自己小范围的政统与道统控制的完美结合。中国传统文化中的仁义道德理念被如此利用时，竟然会发挥出如此威力实在令人瞠目结舌，但是其善与美的内质已经被彻底抽空，成为人性之恶的外在装饰和人实现权欲、物欲、控制欲之无坚不摧的利器。这也正是李佩甫对道德理念被不正当运用可能造成恶果的深沉反思。庄周认为《羊的门》这部作品"奇妙的是如此具体的写实与如此抽象的象征居然结合得天衣无缝。作者无意于做出简单化的批判，却使得他的批判更为深沉而撼人心魄。读毕不得不掩卷感叹，根深蒂固的中国传统必将在现代化的道路上无处不在地显示其顽强生命力"①。这的确是中肯之论。但奇怪的是，李佩甫在《羊的门》之后的创作中，这种反思和批判的力度却呈现出了衰弱的趋势。继之出版的长篇《城的灯》中，李佩甫似乎又在向传统道德理念回归。小说女主人公刘汉香成为他宣扬中华民族道德完美的一个标本，在过分的溢美和虚夸下，她在一定程度上发挥的是传声筒功能而丧失了一个活生生的人应该具有的完整性和丰富性，这使得作者对道德美和善的礼赞显得有些空洞和虚假。同时，在这部小说中，作者城乡二元对立的情感倾向也陷入了一种绝对化的偏执，这也影响了小说的思想容量。或许，李佩甫对理想道德境界的追求和维护愿望过于迫切，对社会现实中的道德沦丧过于愤慨，这使得他在小说中发出的便是一声声急切的呐喊和呼求而不再是深沉辩证的反思和自我驳难。

三

中国作为一个文化大国，有着延续了几千年的仁义道德传统。"仁者爱人""老吾老以及人之老，幼吾幼以及人之幼""入则孝，出则弟，谨而信，泛爱众，而亲仁""为政以德，譬如北辰，居其所而众星共之"……这些道德理念深深地沉积于中国人心中，促使人不断提高自身的道德修养和思想境界，规范和调节着人与人之间的交往，维系了数千年以来中国社会的和谐稳定。但是，在人的本性中毕竟也有着恶的一面。人性本来就是善恶并存，天使与魔鬼的因素交汇羼杂在一起的。当人性恶的一面被忽视或无视，有人运用强硬的道德规范来对人性中固有的自私和动物性一面甚至是正当的欲望和要求进行压制

---

① 庄周：《齐人物论》，上海文艺出版社2001年版，第72页。

或者扼杀时，这种"存天理，灭人欲"的道德规范便显示出了其不合理的甚至是残酷的一面，而这也势必会遭到人欲的直接或者变形的拒斥与猛烈的反抗。在这种对抗之中，人性中一些正当的欲求会渐渐得到承认，而某些邪恶的东西在压力之下反而可能表现得更为变本加厉，有时候甚至会将道德规范中的合理内涵釜底抽薪而与其残忍的一面达成共谋。所谓"礼教杀人""杀人以刃，固不如杀人以术"，这样一些伦理道德规范此时有可能被用作人满足一己之私欲的工具或者堕落为控制和统治人的权术与阴谋。《小小吉兆村》中的吉昌林、《金屋》中的杨书印直到《羊的门》中的呼天成这一系列人物，便是这样无师自通地将中国传统的伦理规范与个人的权欲控制欲融为一体练成了一套御人之术，他们是中国传统道德中虚伪丑恶的因素与权术阴谋相结合产下的一个个怪胎。从作品中我们可以看出，李佩甫对传统道德恶的一面进行的批判是尖锐而深刻的。但是，在内心深处他对中国传统伦理观念中美好的一面又是极为爱护和珍惜的，这样在他的作品中我们又可以看出他真诚地相信美德和善意对世道人心具有强大的救治功能，认为道德规范调节下那种情意绵绵、善良真淳的人际关系和社会形态实在是令人神往。尽管他以犀利冷峻的笔墨揭示了道德面具之下的虚伪与丑恶，但他依旧相信道德和温情会具有近乎永恒的意义。在迈向现代化的进程中面临着巨大转型的中国当代社会，泥沙俱下、鱼龙混杂，人的各种欲望在各种刺激之下前所未有地膨胀和爆发，一些恶的丑的东西浮出水面并且得到某些人的追捧，道德水准严重滑坡，社会伦理严重失范。在这种背景下，李佩甫似乎仍旧相信传统道德伦理规范能够产生强大的力量，足以在世风日下世道浇漓的社会环境中充当一盏指路的明灯。他不忍心或者没有勇气完全承认传统美德和人伦情义会在滚滚而来的商品大潮中被冲刷得七零八落。他如同一个顽强的战士保持着自己的道德立场，坚守着自己最后一方领地，对一些为了一己之欲而将道德和美好的情感弃如敝屣的"负心人"表达出自己的鄙弃和责难，而将一些道德崇高和心灵美好的人物拔高到偶像和圣人的位置进行褒扬和礼赞——这正是李佩甫2003年出版的新长篇《城的灯》中较为显豁的题旨。小说中的女主人公刘汉香是作者以中国传统道德为内核塑造的一个价值理想标尺，在她身上我们看到的是一个中国传统的贤妻良母形象。她孝顺、坚韧、勤恳、忠贞，甚至在冯家昌做了负心人背叛了她之后，她依旧以德报怨，肩负着冯家生活中的种种困难艰难前行。后来她当上了村长，也是遵循儒家"内圣外王"的道德规范来治村，并且在小说的叙述中不可思议地取得了成功。在看到城市现代化进程中经历了物欲横流、道德沦丧等种种危机之后，李佩甫通过这部小说提出了自己以儒家规范和道德伦理进行拯救的思路。放诸现实我们不得不承认，这种思维方式显得过于理想化，具有浓重的乌托邦色彩，因而是空洞的。作为封建和小农社会的产物，中国的儒家伦理规范满足于某种贫困的平等，陶醉于精神上的虚幻胜利，以道德而不是以物质文明的进步作为价值尺度来衡量社会发展程度……所有这些因为在中国民众的精神结构中已经根深蒂固，因而对中国社会的现代化进程已经形成了严重的阻碍。李佩甫在小说中将人性抽象化约为人的道德性，把对社会的改造寄希望于人的道德自律，这和现代化进程对现代理想人格的构造也是格格不入的。无疑，作者是将刘汉香作为自己的理想人格来塑造的，但是在她身上我们看不到现代人应该具有的个体的尊严、价值和权利（包括个人欲望）意识。刘汉香只是一个中国传统故事中的"菩萨"形象，而上梁村人对她也只是盲目地服从与崇拜，我们在小说中只能看到一个"圣人"和一群愚民，却看不到任何现代个体人格的觉醒。可以断定，在这部小说中，作者顽强甚至有些偏执地守护着的道德立场走进了一个死胡同，陷入了一种难以自圆其说的困境。也许正是因为作者小说中要表达的理念存在着问题，从小说的后半部分我们能看出明显的斧凿与矫饰痕迹。

　　另一方面，李佩甫过于强烈的道德倾向也使得他在创作中很难真正隐藏起自己的情感与价值判断，他会克制不住地不时从小说叙事的背后跳出来表达自己对事物的看法和对人物的臧否，引导读者思索和体悟的方向，有时甚至会用带有强烈感情色彩的语言来煽动读者的情绪。在小说中作者似乎总是出于道德义愤或者情感需要告诉读者，这是善的，那是恶的；这是值得赞扬的，那是应该批判的；这样做是对的，那样做是不对的……在我们的阅读过程中，我们看到的不是一个安于隐藏在文字背后控制一切的不在场的"上帝"，而是明显能听到作品中作者的声音，感受到作者的存在——这恰恰与现代意义上的小说精神背道而驰。米兰·昆德拉认为，放弃传统的二元对立式道德判断，遵循每一个生命个体的内在生命轨迹去探索人类存在的可能性，这才是现代小说的智慧和精神。他说："人们向往一个善恶分明的世界，因为在理解之前，他存在一种天生的抑制不住的判断要求，宗教和意识形态即建立在这种要求之上。它们以为只要能把小说的相对和模棱两可的语言译成他们自己的绝对肯定或者武断的论述，便能对付得了小说……这种'非此即彼'的公式包藏着一种忍受人间事理之基本相对性的无能，一种直面首席法官缺席的无能。这种无能使得小说的智慧（不确定的智慧）很难被接受和理解。"[①]在一定程度上我们可以说，过于强烈的道德立场导致的过分鲜明的价值判断给李佩甫的创作已经带来了负面影响。这种违背现代小说精神的创作方法和语言表达方式使得他的小说要表达的主旨过于显豁过于直露，因而难以经得起长时间的咀嚼和回味，也使得他的一部分小说在整体上呈现出内在分裂的痕迹，难以形成混然一体的一种大气象和大格局。在阅读中我们可以感觉到，当人性中的善恶、真伪、美丑在他的小说人物身上纠结缠绕在一起难以用某种单一化的规范进行二元对立式的判断时，这些作品便因为写出了某种人性的真实和完整的个体生命状态而具有相当的深度和艺术魅力——《败节草》《金屋》《羊的门》即为此类；而当他的小说人物能够被清晰地归入某一种类型因而不具有"个"的特点与复杂性时，这些人物便会显得概念化、空洞苍白而成为缺乏鲜活生命力的一种"扁平人物"，并因此影响小说内蕴的丰富厚重与浑然天成——《城的灯》即为典型一例。

但是无论如何，李佩甫都可以说是中国当代最为优秀的作家之一。瑕不掩瑜，他有着敏锐的洞察力、丰厚的生活积累、老辣的功力，也不乏丰富的才情和智慧。我们相信，已经不算年轻但有着强大创作潜势的李佩甫能突破自己的一些局限，在今后创作出更多更优秀的作品。

原载《江苏社会科学》2006年第5期

---

① 米兰·昆德拉：《小说的艺术》，唐晓渡译，作家出版社1992年版，第6页。

论李佩甫小说的文化批判主题

李博微

20世纪20年代，一批乡土作家离开自己谙熟的故园，到都市里生活，接受了现代文明的理性熏陶，然后再回眸故园，以文学创作反思故园文化的丰富内蕴，并做出自己的价值判断。60年后，自幼寄养于乡村的河南作家李佩甫以同样的经历登上了文坛。现代知识者的理性，与改造、整合中国传统文化，使之适应现代化生活需要的宏愿，令李佩甫对于故土保持一种清醒、冷峻的批判态度。他不单要表现这块土地上的人性和权力运行状况，而且要在整个历史和现实的政治文化结构里思索人的命运和未来。这种宏大的人文精神关怀，使他的作品必然涉及对构成民间处境的政治文化体制的评价，这显然包含了文化批判的主题。这一批判主题的内容，主要表现为对中原乡土文化中根深蒂固的权力崇拜意识、"小处活人"的生存策略和"外圆内方"官场哲学的充分展现和深入思考。

一、根深蒂固的权力崇拜意识

中原农民对权力的极度崇拜是由中原独特的历史传统、地理位置和现实处境造成的。作为中国文化的发源地，中州曾经涌现出儒家、道家、墨家、名家、法家、玄家、理学等众多影响社会历史发展的思想流派，传统文化、人生智慧的积淀和历代政治斗争、军事争霸中产生的权术策略，无不深刻影响着生活在这块土地上的人们。作为中华民族的统治中心，中原也自有一套成熟的官僚体系和为官思想，对权力的崇拜与追求已经内化为中原人集体无意识的一部分。

中原大地的西北、西部、西南、南部分别是太行山、黄土高原、伏牛山、大别山，它们几乎隔绝了中原与外界的联系。北部的黄河多次肆虐，摧垮了平原人抵抗灾难和压力的信心，使其在人格上表现出强烈的依赖感，进而幻想一个绝对公平、正直的主宰会来统治世界和制约强权，这最终促成了他们对权力无条件的崇拜。中原大地唯有东部是平原，但它也因漫无边际的辽阔，带给人们不知何处是归宿的茫然与恐惧。于是，人们不敢轻易迁移，历代以血缘为纽带聚族而居，形成以家庭为基础单位贯彻社会的行为规范与道德准则。在价值观的选择上，更多地倾向人伦关系、亲情价值，后代必然绝对服从前辈。"对长辈的'孝'直接导致了对当官的'忠'。"[1]在权力面前的盲目屈从，始终是固着在中原人性格中的因素。

正因为中原文化性格上的早熟和定型，到了新时期，中原地区尤其是一些边远山区，经济文化均还处于相对落后的状态。经济上的落后造成了人们的低收入，文化的落后又造成了行政、执法监督机制的缺乏，因此当官的权力就很大，甚至可以无法无天，人们靠其他手段获得的利益远远没有为官获得的利益大而直接，这就更使"官本位"思想深入人心。

在李佩甫笔下，乡村社会关系在很大程度上建立在对强权的认同和对权力的崇拜的基础上，"以至整个民间道德都带有这种向权势依附和献媚的特征"[2]。《豌豆偷树》中，村里抽水浇地的顺序，是由电工从村长到各级头面人物一级级排列的，村民们习以为常，认为理所当然，决不会有人提出人人平等的要求。小学校长为巴结村长，开除了得罪村长的小学生。《乡村蒙太奇》中，月琴的金榜题名，意外地使她家的房子盖得出奇地顺利，仅仅因为向来欺负她家的村人们突然发现了她这个大学生身上将来可利用的价值。《无边无际的早晨》里，李治国六岁时便敢像队长一样对养大他的乡民们颐指气使，并理直气壮地唤队长"老三，过来"，让队长给他当马骑，因此被村人们看作天生的做官料，认为他天生就比自己尊贵。村民们将这个孤儿当作全村的孩子养大，并送他去接受高等教育，也不能不说带有这套心理逻辑的因素。《羊的门》中呼天成救助被打折腰的老秋，资助下放知青冯云山；《金屋》里杨书印资助"穷得连裤子都穿不上"的杨文光，都无非是看中了他们官场上的潜力。

受这种民间道德的浸染，人们做梦都想当官，"做官"成为衡量农民生命价值的最高标准，"当官发财""光宗耀祖"成为农家子弟的人生目的。李佩甫小说中盖儿爷为成为丐帮的头儿，用利刃挖掉自己的眼睛，却并无怨悔，也是因为"丐爷，是讨饭的皇上"。呼天成、杨书印、吉昌林为追求权力，无不自觉自愿地付出了人性异化的巨大代价。

由于在农村亲身体验到了权力的巨大作用，乡下走出来的孩子到了城里，自然处心积虑地要当官。李佩甫的小说深刻而辛酸地展现了他们想当官的精神状态。《城的灯》中，冯家昌当兵后每天早上四点多钟就起床写黑板报，拉练时背九条步枪，长年坚持打扫厕所，无非是为了得到"官"的赏识，从而当上军官，实现"进城"的梦想。受过现代高等教育的李金魁、李治国们，同样如此。生长在大李庄普通人家的李金魁，是民间苦难和屈辱地位的切身体验者，自己从小就因没吃过一块完整的红薯而在打架中被别的孩子欺负，爷爷在队长面前卑躬屈膝，在城里亲戚家赔尽笑脸、仰人鼻息，这样的经历使他无师自通地明白了追逐和拥有权力的重要性。与李金魁一样，李治国、呼国庆们所作所为的全部动机，丝毫没有现代知识者的精神立场在内，"而是对民间苦难、屈辱以及权力者居高临下地位的记忆带给他们的对权力的热衷和钻营"[3]。

作为从农村基层走出来的作家，李佩甫深刻地指出了这种权力崇拜思想的危害与残酷。这种批判是建立在作家自己对农村状况的洞察和对都市生活的了解的基础上的。农村的寄养生活使作家了解这种思想的强大的诱惑力量，都市生活的经历又使他能在一个高的视点上剖析这种思想的危害性。在李佩甫的笔下，那些热衷于权力的男人，不仅在追逐权力的过程中付出了人性堕落的代价，即便是"成功"之后，也时时处于精神失乡的焦灼、困惑状态。

二、"小处活人"的生存策略

中原大地单调恶劣的自然环境、专制文化肆虐的社会环境，使中原人对自己"小"与"败"的地位有了深刻的体认，造就了他们"小处活人""败处求生"的生存智慧。这种生存策略的特征就是以小求大，以退为进，以暂时的失败谋求日后更大的"成功"，更通俗一点说，是精明、圆滑、夹着尾巴做人。它规范着豫中土地上乡民的思想、行为，"渗透到人们的心灵中、血液里，最后甚至以一种集体无意识的形式通过遗传继承的因子，传给了一代代后人们"[4]。

中原大地上的"成功者"，无不是遵循着这样的方式和法则行事。《小小吉兆村》中，为应对上边干部队伍年轻化的政策，大队支书吉昌林自觉地退居副位，却"智慧"地挑选他认为最没出息的吉学文任新支书，因为这才最不会对他的位置形成威胁。同样，《金屋》中扁担杨村的杨书印，38年"没在最高处站过，也没在最低处站过，总是站在最平静的地方，用智慧去赢人"。他本来可以当村支书的，但他不当，他不把自己推到在权力和百姓利益发生冲突时容易成为众矢之的的位置上，他只是使推上去的每一任村支书都有他可以控制的弱点，一旦村支书企图仰仗上边的力量摆脱他的控制，他便"智慧"地给其制造一个当着上级和众人的面出乖露丑的事件，使其彻底丧失上级和百姓的信任，从而重新扶植一个由他支配的新支书。《羊的门》中的呼天成虽然是呼家堡的"神"，但决不颐指气使，相反处处以"玩泥蛋的"自称，更是把"人是活小的"这句话奉为座右铭，避免显山露水，在任何情形下决不张狂，始终保持着一派淳朴的农民本色。"撞车事件"后，他告诫村秘书徐根宝："在平原上，你知道人是活什么的？人是活小的，你越'小'，就越容易。你要是硬撑出一个'大'的架势，那风就招来了。"他多次对他培养的接班人呼国庆耳提面命："你要那么多棱角干什么？在平原上生活，人是活圆的。""敏锐是好事，过于敏锐就不好了。这世上的事，从来就没有十全十美的，一旦十全十美就要出事情了。"他不仅是这样说的，也是这样做的。在处理车祸事件及王华欣、秋援朝、李相义对呼家堡的"访问"中，呼天成充分展示了这种以守为攻、以小抑大、做小与做大相统一的处事策略。

从骨子里接受了这套"小处活人"策略的年轻一代，也在行为上实践着先辈们的生存智慧。《李氏家族》里，中学辍学的李金魁救了受批斗的校长李志尧，后者复出后成了市里的办公室主任，欲提拔他当秘书。但以小求大、以退为进的处事原则使他暂时克制住了出人头地的欲望而选择了读大学。大学期间，一直因极度的节俭被同学们称为"素人"，毕业时却慷慨地宴请全班同学，使大家一下子改变了对他的印象。毕业后回到乡里，又巧妙地利用说话前的"磕巴"给人留下好印象，最终挤走了吴乡长。《城的灯》中冯家昌当兵后敛尽锋芒，忍辱负重，坚持办黑板报，甚至常年打扫厕所，以谦卑的形象和看似高尚的行为，赢得了上司的赏识，最终从士兵一步步做到营级、团级直至厅级干部。

自然，不按照"小处活人"的法则行事必将付出沉重的代价。《李氏家族》里张扬、霸道的银莲，不仅生了个呆傻的儿子，最终还落了个"骑木驴"的下场。《羊的门》里呼家堡的"窄过道儿"于凤琴由于唯一的毛病——惯于事事占先，得罪尽了旁姓乃至同宗的婶子、大娘、妯娌，最终被彻底孤立，自尽身亡。

对这套生存状态和生存方式的深刻体认，带给普通民众的是行动上的柔弱无骨、隐忍退让和思想上的盲从，从而导致专制统治的滋长，最终只能从整体上强化自身的弱势地位。李佩甫小说对中原民众"小处活人"生存策略的批判，目的是探讨社会现代化进程中人的现代化问题，并进一步说明：人的精神的现代化在于独立人格和健全人性的培养，而这同样需要适合它发荣滋长的土壤。如何改进旧的土壤，营造新的土壤，让民主、个性得到民间道德的认同和扶植，正是作家引导我们去思考的问题。

三、"外圆内方"的官场哲学

当中原人带着这种文化积淀与生存智慧冲出故园、投身官场时，他们往往会形成一种独特的官场哲学，其特征是外圆内方，以柔克刚，主要由其外交策略的"圆"和统治策略的"方"构成，体现着"人治"文化的基本内蕴。

外交策略的"圆"结构以"小处活人"和"经营人场"两种策略方式为支撑点。如前所论，吉昌林、杨书印、呼天成等乡村权力者，几十年奉行以小抑大、以退为进、小处活人的生存策略，在村民面前决不颐指气使，保持一贯的农民本色。但这只是浮在表层的幻象，其实它是一种手段，一种外交策略，一种旨在树立民间威信，以巩固其统治的方法与技巧。与这种"小处活人"相辅相成的是"经营人场"的外交策略，也就是广泛种植"人情"，以收获更多的利益，为自己的统治营造强大的背景支持。他们深知，在当代中国的权力网络结构中，乡村一级的权力一族无疑处于底层，难以逃脱上面权力机构的制约，只有巧妙地打通与上面的关系，才能应对来自各方面的冲击，消解可能对自己的权力造成威胁的东西。呼天成在"文革"中冒死救下被打伤的省委书记老秋，不计财力、精力先后培养出邱建伟、范炳臣、冯云山等省界要员，为了成为呼家堡的"神"，他营造了强大的官方背景。年轻一代也深谙此道。李金魁大学期间，热衷的并不是知识，他要做的是暗自经营可以为将来所利用的关系。正是对这种外交策略的高度领悟力，使李金魁、李治国、冯家昌们仕途一帆风顺。他们总能放出、推荐并利用能人，在自我权力以外的政治中心形成一个以"人"为纽带的关系网络，一个强大的"人场"，以备不时之需，并在需要时能够人不出面，足不出户，顺利达到自己的目的。

"外圆"是权力者以性格中温情的一面为自己取得背景支持的手段，回到自我权力范围，他们则无一例外地采取了以冷酷强硬为主要特征的"内方"的统治策略，表现出明显的专制文化特色。这些为官者几乎都无师自通地发明了一套"治人"与"治心"相统一的统治方法，靠这种变异的强制性手段实施自己的权力。吉昌林、李海昌、杨书印在村里向来说一不二，独霸一方。呼天成对呼家堡的治理，更展现了这种专制统治策略的全部内涵。呼天成在使村里经济获得长足发展的同时，也强化了对村民的物质控制和精神禁锢，用"洗手会"等方式惩治"私"心膨胀者，强调整齐划一和绝对服从，用"斗私化"等方式排斥异己，将村民的灵魂纳入权力控制轨道。

"外圆内方"的官场哲学是中原人古往今来的为人处世哲学和专制统治思

想的融合、凝聚和具体化，这种行为策略的最终动机无疑是极端利己主义。对中原人"外圆内方"官场哲学的展示，表现出"人治"文化在现代中国拥有的雄厚的社会基础和巨大的影响力，凸显出"人治"文化对现代化进程的干扰和危害。

四、结　语

综上所述，李佩甫的小说对中原农民的民族文化性格作了深刻的揭示，将批判的锋芒指向贫穷、落后、专制、迷信、传统道德、城乡关系、理想价值等多个方面，从而完成了对深广的历史文化的反思和批判。虽然作品不可能提出根治传统文化痼疾的有效办法，但通过批判，无疑显示出了其基本的建构意向：人格的独立和人性的健全乃是人的现代化的基本前提，而独立人格和健全人性的培养同样需要适合它发荣滋长的土壤。但是，民间无法产生拯救自己的品格，我们必须在业已衰敝的民族肌体内引入异质的文明质素，以实现文化重建的宏伟目标，这是由传统走向现代的基础。

不可否认，囿于自身中原文化思维的积淀，李佩甫的小说也难掩白璧之瑕。比如：对人物的过分钟爱和同情，往往无意中使小说偏离了主题，冲淡了作品的批判力量。对题材的过度关注，也使作家的创作在一定程度上陷入了窘境，包括情节重复、主人公个性雷同，以及对其他题材书写困难等。最明显的是，由于过分沉浸于对权力关系的叙述，作品充满了心计、手段、圈套、阴谋，并且这些内容写得非常精彩、生动，在揭示中原文化最本质的东西、批判中原文化痼疾的同时，却也反映出作家受自我经验和中原文化内部因素的牵绊，而未能有所超越，显现出现代性特征。令人欣喜的是，新作《城的灯》的发表，让我们看到了作家试图多元化的良苦用心。

参考文献：

[1]张喜田."恋土"：一个纠缠着河南作家的情结[J].河南师范大学学报（哲学社会科学版），1996（2）：57-60.

李佩甫研究资料

[2]姚晓雷.乡土呈现中的一种知识分子批判——李佩甫小说的一个主题侧面解读[J].平顶山师专学报,2001(3):17-20.

[3]姚晓雷."绵羊地"和它上面的"绵羊"们——李佩甫小说中百姓一族的一种国民性批判[J].山东社会科学,2004(8):73-77.

[4]卜海艳.中原民众性格管窥——论《羊的门》中"'败'中求生,'小'处求活"的生存术[J].美与时代,2004(7):82-84.

原载《开封大学学报》2007年第1期

卑贱的神圣之旅

——李佩甫论

李丹梦

提及"文学豫军"，李佩甫是一个无法绕过的人物。这不仅仅是由于他那斐然的创作成就：长篇小说《李氏家族》《金屋》《羊的门》《城的灯》，中篇小说《黑蜻蜓》《无边无际的早晨》《红蚂蚱 绿蚂蚱》《豌豆偷树》《败节草》等等，都引起了强烈反响；更为重要的是，李佩甫一直致力于中原人格的开掘和塑造，因此从地域写作的角度来讲，李佩甫应该是属于正宗、"双料"的豫籍作家的，所谓河南人写河南人是也。而从写作风格与技巧上讲，李佩甫在豫籍作家中是一个集大成者，不仅恋土和权力情结在他身上有鲜明的体现，豫籍作家的几乎所有的优点和缺点也在他身上"放大"了。

俗话说："一方水土养一方人。"李佩甫显然坚信这一点。他在土地和人性之间"穿针引线"，寻求内在的关联和呼应。他是一个目光深邃、百折不挠的"人性植物学家"。他按照植物的形象来培育和构想人的特质，就像败节草对李金魁的生命启示（《李氏家族》），以及会跑的桐树促成了冯家昌的精神早熟（《城的灯》）一样。这种情节设置在我看来，绝非灵机一动的偶然，而是出自一种结构①的深思熟虑，包括对土壤和人心两方面。此种结构的欲望和智慧在《羊的门》中达到了顶峰。"绵羊地"便是主体②对像中平原乡土世界地理特征的领悟与概括，而呼天成这个"东方教父"的形象则是这土地上结出的"硕果"。过于峻急的笔法使他在承受诸多性格赋予的同时亦尖锐成了一个象征符号，我们从中能感受到一种企图把天地人三材收拢于胸、一视同仁的眼光和气魄。纵观李佩甫的小说，似乎都流露着这样的潜台词：每个人的根底都是一株植物，一棵草。木讷和欲望，高贵与卑贱就这样被拧在了一处。且唯其卑贱得彻底，才透显高贵的亮色。

> 我就是门。凡从我进来的，必然得救，并且出入得草吃。盗贼来，无非要偷盗、杀害、毁坏。我来了，是要叫羊得生命，并且得的更丰盛。
> ——摘自《圣经·新约·约翰福音10》
> 我无处可去；我无处不在……
> ——摘自《未来书》
> 那城内不用日月光照，因为神的荣耀光照，又有羔羊为城的灯……凡不洁净的，并那行可憎与虚谎之事的，总不得进那城。只有名字写在羔羊生命册上的才进得去。
> ——摘自《新约·启示录》

以上三段分别引自李佩甫的三部长篇的题记，它们是《羊的门》（1999）、《城市白皮书》（2001）、《城的灯》（2003）。小说以宗教经典中的句子作为题记并不稀奇，但连续三部长篇皆是如此便值得回味了。这是否是主体的一个有意无意的"着力点"？如果是的话，他的目的又何在呢？不妨

---

① 此处的"结构"作动词解，与"解构"相对。

② 此处言及的"主体"并非指李佩甫作品里某个具体的人物，亦不完全等同于作者，而毋宁说是一个作者在作品里不断追认的、希望与之趋同的形象感召，是作者、叙述人与人物交织、互动后得出的一个"我"之印象。

具体地看一下，所截取的段落除了与内容和标题有所映照外①，更重要的效果在于，题记给小说罩上了一层"圣谕"的色彩。由于它们均来自至高无上的宗教典籍，由此达到，或者说召唤起一种肃然起敬的感觉应该是不言自明的。但这并不意味着主体已然皈依了基督，就小说的内容来考察，它们明显不是宗教小说，尽管其中含蓄着追索精神救赎的情绪；主体想要的似乎就是那种神圣的渲染和依托，仅此而已。如果细品的话，还能体味出一丝超拔的内涵：他希望他的小说，连同其中的人物不仅是作为单纯的故事或者形象被接受的，在宗教的牵引下，它们也具有了某种普适的禀赋。

事实上，种种迹象都表明，李佩甫的写作是带有神性②因素的支撑的，除了取材的神秘化（如《金屋》），故事的寓言倾向及浓重的象征意蕴外（像《李氏家族》），一个最感性、直接的证据便是：当我们试图像以往的评论通常所做的那样，从思想内涵的角度切入李佩甫时，却发现他的思想都明明白白地写在小说中了。《羊的门》中大量涉及土地的议论以及人物关于中原人格的争论与表白，便是突出的例子。然而，这种略显危险的直露风格并没有破坏我们的阅读胃口，相反，让我们怦然心动。这靠的就是那"神气"的力量。就像我们读《圣经》不会觉得其直白、简陋一样，这里的坦然亦有着类似的庄严本色，而最感动我们的也正是这一点。《羊的门》里有一段，呼国庆自食其言，离婚未果。就此，他向情人谢丽娟辩白时说道："你可以轻看我，但不要轻看这里的男人。……不错，在这里，生命辐射力的大小是靠权力来界定的。这对于男人来说，尤其如此。这里人不活钱，或者说不仅仅是活钱，这里生长的是一种念想，或者说是精神。这是一棵精神之树。气顶出去就是这样一种东西。

① 对于"城的灯"这个题目，李佩甫曾说："我整整想了一年而不得，夜不能寐啊！后来，就在稿子将要'杀青'的时候，我才'借'到了一个题目。"它和《羊的门》一样，也是来自《圣经》里的一句话。而《城市白皮书》的题记中所引的话暗指了小说的叙述者，"我"——那个具有特异功能的女孩，她能随时随地看到、听到、闻到她所熟悉的人的信息，并且洞穿他们的心思。

② 这里的"神性"是一个宽泛的概念，并非单纯、狭隘的宗教情感。它是一种对审美体验的描述，除了有神话、神秘的意味外，在一定程度上类似美学上的"崇高"概念，同时，它又是和主体的建构紧密联系在一起的，作动词用，一种形而上的提升、统一与抽象。这在下文会有明确的说明。

渴望权力是一种反奴役状态。"这话不仅让谢丽娟泪流满面，也让我们体验到了震撼的感觉。你可以说其中有作秀的成分，但绝非单纯系个人的面子与自尊，而是对生命及其存在法则的尊重和敬畏。这，就是神性。用李佩甫的话来说："所谓神性，是一种创造性，是一种生命再现形式。"[①]任何人，包括出身卑微的，品质龌龊的，都有他不可轻慢的根基与气质，就像豫中平原上遍布的花草植被。植物要争取阳光、水分，人则追求、向往权力，这是一个道理，无非是想给自己创造一个好的生存环境。很难想象，如果去除了这种对于存在合理性的辩护，《羊的门》还剩下什么？呼天成这个形象还有什么意义？一场波谲云诡的官场斗争，一个老奸巨猾的中原农民吗？结果很可能就是如此。但实际的情况要远比它深沉和凝重，这不能不归功于神性的赋予。它提升了小说的品质，让人物回归孕育他的土壤。一种力挽狂澜的作用，而主体也就在这升华与返璞归真同时并举的运动中现身了。假若承认这也是一种理性的批判而并非对批判的干扰的话，那么主体的功能就在于从凡俗中提炼神奇，在琐碎里发掘、倾听自然与大地的声音。而在走向生命原生态，发掘对象中的神性因素时，主体亦体验到了崇高、庄严的神圣感，它作为一种朦胧、诱人的形象感召和约束原则，被主体不自觉地纳入了自身建构的范畴。换句话说，生存原则或曰土地哲学在此化作了和《圣经》一样的东西，一种内在虔诚的基调，它让主体的批判（叙述）带上了神性的气质。

　　我不知道一般读者对于呼天成的印象是怎样的，但无疑，这是一个"主"的形象。尽管他扼杀了村民的精神自由，但的确是他，用肩膀撑起了呼家堡这一方"净土"。主体在批判呼天成负面因素的同时，亦默认、强化了某种统治（神性）的序列。秀丫的甘愿献身便是一例。这个被呼天成捡来的女人，为了呼天成，除了长期忍受肉体和精神的煎熬外，晚年还做出了一件惊人之举：把美貌的女儿作为"礼物"送给他。如果说这只是一个（设计的）个案，那么

---

　　① 参见李佩甫等《对话：文学与人的神话》，《莽原》1996年第3期。由此话不难看出，李佩甫是把"神性"和创作本身联系在一起的，一种主体的内在感受和自我制约。也正是在这个意义上，我在下文把"神性"纳入了主体建构的范畴。就神性，李佩甫还说道："只有生命的再生（再创造）才具有神性意识"，所以他"试图走向'生命本质'"，反映生命的原生态。

广大村民的行为更能说明问题。他们对呼天成是顶礼膜拜的。在呼天成重病期间，大家伙忧心。听说呼天成想听狗叫，一时间又找不来狗，村民们便跪下来一起学狗叫，一片震耳欲聋的狗吠……种种事例均在表明和促成呼天成那"精神之父"的地位，而他周围的人则沦为天生的臣子和奴仆。就小说作为艺术作品而言，这是纪实，或者说含有纪实的成分，现实的影子，但更多的是一种虚构和想象的"创造"（李佩甫语）。在我看来，或可谓之"神性的冲动与提炼"。所有的批判都建立在对"父亲"这一人伦结构承认的基础上，就像宗教建立在人类对神权的认可与需求之上一样。这是神性写作最大的特点。与鲁迅的"国民性批判"不同，鲁迅的揭露是不达痛处誓不罢手的。人性的黑暗作为批判最终的归宿，没有指明出路便是出路所在。而神性的批判是有所保留的，它在批判的同时亦在寻找精神的寄托。破，即立。就呼天成来看，虽然他身上存在专制、变态等诸多缺陷，但不可否认，他以他的行为成就了一个英雄的神话和寓言。这也是主体曲折的追求所在，排斥和批判的过程也是在抚摸、创造自己的依偎。其间多少是有些自恋意味的。在呼天成那呼风唤雨、无所不能的人性塑造中，主体显示了他神话思维里那独特的圆满模式：一个"草民"经过自我磨砺，变成了英雄，一个跟神类似的人物。这种创世纪般的快感，一般的写作是难以体会的。回到李佩甫对神性的定义——"一种创造性，一种生命再现形式"，其间那隐幽、难言的感觉恐怕也正在于那从无到有、化腐朽为神奇、变卑微为高贵的造物冲动吧。在此，呼天成身上的神性因素，主体创造的神圣情感交织在一起，究竟孰先孰后，已很难分清了。

需说明的是，这种神性写作不是一蹴而就的；主体走到这一步，经历了一个阵痛微妙的自我斗争的过程。就李佩甫的写作历程来看，神性中有天性使然的部分，它反映了一个乡土作家在处理记忆和情感时的本能，包括价值取向、批判立场等等。不妨回顾一下，李佩甫走上文坛并受人瞩目是从一批清新的乡土作品开始的。《红蚂蚱 绿蚂蚱》《村魂》《乡村蒙太奇》《豌豆偷树》《画匠王》等，是其中的代表。小说均以故乡的生活为题材，作品在回忆中展开，一个长长的广角镜头。显然，故事并非叙述的重点，它只是主体记忆的片段，东一片、西一片地扯了来，糅在一起。完整有序是谈不上的，但拼凑起来也有些村落的气派和规模；人物亦不是重点，因为典型性和笔墨的专注度不够。在批判的力度方面，这些作品不及李佩甫后来的小说。它们缺少穿透力，有些敷衍和马虎，但小说的特色也正在于此，一种散文化的含混与圆融。与其说主体在刻画人物，不如说他在捕捉某种感觉，整理某种心绪。我们不难看出，那是对于土地和故乡的情感，一种无条件地亲近之、奔赴之的欲望主宰了小说的灵魂。从这个意义上讲，土地是这些作品真正的主人公，最能证明这一点的是李佩甫那活色生香的语言。主体仿佛是一个感觉主义者，他能看见、听见、感觉到、尝到大地的各种色彩、歌声、质地与芬芳。昆虫、作物连同人的声音和气味混在一起，经由主体那特殊的讲述方式，被赋予了全新的色泽与色调，从而引发人们对大地的亲情与渴望。而在讲述的过程中，主体也恍然变成了大地之子，沉入土地的怀抱，接受它的抚摸与亲昵。

与土地相比，人是孤单、弱小的。以《村魂》为例，无论是骂声脆响的二奶奶、滚刀子贱嘴的王小丢、怕老婆的麻五，还是卖了一辈子响棒槌却只攒了一块六毛钱的老德，都不具备统摄全篇的能力；是村庄、土地的气息把他们笼在了一起。"土地是很宽厚的，给人吃、给人住、给人践踏。承担着生命，同时又承担死亡。土地又是很沉默的，从未抗拒过人的暴力，却一次次地给人儆戒。"[①]这是李佩甫对土地由衷的赞叹。事实上，土地虽然沉默，却孕育了喧腾的生命，连人性亦是土地赋予的。所有的人都活得像株植物（一种主体处理的效果），蒙着灰尘，虽然粗糙了些，却透着自在与活力。他们是大地的触须和筋络，写人亦是在呈现大地，和大地对话。由此，我们便能理解主体那批判的"马虎"了。为什么他对人物身上出现的"劣根性"点到辄止，不再深挖细究了？说到底，这所谓的"劣根性"对于广袤的大地来说，又算什么呢？人有什么权力去指责大地？既然他自己的生命也是土地给予的。在这种心态下，主体的批判不由自主地柔和了。像村民集体偷袭保松的苹果园，逼得保松悬梁自尽的情节（《乡村蒙太奇》），只是一个闪过的阴影，它显然没有激发起主体足够的批判兴奋；主体大部分的精力都用来开掘美好、淳朴的乡土人情了。

---

① 李佩甫：《在"瞎话儿"中长大》，《中篇小说选刊》1989年第4期。

诸如以身殉职的乡村教师王文英（《豌豆偷树》），代夫还债的坚强的村妇红叶（《画匠王》）等，完全是对人性善的讴歌和赞美。这种心理（批判）倾向在《红蚂蚱 绿蚂蚱》里表现得最明显。它写的是"文革"时期人们的生产和生活。类似的题材如果放在别的豫籍作家手里，一般都会着重于反映农村宗法统治的黑暗，"官本位"思想的残酷，但李佩甫却恰恰相反，他写的是当官皆为民做主，一村一姓一家人。在《红蚂蚱 绿蚂蚱》里充满了亲情和天伦之乐。"在住着姥姥的村子里吃饭，是不用打饭钱的。随你走进哪家院子，叫声老舅，便有汉子亲亲地迎出来，骂声鳖儿，不消你再说，一准儿有好东西管你吃。"这里，人与人之间相濡以沫，同舟共济。大家不为争权夺势而为如何把村子搞好、填饱肚子而奋斗。队长舅亲自从仓房里偷了红薯，送给有"帽子"的、家里揭不开锅的文斗舅；而在选"坏分子"的事上，大家也很给队长舅面子，争着去当"坏分子"，只要给加工分就行了。于是，在灾难的岁月里，村里却像个"世外桃源"，有着安定、自足的人际关系。一片童真的大地就这样呈现出来。

我们看到，对于土地的虔敬虽然在一定程度上阻碍了主体用现代意识批判生活时本应达到的深度，但也给予了他批判的独特眼光，使他能够言人所未言，一种宽容的发现与弹性。我认为，这正是李佩甫神性写作的起源。换句话说，豫籍作家身上普遍存在的恋土情结某种程度上成了酝酿李佩甫神性冲动的胚胎。在此，土地已不再是那个可以耕作的、具体的工具式的大地，而衍变成了"精神家园"的代名词。它作为某种无法穿透或不愿穿透的部分驻留在主体批判的视野。或者说，主体也试图批判它，但批判的策略变了，从审视地剖析转为宁和地贴近。这和前文所讲的神性写作中那破立结合、有所保留的批判已然很接近了。而神性，最终作为一种形而上的肯定，使得土地、村庄摆脱了惯常的自卑与妄自菲薄，堂堂正正地展示自身。从形而下的对淳朴民风的描述，到对人类生存中的神性展示，可以说是李佩甫对恋土情结的一种超越。

必须说明的是，尽管恋土和神性之间的距离很近，但它并不意味着从前者能够直接推导出后者，这中间还需要某种切合于作家心灵的催化剂。否则，有着恋土情结的豫籍作家便都走上了神性写作的道路了。而就李佩甫而言，如果只是停留在单纯的恋土上，他也就只能写写那些诸如《村魂》之类的乡土咏唱的作品，但事实并非如此。我们看到，就在与《红蚂蚱 绿蚂蚱》等小说推出的几乎同一段时间，李佩甫又发表了《田园》《无边无际的早晨》《送你一朵苦楝花》等一系列在精神内蕴上与前类作品迥然不同的小说。如果说前者表露了主体义无反顾地走向大地的情愫，那么后者的态度就暧昧多了。出现了一群土地的叛逆者，杨金定、李治国、梅妞……其行为愈演愈烈。一种逃离土地的欲望像一棵毒草，曲折而蓬勃地生长起来。由是，光滑、圣洁的土地情结的表面开始出现裂痕，主体陷入了精神危机。说来也怪，这个一心想成为大地之子的人却流露出了对土地深刻的怀疑。如果用一句话来表示这怀疑，那便是：既然土地是伟大的，为什么你留不住你的儿女？从某种意义上讲，这也是作家对自我尴尬处境的追问：一位身居城市的乡土作家，歌咏土地却又远离土地，这是作秀，还是真诚？我认为，正是这痛苦的自我质询激发了李佩甫的神性写作。简单地说，一方面，主体试图维护土地精神家园的地位，另一方面，他要给叛逆者的举动以及自我的双重身份寻找合理性的解释而不纯粹是道德的评判。于是，神性便被"逼迫"了出来。在神性的写作里，生存原则被当作旗帜祭起，每个人都有权选择自己的生存轨迹，这是无罪的；同时，土地的包容力和解释性亦大大地得到强化：土地不仅孕育忠诚，同时也滋生着它的叛逆。所有的人性都能在土壤里找到它的种子，它的根。我们在阅读《羊的门》时所感受到的襟怀坦荡的磁性口吻和主体魅力，其底气和原因也正在于此。

　　然而，在写作《田园》之类的作品时，主体显然还没有找到这种底气，他只是借助主人公之口表达着一种自我撕裂式的疑问。杨金定为什么一定要离开土地？既然乡民对他如此看重和厚爱，这个村里的研究生、秀才怎么就不懂得知恩图报呢？对此，主体并没有直接在小说中给出答案。他只是在结尾处让杨金定"膝盖一软，扑咚一声跪了下来……扑在地上重重地磕了三个头！"（这是在请求土地对于叛逆者的宽恕吗？）一句由衷的"乡人哪，乡人！"（在此，主体内心的战栗和主人公的感激与忏悔交织在一起了。）"望着生他养他的热土，望着再次给予他生命的田野、河流、村庄"，杨金定"无话可说，只有一行行热泪……而后，他转身走去"。这毅然决然的离去让人心情沉重，也让主体陷入了茫然。尽管他没有对杨金定的行为作出解释，但就情节的设置来看，促发主人公离去的直接事件是村中的长辈七爷请他去吃"头块肉"。"当豌豆把头块方肉挑到木桌上时"，杨金定"忽然抖动起来了，浑身像筛糠似的抖。就在这一瞬间，他明白了，他终究是要走的。他该走了。这一走也许就不再回来了……"可见，正是"吃头块肉"这莫高的"尊崇与荣耀"形成了"最后一棵稻草"，压垮了主人公的心灵防线。它让人想起一句俗话：娘家虽好，非久留之地。在此，主体似乎是在为主人公的离去辩解：这难道是杨金定的错吗？他明明是想留下来扎根的呀！但主体也不想责怪土地，虽然他的确从土地所给予的好中品味出了某种期待的压迫，就像杨金定感受到心理压力一样。莫非，土地千辛万苦培养出了她的优秀儿女，就是为了把他们送到远方？这是真的，还是土地叛逆者的自我安慰？

这种困惑在《无边无际的早晨》里以一种更为尖锐的形式表露出来。当李治国这个在大李庄村吃百家饭长大的孤儿成为乡长、县长之后，非但没有报答乡亲，反而以侵害村民的利益作为自己高升的垫脚石时，主体再也无法在叛逆和土地之间寻求调和了。尽管土地与乡民这边依旧是宽容的，甚至有些逆来顺受——这里似乎有一丝埋怨与慨叹，但整体说来没有奴性批判的意味。我们感到，主体在微妙的摇摆后，仍把仰仗的重心放在了土地上，他让李治国陷入永无止境的良心拷问之中。小说的结尾，留下一连串的问号："你是谁？生在何处？长在何处？你要到哪里去？……"我以为，这不仅是李治国的内心迷惘，也透露了主体对自己现实处境与身份的迷失。说得重一点，是对城市里的乡土写作这一行为本身诚信度的质疑①。李佩甫是真实的，我指他的迷失、质疑，包括他对城市的偏激与误解。这种纠结的真实通过主人公内心剖白的形式释放

---

① 李佩甫在小说《送你一朵苦楝花》中以梅妞哥哥的口吻给叛离土地的梅妞写了一封长信，其中有一句话："他（引注：系梅妞哥哥的自指）思念他的小妹，却不知他的小妹身在何处。他知道，这种'对话'是很做作的。"对李佩甫而言，这话很有些自我比况的意味。远离乡上（身居城市）的乡土写作就像此处的"哥哥"给不知所终的"小妹"写信一样，很容易陷入"做作"，一种真诚的作伪，或曰作伪的真诚。关于小说《送你一朵苦楝花》下文还有详细的论述，此处预先一提。

出来，使我们得以窥见主体灵魂的抽搐。①值得注意的是，在李治国的内心拷问中，他自诩为"游魂，一个断了根的游魂"，"不错，你得到了乡长的职位。可你却失去了最要紧的东西，你切断了你的根。你再也无脸回大李庄了，再也无颜见乡亲父老了"。这实际上是在以否定的方式承认和强调着土地的地位，它也暗暗回答了小说结尾的提问，尽管是以一种破裂、绝望的方式，在土地与人（叛逆者）之间。

在李佩甫早期的作品中，描写叛逆的作品（或曰以叛逆为主题的作品）并不多。仿佛被视作了某种不和谐的因子，主体一直试图将其压制下去。《豌豆偷树》《村魂》之类的作品便可看作主体的一种自我说服与肯定：他很努力地让自己走向土地，而不是相反。但恰恰是这为数不多的叛逆之作给人留下了深刻的印象，并直接引发了作家后期的创作。我们看到，在《田园》《无边无际的早晨》中，主体留下了一系列的疑问，却没有给出直接、明确的答复。这种情况到了《送你一朵苦楝花》时发生了转变，主体开始明确地回答了，虽然是以一种不无痛楚的猜度的方式。而主体的神性冲动也正是在这里萌芽了。

很难找到比梅妞（《送你一朵苦楝花》的主人公）更激进的叛逆方式了。她多次被家人捉回，吊打，又多次逃离。在她这里，叛逆已失去任何功利的企图，而衍变为一种生命的存在方式。换句话说，叛逆行为以自身来滋养自身，叛逆本身化作了目的。小说模拟梅妞哥哥的口吻写成，以"你"来指称梅妞，仿佛是"哥哥"在向"妹妹"说话、商量，行文带有强烈的抒情特质。引人注意的是，这是一个依靠小妹放羊、卖羊挣学费进了大学又留在城市的"哥哥"，一个城里的乡下人，与作家现实的处境和身份非常接近。那么，哥哥对妹妹叛逆行为的解释和推想中是否有着主体自身思考的影子呢？我认为是存在

---

① 这多少有些失控的表达在李佩甫后期的作品里基本找不到了，取而代之的是一种冷峻与庄严。即使在描写与李治国类似的人物，如《城的灯》里的冯家昌，也同样如此。我认为这是和作家当时的思想状态密切相关的。就李佩甫而言，他一直试图通过写作来梳理自己的心绪、思想，包括苦恼和疑问。这使得他在塑造人物时，往往不自觉地投射了自己的影子。由此来看李治国的内心独白，我们发现，虽然主人公独白的内容与主体真正所想的可能并不完全相干。但那矛盾重重的、煎熬的语调却是伪饰不来的。而李佩甫后期的作品之所以变换了"腔调"，是因为那时主体已找到了平衡自我、叛逆与土地关系的方式，即通过我所谓之的"神性的赋予"。

的。由前文的论述可知，叛逆一直是困扰主体的核心问题，他在土地和叛逆之间徘徊着，试图调和却又无法调和。这构成了某种心结性的东西，它必然想方设法寻找时机释放出来。而依据写作的连续性及其天然的抒情功能，我们完全有理由推测：小说《送你一朵苦楝花》的出现绝非偶然，这里的"哥哥"便是主体假托的宣泄"渠道"。

据我所知，这是李佩甫唯一一篇以第二人称方式写成的小说。它让人联想起同为豫籍作家的周大新的一个散文化的短篇《揣度孔明》。在此，周大新对智者化身的诸葛亮在南阳生活的动机和日常情形作了一个不乏机智的揣度性的勾勒。比较两篇小说，同样的第二人称，同样是猜度的语气，却见出两种迥然不同的主体风格。前者的字里行间充满了矛盾和不确定性，一种滑中带涩的风格。"哥哥"一直在诉说，但其潜台词却是："小妹，你看我说得对吗？"而后者虽然温文尔雅，内里却带着硬度和不容辩驳的自信。这从结尾那高瞻远瞩的叙述里可以清晰地感觉出来："当然，那时你还不知道那条路的终点是汉中的定军山，你还不知道你的生命将在离南阳不太远的陕西画上句号……"主体推测的依据是一种"世事洞明，人情练达"的智慧，以不变应万变，这也正是周大新在小说中刻画人物的一种模式。很难讲这两者孰高孰低，我之所以提出来比较这两篇小说，是想指明李佩甫在观察、塑造人物时某种特殊的视角。虽然那种"滑中带涩、不确定"的语言不能代表李佩甫小说的全部风格——事实上，他后期的作品已与此大相径庭——但"不确定"的指向却是共同的，即无法用明确的人情、道德规范来推想、评价他的人物。不仅对梅妞如此，对吉昌林（《小小吉兆村》）、李大有（《李氏家族》）、杨如意（《金屋》）、呼天成（《羊的门》）更是如此。这便是李佩甫的独特之处。他常常把他的人物置于各种道德规范和人情原则错叠的焦点，以价值间的抵牾和碰撞来彰显某种深度与厚度，进而给我们带来一种阅读的新鲜感。话说回来，这也并不意味着李佩甫有多么高深的思想，实际的操作中他倒是相对朴素和单纯的。一切都源于他观察人物时那独特的"眼光"。对此，我在前文已有所透露，那便是由恋土情结所导致的"人性植物学家"的视角。他的人物往往算不上血肉丰满，但让人印象深刻。这是因为主体不是依据人之常情或者某种道德指令来构想他的人物，而是着眼于某种更宏伟的规划，一种根基上的、深邃的对应：什么样的土，长什么样的人，所有的人性，哪怕是邪恶的甚至十恶不赦的，也都能在土壤里找到它的种子。而在找到之后，这所谓的邪恶便在一定程度上得到豁免了。这不能不说是源自大地的一种深沉的悲悯。

在《送你一朵苦楝花》里，"哥哥"便是这样看"妹妹"的。与《无边无际的早晨》不同，主体对叛逆者的评价不再专注于道义的鞭挞（诸如从孝顺、廉耻方面），他从道德的纠缠中尽量挣脱出来；但也不是退回到《田园》里的做法，拐弯抹角地为主人公辩护。在此，主体第一次把叛逆行为纳入到土地的活动之中，从土地的内涵里寻找叛逆的根源（注意，不是理由或借口）。必须说明的是，这和主体以前对叛逆的辩护有着本质的不同。在《田园》中，无论是主人公还是主体，都从大地的馈赠中感觉到了压迫与局促，此间或多或少是夹杂着一点对大地的埋怨的；而到了《送你一朵苦楝花》，这种压迫感消失了，主体从大地的解释中得到的是坦然与安慰，人物亦与土地融为一体。如果真的存在什么辩护的话，那倒是主体在为大地作辩护。我们在小说对梅妞叛逆的解释中见到了"幸运""时光的厚爱"这类体恤式的、明显褒义的字眼，也许有人会觉得这有悖常理。但从绵延的大地的眼光看去，又何尝不是这样呢？主体借"哥哥"之口诉说了一段家族的往事，是在为梅妞野性的叛逆寻找历史的解释。结果，他找到了三姑奶，一个和唱梆子戏的男人私奔的、"家族历史上最秀气"的女人，一种隔代遗传的对应。但它和土地又有什么关系呢？要知道，历史从来不只是流逝的时光总汇，这里还有着空间的参与。而所有的空间都是建立在大地之上的，是大地提供的。进一步讲，从时间和空间那相生相赖的关系来看，我们完全有理由说是大地创造了时空，大地本身就是历史。而当主体从历史中找到梅妞"匪性"的对应时，也就意味着在土壤里找到了叛逆的种子。虽然当时的主体对此尚有些犹疑，但也明确提出了"是什么种子结什么果"。梅妞，作为一粒变异的种子所结的果，她"无法逃脱这块土地"，因为逃脱（叛逆）本身也是土地赐予的。如同植物的生长，逃脱的四面八方都在大地之上；而就逃脱的能量来看，也是大地提供的，就像植物的根部从土壤中吸收养分，供给地面上的枝蔓四处伸展的动力一样。如此一来，我们不无惊讶地发现，叛逆居然成了大地活动的一部分。事实上，当我们讲"遗传"的时候，便已经预设或者说承认了某种不朽的东西，否则"传"什么呢？它显然不是人本身，因为人总是要死的。而李佩甫把人性和土壤对应起来，把人和植物并立、叛逆和植物的生长进行类比，并非要贬低人类，或者重唱万物有灵的老调；而恰恰是想给叛逆一个终极的解释，让叛逆者（躁动的人性）重返大地，获得永恒。这便是我所谓之的神性写作。其间的逻辑如下：在李佩甫看来，如果人性和人的行为成为大地的一部分，便也会随大地一样不朽了，即超脱了生死。那么，还有什么（如叛逆）值得蝇营狗苟、躲躲闪闪、郁郁难遣的呢？这也应了老子的那句古话，所谓"人法地，地法天，天法道，道法自然"是也。就这样，经由传统的恋土情结，以对叛逆的困惑作为催化剂，李佩甫辗转地推出了他的神性叙述，一种人性—植物—土壤间的探究型写作。前两者（人性与植物）之间是一种比喻或类比的关系，它体现为主体观察人物的眼光与策略；而第三者（土壤）既是前两者的来源，又是其归宿。三者的交流、往复，构成一种神性的沟通。就主体而言，这不仅是对其叛逆心结的释怀，同时也带有自我统一、救赎的意味，包括对现实的身份、处境以及那身（在城市）心（系乡土）分离的写作。

在《送你一朵苦楝花》中，我们真切地看到了上述神性写作的萌芽：那个背叛父母、为了一碗面条不惜出卖肉体的"下贱"的女孩梅姐被塑造成了一个明亮的、充满活力的"植物"，这不是神性又是什么呢？从大地、生存的角度来看，梅姐和那个忍辱负重、辛劳到死的聋女二姐（《黑蜻蜓》）一样，都是跃动的生命。不过一个张扬，一个内敛罢了。这种写作的思路在李佩甫后来的创作中延续下来，且愈演愈成熟、老辣。不仅如此，这部中篇还涉及了诸多重大的主题，像金钱与人性的关系、城乡矛盾等等，这些在此都还只能算是伏笔，要到以后的作品中展开了。

以上我对李佩甫神性写作的起源、萌芽的历程进行了梳理，应该看到，这同时也是一个主体建构的过程。曾有论者指出，李佩甫是典型的、鲁迅所开创的"国民性批判"衣钵在现代的继承者，对此，我实难苟同。就李佩甫的写作根底来看，他更像是一个"大地故事的讲述人"，其批判的鹄的在于对神性的发现与提炼。一种游走在人性的卑微和神圣间的意识，不乏诗意与激情。

对于《送你一朵苦楝花》之后的作品，我不想详细论述了，因为其间的思路与以前的大同小异。这里只点几部重要的长篇，以期将神性叙述的发展勾勒出来。至于那部具有经典意义的《羊的门》，由于我在本文开始的时候已把其作为一个成熟的神性写作的证据、一个理解神性的体验性描述讲过了，下面也就基本略去。

20世纪80年代，李佩甫推出了他的第一部长篇《李氏家族》。小说以大李庄村辈分最长的七奶奶讲"瞎话儿"的形式，叙述了一个家族繁衍发展的兴衰史。一开始，我们看到了一场艰苦的家族迁徙。李氏家族的老祖宗让族人们单腿跪下，对天盟誓："从此以后，不管走到天涯海角，凡小脚趾是双指甲盖的，就是族人的血脉。"这不无神秘色彩的指认——双指甲盖——在《红蚂蚱　绿蚂蚱》里也出现过，那是在人小却能挣高工分的狗娃舅的脚上，但当时只作为一种客观的描述一笔带过了。此番在《李氏家族》中正经地作为家族誓言的内容提出，给人的感觉是，主体似乎想对他以往所写的乡土人性作一番追根溯源的调查，或曰历史的总结，就像《送你一朵苦楝花》中"梅妞—三姑奶"的对应一样。另一种神性写作的方式：人性—历史—土地。这里，历史（家族史）充当了人性与土地间的媒介，而历史与大地的关系，我们在前文已论述过，两者基本是统一的。如此，主体便又回到了他所钟情的人性与土壤的关联。随后的阅读证实了我们的上述感觉。小说由七奶奶的12个"瞎话儿"构成，而每个"瞎话儿"的结构都一样：一段历史的故事，加一两段今人的故事。主体虽然没有明确提出像梅妞和三姑奶那样的古今对应，但从结构的设置来看，这种对应是不言而喻的。结尾处更是表露得明显，既然"血脉是连着的，永远连着"（着重号为笔者所加），那么，所有的人性都应该有着历史（大地）的前兆和依据。以三姑奶的故事为例，它出现在"瞎话儿"（三）里。除了没有出现三姑奶的名字外，这里的情节几乎和《送你一朵苦楝花》中的一样：一位本族的姑娘与跟李家有仇的张家的后生好上了。老森祖爷怒不可遏，下令将两人绑在碾盘上，沉入潭底。而与这个古人（历史）故事在"瞎话儿"（三）中并置的今人故事也有着一个同样惨烈的结局：李春生怀揣雷管，和相爱多年的刘晓霞紧拥着死在一起。这里是否有着冥冥之中的对应呢？很难说，一切都在历史和大地中繁衍、变异，包括人性和命运，也是如此。

值得一提的是，在《李氏家族》中，记录了很多族长与族人、长辈与晚辈的冲突。比如赢，他和邻族的女子相爱，为族中长辈不容。赢逃跑了。七年后，他带着女人回来，一夜之间杀死了24位老人，并订下了一条残酷的规矩：凡是活过60岁的老人，一律活埋。从此，族中陷入了一段黑暗的岁月：乱伦、灾难，此起彼伏。我们发现，这些故事和李佩甫描述的那些反映现代乡村的权力斗争不同，此处牵涉到的不单单是权力的问题，更多地涉及行为与生活的准则。在这些富有传说色彩的历史纠葛中，我们能够体味出一种原始的"审父"冲动。有意思的是，在这些"父亲"的身上，主体不仅赋予了暴力和血腥的特点，像老淼祖爷；同时也给予了他们高超的智慧。以衡的故事为例。村中出现了老鼠精，族人束手无策，最终是采纳了被活埋于地下的衡的办法才渡过难关。这场大难使人们知道了老人的用处，决定废除活埋的族规，把赢从坟墓里接回来。"接老人回来这天，整个村落里喜气洋洋。全族人恭恭敬敬地来到墓地，把老人从地穴里迎了出来。看见他那像雪一样的白发和足足有三尺长的飘然长须，人们仿佛见了仙人一般，纷纷跪倒在地。"这是一个非常具有象征内蕴的细节。它表明赢的地位是和土地联系在一起的，人们对他的敬仰也正在于此。赢是一个和土地最近的人，他在坟墓里待了一年零七个月！从这个意义上讲，他的智慧也是由土地赋予的。如此一来，"审父"的冲动又追溯到了人与土地之间的关系：人—父亲—土地。这成为主体神性写作的第三种模式。它在《羊的门》中亦有所体现，对此，我在前文已表述过了。

在《羊的门》之后，李佩甫又推出了长篇《金屋》。这是一部探讨人类如何在大地上栖居的小说。就思想内涵而言，它呼应了《送你一朵苦楝花》中"哥哥"对于金钱和人性关系的困惑；而从情节来看，它又仿佛是《李氏家族》中李大有故事的继续：李大有和老村长李海昌不和，新砌的房子给扒了，李大有重新开始了在外的流浪，他让人捎回一句话："早晚还要回来，还要盖屋！"而一座金碧辉煌的房子一上来便在《金屋》里建成了。他的主人是从小被人唾弃的"狗儿"杨如意，一个暴发户。金屋便是他向村民炫耀、复仇的方式。这座高耸的小楼就盖在村人的脆弱、敏感的神经上，它激起人们对占有的欲望、恐惧和不能占有的仇恨。而每一个进入金屋内部的人都精神崩溃了。应该讲，这是一部反映金钱对人性腐蚀的作品，但李佩甫的处理非常独特。他的批判没有停留在金钱给人带来的直接的负面效应上，而是探讨金钱引入后所造成的人与大地关系的变化。在李佩甫看来，房屋不仅仅是一种建筑，它还反映了人在大地上的栖居方式；正是房屋，让人，这个大地上的流浪者，获得了一个扎到土地里的根，进而建立起自身存在与大地的关系。为什么杨如意的父亲住在金屋里非但没有享清福的感觉，反而倍感煎熬而一定要搬到土房里住呢？为什么全村人都仇恨这幢房子呢？究其根源，那是因为金钱的供奉造成了人与大地的疏离，事实上，这幢小楼的存在本身就是金钱对于大地的公开藐视。由此，主体推出了他神性写作中的一个重要概念："罪"。究竟什么是"罪"呢？在《金屋》里，公安局一再地出现，然而，无论是挥霍放荡的杨如意，纵火的麦玲，还是铤而走险的林娃兄弟，在法律面前，他们都不承认自己有罪。杨如意用金钱买来了一往情深，两情相悦，这何罪之有呢？而对林娃兄弟来说，向杨如意这个暴发户敲诈点钱以便娶媳妇盖房又算什么罪呢？至于麦玲，她纵火只是想确认自己尚有寻找幸福的勇气，这和"罪"搭得上界吗？尘世的法律只是给出了某种行为的规范，却无法整肃人的灵魂。李佩甫认为，人类的最深沉的罪孽感不是导源于对具体的条文规范的违反，而在于切断了自身和大地的关联。《金屋》中的人物的疯狂和走火入魔便是自绝于大地的结果。一种"罪"的提醒与折磨，就看你如何领会了。"罪"的引入，解决了主体神性写作中一个潜藏的伦理危机：既然所有的人性都能在土地里找到种子，那么，这是否意味着人就可以为所欲为了呢？主体的回答是，不！这里有"罪"的底线。如果人真的要将自己从土地中连根拔起，那土地的宽容也无济于事。虽然它不会直接惩罚人，但能让你从自我毁灭中领略大地的威严。

至此，李佩甫的神性写作成熟了，一种理性思索与信仰兼备的风格，它让李佩甫赢得了众多读者的青睐。但必须看到，这种写作有它的局限。由于神性脱胎于恋土情结——或可谓之土地的权力诉说——它和传统的乡土理念有着千丝万缕的纠葛，因而也会不自觉地受到乡土理念中某些固执情绪的影响。比如，城乡对立的思维方式、明显的男权意识等。李佩甫小说中的女性基本上是男性的附庸，很少有自己的独立人格。秀丫（《羊的门》）便是突出的代表，更不用说那几乎清一色的讨人嫌的城市女性了。一旦作家在笔下面对城市时，他那大地式的宽容目光就顿然消失，而陷入了善恶式的简单价值判断。这从《城市白皮书》《无边无际的早晨》里主人公对城市的感受中表露出来，一种骨子里的排斥和否定感。而那部试图弥合城乡差距、解决城乡矛盾的长篇《城的灯》基本上也是一部失败之作。就小说的内容来看。仿佛是路遥《人生》故事的改版。结尾处，冯家昌五兄弟在香姑墓前的沉重一跪，可谓意味深长。这是乡村对城市的较劲、震慑与征服。主体在经历了长期的漂移、流浪，以及身心分离后，终于求得了精神和肉体的双重回归——他把他的根依旧执着地扎在了乡村的土地上，一种不乏理想色彩的写作。但从阅读的效果而言，主体精心塑造的代表乡土价值的女性神话刘汉香非但没有使乡村从形而上的层面超越城市，反而由于人物的失真让乡土在城乡结构的对比中处于更加不利的地位。因为，一个圣女式的人物是无法让我们信服和认同主体的理想救赎的，这就像一个自欺欺人的幻影。在刘汉香身上，主体倾注了几乎所有的传统美德，她美丽、善良、贤惠、忍辱负重，甚至在遭人轮奸时嘴里喊的也是"救救他们……"这超出了常人想象的承受范围，刘汉香不再是个可亲可感的女人，而成了一个神话。但这神话却不是从大地里自然生长出来的，而是主体在城乡对立的痛苦中所构想的一个大团圆式的解决方法：就在上梁村，生长起了一个物质之城与精神之城统一的"花镇"（它是刘汉香建造的），让周围的城市自惭形秽。这或可认为是主体对于乡土力量那不乏敝帚自珍的确信和期望吧。但其间的逻辑却违背了大地的精神内髓，说到底，所谓的城市与乡村，不过是人类对大地的人为切割，在精神和地域方面；而在大地看来，它们本来就是一休的。从这个意义上讲，刘汉香是一个伪神话，她的悲剧意义也颇值得怀疑。如何让神性写作走出恋土的阴影，真正不离不弃地与大地结合在一起，是李佩甫必须认真思考的问题。

原载《中国现代文学论丛》2007年第1卷第1期

善良的李尚枝

肖建国

我们缠着李佩甫要他的新作《等等灵魂》，佩甫答应让我们先看稿。熬一个通宵，我把稿子看完了。43万字，看得我很辛苦，当然，更多的是兴奋。第二天大早，佩甫来了，问我感觉怎么样。我说：不错！我指的是给我渐入佳境的那种感觉。佩甫写活了好多个女性，但给我印象最深的是两个：一个是江雪，还有一个是李尚枝。

李尚枝是个很次要的角色。李尚枝跟我们应该是同一辈人。用李尚枝自己的话说，就是："我这人，就是命不好。小时候，正长个儿呢，碰上了三年严重困难，腰细得一把粗，饿得哇哇叫。再长大，快该上中学了，又碰上了'文化大革命'，字也没认几个。再后来，又是上山下乡，一去八年，整天想着炼一颗红心呢，牙碰掉了几颗，心还没炼好，这就又回来了。谈恋爱吧，都快三十的人了，一脸的树皮，谁要呢？好不容易找一主儿，又赶上了计划生育……这还没过几天安生日子呢，就又赶上下岗了。想想，这糟心事，一事一事全都让我赶上了。我咋就这么背呢？！"

类似的话，常常在我的同辈人口中听到。那些人说的时候，往往是高声的、激愤的，同时却也充满了无奈。可是李尚枝从来没有抱怨过。她只是默默地、十分勤谨地工作着。只是到了命运的转折关头，面临着下岗，马上就要打破饭碗了，才对着新的老板任秋风说出这番话。然而就在那种时候，她也没有勇气大声说出来，而是用了自言自语，生怕会因此伤害到谁。

在那之前，李尚枝没有抱怨过命运。她只是怀着一颗感恩的心和勤快的手脚不停地干活。她因此年年被评为劳模。在我曾经工作过的工厂里，也有过不少这种类型的工人。他们每天早早就到了车间，下班铃响了很久才会离开。他们不声不响地、手脚不停地做着自己的那份工作，同时也默默地做着很多不属于自己分内的事。有了重活、累活，他们脚一动就上去了。那时候的节假日常常加班。他们加了班从不要加班费，也从不要补休。他们会顺手把一颗螺丝钉、半片烟叶捡起来，放回到工具箱和烟车里。他们上班一身工作服，下班也是一身工作服。他们的所有行为做派都显示，自己的生活，自己的生命，都是跟单位绑在一起的。他们因此年年被评为劳模。每个人家里都有很多奖状。

然而李尚枝还是下岗了。理由很简单：年纪大了（李尚枝还只有四十多岁，年纪大吗？），也没有技术（李尚枝的工作是在商场站柜台，这有多少技术含量？）。李尚枝明白自己弱势群体的地位，早已接受了逆来顺受的命运暗示。她在自己曾经为之奉献了最好青春年华的商场门前，用两根玻璃圈出一块地方，给人看管单车。昔日的商店，已经成为名震中原的大商场；昔日的劳模，沦为了看管单车的保管员。每天面对着装整齐精神抖擞的昔日同事，面对熙来攘往衣着光鲜的涌涌顾客，李尚枝的凄苦和落寞是可以想象的。然而在李佩甫笔下的李尚枝，表现出来的是平静和淡漠，是随遇而安。她仍然保持着在国有单位工作时的那份热情和勤谨。有顾客推单车过来了，她马上迎上去，一手递过小号牌，一手把另一半小号牌挂在单车龙头上。没事她就在单车群周边来来回回逡巡。但她也有了小小的一点变化——当新的商场老板任秋风的小轿车停在门口时，她会适时趋步上前，拿出湿毛巾在车窗玻璃和车门把手上擦拭。我不明白李尚枝的这个细节，是勤快工作的惯性表现，还是因为现实终于让她明白了对权贵是需要逢迎的心理揭示？

果然，任秋风终于注意到了李尚枝。是的，被时代躲淡和抛弃了的李尚枝这一代人，他们身上却始终保存着生而为人的宝贵品质，比如，正直、善良、勤劳、坚忍、不过分计较得失、讲求信誉、忠于职守……

任秋风把李尚枝召回商场做了仓库保管员。

然而，商海凶险，任秋风也终于遭遇了灭顶之灾。其实，在任秋风事业最辉煌的时候，就有种种迹象表现出他费尽千辛万苦建立起来的商业帝国将会倾塌。大的不说，单看书中描述的一件小事，就可察觉端倪。那位深得任秋风信任的助手江雪，为了一个盒饭，竟然同李尚枝闹出一场轩然大波。江雪年轻有为，高高在上，春风得意，何必要跟一个底层的、孱弱的、卑怯的李尚枝过不去呢？但她还就是要跟她过不去！江雪使尽了机巧，耍够了威风，非要逼得李尚枝一再认错道歉还不行，直至最后，"李尚枝像个疯子似的，她伸出手来，啪啪啪啪……扇起自己的脸来。她一边打一边喊：'昂真是不要脸啦！昂真是贱啦！是昂嘴贱，昂得打昂的嘴……'"读到这里，我实在读不下去了，推开书稿，蒙脸长叹。我感叹江雪年纪轻轻，如何就学得如此心狠手辣的？我感叹李尚枝一辈子勤劳本分，老实做人，善良处世，怎么就过不上舒坦安稳的日子呢？我更感叹大权在握的任秋风竟然就容忍了这种事情，对李尚枝的申诉不屑一顾。

　　可是会任意糟践善良和无辜的人，能为社会做好事吗？！

　　任秋风的事业终于走到了尽头。他的商业帝国一夜之间成了废墟。大难来时，众人离散，任秋风一下子成了孤家寡人。这时候他才突然发现，空荡荡的大厦里面，只有李尚枝没有走。李尚枝不走的理由很简单：上面没有人通知她离开，她得坚守岗位。后来她面对气急败坏近乎疯狂的追债的人群时，绝不退缩的理由也很简单：这是公家的东西，谁也不能拿走！

　　李尚枝死得很惨。"汹涌的人潮把她挤倒了。接着，人们像洪水一样地压过来，那些脚全踩在了她的身上……"

　　李尚枝的死，似乎有了那么一点象征意味。

　　李佩甫是写农村、写农民的高手。他的《羊的门》《城的灯》，表明了他对农村、对农民的透熟和思索的深度。他在城市已经生活了三十多年，这部《等等灵魂》却是他表现城市生活的第一本长篇小说。几十年的积累，几十年的思索，凝结在《等等灵魂》这样一个充满硝烟的商战故事里，其题旨和意蕴是十分深远浓郁的。大的不说，光李尚枝这个人物，就够我们深长思之的了。

原载《作品》2008年第1期

赤子情围成的藩篱

——论中原传统地域文化对李佩甫创作的负面影响

卜海艳

　　李佩甫是河南当代著名作家。他用他的著作，塑造了一个乡村世界。这个乡村世界，从小处看是他生于斯长于斯的"许地"，从大处理解则是中原大地的缩影。他"自认为中原一带是我的地域，就像串亲戚一样，这里转转，那里串串，编些闲话，哪儿说哪儿了，没有一定之规"①。李佩甫的创作能取得成功，很大程度上得益于浓郁的乡土色彩，得益于小说中鲜活生动的充满乡土味儿的人物形象，得益于小说中深厚的中原文化精神积淀。另外由于他对乡村、对乡民、对这块大地怀有深厚的感情，所以作品中就有主体心灵的参与，有主体情感的强烈投入，从而使他的作品具有独特的深刻性和文学魅力。然而中原大地及作家对中原大地的情感牵扯既造就了作家，也在一定程度上限制了他。

一、很多中原传统文化的负面精神积淀成为他讴歌或者宽容的对象

　　李佩甫作为一位中原作家，深深夏着中原文化的滋养。中原文化的负面精

---

　　①　李佩甫：《泡"豌豆"》，《中篇小说选刊》1992年第4期。

神积淀以集体无意识的形式存在于他的思想中。当他对中原大地进行审视时，他有时不能像鲁迅那样以强烈的现代精神来烛照乡村。很多中原文化的负面精神积淀在他笔下得以豁免，成为他讴歌或者宽容的对象。

中原这块土地上生长坚强、乐观、美好、善良，也生长愚昧、顺从、奴性和不觉悟。作家对这块土地是这样深情赞颂的："土地是很宽厚的，给人吃、给人住、给人践踏"，"土地又是很沉默的，从未抗拒过人的暴力，又一次次地给人做戒。这是怎样的一块土地呢？似乎只有这样的土地才养育了这样的人种"[1]。他深情歌颂这块土地上的人们，歌颂他们坚强的生命意志，对待苦难的顽强精神，"常常觉得没有指望了，没有指望了，却恢恢地又活了过来。还能说什么呢？那无尽的日月，那死不了又活不成的日月，被血脉的长线串着，坚韧地扯出了长长的人生"。"这图案是一条条血脉拼成的，抒写着迟滞缓慢，也抒写着生生不息。"[2]毫无疑问，作为一个阶级群体的农民当然有美德，宁静的农村生活和古朴的乡土文化当然有令人留恋的地方。但问题在于，当对传统文化进行追寻与评定时，需要的就不应是情绪化的评判或印象式的感慨，也不能是仅仅出于个人的"感恩图报"，更不该是所谓"感谢苦难"的回忆。评估文化，应立足于历史的真实进程而进行客观估价，立足于人类总体文化的进展与比较而科学地把握。由此而论，作家对乡民的讴歌和赞颂就有了一定的片面性，缺乏鲁迅的深刻和犀利。

在《村魂》中作家描写了这样一个人物——"见他娘"，在她很年轻时，丈夫就被国民党抓了壮丁，后来又去了台湾。见他娘就这样开始了漫长的等待过程，一年又一年，日子就在养儿子和给不能见面的丈夫做鞋中度过。这之间不是没有碰见过怜惜她她也怜惜的人，但是传统的道德规范迫使她克制住了自己，一直到她死去，什么也没有留下，只有柜子里整整齐齐地放着三十双给丈夫做的千层底布鞋。一方面是人性的压抑与戕害，另一方面是传统戒律对妇女贞节的要求，而传统文化的"双韧性"因此而显现。问题在于作者只看到了问

---

① 李佩甫：《在"瞎话儿"中长大》，《中篇小说选刊》1989年第4期。

② 李佩甫：《在"瞎话儿"中长大》，《中篇小说选刊》1989年第4期。

题的一面，而忽略了另一面，并将其推向极致。很显然，小说缺少对传统文化进一步的反思与剖析。

《羊的门》对中原大地主要是批判的态度，即便如此，作家对普通民众仍然是同情悲悯占上风。作家将文化批判的锋芒集中在呼天成、呼国庆等几个主要人物身上。那些弱小人物的顺从、被动、茫然却得到了豁免。

二、男女关系描写和女性形象塑造上流露出强烈的男权意识

文化积淀有强大的生命力，传统文化积淀所呈现的生命力在积极和消极方面均发挥着影响。传统男权文化及其男权意识，是以牺牲女性权利为前提的。由文化积淀而形成的集体无意识会不自觉地左右着男性作家，甚至女性作家的写作。李佩甫受制于这种集体无意识，在其作品中，我们能明显看到男女不平等。呼天成为了事业不惜压抑对心爱女人的冲动。呼国庆为了仕途无法坚守自己的感情，被谢丽娟骂为"懦夫"。李金魁在李红叶火热的感情面前退却，他更向往的是前途。而漂亮多情的女人则不顾一切，一心眷顾着心爱的男人。掩藏在作品后面是作者或许自己也没意识到的思想：男性可以满足自己的多重欲望，在爱情上可以不专一，甚至可以有多个情人；女性只有爱情——甚至连爱情也没有，却必须从一而终。

李佩甫的作品中的主人公大都是男性，在人生竞技场上纵横捭阖、争权夺势的是这些男人，像《无边无际的早晨》中的李治国，《金屋》中的杨书厚、杨如意，《败节草》中的李金魁，《羊的门》中的呼天成、呼国庆等。他笔下的女人很少有独立的个性和掌握自己命运的能力。《李氏家族》中有一个锋芒毕露的银莲，作者让她生了个傻儿子，最后还落了个"骑木驴"的悲惨结局。《金屋》中的女性，惠惠作为钱的奴隶依附男人，麦玲被环境压抑不知所终。《羊的门》中的吴广文被丈夫呼国庆忽而离婚、忽而复婚的招数玩弄于股掌之中，蔡五的任女八妞只是一个为造假村打通关节的性服务工具。最能体现其男权意识的是《羊的门》中秀丫和谢丽娟两个女性形象的塑造。信阳逃荒女子秀丫被呼天成从冰天雪地中救出来，送给了孙布袋。秀丫爱上了呼天成，这

李佩甫

研究资料

一个"爱"字让她在以后的生命中没有了任何尊严，只是呼天成和孙布袋斗心理比意志的工具！而秀丫毫不自觉，仍然一心一意地恋着、崇拜着呼天成，呼伯就是她心中的神，更有甚者在她老了以后，竟用她的女儿小雪儿的青春之身作为呼天成的生日礼物，代替自己做呼天成性游戏的工具！谢丽娟毕业于武汉大学，工作在地委机关，是一个青年知识女性，然而她竟和几十年前的秀丫一样：为了爱情，没有自我。如果说顺店乡她和呼国庆的一见钟情尚有一定的现实基础，在看清了呼国庆对她爱情的潮涨潮落完全服从于仕途需要，她依然痴爱呼国庆就太不真实了。

同样的问题在《城的灯》中更加严重。作者塑造了一个至善至美、无私奉献、无所索取的女性刘汉香。"下嫁"到冯家之后，她日夜为冯家昌的父亲兄弟操劳，而每晚在油灯下抚摸着冯家昌的五好战士奖状，抚摸着"等着我"三个字沉沉睡去的情景，依稀仿佛是从一而终、不敢稍有差池的古代节妇的身影。在遭遇冯家昌的背叛和遗弃后，更是默默无闻承受甚至以德报怨，并且表现出禁欲行为，从此不谈爱情，可以说刘汉香比古代的秦香莲更符合中国传统对女性的要求。

法国女权主义者埃莱娜·西苏曾说过："我明确肯定地认为，带有印记的写作这种事情是存在的。我认为，迄今为止，写作一直远比人们意味和承认的更为广泛和专职地被某种性欲和文化的（因而也是政治的，典型男性的）经济所控制。"[1]在产生了"二程"的中原大地上，男性中心意识作为集体意识沿袭几千年，已渐渐化为集体无意识。作家一方面通过其文本反映了现实生活的部分真实，有时甚至达到了相当深刻的程度；另一方面，作家思想中男权意识的顽固，往往干涉了文本中的艺术构成，使形象为理念而存在，减损了其艺术效果。

---

① 张京媛：《当代女性主义文学批评》，北京大学出版社1992年版，第192页。

三、反复书写同一种目光审视下的生活，
在人物塑造和细节描写上出现自我重复

李佩甫对中原大地特别熟悉，反映起来也就特别真切，比如他对乡民宽厚胸襟的描写、对他们身上执着的生命力的描写、对他们在劳动场上生气和风采的描写、对他们之间互相扶持互相关爱的描写，这一切没有深厚生活积淀的人是写不出来的。但是，如果用同一种目光审视自己熟悉的生活，对这种生活反复书写，难免会出现自我重复。

李佩甫笔下的人物大多属以下几类。第一类是作家讴歌的形象，认为在他们身上积淀着中原文化的优秀之根，如《无边无际的早晨》中的三叔、《黑蜻蜓》中的二姐，他们身上的善良宽厚、面对苦难的坚忍，都给读者留下了难以磨灭的印象。第二类是《金屋》中的杨书印、《羊的门》中的呼天成这种地方权力者。他们的特征就是了解这块土地的文化精髓，所以能紧紧抓住乡村发展的命脉，居于不败之地。第三类是从这块土地上走出去的人，受过现代教育，可能当了县长或市长，但又摆脱不了故园的萦绕。每当失意或受伤时，故乡便成了他们寻求支援或舔伤疗病的地方。这类人物以呼国庆、李治国、李金魁为代表。第四类是这块土地上的反叛者，如《金屋》中的杨如意、《李氏家族》中的李大有。他们生于这块土地，长于这块土地，但不认同这块土地上固有的道德结构和权力结构，敢于和这块土地上的传统道德和受传统道德保护的权力一族明争暗斗。还有一类就是处于社会最底层的逆来顺受者，物质方面的贫穷已使其自觉矮人三分，专制统治的加剧更使其甘愿处于被奴役的地位，如《豌豆偷树》中王小丢的父亲。从作家的人物序列，我们可以看出其对中原大地有相当深刻的体认，在相当程度上把握住了中原文化的精髓。但是能清楚地给一位作家创造的人物分出序列，也显示出作家在创作中存在的一个自我重复现象。

除了人物形象的重复，作家有些细节描写也在不同小说中反复出现。比如要衬托一个人物的与众不同，是众多俗人中的一个雅人，作者就会让他围上一条驼色围巾（《豌豆偷树》中的校长，《满城荷花》中的陈庭中老师）；为了描写一个人的顽强能干和面对苦难的坚忍，作者就会让他背上一捆比他大得多

的草捆，让乡人看到这草捆从远处移过来，以为这草捆成了精，到了近处才发现有人驮着它（《黑蜻蜓》中的二姐、《红蚂蚱　绿蚂蚱》中的狗娃舅）。

重复自我，这是文学的大忌。莫言曾有言说他要超越故乡，如果是指创作题材的改换而言，其实大可不必。如果是指不断更新回望故乡的目光而言，那无疑是正确的。对于李佩甫而言，也同样如此，面对的是同样的大地，同样的生活，同样的乡民，如想超越自己，必须改变自己的目光。

四、中原作家中延续数千年的社会责任感和使命感使李佩甫
在反映社会问题时有一种急切感，使之牺牲对作品艺术的雕琢

19世纪法国著名的美学家、文学史家丹纳在他的《艺术哲学》里曾经说过："环境，就是风俗习惯与时代精神，决定艺术品的种类，环境只接受同它一致的品种而淘汰其余的品种；环境用重重阻碍和不断的攻击，阻止别的品种发展。"[1]当然，就丹纳的整个文艺理论体系即艺术是由种族、时代、环境等决定这一学说来看，具有局限性，但是肯定环境对文学艺术的种类有一定影响，则无疑是正确的。

河南地处中原，历史上曾长期作为封建王朝政治文化中心，封建正统思想被反复灌输，尤其是宋明之际，"存天理，灭人欲""饿死事小，失节事大"等理学思想甚至深入到一般老百姓的内心深处，更不要说文人学士。曾经有人在对比中谈到中原人的特点时说：他们不若幽燕之地多粗犷侠义之士，也不如江南多精明能干之才，缺乏浪漫激情和冒险精神，事事循规蹈矩，更多的是"修身齐家治国平天下"的政治抱负和"穷则独善其身，达则兼济天下"的理性色彩。因此就河南作家来说，关注国计民生、反映现实苦难的现实主义创作特色一直比较突出，从古代的韩非子、墨翟到杜甫、韩愈再到河南新文学作家和当代作家，如徐玉诺、姚雪垠、李準、张一弓、张宇、田中禾、柳建伟等，遵从的仍然是现实主义一贯传统。李佩甫当然也不例外。在皇天后土的中原文

---

① 丹纳：《艺术哲学》，人民文学出版社1983年版，第39页。

化的浸润和儒家思想的濡染下，现实主义是他的一贯创作笔法。他从没有一篇小说沉溺于形式的实验，或沉溺于私人生活，远离现实、远离百姓。他的小说中有着明显的理想倾向和道德判断，这正是现实主义的可贵传统，显示了作者的社会责任感和使命感，给作者的作品带来了现实意义和厚重感。

但是这种在中原作家中延续了数千年的社会责任感和使命感常常会使李佩甫在反映社会问题时急切地想把问题揭示出来，引起"疗救的注意"，这时候就会牺牲对作品艺术的雕琢。比如《乡村蒙太奇》这篇小说，作家只是把当前乡村社会的种种弊端一一列举了出来，看了以后让读者意识到了当前社会存在的问题，但是却没有给读者阅读文学作品时的审美快感。就像二十世纪二十年代的问题小说，在小说中提出一个个社会问题，把小说作为改良社会、改良人生的工具，社会性、认识性很强，文学性、艺术性却不高。

毋庸置疑，对作家来说社会责任感是很重要的，但是作家的责任感与一般人的不同之处就在于，作家作为艺术家不能仅仅停留在粗糙地反映现实生活的层面。现实主义作品不仅需要世相的真实，而应力求寻求优美的形式将作品推向精神的高度，应该对作品进行更多艺术上的雕琢，将小说叙述得丰富、生动，充满张力、富有韵味并意境隽永。

李佩甫的很多作品在题材的选择、题旨内容的蕴含，都已具备一流作品的要素，只是在将它们以艺术的形式叙述或传达出来时，有时却又不免显得粗糙，厚重有余而灵动不足，令人为之惋惜。作者对这一点也有认识，他在《泡"豌豆"》中写道："忽一日，就坐下来写《豌豆偷树》。本想慢慢写，写得平静些，淡些"，"要随意，自然，本分。要有日子的流动感"，"写着写着就成了这个样子，还是躁了"[1]。在他的作品《羊的门》中，我们可以看到虽然小说的叙述速度提高了，密度也很大，信息量惊人，但还是写得粗了，叙述状态不那么从容，使作品看起来发紧，没有留下足够的空白，多少有点透不过气来。整个作品的叙述语言也有点发硬，不够圆润。

作为文学大家，李佩甫用自己的作品为文学赢得读者，感动自己亦感动他

---

① 李佩甫：《泡"豌豆"》，《中篇小说选刊》1992年第4期。

人，令文学在心灵史上闪烁着情的光辉。中原大地给了作家创作永不枯竭的源泉和永远奔腾的情感，既造就了作家，又对作家的创作有着一定程度的制约。对于一个人来说，既定的生活经历和文化背景无时无刻不在限制着他对生活的感受和理解。因此，如何跳出自己习以为常的生活圈子和文化圈子，但这并不意味着身体栖居地的更换，而是心灵的充分发展，去寻找一个更宏大的天空自由地飞翔。

原载《中州学刊》2008年第2期

论《羊的门》对鲁迅小说的精神传承

赵淑芳

《羊的门》发表以来，赢得了文坛的一致好评。不少论者都注意到了作品与鲁迅小说在精神上的传承，但是相关的研究并未展开。走进李佩甫笔下的呼家堡，从作为呼家堡精神强权代表的呼天成，到被侮辱被损害的孙布袋、"强粮"女人于凤琴，再到芸芸众生，不难发现人物的种种精神病相。作品正是通过戏剧化的情节张扬了作者的批判激情。

一

阅读《羊的门》，给人的一个强烈印象是，其中的人物和情节都有些似曾相识，包括人物的语言，那不是一种机械的刻意模仿，而是从笔端自然流泻出来的。随之，人物的口吻、声气、心态、神韵等一起呈现于读者面前。这是李佩甫自己的，但又确确实实有《呐喊》《彷徨》的味道。

一、孙布袋的遭遇——自甘沉沦与看客心理

孙布袋是村里的光棍汉、"惯偷"。一天夜里，呼天成去找孙布袋了，最终以给孙布袋找一个老婆、收拾一次记十分为交换条件，孙布袋答应卖出他的

这张"脸"。孙布袋的"脸"成了呼天成征服人心祭旗的第一刀。自此,"几乎是每天傍晚,孙布袋总是在村口处被人当场捉住,'人赃俱获'。于是孙布袋的脸就成了一个挂起来的'贼'字。……""孙布袋彻底成了村里人的笑料,成了连孩子们都不屑于理睬的渣滓,成了谁想踢一脚就踢一脚的狗。他走在村街上,总有人取笑他说:'布袋,又偷了点啥?'"[1]

曾有学者认为鲁迅小说中人物之间存在着一种"看"与"被看"的关系,孙布袋日日游街"卖"脸其实就是村民与孙布袋之间一个看与被看的精神对视。在村民们看来,从外在的"脸"到精神深处,孙布袋都成了一个"贼"。在"卖脸"的过程中他虽然有过反复,虽然有其私欲支配,但毕竟突破了正常人的做人底线,因而对人物的精神戕害和摧残是巨大而深刻的。孙布袋日日游街"卖"脸最大的效果就是"杀一儆百",它给全村人烙上了沉重的精神烙印,同时也把孙布袋送入了万劫不复的深渊——人物的自甘沉沦及心理变异。孙布袋在呼家堡的遭遇与孔乙己在咸亨酒店的遭遇何其相似。但是,在"看"孙布袋的同时,看客们也被读者观看,他们也同样暴露出自身精神上的病态。他们全然已经忘了自己也曾是个"偷儿",孙布袋也应算得上是他们的"革命战友",他们本应给予同情,但可悲的是他们竟充当了无情的看客,没有人在精神上帮助救赎他们。看客——这个无主名无意识的杀人团在有意无意之中帮助权势者实现了目的,同时在精神上剥夺了一个人的尊严和人格。

二、八圈的"革命"——中国农民的"革命观"

八圈原是唱戏的,当城里的"文化大革命"如火如荼时,八圈从城里回来了,胳膊上戴了一个"红袖标",上面印着"红卫兵"三个字。有老人问:八圈回来了?再唱唱那"十八摸"呗。他鼻子哼一声,理都不理。尔后,他又来到了棉花地边上,从地的这头走到那头,再重新走回来,胳膊抬得很高。当终于有人注意到他的时候,说:八圈回来了,你那胳膊上戴的是啥?八圈文化不高,就说:革命哪!城里早就革命了!于是,就有女人围了上来,听八圈说"革命"。

他给人们说:"这叫红卫兵,懂吗?戴上这个,就是毛主席的红卫兵!红卫兵可以造反！红卫兵上街吃饭不要钱，想吃什么就吃什么；红卫兵可以破四旧，想砸什么就砸什么；红卫兵可以抄家，想抄谁家就抄谁的家！你们知道我回来是干什么吗？我回来是串联的，串联！懂吗？是毛主席派我回来串联的！只要戴上这个就是毛主席的人了……"

人们听得一愣一愣的，再仔细看一看他戴的"红袖标"，一个个平添了许多敬畏。八圈在人们眼里，立时变得高大了！

……

当天夜里，八圈就写了一张"大字报"。八圈写"大字报"用的纸和笔、墨都是在代销点赊的。管代销点的洪宽问他要钱。他说："钱？这时候了你还敢提钱？！这是革命！"[2]于是，洪宽也不敢提钱了。

这一幕颇具戏剧性的情节与阿Q在未庄的"革命"何其相似！小人物在特定社会历史环境中精神上的极度膨胀与愉悦，小人物的可悲可怜，普通百姓对这种"革命者"的崇拜与盲从等，透过戏剧化的场面描写得到充分表现。在这里，尤其值得注意的是八圈的"革命观"。"想砸什么就砸什么""想抄谁家就抄谁的家"是在泄愤，报复仇家；"想吃什么就吃什么"，想拿什么就拿什么，是对社会财富的攫取和占有；当晚发生在大队部的"赤肚"事件是对女人的占有。八圈的"革命"既有物质层面的，也有精神层面的。他想借此把自己提高到呼家堡上等人的位置上去，甚至比呼家堡神人呼天成还要高。所谓的"革命""造反"只是中国历史上改朝换代方式的重演，与祖国的前途、民族的强盛、人民的福祉毫无关系。在这一点上与阿Q的"革命"惊人地相似。从清末到"文化大革命"，尽管历史的车轮已隆隆前行了半个多世纪，但是中国农民思想前行和提升的步伐依然艰难而缓慢，广大农民真正意义上的现代化依然任重道远。

三、"强粮"女人于凤琴的命运——人心的冷漠

"窄过道儿"女人于凤琴，人太精明，干什么事情都算计，都不吃亏。因为德顺盖房引发邻里纠纷，进而引发了一场呼家堡的"斗私批修"运动。持续多天的"斗私批修"会，结束了"强粮"女人于凤琴的生命。她在一个黎明时

分踩在这些天她站惯了的小板凳上上吊死了。于凤琴的死，有太多值得关注和思索的东西。除了"东方教父"呼天成的作用之外，呼家堡芸芸众生的表现非常耐人寻味。

于凤琴是死于"女会场"的"斗私会"。斗争她的是她的女性同胞。对平庸的宣泄，对别人进行窥探，还有无法言说的"幸灾乐祸"等病态心理，都在一种公开而合理的秩序下上演了。她站到会场的前面还不行，被迫站到了一个窄窄的小板凳上。这个窄窄的小板凳，竟然要了她的命。站在小板凳上时她才发现，人们是多么恨她。大家争先恐后地揭发她，而所罗列的事实全是鸡毛蒜皮的小事。到后来揭发她的是同宗的姊子、大娘，近门的妯娌们，还有她的二嫂、三嫂，她的婆家妹子。在这之后，最具打击力度的是平日里跟她最要好的大嫂。大嫂的出场提升了"斗私会"的力度。人们开始"呸"她，开始"箅面"，还有"粗箅""细箅"之说，甚至有人在袖筒里藏着纳鞋底的大针趁机扎她。"没过多久，她就被'箅'成了一个披头散发的女鬼了。"

于凤琴是死于悲哀的会后"反省"。多少年来，"她所争的、占的那一点点、二点点的便宜，其实是极其有限的。可她竟然得罪了那么多、那么多的人？换来那么多、那么多的唾沫？……她曾一次次地反省自己，可越反省越觉得没脸活。旁姓女人吐她、箅她，她认了，可亲一窝的妯娌们也吐她、箅她？！她的嫂子们，她的婆家妹子也都一个个上来吐她、箅她……"再加上回家后自家男人的指责，儿子们的陌生眼光，终于把她送上了不归路。

是谁杀死了于凤琴？表面上看，是呼家堡的人们，尤其是女人们的仇恨和冷漠扼杀了于凤琴。其实，从深层次看，于凤琴是死于一种病态的文化氛围，死于她对人心和人世温情的绝望。非常年代意识形态领域的病态文化唤醒和培养了人性深处的恶。宣泄平庸无聊，窥探他人隐秘，漠视生命尊严，在他人的灾难中获得心理慰藉等，所有的一切在一个非正常时代都以一种合法的形式上演了。"强粮"女人于凤琴的悲剧命运，与祥林嫂的悲剧命运，尽管有诸多不同，但在某些方面具有相近的文化意义。李佩甫通过对于凤琴悲剧命运的叙写，将批判的锋芒指向了传统文化本身，表现出强烈的国民性批判的意蕴。

四、呼天成的极权——权术文化下民众的精神病相

《羊的门》是以主人公呼天成40年的成长历程为跨度来展示人物性格形成背景的。在40年的漫长岁月中，呼天成利用自己的聪明睿智及冷酷强硬一步步地在呼家堡建立起自己的权威，而后又一步步地在省市乃至首都北京政界经营起自己的人场，成了呼家堡翻手为云覆手为雨的"东方教父"式的领袖，成为一呼百应、上可通天的神人合一的人物。在呼天成的苦心经营下，今天的呼家堡物质文明已经达到了较高的程度。这是毛泽东时代的一个标本，是高举毛泽东思想的伟大红旗，坚持走集体化与共同富裕的道路的成功范例。小说对于呼家堡的描写充满了讽刺意味，在这里，生人的家固然一模一样，千篇一律，死人的"家"——坟墓也呈现出高度的规范化、格式化，活人和死人，同样丧失了精神的个性和丰富性。难怪孙布袋会认为自己是被呼天成放牧的畜生。偌大的呼家堡只有一个脑袋，那就是呼天成。他就是呼家堡的耶稣，人们像对待神一样对他充满了敬仰和畏惧。呼天成就是羊的门，呼家堡村民就是呼天成所牧的温顺的羔羊。

在小说的最后，我们看到：

"呼伯突然发起了高烧！消息传出后，人们全都涌出来了，整个呼家堡的人们全都涌到了村街上，静静地等待着呼伯的消息。人们忧心忡忡地想，如果呼伯有个三长两短，他们怎么活呢？！他想听狗叫……村里唯一的老姑娘徐三妮突然跪了下来，她跪在地上，泪流满面地说：'呼伯想听狗叫，我就给他老人家学学狗叫！'……全村的男女老少也都跟着徐三妮学起了狗叫！在黑暗中，呼家堡传出了一片震耳欲聋的狗叫声！"[3]

狗叫声震耳欲聋，狗叫声振聋发聩！作品以写实的手法写出了呼家堡人在精神上对强权者的崇拜甚至迷信，揭示了他们自我意识的严重缺失和人格精神的孱弱。而这，不是一个人，而是一群人，是呼家堡村民主体精神整体的大撤退，大缺失，这就令人震惊了。其中固然有权势者几十年的苦心经营，但更多的是人物自我精神的不可救赎。《羊的门》完整展示了呼天成由人到神的过程，同时也展示了村民精神被阉割的过程，从而使呼家堡——中国地处中原的

一个农村，成了一个具有更大意义的象征。小说通过这个过程，对中原乡村权术文化做了全面而形象的阐释，尤其对中原民众的盲从、愚昧、迷信、依附等精神病相进行了深刻揭示。它不无警示意义地提醒我们：根深蒂固的中国封建传统文化依然在现代化的道路上显示其顽强的生命力，反封建的历史任务任重道远。

二

从以上分析中，我们可以感受到，李佩甫的《羊的门》在情节的编排、人物的塑造及语言的运用等诸多方面，同《呐喊》《彷徨》都有许多相似之处。然而这些还属于寻之可见的方面。而精神上的传承，则有更深层次的表现。

在二十世纪之初，鲁迅在从事文艺活动开始时，就对中国国民性提出了思考：一、什么才是最理想的人性？二、中国国民性中最缺乏的是什么？三、它的病根何在？他和他的同道们一起，强调文学的启蒙作用，而启蒙的对象集中在下层社会"病态的不幸的人们"。促进人的精神健全、人的全面发展是鲁迅文学观的最高理想，而这一切又是通过对传统文化和旧文学的批判，对愚弱的国民灵魂的揭示来实现的。在《呐喊》《彷徨》中我们看到了赵太爷、鲁四老爷等权势者与四铭等卫道士，看到了阿Q、祥林嫂、单四嫂子、孔乙己等被侮辱被损害的社会下层人，也看到了吕纬甫、子君、涓生们等对封建制度及其文化有一定认识和反叛行为的"觉醒者"……权势者的冷酷和虚伪、被侮辱与被损害者的愚昧与孤苦无助、觉醒者的尴尬与悲哀都得到了淋漓尽致的表现和展示。在万难破毁的"铁屋子"禁锢下，弱势群体在围观"示众"中鉴赏别人的痛苦并获得极大的精神愉悦，同时他们也被鲁迅"示众"。自我意识的严重匮乏及建立其上的平等意识的缺失等等精神病相展现无余。奴性、面子观念、看客心态、马虎作风，以及麻木、卑怯、自私、狭隘、保守、愚昧等等，在鲁迅笔下都被揭露无遗。正是在对国民精神病相的揭示表现中，在批判个体生命自由精神被吞噬中，鲁迅完成了他对中国国民性的解剖和批判。

李佩甫的思考起点正是鲁迅对国民性的思考。"他的乡土小说描写范围几乎从来不超过古称'许'、今河南豫中平原这一块地方，但从内在精神上看，无疑是鲁迅所开创的新文学'批判国民性'衣钵的当代继承者。"[4]小说写呼家堡，其意义不仅在于展示了呼家堡村民的生活图景，使作品具有丰富的文化底蕴，更在于通过对众多人物形象的描写，解剖了国民性。在作品开始，作者颇有深意地写到，这是一块"绵羊地"，然后细细写了生于斯长于斯的二十四种草的神态：矮矮孤孤的、星星点点的、瘦瘦弱弱的、散散落落的、躲躲闪闪的、哀哀顺顺的、低眉顺眼的、力不从心的、不敢抬头的……草如人，人是草，草根阶层的生存状态及精神萎靡通过平原上最低贱的草传达出来。以柔弱、萎缩为特征的平原上的二十四种草正是人缺乏强健人格力量和独立自主意识的写照。一幅百草图简直就是一幅现代国民魂灵的百态图。这里的自然环境和社会环境都在培养人们"'败'中求生，'小'处求活"的生存术，历史和现实都让人们对"'败'中求生，'小'处求活"的生存术有了深刻的体认，"它规范着豫中土地子民的思想、行为，渗透到人们的心灵中、血液里，最后甚至以一种集体无意识的形式通过遗传继承的因子，传给了一代代后人们"[5]。

正是在这块"无骨"的平原上，独裁者的专制、虚伪、冷酷和狡黠不断上演，呼家堡的村民们学会了隐忍退让、依附强权的态度和方式，个体自由意志及创新精神完全被扼杀。《羊的门》在对乡土世界的权术计谋揭示中始终潜隐着对人性的思考，但是，它拷问的绝不是抽象的人性，而是我们这个古老的国度的国民性。也正是在这一点上，李佩甫传承了鲁迅的精神。"由于河南历史地位的特殊性，河南文化在中国历史上不仅仅是以河南文化的面目出现的，在很大意义上也代表着中国的传统文化，所以河南民间这种个性特征，在相当程度上也是整个中国民间个性的缩影。"[6]但批判并不是终极目标。和鲁迅当年一样，批判实际上是向传统文化模式告别的姿态和宣言。《羊的门》尖锐地提出了社会现代化过程中人的现代化问题。对于"现代性"，"不是单纯计量物质的发展程度，也不能简单地'以富有为文明'最主要的指标，还是看有无高度发展的健全的人文环境，能否让人享有充分的精神独立与自由。只有"立人"才能最终"立国""[7]呼家堡物质现代化程度很高，可在呼天成的思想禁锢下，人们的思想趋于凝固僵化，除了呼天成外呼家堡没有第二种声音，能够体现精神自由程度的处理个人拥有物的自由被相对剥夺，而人们竟安心于，甚至沉醉、留恋于这种被剥夺。小说结尾那片狗叫声令人心悸，它让我们怀疑这是否是正在走向现代化的"人"。李佩甫不动声色地将笔触伸入他们的灵魂，剖析他们的灵魂，在剖析中引导我们深思产生这种病态人格的历史，在历史和现实的契合点上思索"人"的未来。

正如当年鲁迅"揭出病苦，引起疗救的注意"一样，一部《羊的门》也不可能提出根治传统文化痼疾的有效途径，但通过批判，无疑彰显了李佩甫基本的建构意向：人格的独立和人性的健全乃是人的现代化的基本前提。呼家堡的新村建设在表面上体现了时代的物质新貌，而实质上，"这是一个没有个性，没有'人'的灵魂的现代化物质世界"。[8]在作品结尾，我们欣喜地看到，禁锢着村民灵魂的"精神教父"呼天成已经远逝，被其"放牧"了几十年的孙布袋、饱受凌辱的"强粮"女人于凤琴等也已经逝去。但孙布袋临死的悲愤呼喊依然言犹在耳，他对呼天成说："我放了三十年羊，你放了三十年'我'，人也是畜生！"这是对独裁者的控诉，也是"人"觉醒后的反思和挣扎；而刘玉庭毅然带着家人远走他乡，则是对呼天成独权的公然宣战；呼国庆对呼家堡继承人位置的放弃等，这些都是"人"觉醒后的自主选择与决定的结果，给作品带来了希望和亮色。

国民性的改造在很大程度上决定了民族的未来走向，中国现代化应努力根除这些复杂的劣根性与奴性，使"民主""自由""尊严"等精神真正成为构建"人"及文化内核的重要因子，真正做到崇尚和尊重人的生命、尊严、价值、情感、自由的精神，关注人的全面发展，解放人、建设人和提升人[9]。

参考文献：

[1][2][3]李佩甫.羊的门[M].北京：华夏出版社，1999.

[4]姚晓雷."绵羊地"里的冷峻剖析——李佩甫小说的主题方面的解读[J].文艺争鸣，2004（2）：82-86.

[5]卜海艳.中原民众性格管窥——论《羊的门》中"'败'中求生，'小'处求

280

活"的生存术[J].美与时代，2004（07）：82-84.

[6]姚晓雷."俦子性"——河南乡土小说呈现中的一种民间个性[J].当代作家评论，2003（3）：134-144.

[7]温儒敏.鲁迅对文化转型的探求与焦虑[J].北京大学学报（哲学社会科学版），2001（4）：124-132.

[8]胡焕龙.沉痛的历史与文化反思——读李佩甫长篇小说《羊的门》[J].淮南师范学院学报，2002（4）：42-43.

[9]欧阳友权.文学理论[M].北京：北京大学出版社，2006：243.

原载《河南师范大学学报（哲学社会科学版）》2009年第2期

李佩甫研究资料

从《等等灵魂》看李佩甫对河洛文化的背离与超越

王文参

李佩甫是河南作家的典型代表，也是在创作中传承以农业文明为特征、以儒家思想为脉络的河洛文化做出了杰出成就的代表作家。李佩甫在二十世纪创作的大量中短篇小说和长篇《金屋》《城市白皮书》《羊的门》等，以及二十一世纪初的《李氏家族第十七代玄孙》《城的灯》等许多作品，鞭挞乡村政治文化的同时，洋溢着浓郁的怀旧情调。特别是《李氏家族》，追寻"家族"的起源，以博大的悲悯情怀缅怀家族命运的变迁，同时也是在探寻河洛文化的血脉流程及其更新再生的生命活力在哪里，洋溢着一种厚重的历史感。然而经过一段选材上"城乡"之间的徘徊，2007年发表的长篇《等等灵魂》，完全转向几乎是横断面地抒写城市和商场人物，作品的历史感、表现手法、社会生活刻画和人物形象塑造等方面体现着鲜明的后现代文化特征，做出了对河洛文化的背离与超越。表现在以下几个方面：

一、深度历史感的消逝

《等等灵魂》前，李佩甫小说的历史感，不是简单的历史叙事，而是对社会文化和民众心理的历史探询，寄寓着一种超越的痛苦和做出努力超越的姿态，关注现实和瞻望未来；刻画由乡村到城镇、由极度贫穷到大富大贵的人物命运转折，将群体历史命运与个人情感历程、特定的时代背景与阶段性政治话语相结合，洞察社会文化的历史进程，对沉隐在人际关系中的政治文化和权术文化的不断演改，做出尖锐的揭示和鞭挞。叙述上往往围绕着"家"的处境，以及"当家人"的困惑和焦虑，通过深远的历史情景的缅怀，折射出河洛乡土难以撼动的文化劣根。透视中国社会的现代化历程，赋予人物性格复杂性和深刻性，达到探寻集体无意识形成的深度历史感。

如《金屋》中，写杨如意站在"金屋"楼顶上，两腿叉开，居高临下，环视四周。在他心里：

"这一切都是他熟悉的。那过去了的岁月在他心里深深地划了一道痕，他记住了，永不会忘。心理上的高度兴奋使他的眼睛燃烧着绿色的火苗儿，那火苗儿灼烧着眼前的一切，点燃了遍地绿火。他的心在无边的燃烧中踏遍了扁担杨的每一寸土地，尽情地享受着燃烧的快感。心潮的一次次激动使他有点头晕，晕得几乎栽下楼去，可他站住了，定定地站住了。他敞开那宽大的恶狠狠的胸怀，挺身而立，面对土地、河流、村庄，喉管里一口浓浓的恶唾沫冲天而起，呼啸着在空气中炸成千万颗五彩缤纷的碎钉！"①

这种对人物心理的刻画，在李佩甫作品中是一种叙事模式。从杨如意到《城市白皮书》中的"魏征叔叔"、《羊的门》中的呼天成、《李氏家族》中的李金魁、《城的灯》中的冯家昌，李佩甫描写的这些人物都有一个曲折的过去，一部关于成长的坎坷史。小说叙述上，讲究不断展示人物性格形成的历史环境和蕴含的历史文化内涵，人物的命运历程紧密联系着现在，促成现实的行为逻辑，刻画人物时又多用倒叙的手法，使小说产生一种浓厚的历史沧桑感和忧患意识。但是，《等等灵魂》中的任秋风，在"金色阳光"一度辉煌之前，虽然也经过了心理历练，但他的坎坷没有一个过程，不像杨如意、冯家昌等，经济生活和外界生存困境造成创伤性记忆，或者由此长期遭受屈辱，形成某种情结，促成当下的事业。任秋风刚毅果断的性格，与军人出身有关，其次，任

李佩甫 研究资料

① 李佩甫：《金屋》，《李佩甫文集》，百花文艺出版社2000年版，第9页。

秋风准备给久别的爱妻一个惊喜，到家看到的第一眼却是妻子和一个男人在床上，这种打击虽然刻骨铭心，但并不能充分成为他刚毅、坚韧甚至有点老奸巨猾的性格逻辑。小说没有渲染苗青青对他的伤害，苗青青对邹志刚没有任何感情，与邹上床多少带着偶然，带着长久独守空房造成的性上的苟合色彩。事后苗青青后悔不迭，并坚决不与任秋风离婚。小说也没有对任秋风军人生活过多地追忆，简单提到几笔是对他初创"金色阳光"时如何拉起关系网络的必要补叙。

因此，在《等等灵魂》中，没有了沧桑的历史意味和忧患感。没有了通过个人心路历程的展示，寄寓民族命运、时代变幻、乡村人文景观的深思洞察，反思的色彩也随之丧失。有的只是任秋风带着三个商学院学生，在商场如战场中的搏击，多是一种商业场面的描绘，一大片，大家彼此紧密连接，社会生活的各个环节纽结一起，人物命运与共，任秋风也根本没有思考自己的时候和空间，也没有像杨如意站在富有标志性的楼上，恶狠狠地"操你妈！"，对他人的宣战，对周围社会环境的挑衅。《等等灵魂》没有描写任秋风的"夺妻之恨"，甚至任秋风还出于商业上的策略，和邹志刚有过合作。所以，小说结尾没有对苗青青有所交代，只通过齐康敏的口，以指责任秋风的口吻说：你知道苗青青现在变成什么样了吗？完全是你的责任！至于苗青青怎样堕落了，留下了潜台词，但这个潜台词也引不起读者多少追怀和对苗青青现实境况的具体联想。

小说中描写商场的欲望膨胀，社会各个领域的广泛连接，媒体炒作，35家连锁经营的"金色阳光"商场，极其开阔的空间场面描写。然后是欲望膨胀后的轰然倒塌，任秋风终于栽了。所以，随着深度历史感的丧失，随之而来的是空间感的增强，社会生活的立体厚度感丧失，欲望化、物化、平面化的感觉增强了。虽然"后现代主义是关于空间的，现代主义是关于时间的，但这两样东西并不是对象，并不是客观存在的物质对象，你是找不到它们的。确切地说，作家之所以写这两样东西正是因为它们不存在，是一个问题而不是客观对象，必须用新的手法和技巧来表现后现代主义的全球性空间意识，后现代主义中的空间正是其神秘之处，但这种空间现实又正好是看不见摸不着的。"①然而，和李佩甫以前历史感很强的小说对比，我们能看到，这种"看不见摸不着的""时间感"向"空间感"的转变，伴随着一种现代主义意识向后现代主义意识的过渡，体现出一种文化呼唤和呼唤中的焦虑绝望，向一种空前无奈和在无奈中形成冷漠旁观的文化状态转换。

《金屋》中，还有一类这样的人和事物：

"瘸爷恨自己。他七十六了，是经过几个朝代的人了，剪过辫子，抓过壮丁，又经历了分地、入社，再分地……生生死死、盛盛衰衰也都见识过了，怎么就解不透呢？""老狗黑子在瘸爷身边静静地卧着，仿佛也沉浸在往事之中，它太老了，身上的骨架子七零八落的，皮毛一块块地脱落，灰不灰黑不黑的很难看。两只狗眼时常是耷拉着，每睁一次都很费力。它年轻的时候曾是一条漂亮的母狗，常在夜里被一群公狗围着，在野地里窜来窜去……可它现在仿佛连站起来的力气都没有了，腿软软地缩在地上，像条死狗似的。然而，一听到什么动静，它的耳朵马上就会竖起来，狗眼里闪出一点火焰般的亮光。"②

这种对历史"遗留物"式的旧人旧物的描写，包括一些自然环境的描写，在李佩甫作品中极富有象征意味。象征的不单是个体对过去的简单留恋，或者展示一种权力丧失的失意，或者对人心不古的一种鞭挞；除了早期作品中短篇中，如《黑蜻蜓》《村魂》《钢婚》《田园》等对美好乡土风情的怀恋与歌颂外，李佩甫的乡土情结中，表现的多是对病态或者陋俗的不认同姿态。通过老狗黑子、瘸爷，象征的更多是在一种古老农耕时代，乡村生活的伦理、社会形态、文化机制、民情风俗对当下人生造成的焦虑、不适感，让人想到的是社会现代化裂变带来的痛苦，带来的社会病态和忧虑，甚至带来了某种绝望和毁灭。而在《等等灵魂》中，这种焦虑、毁灭感、绝望感消失了，而是一种客观冷静的叙述语调，带来的多是一种隔离感，一种冷静的嘲讽，一种冷眼旁观的姿态。而这正好就是一种社会生活和文化形态由现代主义向后现代主义转型的

---

① 弗雷德里克·詹姆逊：《后现代主义与文化理论（精校版）》，唐小兵译，北京大学出版社2005年版，第219页。

② 李佩甫：《金屋》，《李佩甫文集》，百花文艺出版社2000年版，第9页。

典型心理和文化色彩。焦虑和绝望必然伴随对历史的痛苦穿越，冷眼旁观是个体自我丧失造成生存无奈的后现代文化立场。

"过去意识既表现在历史中，也表现在个人身上，在历史那里就是传统，在个人身上就表现为记忆。现代主义的倾向，是同时探讨历史传统和个人记忆这两个方面。在后现代主义中，关于过去的这种深度感消失了，我们只存在于现时，没有历史……"①《等等灵魂》中，任秋风对过去的记忆，几乎仅仅是一种妻子和别人上床了的没有特点的羞辱，邹志刚简直就没有过去的记忆，只是一个标准的当代商场投机者；叙事上的冷静、距离感和对过去的割裂，又明显表现出对传统的背离，所以《等等灵魂》在集体"传统"和个人"记忆"两个方面，表现出了"过去意识"的淡薄，即历史深度感的消失。

二、消解象征主义的倾向

小说题目"金屋""羊的门""城的灯""红蚂蚱 绿蚂蚱"等都是颇有寄寓的意象，《李氏家族》中以"十二属相"连接起一个个故事片段和家族历史场景，也包含有浓郁的文化象征意义，使李佩甫的小说洋溢着象征主义情调。《金屋》中的"金屋"是象征二十世纪八十年代，农村经济改革后，颠覆古老的乡村伦理民俗的欲望象征。小说叙事结构上，每叙述一节就穿插一节对"金屋"的描写，造成一种回环往复的叙事节奏和诗化的叙事旋律，更加强了这种象征的意味；《城市白皮书》中，以一个不会说话的孩子"我"的视角，来看城市中的污浊、丑恶、虚伪、欺诈，而"我"具有特异功能，能突破时空，看穿城市人的心肺肠胃，并能用眼睛治病。其中"红蚊子音乐""魏征叔叔""人头纸""猫叫"等意象象征，穿插幻景、意识流动，组成片段而又连贯的故事，情节结构用富有原型象征意味的"春""夏""秋""冬"时序推进，一种现代主义特有的焦虑、痛苦，对丑恶的展示，渗透在叙事中。可以

---

① 弗雷德里克·詹姆逊：《后现代主义与文化理论（精校版）》，唐小兵译，北京大学出版社2005年版，第185页。

说，整个小说是一部关于城市的寓言，涉及的人事都以象征的方式，隐喻现代城市的性格和对平民小人物的摧残，隐含着主体对善良人性和美好生活的向往。《羊的门》卷首引用了《圣经·新约·约翰福音10》中的一段话："……耶稣对他们说，我实实在在地告诉你们，我就是羊的门。我就是门。凡从我进来的，必然得救，并且出入得草吃。盗贼来，无非要偷盗、杀害、毁坏。我来了，是要叫羊得生命，并且得的更丰盛。"赋予作品一种富有神话原型特征的象征主义色彩。作品通过对"许地"这块古老的土地及土地上的人民进行深入骨髓地剖析，得出了一个结论，也就是三千年来仅仅传下来的这么一句话：这是一块"绵羊地"，呼天成就是这儿的"上帝耶稣"了。整部小说就是在这样的象征寓意框架内叙述。《城的灯》的扉页题字也摘引《新约·启示录》中的话，"城的灯"的象征意义也是不言而喻的。

而《等等灵魂》，明显地没有了曲折隐喻，多了直白和平面化，叙事节奏加快。"金色阳光""摩天大厦"与任秋风，在叙事中，既与历史断裂，又没有深沉复杂的形象特征和精神内蕴。"黑井茶社"隔壁动物园里狼的哭叫声，几乎在每次重要人物决定重要事情时，都能隐隐约约传来，带来了莫名的恐惧感，似乎可以成为某种象征，但小说通过齐康敏的口，说出这种狼哭是一个不吉利的征兆，并且在故事构成中，也并没有在叙述逻辑上具有意义生成的功能。虽然能制造一种神秘气氛，隐含意味却很单薄，不能达成一种深层的象征。很有意思的是，结尾任秋风的失踪，在叙事方式和结构营造上，都与李佩甫以前的小说不同。"失踪"是一种无结局的结局，是千头万绪归于无从查对，生成了意义又无所依凭，是一种无奈的冷淡，一种可遥遥无期等待的距离。但这种等待没有任何诗意，更没有期待，仅存浅薄的推测。

象征意义的消解，还表现在，李佩甫小说一贯重视对民俗的描写，并寄寓深刻的集体意识和对河洛文化的反思色彩，显示着作品的厚度和主体的乡土情结。如在《黑蜻蜓》中，对中原农村旧时串亲提的"点心匣了"的描写，有缅怀，有寄寓。"点心匣子"也成为一种符号，是中原文化的胎记。小说中写道："我怀恋乡村里的点心匣子，那种摆在乡村集市上的马粪纸做成的点心匣子。"①直到《城的灯》时，小说第一章第二节标题就是"挂在梁上的点心匣子"，对这一民俗又加以详细描绘，并在生动而辛酸的叙述中，刻画冯家昌童年遭受的磨炼。

再如《田园》中对颍河岸边秋收季节"打平伙"古老民俗极其生动的描绘：

"村人们在火光的映照下头挨头，脸贴脸地围着一口大锅，大锅里冒着暄天的热气，猪肉的香气溢向四野！在猪肉的香气里他听见了村人的笑骂声和汉子们的吼叫！有人唱了，野唱，一声声炸破喉咙……

汉子们那阳壮的野吼震动了整个苇荡。在火光中，红色的芦苇随着'日日'的唱一浪一浪起伏，仿佛整个河滩都燃烧起来了！那憋足气的人脸举着一张张大嘴巴，铺天盖地都是嗷嗷的叫声……"②

《等等灵魂》几乎没有对民间的东西有所关注，这不单因为城乡差别，民俗似乎匿迹，更明显表现在作家观察生活的角度发生了改变，对生活的体验不同。一种后现代文化的特征就是消解厚重，消解民俗和象征，消解深层的生活意义。因为，"按照弗雷德里克·詹姆逊的见解，后现代主义文学和艺术将时间割裂为一连串永恒的当下，拒绝传统的'解释'，取消表面现实与内在意义之间的联系，反抗黑格尔式的、弗洛伊德式的、存在主义的、符号学的深度模式，不承认其中关于现象与本质、显意识与潜意识、本真存在与非本真存在、能指与所指之间的对立与区分。简言之，后现代主义文学和艺术是平面化的文学和艺术，整个后现代主义文化也是一种平面文化，其基本表现是历史感的淡薄与各种深度模式的消失。"③

---

① 李佩甫：《李佩甫中短篇小说自选集》，华夏出版社1997年版，第80页。

② 李佩甫：《李佩甫中短篇小说自选集》，华夏出版社1997年版，第375—376页。

③ 何林军：《意义的放逐——论后现代主义的反象征性》，《文学评论》2007年第6期，第83页。

三、"他人引导"的后现代社会生活的描绘

这也是造成深度历史感丧失的主要原因。詹姆逊在《后现代主义与文化理论》的讲稿中，引用美国社会学家戴维·里斯曼把社会分成三个历史时期，即"传统引导"社会、"内在引导"社会和"他人引导"社会的观点。在市场资本主义时期，做生意的实业家，挣钱是主要目的，他们是"内在引导"社会的产物，是时代的英雄和典范。但，"随着社会的发展，传播媒介的进步，社会越来越趋于整一性，形成一个'他人引导'的社会。实业家体现的是自我依靠的精神，而'他人引导'的社会则是一个后现代主义的社会……。现在要做一个好的企业家并不是要成为entrepreneur，并不是要不断地创新、发明，富于开拓精神，而是要成为一个组织中有效的一员，要对自己的企业忠诚，要具有科层制精神，或者说具有唯技术人员精神。这当然是一个较新的概念。"①在《等等灵魂》中，我们看到，任秋风和对手邹志刚都不是那种靠创新、发明的企业家，也并不富于开拓精神，不像杨如意、冯家昌等人物身上，有那种西方文学传统中的"恶魔性"因素。"恶魔性"的内涵是对某种正常秩序的破坏，对正常意义上的社会伦理道德的反叛，其核心要素是反抗，其生命是叛逆，其实质是战斗，原始的生命冲动和颇具创造性的智慧是其性格中共有的特点。当然杨如意、冯家昌身上的"恶魔性"带着中国特征。显然，任秋风、邹志刚身上已经没有任何"恶魔性"了，他们主要靠的是商业运作中的权术，靠一种机制，在这种机制中，每一个员工都要极其忠诚，要具有严格的"科层制精神"。陶小桃对员工亲切关怀，有"人文精神"，却背离了"金色阳光"的利益和服从的原则，就被降级和解雇；齐康敏痴情，在任秋风眼里，无疑显得可笑可悲。如果说杨如意、冯家昌是"现代性"的人物，那么任秋风、邹志刚就是标准的"后现代"社会中的人物。

除了被追逐最大商业利益的"引导"外，"他人引导"还表现在媒体和货币在"金色阳光"兴衰中的作用。《等等灵魂》初次描写了媒介的主导作用。

李佩甫 研究资料

---

① 弗雷德里克·詹姆逊：《后现代主义与文化理论（精校版）》，唐小兵译，北京大学出版社2005年版，第52—55页。

小说中描写的媒体与"金色阳光"的关联，已经不是一般意义上的宣传广告作用了。苗青青做记者的职业特征和职业习性促成她结识邹志刚，给任秋风的命运带来了大转折，也让苗青青悔恨交加，又无力挽回自己实际很钟爱的丈夫。

"金色阳光"在角逐中是靠独特的媒体宣传，靠上官云霓到北京走访电视台、报社，甚至靠作家别出心裁创造出的一种富有中国特色的"飞机媒介"：飞机飞临都市空中，做超低飞行，同时抛出拖着长长飘带的金红色气球，然后撒下奖券，撒时的气势是"只听'哗'的一声，就是一天的花红柳绿，一天的风花雪月，一天的五彩缤纷……太阳被遮住了，就觉得红腾腾、黄澄澄、蓝莹莹、哗啦啦的东西洋洋洒洒地从天上落下来"，这真是最佳的吸引人"眼球"的方式。所造的声势空前壮观，"当奖券铺天盖地撒下来的时候，先是有千万只手臂伸出去，就像是游泳大赛似的，形成了一浪一浪的手臂冲击波，跌倒了再爬起来，勇往直前；紧接着又像是短跑大赛，一个个头拱着地、屁股朝天，成了一窝一窝、没了头绪的、撕咬中的乱蜂……哄抢声、抓挠声、撕打声不绝于耳"。①这比开业时的美女仪仗队更胜一筹。"金色阳光"一举成功，使邹志刚的"万花商场"和徐玉英的"东方商厦"黯然失色。然而，"金色阳光"最后的雪崩也是由媒体直接造成的，是由于任秋风得罪了一个笔名"沪生"的小个子小报记者，该记者发愤疾书一篇六千字的新闻稿件，投向88家全国大小报刊，结果"一篇不足六千字的狗屁文章，立刻就让他陷入了绝境"②。对"金色阳光"来说，真是"成也媒体，败也媒体"，鲜明地体现出媒体引导的后现代商业社会特征。

掌握任秋风的命运和"金色阳光"成败的，已经不单单是对财富的追逐，很大程度上是高度商业化的"货币"的运作机制。从小在高尔夫球场当球童，并能让工商银行行长薛民选、交通银行行长千有余马首是瞻的大老郭，"背景十分复杂，你看，他明明是中原人，却有一本香港护照。据说他的夫人原在香港经商，现又入了加拿大籍，如今住在多伦多的一栋阳光明媚的别墅里"，很

---

① 李佩甫：《等等灵魂》，《十月》2007年第1期，第139页。

② 李佩甫：《等等灵魂》，《十月》2007年第1期，第135页。

有点黑社会的味道。但就是这样的人物，最后还是栽在任秋风的"金色阳光"里。至于那些疯狂入股的任的亲朋好友，沾亲带故的，更是在这变幻无常的股市市场上，哭天抢地了。

《等等灵魂》中的大城市场景描写呈现出一种鲜明的商业一体化、全球化色彩的后现代生活特征。"金色阳光""摩天大厦""黑井茶社"等建筑形象，具有一种夸张、浮华、趋时髦、赶潮流的意味，洋溢着浓郁的后现代商业一体化、全球化色彩。整个小说情节、事件、人物活动，关键时刻都是在这三个地方进行的。任秋风在地球仪上插满小红旗，想象着"金色阳光"商场遍布全世界，"金色阳光"是任秋风建立称霸全球的商业帝国的梦想，并在他意志的支配下，迅速在全世界扩展到35家分商场，成为《等等灵魂》中一种后现代背景下可无限复制的文化表征。"摩天大厦"要世界第一，然而地基却打在了断裂带上，正像全球化的商业帝国构想在中国的土地上，全盘照搬，地基薄弱，必然坍塌一样。"黑井茶社"是日本人开的，有外商、华侨、香港人出没，是关系"金色阳光"命运的几次商业交易的场所，是关系任秋风成败，和任秋风会友、与敌谈判的场所，也是任秋风最信任的江雪投靠邹志刚、离开"金色阳光"的出发地。

李佩甫是长期在河洛文化耳濡目染中的作家，是一位深受儒家思想影响的极富有社会责任感的作家，颇有铁肩担道义的执着精神，作品具有浓郁的与时俱进的时代气息和深刻的现实主义品位。《等等灵魂》刻意追求一种由乡村到城市的创作转变和对河洛文化的背离与超越，表达了一种对后现代文化在中国语境中的忧虑和思考。在多元化、无主潮的当下文学创作状况，《等等灵魂》是否具有当下文学创作的共性特征，有待进一步研究。同时，这是否能成为河南作家突破地域文化局限的"乡村—政治""乡村—城市"创作模式，突破素材单一、价值单一、审美趣味单一、文化内蕴单一的新篇章的代表之作，也有待于全面研究和未来的期待。总之，这成为李佩甫个体创作文化价值生成的一个新的出发点，应该是没有问题的。

挥之不去的乡土眷恋

——管窥李佩甫的乡土小说世界

陈英群

　　李佩甫的写作在记忆的情绪中游走，乡村是他记忆的根。他自小就常客居乡间，即使上学以后，每个暑假也都是在乡下的姥姥家度过的。那时已经半瞎的姥姥有着惊人的记忆力，会讲很多的故事，李佩甫正是在姥姥的"瞎话儿"中泡大的，潜移默化间传承了许多民间文化的因子，小小的心灵构织起无数奇异想象的图画。在那段饥馑的岁月里，李佩甫在乡下亲人的关照下不至于经常饥饿难忍。乡民亲昵的呼唤、泥土新鲜的气息、田野变换的景色早就深深地刻在他的血液里。李佩甫中学时赶上"文化大革命"时期的上山下乡，四年半的知青经历让他重温农村生活，甚至做过所谓的生产队长。童年寄居受到浓郁乡情的熏染，下乡插队又有了辛苦劳作的体验，使得李佩甫与乡土有着割舍不断的血肉和精神的联系。贫困乡村太多的辛酸和苦难他感同身受，父老乡亲淳朴仁厚的乡情他体悟颇深，底层民众在艰苦环境中显现出的坚韧生命力让他心生敬意，平原大地上发散出的温情暖意留给他永难磨灭的记忆。

一

李佩甫早期作品多以乡土为题材，《红蚂蚱 绿蚂蚱》《村魂》《乡村蒙太奇》《豌豆偷树》和《画匠王》等一批作品就是其中的代表，大多风格清新温婉富有诗意，几组乡村人物的速写，篇幅不大，人物刻画却力透纸背，短制里浓缩着特定地域的乡情风韵。作家用简练而柔和的笔触探向他所熟悉亲切的乡村大地，用温情脉脉的眼光扫描乡间那份质朴淳厚的乡土人情，着力营造古朴隐逸的乡村生活氛围，倾心讴歌充满传统仁义道德的美好人伦情感。《红蚂蚱 绿蚂蚱》是以孩童"我"的视角描述饥馑荒唐年代里农民生产和生活的场景，主体有意无意地弱化灾祸和困窘带给乡民的生理折磨及心灵伤害，而着意展露底层百姓在恶劣环境下顽强生存的坚韧生命力，呈现一派人与人之间和睦融洽、和衷共济的"桃花源"景象。"在住着姥姥的村子里吃饭，是不用打饭钱的。随你走进哪家院子，叫声老舅，便有汉子亲亲地迎出来，骂声鳖儿，不消你再说，一准儿有好东西管你吃。"[1]国是唯一可以和"我"享有同等待遇的村孩儿，"爹死了，娘嫁了"也没受什么委屈，倒还气势势地让队长舅驮着在村里骑过，常由最美最秀最辣的五姨搂着睡觉，走了歪路则痛遭鞭挞，最终在父老乡亲的宠爱和严教下踏上仕途。乡亲们源于淳朴善良的本性去眷顾和呵护并非亲生骨肉的弱小，弥散着浓浓的人情味儿。

在李佩甫笔下的众多人物身上，他所要表现的不仅是单纯的人性之美，更重要的是展示生命在对苦难的抗争中所具有的厚重感。有学者称："面对苦难的反抗，——事实上，在河南作家笔下，这种反抗，更多地体现为一种默默的反抗——承受，通过承受苦难来反抗苦难。这种源自生命本能的承受苦难的坚韧也为作家们所关注。李佩甫常常以此作为小说的某种主题。在他的小说中，乡民们在命运的沉重压迫下生活极为艰难，而且还常常遭受着意想不到的厄运。但是，即使在最难以承受的时刻，他们身上也会迸发出令人难以想象的忍耐力。"[2]《红蚂蚱 绿蚂蚱》在展示人性善美统一的同时，显而易见地突出了苦难和抗争这一双生主题。狗娃舅是个长不高的泥丸一般的孩儿，上有瘫痪的爹和病恹恹的娘，下有两个年幼的弟弟，他稚嫩的肩头独自扛起生活的重担；生存的本能开掘出超乎寻常的智慧和力量，一晌就割出一个壮汉一天所能割的百十斤，背上压着小垛儿般的草捆，细细的干嗓喘着粗气还唱着喊着；冒着被抓的风险扒来几块红薯，只是为了让"我"这个城里来的亲戚尝尝鲜。瞎子舅自出生起就在永世不见天日的黑暗里活着，艰难的日子逼迫他擦干眼泪摸索着走出去自谋生路，每次回村都会带一盘荷叶包的肉包孝敬老娘；他慷慨救助怀有身孕的外乡女人，对新生婴儿视如己出疼爱有加，当那女人抱着孩子悄然离去后，他依旧默默地走一条黑暗的路。是啊，漫长的人生路还要继续，承受苦难本身就是抗争命运不公的无声呐喊，身体的残缺遮掩不住生命的光芒，生活的昏暗中却透射出人性美的亮色。德运舅新婚之夜，新媳妇上吊了，意想不到的变故把他掷入痛苦的深渊，野野的汉子一下子似乎成了一个呆子，一声不吭地连着躺了七天七夜，但在第八天他又背着老镬一如既往地下地了。在突如其来的厄运面前，在身心都难以承受的沉重压迫下，乡民们却生发出经受苦难乃至超越苦难的惊人力量，这种源自生命本能的坚韧不能不让人心生敬意。

在荒唐时期的漫漫长夜里，乡民们还要随时准备承受一些非常态的精神压力。《红蚂蚱　绿蚂蚱》并没有刻意渲染这种人为灾难带来的痛苦，本来让人心酸的事件反而添了几分温情的诙谐意味。为了应付上头工作组的检查，队长舅含泪领着群众把一季的收成犁了，他还半夜悄悄地扛了一麻袋红薯送到缺粮的文斗舅家门前，戴了"分子"帽子的文斗舅不明就里，天亮后发现红薯便大呼小叫以避偷窃嫌疑，一把鼻涕一把泪表白自己的遵纪守法，队长舅一怒之下让人绑了文斗舅游街示众。队长舅从上头带回"精神"，俩人一组选个坏分子上公社去开会，仁义的铁性汉子争先恐后毛遂自荐，拉拉溜溜一百几十号"坏分子"悲壮出村，却是笑骂着回到村里，"选举"最终以喜剧收场。原来是队长舅传错"圣旨"，其实一村只选一个，全村唯一的"坏分子"文斗舅当之无愧地留在了公社。非常时期发生一些非常事件不足为奇，"送红薯"和"选举"并没有去触动那个时期"你死我活"的残酷无情，不经意间却显现出乡民们的侠骨热肠，在大难临头时也能同舟共济共渡难关，或许这也正是特殊时期善良民众曲线互帮互助精神的一种真实写照。

平平凡凡的村人，斑驳见光的灵魂。《村魂》是李佩甫发自肺腑吟唱的又一曲乡村咏叹，展现出乡间种种活色生香的民风民俗，塑造了一组带着泥土气息扑面而来的乡土人物，讲述了一个个不乏脉脉温情的底层生活故事。集体劳动的时候，乡民们都会捧着碗到街面的饭场去吃，饭场成了乡村沟通情感、闲聊娱乐和传递信息的重要场所。突然有一天中午，画匠王村的村民没有沿循以往的习惯到村头的大槐树下碰头吃饭，原来是槐树下跪着一个被绑着的人，人们都认识，那是在村里待过的当了什么干部的老马。在人人自危的那些日子里，敢去和犯了事被押着挨村批斗的人搭讪，无疑是引火烧身自找倒霉。不过，还真有不信邪的，村街的土路上走来了拄着拐杖的二奶奶，好一场酣畅淋漓、响快炽热的昂声大骂，几乎用尽了乡村里最歹毒的咒语骂人。再也坐不住的汉子们一个一个走了出来，给老马捧来了自家的食物。二奶奶端着一碗面，面对面跪在老马跟前，一口一口喂给老马吃。正可谓，患难见真情，险恶境地方显大美大爱。二奶奶用粗鄙的恶骂唤醒了老少爷们麻木的良知，让人性的真善美在瞬间得以升华。

《村魂》中的王小丢是李佩甫笔下活灵活现的一个贱民，人贱嘴贱辈分低。就是这样一个貌不出众、干不了重活的小人物，却是村中不可或缺的角色。饭场上没有他说赖话儿，人们吃饭也没滋味；地头休息有他唱酸曲儿，人们干活不觉得累。王小丢凭着独特的戏谑天分和生存智慧，也拿到了队里的最高工分，还出人意料地为自己赢得一个漂亮姑娘做老婆。王小丢这点小伎俩和小聪明放到如今可能不足为道，但生活的场景毕竟是在那个物质和精神都极度贫乏的年代。在特定的情形下，王小丢的嬉笑巧骂上升到一个高的层次，给自己和他人带来的不仅仅是感官的愉悦，重要的是对生活信念的精神支撑。他是智慧的，更是善良的。他得知二奶奶病得很重，就主动上门挨骂抖"包袱"，逗得二奶奶一笑半年没得病；他见不得有人愁眉锁眼的，三两句话准把人逗乐；即使在他最悲痛的时候，含着眼泪也没忘记与人斗嘴笑骂。贫穷的生活有太多太多的烦恼，哭着是过，笑着也是过。王小丢不愧是一个精神的强者，一个大写的人。相比较王小丢的热热闹闹，老德的生活要平静得多。老德是个复员兵，四十多岁也没找上老婆。他似乎并不寂寞，闲下来就做一些花花绿绿的响棒槌。小孩儿来偷，大人来讨，一村娃儿都摇着响棒槌，他淡淡地笑笑，正如他淡然地笑对生活。过节时，他到外村去卖响棒槌，说说笑笑间就送给没钱的孩子了；到镇上卖时，被当作"投机倒把分子"抓去，他笑着把自己的响棒槌散给了群众。明知不挣钱，他还是一年接一年地做下去，为此熬掉了不少灯油。有一年下大雪，老德被雪压塌的茅屋砸死了。人们在收拾茅屋时只找到一块六毛钱，村里出钱安葬了他。老德就这样静静地来了，又静静地去了。他活着时精神应该是充实的，听到孩子们来偷他的响棒槌，他的心里就笑了；他或许正是在梦中笑着离去的，他看到很多的孩子摇着他做的响棒槌，又怎么会不笑呢？

　　集体化劳动时期，农民是真正意义上的"面朝黄土背朝天"，繁重的体力劳动更能显示男性劳力的重要作用。阳壮壮的德运舅兴起时能按倒一头壮牛，赢一场叫好声；翻地时凭着一张亮锨挖出一块"样板田"，又气势势领一张奖状回来，满村荣耀（《红蚂蚱　绿蚂蚱》）。平日里蔫蔫儿的麻五是扬场的一把好手，麦收季节到了他大显身手的时刻，麦场上就成了他一个人表演的舞台；麻五的扬场舞出一道风景，带有诗的韵律，带有曲儿的音调，他的身体处处饱涨着灵巧和力量，他的神情处处跃动着机智和幽默，他的生命在这一刻闪烁着炫目的精气神（《村魂》）。劳动场合往往是汉子们炫耀力量和技能的战场，身怀绝技的爷们便有了逞强斗狠的资本。谷子上场了要起垛，红脸的连山舅要垛方垛，黑脸的烈子舅要垛圆垛，两人互相不屑对方的垛法，"不蒸馒头争口气"，不计工分不吃午饭也要比试比试，一场恶战在所难免。膀宽力大性急的烈子舅率先撑好架势，一把桑杈顺在手里，手腕极快地翻动，谷个子扬得飞花一般；水蛇腰的连山舅身手敏捷，步法稳健，轻轻巧巧地挑着谷个子，垒花墙一般干净利落。两人几乎同时完成了自己的杰作，互不服气地对骂起来，最后竟头对头顶起牛来（《红蚂蚱　绿蚂蚱》）。李佩甫以生花妙笔记录了集体生产时期农民劳动的精彩瞬间，倾心塑造了具有鲜明个性的乡村劳动者形象，为文坛奉献了诸多文学"历史文物"级的男性农民人物。

二

　　李佩甫似乎不是特别擅长描写乡村女性人物，大多时候出场的女性往往只是男性的陪衬，其实不尽其然，若要细细考察作家的作品，倒有些鲜活迥异的乡村女性形象直欲破纸而出。二奶奶可谓正义和善良的化身，具刚烈与柔情于一体，刚烈时，不畏邪恶，呼唤乡亲良知重现；柔情时，母性抚爱让七尺男儿感动得热泪盈眶（《村魂》）。五姨美丽又大方，悉心照料孤儿国，教孩子堂堂正正做人；她一往情深地爱上县剧团的"少剑波"，煞费苦心连夜为心上人赶做布鞋，甚至不惜为爱的幻梦以身殉情（《红蚂蚱　绿蚂蚱》）。先儿是个黄脸病弱的女人，得知丈夫文秀曾和同学月琴相恋未果，禁不住为他们的不幸遭遇掉泪了；她支持丈夫去看望初恋情人，听说月琴受骗流落街头，急切地敦促丈夫前去救助；教书先生文秀慢慢读懂了柔弱妻子那份深沉的爱，犹如院子里年年开放的牛屎饼花，虽无甚多香气却温情地放着，年复一年的花开唤起无穷美好而富有诗意的回味（《村魂》）。香叶的男人在城里花天酒地，女人自己带着两个孩子在乡下辛勤劳作艰难度日，仍面临着随时被丈夫抛弃的威胁；男人做生意被骗欠债逃回家来，方寸大乱地跪在妻子面前，哭泣着寻求主张；看似柔弱的香叶放走了怯弱的男人出去躲债，自己稳住阵脚镇定地应对恼怒近乎疯狂的债主们，独自默默承受着辱骂与责难，用全部家当抵了债，哭过之后还是盘算着如何自救还债；香叶也许想借此来收回男人的心，委曲求全维护一个家庭的完整，这完全可以理解，难能可贵的是，她在大难临头时的敢于担当，显示出一个平凡乡村女子承受苦难的非凡意志（《画匠王》）。

　　《黑蜻蜓》是李佩甫成功创作的一部以乡村女子为主人公的中篇小说，他用饱蘸着深情的笔调倾抒了一个富有传奇色彩的悲辛故事，从中可以管窥到作家俯身土地的那片殷殷情感世界。主人公二姐命运多舛，一生历经生活的种种磨难。她还在吃奶的阶段，爹蹊跷地被人打死，娘狠心地抛下她再嫁；她三岁发高烧险些送命，大难不死却烧成了一个听障者；九岁因耳聋辍学，开始担负起养家的重任；十二岁就是劳力了，挣的工分可以抵得上两个壮汉；她成年后嫁入一家贫穷农户，不知疲倦地拼命干活，为这个困顿的家庭撑起了一片天；

她靠着一双手扣土坯给三个儿子准备了三所瓦房，却不知晓参军的大儿子已在边境上牺牲了，而她也最终积劳成疾猝死在猪圈里，在四十七岁那年走完了她艰难坎坷的人生之路。二姐一辈子都生活在一个无声的世界里，家里家外没日没夜地机械劳作。二姐是善良的。她无私地眷顾"我"这个城里的表弟——小脏孩，在"我"饥饿得要晕过去时，她在地里烤些红薯和嫩玉米给"我"充饥，还送"我"一小袋红薯和嫩玉米带回去；"我"结婚时，她成家十年后破例第一次进城，带着一扇猪肉前来庆贺，这对一个尚未脱贫的农家来说，慷慨拿出的贺礼实在是太重了；她在相亲时，看穿了对象借来的"富裕"，毅然还回礼金，留下了包钱的红纸，意味着同意了这门亲事；成亲时，眼神不济的老汉不慎将迎亲的马车赶入河中，成了落汤鸡的二姐没有难为对方，她穿着湿漉漉的红衣服步行去了婆家。二姐是勤劳的。这份勤劳就是舍得下力苦做，集体劳动时，白天干了一天活，夜里还要去浇地，割麦子别人一人把六垄，她一人竟可以把十二垄；单干后她更是辛勤劳作，种地养猪什么活都干，还和丈夫上山拉煤，经常夜里点上小油灯，一直织布到天亮，那架祖传的织布机终于有一天在她手里散了架。二姐有着丰富的情感世界。情愫萌动的那个夏天，她和西坡上邻村犁地的后生默默无言地相互望着，不想后来竟阴阳两隔。二姐是由奶奶从小喂养大的，奶奶曾给了她第二次生命，她念念不忘奶奶的养育之恩，逢年过节便差遣姐夫送去鸡蛋白面之类的孝敬老人。二姐有着超凡的神性。她的一双手有着很难说清的魔力，干起活来出奇地快，出奇地灵巧。她干活的动作自然生动，好似奏响了音乐的旋律，染织了天地的色彩，那是她生命的音乐和色彩，她的生命已经和土地完全融合在一起。

《城的灯》堪称是一曲颂扬乡村女子美好道德品质的赞歌，女主人公香姑头上悬罩着"圣母"的光环。刘汉香是村支书刘国豆的宝贝女儿，如花似玉鲜艳灿烂，情窦初开偏偏看上了"赤脚大仙"冯家昌。两人在一次幽会时被当场抓获，在冯家昌面临残酷惩罚的紧要关头，刘汉香力保心上人参军去了部队。冯家在上梁村是孤姓单户，且不说经常受到村人欺负，女性缺席的家庭破旧颓废，四个"蛋儿"无人管教眼看就要走上邪路。刘汉香全然不顾母亲的眼泪和父亲的断亲，放弃了相对优越的生活环境，决绝地搬进了心中早已认定的婆家，给这个混乱破败的家庭带来了无限生机。她坚信只要肯吃苦，定能改变婆家的贫困面貌。事实也如此，她含辛茹苦地撑起了这个贫困的家，苦干加巧干见了成效，婆家的院子里有了一种滋滋润润的鲜活，公爹和四个"蛋儿"也可以体面地站在人前。什么力量让上梁的一枝花发生了脱胎换骨的蜕变？那就是爱！冯家昌寄回家的奖状背面写有"等着我"三个字，刘汉香幸福地体味着这份爱的承诺，期待着名正言顺做新娘的那一刻。事实却并非如刘汉香所愿，冯家昌在部队结了婚，新娘是城市姑娘。刘汉香一片痴情付诸东流，悲痛欲绝之后如凤凰涅槃，她的精神境界在这次重生中得到升华，她要把广博的爱意播撒在这块祖辈繁衍生息的土地上！刘汉香做了上梁村的领头人，决心要带领全村走上脱贫致富之路。她经过无数次的试验，培育出了罕见的稀世珍品月亮花。她不为金钱所动，志在必得要重建花镇。就在香姑的理想就要实现之时，她却被六个无耻的少年残忍地杀害。在生命的最后一刻，她一直在喃喃地说："谁来救救他们……"在县长、村人甚至残害她的小兽眼里，刘汉香是有病的；在社会转型时期，她的无私奉献精神更让常人感到不可思议。与其说刘汉香是有"病"的，倒不如说李佩甫是有"病"的，他的"病"亦在精神层面。作家不避"高大全"的嫌疑，塑造出一个近乎完美、圣母般的乡村女子。刘汉香视理想为生命，为此献身大地。作家用手中的笔赐死香姑，旨在激醒更多世人的良心。

三

李佩甫一往情深地讴歌人类赖以生存的乡村大地，礼赞淳朴善良、勤劳顽强、生生不息的农民群体。与此同时，他也感知到乡村深厚封建文化之劣性，痛心今日乡民膜拜金钱淡薄亲情的丑恶行径。《红蚂蚱 绿蚂蚱》中的德运舅刚办完喜事就办丧事，热心的乡亲们放工一天前来帮忙，大操大办大吃大喝连吃带拿，德运舅塌下了十年也还不严的窟窿债。"我"惊诧人们的偷窃行为，姥姥则振振有词："文生，这不是偷，是拿。村里兴的，老规矩。咱庄没丢过东西，一根线都没丢过，多少年了。偷是贼干的勾当，这庄没有贼……"[3]

作家在此确实无意深挖民族文化心理中的劣根性，况且吃大锅饭时期乡里乡亲之间揩油的机会毕竟不多。而后，李佩甫在《乡村蒙太奇》《豌豆偷树》《画匠王》等作品中淡然间多了些审丑的意味，他以极其洗练的笔锋再现了社会转型初期乡村各色人等原生态的生活横断面，客观而冷静地展露了在商品经济洗礼下乡民们躁动不安的心态，切近又具体地揭示了人们因理性的困惑而逾越道德底线的情形。画匠王的一些村民在邻里的菜地里"拿"来"拿"去，起初各取所需倒也相安无事，后来"拿"得太随意了便渐生口角，各自严加防范夜宿菜地看管，不想偷菜风波中又泛出了偷人偷情的桃色，继而上演了私奔、重婚、强奸、杀人等多幕闹剧（《画匠王》）。"拿"的行为在贪欲中只能愈演愈烈，"拿"的从众心理往往会导致邪恶的集体抢劫事件生成。保松承包了村里的苹果园，经过三年的辛勤管理，终于盼来了收获的季节，他却因过度劳累而双目失明。村民们先是悄悄地光顾果园"拿"点果实，苹果飘香的一天夜里，大伙不约而同地哄抢了果园。身微力薄的保松家女人被疯狂的乡民们搡来搡去，哭喊阻拦都无济于事。保松跌跌撞撞地循声驱赶入侵者，众人则和他玩起了捉迷藏。在洗劫一空的果园里，悲怆的保松最终血肉模糊地自缢在果树上，以其惨烈的形式向众人昭示他强大的精神力量，"保松看着他们，保松定定地看着他们，保松在晨风中轻轻荡着，脸上带着令人魂飞魄散的笑……"李佩甫在文中没有明确地表示自己的愤慨，但透过无色的字字血，似乎看到了作者忧心忡忡的愁容。穿越无声的行行泪，隐约传来作者痛心疾首的呐喊。毫无疑问，"李佩甫既看到了各种形式的变与乱，更深刻地感触着变中的不变，他也为乡土的变迁、人心的变迁担忧，为传统的精神道德的崩溃焦虑。"[4]

古老的生活传统和全新的生活方式在时代前进的步伐中冲撞与交融，道德和欲望、人性和兽性、文明和愚昧也在其间相生相克、冲突激荡。在现代市场经济竞争的大潮中，祖祖辈辈种地的农民也踊跃加入了建厂办企业的行列，一时间八仙过海各显神通，那真是各村自有各村的高招。画匠王村白手起家建了一个篷布厂，销路和原料皆不用发愁。靠的是什么？靠的是村长跪求模样好又勤快的妞去省城，给身居要职的大人物做保姆，用一个个姑娘的贞操换来了村里一片片血红的大瓦房，"副产品"黑孩儿成了村人秘不可宣的致富经验（《画匠王》）。急于脱贫又别无他法的村民智慧地运用了权色交易、权钱交易的锦囊妙计，不知该为之庆贺，还是为之唾弃。不过，人们又有多少理由去苛责他们，鄙视这些穷了几辈子的农民兄弟。在新的经济大潮与旧的权力结构的夹缝中，他们辗转寻觅出路，求生存求发展，一路风尘郁积了太多太多的辛酸、无奈和悲哀，就是用多少杯烈酒麻痹也无法释怀。也许真的应了"人穷志短"那句老话，人为了满足对金钱、物质和欲望的渴求，就可以全然不顾礼义廉耻、人格尊严之类的道德规范！铜锤家女人琴与野汉子明堂纯情相好多年，皆为两情相悦分文未取，不料钱包鼓起来的明堂另有他想，以一千元的代价了结清楚；铜锤明明知晓老婆的奸情，却不急于当场捉双，皆因垂涎老婆刚刚到手的那笔数目可观的卖身钱，纵然当乌龟做王八也心安理得！一同前来捉奸的弟弟铁锤欲火中烧，恬不知耻地提出出钱与嫂子睡觉的要求，两兄弟竟不顾人伦纲常，煞有其事地为此讨价还价，最终以六十元的价格成交（《画匠王》）。贫穷的道德被金钱的力量击得一败涂地，暗示着人们普遍对财富的喜爱心理。也许会有人说，这算什么呀，钱可是个好东西，谁还跟钱有仇不成？只要能挣到钱，做什么都成，现在是笑贫不笑娼的时代，谁还追究这钱的来历啊，富贵就成。单纯从道德角度看，应该认定这是一种非常荒谬而无耻的态度，但事物的存在总有它的道理，笑贫不笑娼能成为中国民间传统意识形态的一个组成部分，源远流长，迄今仍有市场，背后肯定暗合了普通人某种根深蒂固的心理。社会变了，人们的道德观念在变，这是事实。经济政策的改变，必然导致道德的裂变。但是，无论社会怎样变化，大众心里的那个"道德"还是存在的，人性深处的"神性"总在召唤人们走出意识的误区。

李佩甫说："土地是很宽厚的，给人吃、给人住、给人践踏，承担生命，同时又承担死亡。土地又是很沉默的，从未抗拒过人的暴力，却一次一次地给人做戒。"[5]他在由衷地赞美土地，土地这个形象已成为他小说世界的一个精神象征。李佩甫一如既往地执着于乡土小说的创作，不懈地为固守自己的精神家园寻寻觅觅，一次一次地完成心灵的精神返乡。他神往犹如《红蚂蚱 绿蚂蚱》《村魂》中那块童稚天真、其乐融融的土地，更希冀香姑们营造的花镇遍布乡村大地。《羊的门》中的呼家堡是乡村大地上的一个童话世界，村民们集体过上了生老病死皆不发愁的小康生活，达到了"路不拾遗，夜不闭户"的理想境地。这一切皆是呼家堡的当家人呼天成的功劳，他凭借其呼风唤雨、左右逢源的神通广大，在现代商品经济市场的环境下，打造出一片中国封建传统意味的乐土，不能不说是一个奇迹。呼天成君临天下、舍我其谁的主宰者形象，是在压抑村民精神权利平等的基础上树立起来的。让人悲哀的是，他突然发病，全村陷入一片惊恐之中，村民们一起学狗叫以保佑他的平安。可想而知，全村对外的关系网、经济线全由呼伯一人所系，若他有个三长两短，全村人的幸福安康又从何谈起？在广袤的豫中平原上，更多的乡民在依靠惊人的能动性营造自己的幸福家园，用热血热汗热泪浸润着身下这块热土，甚至为之付出了生命的代价。保松挂在果树上，二姐倒在猪圈里，他们辛勤劳作的精神值得人们尊敬，他们悲怆的生命飘逝令人为之动容。《豌豆偷树》里的乡村教师王文英为一些学生辍学而着急，他不厌其烦地到学生家中做工作，在和校长商量未果的情形下，他不惜从菲薄的工资中抽出钱资助优秀学生王小丢。王小丢在和村长的抗争中遭到暗算，王文英冒着风险为学生报仇。他不忍舍下学生抽身而去，毅然放弃了去乡里工作的机会。在教室倒塌的那一刻，王文英为了保护学生献出了年轻的生命。《城的灯》中的香姑不仅在建造物质的花镇，同时也身体力行、潜移默化地在举止行为上影响村民们，营造心灵上的精神花园。正如李佩甫在《城的灯》开头引用的《圣经》所言："一粒麦子，不落在地里，仍旧是一粒。若是落在地里死了，就结出许多子粒来。"香姑们用"心"点亮了乡村大地的物质之灯，同时也点亮了生命质量的精神之灯。

从李佩甫的乡土小说中，可以窥见源于其心灵深处且挥之不去的乡土眷念。豫中平原是他始终挚爱的精神领地，乡村大地业已成为他艺术创作的永恒诱惑。他每年都要到豫中平原的几个县走走，乡间小居，田野漫步，和土地零距离亲密接触，呼吸泥土腥甜的气味，汲取小说素材的营养。李佩甫说："我一直在研究'土壤'。'平原'是生我养我的地方，也是我的写作领地。在一些时间里我的写作方向一直着力于'人与土地'的对话。"[6]在李佩甫的小说中，豫中这块经历了沧海桑田的土地上，涌动着充满灵性、柔性、韧性的生命活力，这活力铭刻在骨子里千古不变，融化在血液里世代流淌。绵羊地这片有气无骨的干燥黄土下，蕴藏着不断伸延而超越自我的生存意志，这意志如经年老酒暗香浮动，似葳蕤古树无限回春。李佩甫显然对血脉根系流露出太多太多的眷恋与不舍，不经意间将他的乡愁、乡情尽融在其作品中，实现了一次次尽情尽兴的精神返乡。他用温婉如牧歌欢畅流动和悲怆似挽歌深沉抑郁的格调，讲述了一个个、一串串带着浓郁乡土气息的底层百姓故事，拷问着社会的良知，撼动了人们的心灵，不动声色地咏叹出一个个、一组组个性鲜明的乡村小人物，隐含着生命这个大命题，触摸到中国社会跃动的心律。李佩甫在乡土小说世界里昭示的大地意识或大地精神，呼唤着人们走向希望的田野。

参考文献：

[1]李佩甫.红蚂蚱 绿蚂蚱[M]//.李佩甫.钢婚.南京：江苏文艺出版社，2005：100.

[2]张鸿声，刘宏志.中原文化与当代河南文学[N].光明日报，2007-04-06（11）.

[3]李佩甫.红蚂蚱 绿蚂蚱[M]//.李佩甫.钢婚.南京：江苏文艺出版社，2005：106.

[4]梅蕙兰.凝冻的厚土与跃动的大地——李锐与李佩甫创作比较[J].中州学刊，1992（1）：78-81.

[5]李佩甫.在"瞎话儿"中长大[J].中篇小说选刊，1989（4）：79.

[6]李佩甫，高晓斌."人与土地"的对话——李佩甫谈《城的灯》[N].辽宁日报，2003-06-12（C4）.

原载《郑州大学学报（哲学社会科学版）》2009年第6期

"城的灯"映出人性的阴影

——论李佩甫都市题材的小说创作

侯运华

　　李佩甫是中原崛起的著名作家，其作品大多以早年生活经历为基础，表现生活在中原大地上的芸芸众生的生存状态和精神内蕴，而且以乡村题材为主。在其早期创作里，只有《憨哥儿》《学习微笑》等少数作品表现都市生活；20世纪90年代以来，其创作重心越来越转向城市，在"城的灯"令人眩晕的光彩下，观照那些从乡下挤入城市的乡下人和本来就生活在城市的城里人。笔者曾经关注过李佩甫早期的小说创作，[①]本文拟以《城市白皮书》《城的灯》《等等灵魂》等长篇小说为主，对其城市书写展开研究。

一

　　纵观李佩甫城市题材的小说，真正几代都生活在城市的人物很少，因为作者明白，纯粹的城里人几乎是不存在的，每一个人只要查查他的祖上三代，都和农村沾着边，那是人类记忆的根。因此，李佩甫的城市题材小说大多是以城

---

①　侯运华：《论李佩甫的小说创作》，《河南大学学报（社会科学版）》2001年第2期。

市为故事展开的背景，表现那些或从农村闯入城市，或曾经下乡的返城知青和转业干部以及部分长期生活于城市中的男男女女们的人生历程，在描摹其生命流程的同时，展现其自我的迷失与异化。

李佩甫对自我迷失的描写可分为两类：一是对那些从乡村走来的人物来说，城市就像是一个大迷宫，走着走着就被滚滚的车流人流淹没了自我。《城的灯》叙述乡下青年冯家昌为了家族的未来，抛弃未婚妻刘汉香而娶了市长的女儿李冬冬；冯父觉得愧对汉香，便派四个弟弟到部队找哥哥。可是，从未到过城市的四个人一下火车便无所适从了："你说往东，我说往西，谁也没来过这么大的城市，就迷迷糊糊地四下闯，走了一个电杆又一个电杆，走了一头汗，却又迷了方向……老天，地方这么大，上哪儿找去呢？"①这是因为搞不清方位，不知道该往何处去寻找目标的迷失，跟他们在乡村方圆几十里皆熟悉路径的现实已经截然不同，自信的自我在城里迷失了！后来，老五冯家福到上海当兵，在中国最大的城市里，他更感受到了城市的隔膜与自我的迷失："那时，他就像一个小黑豆掉进了黄浦江里，……走在大街上，你一个人也不认识，那些体面，那些繁华，那些鲜亮和滋润，都与你没有一点关系。……有时候，走着走着，忽地抬起头来，看着那一幢幢的高楼，他的心就哭了，不知怎的，就觉得特委屈，尤其是找来找去找不到地方的时候，就觉得嘴里很苦，很苦啊！"②聪明自信的老五在乡下曾经玩弄生意人如玩弄小孩，凭借其精明深受大哥和汉香的重视，可是到了城里就不行了，所有的优势皆不存在，繁华的都市压迫着他、排斥着他，他必须重塑一个自我才能融入城市。事实上，他后来能够在城市成为千万富翁，就是脱胎换骨彻底抛弃了旧的自我后才成功的。

如果说冯家兄弟大多感受的是城市压迫下自我的迷失，那么刘汉香进城后的感受则是在诸多因素建构的城市海洋里自我的迷失。已经丰动搬到冯家多年的汉香被家昌抛弃了，她非常绝望，决定进城见冯家昌最后一面。她见到了日思夜想的家昌，后者的冷漠与绝情使她意识到"看错人"了；分别后"她不

李佩甫
研究资料

---

① 李佩甫：《城的灯》，长江文艺出版社2003年版，第200页。

② 李佩甫：《城的灯》，长江文艺出版社2003年版，第321页。

知道自己将走到哪里去，天晚了，心已经十分疲累，可她仍是茫然地在街上走着"。一个目标明确的人到了城里却不知道该往何处去了，甚至连自己的思维也管不住；也许正是意识到了自我的迷失，她才体谅冯家昌的变化，因而把他的绝情归因于城市。自我安慰的背后是对这样事实的默认，即乡下人作为城市的客人，在这里是很容易迷失也应该迷失自我的；没有对旧的自我的否定就不可能融入城市，也就不可能有城里人认可的成功。如果要回归或保存旧的自我，只有离开城市，回到原来的生存空间。汉香之所以在学到植树种花的技艺后返回家乡并获得成功，原因即在于此。不仅刘汉香如此，即便是已经获得城市户口的人也同样存在自我的迷失，只是其表现形式与汉香不同而已。他们要么如《城的灯》里的秘书们，"秘书首先要丢掉的，就是自己。你不能有'自己'，你甚至不能拥有时间。正像周主任告诉他的那样，你只是一个影子。就是影子，也仍然不是你自己的，是首长的"；要么像《城市白皮书》中的徐永福，当妻子表示不愿意上班、不愿意被人管时，他感到非常诧异，"人怎么不受人管呢？人就是受人管的，哪有人不受人管的？你不让人管让谁管？""你不让人管能活吗？人要是不让人管怎么活？"①作为万物之灵长的人类，本来应该自主自在地生存，可是由于社会规则的层层束缚，人们在现代社会里越来越找不到自由，也越来越难以自持。如果说冯家昌等人是因为秘书的岗位而自我隐失的话，那么徐永福们则是长期生活在都市环境中，被人约束惯了，已经忘记了自由的存在，丧失了自由的感觉，因此才觉得没人管就没法活了。

自我封闭得久了，人间便处于隔膜状态，彼此不再以同类相待，自然会带来现代人际关系的种种异化。《等等灵魂》是表现现代都市商业竞争的小说，作者这样描写一对恋人陶小桃和靳永强同居的生活："当两个人的日子由钱来编织的时候，生活上就出现了很多漏洞。小摩擦是天天都有的。两人从来不提钱，甚至不说与钱有关的一个字，但其根源都是因为钱。"②而苗青青因为与他人偷情失去丈夫，经历一系列情感挫折后，则将情感寄托在所豢养的宠物

① 李佩甫：《城市白皮书》，人民文学出版社2002年版，第180页。
② 李佩甫：《等等灵魂》，花城出版社2007年版，第258—259页。

狗身上，醉酒住院时她打电话给小狗尤里和西斯："我也知道不能指望男人，男人靠不住。天下的男人都像乌鸦一样，眼里看着一块肉，嘴里含着一块肉，说不定哪天就把你卖了！"①无论是恋人间害怕沟通、不敢交流，还是危难时将情感寄托于宠物，都是对都市人际关系的否定。应该亲密交谈的却避之如水火，正当人生成熟期却在人间找不到朋友，只能向狗倾诉，不管当事人有怎样的理由，读者感受到的都是现代人际关系的异化。《城市白皮书》对城里人际关系疏远的描写更加典型，夫妻说离婚就离婚，甚至为了一只蚊子就离婚："在去年夏天里，屋子里飞进了一只红蚊子，那只蚊子嗡嗡叫着在屋里转了一圈，爸爸就跟旧妈妈离婚了……蚊子在这座城市里一连串了三百四十七家，因此去年夏天有三百四十七家去法院打离婚。"②略带夸张的描写里透出了都市人之间的彼此不信任以及婚姻的脆弱———一只蚊子就可以使原定携手百年的婚姻彻底破裂；同时，也凸现出现代都市里人们缺乏自主意识，什么都赶时髦，连离婚也跟风走的社会现实。正是认定城里人彼此不信任，其作品中的人物往往自我否定，甚至定位为非人类。"冬天的时候，大街上到处都是披着羊皮的人，人很高傲地成了男羊皮和女羊皮，五颜六色花花绿绿的羊皮，流动着的羊皮。"③在人日趋动物化的背景下，通过有病的哑女发现跟旧妈妈交往的科长是一只狼，新妈妈是蛇，落魄的"右派"老魏成了蜗牛；新妈妈交往的老人是老虎，妈妈称爸爸为猪；做生意的魏征则自称为没尾巴蛆。"我"呢？"在灯光里，我看见我变成了一只小老鼠，一只很小很小的无处可藏的老鼠。四面全是墙，很刺眼的墙，我无处可逃，我知道无处可逃。再往下他们就要'烤'了……"④显然，从特定视角观察都市人，他们均呈现出非人类的特性。弱肉强食的动物生存法则主宰着这里的人们，长期生活其间，往往使人产生自虐倾向或幼稚行为。魏明哲因为被打成"右派"，长期的压抑与迫害使其产生被虐依赖，因此没有官方组织批斗时，他就掏钱请一个九岁的男孩来训斥他、批斗

李佩甫

研究资料

---

① 李佩甫：《等等灵魂》，花城出版社2007年版，第271页。

② 李佩甫：《城市白皮书》，人民文学出版社2002年版，第26—27页。

③ 李佩甫：《城市白皮书》，人民文学出版社2002年版，第20页。

④ 李佩甫：《城市白皮书》，人民文学出版社2002年版，第106页。

他；科长被解雇后给厂长送礼，由于以前他跟随书记与厂长作对，因而厂长拒绝了他，刚出厂长家的门，"科长尿了，科长是蹲着尿的，科长蹲在地上，对着厂长的铁门尿了一泡"。前者是政治因素导致的人格异化，后者则是心灵扭曲导致的行为的异性化——蹲着尿，进而引起行为的幼稚化，即以为尿在厂长门口就是对厂长的蔑视与侮辱。

过多的自我迷失、自我封闭、自我异化往往会使人对自我生存状态作出负面评价，对自身所处环境要么是否定，要么是恐惧。如《等等灵魂》里的商场老总邹志刚那样，无法在现实中找到灵魂的归宿，只好回到童年时生长的地方转悠，遇到熟人则说："顺便回家看看。"作者认定"这是一种无法皈依的人生状态"。跟他发生婚外恋的苗青青呢？也在经历了情感的挫折后，不再相信人间还有可靠的情，而是将情感寄托于宠物，并借元代小令发出"为功名走遍天涯路……高，高处苦；低，低处苦"的悲鸣。两个人在事业上应该说都是成功者，可是精神上却陷入或漂泊无依或孤苦寂寞的境地，让人对其生存于其中的都市世界产生怀疑和恐惧。事实上，奔波在事业场中的人们没有谁是轻松的——处于巅峰状态的任秋风"患上了严重的神经衰弱，夜夜失眠"，只能靠安眠药或以性为"药"；江雪认为，"也许。我们都是有病的人。工作，所有的努力，就是为了寻找治疗的方法"；小陶则对上官云霓说出自己对生存现状的感受："走着，走着，就觉得好像是在船上，波浪滔天……隐隐约约的，就害怕。"显然，作者是借小陶的口说出了许多都市人处于快节奏高强度的生存竞争状态下的共同感受。何以如此？笔者认为是作家对都市生活的认知和文本选择表现对象时有所侧重造成的。

二

李佩甫在谈到《等等灵魂》中的人物时曾经说过："他们的灵魂里是有'病灶'的，也许是童年，也许是在某一个时间段里，他们的灵魂曾经受到过某种戕害，以至于在适当的气候中发作了……据此，我以为，一个人的精神贫困对人的戕害是大于物质贫困的。"①这段话值得注意的有两点：一是他特别看重童年经历对人物心理的影响。尽管按户口讲，李佩甫是典型的城里人，但是早年经常到乡下姥姥家的经历和四年多下乡做知青的生涯对其主体意识的形成显然有更持久的影响。这使得其情感上亲近乡村而疏离都市，潜意识里认同乡土文化而排斥都市文化。二是他看重精神贫困对人的戕害，亦即侧重从精神层面而非物质层面剖析表现对象。于是，其都市题材的小说便集中描摹现代都市的种种病态。

阅读其文本，首先引人注目的是他对都市外在病态的描写。《城市白皮书》是立意描写城市病态的小说，开卷便写："树病了。"树的"病"满天飞，天空里到处都是"病"。"病"落在人身上便化在人身上。于是，"马路上，行人带着'病'来来回回走，公共汽车也带着有'病'广告牌来来回回跑。到了晚上，行人就把'病'带回家去。人人带着'病'回家。"由植物到个人，由个人到群体，整个城市都成病态了。浸泡在病态的城市里，人与人便很难有融洽的关系，彼此是隔离与陌生的。"如今城市里到处都是牌子，五光十色的牌子，尔后是墙。路是四通八达的，……可在她的眼里，却只有墙，满眼都是一堵一堵的墙。人是墙，路也是墙。有时候，走着走着，就撞在'墙'上了。你看我一眼，我看你一眼，那人就像是假的，皮的，漠然也陌生。"树有病，且传染给行人；行人再把病带回家，于是，家家都有病了！这些有病的人，生活在怎样的空间里呢？是彼此用"墙"隔离的空间；而且因为"墙"太多，使人觉得到处都是"墙"，行走都撞"墙"。现代城市学认为："如果都市生活的特性只能以一条来定义，哪怕是在最独立和安全的城市里，它的特性还是依赖。"②李佩甫对都市的认知却是隔膜。于此，凸显出作者对现代都市人生存状态的独特理解。

如果说上述病态尚属外在的，是自我可以有所避免或逃避的话，那么，都市人内在的病则是无可救药的。《城市白皮书》的叙述人是一个哑女，她以其特

---

① 罗铮、李佩甫：《等等灵魂》，《文汇读书周报》2007年2月13日。

② 保罗·霍亨伯格、林·霍伦·利兹：《透视城市化》，孙逊主编：《都市文化研究（第一辑）》，上海三联书店2005年版，第64页。

异功能给人治病。在她看来，来到面前的各色人等均有病；在她的妈妈看来，她有病。这样，互相观照的都市人还有健康的吗？不仅叙述人陷入了困惑，我们也往往有相似的疑惑。为什么会形成这样的局面？作品告诉我们，是因为城里人都戴着面具。面具既掩遮住已逝的青春，也有助于她和不同需求的对象交往。而法院里看到的面具则另有功能："楼里进进出出有很多铁脸，我看见了很多铁脸，仔细看才能发现那其实是面具，面具全是铁做的。"这里，法官们铁面无私的特征和来打官司者冷酷无情的面貌融为一体，形象地将现代都市人的面貌刻画了出来。缺乏情感的人们活动在都市的舞台上，所构成的画面必然也是缺少温情的。《城的灯》这样描写："颜色和灯光把城市的人也涂抹得光怪陆离，行人就像木偶一样，你走你的，我走我的，灯影里，一片光怪陆离的漠然。"彼此漠然的人一旦聚集在一个场内，便往往产生激烈的乃至恶意的竞争。《等等灵魂》里任秋风强调"商场就是战场"，对商场的管理也实行军事化。这样做固然有助于提高工作效率，增强员工的凝聚力，但也使得商场内部缺少人情味，强化员工之间的竞争。在作品里，我们可以看到虽然是大学同学，江雪对陶小桃极力打击，利用一切机会打压对方以抬高自己；即便对已成为总经理夫人的上官云霓，江雪也言语间暗示知道其秘密，甚至在上官怀孕期间与任秋风发生性关系，以达到压制对方的目的。对于负责采购的吴国富，江雪则抓住其受贿的证据——29英寸的彩电，逼其就范。只要达到自我的目标，她无所顾忌。为取得突出业绩，争取到日本彩电的代理权，她能够在寒冬里连续奔波36小时，查遍168家旅馆，终于在黑井茶社找到日方代表井口，并编造自己是日裔孤儿的故事打动对方。当事情即将被报纸披露、任秋风极力缓解此事时，她则认为不妨让报纸公开报道，趁机给商场做广告，而不顾忌自己背负恶名。当然，好心人可以将此理解为她对商场的付出，而付出的动机则是不顾一切往上爬。由此可以看出，情感、道德诸因素均退出思维，人们之间仅存的是残酷竞争。这是适合商业竞争的性格，因此小说结尾写到江雪尽管失去了朋友和爱情，失去了心灵的纯净与灵魂的安宁，却在事业（商业）上获得了成功。

　　生活在这样的生存环境中，都市人普遍感到疲惫与无奈。即便是那些一度成功如任秋风者，也无法享受到生活的轻松与惬意，因为"他主要是心累，他患上了严重的神经衰弱，夜夜失眠。自那次从国外回来后，近两个月来，他几乎没有睡过一个好觉"。失眠的痛苦纠缠着他，使得他不得已采取了最易遭人不齿的形式——与来到身边的对己有所求的女性滥交来达到获得好睡眠的目的，最终却付出事业失败的惨重代价！机关算尽、已爬到副总位置的江雪，似乎应该高兴，可是她只能得到别人的畏惧，而非尊重。这使她很是失落，就在她借故罚了小桃以后，小桃依然一弹一弹地走着，嘴里哼着快乐的歌，"江雪默默地望着她，不知怎的，她突然有些嫉妒……她怎么就、那么单纯？怎么就、那么快乐？……那歌，就像钢丝一样，一束一束地扎在她的心上！"显然，这种出自人的本心的快乐是充满心机的江雪难以理解和无法得到的。而那些从乡村到都市的成功者，由于乡下亲戚的拖累和都市亲戚的蔑视，则活得更累。《城的灯》中的冯家昌即如此，表面看他跳出了黄土地，成为军官并娶了市长的女儿，应该说是同代人中的佼佼者。然而，他活得太累，连被他抛弃的刘汉香都能够感受到这一点。汉香见到他，感觉"他倒是显得有些疲惫。人就像是有什么东西坠着似的，架子虽撑着，可心已经弯了，他也累呀。从面相上看，她知道他累"。他自己感觉如何呢？"躺在床上的时候，冯家昌浑身像是瘫了似的，觉得很累很累！"就是如此也不能安生，一旦回家晚些，妻子马上把他置于"乡下人"的位置，责问他"你也没想想你是个什么东西？！"这样的生存状态使他"心力交瘁……几乎天天晚上睡不着，常常是瞪着两眼直到天明"。他的难以入眠与任秋风原因不同，但病状相同，共同反映出现代都市人对生存现状的不满、对生存环境的焦虑和对未来命运的困惑。

　　当这种不满、焦虑与困惑达到或超过人的最大承受力时，往往会导致人们对存在于其中的世界的否定。他们要么如《城市白皮书》里的徐安冬，当个小县官，却沉浸于和人争权夺利；受到女友陈冬的质疑时，自我辩驳道："你以为只我一个人有病？人人有病，都他妈的有病。中国人不斗干什么？如果光吃吃，喝喝，玩玩，那还叫中国人吗？中国人是活精神的，中国人的精神实质就是一个'斗'字。"将中国人的精神实质归结为"斗"字，是将其与弱肉强食的动物世界等同起来了。《等等灵魂》里的人物则更加肯定所处世界的不可信，强调人的动物性。江雪跟她的老师齐康民说："我告诉你，你可以相信任

李佩甫 研究资料

何狗，就是不要相信人。"与任秋风发生性关系后，她告诫："你可以对任何狗说，就是不能对人说。永远都不要说。"从小被父母抛弃、进入社会后过度强化的竞争环境形成其多疑自闭的心态，使她否定人世间还有真诚存在，因此她宁可相信动物，也不相信人。她的两位同学被其行为震惊，曾经讨论为什么会是这样。不原谅任何人的人怎么在世上立足呢？小陶表示不解："人，总不是兽吧？"上官云霓道："人，急到了一定程度，会变成兽。所以，我说，不能再往前走了。再前进一步，人就变成了兽。"这里，既有对江雪心灵世界的剖析，也透出作者写作的目的，亦即在现代都市环境中，人应该懂得自我约束，不能听任欲望的支配；否则，人类世界将与动物世界无异。人类不能只顾前进，还应该有所思想，"等等灵魂"！

三

与表现都市人自我的迷失和异化、展示都市人生存环境的病态和精神的焦虑相对应，作者在创作方法上也进行了大胆尝试。较之以往的过多写实，甚至拘泥于文本的素材难以超越，使其行文厚重有余轻灵不足的特点，这批文本则以象征、对色彩的重点描摹等手法的运用，达到了写意传神的效果。

以象征手法表现作者对现代都市的印象和感受是中国现代文学的传统。在表达都市感觉方面，象征的确能够将叙事者的综合感觉以恰切的意象凸现出来，使读者在领悟意象的过程中获得比直接陈述丰富得多的意蕴。无论是韩邦庆的《海上花列传》开卷对"花海"意象的描摹，以此象征欢场的诱惑与危险；还是新感觉派作家通过极富象征意蕴的舞厅、墓地、夜总会等空间的描绘，对现代都市节奏、都市人物颓废心态的刻画；抑或茅盾《子夜》里透过吴老太爷的视角所展示的电线杆、高楼、女性蓬乱的烫发和开衩很高的旗袍等，均象征着都市生活对来自乡下的老人的刺激。李佩甫描写都市生活时，成功借鉴了前人的经验，并形成自己的特色。《城市白皮书》开头就采用象征手法，将城市的树与人对应，树病了，并且到处传播着"病"；公共汽车带着有"病"的广告牌来来回回，行人则把"病"带回家。叙述人"我"从十二岁生日那天也病了，因为高烧致哑了！后来有病的"我"被利用给众多城里人看病，发现他们根据职业的不同患着各种各样的"病"。物病人病人人病，在近乎天人合一的境界中，表现出作者对都市的认知。《城的灯》则用象征手法首先颠覆了乡下人对亲情的神圣感。年幼的冯家昌第一次替代父亲走亲戚，因为点心匣的绳子断了而发现里面装的竟然是"八个风干了的驴粪蛋"！在他的关注下（在匣子下面画了记号），"驴粪蛋"辗转大姨家、秋生家、三春家等，最后由拐子二舅送回到了自己家。只要想想人们那么庄重地提着"驴粪蛋"串亲戚，而亲情又是联系中国人情感的重要纽带，我们便能够体会出其中的调侃与消解意味。这样，发现了秘密的冯家昌一旦冲出故乡就不再回头的人生轨迹其实从此已经决定了。待到他成为军官，第一次与李冬冬做爱时，压在他身下的就不仅仅是个女性，而是城市的替代品。他进入了李冬冬，也就意味着他进入了"城市"！《等等灵魂》里苗青青事业上有了位子，生活中也有了车子房子，可是心里却很空："她不想回家，一回家就把所有的灯打开，再把电视机打开，让屋子里到处都是声音，图个热闹。半夜 睡不着的时候，她会从床上爬起来，像小狗似的偎在沙发上，一只手拿着遥控器，一只手拿着摩尔烟，一个一个地换频道。"这个情节典型地表现出现代都市人表面上的成功难掩内在的空虚与寂寞，其价值堪比张爱玲《倾城之恋》里对白流苏独守空房的描写。

李佩甫在回答记者提问"是出于怎样的考虑"才动笔写《等等灵魂》时说："颜色。大街上流淌着很多的颜色。这是一个时代的特征，或者说，它代表着一个时代的风尚。我在城市的、不断变幻中的颜色里泡了五十年，我就想说一说这个时代的'颜色'。……它几乎是一种催化剂。它有着物质的外表，却透视着、影响着人的精神走向"。[①] 显然，作家是想通过颜色，或者扩大些说通过色彩将都市的特征反映出来，将人的精神状态和走向凸现出来。颜色可以是单纯的粉红色，如江雪机智地将童年受虐的疤痕改称桃花文身，而能够见到这粉红颜色的男人与她皆有着功利的或情感的关系——任秋风与她第一次做爱后看到了，这是总经理和副总经理的结合；邹志刚见到了，那是两人达成交易时；齐康民见到了，

① 　罗铮、李佩甫：《等等灵魂》，《文汇读书周报》2007年2月13日。

李佩甫

研究资料

那是他们的情感彻底结束时。桃花在中国文化中本来就有着很暧昧的内蕴，既可以成为情感来临的象征，也能够表示婚外的性爱，而桃花文身则鲜明地表现出江雪是要把女性性的功能发挥到极致的。她被齐康民追求六年，最后也只是让他看看而已，并表示不接受他的道歉，让他滚开。正是情感的极度失落促使齐康民做出了跳楼的举动，以生命的结束为那持久无果的爱情铸造一个黑色的惊叹号！在他自杀前，透过其视角，文本展示了现代都市令人目眩的色彩："城市的灯也仍然像一只五色的狐狸，到处都放射着诱人的光彩。"有花花绿绿的霓虹灯，有饭馆辉煌的灯光；有卖羊肉串的火红的炭火，有洗浴中心亮红的女人；歌厅门口有一串串红灯笼，灯笼下有挂金黄绶带的姑娘……都市的色彩是靓丽丰富的，然而是属于别人的，自己什么也没有。绚丽的色彩反衬出自我生命的单调，热闹喧嚣的是表面，几人理解喧嚣背后的冷清与寂寞？！颜色一旦与人的思想融合，便不仅仅是自然的色彩，而成为人的精神的载体了。《城市白皮书》里对颜色的描写更加细腻，颜色既能够表现人的情感，三种颜色将一个多变而矫情的继母形象勾勒了出来："新妈妈的声音是红色的。……颜色分三种。没有外人的时候，那是一种赤红，那红像烙铁一样，落在人身上嗤嗤冒白烟……有客人时，那红就浅了，粉粉的，妖妖的，一珠一珠，一瓣一瓣，小樱桃一样……爸爸在家的时候，那是一种猩红。那红就像细瓷蓝边小花碗中装的煨出来的药，带着一点葱，一点盐，一点芥末，还有五香粉。"颜色也能够表现人的行为力度及投入程度，如旧妈妈的颜色是蓝色的，与丈夫、情人的相处都是平淡无奇的，甚至连与丈夫亲热时"叫声仍然是蓝颜色的，墨水蓝"。过分平淡的反应显然不能让丈夫满足，于是，丈夫才与其离婚，又找了"新妈妈"，这个女人很会叫床："那是一种有红有绿的叫声，……那叫声还很肉儿，像是一团滚动着的粉红肉肉儿，间有绷紧的一线一线从肉里扯出来，倏尔又短，又细，像一把弓在弹棉花。"将不便直接描写的内涵用颜色间接展现出来，既使文风含蓄蕴藉，也增强了文本的艺术品位，给人以美感。

综观李佩甫城市题材的小说创作，虽然也有刘汉香那样的理想坚守者、上官云霓和陶小桃那样意识到人生需要"等等灵魂"者，但其主要内蕴则是为了凸现现代都市人的生存困境。他不像沈从文那样直接反映城里人人性的萎缩，也不像贾平凹那样仅仅把握住城市人的颓废，而是通过描写都市空间里的人的自我迷失和异化，进而将其病态的存在与精神的焦虑展现出来。选择颜色作为突破口，并结合象征手法来表现自己对都市现代生活的理解，使文本内蕴与形式之间非常协调，彼此成为水乳交融的艺术体，而无游移之感。凡此种种，皆表现出作者艺术上的突破与成熟。

原载《理论与创作》2010年第3期

李佩甫
研究资料

"人场"背后的叩问与思考

——论李佩甫的《羊的门》

洪治纲

2009年，李佩甫的长篇小说《羊的门》在出版10年后，终于由作家出版社纳入"共和国作家文库"重新出版。尽管在这10年里，李佩甫先后发表了《金屋》《城的灯》《等等灵魂》等新的长篇，但均没有引起多少反响。而《羊的门》却因成功塑造了一位"东方乡村教父"式的人物呼天成，一直被人们高度关注。

重读《羊的门》，我依然觉得它并不是一部完美的作品，尤其是对谢丽娟、范骡子、八哥等一些次要人物的处理过于平面化，对有些现实生活场景（如"白吃一条街"）的渲染也有些过度。但是，它所展示的当代乡村文化结构形态，以及这种文化结构形态在现代化过程中所表现出来的"巨大功能"，却令人深思。

一

在《羊的门》里，李佩甫营构了一座乌托邦式的现代城堡——呼家堡。在那里，活着的村民们家家户户都住着大小相同、整齐划一的房子，连家具、房内布局都一模一样，从而形成了高度一体化的生存形态。在那里，死去的人也被一排排安葬在"地下新村"，坟前竖着同样的墓碑（只有极少数人的墓碑上多了一颗红星），照样接受一体化的现实秩序。

在那里，每天清晨的第一支乐曲都是《东方红》，"这其实是一道命令，一道无形的命令"，由是，所有的男女老少都齐聚到村办公楼前的广场上，开始做"呼家堡健身操"。在那里，每个村民都有合适自己的工作岗位，都可以领取充足的生活必需品，都可以享受到集体主义的巨大优越性。

在人们饱受了一体化的集体主义之苦后，呼家堡却让这种集体主义再度大放光芒。它仿佛神话一般，以异常富饶的姿态，矗立在一片贫瘠的中原大地上，成为"平原一枝花"，令所有人为之骄傲。深究这种被集体主义严格规训了的社群结构，我以为，不仅可以解开呼家堡特有的生存形态，还可以揭示其中所隐藏的特殊的文化结构形态。

从表面上看，呼家堡只是一种乌托邦的存在，或者说，只是作家虚设的一个历史化的地域符号，但它显然又具有某种现实的合理性。这种合理性，主要体现为平原中所蕴积的顽强的求存精神、传统族群关系所构成的宗法伦理与现代神权意志相融会的社群结构，也体现为呼天成以"人脉经营"为理念的隐秘而又活跃的权力关系规则。前者是内因，是呼家堡之所以能够形成一体化生存形态的核心因素；后者是外因，是呼家堡确保自己成功的必要条件，也是它走向富裕的重要保障。

有必要深入分析这种"合理性"，它是解开《羊的门》审美意蕴的一把钥匙。在小说中，作者从一开始就深入到了中原大地的文化核心，倾心于豫中平原上二十四种"草"的书写。这些草的共同特征是：卑微而低劣，渺小而贫贱，但它们能够在"败"中求生，在"小"中求活，甚至可以织成"呼家堡绳床"而闻名全国。这种"草性精神"，与其说是豫中平原上平民百姓的生命象征，还不如说是那片乡土所孕育出来的生存意志和人生信念，是那片"绵羊地"里特有的精气魂儿——它隐含了极为复杂的精神品质：坚韧，精明，野心勃勃，敢于冒险，充满了征服的欲望；同时又能屈能伸，见风使舵，权衡利弊，乃至扭曲自己。用呼天成的说法，就是一个"韧"字，一个"忍"字，在平原，天是靠不住的，土地又十分贫瘠，所以那里的人"就活这两个字"。

在这种集"韧"与"忍"于一体的"草性精神"驱动下，呼家堡终于哺育出了一个个呼风唤雨的权力人物，并驰骋在大大小小的官场之中，从省城的重要干部到银行行长，从省委党报的领导到市工商局的副局长，包括呼家堡所在的颍平县县长呼国庆等等。他们是呼家堡的骄傲，既彰显了这种"草性精神"的内在力量，又使呼家堡在无形之中获得了特殊的生存"资源"。有了这些丰厚的权力资本作为靠山，呼家堡在改革开放的竞争环境中，多次获得先机，从而在贫瘠的平原上迅速崛起，富甲一方。

在呼家堡的社群结构中，最富魅力的，当然还不是这种"草性精神"，而是在中国沿袭了数千年的宗法伦理。作为一种乡村自治的社会结构形成，宗法制度在儒家文化的长期浸润下，一直是皇权统治最倚重的基层社会制度。它以血缘亲情为纽带，将公序良俗作为最基本的生活秩序标准，形成了自身完备的社会管理体系；同时它又以道德化的精英人物作为领袖，有效取代了上级权力直接介入生活后的强硬和冷漠。有关这一点，陈忠实的《白鹿原》进行了非常深刻的叙述。在小说的前五章里，我们看到，以白嘉轩为族长的白鹿原，几乎看不到县令之类权力人物的现身，社会秩序的维护，完全依靠朱先生和白嘉轩等族群中的精英人物，全体村民的生存体现出高度的自治特征。《羊的门》也同样如此。只不过随着中华人民共和国的成立，宗法制度已经消失，取而代之的是新型的社会结构，即现代权力管理体系，但宗法伦理并没有消亡。呼天成一步步成为说一不二的"呼伯"，成为呼家堡数十年的当家人，成为这个小小城堡中的权力精英，在很大程度上就是因为他成功利用了宗法伦理，并获取了那种超越人伦的道德境界。他和《白鹿原》里的朱先生一样，克欲克己，虽然没有朱先生明确的"慎独"哲学，但他同样身体力行地实践了这种"去人化"的完美哲学，并使自己成为呼家堡的精神领袖。

宗法伦理既是乡村文化体系的核心，也是乡村权力结构的载体。它包含了族群上的血缘关系，又展示了道德化的社会标准，因此它在权力运作过程中具有奇特的效果。呼天成在统治呼家堡的过程中，可谓将这一点运用到了极致。表面上看，他是软硬兼施，不少地方甚至是以德服众，而在本质上，他是巧妙地运用了宗族伦理，使集体与宗族实现了严密的统一，并在这种统一中完成了对村民思想的一体化规训。譬如，他多次在全村大会上讲道："集体是一种信仰，是一种觉悟，要活在一块儿活，死在一块儿死；集体就是一架马车，你往东，我往西，驴拽狗不走，行吗？"这种集体主义的信仰，无疑是一种"去个人化"的精神规训，即它屏蔽了所有不同的个体思想，使呼家堡围绕着呼天成形成了一块严丝合缝的"铁板"。在这里，我们看到，即使是像"文革"那样空前的全国性灾难，也被人们轻松地化解；在这里，我们也同样看到，只有不同级别的权力人物来此讨教求经，来此感恩戴德，却没有任何权力人物干预它的社群结构。

呼家堡的这一高度自治的社群结构之所以能够获得顺利发展，并且成为豫中平原上的一个典范，还在于它并没有完全违背现代社会制度的基本规范。也就是说，凡是现代社会所必须具备的组织形态，从村支书到村委，它同样完备无缺。面对主流意识形态所倡导的重要价值，他们高举不放，从《东方红》《大海航行靠舵手》等歌曲，到家家户户厅堂里挂的大画像，从乡镇企业的拓展到全民致富的开放理念，他们都在自觉地坚持。同时，他们也不是一个孤立自闭的社群，而是时立足于社会的发展，立足于现代文明的理想建构。譬如，他们可以凭借自身的"草性精神"，成功地将呼家堡所产的面粉打入北京市场，使"呼家面"成为全国的畅销品牌；他们可以不计成本地邀请董教授从事科技实验和革新，从而占据了现代科技的制高点。这些都表明，呼家堡虽然深深地扎根在那块"绵羊地"，以宗法伦理牢牢地维系着社群结构，但它又以开放的经济眼光，始终与社会的物质发展保持着紧密的同构关系。

呼家堡的这种社群结构形态，质言之，就是传统的宗法伦理、现代的神权意志与权力化的人脉网络相互作用的产物。从表面上看，道德化的礼教很浓，物质化的文明很高，权力化的人物很廉洁，我们很难说它是一个怪胎，但是，维持这种社群结构的核心，仍然是人际关系，而不是科学的制度和法则。因此，如果从现代社会文明的基本准则来看，它无疑存在着太多的问题。其中最本质的问题，在于它依靠的仍然是"人治"而非法治，依靠的是一些精英个体的作为，而不是人本主义的社会制度。呼家堡的成功，是因为呼天成的绝对权

319

李佩甫

研究资料

威可以畅通无阻，是因为呼天成所经营的人脉关系为它提供了坚实的保障。在这种"人治"的社会结构中，所有村民失去了独立思考的空间，也失去了追求自我生活方式的勇气和能力，只是呼天成棋盘中的一颗颗棋子。严格地说，这种强权思想的规训手段，并不是现代社会的文明体现，恰恰相反，它带有某种专制的色彩。这也意味着呼家堡只是中国社会在改革开放过程中所形成的一种畸形的特殊产物，它笼罩在一种乌托邦式的理想光环中，实质上并没有适应现代法治社会的文明规范。随着呼天成时代的结束，我们完全有理由相信，呼家堡王国的破灭几乎是不可避免的。

二

如果说呼家堡的存在是一个神话，那么这个神话的缔造者就是呼天成。尽管李佩甫也花了很大笔墨塑造呼国庆这一官场人物形象，但呼国庆只不过是呼天成放出去的一只风筝，其线仍牢牢控制在呼天成的手中。也可以这样说，作为一县之长的呼国庆，只是呼天成检视自己判断力和控制力的一张纸牌，是他彰显呼家堡帝国神话的一扇重要的翅膀。遗憾的是，这扇翅膀始终长不硬，无法实现他的雄心。

在《羊的门》里，上至中央某部门的大人物，下至一介村民，众多大大小小的人物，其中绝大多数都以直接或间接的方式，与呼天成联系在一起。说"联系"，其实只是一种客套的表述，实质上，他们都是出于各种"感恩式"的缘由而受控于呼天成。也就是说，立足于呼家堡这块弹丸之地，呼天成可以从京城一直遥控到本县的各级权力体系。其中最为典型的一个事件，就是呼国庆被王华欣排挤之后，所有形势已成定局，连上级组织的处理文件都在打印之中，可是一夜之间，死棋变成活棋，格局却完全改变，被赶走的不是呼国庆，而是王华欣。连王华欣自己也不明白，对方究竟使了什么手段，"能使堂堂的一级组织"为了呼国庆出尔反尔。呼天成的秘书根宝道出了秘密："从北京到省里再到市里，一直到办公室的打字员，九个环节全拿下来了，这其中还不包括给省城大学捐助那五十万。"

作为李佩甫精心塑造的一个现代农民形象，呼天成无疑将豫中平原上的"草性精神"发挥到了极致。他集天才与野心家于一体，是中国传统伦理和现代官场体系共同营构出来的一个非凡的人物，甚至被人称为"东方乡村的教父"。同时他又深深地植根于那块"绵羊地"之中，对豫中平原上的人情世态、文化伦理、精神诉求谙熟于心，是"中原大地上结出的根性果实"（王富仁语）。他迷恋权力，但他非常清楚自己的能力，所以他只是潜心于做呼家堡的首领。同时，他又不满足于这个弹丸之地，于是他又充分利用各种官场潜规则，使自己的权力网络扩张至全国。在小说的第十二章里，作者以传奇性的笔法叙述道：呼天成的口袋里从来不带一分钱，并常向别人开玩笑说，自己是一个地地道道的"无产阶级"——可他又是一个少有的"无产阶级"。在呼家堡，他只要咳嗽一声，来访者就可以受到上等的款待。在平原，他的承诺就是最好的信用凭证。在国内，他一句话就可以调动亿万资金。他甚至可以走遍全国而不用带一分钱（因为呼家堡的经营网络已遍布全国各大、中城市，并且在省城、北京都设有办事处）！这在当今中国，只怕独有他一个了。

呼天成的这一巨大魅力究竟从何而来？细读《羊的门》，我们可以发现呼天成非常清晰的权力运作轨迹，也可以看出他那天才般的官场智慧。他成长于新中国，深受集权历史的启蒙，所以他很早就明白了如何巩固自己的地位，经营自己的人生。别人经营的是商品，但"呼天成从不经营商场，他经营的是'人场'"。在漫长的经营中，呼天成终于形成了自己巨大而特殊的"人场"——"可以说，在省、市、县三级干部中，有一大批'人才'是他一手托出来的。"这种隐秘而特殊的"人场"，以其特有的权力网络，为他垒筑自己的显赫地位奠定了强大的基础。

值得注意的是，呼天成对"人场"经营的方式，不是简单的利益交换，不是权钱两讫的一锤子买卖，而是情感和伦理的长期灌输。他对待落难时的老秋，几乎是舍身相助；他发现孙全林是一个很有"灵性"的青年，便热情相推；他看到下放知青郎建伟的心志，便力排众议保护他；他发现知青冯云山有着过目不忘的才能，便积极介绍他入党……当这些人从呼家堡走出去之后，当他们一个个成为身居要职的领导之后，在传统道德的感召下，绝大多数的人都对呼天成感激不已，甚至上演了一场没有主角出席的"呼伯"六十大寿的盛宴。与此同时，逢年过节，呼天成从来不忘给那些老领导送去一点土特产，"在这里，呼天成奉送的是一份回忆、一份念想、一种叫人忘不掉的情分"。的确，"情分"是呼天成经营"人场"的砝码，也是他屡获道德制高点的利器。它立足于中国传统伦理中的礼教，却又巧妙地将之转化为异常高效的权力资本，服务于呼家堡王国的发展。

除了雄厚的"人场"资本之外，呼天成还拥有非凡的规训手段和智慧。在《羊的门》里，我们几乎看不到呼天成的家庭，看不到他妻子儿女的在场，但他又分明将整个呼家堡视为自己的"家"，而自己则是当仁不让的"家长"。他年纪轻轻时，便成为呼家堡的支书。他很清楚，自己要成为呼家堡真正的"主"，就必须有效地控制村民们的思想，树立自己的威权形象。于是，他通过对集权历史的某些经验和记忆进行演绎，开始在呼家堡推行暴风骤雨式的"造神"运动，并最终使自己成为这片土地上说一不二的"神"。

在这种顽强而持久的"造神"运动中，呼天成谙熟宗法伦理在乡村社会中的重要性，为此他的一举一动都围绕这一目标，不断展示自身在人格上的特殊魅力。因为在宗法伦理中，作为乡村文化精英的代表人物，其"人治"方式之所以能够顺利实现，主要是以德服人、以礼服人、以理服人，而不是依靠简单的强权压制，此所谓"内圣外王"。只有真正做到了"内圣"，使自我成为一个道德标杆，"外王"的实现才成为可能。为此，呼天成处处从"立德"做起，不断锤炼自身的"克己"意志。他虽然不像《白鹿原》里的朱先生和白嘉轩那样，对儒家文化所崇尚的道德律令有着清晰的认识，但他非常清楚道德在乡村社会中的威慑作用。

于是，我们看到，呼天成住的是果园深处一座破旧的草屋，"门板上黑污污的，带着雨水留下的陈年污迹"，屋里是一只"破旧的洗脸盆架"，"一张旧办公桌，还有几张简单的床铺，一些木椅之类"；睡的是用百种野草结成的"呼家堡绳床"，而并非什么豪华的席梦思；吃的是一种最普通的手工擀面，如果"加上一些霜打的红薯叶，他会吃上两碗"……这些在高度一体化的呼家堡虽然颇显另类，但它所彰显出来的，并不是呼天成的特权架势，而是他的

"克己"形象和"利他"精神，具有一种自觉的"内圣"化的伦理追求。

这种"内圣"化的自觉追求，最直接也最生动地体现在他与秀丫之间的关系上。作为一个落难的逃荒女，秀丫被呼天成救活后，送给了光棍村民孙布袋。不料，喂养几天之后，秀丫却成为全村最光鲜嫩白的小美人，成为呼家堡男人心中的绝妙风景。然而，基于一种感恩戴德的心理，也基于一种人性的自然崇拜，秀丫对呼天成充满了好感，多次深夜潜入呼天成的茅草屋里。面对这个巨大的人性诱惑，呼天成看到"那粉白的肉哇，不是一处在颤，那简直就是'叫叫肉'！你动到哪里，它颤到哪里；你摸到哪里，哪里就会出现一片惊悸的麻跳。那麻，那凉，那抖，那冷然的抽搐，那闪电般的痉挛，就像是游刀山爬火海一般！"在这种诱惑面前，"呼天成炸了，他简直炸成一片疯狂的火海！"但他最终还是在一阵狗叫声中，停止了行动。

在与秀丫的交往中，呼天成毕竟还很年轻，处在"人生的旺季"，面对秀丫的胴体，他一次次地用手在那光滑的肌肤上进行图腾式的"书写"，有时也会在心里说，"我这个支书不做了，我就拼着这个支书不做，也要干一回男人干的事情！"但理智最终还是战胜了欲望，在不断地"脱"与"写"的过程中，呼天成一步步控制了自己的情感，也扼杀了自己的欲望。最后，他可以面对这个巨大的裸体诱惑，将秀丫视为一种"牺牲"（祭品），练起了易筋经。因为他明白，"人活着，处处都有隐患，连自身也是一个隐患"，只有克服这些隐患（欲望），人才能实现"内圣"；同时他还明白，"内圣"是"外王"的前提和条件，"你要想成为这片土地的主宰，你就必须是一个神。在这个时候，你就不是人了，你是他们眼中的神。神是不能被捉住的。哪怕被他们捉住一次，你就不再是神了"。正因如此，秀丫的存在，与其说是一块人性的试金石，还不如说是一座欲望的炼炉，彻底地熔解了他的一切感情欲念，为他向权力目标的逼近打下了坚实的道德基础。

在不断锤炼"内圣"意志的过程中，呼天成果断地开始行使他的"外王"手段，极力规训呼家堡人的思想行动，使全体村民自觉地服膺于他的威权之下。除了充分利用宗法伦理的特殊作用之外，呼天成还十分稔熟"破"与"立"的辩证关系，"破"中求"立"，以"破"制"立"。为了解决村民们的偷粮问题，他广泛发动群众，同时对孙布袋软硬兼施，借孙布袋的"脸"作为祭旗的第一刀；为了破除村民信神不信人的思想，他利用小娥之死，不仅灭了刘全的威风，还铲除了村民们崇拜鬼神的思想；他巧妙地利用老曹的个性，一举灭杀了全村的狗儿；八圈想在呼家堡搞一场"文化大革命"，呼天成略施小计，便让他永无抬头之日；在处理"窄过道儿"与"豁儿"的问题上，他一贬一褒，一破一立，干净利落地树起了呼家堡的价值观……作为呼家堡的当家人，呼天成面对一个个矛盾和纠纷，总是首先选择道德的制高点，同时又结合意识形态的基本要求，让宗法伦理与现代社会规范巧妙地结合在一起，成功地实现了他对村民思想的驯化。最后，时机成熟之时，他慢慢地建成了人人必须遵守的十条"呼家堡法则"，从村曲、村规到奖惩制度、学习制度，甚至连婚姻法也不例外。

　　按理，历时十年所形成的"呼家堡法则"，虽然与现代社会的法治建构并不协调，但它多多少少还是体现了呼天成以制度治理社会的意愿，反映了某种法治化的社会倾向。然而，在实际的操作过程中，我们又可以看到，无论是对这种法规的制定，还是对法规的遵守，呼天成是唯一的裁判。也就是说，呼天成仍然是凌驾于法规之上的"神"，没有任何监督和制衡的力量。"他说，要上晨操。人们就去上晨操。他说，要种带色的棉花。人们就去种带色的棉花。在会议上，他说，举手吧。人们就举起森林般的手……"不错，呼天成从来不轻易破坏这些法则，因为这些法则，是他在长期训诫村民的过程中所获得的行之有效的手段，而并非现代民主的产物。

　　呼天成由"人"到"神"的自我追求，既体现了中国传统伦理中"内圣外王"的价值理想，又展示了现代权力欲望的魔力。一方面，他深知作为一个欲望的人、真实的人所存在的各种隐患，另一方面，他又谙熟摒弃暂时的欲望可以满足更大的欲望之哲理，所以他不顾一切地抛弃内心的欲望，将自己塑造成了人们心中的"神"。他极力反对呼国庆与谢丽娟的关系，也是这种思想的体现。因为在他看来，权力的威望就是建立在"去人性化"的基础之上，人性的东西越少，权力的威望就越高。而权力的威望越高，那么，人治的理想就越容易实现。这是呼天成的人生哲学，也是《羊的门》的精髓之所在。

三

与呼天成构成紧密呼应的，是颍平县县长呼国庆。作为呼天成心目中"人治"理想的延伸目标，呼国庆虽然聪明，但聪明过头了，用呼天成的话说："你是一点就过，从不让人费二回事。要知道，人太灵性了，就显得过于敏锐。敏锐是好事，过于敏锐就不好了。"纵观呼国庆的命运际遇，可以看出，李佩甫的确赋予了他以中原上的"草性精神"，使他能够在小中求大，败中求活，但是，呼国庆的野心实在太大了，"韧"有余而"忍"不足。他既没有领悟到呼天成"内圣"的人生准则，也没有学会成功地经营自己的"人场"，更没有呼天成识人用人的智慧。

作为一个野心勃勃的权力化人物，呼国庆最为致命的个性就是不够内敛。呼天成曾反复告诫他，"在这世上，什么都可以卖，就是不能卖大"，而呼国庆恰恰在这上面屡屡犯错。与谢丽娟的情爱，点燃了他的欲望，他却要要阴谋，迫使妻子与他离婚，使自己站在道德的审判席上，为此差点丢失了县长之位；赶走了王华欣之后，他反败为胜成为县委书记，却又因为用人不当，力挺范骡子灭了弯店村的假烟市场，导致弯店村的村长蔡先生"跑一跑"，让自己陷入四面埋伏之中。尽管他依靠呼天成的人脉关系，最终打赢了这场战争，但也使他与王华欣之间的冲突进一步加剧。与呼天成的处处低调相比，呼国庆却处处高调"卖大"，最终被范骡子出卖，成为王华欣"私事公办"的目标。

从表面上看，呼国庆的失败主要在于两点：一是欲望过多，导致自己的人生失控，尤其是他与谢丽娟的情爱关系，彻底瓦解了他向权力攀登的基础，所谓"英雄难过美人关"；二是人场经营不力，致使自己结怨树敌，成为别人修理的目标。他有智有谋，善要手腕，也善于利用官场中的潜规则，但终究败在敌手面前。然而，如果深而究之，事情远非那么简单。与呼天成相比，他首先缺乏"内圣"意识，或者说，他根本不想做一个道德上的完人，而只想做一个活生生的、有欲望、有魅力的男人，所以他屡闯道德禁区，使自己丧失了威权所必需的社会伦理基础。其次，他还缺乏"外圆内方"的官场处世法则，无法建立起像呼天成那样一套完整的人脉关系，成功之余，常有小人得志的张扬。

如果用呼天成的话说，就是"心中没有信仰"，所以，呼天成最后迫不得已，再次通过权力交易，将呼国庆救了出来，以便给他"种上信仰"。

呼天成所说的信仰，究竟是什么？就《羊的门》而言，就是一种"内圣外王"的人生理想，是一种寻找并确立自我神权地位的人生理想。有很多人认为，《羊的门》是一部现代官场现形记，但又不是一部简单的官场小说，关键就在于，它成功地融入了大量传统儒家文化的精髓，而且这些精髓又与传统的礼教结合在一起，轻松而又巧妙地摒弃了法治社会应有的理性规范。从呼国庆、王华欣到蔡村长，其人生的起起落落，都是因为自己的"内圣"做得不够，却又渴望迅速成为"外王"。没有必要的"内圣"作为基础，要想顺利地实现"外王"，在中国的现实伦理中几乎是不可能的。这是隐藏在中国权力体系中的一个潜在标准，也是李佩甫着力展示的一种文化内涵。

如果从叙事策略上说，《羊的门》虽然写到了大大小小二十多个人物，但几乎所有的人物，都是呼天成的陪衬。也就是说，这些人物的存在，在本质上，都是为了烘托呼天成的巨大野心。它使《羊的门》在文本形态上形成了一种向心式的内在结构——所有的人物，都以自身特有的方式，与中心人物呼天成形成了一种张力关系（即使是围绕着呼国庆所形成的一系列人物关系，在叙事功能上，最终也是为了烘托呼天成）。但是，这种张力关系又不是一般意义的冲突和对抗的关系，而是一种欲迎还拒、张弛有度的"推拿"关系。这种关系，就像呼天成练习的易筋经那样，"一跷一按，展也无形，力也不知道用在了哪里，只觉得是了无穷尽，不管你心中怎么展怎么伸，总也伸不到位。但练过之后，却又觉得通体舒泰"。

这种人物关系的精心营构，从某种意义上说，其实隐含了中国传统文化中极为玄妙的中庸哲学。所谓"中者也，天下之大本也；和者也，天下之达道也。致中和，天地位焉，万物育焉"（《中庸》）。"致中和"，不是回避矛盾和冲突，而是巧用智谋与方法，以最为温和的方式化解矛盾和冲突。譬如，当王华欣夜访呼天成，向他通报呼国庆的处理结果，呼天成坦然接受，甚至当面赞同王的安排是正确的；当秋公子来到呼家堡大谈合作之事，呼天成立即心领神会，奉上数百万果断了结后患；当董教授完成了科研目标，提出以技术入股的非分要求之后，呼天成并没有断然拒绝，也没有骂他得寸进尺，而是以避而不见的方式，彻底铲除了董教授的贪婪……面对各色人等，呼天成总是以礼为据，柔中带刚，绵里藏针，一推一拿之中，迅速解决各种不期而遇的冲突。

由这种特殊的人物关系所构成的这种小说结构，在终极意义上，也是为了全面彰显这部小说的"人场"之主题——在某种特殊的文化环境中，人们要实现自己的理想，往往不是靠个人的专业才能，而是靠强大而隐秘的人际关系。正因如此，在《羊的门》里，所有的事件都不是叙述的核心，而只是作者强化人物之间权力制衡的载体。按理，小说就是为了塑造人物形象的，让事件为人物性格服务，这没有什么不对。但《羊的门》有所不同。它全力书写人物，但不是为了突出人物内在性格的丰富性，而是为了凸现人物之间交往的方式和动机，展示人际关系在中国社会权力运作机制中的微妙状态和巨大功能。

或许正是因为作家表达的重心出现了转移，在重新读完《羊的门》之后，我感到它并不是一部非常成熟的小说。特别是作者太注重人物关系的叙述，忽略了人物各自内在精神的复杂性，导致了不少次要人物的个性处理有些简单化，甚至脸谱化。譬如谢丽娟，作为市委宣传部的干部，在考察顺店乡乡长呼国庆时，发现呼国庆做事"鬼精鬼精"，便对他产生了好感。呼国庆顺利当上县长之后，去市里拜访她时，两人便迅速发生了肉体关系。这种情感的发展，给人的感受完全不像是身居要职的成年人的所作所为，倒像是二十来岁的青年欲望冲动的结果。更重要的是，此后的谢丽娟在呼国庆面前尽显情欲之态，甚至为了虚无缥缈的将来，果断辞去了干部职务，成为无业游民。这对于一个历经艰辛奋斗而走进市委宣传部的干部来说，似乎丧失了基本的理性。但从叙事上看，谢丽娟无疑又是一个极为重要的人物，她直接影响了呼国庆命运的发展，是摧毁呼国庆权力野心的情感地雷，而从艺术形象上看，她的性格却显然异常扁平，只是一个充满情欲的女子。

类似的人物还有范骡子。这个无赖式的人物，同样在小说中承担了非常重要的叙事功能，是直接激化呼国庆与王华欣之间矛盾的导火线，也是引爆呼国庆命运一次次走向困境甚至绝境的导火线。应该说，作为基层干部，他有一定的权力野心，也明白"人场"对自己发展的重要性，所以他不断地靠"出卖"

李佩甫
研究资料

领导来谋求自己的利益。遗憾的是，李佩甫一直将他视为某种地痞式的角色，对他的机智和狡黠突出得并不够，倒是对他"出卖他人"时的嘴脸以及卖敌成功后的得意神态，极尽夸张之能事，使他的形象成了一种脸谱化的存在。

这种脸谱化的人物处理，在《羊的门》里并不少见。像多少有点文化的八圈，与呼天成斗了一辈子的孙布袋，誓死捍卫蔡先生的少女八哥，都没有写出其内心深处应有的丰厚。应该说，对一些次要人物的处理过于简单，是李佩甫长篇小说中常见的弱点。如《城的灯》里，除了主人公冯家昌之外，王大嘴、侯秘书、周主任等人物，在性格处理上也都失之于简单；在《等等灵魂》里，围绕着任秋风身边的几个女子，如上官云霓、江雪、陶小桃之类，其内心应有的丰富和复杂，也都没有获得很好的呈现。这些次要人物，很多时候只是成为突出主人公的一个个道具。

在叙事上，《羊的门》让人颇觉不足的，还有细节的处理过于煽情，特别是作者对一些重要细节的叙述，常常运用一种戏谑化的语调，折射了创作主体的情感对叙事话语的潜在规约。譬如，呼天成的六十大寿，众多受其恩且身居要职的官员赶赴呼家堡，在主角缺席的宴席上所发表的各种言说，虽然有助于小说烘托呼天成的影响力，但显得过于夸张、虚浮，与呼天成反复忠告他们的"内敛"颇有些不协调。在小说的第十四章里，作家对"白吃一条街"的描写，嘲讽之味甚浓，而更大的嘲讽还在于，很少出门的呼天成请来了冯云山等人，最后却只上了四碗"炸酱面"。为了有效地规训村民的思想，呼天成在呼家堡设立了一个"英雄榜"展览台，上面常放些"断指"之类，而叙述却没有突出那种"奉献"的庄严感，反而有些闹剧的色彩。范骡子得知呼国庆即将调离之后，立即以醉酒之态，闯入呼国庆的办公室，公开戏弄县长，虽然在叙事上起到了先扬后抑的作用，但这个"句号"事件，仍给人以戏谑过度而失真。此外，像蔡先生面对一包花生米的情节，范骡子出卖呼国庆之后在街上遭人吐唾沫等，都因为其戏谑化的表述而失去了应有的审美震撼力。

尽管《羊的门》有着这样或那样的不足，但它仍然是一部非常重要的作品，至少是20世纪90年代以来中国当代小说中的一个重要收获。它立足于中原文化的内核，写出了那片土地上的男人面对权力的勃勃野心，凸现了现代社会里有关"神权"运作的各种潜在规则，以及某些"人治"秩序的吊诡和复杂。而这些，无论是对于人们重新审视现代社会的文化伦理，还是反思现代文明的历史进程，都具有重要的启迪作用和警示意义。

原载《名作欣赏》2010年第27期

李佩甫
研究资料

传奇及其背后

——论《羊的门》的悲剧意义

刘　刚

　　《羊的门》给李佩甫带来了巨大的声誉，不仅许多评论家给予好评，书中的人物也成为文坛及坊间一时议论的话题，引得众多人的关注。正如华夏出版社1999年7月第1版的《羊的门》的内容简介里所说的："《羊的门》凸显着它作为高品位畅销书的一切要素：跌宕起伏的故事情节，人物命运的内在纠葛，环环相扣的矛盾演变，都使人读之不忍释卷。"虽说是广告词，却也道出了《羊的门》在故事性叙说的偏重与追求，戏剧化的情节冲突与传奇性人物的塑造也就成为这一叙说的重要构成部分。而当作者以冷静的笔触将这些看似五光十色、变化无常甚至令人惊异的人与事呈现于读者面前的时候，我们的目光不仅仅停留在所谓现实与虚构并存的寓言式写作，以及对乡村权力的再次叙写，人性批判、文化批判等等方面，同时还深深地被作品的悲剧力量所震撼。

一、"神"的传奇

　　呼家堡的村长呼天成是一个传奇的人物，他凭着高超的政治智慧、娴熟的操纵和管理手段、精明的经营头脑，在四十余年的村支书生涯中铸就了一个神话，甚至可以在中原大地呼风唤雨，被称为"中原第一人"。

虽然呼天成只是一个土生土长的村干部，却有极强的政治意识。他与京城元老老秋结下生死友谊，培养扶植了一批身居要职的干部。靠着对官场的深刻认识和多年经营的"人场"，他的能量可以影响乃至扭转县、市两级政府的决策，县长呼国庆两次化险为夷都是他出手相助的结果。呼天成从来都是用的阳谋，让对手明知招数却只能慨然认输。

他熟谙村民的弱点，将中国传统中的统治文化与当代历史进程中的斗争艺术相结合，通过建新村和地下新村、填平有神鬼传说的哑巴河、拒绝为母亲做祷告等事件，割断农村中家族势力的联系纽带，打击村民思想中的鬼神、宗教等信仰，逐渐树立起自己在村中的绝对权威；通过"光荣榜"、斗私会等活动，强调个人绝对服从集体，泯灭村民的个性思想存在；建立"十法则"等奖罚体系，对村民实施半军事化的管理，彻底从思想和行动上将村民控制在他个人意志的指挥之下。有了良好的外部环境和处在半军事化管理下的村民，呼天成的经济头脑发挥出巨大的能量，呼家堡也就成了中原的首富村。

呼天成通过苦心经营，获得了巨大的成功。从京城元老老秋到省、市、县的各级官员，都对他尊敬有加，村子的接待室挂满了各个时期中央与省领导视察时与他合影的照片。他也被村民奉若神明，这也是他自己追求的目标。为了做村民的"神"，他压抑了男人的欲望，割舍了母子之情，用坚忍的意志做出了常人难以做到的事情。他渴望得到秀丫的身体，却最终将秀丫的裸体作为磨炼自己意志的道具。他是个孝子，但为了不让宗教思想在村中扎根，成为自己权威的潜在威胁，他拒绝为母亲做祷告，甚至没去和母亲见最后一面。他生活简朴，却把自家盖房用的八棵大榆树捐出来建新村；管理着拥有数亿资产的中原首富村，却总是两手空空，自称"无产阶级"。

呼天成追求成"神"的过程是他对自己人性压抑的过程，也是他阉割村民精神的过程，与他神性光环相对的是村民的奴性。在他的治理下，呼家堡从最初饥荒年代的偷窃成风到后来的路不拾遗、夜不闭户，村民们从自由散漫、狭隘自私、难于管理转变成后来的纪律严明、公而忘私，没有赌博等陋习，没有人违法犯罪，用呼天成自己的话来说，呼家堡就是一片净土。如果与同期中原

李佩甫
研究资料

乃至全国的农村相比，呼家堡的发展历程不能不说是一种进步，几乎可以作为中国农村现代化进程的一个参考。但在这些光彩的背后，却是呼家堡的村民在长期的思想控制和灌输下，丧失了思考的动力和个体的特性，成为"神"的忠实仆从，这自然与现代文明中对人的现代性的要求是背道而驰的。

身患重病的呼天成想延续自己的传奇，但在这些只知道服从、没有独立思考的村民中无法选到继承人。而他心目中理想的继任者呼国庆的逃离成了压垮他的最后一根稻草。小说结尾那一片震耳欲聋的狗叫声不仅预示一个所谓"传奇时代"的终结，更是对所谓"神"的荒谬性的最好注脚。

二、官的传奇

相对于呼天成，颍平县委书记王华欣的传奇更具有复杂性。

王华欣从小作为"带肚儿"，受人歧视和欺负，从公社书记的通讯员做起，后来步入仕途，一步步爬上了副市长的宝座。在小说中看不出他有什么政绩，相反地，在当县委书记期间，教育局长挪用教师"人头费"专款办春药厂，弯店造假烟产值上亿元，都是在他的支持下做的，最后，厂子垮了，全县的教师发不出工资，造假村长蔡花枝被判刑枪毙，但他却毫发无伤。他官气十足，好斗成性，手段卑劣。与县长呼国庆争权斗气，先是不惜葬送亲信乡党委书记范骡子的仕途前程，后来又非法搜集证据，虽然两次都没有达到"整"县长呼国庆的目的，但最终捣毁造假村，并为全县教师补发工资的呼国庆因一念之差差点成了阶下囚，王华欣成为最终的胜利者。

王华欣当官的秘诀就是挖空心思不顾一切为领导服务。从为公社书记拎尿壶、为县法院院长的傻儿子去枪毙人的刑场上挖活人脑子，到给领导送焙干的"婴儿胎盘"当补品用，什么下作的活儿都干。他老婆竟然还发明了"胶囊胎盘"，供市委书记李相义专用。正是靠着这些让人难以启齿的甚至辱没人格的服务工作，他获得了领导的信任，在官场总是能立于不败之地。

王华欣的另一个惊人之处是他的表演才能。产值亿元的造假村弯店是王华欣扶植起来的，弯店假烟创始人和村长蔡花枝，与王华欣有许多说不清的东西。后来蔡花枝因制贩假烟被判死刑，他看重与王华欣的情谊，没有将王华欣牵扯进来，临死前还将老母托付给他。王华欣也上演了一出"刑场送行"，被人们称为仗义，但后来蔡花枝的母亲竟是饿死的。范骡子是王华欣的亲信，为了"整"县长呼国庆，他毫不犹豫地牺牲范骡子的仕途前程，范骡子不仅升副县长的希望破灭，还丢了乡党委书记的官职，这几乎要了范骡子的一条命。但通过"酒店谈心"，范骡子又被感动得痛哭流涕，死心塌地地为他卖命，承担了扳倒呼国庆的全部责任，得到了王华欣承诺的但又是羞辱性的"副县"名号，以致上吊自杀。但在蔡花枝母亲饿死与范骡子上吊这两件事情上，人们好像找不到指责王华欣的直接理由。混迹于官场的王华欣可以说是深谙"官性"，屈伸自如，手段高明，"大象无形"是作者李佩甫对他的一个总结。

像王华欣这样为做官不择手段，做了官玩弄权术，不问民生的人，身上只有"官性"，没有"民性"，做事冷血、歹毒，甚至丧失了"人性"，而正是这样的人，官场得意，屹立不倒。县长呼国庆有虚伪甚至丑恶的一面，但在工作上毕竟做了几件好事，"呼青天"可能过誉，但从扳倒呼国庆的范骡子遭到全县人的痛骂这件事情上，可以看出百姓对他的认可。王华欣的得意与呼国庆的倒下揭开了触目惊心的官场生态状况的一角，具有鲜明的对比效果，王华欣的传奇其实是现代官场的一个悲剧。

三、"牺牲"的价值

在呼天成和王华欣的传奇故事中，秀丫、孙布袋、蔡花枝、范骡子等人，甚至可以说呼家堡的村民们，都自觉或不自觉地成为"牺牲"，丧失了自我的意识和价值，成为构成传奇故事的一个个片段。

秀丫最初是为了报恩，后来逐渐掺入了对"神"的崇拜，她忘记了女人的羞耻感，压抑了性的渴求，在呼天成一声声"脱"中躺下，做了他练功的裸体道具，后来竟将自己16岁的女儿当作生日礼物送给呼天成，差一点就让自己女儿也成为"神"的"牺牲"。孙布袋也被呼天成当作道具来驱使，或是当反面典型"惯偷"来批判，或是在"捉奸"的博弈中像畜生一样被"放"，他临死前发出了悲惨的呼声："人也是畜生呀。"也正是蔡花枝对情谊的珍重，至死不牵连王华欣，才使王华欣置身假烟大案之外，逍遥地做副市长。也正是范骡子的被出卖和再一次的舍身卖命，造就了王华欣两次兵不血刃，以四两拨千斤之势打击乃至打倒呼国庆的传奇，最后，毫无用处的范骡子得到梦寐以求的"副县"，在几乎是全县人的唾骂中含恨而死。

然而更让人触目惊心的是呼家堡全体村民的集体"牺牲"现象。他们自私好斗、愚昧软弱但又生性淳朴善良、落后但不失本性。在呼天成以集体利益为口号的一次次改造中，逐渐成为毫无思想、麻木机械的顺民，成为被"神"放牧的羊群。"羊的门"的书名也应该由此而来。

其实，秀丫等人以至呼家堡村民的悲剧，都与个人主体意识缺失有关。他们或因个人恩怨，或为虚假的"光荣"，纷纷迷失了自己的本性，献出了宝贵的"自我"，成为"神"或官传奇祭坛上的"牺牲"，演出了一幕幕悲剧。

李佩甫在小说中不仅甚为详细地描述了"绵羊地"豫中平原的灾难历史、这块土地上二十四种小草的名讳，还借呼国庆和王华欣等人之口，反复阐明平原人做人的艰难和坚忍。在生的压力之下，平原人"小处求活""败中求生"，为着"脸面"，为着"气"，不惜拼命地压抑自己、折磨自己，甚至是牺牲自己，以求得小小的生存权利。在这个过程中，本性渐渐被磨灭，这里的人或有"神"性、官性，或有"羊"性，就是缺乏健全的人性，《羊的门》的悲剧意义其实也在于此。李佩甫在《羊的门》的开头和结尾刻意安排了狗儿的出走和呼国庆的逃离，并宣告了"神"的终结，给小说留下了一丝希望的光明。这不仅仅是作者寄予的期望，也将是时代发展以及人性觉醒的必然结果。

参考文献：

[1]丁增武."批判"的恢复——析《羊的门》的主题意向[J].小说评论，2000（1）：34-37.

[2]胡焕龙.沉痛的历史与文化反思——读李佩甫长篇小说《羊的门》[J].淮南师范

学院学报，2002（04）：42-46.

[3]姚晓雷."绵羊地"里的冷峻剖析——李佩甫小说的主题方面的解读[J].文艺争鸣，2004（02）：82-86.

原载《殷都学刊》2011年第3期

335

李佩甫
研究资料

一篇乡村女人的史诗

——读李佩甫《虫嫂》

刘　涛

《虫嫂》是作者为最低贱的乡村女性"虫嫂"所写的史诗。作者把乡村女性的低贱写到了极致，把乡村女性不可想象的生命力写到极致，同时也把乡村女人的母性写到极致。

虫嫂的命运与鲁迅《颓败线的颤动》中的母亲很相似。李佩甫通过虫嫂的命运，探讨了乡村女性陷入悖论的悲剧性处境：生存与犯罪、养育与伤害、眷爱与弃绝，有陀思妥耶夫斯基灵魂拷问的意味。

《虫嫂》与李佩甫以往小说一样，有着乡村与城市对立、并峙的框架。作者的乡村叙事传承鲁迅基因，乡村看客形象与鲁迅国民性发现有异曲同工之处，而对乡村人性中阴郁、乖戾之气（阴狠、阴鸷、毒气、恶意）的探讨，则是其独创之处。

《虫嫂》是一篇使人流泪的小说。笔者不讳言自己阅读中就流了几次泪。这样的阅读经历似乎已经很久没有了。这是因为小说的乡村叙事引起了同为"乡下人"的笔者共鸣。我为虫嫂这个低贱到底的乡村女人流泪，为乡村看客的麻木流泪，为作者满含泥土味的乡村叙事流泪，为作者犀利、深刻的乡村洞察流泪。沈从文先生与废名先生一类牧歌式的乡村故事，可能不乏某种程度历史的真实性、道德的合理性与艺术的审美性，但李佩甫的乡村叙事，不但消解掉了田园悠闲与人性纯朴，而且颠覆了革命文学传统的阶级对立，显示出乡村真实、赤裸的一面，更能震撼人、打动人。

小说是一篇叙述乡村最低贱女性"虫嫂"生平的伟大史诗。作者首先采用传统比兴手法，以平原上各种不起眼的花儿的描述引出虫嫂故事。虫嫂的绰号——"小虫儿窝蛋"是平原上最低贱的一种花，虫嫂有这种花的低贱，又有这种花顽强到令人可惊的生命力。虫嫂由于个子低（俗称"小人国"），嫁给瘸腿的废人丈夫老拐，组合成家庭。在那个时代，一般家庭生存下来尚且不易，像虫嫂这样的家庭要生存，尤其艰难，而当这样的家庭有了三个孩子之后，生存本身就成为问题。在如何艰辛也无法填饱家里五张嘴之后，虫嫂开始"偷"。小说写虫嫂的偷窃，有许多神来之笔，下面是一例：

> 夜晚就像是虫嫂的节日。一到晚上她就异常地兴奋。她那小小的身量隐在夜幕里，有时拿着一把小铲，有时还拖着一个麻袋，在无边的田野里，凡是能拿的，她都背回家去。有人说，她真是土命。连土地爷都佑她。那无边的褐土地就是她的依托，田野就是她的衣裳。连那些草儿、虫儿、杂棵子都会给她以庇护。只要一进地里，花花眼，就不见了。……
>
> 在田野里，虫嫂就是一个魔。一个具有神性的偷儿。她在田野里如鱼得水，青纱帐给了她充分的庇护和自由。一年四季，什么下来她偷什么。……

为了孩子，为了维持最低生存，"偷"几乎成了虫嫂不得不选择的生活方式；虫嫂不但选择了偷的生活方式，而且，她还必须选择由此而来的"惩罚"，被一次次游街，被一次次展览、示众、羞辱、戏耍：

> 搞"运动"的时候，虫嫂还多次游过街。大队治保主任押着她，脖子里挂着玉米，还有偷来的蒜和辣椒，甚至白菜萝卜，红红白白，一串一串的，像是戴了项链似的……治保主任在前边敲着锣，她在后边走，小短腿

罗圈着，从东到西，再从南到北，一个十字街都走遍了，惹了很多人跟着看……人们说，虫嫂的脸皮比城墙拐弯还厚呢。还有人说，这是虫嫂，要是换了人，非上吊不可！

乡村社会，"人要脸，树要皮"，"脸面"是人活下来的全部价值和意义所在。然而，在虫嫂这里，脸面已成为无法讲究的东西，因为在脸面与家庭、孩子的生存之间，她只能选择后者。为了孩子，虫嫂完全献出自己，无耻到极点，先是去偷；在偷还无法满足最低的生存要求之后，又继之以"卖"，向所有有"权"、有"利"的乡村男人敞开，卖掉女人仅有的贞操，成为乡村中最让人看不起的女人。虫嫂的行为终于招致村中所有女性的嫉妒与仇恨，得到女性群体的一致唾弃与残酷惩治。可以说，不管是开始的"偷"，还是后来的"卖"，虫嫂皆是不得已而为之。为了孩子，虫嫂爆发出一个女人全部的生命强力，这强力其实不仅体现在她的"偷"与"卖"，而且还体现在对于所遭遇到的无情戏弄与残酷折磨的态度上。从虫嫂身上，作者把女性的生命强力挖掘到极致，从而，也把母爱的伟大渲染到了极致。

小说不但写出乡村女性在乡村政治中所面临的艰难困苦，只有牺牲掉脸面与贞操（无耻）才能生存的严酷事实，而且还进一步凸显了乡村女性在乡村社会中所陷入的悖论性悲剧处境。虫嫂为养育三个孩子，不得不牺牲掉最宝贵的脸面与贞操；然而她的牺牲恰恰因违背乡村道德，而招致乡村社会的唾弃与放逐。因此，她的牺牲在带给丈夫、孩子食物（物质层面的生存）的同时，又给他们的精神带来难以愈合的创伤。虫嫂的出轨直接伤害了丈夫老拐："老拐腿上有疮，心上也有疮。也许，他憋屈得太久了。人们的耻笑声一起在他心里藏着、捂着。在日子里，他心里存了太久的恶意和毒气。"虫嫂的坏名声和乡村社会的一致唾弃与嘲弄，被伤害最深的则是她的孩子们。当虫嫂因与村中男人乱搞关系而被女性群体毒打，孩子们非但不同情，反而"诅咒"：

三个国，一个五岁，一个七岁，一个十岁，大国眼最毒，那眼里全是蚂蚁。他时常站在院子里，恶狠狠地说：……死去！咋不死呢！也不知说谁。只是，从此以后，没有一个孩子再喊妈了。谁也不喊，该叫她的时候，实在拗不过去了，就"哎"一声。

母亲为了孩子们完全牺牲自己，然而在孩子眼中，母亲却已经失掉做母亲的资格，并遭到他们的诅咒与放逐——人间似乎没有比这更悲哀的事了。虫嫂为孩子的生存，积蓄、含纳、包容了太多的乡村毒素，而这乡村毒素又不可避免地作为"遗产"而为无辜的孩子所继承："大国是不想再看村人的目光了。是啊，我们都生活在别人的目光里，大国一定是在村人的目光里看到了什么。他早就想离开村子了。他一分钟也不想多停。"低贱的生活与得到这种生活的过高代价与成本，在孩子们幼小的心灵埋下过多仇恨与毒气，导致了他们对母亲的诅咒与羞愧，对乡村的弃绝与疏离，这也为虫嫂最后的死埋下伏笔——她的死其实就源于孩子们的冷漠与自私。虫嫂与鲁迅《颓败线的颤动》中母亲的命运很相似，不过，她临死之前应没有"眷念与决绝，爱抚与复仇，养育与歼除，祝福与诅咒……"的复杂纠缠，因为她只是"虫嫂"，一个普普通通却母性十足的乡村女性。

不但虫嫂形象与鲁迅《颓败线的颤动》中的母亲形象相似，其他方面，李佩甫小说也传承有鲁迅基因，如对乡村看客形象的塑造，对第一人称叙事的巧妙运用等。《虫嫂》中乡村人作为群体形象出现时，往往是一群看客，从对别人（弱者中的弱者）痛苦的赏玩中来求得开心与娱乐。小说写虫嫂做贼后被展览、示众，周围村民却从中取乐：

> 此后人们也就习惯了。一天劳动下来，很累，在村口上拿虫嫂逗逗趣儿，人们很快活。于是虫嫂就成了人们日子里的"盐"。日子很苦，人们还是笑嘻嘻的，有盐。

虫嫂成为人们生活中的"盐"，成为取笑与逗乐的对象，在村民眼中，这几乎成为她存在的全部价值。当虫嫂被村中一群女性毒打、折磨时，村中男性观赏这一风景，竟无一人站出来加以阻止：

在我的记忆里，这是我见识过的、女人群体性的第二次发狠。没有一个人同情她。也没有一个人出来救她。男人们都躲在短墙的后边，偷看一个光肚儿女人在场院里奔跑的情景。也有的慌忙找来梯子，爬上树杈，为的是看得更清楚一些……坦白地说，我也一样。

我必须承认，那时候，我无比快活。我抢先爬上了场院边一棵老柳树，骑在树上看风景：我看见虫嫂赤条条地在雨地里奔跑着。……

与鲁迅小说一样，小说采用第一人称叙事，是为了更好呈现看客与被看者的关系；第一人称叙事中叙事者对自身的反观与审视，与鲁迅也非常相似。不过，李佩甫对乡村看客形象的塑造，并不是纯粹模仿鲁迅，而是来自作者深刻的乡村体验与观察。正是基于这一点，李佩甫的乡村叙事在许多方面与鲁迅并不相同，如对乡村人性中阴郁、乖戾之气（阴狠、阴鸷、毒气、恶意）的深入探讨与揭示，这一点主要通过虫嫂大儿子大国的形象体现出来。

大国是虫嫂的骄傲，也是无梁村少有的功成名就之士，然而，就是在这样一个成功人士身上，却积聚着非常浓厚的阴郁、乖戾、阴毒之气。通过对大国形象的塑造，作者探讨了戾气的形成与乡村社会间的关系。戾气虽然源于乡村生活的物质贫困，但更重要的原因则是乡村灵魂的冷酷、麻木与自私。虫嫂处于乡村社会最底层，这样一个无助的女性不但得不到周围人的帮助，相反，却受到人们一次次的讪笑、戏弄与侮辱，而且，母亲所受的乡村恶意与冷漠，还延续、传承至孩子身上，大国与弟弟妹妹从小就生活于这样恶意的乡村氛围中，这不能不扭曲其心灵。因此，大国是带着对母亲的诅咒、对周围人的仇恨开始生活的，这种无法发泄的仇恨日积月累，就沉积为阴郁、乖戾的怨毒之气。戾气成就了他，使大国"发狠"考上中学、大学，并最终留在了城市，"就此，他断绝了与乡村的一切联系"。戾气也带来人性的异化，使他永远无法以一种健全心态来面对生活，特别是面对养育他的母亲和乡村。他愈要断绝与乡村的联系，愈显示了他与乡村，特别是乡村阴暗面的内在关系。

乡村是李佩甫永远说不厌也说不完的话题，《虫嫂》则是作者为一个最低贱的乡村女人所写的史诗。通过对虫嫂一生故事之讲述，作者代表乡村与所有的乡村儿女，为可敬可怜的、饱受羞辱与伤害的乡村母亲，作出了诚挚的忏悔与赎罪。

原载《东京文学》2012年6月刊

李佩甫
研究资料

"戏"说《申凤梅》

——评李佩甫长篇小说《申凤梅》

吴 彬

　　为艺术家立传，在中华人民共和国成立后的文学长廊中并不鲜见，而为舞台艺术家立传更是不胜枚举。但是，以小说的形式来演绎戏曲表演艺术家的却不多见，李佩甫的长篇小说《申凤梅》堪称其中的代表。作为一部纪实小说，作家借助艺术的方法"深刻描述了越调大师申凤梅曲折坎坷和辉煌的人生经历，展示了一代戏剧舞台巨星丰富多彩的内心世界"。诚如该书内容简介所述："作者描述的是戏剧艺术家的人生，展现的却是一个时代。"[1]其实，作为艺术家特别是从旧中国走来的戏曲表演艺术家，他们每个人的一生都是一个时代的缩影。有关他们的每一本传记都可以说是一个时代的记录。如果，仅是这样的话，同为传记体裁的《申凤梅》并无殊异之处。《申凤梅》一书的可贵之处在于：小说与传记的结合，艺术与纪实的统一，在更高层次上为我们道出了个更为深层的东西。

　　《申凤梅》一书确实写出了一个时代。以一人展现一个时代，这只能说是社会分析学家进行创作时惯用的手法。它或许真实地再现了某一时代的社会面貌，具有一定的社会分析和批判力量，但并非文学追求的最终目标。因为文学所追求的是其文学本体，诚如有的论者所说："文学不是什么，文学就是文学"，"'自足'是文学性的要义"，"文学性就是文学自足性"。[2]当然，从社会分析的角度来创作，也并非不可。但是，它无非是让我们看到旧社会如何地黑暗，新社会如何地光明，无非就是"旧社会把人变成鬼，新社会把鬼变成人"的传统模式的再次演习。这只是从一般的物质层面去理解。如果认真研究的话，我们会发现作品尚有精神层面和文化层面更深的东西藏匿其中，物质层面的含义只不过是其表象而已。

一、形式的创新：引入戏曲舞台上"场"的概念

翻开《申凤梅》一书，给人的第一感觉就是其形式的特别。全书就好像是许许多多的片段连缀而成的百衲衣，很容易让人想起电影中的蒙太奇手法。其实，与其说是蒙太奇手法，毋宁说它更接近于传统戏曲中"场"的概念。蒙太奇手法是近代以来随着电影的产生在西方出现的。它是指"在电影、电视制作过程中，一部片子通常由许多不同的镜头组成，为便于制作，常将全片所要表现的内容分为许多不同的镜头，分别拍摄完成，然后再按照原定创作构思，把这些分散、不同的镜头有机地连接起来。可以各个镜头按时间顺序连接起来叙述一个故事，也可以把一些画面交错排列，以造成某种印象，或说明某种联想，从而形成各个有组织的片段、场面"。[3]"场"却是中国自演戏以来就存在的。《申凤梅》一书在情节之间的连贯上巧妙地运用了传统戏曲舞台上"场"的概念。全书共二十章，各章又由无数很短的片段组成。片段与片段在结构上是孤立的，但在情节上紧紧相连。它们以故事发生的地点为转移，移步但不换形。纵是同一件事，也以"场"的形式将其分作若干片段，片段与片段之间是既独立又联系的。以戏曲"场"的形式来写戏曲艺术家的一生，在戏曲舞台表演中并不鲜见。但是，把这一形式引入小说创作中尚不多闻。这也可以说是本书在形式上的一种创新。这样一来，我们自然由"场"这一戏曲形式而逐步进入对本书结构和内容的分析中去。

从结构来看，全书二十章，前四章写的是旧中国旧时代。作为全书开头的第一章，首先出场的不是传主申凤梅，而是一位唤作"红爷"的越调名艺人

"一品红"。她是申凤梅的第一位老师。当然，她的出场自然就引发了申凤梅的出场。但是，在本书中，申凤梅出场时是十一岁，是迫于生计才被卖身科班，成了"一品红"的徒弟。作为传记，既然是写申凤梅的一生，就应当从传主的出生写起。但是，作者并没有从申凤梅出生写起，而是从她进科班学戏写起。把之前的十一年都省略掉了。作者似乎告诉读者这不能当作传记来读，因为它毕竟不是一部简单的人物传记，而是一部小说。如果依照内容提要所述是通过申凤梅的一生展示一个时代的话，那么，从时间的计算上来看，作家并没写出申凤梅的一生，只是写到了她的死，并未涉笔于她的生。大多数"申迷"在读本书的时候，只是把它作为一本人物传记来读的。其实，作为纪实小说，它虽类似于传记却又有别于传记。对于它的阅读自然就不能简单地从人物传记的角度来读。如果作者的主观意图就是为了借其一生而写出一个时代的话，那么，被作者省略掉的十一年应该更能反映那个时代的黑暗。据段荃法《申凤梅传》所载：申凤梅的父亲是因为家贫而远离家乡过继他人的，生性老实的父亲在异村又备受欺辱。强大的家族势力欺负异姓弱者，本身就是家族血缘观念根深蒂固的旧中国的真实写照，也是儒家文化的一个病垢。申凤梅出生时因为家贫被弃荒野，险些丧命。之前的几个哥哥和姐姐也都先后夭折，或被狗食，或遭溺婴。对于这样一幕幕旧社会的惨状，作者李佩甫在《申凤梅》一书中却丝毫未曾涉笔，不能不令人生疑。虽然本书最初的写作是受"央视"之托，但在作家的写作过程中，原初的写作动机却已经不由自主转移了。据作者讲，他"原本对中国戏曲不感兴趣，及至深入创作后"，"才发现其实中国文化的早期熏陶都是依靠地方戏来完成的"。[4]由此看来，全书的主旨不仅仅在于呈现一个时代，而应该有更深的含义或企图。那么，这种含义或企图又是什么呢？

二、内涵的特殊："戏"是魂，统领全书

全书以学戏始，又以演戏终，全书提到最多的也是"戏"。不管是"一品红"、瞎子刘，这些老一代的穷苦艺人；也不管是金石头、王三，这些旧社会的班主、恶棍；更不管是从旧社会走来的申凤梅、黑头，还是在新社会里成长

起来的苏小艺……他们每个人对戏曲都有自己的见解。

在"一品红"看来，"只要跨进戏班的门，你就不是人了，你是戏，前头就只有一条路：往苦处走！苦就是红，有多苦就有多红，等到有一天唱红了，你这碗饭就吃定了！"瞎子刘也认为："学戏，首先要忘掉自己。戏是没有男女分别的，一进戏，你就不是你了，记住，要装龙像龙，装虎像虎。"并且一再强调："登了台，你可就不是你了，你是戏，你是角"，"只要上了台，就是你亲爹亲娘死了，你该笑也得笑，还得真笑！要是没有这个肚量，你还演什么戏"，"上了台，你就是角。下了台，你才是人"。而黑头呢，在任何时候都认为他打的不是人，是戏，"对于演员来说，戏就是命！"在他们那里，戏曲始终是和人的生命共通的。"戏就是命"，这是那个时代穷苦的江湖艺人活命的根本，这也是生存欲求受到威胁时的必然选择，在他们那里，丢了戏也就等于丢了性命。

当然，饱汉不知饿汉饥，在有钱阶级那里，对于戏曲是另外一种理解。金石头教导戏班的学徒们："要想人前显贵，必得人后受罪。"在无赖王三处，"这戏嘛，说白了，就是个鸟儿，就是个虫意儿"。旧时代的江湖艺人，在他们这些人的眼里，无非就是供有钱阶级享乐的摆设而已。他们对艺人们随时都有调戏、玩弄和生杀予夺的权力。

对于申凤梅，由于自从学戏，就受到老师"戏比天大，戏比命大"八字的教育和影响，所以，在她五十七年的戏曲生涯中，也始终嗜戏如命，把戏看得比命还要贵重。正如她自己所说："我舍命不舍戏。"为了演戏，她学男人们喝酒划拳；为了演戏，她强忍着失去亲人的悲痛；为了演戏，她同医院签下了"生死合同"。她多次说道："我这一辈子，也就是个戏，除了戏，我活着又有啥意思呢？""我要死了，一定得死在舞台上，可不能让我死在病床上。"这是她对观众的承诺，也是对艺术的承诺，更是对生命的承诺。这正是中国自古以来就有的刚健有为、自强不息、舍生取义的优良传统和民族品格。在当代的中国，这种精神品格离我们愈见遥远，但它却在申凤梅身上重放光彩。她认为："戏是唱出来的，不是得奖得出来的。戏唱得好不好，有一个最要紧的标准，那就是看你能不能得到观众的认可。对于演员来说，观众才是你的衣食父母！只要观众认你，得不得奖都无所谓。"这正是中国由来已久的义利之辩。面对着义和利，究竟选择哪个，申凤梅以自己的实际行动做出了明确回答。随着艺术界走穴风的日盛，面对众多企业纷至沓来的邀请，申凤梅一概婉言谢绝。她看重的不是钱的多少，而是艺术，是她的观众和她的越调事业。"她在钱上的大气，常让那些男人不能不服气！她从来没有在乎过钱，她的工资全都花在'戏'上了。"所以，就连一向颇有几分傲气的导演苏小艺也不得不承认："大姐，我敬重你，你就是艺术的化身。"

从"一品红"、瞎子刘和黑头"你是戏"的谆谆告诫，到苏小艺"你就是艺术的化身"的由衷赞叹，看似相同的理解，实则是基于不同的层面。前者是从物质层面，从生存的本能和需要出发，经过磨难得出的共识；后者则是从精神层面，从对艺术的深刻把握和理解的角度出发逐渐得到的认识。后者在书中的意义和存在价值是远在前者之上的。这正是该书形同传记而别异于一般传记简单的事实叙述之处。应该说，该书是"传记其表，小说其里"，在纪实的表皮下覆盖着深刻的蕴意。

如果用结构主义方法加以分析，我们就会惊奇地发现上述分析的可靠和可信。全书共二十章，前四章属于一个时代，写的是旧社会，迫于生计，申凤梅由被卖科班学戏到成名后被豪强欺压而游走江湖的辛酸历程。虽然只是短短四章，却是旧社会艺人们苦难生活的一个缩影。后十六章属于另一个时代，中华人民共和国成立，人民当家作主，当年的卖唱艺人如今成了人民演员。可以说，这十六章是记录了申凤梅的大半生。为便于分析和理解起见，列表如下。

对待自己	对待戏曲	对待观众	对待弟子	对待家人
五章：时来运转，配合改造				
	六章：帮助老苏，初提改革			
	七章：改革受阻，人员下放			七章：改革受阻，人员下放
		八章：桃色事件，南阳义演		
	九章：回马周口，相逢袁世海			
	十章：率团进京，拜师马连良			

续表

对待自己	对待戏曲	对待观众	对待弟子	对待家人
			十一章：拍片让角，夜访琴师	
	十二章：下乡体验，"文革"遇难			
		十三章：身躯常营，为民高歌		
				十四章：重返舞台，黑头病倒
				十五章：抱病演出，送走亲人
		十六章：喜收新徒，临平要人		
十七章：拒绝走穴，邯郸路上				
			十八章：二梅病故，师徒谈心	十八章：二梅病故，师徒谈心
十九章：回乡助学，抱病拍戏				
		二十章：倒在舞台，万人哭祭		

　　这样，我们就面对五个垂直的柱形序列，每一个序列包括好几个同属一组的关系。根据列维·斯特劳斯结构主义的观点，如果我们要讲述这个故事，我们决不会顾及这些序列，而且会按行从左到右，从上到下阅读它们。但是，如果我们要理解这个故事，那我们就不得不抛开历时的一面，自左至右一个序列一个序列地阅读。每一个序列都被看成一个单位[5]。于是，我们发现，这五个单位刚好涉及五个方面。从左至右分别是：对待自己（做人）、对待戏曲（改革和拜师）、对待观众、对待弟子与对待家人。

　　首先，自左边开始。从第一序列来看，在第五章中，写的是中华人民共和国成立伊始，申凤梅和大多数传统艺人一样满怀欣喜和憧憬步入了新社会，成为一名人民演员。但是，这些旧社会走来的艺人们曾沾染了不少恶习。比如抽大烟、男尊女卑观念等。为了脱胎换骨，他们配合国家政策，积极进行自我改造。当然，这期间是经历了一系列曲折的。改革开放以来，随着商品意识的萌生，在演艺圈走穴风也日盛，作为全国著名越调大师的申凤梅，邀请她走穴的企业自然不在少数，但是，她都一一谢绝。用她自己的话说："我们剧团一百多号人，我出来走穴，那别的人怎么办？这个剧团不就垮了吗？"她不能为了自己挣钱而把剧团这个家给丢了。在这里，她想到的是剧团，是戏曲，而不是自己的金钱和名誉。申凤梅一生奔波忙碌，但积蓄并不是很多。在第十九章中，请假还乡的申凤梅见到了家乡破旧的学校，为了孩子们能有个好的学习环境，她多方化缘，并同着自己的微薄积蓄一并捐在了兴建希望学校上。这时的申凤梅，已经进入暮年，常年积劳落下的病症多次反复发作，但是为了剧团，为了演戏，她尽可能地少住或不住医院。为了配合国家保护国粹的政策，她抱病拍戏，而且不要一分钱的演出费。

第二个序列是有关拜师和戏曲改革的。当初的拜师，就是为了最终的戏曲改革。关于改革，首先是由苏小艺提出来的，而申凤梅的拜师也是苏小艺的建议。因为苏小艺认识到了老越调的"粗俗不堪"，越调要想登艺术的大雅之堂，改革势在必行。要做好改革，就必须学习和借鉴其他剧种的经验，尤其要师法京剧。作为一名知识分子的苏小艺，申凤梅对他是很尊敬的。虽然，在别人的眼里，他是一个有政治问题的改造分子。可以说，在当时的政治环境里，苏小艺是处处夹着尾巴做人的。但是，为了艺术，他"豁出去了"。对于老越调的陈旧，作为名角的申凤梅自然也意识到了。现在又有个文化人正式提出改革，申凤梅当然是非常赞同的。当然，既然是改革，必然会有守旧势力阻挠，首先出来阻挠的就是越调老艺人老桂红和丈夫黑头。为了越调，申凤梅排除万难，下定改革的决心，并且取得了可喜成绩。第九章是申凤梅在开封演出时相逢京剧名家袁世海，袁先生举荐申凤梅率团进京演出。在第十章申凤梅率团进京演出，可谓风云际会，盛况空前。在京城备受文艺界名流的垂青，并拜马连良先生为师，专攻生行。对此，申凤梅说道："只要是为了戏"，"我舍命不舍戏"。马连良让她从此只攻须生，学男人，演男人，她答应了。当苏小艺对申凤梅所饰演的诸葛亮发出由衷赞叹时，申凤梅说道："你说这男女有啥差别，我演男人就是男人兄弟，不瞒你说，我为了演戏，连男人们喝酒划拳都学会了。"诚如马连良先生所说："艺术是需要献身的。"艺术，从某个角度来讲，也扭曲了人性。如果从女权意识的立场来讲，申凤梅"硬把自己逼成了男人"，确实是人性的扭曲。女性主义学者埃莱娜·西苏认为："女人必须写女人。男人必须写男人。"[6]女性"能够通过模糊男女界限，包容男女于一体来解构男女二元对立。"[7]但是，作为演员的申凤梅不可能懂得这些，即使她懂得了这些道理，她也不可能去践履。在申凤梅这里，男女所谓的对立非但没有被解构，反而界限更加分明。用她自己的话说："我……已经不是女人了……我根本就不是女人，是戏，我是戏呀。""为了演戏，她硬是把自己逼成了比男人还男人的男人！"可以说，为了戏曲，她牺牲了很多很多。在第十二章，上级禁演古装戏，申凤梅由于不会演现代戏而痛苦地自问："如果我不是'戏'，那我还是什么呢？！我还会什么？！我这一辈子不就完了吗？！"在申凤梅的潜意识中，她已经不自觉地把自己看作了戏曲的代码，自己是为戏曲而生的。于是，为了演好现代戏，她主动到农村锻炼，并立下军令状，"要是再唱不好，我死，我宁肯死！"当演现代戏遇到困难时，申凤梅找到了瞎子刘。这时，饱经沧桑的瞎子刘以素有的世故开导申凤梅："啥是戏？戏就是一个字：活。活人的运道，生生死死，谓之戏。进了戏，你就不是人了。俗话说，拳不离手，曲不离口。三年不唱，人家就把你忘了！""当年，马先生要你主攻生角，是对的。那是'大'。现今，还是先奔生路吧。这谓之'小'。大大小小，小小大大，也是戏。活着，才有希望啊。话说回来，不管老戏、新戏，都是戏。戏是个乐子，是给百姓顺气的。"正当自己的戏曲艺术步入新阶段时，"文化大革命"开始了。作为全团骨干演员的申凤梅首当其冲，被定为大戏霸挨批受斗。戏曲曾为她带来了荣誉，现在戏曲又给她带来了厄运，几乎是灭顶之灾。在这期间，她的左臂被打断，终生致残。她也曾不时地有自杀念头，但一想起戏曲，她就割舍不得，屈辱而坚强地生存了下来。用她自己的话说："我是个戏！活着是戏，死了也是戏！"

在第三个序列中，是申凤梅与观众的情谊。当年的南阳义演，是因为周口数县遭灾，为了响应上级指示，申凤梅所在的剧团组成"板车剧团"，跋涉几百公里到南阳演出，把义演募捐到的玉米、红薯等五谷杂粮送到受灾的周口人民手中。演出是异常艰苦的。为了义演救灾，申凤梅几乎搭上了自己的生命，把嗓子都唱得失声了，她还要唱。在她的心里，多唱一段就多一袋救命粮。场面是异常感人的。在数月演出中，申凤梅同当地老百姓结下了深厚情谊。临别时候，当地老百姓依依不舍地前去欢送。回到周口，大街小巷又都是欢迎他们归来的人群。由于这一经历，申凤梅受到老百姓们的爱护。当"文革"到来之时，正是这些老百姓保护了申凤梅，使她藏身农村，可以继续为人民歌唱。可以说，是戏曲牵累了申凤梅，同时，又是戏曲营救了申凤梅。正如瞎子刘所说："你天生是唱戏的，你是个'戏'，你唱一天，人家会记住你一天。'戏'有多大，你就有多大。"在第二十章，一颗巨星陨落，一代越调大师申凤梅与世长辞。这一天，"周口市区里，十里长街，一街两行，摆满了花圈，到处都是人的哭声……人们自发地来给大梅送行，大街上，连维持秩序的警察都戴上了黑纱……""这一天，整个周口成了一条条无语的大街，哭泣的大街！！"申凤梅为人民演了一辈子戏，人民是不会忘记她的。

在第四个序列中，主要是对待学生。在第十一章曾提到北影厂要拍越调电影《李天保娶亲》。为了提携越调新秀，申凤梅力排众议，主动让贤，举荐学生拍摄自己的看家戏。这里充分表现了申凤梅培养学生，甘当人梯的高风亮节。后来，当发现一个越调新秀时，她更是喜出望外，不顾年迈体弱，多次奔走，把刘小妹（小梅）收为弟子，并调入剧团，辛勤培养。但是，就是这样一棵很好的苗子，申凤梅后来却对她抱了另一种想法。所以，在一次戏曲大赛上，身为评委的申凤梅给自己的学生打了最低分。作为弟子的刘小妹自然是心中极为不快。按说，这也是申凤梅的一贯作风。但是，在十八章中，针对这个问题，师徒两个曾有过一次谈心。从她们的谈话中了解到的事实不禁令人震惊。申凤梅让小梅杀死自己。这个"杀"字，并非有形的杀，而是无形的。它不是肉体上的杀死，而是艺术上的战胜与超越。表面看来，大梅、小梅都有私心，都有平凡人的一面，大梅害怕小梅将来"红"了，没有自己的好日子过。但深层次里，这种所谓的私心乃是对艺术执着的爱。申凤梅不愿让出舞台，正如她自己所说的那样："我不会让出舞台的。"这个舞台也不是单纯物质概念上有形的舞台，它是戏曲的载体，是艺术的象征，她不愿让出的是艺术——她终生为之奋斗的事业。有的读者在读到这里的时候由于主观因素作怪，不禁对大梅产生厌恶之情。不过，如果仔细分析就会发现，这段对话实乃弗洛伊德所谓"本我"与"超我"矛盾冲突的相互较量。一方面是害怕弟子"红"了之后，自己失去舞台；另一方面，又希望弟子能超越自己，振兴越调事业。最后，经过"自我"心灵的反复搏斗，大梅终于"把这个理儿想明白"了，并对弟子说道："你要是能在艺术上杀了我，我也就心甘了，我培养的徒弟嘛，我无怨无悔。"

在第五个序列中，申凤梅面对的是自己的两个亲人：一个是丈夫，一个是妹妹。20世纪60年代，由于当时的天灾人祸，剧团需要整顿，自然有部分演员就需要下放或转调工作。因为怕别人说闲话，她把本该留下来的妹妹调到了许昌越调剧团，以致妹妹对此耿耿于怀。由于两地分居，二人又都有工作缠身，所以见面的机会很少。当妹妹突然病逝时，申凤梅又不在她的身边，而是在几千里外的河北邯郸演出。虽然，她也曾回许昌给妹妹送了葬，但是，第二天就风尘仆仆地赶回演出地。用申凤梅的话说："人已走了，哭也没有用"，"邯郸那边，票已经卖出去了。我不去怎行？"在申凤梅的心里，她所看重的还是戏曲，是观众。黑头是申凤梅的丈夫，又是她的大师兄。申凤梅能够成名当然有黑头不小的功劳。但是，申凤梅学戏可是被黑头打出来的。在本书前四章，我们曾读到过那一幕幕学戏的艰难：睡湿漉漉的草铺，腿夹砖头跑步，挨皮鞭……但是，黑头总挂在嘴边的一句话是："我打的不是你，我打的是戏。"在丈夫眼里，申凤梅就是戏。一场"文革"，两个人都老了许多。当"文革"过后，听说要拍电影时，黑头因为过于激动而致偏瘫。这对于一个嗜戏如命的演员来说其打击之重可想而知。但是，他纵然偏瘫，心里装的还是戏曲。如果申凤梅哪次演出稍有差错，他就又举起皮鞭抽打。不管是在申凤梅还是在黑头的心里，他们都认为这打的是戏而不是人。最理解黑头的是申凤梅。当黑头病故，办完丧事的第三天，申凤梅不顾剧团的劝阻，毅然投入《七擒孟获》的排练中。在她看来，这才是祭奠丈夫的最好方式。

"戏"这个字在全书中已经不再是一种娱乐形式，而是一个生存密码。它有着深刻的文化内涵。在它里面有着中国传统文化中刚健有为、舍生取义等优良的民族品格，而这些又是借助主人公申凤梅传达出来的。作为一代越调大师，申凤梅与戏曲结下了不解之缘。作为作家，李佩甫又将戏与人一而二，二而一地合为一体。以"戏"谈人，以人演"戏"，在史的叙述中彰显了人的品格，文化的精髓。

参考文献：

[1]李佩甫.申凤梅[M].武汉：长江文艺出版社，2001：1.

[2]王乾坤.文学的承诺[M].北京：生活·读书·新知三联书店，2005：26-38.

[3]李法宝.新闻写作的艺术与技巧[M].广州：中山大学出版社，2005：260.

[4]网易文化频道，文学豫军为新世纪读者准备文学大餐[EB/OL].（2001-02-05）.http://culture.163.com/edit/ 010205/010205_45843.

[5]斯特劳斯.神话的结构研究[M]//程正民，曹卫东.二十世纪外国文论经典.北京：北京师范大学出版社，2004：553.

[6]西苏.美杜莎的微笑[M]//伊格尔顿.女权主义文学理论.长沙：湖南文艺出版社，1989：399.

[7]朱立元.当代西方文艺理论[M].上海：华东师范大学出版社，1997：353.

原载《石河子大学学报（哲学社会科学版）》2012年第6期

轻俏时代的文学忧伤

——李佩甫小说的叙事伦理分析

甘　浩

李佩甫
研究资料

在这个轻俏的文学时代，李佩甫显得有点"笨拙"——十余年来，他的题材选择、作品的主题意向、文学的写作技法，没有根本性的变动，只是更加精熟。这是一种值得敬重的"笨拙"。近二十年，现代汉语文学逐渐摆脱了政治文学的桎梏，步态轻盈，姿态曼妙，然而许多作家的作品大多似流沙上的脚印，难以久存。李佩甫因为"笨拙"，却在现代汉语文学的大地上夯下了一柱铸石。少变的题材选择、主题意蕴取向，却使他通过小说叙事，与叙事对象建立了忠诚、悲悯、犹疑等叙事伦理关系。这三种叙事伦理关系对形成李佩甫的文学风格，使其成为当代文坛特殊的"这一个"，起着至关重要的作用。

一、忠诚

从呼家堡（《羊的门》），到上梁村（《城的灯》），再到无梁村（《生命册》），李佩甫小说的地域名称不同，实际上并没有本质上的空间变化。它们作为文学转喻符号，最终都指向辽远的、一马平川的黄淮平原的一隅。这一隅在历史上战乱不断，灾难频发，是绵延了三千余年人类生命的一块"绵羊地"。就像莫言的高密东北乡、阎连科的耙耧山脉，这一隅是李佩甫在当代文学建立的只属于自己的文学领地。虽然李佩甫没有用一个专有名词为之命名，但是，它已经巍然伫立在当代文学的地理图志上。

这个文学地理图标是李佩甫依靠毅力与忠诚，一笔一画，兢兢业业地营建起来的。这种忠诚首先意味着一种情感品质，它源自对叙事对象真切、深沉的体味，然后才能够从心底对之产生珍视、尊敬的情愫。这种叙事伦理意味着作家的创作往往是一种经验性写作。王安忆亦如是论述李佩甫的小说创作，她还说："我认为中国当代文学中最宝贵的特质是生活经验，这是不可多得，不可复制，也不可传授的写作。"①而李佩甫的意义既在于此，又不是仅仅把生活经验掺杂在小说叙事中那么简单。在当下文坛，李佩甫对乡土题材的痴迷度非同一般，对乡土的感情也超过了许多作家。他很少在文学技法上求奇炫新，读其故事，人物与事件历历在目，充满朴素之美，给读者留下了深刻印象。他的故事不排斥戏剧性的虚构，可是，即使最具有传奇性的《羊的门》，仍然无法避免读者将之与著名的许昌南街村故事联结起来的结局。《城的灯》所演绎的冯家昌及其家族故事，在这片贫瘠的土地上，也是人们司空见惯的。《生命册》比上两部作品更加靠近生活本身。主人公骆驼的传奇只是其中一个叙事线索，在他之外，李佩甫把大量笔墨皴染到老姑父、梁五方、虫嫂、老杜、春才等"绵羊地"人身上，讲述他们的生存智慧与人生悲剧。凭借对这片土地无比纯洁的忠诚，李佩甫切入当代生活的深层结构，揭示了挣扎于其中的"绵羊地"人无法逃避的生存悲剧。

作为一种文学叙事伦理，忠诚，又不仅仅意味着一种可佩的情感品质，还是一种需要非凡毅力的文学行为。它需要以近似于老牛反刍般的文学行动，不断地取材相近题材，选择相近主题，来夯实自己文学领地的边界。《羊的门》出版后，很多读者不约而同地从官场小说的视角剖析该小说的价值。回首看来，这种归类，严重误导了读者的阅读走向，因此也忽视了作品真正的价值。因为，这部小说表层的官场故事尽管精彩纷呈，但是，小说真正令人耳目一新

---

① 王安忆：《经验型写作》，《书城》2011年第7期。

的却是呼家堡故事。在这个故事套层，诡谲多变的官场叙事基本上是缺席的，取而代之的是呼家堡的人生百态，尤其是在沉重的生存压迫下的精神样态，让人瞠目结舌。到了《城的灯》《生命册》等作品，呼家堡变名为上梁村、无梁村，但都是讲述生存在"绵羊地"上的人们的故事，演绎着他们的婚姻、爱情、家庭故事以及为了卑贱地活下去而苦熬苦挨的人生。在种种故事的讲述中，李佩甫明显是有意采用在历史与现实两个时间序列中呈现小说故事。不管时态如何变化，"绵羊地"人在两个时间序列中的人生境遇没有实质性变化，他们的灵魂在这块土地上被逐渐异化的结果也没有变化。环境决定人，生他养他的土地，决定了"绵羊地"人的生存哲学、道路选择与人生价值取向，也决定了他们有相近的人生故事与生命样态。

近似的小说题材与主题，并不意味着李佩甫的小说味同嚼蜡，反而因为作者忠诚于固定的叙事伦理纬度，小说因此在特定题材与特定主题上开掘得更精深，也更容易给读者留下深刻印象。这种忠诚的叙事伦理，也影响到小说的人物塑造。李佩甫小说人物千变万化，不过其中有三个人物类型让人印象深刻：村支书、老姑父、容易受伤的善良女性。在很多人看来，类型化几乎就是简单化的同义词。事实并非如此，类型化只是人物塑造方式的一种，与表意的深浅无关，类型化的人物也可以表现深刻的文本意蕴。在中国古典叙事传统中，成功的类型化人物形象比比皆是。当作家集中于一点形塑一个人物时，往往能够于雷霆一击中正中人心、人性或社会的要害，彰显出极大或极深的社会隐喻。李佩甫显然深解其中三昧。在当下的文坛中，没有一位作家像李佩甫那样，如此出色地给予我们这样一些人物：他们不管是中心人物，还是边缘人物，其各自的言谈和意识都是如此绝对地前后一致，彼此却又有如此强烈的不同。在诸多小说中，李佩甫不断塑造这些类型人物，不仅描画出鲜活的人物形象，更重要的是让他们走上前台，带上各自的社会、文化信息，以供作家、读者做出自己的评价。

当然，忠诚是不能单纯依靠相近的文学题材、主题与相似的人物形象获取的。如果只是这样，当代文坛上很多作家都可以获得此等赞誉。而在笔者看来，真正具备"忠诚"品质的作家并不多，赵树理算一个，李佩甫也算是其中的一个。赵树理的历史价值之一，即他通过小说叙事实践，不断地把婚姻问题、干部问题等阻碍农村社会发展的现实问题昭示出来，以期取得社会变革的进步并改善国民劣根性。李佩甫自然不是企望成为赵树理那样的社会改革家，他关注的是"绵羊地"人在历史与现实中的命运与精神异化的过程。李佩甫正是通过不断地讲述个人经历的生命故事，来描述"绵羊地"人特殊的生命感觉，表达他们在特定境遇下的道德意志与伦理诉求，从而在现代汉语文学中建构了一个具有人类学意义的民族志学小说。从文化的角度来看，这是李佩甫创作的最重要的意义。

二、悲悯

阅读李佩甫的小说，能够很明显地感觉到李佩甫的影子。这个影子，被韦恩·布斯称为"隐含作家"，是作家在创作时采取的特定立场、观点、态度在具体文本构成的"第二自我"，包含着作家的情感兴寄、价值取向和审美旨趣。①

泄露李佩甫"隐含作家"身份的，是在他的小说中普遍存在的一个叙述动作"讲述"。我们很容易能够从李佩甫的小说中找到明显的"讲述"故事的痕迹。譬如其新作《生命册》，共十二章，每一章的开端句都是模拟小说叙述者与隐含读者之间的对话，如第二章开端句"该给你说一说过去的事了"，第三章"你知道什么是'枪手'吗？"，第四章"我要说，任何事情都有例外，你信吗？"……在建立虚拟的对话关系后，叙述者开始向虚拟的听众"你""讲述"故事。作为一种叙述行为，"讲述"是对往事的回顾、咀嚼和回味，叙事对象经过了作家的心理过滤，自然就渗透了作家的主观情志。换句话说，作家的主观情志移情到叙述对象身上，就在二者之间建构了特殊的叙事伦理关系。

对于作家来说，在不同的作品中往往面对着不同的叙事对象，其主观情志因为种种因缘汇聚，也会发生变化。李佩甫的特殊性，在于其叙事对象少变，

---

① 韦恩·布斯：《小说修辞学》，付礼军译，广西人民出版社1987年版，第63—69页。

其对"绵羊地"的情感亦少变，所以，在他的作品中，隐含作家与叙事对象之间形成了比较稳定的伦理关系。这种伦理关系，表现为作家呈示叙事对象故事时大都持悲悯的心态。

悲悯，是一种高贵的人类情感，它源自人类对人间苦难感同身受的情感，因为感同身受，就会对身处苦难中的他人产生深深的同情与怜悯。同时，这里的同情与怜悯不是可怜，且并不轻视苦难承受者，它折射出一种博大的爱。李佩甫与其叙述对象之间就建立了此种性质的情感关系。

同样以《生命册》为例。李佩甫的这部新作的构思颇具新意，全书十二章，奇数章是骆驼的故事，指向现实，偶数章是无梁村故事，指向历史。两个时间维度的故事在外层上除了叙述人"我"之外，没有情节上的密切联系，这似乎不合乎长篇小说对于整体性的艺术要求。再从内部结构看，小说的主体故事主要讲述骆驼的奋斗史与毁灭史，是一个流畅完整的故事；而偶数章基本上是每一章讲述一个人的故事，分别绘声绘色地讲述了老姑父等多人的故事，人物形象栩栩如生，每部分都能够独立成章，且都是难得的小说精品，但是，组合在一块，似乎更加加重了这部作品缺乏完整统一性的错觉。如果仅仅从故事逻辑线索分析，这部长篇小说确实让人费解。然而，如果我们通过小说叙事，推导、建构作家在该部作品中的"第二自我"，就会发现，小说"隐含作家"的形象始终是统一的——他无时无刻不在以悲悯的目光关注着笔下的人群。不管疯狂如骆驼，还是卑贱如虫嫂，人生的轨迹与结局，都无法掌控在自己手中，生活如同炼狱，每个人物质上或精神上都必然在这个炼狱中承受地火的煎熬，且无可奈何，无处逃遁，他们的悲剧不是个别人的，而是弥漫在这片大地上的生存悲剧。李佩甫关注的不是故事逻辑的统一性，而是深层结构上的小说意义的统一性。

人们一般习惯于以现实的生活法则度量虚构的小说故事与小说人物。当读者如是做的时候，就很难接受李佩甫小说中的呼天成、冯家昌等人物。李佩甫在讲述呼天成们的故事时，即遵循的是小说本身的叙事伦理。不过，任何文学创作都不是存放在象牙塔中，它最终还是要面对读者大众，要承受世俗道德的考量。李佩甫成功度过这个道德危机的依仗，就是他与叙事对象之间建立起来的悲悯叙事伦理。

佛家说，真正的仁爱不是对好众生的慈爱，而是对恶众生的悲悯。这是李佩甫能够与大众道德达成和解的根本。就大众道德来看，呼天成把一生中唯一钟爱的女人当作打击对手、战胜自身弱点的工具，是大无情；对垂死的母亲的行为，是大不孝。这都违背了人间最基本的人伦。李佩甫对类似行为浓墨渲染，为人物性格增色颇多，又从深层次上揭示出这个"东方教父"在为集体呕心沥血的同时，抛弃掉亲情、爱情，其本性已经完全被异化。这对于任何个体来说，都是十分可悲的事情。冯家昌是一个典型的现代陈世美形象，他攀龙附凤，忘恩负义，在精神上永远都是一个侏儒，永远要承受来自灵魂的拷问，所以，不管他身居何等高位，都是一个可悲的形象。李佩甫悲悯的目光，关注的不是他们的传奇人生，而是他们形成传奇时的付出。悲悯，加大了李佩甫小说的情感力度与浓度，透视到了故事背部隐秘的内容，深化了小说的主题，提高了作品的艺术质量。

三、犹疑

若因为"悲悯"，就以为李佩甫在其叙事对象面前建立了高高在上的伦理姿态，那就误读了李佩甫。不幸的是，这种误读很容易滋生。滋生的原因，倒不是读者都能够捕捉到李佩甫在其小说文本中建构了悲悯的叙事伦理关系，而是来自一个显而易见的文本标记——小说题记。如：

《羊的门》题记之一："我就是门。凡从我进来的，必然得救，并且出入得草吃。盗贼来，无非要偷盗、杀害、毁坏。我来了，是要叫羊得生命，并且得的更丰盛。（摘自《圣经·新约·约翰福音10》）"

《城的灯》题记之一："那城内不用日月光照，因为神的荣耀光照，又有羔羊为城的灯……凡不洁净的、并那行可憎与虚谎之事的，总不得进那城。只有名字写在羔羊生命册上的才进得去。（摘自《新约·启示录》）"

对李佩甫小说的这种题记，有很多解读，一个可探寻的路径，是将其与作家的叙事姿态（即叙事伦理）联系起来。这种题记出自《圣经》，是圣言，自然是高高在上的教训语气与姿态。而且，在已有的论述中，李佩甫基本上采用了讲述的叙事方式，而"讲述"常常被看作是人类早期的叙事艺术，"讲述"故事的一般目的：一为愉悦；一为教谕。"教谕"的艺术目的，好像进一步坐实了李佩甫在其叙事对象面前建立了高高在上的叙事伦理关系。

事实上，李佩甫在其小说中叙事姿态很低。一个基本的事实就是，他很少在作品中单方面地批判某个人或某种行为，在表现情感兴寄、价值取向的时候，李佩甫甚至表现出犹疑不决。犹疑不决，是李佩甫在对叙事对象表达价值判断时显示的又一种叙事伦理关系。

譬如虫嫂（《生命册》），其名字就充满了悖论性。"虫嫂"不是她的真实名字，因为丈夫是残疾人，自己又近似一个侏儒，为了供养这个家庭，她常常偷集体的粮食，所以被人诬称为"虫"。在无梁村的道德体系中，"虫"意味着低贱，通常是对一些被人鄙视的人的蔑称。但是，长久以来，人们称其为"虫嫂"，"也不仅仅是蔑视，这里边还有宽容和同情"。当作品如是叙述时，就构成了对这个人物评判的第一个层面的犹疑。接着，故事继续下行，虫嫂不仅偷粮食，还偷人，因此引起众妇人的愤怒，她们把对男人的失望同时发泄到这个矮小的女人身上，使其受到残忍的处罚，其中的是非难辨，这构成了犹疑的第二个层面。最后，以泼墨的方式铺写她与三个儿女之间的关系，前述故事演示的虫嫂陋习，在众子女的恶行面前，全部得到了谅解，这构成了犹疑的第三个层面。纵观整个叙事过程，李佩甫都在以复杂的心态观察着虫嫂这一人物，有鄙薄，有钦佩；有嫌恶，亦有喜爱；有厌弃，又有同情。这种复杂的叙事伦理关系，在李佩甫笔下的许多人物身上都有所体现。仅就《生命册》的人物塑造艺术看，李佩甫已经掌握了最困难的刻画人物的功夫：显露出他对所有人物，哪怕是最不敢苟同的人物有同情，同时又超然地与哪怕是他最喜爱的人物也保持距离。

需要指出的是，犹疑不会降低李佩甫的高度，也不会降低他小说的主题深度。因为李佩甫的犹疑不决源自直接的生命体验。面对复杂多变的当代生活，任何一种道德体系都难以做出恰当的价值评判。生存在这片土地上的人们，只能直面生存实际，来决定自己的行为取向。例如《城的灯》写道："在平原的乡村，'投降'几乎是一种艺术，还是一门很大的艺术。生与死是在无数次'投降'中完成的。有时候，你不得不'投降'，你必须'投降'。有了这种'投降'的形式，才会有活的内容。"在严酷的生存压力下，任何道德说教都是隔靴搔痒，无济于事，李佩甫面对这种现状，无能为力，只好以沉郁、忧伤的笔调，婉转吟唱这片土地上凄婉的歌谣。从艺术效果来说：不带教谕目的地讲述故事，可能意义更大。这颇符合刘小枫所说："自由的叙事伦理不说教，只讲故事，它首先是陪伴的伦理：也许我不能释解你的苦楚，不能消除你的不安、无法抱慰你的心碎，但我愿陪伴你，给你讲述一个现代童话或者我的伤心事，你的心就会好受得多了。"①李佩甫就是在这个层面不断地讲述那片"绵羊地"的故事，虽然"笨拙"，却深得这片土地的生存真谛，因此，也没有被文学家虚幻的社会改革梦蒙蔽，从而能够真实准确地摹状"绵羊地"人的生存样貌，生动传神，而又意味深长。

原载《创作与评论》2012年第8期

---

① 刘小枫：《沉重的肉身——现代性伦理的叙事纬语》，华夏出版社2004年版，第10页。

通天人物，一只变味的羊

霍　艳

先来看两个关键词：

读客图书：近几年新崛起的民营图书出版机构，3年时间创造了20本书总码洋过亿的销售奇迹，平均单本书销量超过20万册，其中《藏地密码》单本销量就过百万，《侯卫东官场笔记》打响了"官场图书"第一品牌，成为"公务员必读"，累计销量突破200万册。

李佩甫：河南许昌人，国家一级作家，河南省作协主席，代表作有《羊的门》《城的灯》《生命册》，曾先后获得"人民文学优秀长篇奖""五个一工程"奖"飞天奖"等，作品被广泛翻译到美国、日本、韩国等国家。

让这两个关键词产生交集的，是陈列在各地书店显著位置的一本叫《通天人物》的小说，封面以一威严的蒙眼老年人布局，这个被读者戏称为长得像奥巴马的老人，左眼盖着一个鲜红大印，上面刻着：将权力通天的人物打回原形专用章。黄色硕大的书名下，印着宣传语——"入木三分剖析那个令小角色呼风唤雨、大人物亦步亦趋的权力法则"。紧接着一行小字，将两个关键词串联："很多人想托他办事，更多人盼着替他办事；别人眼中天大的事儿，到了呼伯这儿，都成了给谁谁谁打个招呼的事儿。这境界，是呼伯花了半辈子经营出来的。"熟悉当代文学的人，这才发现呼伯不正是李佩甫代表作《羊的门》

的主人公呼天成吗？翻开书，果然在前勒口下方找到标注：本书初版原名《羊的门》。

一部深刻的现实主义力作，一本河南省作协主席的纯文学代表作，是如何又缘何改头换面，摇身一变为《通天人物》的？曾经在意识形态巩固上起到举足轻重作用的纯文学作品，又如何在商业浪潮席卷中，被几方合谋置换为一件精致的"消费品"？

读客图书由广告人华楠创办，提出"像卖牙膏一样卖图书"的口号，要向不读书、不买书的人要市场，他们正是秉承着这样的野心，无限放大了书的商品属性。他们认为书不光是商品，更是快速消费品，这和牙膏、沐浴液并无区别，如何吸引人的感受力，刺激购买力，成为读客图书着力挖掘的重点。他们将稿子看成原材料，编辑只把10%的时间花在选稿上，90%的时间把稿子开发成为商品，具体做法是：首先判断选题是否贴近主流文化，如《藏地密码》就贴合了青藏铁路开通带起的新一轮"西藏热"。其次在产品的再开发上面，要着重寻找和设计关键词，《藏地密码》被编辑提炼出核心价值——一本关于西藏百科全书式的小说，"神秘西藏"成为其鲜明的文化符号，"百科全书"表明该书具有丰富的知识含量；最后在封面设计上通过视觉符号把核心价值表达出来，使其在书店陈列上具有视觉冲击力。读客图书不以封面的漂亮为判断标准，封面是为新华书店等销售渠道的陈列服务，如何使自己的书成为唯一亮点，其他书沦为背景，是读客编辑首要考虑的，《藏地密码》从西藏服饰上的彩条获得灵感，选为封面符号，封面的左侧及书脊部分都用了藏族服装上的五彩色带，因为书店陈列通常是书脊对着读者，所以读客把书脊作为图书外观设计的核心。《藏地密码》的彩条符号绕着书皮包了一圈，10本书摆在一起不光壮观，还简洁明晰地传达了书的内容价值，使得读者立刻把作品和神秘西藏相联系。

经过了这样的包装策略，《羊的门》也再换新颜。首先突出呼天成这个"通天人物"的特征，并将其定位为书名，其次紧贴官场文学的新一轮热潮，"官场小说分别在晚清、20世纪40年代国民党统治时期、90年代市场经济繁荣时期，掀起过三次创作高潮。前两个时期都是在政治腐朽、民不聊生的时代背景下，人们用文学作品揭露、讽刺和批判社会黑暗。到了90年代，经济高度繁荣、思想空前解放，各种西方思潮蜂拥而至，传统思维观念受到致命冲击。这一时期的官场小说对传统官场文学有了新的超越：人们不再仅限于对腐败、黑暗现象的愤激，而是从文化的维度，清醒而深刻地反思传统文化的利弊，以及它的统治行为对我们的文化心理所造成的不可磨灭的印迹"，李佩甫《羊的门》正是第三阶段代表作。近几年官场小说再度热销，复杂的社会变革让希望走向仕途或正在仕途摸爬滚打的人需要一本"速成手册"，希望借此对仕途升迁起到指导作用。所以读客图书在对《羊的门》改头换面时，做了减法，他们只提炼出呼天成深谙传统儒家文化进而实践出的"人治"权术如何在当代社会发挥功效，而对背后的传统儒家文化批判，乡村现代化进程中的反思，都做了遮蔽处理。

　　《通天人物》的封面设计的确达到了吸引眼球的效果，陈列在新华书店的平铺展位上，一个肃穆长者在冲读者发出微笑，嘴角轻轻上扬，流露出深谙世界规则后的蔑视，花白头发代表所经历的丰富人生，白衬衫衣领上沾染鲜红的血迹，预示仕途升迁路上避免不了的流血斗争。这个长者的图案在封面、封底、书脊、前勒口、扉页反复出现四次，以达到强化效果。封面除了醒目，还要起到强化购买的作用，作为一部官场百科全书，一定还要放置一个人人都能识别的官场符号，读客图书选择了一个巨大的红色印章，刻有"将权力通天的人物打回原形专用章"字样。市面大部分官场小说都采用红黑两色，为了区别，读客图书选择了更加醒目的黄色字体，书的上沿和下沿延续了《藏地密码》的彩条设计，还为此设计注册了专利。书的封底，没有任何评论家的推荐语，而是从书里摘抄了四段文字，段段都是"通天秘诀"，像诱饵吸引着读者，希望赶快翻书一睹为快。

　　《羊的门》充满浓厚的神性色彩，它得名源于题记："我就是门。凡从我进来的，必然得救，并且出入得草吃。盗贼来，无非要偷盗、杀害、毁坏。我来了，是要叫羊得生命，并且得的更丰盛。——摘自《圣经·新约·约翰福音10》"接下来的《城市白皮书》《城的灯》皆以宗教篇言为题记，不能不说是李佩甫的刻意为之。而这种色彩在新版《通天人物》里被消除，而凸显了功利色彩，出版商为了方便读者取经，采用章回体设置，以最清晰的权力升迁路线作为章节名，如第一章"离婚县长要下台，回乡搬救星"，第五章"貌似救下落难领导，打开通天之门"，第十章"私事公办，青田县长落网"，这样简单而明确的划分，凸显了图书策划者更为"现实"的良苦用心。

与其说消除了神性色彩，不如说《通天人物》只保留了权力运作之术并刻意放大。我将其概括为：种人术、读心术、经营术、修炼术。

种人术是指呼天成笼络人脉靠的不是权钱交易，而是慧眼识才，在最困难时救人于水火，然后用感情长久不断地维系。他并不常托人办事，但逢年过节必定礼数周全地送上特产，时刻提醒着他们呼家堡和他的存在，用中国人最重视的感恩知遇之心牢牢控制着他帮过的人，做到一切从人出发，以人为本。

读心术源于呼天成深谙中国人性之道，尤其是长期被儒家文化滋润的中原大地，更讲究脸面跟宗法。他靠着精湛的读心术，一破一立：掐死代表小娥灵魂的鱼，拒绝探望信主濒死的母亲，揭穿红卫兵头上虚假的光环，借于凤琴的死打消全村人单干的念头，此为"破"；他建立公社，村民从出生到死亡都被严密掌控，他颁布呼家堡法则，逐步完善了新村的建设，从生活细节的监管，再到严苛村规的实施，皆为"立"。一破一立使得他成为呼家堡至高无上的神。

呼天成擅于经营外围人际关系，他替办事者考虑周全，从而打开一条条光明大道。为救呼国庆，从市长到办公室打字员九层关系，他统统拿下，又变相给副市长的女儿学校捐了50万，使得他一手培养的呼国庆坐上县委书记的宝座。他在董教授实验未成功前以礼相待，解决他一切困扰，使其死心塌地研制呼家面，而当他一旦研制成功并贪婪地想以技术入股时，呼天成果断地踢他出局。

如果以上三术，皆是外在权术，那呼天成最闪光也是独特的地方是他对自身的内在修炼，"内圣"才是呼天成的独门秘籍。呼天成总结出欲望可能毁坏一个人的成功，但放弃短暂的私欲则可能获得更大权力欲望的满足。当他感到自己控制不住对秀丫的情欲，甚至愿为此丢掉官职时，获得了《达摩易筋经》，于是对着秀丫的胴体修炼，直至欲念全无成为一个圣人，他清楚明白

"你要想成为这片土地的主宰，你就必须是一个神。神是不能被捉住的。哪怕被他们捉住一次，你就不再是神了"。

在写呼天成权力之术运作娴熟的同时，小说也写了呼国庆的失败。呼国庆有着和呼天成同样聪明的头脑，生于呼家堡这片贫瘠的中原土地，懂得像草一样顽强生活的真谛，但他正因为缺乏内在的修炼和外在人场的经营，克制不了的情欲加上外露张扬的政治欲，终获锒铛入狱的下场。

李佩甫的确花了大量的笔墨写权术，但《羊的门》被称为出色的现实主义作品，正因为他远不止写了权术斗争、官场是非那么简单。《羊的门》作为农村题材小说的新高度，首先是因为真实写出了中原土地的个性。所谓一方水土养育一方人，呼天成的出现和中原文化有着密切的关系。李佩甫在"土地的传说"章节描绘出了中原文化的核心，这章在《羊的门》里作为提纲挈领的引子，而在《通天人物》里被放置在与内容貌似无关的附录，使得读者无意中忽略全书更深层次的内涵。豫中平原遭遇连年战乱，天灾频繁，人的延续全因他们已化为低贱的植物——草，草具有败中求生、小中求活的特点，它们编织成的"呼家堡绳床"修炼出了呼天成这样的人物。中原人重视屋，毕生的精力都放在了造屋上，将屋视为生息之所，这正反映了中原文化对宗法伦理的重视，呼天成抓住这一点，大搞集体合作化建设，不断强调一体化的规训，对个人化、私有化进行惩治，在追求个性的年代，呼家堡的存在可谓"畸形"。

当《通天人物》刻意放大"权术"，以"官场指导手册"面貌出版，却使读者忽略李佩甫也伏写了呼家堡神话破产的结局。在呼天成60岁生日时，传来了村民要举家离开呼家堡的消息，呼天成再度施展权术挽留，但村民执意要走甚至拒绝见呼天成一眼，这让"呼天成的肝疼了，他的肝上冒出了一团一团的火苗，他心里说：老了，难道真是老了？"。40年来他第一次感觉到他花心血浇筑的铁板一块，出现了裂隙，呼天成"王"的地位因村民的叛离而动摇。《通天人物》结尾呼天成突然发高烧，想听狗叫，而狗早在他当政的初期就被消灭干净，于是全村丧失尊严地跪在地上此起彼伏地学起了狗叫，人已不再是"人"，正象征呼天成的神话走到了尽头，这个没经历现代文明洗礼的乡村，头顶上的乌托邦光环，也宣告破灭。

文学在中华人民共和国成立初期曾发挥着形成、塑造、巩固国家意识形态的作用，而如今除了少数作品受到体制的保护外，大多数作品在商业社会里流通，被市场这只看不见的手操控，有些甚至沦为"一次性消费品"，情感深度被消解，人文关怀被削弱。作为消费品，文学获得了空前的普及，打破了千年来被上层社会垄断的局面，不再是附庸风雅的玩物，而是介入了寻常百姓生活。但凸显了文学消费属性的同时，受众又影响了文学的生产方式和内涵，作者和出版商不得不更多地考虑读者的接受程度。《通天人物》的改头换面就是过分考虑了读者的结果，从封面设计的吸引人眼球再到刻意凸显"权术"二字，都是围绕读者趣味展开，吸引购买成为所要达到的最终目标，势必削弱原书所蕴含的批判性。在市场运作中，读者看起来拥有至高无上的地位和自主权，但其实受到了作者、出版商、媒体三重操纵，为追求商业效益，他们生产出刻意迎合读者的低级趣味的东西，或者在传播中夸大商业卖点，淡化人文情怀，或是通过意见领袖的传播操控公众舆论，使大众传媒充当了消费的导师，长此以往，读者反而丧失了主体地位，以为是在自主选择，殊不知是陷入了几方共谋的消费圈套。

对于当下的文学作品，读者一面享受自主性，一面具有盲目性，但对于昔日的作品，读者依然受到"经典、选本"观的支配，甚至认为销量失败的作品在文学地位上却能获得成功，因为它背弃了商业利润，以挑战商业规则而赢得文学美誉。读客图书也正是看中了这一点，《羊的门》初版于1999年，由华夏出版社发行，受到评论家的一致赞誉并出现了盗版，但紧接着传出此书被查禁的消息，不绝于耳的"封杀"传闻更使得这本书增添了神秘的色彩以及内容"可信度"，再次刺激了读者的购买欲，但市场已经出现了断档。2007年《羊的门》入选"共和国作家文库"，由作家出版社再版，"该文库是为了庆祝新中国成立六十周年，力图囊括当代具有广泛影响力的作家作品，使其文学价值和社会意义，随着时间的推移而显现出来"，这宣告《羊的门》完成了经典化的过程，但同时因为湮没在该书系众多经典作品中，加上设计同质化，宣传手法单一，该书并未取得理想销量。读客图书"趁虚而入"，将"神秘性"与"经典化"合二为一，使得文化资本、象征资本通过逆反效应最终转化为商业利益，据该书责编透露，《通天人物》销量已是2007版《羊的门》销量的数倍，这对单本销量难突破一万册的纯文学市场，算得上一个成功案例。

作者、读者、出版商均可看作文学消费的主体，而文学作品则被视为客体。从纯文本转换为文学消费客体首先受到特定时代的影响，也就是说同一部作品在不同年代出版，其面貌、社会效应都会发生巨大的变化，因为其承载着不同的文化意味。1999年《羊的门》的出版和2011年《通天人物》的出版，整个社会环境、文化氛围已大不相同，之前追求经济高速发展，如今则提倡生活和谐稳定，作品出版脱离了它生产的原初语境，其美学价值、社会功能也处于变化中，福柯就曾提出"重要的是讲述话语的年代，而不是话语讲述的年代"，出版商正是看重这一点，刻意迎合当下文化热点，强调"以人为本"施展"人术"，削弱作者原本对"人治"下畸形发展的反思主题。而且随着出版商的批量生产，成功经验的广泛复制，此类作品的神秘性被消解，文化内涵呈下降趋势，必然从高雅转向了通俗。官场文学出现初期，给人以振聋发聩之感，而如今面临了严重同质化、媚俗化倾向，一本书的成功会激发相似题材相似设计的书蜂拥而至，《通天人物》的重新包装正是借鉴了之前官场图书的成功案例。同时，同一部作品同一个年代对于不同阅读群体，也会呈现不一样的面貌，因为阅读这个过程不同于作者的创作过程，它受到了读者的人生经验、趣味、动机的制约，同时读者也为了增加阅历，开阔视野，丰富人生经验而选择性地消费文学作品，将虚构的作品当作生动的现实图景来对待，这种对社会热点的关注和猎奇心理使得那些触及敏感话题、道德热点、社会政治变化的作品畅销一时，读客图书在包装《通天人物》时特地放大了作品的现实性、热点性、神秘性，并将其定位为官场学习范本，已经预先圈定了一个规模不小的读者群，专注满足他们渴望从书本获得官场体验的需求。

读客图书的董事长华楠曾说，在他们眼里书没有雅俗之分，只有畅销不畅销之分，于是他们推动了"读客再出版工程"——致力于把轻松好读、富有知识性的出版物，重新包装定位，再次推向市场，并通过读客图书强大的营销和发行渠道，让曾经销量平淡，或已绝版的好书，在读客图书的全力运作下，变为万众瞩目的超级畅销书，让更多的读者能够在书店看到、买到、读到，让更

研究资料

李佩甫

多的作者可以通过作品畅销获得丰厚的稿酬。

　　雅和俗并非泾渭分明，刻意削减"雅"的人文元素，突出"俗"的消费特征，已成为消费社会里文学消费的主要特征。但在强调权力法则的同时，出版商利用各种手段有意对该书的深刻内涵进行了削减的技术处理，这让更多人了解这本书的同时，也忽视了其对乡村现代化进程的尖锐反思，以及在儒家文化浸染下施行"人治"的复杂性，而这远比权力运作更值得我们警醒。

　　纯文学在失去轰动效应以后，通过市场运作手段被重新包装推向大众，不失为一种"自救"办法。但一部文学作品一旦进入消费市场，就不再是铁板一块，经历了复杂的商业运作后有可能面目全非，背离作者最初的创作意图，作者要为此做好心理准备，尽量使这一变化是一个相互协商的结果，掌握自主权。而出版商和媒体在追求商业利润的同时，也要善于挖掘作品的批判性、反思性，而不是一味迎合潮流。作为读者，在受到多方力量操控的同时，需要逐渐培养起自我反思的意识和能力，增强辨别力，寻求真正具有文学水准的作品，共同促进文学事业的繁荣。

原载《中国图书评论》2012年第10期

人与土地的融合或背离

——《生命册》中的人物群像

作为"平原三部曲"的收官之作，李佩甫新作《生命册》凝结着作者50年的生命体验和3年的心血。作者坚持现实主义"典型化"的原则，从日常生活中萃取具有典型意义的人和事，创造出了许多鲜活生动的带着黄土地印记的人物形象，让人唏嘘不已，引人深思。《生命册》记录的是黄土地上像植物一般生长出来的，带着土地的记忆，带着"风水"的痕迹，带着一种根性命运的人们在乡村和城市之间平凡而精彩地活着的故事，演绎出在平原土壤的大背景牵引下的人生五味。作者自述："我把人当植物来写。可以说这部小说是一部平原上的'植物说'。"故事中虚拟的那个平原中的村落叫"无梁村"，暗指这个村里虽然有几十种树木，却长不出栋梁之材。作者想通过探讨土壤与植物的关系来探讨为什么无梁村长不出栋梁之材，同时也通过"脚印"般极现实的笔触记录下20年间风云变幻的乡村生活和村人"不可避免地走向自己的反面"的过程，以反思生活，研究生活，探索平原上植物一样的人们生活的出路。

作品结构的安排，使许多作家煞费苦心。李佩甫说自己写作的结构是"树状结构"，以第一人称的吴志鹏的心灵史为主干，由他的记忆牵引出许多个性鲜明的人物，结成一棵开枝散叶的生活之树。随着"我"娓娓道来的生动而

369

李佩甫

研究资料

深刻的叙述，带着浓浓泥土气味的无梁村人向我们走过来，带着优越感却被生活抽丝剥茧的城市人向我们走过来，我们认识了梅村、老姑父、梁五方、蔡苇香（蔡思凡）、骆驼、卫丽丽、小乔、虫嫂、杜秋月、春才……小说创作的灵魂是人物，其背景设置、情节安排都是为了塑造人物的形象。一个具有典型意义的人物形象的产生，可以代表整部作品的成就。从土地与人物的关系角度考察，作品中塑造了以下几个系列的人物形象。

一、"背负土地行走"的人

《生命册》的扉页上写道："一个土地背负者的心灵史诗，追溯时代与生命的艰难蜕变。"这里的"土地背负者"是作品的第一人称叙述者、主人公吴志鹏，"土地"是指平原，具体而言，指的是作品中虚构的村庄"无梁村"的5798亩土地。但在这里，"土地"被虚化为一种背景，一种流淌在人们血液里的根性。就像植物从一片土地里长出，总会带有那片土地的印记一样，在一片土地上成长成熟的人，一生都会烙下那片土地的气息，在他的举止间、取舍间、言语间、思维里都深深地浸透着来自乡土大背景的痕迹。一个人就算离开了乡土，他的背后也总会沾染来自故乡的泥土。"背负土地行走"的人实际是那些背井离乡的人，他们离开了养育自己的大背景，但离不开来自土地的根性。

无梁村是养育了孤儿吴志鹏的地方，他在12岁之前，读完了3000张脸，吃过田野里生长的各种植物。从此以后，整个"无梁村"就是他复杂的背景，无梁村3000人的6000只眼睛就是他身后的"人"，无梁村所有对他有恩的人就随时可能成为他的债主。吴志鹏背负的，不仅仅是村人随时随地的需求，更是深深烙印在他心底的无梁习气、无梁作风、无梁性格。吴志鹏就是无梁村伸向城市的一支触角，用农民的务实、坚韧、冷静、节制对抗着城市里种种抹黑灵魂的诱惑。作为第一人称叙述的视角人物，吃百家饭长大的吴志鹏是串联黄土地上所有人物的一根线，同时也是具有清醒判断力的冷静的旁观者，他作为叙述人，说出了作者对笔下的平原的深刻思索、冷静剖析，用他的节制、不偏执、不轻狂展示了从农村走入城市、从纯洁校园走向商业战场的知识分子应该有的姿态。他本是省城的一名大学教师，因为对村里人请求他帮忙"办事"的电话和老姑父无穷无尽的"见字如面"的白条不胜其烦，毅然辞去稳定的工作，离开心爱的女孩，北上与朋友"骆驼"一起闯事业。与"骆驼"一起栉风沐雨创下了一定的基业之后，他却发现"骆驼"忘记了最初的梦想，一心追求利益，并且失去了做人的准则，他又毅然决然地离开了"骆驼"。最终，他成为双峰公司最大的股东，坐拥150亿股份，成为村人眼中的成功人士。吴志鹏是作者最满意的人物，"吴志鹏有很强大的内心自省意识，他之所以避过了很多陷阱，是因为他不断地认识自己，不断地丰富自己，不断地清洗自己。虽然他有很多困顿，他仍背着土地行走"。作为"心灵史诗"的书写者，吴志鹏身上寄寓着超越人物视角的对所叙述人物的悲悯和关怀，他背负着土地行走，也述说着土地的故事，传达着作者对平原这片土地的忧思。

"骆驼"则是作为反衬出现的。他就是一个"走向自己的反面"的典型，"骆驼"来自大西北，同样是背井离乡，同样背负着一片广袤的土地。同样是知识分子的骆国栋，身残而志坚，凭着一股常人难以想象的毅力对抗歧视完成了研究生学业，并且担任学生会主席，毕业时还带走了中文系的系花。他天生具有领袖气质，有宏图大志，且眼光敏锐，抓住一切机遇大胆上位，做"枪手"、炒股票、做公司……他的财富越来越多，野心也越来越大。他从前对共事的兄弟有情有义，可有百亿身家后，对身边的人不屑一顾，颐指气使。为了完成他的永不知足的目标，他用尽一切手段"打通关节"，不惜把正直的人拖下水。最终，他虽然腰缠万贯，却因为东窗事发而跳楼自尽。作者在接受访谈时说，"其实，我们每人心中都藏着一个'骆驼'，都渴望或曾经渴望成为'骆驼'"。他是时代的弄潮儿，成就了百亿身家，他在普通人看来就是"成功人士"的典范。实际上，"骆驼"在背离土地之后，最终背叛了自己的土地，失去了自己的灵魂。他代表的是在金钱的诱惑下一步步抛弃自身的坚守，以"奋斗"的名义出卖自己的灵魂，并且染黑周围人的那一类失节的知识分子。同样"背负土地行走"的人还有很多。他们每个人都是鲜活的个体，都与黄土地有着割舍不断的联系，但他们像无梁村的树木一样，一旦离开了土地就发生了变形，因为人一旦离开了家园，就是无根的状态。就像书的末尾，吴志鹏感叹的那样："一片干了的、四处漂泊的树叶，还能不能再回到树上？"从无梁村走向城市的人有从"洗脚妹"变成大老板的蔡苇香（后改名蔡思凡），为了负心汉杜秋月追进城最终变成老板娘的刘玉翠，在工地打工一辈子到老无颜面对家乡父老的吴有才，从最优秀的泥瓦匠变成无赖上访户的梁五方，留洋回国后当省长却最终被人拉下马的范家福。他们在中国社会发生巨大变化的五十年中，随着土地的变化也不断改变着自身，有的完成了破茧成蝶的艰难蜕变，有的则被时代的洪流卷走，在挣扎中迷失了自己。作者通过写人与土地的关系完成了对五十年来中国时代变迁与人们思想变化的全盘考察，为时代贡献了有现实意义的文学文本。

二、长在土地里的人

李佩甫说，在平原，土地是很宽厚的，给人吃、给人住、给人践踏，承担着生命，同时也承担着死亡；土地又是很沉默的，从未抗拒过人的暴力，却一次次给人儆戒。平原是作者写作的属地，他把平原上的人当作植物来写。写他们生存所需要的养料，写他们成长的风水，写他们长不成栋梁之材的原因。在《生命册》中，无梁这片土地上生长着许多植物一般的人，他们有的是生于斯长于斯，有的则是像随风飞来的非"人工"植物一样，从别的地方来到这里，落地生根。一旦他们来到平原这块土地，就变成了土地上的一种真实存在，他们代表了黄土地亘古不变的颜色，也演绎了黄土地半个世纪的故事。

无梁村的土地上原本是有许多有望成长为栋梁之材的好苗子，但是他们或是由于时代背景的变化，或是由于自身对环境的不适，都发生了令人不可思议的变形。比如"南唐北梁"中的泥瓦匠梁五方。他在十八岁时就挑起了大梁，表现出超越师傅的精湛技艺，给镇政府大会堂造就"龙麒麟"雅号的同时，也替自己挣下了好口碑。然而他却恃才傲物，行为傲慢说话呛人，从来不向人示弱求助，连结婚的新房都是花三年时间独自盖成的。群众性的"运动"开始了，梁五方被揪出二十四条"罪状"，遭到群众的围攻。从此之后，他用自己的后半生进行了无数次"上访",从镇里到县里再到省里、到北京,成为各级上访部门的常客。甚至在已经得到平反后,他还以"没有一个家(女人)"的理由继续上访,成为名副其实的无赖。春才生得浓眉大眼,高大壮硕,他的编席手艺让所有的女人羞愧不已,方圆百里的姑娘都为能求到春才编的红炕席而自豪。村里的女人们毫不避讳地在他面前谈房事,对门兔子家的女人到了夜里动静很大,村党支书的二女儿蔡苇秀用眼神和他说话,还送给他一粒扣子……突然有一天,春才用一片篾刀割掉了自己的生殖器,在无梁村留下了一个影响很广的歇后语:"春才下河坡——去球。"平原上的植物各有各的生长规律,而人的生存方式却各不相同。同在一片土地上,植物会发生变形,人同样也会发生变形,甚至"走向自己的反面"。平原上的人发生异变的原因是多种多样的,其中有自身性格、品质、心理素质等原因,但更多的是社会因素。人的本质是一切社会关系的总和,当人能够很好地协调自己与他人的社会关系时,他的发展会是积极向上的,而当人将自己的社会关系置之不顾或者过于在意自己的社会关系时,则会发生意想不到的裂变。"老姑父"是"飞来的植物"的代表。他原本是一位战功赫赫的将军,为了追求无梁村的女学生吴玉花,不惜放弃自己的军人身份。融入农村后,他变成了一个彻头彻尾的农民。原以为嫁给了英雄军人的吴玉花发现自己只不过是找了一个当过几天兵的农民后,便同他开始了一辈子无休无止的家庭斗争。

　　"老姑父"虽然不是土生土长的无梁人,但在中原文化长久的浸润中,他重新成长了,渐渐地成为无梁人心中的那杆秤,在入赘无梁的第四年,他当上了无梁的村党支书。他心底秉承最朴素的农民意识,在无梁村任劳任怨,为村里人做了许多事,许多年后,村里的老太太都记挂当年他为村里人私瞒胡萝卜渡饥荒的事迹。在这里,"老姑父"的正直、朴实、有人情味变成了平原文化大背景中善的一面的集中体现。同样是从外地进入无梁的人还有"虫嫂"。她是从大辛庄嫁入无梁的,一米三几的个子,却生养了三个孩子。她在无梁人眼里,是品行最低劣的那种女人:既有"三只手",又会"松裤腰"。她不怕批斗和游街,为了养活三个孩子,经常偷窃大队的粮食和财物,甚至不惜为了能够一直偷东西而"松裤腰"。她这种低贱的行径终于引爆了全村女人愤怒的火药桶，众人围攻了她。可她还是靠捡破烂供养两个不愿意承认她的儿子和一个女儿上完了大学，最终她的丧葬费用都是自己捡垃圾攒下的钱。"虫嫂"这种如草芥一般生存在平原大地上的人，随处可见，而她是作者恪守着现实主义"典型化"的创作原则，在长期的生活经验积累之后，提取最典型的素材，创作出的一个底层农民的典型代表。"虫嫂"被游街时的从容淡定，任人戏耍，让人想起阿Q在被押赴刑场时的"过了二十年又是一个……"。这两个人物同样寄托了作者对人性的思索，对底层人民的同情与悲悯，同样能够唤起读者对人物命运的惋惜和对现实社会的反思。同样作为外来人，"老姑父"学习了黄土地的厚度和广度，"虫嫂"则沾染了黄土地上的轻贱和浮躁。

在《生命册》中，"村里的女人"是作为一个人物群像出现的，她们的语言行为高度统一，可以把她们泛化地看成那一时代的妇女群众的代表形象。她们身上具有的美好品质和缺点，都带有那个时代所独有的印记。她们勤劳能干、爱憎分明，但又野蛮、嫉妒、盲目、无知。村里的女人会做各种美味，如榆钱妈做的"炒星星"、秋海家的做的井拔冰水蒜泥薄荷叶拌饸饹面、"双味麻雀"；她们也能身法矫健地站在石磙上碾篾子，能手法灵巧地将篾子编成席子、篮子等各种生活用品。但是村里的女人在那个特殊时代集体性的疯狂中也叫人害怕，在批斗梁五方时，积怨已久的女人们都变成了狠毒的刽子手，海林家的、聋子家的、麦勤家的女人，她们用鞋底抽、用锥子扎、用指甲掐着平时很"傲造"的梁五方。其实"运动"只是一个借口和契机，让人们发泄人性的丑恶和阴毒。"女人群体性的第二次发狠"是对"虫嫂"的，她们把她围在场院里，脱光了她的衣服，愤恨地掐她的下身，撕她、打她，全村人偷偷看着她的狼狈样，却没有一个人出来救她。"村里的女人"这一集体画像很典型地再现了"文革"时代"批斗"的场面和人们变态、扭曲的心理。作者认为，文学作品不是用来解答时代，而是社会生活的沙盘，是用来记录时代、反思时代、研究时代的。塑造这样的人物群像使作品更加具有社会生活的真实感，更有反思社会的深度。同样地生在村里长在村里的女人，作者笔下也有对受尽侮辱折磨的梁五方百般呵护的李月仙、对受人歧视谩骂的母亲不离不弃的三花这样的女性形象。这些人物也许不是作者花主要精力塑造的，但她们的存在，代表了平原女人美丽、温柔、善良的一面。

三、另一片土地上的人

据国家统计局数据，2011年中国大陆乡村人口为65656万人，比上年减少了1456万人，城镇人口占总人口比重达到48.73%，比上年末提高1.32个百分点。从某种意义上来说，有城市和乡村双重背景的创作才最真实、全面地反映中国的现状，才是最具现实主义高度的作品。作者认为，要真实地描写一片土地，就要与它拉开距离，只有离开这片土地，由认识照亮生活的时候，你才能更清楚地看清这块土地。因此作者描写了许多来自城市的人的生活，由城市反观农村，从与城市人生的对比中写出平原人在城市中的挣扎、蜕变与收获。作者笔下的城市人，可以分为两类：一种是"天使"型，他们身上带有某种圣洁的、令人着迷和臣服的光芒，他们让人渴望生活的美好，主动追求幸福，同时反观自己的差距；另一种是"魔鬼"型，他们代表着欲望、心机、罪恶，他们的虚伪、造作使人看到城市的浮躁与黑暗。

梅村是"我"第一个爱上的女人。她年轻、鲜艳、生动、温暖，作者描写梅村时，笔下透着一种痴迷。她爱上了自己博学多识的老师吴志鹏，愿意用自己的身体来温暖有着不幸童年的他，可是他却留下一句"等我三年"的誓言，一去不返。她一直在追求爱情，却一次次被爱情所伤。当许多年后吴志鹏再在街头遇到梅村，她已经变成带着孩子在第三次婚姻里挣扎的怨妇。卫丽丽是"骆驼"的妻子，她娇弱、美丽、痴情、体贴、识大体，作者描写她时，笔下透着一种怜惜。她奋不顾身地爱上了身有残疾的"骆驼"，她知道他的身边有别的女人，但从来都不对他过分苛责，而是一直努力地为了成为他的贤内助而学习各种知识，帮他打理公司，照顾他的生活起居，细心地为他料理他无暇顾及的琐事。"骆驼"跳楼后，她瘦得更加弱不禁风，却能担起打理资产上百亿公司的重任。这两个女性，是男性眼中温柔美丽的女性的典范，她们代表着生活中美好、积极的一面，而残酷的现实却将她们一点点摧毁。她们代表着城市的吸引力，与农村中五大三粗的妇女相比，她们显然更能让人产生征服的欲望。单玉是部长的夫人，一位48岁的女博士，文章中对她的描写总共只有近千字，但作者的笔下透着一种崇拜和景仰。作者用她的一次有礼貌的出场诠释了"范儿"的含义。小乔为了替"骆驼"打通关节，去部长家送了一张银行卡，第二天下午，单女士亲自到访，对"骆驼"说："你落下了一件东西，我顺路给你捎过来。"她浑身上下洋溢着那种知识女性的优雅气质和精神的高贵，让在场的所有人黯然失色。从单女士身上，我们感到城市之所以对农村人有如此大的吸引力，除了更高的物质享受、更优越的生活条件外，城市人的优越感也更激起了农村人的斗志，激起了他们征服城市的欲望。

老万是"骆驼"最初进京求助的第一人，他满口答应"骆驼"帮他完成出经典的梦想，但当"骆驼"带来一帮写手准备开始做"经典"时，老万却说让他们先做一次"枪手"，以美国女作家"艾丽丝"的笔名写一套色情小说。当他们在北京地下室熬了两个月终于拿出了书稿后，老万却假托"专家"意见对他们破口大骂，说他们写的是"垃圾"，让他们修改。可这时，"骆驼"却发现，这套书已经在全国各地上市，老万换了一辆二十几万元的帕萨特，日子过得很逍遥。当"骆驼"带着证据找上门时，他还哭穷，直到"骆驼"用一把刀子捅了自己，他才骂了一句"比我还流氓"，撂下十万块扬长而去。老万就是城市中常见的那种口蜜腹剑、阴险狡诈的奸商，也正是老万这样的人，给心怀抱负的"骆驼"和沉着冷静的"我"上了走进城市的第一课。小乔是"骆驼"发迹后的情妇，她外形前卫、性感，喜欢争强好胜，说话添油加醋，对别人恶意中伤，没有几分可信度。夏小羽是电视台的节目主持人，她形象好、地位高，但是也经不起"骆驼"给她的财富的诱惑，对"骆驼"给的好处半推半就地接受了，最后成了正直省长范家福的情妇，并把他拖下了水。她们都是城市中常见的"傍款"一族，她们的存在见证了城市的堕落，在城市中，似乎并不是清者自清，浊者自浊的，而是近墨者黑。

在许多现当代作家的笔下，对城市的描写都是作为与乡村对照的反例出现的，以城市的堕落衬托乡村的淳朴，以城市的华而不实、精神空虚衬托乡村的真诚质朴、人情温暖。而李佩甫笔下的城市和乡村都是好坏参半，从最真实的人性出发，把城市和农村都作为人物性格发展变化的大背景，从人与社会的关系中考察社会的发展变迁和身处其中的人身上发生的巨大变化。"玛莎"是"我"出车祸后住在眼科病房认识的一个小病友。她五岁，天真可爱得像童话里的小公主。她脑袋里长了一颗小瘤子压迫了视神经，看什么都是模糊的，所以她经常说"麻沙沙的"，这是她对所有看到事物的准确描述。小"玛莎"很懂事，能给"我"在病房里躁动的心以安静的感受。但她还要"麻沙"很多年，直到她九岁才能做开颅手术。从小"玛莎"身上，我们感到在疾病中农村人和城市人是平等的，他们同样需要被帮助、被拯救。不论是由于在单位被架空而无聊地去扫落叶结果被药瓶炸伤眼睛的9床老许，还是为了让不成器的儿子能考上博士一辈子种果树种到视网膜脱落的11床老余，还是去水库用鱼雷炸鱼结果炸瞎双眼的37床村长的儿子，或者是整日拿着手机"喂喂"地联系业务目中无人的24床韦厂长，他们都是眼科病房等待手术或即将康复的病人，是城市人还是农村人，都改变不了他们的命运。

作者对城市中人物的书写，让我们看到了另一片土地上真实的生活场景，消解了农村与城市之间天然的界限，无论是在城市还是农村，人性和人情是共通的。但同时，从城市反观农村，又能看到从新的视角认识农村生活。所谓"当局者迷，旁观者清"，只有离开了农村，体验了另外一种生活，才能重新认识农村，重新体验农村生活。作者就是希望从这样的对比中更深刻地观察平原中人们生活的现状，并思考他们生活困窘的原因，为他们揭示新的出路。

《生命册》看似写实地描述吴志鹏看到的生命故事，但背后隐藏着一股浓浓的对人生的悲悯情怀。作品中许多使人喜爱的人物，被描述得如天使般美好，但最终敌不过生活中风刀霜剑的侵袭，变成了使人唏嘘感叹的可悲人物。在圣经中，被纪录在《生命册》的人物最终都会得到福祉，而被作者记录在笔下的人物，则仅仅是对生活的一种浓缩的表达，记录着黄土地上的人们生活的脚印，记录他们在生活中改变、转向的痕迹。这种表达无关宗教，仅仅是作者对自己创作的归属地——平原的一种深厚感情的表达，作者在平原上长大，热爱平原上的人们，并对他们有一种深厚的悲悯，他迫切地希望找到一个方法，让"筷子竖起来"，但是平原上还是存在那么多的"无梁村"，他们永远那么卑微、渺小、自私、自负，他们永远是那些冷眼旁观者，是那些集体施暴者。

他们就像无梁的那些不成材的树木，在平原上来自西伯利亚的带着尘土的风的日夜吹抚下，"没有一片树叶是干净的"。他们一旦背井离乡，走进城市，就像那离开了土地会变形的木材一样，变成了另外一个人，甚至"走向自己的反面"。

原载《文艺争鸣》2013年第1期

乡土中国的权力结构及其变迁

——《生命册》与《羊的门》对照阅读

申霞艳

　　诗人艾略特在《传统与个人才能》一文中指出传统的力量无所不在，我们赞扬一个作品，"不仅最好的部分，就是最个人的部分也是他前辈诗人最有力地表明他们的不朽的地方"。美国《书评家》搞过一次关于读者阅读新书创新率的调查，结果显示：创新率低于10%和高于30%的新书都会挑战读者的兴趣，也就是说，普通读者的潜意识并不前卫，会很宽容地接受不超过70%的重复、模仿，这种创新率不仅指对作家自身，也包括对既往的文学传统。于此，我们得以理解中国当代作家的创作力而不是创造力如此旺盛的秘密所在。简单地说，是作家和读者共同维持当代文学的数量繁荣。河南作家李佩甫就是这批高产作家中的一个，综观其创作，无论《城的灯》《等等灵魂》《生命册》如何向城市进军、向商场延展、向各个领域腾挪，都在一定程度上模仿、复制《羊的门》。《羊的门》曾因为对乡村权力的书写和对呼天成这个半神式人物的刻画得到文坛著名批评家的一致表扬，《羊的门》的"成功"使李佩甫发现了文学流通的秘密，同时也反作用于文学生产，奠定了他基本的叙述模式：在乡村与城市、现实与历史的对比中开创叙述的张力空间。

　　20世纪是一个西学东渐的世纪，但中国文学最杰出的成就依然是乡土文学，这与"乡土中国"的性质相关，"从基层上看去，中国社会是乡土性的。……那些土头土脑的乡下人。他们才是中国社会的基层"。①新世纪都市文学伴随着城市化的脚步兴盛起来，中产趣味正在形成审美强势并在市场和消费方面取得了不菲的成绩，但到目前为止乡土依然是作家不能放弃的园地：一是所有在城市安营扎寨的中国人都与乡土有着千丝万缕的血脉关系；二是老一代批评家们的趣味风韵犹存，他们通过研讨会、评奖、大学演讲等多种与资源紧密纠结的方式使乡土文学死而不僵；还有一点可能是更重要的——20世纪文学已经将乡村、故乡叙述为精神家园，我们一时很难决绝地抛弃这一文学遗产。小说作为民族想象的重要形式，目前正与乡土处于"相持"阶段：一方面很想挣脱束缚使其娱乐性的双翼可以振翅飞翔；另一方面小说害怕丢失使命后的失重感觉，还不能完全离开土地的沉重的怀抱安然独立。

在这样的语境中，我愿意将他的新作《生命册》（《人民文学》2012年第1、2期）与《羊的门》对照阅读，我发现"平原三部曲"（并非真正意义上人物贯穿始终的三部曲）之间留白的部分要比实际书写出来的部分更有余味。让人感到遗憾的是这种"留白"不是来自作家的自觉，这也与李佩甫的见地和现实主义叙述方式相关。他说："我上世纪80年代认为金钱是万恶之源，专门写了一篇《金恶》，到21世纪，就是写三部曲之前我发现我错了，贫穷才是万恶之源，尤其是精神上的贫穷，贫穷对人的伤害超过了金钱对人的腐蚀。"李佩甫识见的简单决定了他作品质地的单薄。同时，他持守的"现实主义"叙事使他信奉自己的全知视角，这就大大地降低了读者的可参与性。李佩甫的新作《生命册》具有宏大的写作意向，故事时间和叙事空间都扩大了，但其存在的问题仍与《羊的门》相似，比如洪治纲指出的次要人物叙述不成功，因为描写他们的笔墨仅仅为了起陪衬作用，部分细节因过于戏谑而失去审美上的庄严等；如曾园指出的叙事人与主角之间距离的欠缺；张宇指出的叙事语言过于紧、干巴、缺水、欠圆润等等。不过作家持之以恒地观察中原腹地，关注乡土

---

① 费孝通：《乡土本色》，《乡土中国：生育制度》，北京大学出版社1998年版，第6页。

中国的权力结构、命运变迁，质朴地描绘了一个业已消逝和正在消逝的乡土世界的肉身与形相。

一、乡土权力的过去、今天与未来

《生命册》以第一人称叙述了"我"的学名叫吴志鹏，可是在文本中出现的次数非常有限。在乡亲口里，我永远是小名"丢"；在朋友骆驼口里，我却成了"吊吊灰"，他死了之后，这个绰号也死了。我在其他下属这里成了董事长。当我辞职后不再是大学老师，我甚至无法有效地成为吴志鹏。这些不同的称谓对应着主人公不同的身份和生命形态。

"我"和《羊的门》中的呼国庆一样是一个孤儿，这就使其背后不再是一个具体的小家，而是整个无梁村，来到城市，心里"背着3600亩土地，还被村里3000双眼睛所注视"。这对应着费孝通先生谓之的"熟人社会"，乡亲于"我"不光是熟人，还是救命恩人。这种关系确定了《生命册》的叙事空间在乡村与城市之间流淌，在"我"由省城出发北漂南下的时候，我的精神却不断地流向故乡。无梁村完全可以看成呼家堡在呼天成这个"神"死去之后的物质发展。村庄是叫着呼家堡还是上梁村、无梁村一点都不重要，重要的是其内在精神和物质外壳的变化。"我"和呼国庆又同中有异：呼国庆在官场，"我"先在高校，后去了商场；呼国庆亲历了官场权力的博弈与残酷，而"我"目睹的是商场惊心动魄的权钱交易的内幕。更大的不同在于：呼国庆背后的呼天成是"神"，他将人脉送到各级权力机构，能够呼风唤雨，当呼国庆陷入权力纠纷，呼天成足不出户就可以用电话帮他摆平，帮助他升迁；而"我"背后的支书是蔡国寅，他曾经是军人，但为了爱情与权力失之交臂，复员之后成了一介支书，他本来拥有一枚象征乡村权力的公章，因为各种情况需要"哈"一下的妇女向他进贡自己的身体或者邀请他去家里喝酒。这就让失意的蔡国寅染上了嗜酒的毛病，经常醉得不省人事。支书蔡国寅虽然曾因"冲冠一怒为红颜"传为佳话，但乡村枯燥贫乏的现实生活使他的爱情故事褪色，他成了一个俗人：他有一切平常男人的欲望，一切庸俗男人的弱点。不过蔡国寅身上仍有一副柔软的古道热肠，这驱使年轻的他为爱情不顾一切，也使年老的他仍持守自己的人生底线。

呼天成是个有大理想的人，他的一切行为服从革命伦理的支配，逐渐在村庄里树立起自己的权威、普及自己的道德和价值观，其中不乏残酷，比如断指的陈列展示。在小说中关于他的叙述只有寥寥几笔涉及家庭，因为坚硬的革命伦理与温情的家庭伦理是截然相悖的。革命伦理的斩钉截铁性质祛除了一切中间领域和暧昧地带，神性要求背后甚至是人性的泯灭，比如呼天成自己的亲生母亲因为宗教信仰不想住进"地下新村"，但是，呼天成以其强硬的姿态，不惜得罪舅舅和临终的母亲，让母亲的坟墓最终变成一个整齐划一的数字。他不仅残忍地克制住亲情，并严苛地对待自己的爱情。秀丫这个捡来的姑娘在成为孙布袋的媳妇之后成了美的象征，她怀着感激爱戴之情来与呼天成约会，他却当着秀丫的裸体练功，在对至爱发布无数个"脱"的命令之后，终于到达对美色无动于衷的境界。这是一个崇高的境界、自觉的境界、超越肉身的自由境界，仅仅因为呼天成要实现一个更大的理想——成为"神"，神是不能被人抓住把柄的，神是自律自由的典范。神要恩典众生。呼天成成了呼家堡的神，他以克己的方式将呼家堡建立成一个乌托邦，这个乌托邦既有古代桃花源的余韵，又有现代性的秩序与权威。不是古典意象的河流而是现代意象的电话将呼天成神秘地与市、省、中央的权力联系在一起。当然，这种权力关系是以他的犀利眼光和前期情感铺垫为基础的，还有他的人格力量和处世方式，逢年过节时呼天成用有形的方式比如送土特产等强化这些权力关系，这些权力又一步步地转化为呼家堡的福荫。

《生命册》中，乡土社会的基层权力随着农民向城市里流动而发生变化，呼天成建构了一个权力高度集中的村庄，支书蔡国寅身上演绎了村庄权力的慢慢解散。随着改革开放的不断发展，他这位支书只能给"我"——吴志鹏写"见字如面"的条，这些白条和不间断的电话声将我"吓"出了大学校园，断了当学者的念想。这是文本中的显性情结，其实更大的理由来自身体内部对外部时代的感应。《生命册》中两位主要人物的身份变化是非常有意味的：吴志鹏是一个在大学里就职的冉冉上升的学者，大学同学骆驼当时已是个副处级干部；"我"因为背负的家乡的重量逃离了高校，骆驼因为桃色新闻离开了官场。在逻辑层面，"我"和骆驼的选择是知识和权力向商场的自主流动，是知识和权力向金钱投怀送抱，是知识贬值和商品化的开端。在市场经济面前，知识和权力同样被"物化"，知识分子的主体性开始坍塌，金钱以其所向披靡的力量役使一切人，包括当年的知识精英。随着"我"的撤退，蔡国寅的权力日趋式微，他的妻子瞧不起他，女儿也不将他放在眼里。晚年的他与村庄上任何一个晒太阳的老人无异。死后从其床底下发现的十七枚军功章重新引起相关部门的关注，引起大家对当年"冲冠一怒为红颜"的军人气概的缅怀。晚景凄凉的蔡国寅死后，他的头却变成了昂贵盆景汗血石榴的噱头。当年呼天成临死时想听狗叫，呼家堡群众在徐三妮的带领下集体当狗，发出震耳欲聋的狗叫声。从呼天成到蔡国寅身上展示了乡土权力由集中到涣散的过程。呼天成和蔡国寅代表了不同的价值观，从精神领袖到普通人的下降过程也是对乡村权力进行祛魅的过程。

二、乡村爱情的死亡

与权力分崩离析相伴的是乡村爱情的死亡。在李佩甫笔下，爱情总是被权力和金钱所离间，被时间与空间破坏，爱情本身让人恐惧，尤其是在"乡土中国"。《羊的门》中，叙述爱情的篇幅很短。在爱情与权力发生冲突的时候，呼国庆迅速地皈依权力，权力升迁带来的快感弥补了自身为爱情而生的遗憾，同时男性利用权力转换资源来补偿得不到名分的女性。像爱情伦理服从革命伦理一样，这几乎是官场小说的叙事通行证。爱情对现实的屈服成为一种难以挣脱的陈旧悲剧模式，在《羊的门》中并没有突破。

《生命册》中，伴随着阿比西尼亚玫瑰的枯萎，是爱情的死亡和爱的能力的丧失。"我"以详尽的笔触追忆了爱人梅村的枯萎，在真正的死亡来临之前，她在"我"的心中已经被埋葬，就像干枯的阿比西尼亚玫瑰要被丢弃一样。梅村这样一个女子的命运再次印证了红颜薄命的古老谶言。她那么美，可是却生活在这样一个丑陋的世界，自小就被继父强奸，恐惧在她心坎长存。

"我"爱梅村，当梅村要把自己献给"我"的时候，"我"却惊慌失措，在"我"的青春记忆里只剩下温暖的怀抱。梅村在等"我"，却被一个丑陋和满口谎言的诗人所欺骗，两人租住的房子起火，为了赔钱，梅村只好答应了省委子弟，结果却得不到半点自由，半夜要被叫醒来审问，并且辅以测谎仪的威胁。好不容易被一个画家因为纯粹美而爱上，她却怀孕了，画家疑心孩子不是自己的。在这三个男性身上，叙事展示了不同的缺憾：诗人以爱的名义剽窃外国诗来献给梅村；高干子弟的爱是占有，他以救世主和审判官的身份对待梅村；画家口口声声谈良知悲悯却容不下一个无辜的孩子……梅村在这种种际遇中触到命运的底牌：身为女性的悲苦处境。在再度与"我"擦肩而过时已经成为一个中年怨妇。"我"对她除了怜悯之外再无爱意，遥远的阿比西尼亚玫瑰没有成为践诺浪漫爱情的开始，反而见证了爱情的死亡。梅村再三遇人不淑的遭遇确证了女性的第二性地位，她的命运依然被她所遭遇的男性所主宰，女性的主体性建构、自我价值的确立在日益开放的时代依然任重道远。

骆驼的魅力和缺憾都来自欲望和激情，他两只手臂不一样长，但他并不以此自怜，相反，他要用不一样长的双手书写不一样的命运。饱满的激情、健旺的欲望给他源源不绝的生命力。他就像一团火，不仅让自己的灵魂熊熊燃烧，而且点燃了周围的一切。正如梁五方给他掐算的"命犯桃花，情感漂移"。骆驼在任何境遇下都能让女性忽视他的身体残疾而迷上他，同时他也越发伸张自己的欲望。骆驼的激情和张扬的作风是冯家昌、任秋风身上的延续，与呼天成的克制谦和形成反差，对欲望不同的叙述方式构成了一个张力空间。这也展示出由"神"到人的世俗化过程。

春才和蔡苇秀本来是两情相悦可能演绎美好爱情的，但是春才早早在妇女们的玩笑中进入青春期，受荷尔蒙的驱使去偷看苇秀洗澡，被晚回的支书发现报警，逃跑时留下的大脚印泄露了身份。等支书意识到这是年少的春才干的傻事赶紧撤回报案，可是春才因为自尊心受伤下到河滩自行阉割了。虽然他不必再面对身体的尴尬，可是更大的困扰随之而来。苇秀的妹妹苇香甚至想将自己嫁给春才来弥补他心灵的创伤，遭遇重重阻力之后到城里去了。他编的席子曾经是免检产品，如今却没人肯要。后来他经营豆腐成为早期的万元户，却被外来的女骗子将钱一卷而空。市场经济进一步发展，其他做豆腐的都开始掺假，劣币驱逐良币，春才在镇上的豆腐店开不下去了，只好继续在村上做豆腐营生。春才的悲剧是压抑时代的悲剧，他身体的残疾并没有导致灵魂的残缺。春才经受的苦难重证了纯洁、道德的崇高价值。

杜秋月的命运起落同样叫人唏嘘，乡村伦理和处世方式彻底改造了他，由支书做主跟村里的寡妇结婚，几乎已经安于这种命运却又被平反，在身体里沉睡多年的城市文化基因苏醒，为跟寡妇离婚费尽心机。然而，光脚的不怕穿鞋的，法律在乡村熟人社会完全无效，法律上已经离婚的他根本无法摆脱寡妇的控制，到老还得靠这个乡村的妻子赐给他生活。

蔡国寅为爱情放弃了军人的前途，从城市来到乡村入赘，可是，吴玉花和他并没有过上幸福的生活，而是无休无止的争吵、不信任，吴玉花甚至对他充满了仇恨并将仇恨浇灌到女儿身上。为爱不顾一切的蔡国寅晚景孤独。呼天成靠意志阉割爱情，春才靠刀子阉割身体。梁五方的妻子改嫁了，孤独到老。杜秋月回城之后并未改变命运。"我"身价过亿，一样孤独并兼恐惧。乡村变成了贫乏的乡村、干涸的乡村，再也不能滋润出灵动、诗意的爱情。没有爱情的乡村是没有灵魂的乡村，是支离破碎的乡村。乡土叙事也随之褪色。

三、金钱的主宰与规训

在《羊的门》中，呼天成是不带钱的，因为呼家堡就是他的，他是呼家堡的"主"而不仅仅是主人。呼国庆由于给了情人一笔钱而事发，但他自身在金钱方面也是洁身自好的。《生命册》中，骆驼和"我"一直围绕着金钱思考问题，骆驼就是迷失在金钱的数字游戏之中。骆驼可以为将当写手的报酬要到手而对自己动刀子。正是有了这"第一桶金"，骆驼开始冲向股市，进而收购一家濒临倒闭的药厂，包装成"厚朴堂"上市，在上市的每一个环节中，骆驼都不惜以重金开道，金钱成了开路的"炸药"。金钱在人类历史上扮演了不好妄加评论的角色，它对历史起到不可思议的作用，它与资本主义发展息息相关，从巴尔扎克的书写开始，金钱就成为时代的潜主角。詹明信说："金钱是一种新的历史经验，一种新的社会形式，它产生一种独特的压力和焦虑，引出新的灾难和欢乐，在资本主义市场经济获得充分发展之前，还没有任何东西可以与它产生的作用相比。……不是说要把金钱和市场经济仅仅看作一种现实的存在，一种人们可以直接表现的主题，而是要看作某种神秘、某种不存在的因素，这种神秘的因素以一种令人痛苦的新方式决定着人们的存在，决定着它要采取的叙述形式。因此，现实主义标志着金钱社会作为一种新的历史形势带来的问题和神秘，而小说家的任务就是要通过某种形式的创新来处理这种历史形势。"①在李佩甫的叙述世界里，金钱慢慢展翅飞翔。在农民依靠与自然交换获取生活资料的时代，金钱的重要性未能凸显；一旦生活方式发生改变，我们要靠与社会交往取得生活资料之后，乡土那种局限于地域的联系也被打破了。亲情、传统都将在新的生活方式面前遭遇挑战。同样，知识、爱情乃至一切有价值的事物都无法不与金钱发生千丝万缕的关系。资源互换几乎成了当今社会的共识，权力的即时兑现演变成腐败的根源。在权力资源交换方面，道德几乎无能为力，因为欲望这个软肋对于个体来说始终存在。

金钱在骆驼身上发生了神奇的化学作用。我作为他的朋友和生意搭档见证了金钱在他这里引发的革命。骆驼以自身的实践改写了"勤劳致富"的口号，他步入事业辉煌靠的是剑走偏锋，靠的是胆识和不计后果。金钱也给他壮了胆，他的口头禅是"必是拿下"，他要抢在时机的前面。他研究攻心术，对不同的官员施以不同的贿赂方式：比如碰到农民出身的副省长范家福就很费踌躇，他既不抽烟喝酒，也不接受金钱贿赂，多年留学西方的经验已经从内部改变了他的政治理想，他甚至没有了贪念。骆驼却从他西装上缺的一粒原装纽扣入手打了一场攻心战，一边宣传他的廉洁奉业，一边辅之以夏小羽的炽热爱情和豪华别墅。副省长范家福到底在他的公司上市文件上签名了。对京城的隋部长，骆驼更是"曲线救国"，行贿被退还之后，他打听到隋部长岳父的心愿：重建抗日期间被毁掉的以他祖父命名的一所学校。骆驼拜访老人之后帮老人

---

① 詹明信：《现实主义、现代主义、后现代主义》，《晚期资本主义的文化逻辑》，生活·读书·新知三联书店1997年版，第299页。

达成了夙愿。骆驼还让"我"邀请乡村祖传名医亲临京城帮高官治病，可谓手到病除、妙手回春。诸如此类的情感贿赂展示了骆驼高人一等的运作能力。这既有呼天成的余风，又有时代的进展，还与骆驼本身在官场的历练有关，他在行贿过程中从不是赤裸裸的金钱交易，而是从每个人都有的软肋进攻，他有效地继承了呼天成"千里送鹅毛"的人情方式，并辅之以全球化想象，背后均有金钱赋予的气魄，比如送范省长的美国西装原装纽扣，送给"我"的阿比西尼亚的新鲜玫瑰。金钱一步步改变着骆驼的胃口、行事方式和语言风格，他的理想从出版经典发展到"炸开唐古拉山口"。骆驼不能克制自己的肉欲，也无法克服梦想带来的激情和金钱带来的膨胀感，最终，欲望将他送到了十八层高楼上。在纵身一跳的关头，十八层高楼带来的恐惧和十八层地狱是一样的吗？金钱对主体的作用并不是单向的，它就像气球中的空气，可以使气球越来越大、越来越气派，然而它也可以让气球瞬间爆炸、灰飞烟灭。

《生命册》的双线叙事中，叙事者"我"不断通过记忆复现了一群普通乡民到"城里去"的艰难过程：成了蔡总的蔡苇香初到城市的时候是靠卖淫赚的第一笔钱；手艺出众的梁五方备受运动之苦，因上访出名被安置到养老院却因能掐会算再度出名，一个乡村里最勤劳的手艺人沦落成城市的算命先生，只能靠装瞎行乞、连蒙带骗过生活；历经艰难回到城市的杜秋月最后连工作能力也丧失了。

虫嫂几乎复制了杨成方（刘庆邦《到城里去》）的捡垃圾方式。虫嫂是"小虫儿窝蛋"的简称，她像儿童一样矮小，她的心智、道德也与儿童相似，但是她不得不生活在成人世界的丛林法则中。她嫁给了一个残疾人，婚后被三百多元的债务压着，接连又来了三个孩子。填饱五张嘴的任务落在她弱小的肩膀上，她只好靠偷，被逮到就出卖自己的身体。生存将廉耻逼走了。可是孩子们以母亲为耻，虫嫂在全家人面前发誓不再偷东西，她用卖血的钱让丈夫死前吃肉包子喝酒。后来，她到城里捡垃圾供孩子们上学，为了不让孩子难堪，她送钱时也不到学校去，只能像地下工作者一样约在桥头。虫嫂以矮小的躯体供养了三个孩子，她为这个家贡献了自己的廉耻、血、汗和身体。她用冷眼中的一生谱写了坚忍的价值。

金钱使乡村分崩离析，大家以各不相同的方式"到城里去"，相同的是背后几乎都拖着一条不光明的尾巴。这是户籍制度、城乡隔阂给民工们带来的沉重代价。"我"这个读了19年书，拥有城市单位、户籍的叙事人只能旁观乡亲们踏上宿命之路。在得知骆驼跳楼的消息后"我"出了车祸，伤了眼睛，只能用一只眼睛打量世界。失去了双眼的"交叉视角"之后，自己人生的来路在单向度的观照下反而异常地清晰起来，人生的种种奥秘似乎也在这一只眼的观看中洞明澄澈。在病友的身上，"我"看到了都市纷繁扑朔的世相。对世界只有"麻沙沙"感觉的长脑瘤的小女孩并没有丧失对未来的信心；24床的一个副厂长，眼睛扎坏了，刚动完手术，一大拨亲属来到医院，一边是亲人的饭碗，一边是自己要冒失明的危险，副厂长决然地出院回厂里去参加股份制改革。"我"还用这一只眼睛面对骆驼的妻子卫丽丽和情人小乔的探访，再次品尝人走茶凉的凄然。"我"甚至渴望给已经不是心中的那个梅村一次机会，我等着她的回话，等着时光逆转。

康复后的"我"回到已经改变的乡村，希望借蔡苇香给父母迁坟合葬之机考察给家乡的投资机会，但是，"我"发现对于破败的丧失凝聚力的乡村来说，所有的办法都是输血而不是造血。"我"没有找到"让筷子竖起来"的奇迹。我悲催地问道："一片干了的、四处漂泊的树叶，还能不能再回到树上？"

蔡国寅的墓碑镌刻着集体主义的回光返照，他的葬礼标志着一个时代的渐行渐远。乡村再也无法孕育出呼天成这样纯粹精神性的核心人物，也无法养育出蔡国寅这样血肉和情感同样丰满的人物。

值得一提的是李佩甫的叙事方式，他一直力图以植物、以自然的方式来写人，写人的精神不灭、写中原大地的灵魂、写气势磅礴的乡土中国。他尝试用气、水、火、土等传统的中国文化元素来进行小说叙事，这背后是一种面对中国问题而生的对元文化的追求。20世纪尤其是新时期以来，我们的文学一直追随西方，李佩甫试图改弦易辙，从自己出发，叙述中国经验，思考中国问题。这种努力虽收效甚微，但值得珍视。

论李佩甫的"平原三部曲"

张维阳

经过十几年的沉淀积累，李佩甫在2012年最终完成了他的"平原三部曲"：《羊的门》（1999）、《城的灯》（2003）、《生命册》（2012）。李佩甫将书写的笔端深植中原的腹地——豫中平原，他笔下的"平原"是中原的缩影，书中的"平原人"即中原人。"平原三部曲"凝结着李佩甫对于中原人精神根性的把握和对其精神现状的思考，它传承百年的文学传统直面中原人的"国民性"，展现了在现代化大潮中中原人的变与不变，揭示了中原人进入"现代"的艰难与复杂。正是在这个意义上，李佩甫的"平原三部曲"堪称中原人的"精神史诗"。

一

中原是中华文明的发祥地，五千年的文明使仁义、孝悌、勤劳这些美德融入了中原人的精神内核，但个性泯灭、权威崇拜、重私利这些特质也由于悠久的历史而顽固地存在于中原人的性格之中。《羊的门》的主人公呼天成本是一个不起眼的乡村基层干部，他因熟稔中原人的传统文化心理，通过一系列的手段使呼家堡人对其俯首帖耳，他俨然成了平原上的教父，呼家堡的君主。通过对这一形象的展示，《羊的门》呈现了"乡土中国政治文化的生动图画"，[①]也揭示了中原人根深蒂固的民族劣根性。与《浮躁》中的田中正、《湖光山色》中的詹石磴和《玉米》中的王连方这些恶霸式的乡间"土皇上"不同，呼天成是个有理想、有追求的当家人。他克己奉公，一心想把呼家堡带上繁荣富裕的康庄大道——在这个意义上，他可谓"人民的好公仆"。但同时，他在呼家堡说一不二的权威又和那些"土皇上"并无二致。所以从这个意义上说，呼天成这个"复杂的，既有中国传统又有现代文明特征的中原农民形象是小说取得的最大成就"。[②]现代化的想象，对不发达的中国农村来说，是个不可抗拒的诱惑。作为呼家堡的设计师，呼天成要让这块土地上的人以传统道德观为精神根基，以集体主义和他的个人立法为信仰，以发展经济为目标，过上现代化的生活。

呼天成个人权威的树立是以传统道德为基础的，他正是抓住了村民们对传统道德的集体无意识信仰，树立起了自己的权威形象。正如书中所说："在这样一个村落里，真正的统治并不是靠权力来维持的。他深知，村一级的所谓组织并不具备权力形态，因为它不是村人眼里的'政府'。在村人们眼里，'政府'才是真正的'上头'，而他仅仅是'上头'和'下头'之间的一个环节。那么，在呼家堡，要想干出第一流的效果，就必须奠定他的至高无上的地位。而这一切，都是靠智慧来完成的。那就是说，他必须成为他们中间最优秀的一个。对于那些'二不豆子'、那些'字儿''门儿'不分的货、那些野驴一样的蛮汉，他必须成为他们的脑子、他们的心眼、他们的主心骨。"[③]呼天成个人权威的合法性，不是来自政府，而是来自他个人的魅力，要"成为他们中间最优秀的一个"，就要求呼天成在品德和能力方面都要胜人一筹，而品德又是前提。正所谓"臣民顺从君主，因为君主以身作则；君主能够要求臣民服从，

---

① 孟繁华：《坚韧的叙事——新世纪文学真相》，福建教育出版社2008年版，第116页。

② 孟繁华：《坚韧的叙事——新世纪文学真相》，福建教育出版社2008年版，第117页。

③ 李佩甫：《羊的门》，作家出版社2009年1版，第85页。

因为他的美德给了他这种资格"。①为了树立自己的榜样形象，呼天成的隐忍和无私可谓让人叹服：经济上他俭省，身为带领村民致富的领头人，他甘愿和村民拿一样的工资；情感上他克制，他深爱秀丫却坚决不越雷池一步；为了建集体新村他捐出了自家的八棵大槐树……传统道德不但使呼天成的个人权威在呼家堡人眼中具有了合法性，也给了他辖制呼家堡人的工具。

当呼天成的权威受到威胁时，他是不能容忍的，哪怕这威胁来自鬼神，他也要与鬼神一争高下。村民刘全之女溺亡，刘全一家根据乡俗"捞魂"，竟引来众多村民围观、跪拜。呼家堡只能有一个"主"，为了打倒鬼神在村民心中的位置，呼天成当众捏死了小娥的"灵魂"，正是这一捏，村民们畏其如鬼神。摧毁了鬼神崇拜之后，呼天成为村民们树起了个人崇拜之外的又一信仰——集体主义信仰。从开集体会到村里的"斗私批修"运动，再到后来的新村建设、做集体操，呼天成不断强化集体在村民心中的地位，使村民们对集体有了归属感和敬畏心。对集体的服从使呼家堡产生了强大的合力，最终取得了村办企业的巨大成功。与集体主义相配套的是平均主义，在呼家堡，呼天成为全村定了工资，上至呼天成，下至放羊的老汉，工资都是一样的。在住房方面，呼天成主持兴建的新村，"房子的格局是一模一样的，房间的布局是一模一样的，连家具摆放的位置也是一模一样的……"②。村民们似乎乐于吃"大锅饭"，除了出走的刘庭玉，村民们没有反抗平均主义的意念。呼天成利用传统道德在村民中树立了权威，"政治正确"的集体主义又可以获得政府的认可，官、民中间的小角色由此一步步在呼家堡建立了他的"王朝"。呼天成的成功一方面来自他个人的才智，同时与呼家堡人的愚昧、迷信、虚荣、麻木也密不可分，他们被辖制、被禁锢却不自知，沉浸在丰裕的物质中心满意足。

呼家堡在呼天成的带领下成了亿元村，在物质方面实现了巨大的成功。但集体的成功是以丧失个人的主体性为代价的，正如市委书记李相义造访呼家堡

---

① 米歇尔·福柯：《性史》，张廷琛、林莉、范千红等译，上海科学技术文献出版社1989年版，第341页。

② 李佩甫：《羊的门》，作家出版社2009年1版，第11页。

时感叹的："这里只长了一个脑袋啊！"①呼家堡对"现代"的追求，只停留在物质和技术层面，呼家堡人的精神实际上是处于被奴役的状态。物质的丰富并没有使人们走向自由，人在物质丰富之后依然被物化。呼家堡村民们的价值就在于做好自己"螺丝钉"的本分，这里不允许有异类。人们甚至没有选择离开的权利，出走被视为叛逃。

　　物质上的现代化，并没有对呼家堡的风俗、伦理、价值观和信仰起到多少推动作用，乡村的"超稳定文化结构"牢不可破，村民依然保持着传统的思维习惯。呼天成依靠村民们对传统观念的信仰取得权力，当呼家堡在物质方面进入"现代"后，他依然用传统的方式维持权威。依照韦伯的观点，经济的变化源自变动不居的人们不可预测的精神之变化，来自人们对于信念、信仰、生活期待及生活信仰等的变化，市场不能简单地理解成一种经济机制。也就是说，"如果老的精神状态继续存在，现代市场就仍然是一个没有内容的形式，一个空壳，一种假象，一种导致另一类型虚假现代性或者也许是伪现代性的新现代化策略"。②所以，虽然呼家堡的产品在现代市场中畅销一时，呼家堡在经济方面取得了巨大的成功，但没有现代化制度的保障，没有现代精神的养成，这种繁荣只能是一场短暂的华丽演出，呼家堡的前途令人担忧。

二

　　"作为农业大国的主体农民，他们在现代化过程中进入城市的行动选择及心路历程，是当下小说与现代化关联的最有价值所在。"③《城的灯》以一个家族从农村向城市的迁移史，表现了在中国现代化崛起的历史语境下，平原人投奔"现代"的精神追求及其在追求过程中艰难的行动选择。城市的灯火强烈地吸引着平原人，让平原人无法拒绝，平原人为了向城市迁徙，甘愿承受苦难

---

　　①　李佩甫：《羊的门》，作家出版社2009年1版，第424页。

　　②　马泰·卡林内斯库：《现代性的五副面孔》，顾爱彬、李瑞华译，商务印书馆2002年版，第355页。

　　③　徐德明：《"乡下人进城"的文学叙述》，《文学评论》2005年第1期，第15页。

与屈辱，不惜付出自己的青春和爱情，不惜背负骂名。这迁徙成了平原人崇高的理想，令人钦佩和敬畏。

在主人公冯家昌眼中，农村是一个封闭荒蛮、平庸停滞的所在，走向城市是其实现个人发展和完成母亲临终遗嘱的必由之路，他不仅要把自己"日弄"进城，还得把几个弟弟也"日弄"进城。要进入城市，得借助权力，是村支书刘国豆的权力，将冯家昌送进了军队，让他迈出了走向城市的第一步。刘国豆对冯家昌的要求是获得权力——冯家昌必须成为部队干部，才有资格娶他的女儿。对于冯家昌来说，权力是进城的通行证和获得爱情的前提。随着时间的流逝，冯家昌对支书女儿刘汉香的思念也许没有减弱，但他对权力的渴望却日甚一日，因为要想留在城市，需要更大的权力。当他得知军队联谊会上认识的女舞伴李冬冬是市长的女儿后，他的心灵世界发生了剧烈的震颤，尤其是同事"小佛脸儿"的那一句："娶了她，你就是城里人了！"正好戳中了冯家昌心底的最柔软处。经过一番挣扎，他终于放弃了多年来情感上的牵念，背叛了爱情，投入到了权力的怀抱。虽然背弃未婚妻的行为使其违背道德而心神不安，但正如书中冯家福所说："在某种意义上说，真诚其实是一种权力。人，不是谁都可以表达真诚的，也不是想真诚就可以真诚的，那要看环境，看场合，看条件……"[1]同样，他认为爱情和道德也是一种权力，在冯家昌看来，他没有选择爱情和道德的权力。如果他不选择李冬冬，他将丧失在部队提干的机会，也就意味着将丧失拥有权力和留在城市的机会，如此他将不能成为军官，也就没有迎娶刘汉香的资格，他将一无所有。如果选择背弃刘汉香，他将有机会拥有权力、留在城市，这将是他人生的转折，更是他一家人命运的转折。

在《城的灯》中，刘汉香是一个圣母般的人物。作为条件优越的村支书的女儿，她不嫌弃冯家昌家庭贫困，为了和冯家昌在一起她不惜和自己的家庭决裂，在冯家昌参军后她作为他没过门的媳妇数年如一日地照顾他的家人……即使是她，也不甘于生活在物质贫乏的农村，她对城市同样怀抱着强烈的向往。

刘汉香对冯家昌的爱数年如一日，她的这一份坚持一方面来自当年在麦草

李佩甫

研究资料

---

① 李佩甫：《羊的门》，作家出版社2009年1版，第299页。

垛留下的情分，一方面也来自冯家昌寄来的奖状背后的"等着我"。坚守会换来军人家属的名分，也就是城里人的身份。冯家昌的抛弃对她来说是个巨大的打击，这对她不但意味着真爱的丧失，也意味着进城之路的阻断。但从痛苦的创伤中恢复之后，她并没有放弃自己的进城梦，而且她不仅要为自己圆梦，也要为这片土地圆梦，为平原人圆梦，她要背起土地前行，要让脚下这片土地成为城市。

三

如果说《羊的门》刻画的是平原人在步入"现代"的过程中，依然被束缚于传统教化和乡村政治权力下的委曲求全的人格；《城的灯》表达的是平原人冲出农村、走向城市，冲破原始、投奔"现代"的精神追求；《生命册》表现的则是平原人追求过后的迷茫和彷徨。《生命册》呈现了"追求者"们的群像，它像阎王手里的生死簿，平原人的生死离别、追求与幻灭都在里面。作为三部曲的收官之作，《生命册》带给我们的是对生命的追问，表达了平原人的精神困惑。书中有地道的农民，也有成功逃离农村，后来在城市发迹的"成功者"，他们各自进行着追逐，不同目标、不同能力、不同手段，可是追求的结果却都无例外地使自己走到了目标的反面。是机缘巧合还是造化弄人，努力的结果为何使人们背离自己的初衷，觉醒之后的拼搏为何不能将人们带到幸福的彼岸，反而使人们深陷幻灭的泥潭……《生命册》只有呈现，没有答案，像是生命的展览馆，让人唏嘘，让人叹息。

吴志鹏、蔡思凡是无梁村成功进入城市并发迹的"农二代"。在城乡巨大的鸿沟面前，跨越者需要付出巨大的代价，而身为"农二代"的他们除了自己没有任何的资本，在需要代价的时刻，唯一的办法就是出卖自己。吴志鹏出卖的是自己与乡乡的精神联系。作为吃百家饭长大的孤儿，他接受过几乎全村人的帮助，乡亲们在生活极端困难的情况下养育了他。在成功进入城市之后，他理所应当对乡亲们有所回报。但家乡人的需要对他来讲的确是过于沉重，以致他无法负担。无奈之下，他选择了逃跑，甩开这沉重的包袱，追逐自己的梦想。吴志鹏奋斗的动力来自他内心的自卑，穷困的他希望有朝一日可以有足够的财富迎娶他心爱的姑娘。但当他追逐到财富时，他心爱的姑娘却已然成了一个离过两次婚，正在为第三次离婚打官司的带着一个孩子的憔悴女人，多年萦绕心头的梦想在瞬间崩塌。情场失意的吴志鹏在经济上取得了突出的成就，但当他衣锦还乡时，家乡人却拒绝他的回归，迎接他的只有一双双冷眼，他被视作忘恩负义之徒。这使他丢掉了精神的宿地，陷入长久的茫然。他成功地走进了城市，却丢掉了家乡，他和冯家昌一样，成了断了线的风筝，变为城市的游魂。蔡思凡，为了进城，她出卖了自己的身体，为达目的她不顾廉耻，回乡还带走了村里的十几个姑娘，跟她一起做"皮肉生意"。在她"成功"之后，却变得爱惜羽毛。为洗刷自己的恶名，她大肆操办母亲的葬礼，可是她的"成功"就是她出卖名声换来的，想换回名声，谈何容易。李佩甫并没有对他们的行为作出道德的评价，而是以同情的笔调书写他们的遭遇。也许我们对他们的选择不能简单地做道德评价，他们和命运做了个交易，一旦决定，就无法回头。骆驼也是"农二代"出身，身有残疾的他却是个传奇般的存在。对金钱他有灵敏的嗅觉，对美女他有非同凡响的吸引力。随着他一步步走向自己预设的目标，他的欲望也逐步膨胀。他在抢时间，抢那曾经因为身体残疾而蹉跎的岁月。他追求的脚步太快，快到停不下来。是欲望吞噬了他，抢时间的同时加速了他自己的毁灭。骆驼是想为家乡做点儿事的，他曾经梦想用自己的财富为家乡的百姓修一座水库，让他们世世代代有水吃，但他的所作所为却毁了一个真正为老百姓做事的好官。他的投机、他的贿赂，最终吃亏的都是老百姓，想造福一方却祸害了一方。追求何时变成了贪婪，梦想为何成了欲望，骆驼的死说明了问题的难解，留给人们的只有一声叹息。

　　虫嫂是《生命册》中最重要的人物，她与阿Q、祥林嫂、华老栓属于同一个形象序列。虫嫂是我们这个时代的农民形象，却和鲁迅笔下的农民形象惊人地相似，一样地背负生活的重压，一样地精神贫乏与麻木。中国百年的发展变化似乎和她没有关系，历史的车轮从她身旁呼啸而过，而她却茫然不觉，她是一个历史的弃儿。

　　虫嫂是苦命的女人，嫁给残废老拐是她苦难的开始。老拐有条废腿，虫

李佩甫
研究资料

嫂个子矮小，他们都干不了重活，加上老拐娶亲欠下了不少外债，那日子就更加艰难些。为了生存，虫嫂开始小偷小摸，在那次偷枣被人发现后，不得已出卖了自己的身体。虫嫂跨过了平原人的道德底线，她自我"解放"了，偷起东西来也肆无忌惮了。每次偷盗被人发现，她都以性贿赂的方式解决问题。她的行为让村里的妇女们忍无可忍，最终导致了村里妇女们对她的围殴。虫嫂偷东西是为了生存，为了养活自己的三个孩子。但她的孩子们却不领她的情，觉得自己的脸被母亲丢光了。在虫嫂遭到村里妇女们的围殴后，孩子们就不叫她"妈"了。她的孩子们长大后，对她依然是反感的。如果不是发现她的破扇子里有三万块钱的存折，也许她的孩子们都不会回来给她送终。虫嫂用自己的最重要的"脸"养育了她的孩子们，让他们都受了大学教育，却也因此失去了他们。受尽苦难与屈辱的虫嫂最终却孤独、凄凉地逝去。中国，在经历了百年的屈辱、反抗、革命、发展后，"世界第二大经济体""世界工厂"等称号似乎证实了其百年"现代性"追求的成功，但在历史的角落里，生活在广大农村的众多虫嫂们似乎和这种成功丝毫没有关系。启蒙远没有终结，现代性的确是未竟的事业，中国的现代化将是个漫长的过程。

四

自古以来，中国一直以农业立国。几千年的农业生产方式使中国人形成了稳固而复杂的民族性格，生长在这片土地上的每一个人，都不能割断与乡土的联系。因此，"对乡村中国的文学叙述，形成了百年来中国的主流文学"。[①]自鲁迅开始，中国的新文学将普通的劳动农民作为书写表现的对象，关注普通农民的精神面貌和生存状态。鲁迅作品中的农村既有阿Q、祥林嫂、华老栓、闰土这些麻木愚昧的农民，也有《社戏》《少年闰土》中蕴含的诗意般的乡村风情。情感上，鲁迅对故乡有着挥之不去的留恋，但理智上他又必须批判旧农

---

① 孟繁华：《百年中国的主流文学——乡土文学/农村题材/新乡土文学的历史演变》，《天津社会科学》2009年第2期。

村。所以他作品中的农村，一面是黑暗、停滞的旧社会，一面是温情、悠远的田园牧歌。正是这两种对农村不同的表现，开启了新文学对农村书写的两条路径。一条是"批判的路径"：从五四运动时期，以王鲁彦、台静农、彭家煌等为代表的"乡土小说作家群"对故乡愚昧落后的批判，到赵树理以现实主义精神对农民思想改造历程的艰难性的表现，再到"新时期"以来高晓声、古华、郑义、刘恒等人对现实中物质与精神极度匮乏的农村的书写。另一条是"审美的路径"：自沈从文笔下的邈远宁静的湘西世界到孙犁作品中战争岁月里灵魂美、人情美的乡亲们，再到"新时期"汪曾祺带来的田园旧梦。这两条路径交相辉映却不泾渭分明，共同构成了丰富、厚重的百年乡土文学。

当下，"中国的社会结构板块发生了巨大的变化……被现代性挤压了一个世纪的农业经济文化社会结构逐渐解体，而被一个日益增长的资本经济帝国所取代……在中国辽阔广袤的乡土文明社会结构遭遇到世纪之交的现代性的强烈辐射的时候，这个世界上最古老的农耕文明帝国才真正走到了分崩离析，土崩瓦解的十字路口。也就是说，中国的农业社会结构在农民进城（这是中国历史上的最大农民迁徙运动）和乡村不断城市化的过程中开始了本质性的解体"。[1]面对这样的社会现实，李佩甫的作品沿着自鲁迅以来的"批判的路径"，他以深邃的洞察力和宏阔的历史眼光关注当下乡土中国发生的历史性变迁。他的"平原三部曲"挖掘顽固地存在于当代中原人精神结构中的隐忧，记录农耕文明遭遇工业文明过程中中原人的精神历程，展现在社会思想中心价值失去支配性地位的历史阶段中原人焦虑、惶惑的精神状态，表现了乡土中国进入"现代"的艰难与复杂。在这个意义上，李佩甫的"平原三部曲"不仅是"中原人的精神史诗"，也是"我们这个时代的精神史诗"。

原载《小说评论》2013年第2期

---

① 程光炜，丁帆，李锐：《乡土文学创作与中国社会的历史转型——"乡土中国现代化转型与乡土文学创作学术研讨会"纪要》，《渤海大学学报（哲学社会科学版）》2010年第1期。

李佩甫：一个被低估的作家

王学谦

　　在当代小说家中，李佩甫是一位具有持久创作能力而又成就显著的作家。他的创作和新时期文学同时开始，在20世纪80年代中期，他以《红蚂蚱　绿蚂蚱》等作品显示出自己的风格，此后，随着时间的推移，他总能拿出具有自己个性的作品，并产生一定的影响。20世纪90年代的《黑蜻蜓》张扬卑微者坚忍的生存意志和默默无闻的道德尊严，给人一种纠结、痛苦的生命体验。《羊的门》将官场权力斗争与悠远的传统文化联系起来，厚重深沉，具有深刻的批判性。今年的新作《生命册》则是城市与乡村呼应，历史与现实交融，怀念乡土与反思乡土相互缠绕，苦苦的寻求与无望的焦虑并存，给人一种无处托身的焦虑而空茫之感。仔细审视李佩甫的创作，再看看几十年来文坛的风风雨雨，我以为，李佩甫是一个让人无法遗忘的作家，《羊的门》必定会在我们的文学记忆中留下深刻的痕迹。之所以认为李佩甫是被低估的作家，就在于他的《羊的门》没有被充分重视。它虽然轰动一时却很快就销声匿迹了，甚至被挤压到官场小说之中了。其实，这部作品足以和新时期最优秀的乡土小说媲美，足以使李佩甫从众多的乡土作家之中脱颖而出。因为，衡量一个作家的成就无须看他的所有作品，只要看他所达到的最高境界就足够了。

　　在李佩甫这里，我首先感受到一种饱满而充沛的心灵力量。与其说他忠实于自己脚下的土地，那块生他养他的豫中平原，还不如说他更执着于自我。就像当年的沈从文一样，他始终把自己当成一个"乡下人"，对故乡的牵挂和眷念之情一直滋润着他，是他创作的灵感来源。他长期痴迷于豫中平原，品味着那里的山山水水，一草一木，深情地凝视着那里的父老乡亲，思考他们的性格，关切他们的命运。故乡的土地经由他心灵的耕作和滋润，万物生长，枝繁叶茂，美感丛生。他基本上是靠情感与回忆写作，情感触发了回忆，并规定了回忆的性质和轨道。他在回忆中发现自我，在回忆中观察、思考和想象，在回忆中把历史、文化、现实和人性融为一体，把土地的骚动、农民的苦难、挣扎、坚忍及其阴郁的野心呈现出来，将现代理性、乡土意味十足的道德感和生命意识搅拌在一起，创造出一种耐人寻味的丰富、复杂的美感。

一

20世纪80年代中期，寻根文学与先锋文学的交错涌动，唤醒了一种巨大的文学力量，这是新时期文学的真正起始，也是李佩甫文学觉醒、自我建构的真正起点。《红蚂蚱 绿蚂蚱》（1986）是他第一次发现自己的精神"故乡"，发现自己文学领地的标志。李佩甫说："我是写'平原'的。在我心中，'平原'是一块特定的地域。我说过，每个作家都有自己的'领地'，尔后在自己的领地里挖上一口'井'。可对于一个初学写作者来说，要找到真正属于自己的领地并不容易。我是在东奔西突、苦苦寻觅了七年后，才找到了属于自己领地——'平原'。"①这部中篇小说一方面承续了废名田园小说和萧红《呼兰河传》的精神气质，另一方面又有所变异，适度地融入了寻根文学的神韵，将诗性抒情和深沉的思考融为一体，意味深远。《红蚂蚱 绿蚂蚱》以儿童视角回望自己故乡童年的生活，以零碎的乡村日常生活片段和异人轶事为单位，淡化社会历史背景，强化地方风情和悠远绵长的乡村传统韵味，文字简约、冲淡、含蓄，追求一种"言外之意"的叙事笔调。每个小故事之后又附有民间歌

---

① 孔会侠：《以文字敲钟的人——李佩甫访谈录》，《创作与评论》2012年第8期。

谣，在如诗如画的叙事中，折射世态人心、历史变迁和政治风云，在貌似单纯的田园叙述的背后蕴含着复杂的情感和价值取向，仿佛一曲深情、幽咽而又苍凉的二胡独奏。一方面是强烈的思乡情感，以及由此生发出来的对故乡风俗的深切认同感，向往故乡人那素朴浑厚的道德，赞美故乡人顽强、坚忍的生命力，另一方面却是同样强烈的苦难、悲哀感，和一丝不易觉察的深切的文化反思和历史批判。多种因素浑然交融，构成了一个意蕴丰富、情感复杂而充满张力的具有多种可能性的结构。

《红蚂蚱 绿蚂蚱》是李佩甫的文学之根，是其小说叙事的基本结构，汇聚着李佩甫小说叙事的最强劲的心灵动力，包含着李佩甫小说叙事的基本因素，日后李佩甫的小说创作都是这种基本结构的生长、调整或变形。结构内部的诸多不同因素随着时间的流动、文学、文化语境等外在条件的变化，或凸显、扩大，或隐匿、消散，不同因素之间进行不同的组合，从而导致作品情感基调和价值取向的差异。这些作品之间既有联系又有差异，像是高低起伏的山脉，构筑起李佩甫小说中原乡土叙事的风景。

在《红蚂蚱 绿蚂蚱》中，五姥姥领着儿媳拜认祖先坟墓，她一边虔诚地磕头，一边向新媳妇讲述家族史。这种对家族史的兴趣，在随后的《李氏家族第十七代玄孙》（1986）中，成为重要的表现对象。五姥姥变成了七奶奶，五姥姥粗略而笼统的家族历史讲述，变成了七奶奶的传奇、魔幻色彩的长篇"瞎话儿"。借助七奶奶的"瞎话儿"，李佩甫追溯李氏家族悠久的历史，把长久的历史、传统与现实浑然连接在一起，从现实审视历史，又从历史推演现实。李佩甫思考的是：那些活跃在现实的性格、命运各不相同的李氏家族第十七代玄孙，构成了传统走向现代的具有多种可能性的力量。他们是谁？他们是从哪来的又要走到哪里去？这背后隐含着当年寻根文学对民族性格和文化的宏大叙事，同时，这些人物性格、命运的巨大差异，又是对宏大叙事的颠覆。由于李佩甫在历史、传统的多种蕴涵与现实的复杂走向之间留有大片空白，从而使作品获得一种令人困惑的魅力，避免了一些寻根文学因宏大叙事而造成的简单化和概念化的缺点。这是李佩甫叙事才华的显现。《李氏家族》也许是一座没有获得足够重视，也没有被充分挖掘的矿藏。

《红蚂蚱　绿蚂蚱》中的队长这个形象，在后来的李佩甫创作中被日益做大。村长杨书印（《金屋》）、村支书刘国豆（《城的灯》）、老姑父（《生命册》）等等都是从队长这一形象演化而来的。《羊的门》的呼天成则将这一形象发挥到极致，从而构成了李佩甫小说创作的一道亮丽的风景线，是李佩甫对乡村–传统文化的一次最强劲的反思、批判之旅。还有，那个隐藏在背后的叙事者——端着小木碗吃百家饭的"我"，在《生命册》中依然是叙事者，同时又是构成小说有关城市叙事的主要表现对象。

《红蚂蚱　绿蚂蚱》中的国从故乡走出，一去不回头，这是对土地的背叛。五姨大胆而真挚的爱情被县剧团"少剑波"嘲弄。她送给"少剑波"的那双绣着"绿嘴儿牡丹"的鞋子被其扔进了臭水坑，这让我们想起了凌淑华笔下的"绣枕"。五姨绝望之下随意嫁给了一个人。五姨对城里人毅然决然的爱和国一样，也是对于土地的勇敢背叛。由此，拉开了李佩甫小说城市与乡村二元对抗的序幕。在《李氏家族》中，城市与乡村的对立就已经有所流露；在《金屋》中，这种对抗变得异常尖锐，无论村人的心态如何复杂，那个盖下金屋的青年农民却几乎成为都市丑恶、罪行的代表；在《无边无际的早晨》中，国成长为县长，没人知道他能否再寻回那块乡人们送给他的"老娘土"，他脑海里只是焦虑地飘动着这样一句话："你是谁？生在何处？长在何处？你要到哪里去？"《败节草》《城的灯》继续演绎这种对抗，却从简单走向复杂，不过，二元对立的姿态却没有改变，城市是无法抗拒的诱惑，也是难以认同的罪恶，乡村–传统文化具有道德优势，却被贫困、愚昧、苦难所盘踞；这种二元对立在后来的作品中又被反复重写、填充、扩展，以至成为李佩甫小说叙事的重要特征。李佩甫力图在这一框架之内包含更丰富的历史、文化、人性和现实的内容，由于框架本身过于呆板、滞重缺乏弹性，损失了一部分作品的美感。

二

李佩甫喜欢谈论自己的植物学，他喜欢把豫中平原上的植物作为自己小说的名字，如《败节草》《牛屎饼花》《送你一朵苦楝花》等，《羊的门》开篇就有大量的关于豫中平原的植物的叙述，《城的灯》开篇就是"会跑的树"。他不止一次申明他的"植物学"，"'平原'是生我养我的地方，是我的写作领地，也是我的精神家园。在一些时间里，我的写作方向一直着力于'人与土地'的对话，或者说是写'土壤与植物'的关系。我是把人当作'植物'来写的"。①这种对于植物与土地的痴迷、执着，首先是李佩甫对乡土、文化传统与现代关系的思考和探究。这和20世纪80年代有关传统与现代性关系的宏大叙事有关。这种宏大叙事对李佩甫具有至关重要的意义。李佩甫说："我认为，生活中的每一个人都是背着'土地'行走的人。这不是沉重不沉重的问题，也不是扔掉扔不掉的问题。就比如一个'伤口'，一条'尾巴'，或者说是一个'胎记'，它是长在身上的，含在血脉里的，割不断的。你只不过是一次次地'抚摸'、发问、回望。"②任何人都命中注定地无可避免地受到他脚下那片土地所特有的文化的熏陶、陶冶，土地所特有的气息会浸透到他的骨髓里，会对他产生巨大的影响，乃至决定他的性格和命运。但是，其次，我发现，李佩甫在处理传统与现代的关系的时候，由于其对"生活世界"的丰富性和复杂性的体认，并没有把这种关系处理得过于简单、机械，而是开放的、灵活的和富有变化的。无论是土地给予人的，还是人对于土地的态度，都是一言难尽的复杂状态，"对一块特定地域的认知是有时间性的。不是焦灼，是拉开时间及空间后的一次次再认识。有爱有痛有伤……这里边的情愫比较复杂"。③这是五四以来新文学作家面对土地、传统的典型心态。他们对于土地的传统是你中有我，我中有你，无论是反思、批判，还是皈依、认同，现代理性与个体生命感性之间都充满着矛盾、悖论。这种复杂状况所带来的力量比清晰、确定的判断更有价值，文学价值更高。文学作为对人生、世界的审美感知，自有其独立自主的价值，不必依附在那些明晰、确定的概念之上，所谓的历史理性——不论是历史正确还是政治正确，也无非是人为虚构出来的。再次，这种灵活的开放性，是一种自由和解放，消解了一些固化的教条的压抑，释放出强烈的生

① 孔会侠：《以文字敲钟的人——李佩甫访谈录》，《创作与评论》2012年第8期。
② 孔会侠：《以文字敲钟的人——李佩甫访谈录》，《创作与评论》2012年第8期。
③ 孔会侠：《以文字敲钟的人——李佩甫访谈录》，《创作与评论》2012年第8期。

命意蕴，个体生命不是像棋子一样被动地镶嵌在历史、文化、现实的大棋盘之中，而是带着自己的血肉伫立起来，人与环境一体化，尤其是文化与人性合二为一，从而创造出丰富、厚重的美学境界。

三

《羊的门》无疑是李佩甫的力作。它不仅仅是官场角逐与腐败的平面曝光，而是一部关于当代中国社会的政治文化寓言，在对当下官场现象的精密叙事之中，蕴含着对中国当代政治文化的冷静反思和深沉批判。

和许多官场小说相比，《羊的门》最突出的特点是厚重。它不是平面性的叙事，而是纵深的立体的双重结构。一重是关于官场权力及其冲突的叙事。在这一层面，作品把颍平县里书记和县长这两个最高权力者的对抗、格斗及其牵连的上下左右的官员网络栩栩如生地描绘出来，那些距离人们最近的也是人们最关心或不能不关心官场的诸种现象，一些人们在日常生活之中耳闻目睹、习以为常的人物、事件，一些被作为媒体曝光的甚至已经作为调侃笑料的丑恶现象，被一丝不苟、饱满生动地纳入文本的叙事当中。我们会被作品的写实性叙事魅力所征服，获得一种关于"真实"的畅快感。这是那种古老而常新的感染力，如果我们没有丧失对现实的感觉和认识，没有被老掉牙的什么本质真实或现象真实、什么典型还是非典型等无聊概念所困扰，放开自己的心灵，就很容易获得这种审美愉悦。我们会真切地感受到作品所展示的人物、故事情节及其复杂关系，竟然和我们日常生活经验如此相似，从而产生强烈的共鸣。另一重则是官场权力角逐背后的当代历史和悠久的文化传统根基。作品通过呼家堡村书记呼天成这个人物，通过对豫中平原的土地及其植物、历史的叙述或象征性叙述，将这种源远流长的文化潜能挖掘出来。这种土地、文化传统的大面积叙述无疑使作品具有了更为耐人寻味的理性反思、批判的力量。这两重叙事水乳交融，浑然一体，把现实中的官场现象与深远的土地、传统文化自然而然地链接在一起。我以为，自寻根文学以来，这种叙述虽然不少，却大都显得僵化、简单，理性判断清晰而审美力量不足，很少能像《羊的门》这样从容贴切。

呼天成是李佩甫对当代文学的重要贡献。这是一个可以进入到当代文学农民形象人物画廊里的人物。他是呼家堡这个专制王国的君主，是豫中平原上的当代农民精英，也是中国传统文化孕育出来的所谓"内圣外王"的杂色精灵。在他的身上，中国式的个体生命的权力意志、智慧、温情、道德、残酷混杂交融，一言难尽。在呼天成的细胞里，活跃着以血缘为纽带的中国传统宗法社会的泛伦理主义文化血液。他善于把坚硬的权力意志包裹在脉脉温情的伦理感情之中，或者以纯粹情感强化权力意志的力度，这是他征服呼家堡村人建立呼家堡王国的秘籍，也是他呼风唤雨、支配、控制颍平县权力斗争的法宝。和许多中国杰出人物一样，他具有强烈而旺盛的生命意志和力量，有雄心、野心，也有金刚怒目的正义和令人感动的真挚感情，善于把做人与做官、道德与权力合二为一。在呼家堡内，他恩威并施。他深知村书记这一权力对人们的巨大震慑性，牢牢地依靠这种政治权力，却总能在权力的实施过程之中给人们网开一面，给人们留有余地，甚至给予利益。他严厉打击呼家堡人普遍的偷盗行为，却又给人们留了面子。即使是叛逆者对他的激烈挑战，他也能遏制住内心的愤怒，将这种愤怒转化为一种宽容，让权力与恩情相互推动，从而把自己变成一个牧羊者。在呼家堡以外，在那些他的权力所不及的地方，他则完全是以情感、利益为攻击性武器，几十年经营"人场"，布下了纵横交错的人情、利益关系网络。他知道情感的分量，更知道情感与利益的关系。在老秋1962年下乡的时候，他借遍全村凑了五个鸡蛋，送给饿得浮肿的老秋；在"文革"中，他冒着极大的政治风险和生命危险把被打断了腰的老秋背到自己家里隐藏起来。与老秋的生死之交给他带来巨大的政治利润、威望和权力潜能。这也是他权力的根部，由此生发出他以情感为纽带、以利益为轴心的密集而四通八达的人际关系网络。呼天成的心理特征则极为典型地折射出"内圣"的强大功夫，他有熊熊燃烧的欲望，包括身体欲望，但是，他却能够"克己复礼"，不断压制、疏散这种心理能量，这个过程又是一种自我意志升华、调整的过程，使他变得格外坚韧、坚忍。他练气功，不仅仅是治疗自己的肉体，也是调理、锤炼自己的精神、意志。虽然这种修炼并不能使他完全克制自己的欲望，甚至使他产生了一种更为强烈的近乎变态的残酷欲望，面对秀丫的身体，在他身体无能为力的时候，他便用目光满足自己的欲望，但是，总体上看，他尚能在众人面前做到以身作则的道德清白，也因为他有强烈的道德感，才会与那个贪得无厌的教授断绝关系。由于狗叫骚扰了他的欲望，他就以冠冕堂皇的理由将全村的狗全部杀光，这暗示了他的极度残忍，大权在握的人总是将自己的欲望和意志打扮成集体的要求。他最大的残忍则是无形的，并伴随着巨大的利益，他依靠自己的权力和人场，给呼家堡带来了富裕，使呼家堡人感激不尽，却同时把呼家堡人变成了可以任意驱赶的羊群。他把呼家堡房屋从里到外规得整齐一致，把呼家堡人的心灵规划得和他们居住的房屋一样，他们有共同的作息时间，要一起做呼天成编排的广播体操，甚至连死人也要编号排队、整齐划一。

四

《生命册》的结构是对《红蚂蚱　绿蚂蚱》的一次大规模的扩建。在《红蚂蚱　绿蚂蚱》中隐藏的虚的城市在《生命册》中被建造成实际的存在，城市这一元成为整个叙事的显在结构，吴志鹏和骆驼的淘金之旅承担着这种叙事，叙述者那种对于土地的眷恋、怀念之情由吴志鹏直接抒发出来；吴志鹏的土地"背景"由老姑父、梁五方、虫嫂、春才等人的故事构成，是整部作品结构的另一元。吴志鹏的经历及其带着浓重的忏悔、愧疚的情绪的回望乡土，使整个作品变成了一种对于故乡、土地－传统的深情而焦虑的精神追寻。当然，更有意味的还是《红蚂蚱　绿蚂蚱》式那种矛盾、悖论性的思想情感被做大、做细，这也是李佩甫一直挥之不去的复杂情感。但是，由于对传统与现代关系的新的处理方式，或者说由于自然、生命意识的介入，这一框架已经丧失了强大的压制能力，反而产生了一种博大深沉的丰富性，显示出当代人心灵深处无比矛盾、困惑的焦虑，乃至绝望之感。

在《生命册》中，吴志鹏虽然在城市里是一个胜利者，甚至还能以一种令人羡慕的骄傲姿态衣锦还乡，却已经伤痕累累，困顿而迷茫，灵魂无处安放。他是一个孤儿，是故乡的百家奶、百家饭把他抚养成人，也是故乡人把他送进了大学。可是，在他进入城市以后，却把故乡当成了负担，他为躲避故乡人向他伸来的一只只寻求帮助的手，离开大学，踏上淘金之路。他南来北往，拼搏、奔波于北京、广州、上海之间，做枪手赚得第一桶金，又在资本市场的鏖战中获得巨大的利润，直至成为资本雄厚的吴总经理。然而，他在淘金之路披荆斩棘的同时，却感到若有所失，他不仅无法找回自己失去的爱情，也无法让自己内心变得更充实。他感到"心荒"："'荒'不是慌，是'空'。但'空'是空，却'空'得没有缝隙。满大街都是荡荡的人流，这是说不清楚的一种感觉。是呀，大街上熙熙攘攘，人来人往，可这一切都与你没有任何关系。走过一条条繁华热闹、挂满中文招牌，并书写着英语字码的大街，走过一处处映着玻璃幕墙的高楼大厦，走过一个个盛开着鲜花的花坛，你看不到一张熟脸，也看不到祥和之气。几乎所有的头都是往前冲的，没有人愿意停下来，也没有人愿意回头看一看。连街边上的树，每一棵树，都是陌生的。它不知从何处移栽这里，陌然地立着，似与你一样，跟这个城市也没有任何关系。我们都是过客，只是一个过客。仅此。有时候，我会停下来，默默地站在人群中，看一看周围，听一听市声……可我听来听去，还是荒。越是人多的地方，越荒。"[1]他钻研中国古代所谓命相的书，仍然无法找到解释命运的钥匙，反而使自己陷入更加困惑、焦虑的情绪之中。终于，在一场意外车祸中，在穿过鬼门关与死神擦肩而过的时候，似乎获得了一种生命的觉悟。在睡梦中，他仿佛听到故乡的呼唤，"孩儿，回来吧。孩儿，回来吧"。对故乡的爱恋变成一种不可遏制的激情，像火山一样喷发出来，似乎故乡的一切都变得格外美丽、诱人。小说大篇幅地抒发他对故乡的爱，他任凭这种激情抚摸着那遥远的山水草木，让他的感情和思念自由流淌、遨游。但是，当他从睡梦中醒来，却四顾茫然，当他回到故乡的时候，故乡也立刻显出平凡的一面，它只是广大农村的一角，他也只能参加一回老姑父的迁坟仪式，他真诚地希望能为故乡找到"让筷子竖起来"的方法，却又感到，"一片干了的、四处漂泊的树叶，还能不能再回到树上？"这意味着，人没有故乡，没有家园，只是漂泊的过客。故乡的意义在小说的末尾发生了变化，从单纯的道德忏悔被提升到个体生命的意义归属

---

① 李佩甫：《生命册》，作家出版社2012年版，第336页。

的高度。吴志鹏这种茫然—寻找—再茫然的状态，更为深切地表达出现代人灵魂分裂、漂流的生存状态。

尽管"我"——吴志鹏对故乡一片深情，乃至为自己背叛故乡的养育之恩而忏悔、愧疚，可是，我们发现，当他打开记忆之门，细数那些故乡的人和事的时候，这些人和事，连同那些古老的乡俗却散发出更多的悲哀、苍凉的气息，对故乡之爱变成了一种对故乡风俗文化的冷静反思，和对个体生命悲剧的深沉哀叹。故乡不仅无法被提升为那种纯正浪漫主义的精神家园，反而牵连着具体的历史、政治背景，展现出一幅苦难、辛酸的画面，活跃着一个个充满悲情的人物。李佩甫深情抚摸的故乡、童年的记忆，到头来却揭开了故乡人生疼痛的伤疤。

虫嫂可以看作是《黑蜻蜓》中二姐的性格延伸和变化。虫嫂是一个侏儒，无梁村人既同情她又将她当作可以任意羞辱的异类，她在无梁村的处境近似于孔乙己在鲁镇的处境。在普遍饥饿的年代，她学会了偷，高超的偷窃技术使得她能够把三个孩子养大，为了吃饱她什么苦都能吃，什么耻辱都能忍受，以至于成为男人宣泄欲望的对象。后来又进城拾荒，把三个孩子抚养成人，供他们考上大学，然而，这三个孩子却都以她为耻，没有一个愿意让她住进自己的家里，在她死后却都来争夺她藏在扇子把里的存折。作品用"小虫儿窝蛋"这种"无来由，非人工"的植物象征她的坚韧、顽强的生存意志，显示出李佩甫的历史批判精神，和对生命的偶然性的悲悯，对底层者生命意志的敬畏，但是，同时也包含着沉重的命运、历史、文化的悲剧感。坚韧、顽强固然值得赞叹，可是，这种品质似乎仅仅是由于过量的苦难才炼成的，她似乎仅仅是为了完成这种苦难生存任务才来到这个世界上的。生命的坚忍等于生命的苦难，这似乎暗示了世界的荒谬性。吴春才是无梁村最英俊的青年，性格孤僻，喜欢一个人在望月潭游泳，像一条大鱼，以至于村人们把他看成鱼托生的。他是无梁村女性的宠儿，编席子的妇女们喜欢挑逗性地调侃他，由于性欲失控，他产生一种强烈的罪恶感，终于在望月潭用篾刀自我阉割。春才是鱼，"水尽鱼飞"，意味着无止境的人欲对自然的残酷掠夺必然带来难以意料的恶果。这和阿城《树王》的"树倒人死"颇为类似。

这种人与自然的神秘对应、交感暗示着一种非人类中心主义的观念。由此，整个吴志鹏对故乡的忏悔、内疚便不仅仅局限于个人道德范围之内，而是具有了现代人对自身罪恶的忏悔和浓重的悲剧感。

原载《小说评论》2013年第2期

《生命册》："爱欲与文明"的纠葛与疏离

刘　军

　　借助一系列在文坛引起巨大反响的中长篇小说，且因为对中原乡村生命景观的持续挖掘与审视，并致力于中原人格的深度塑造，李佩甫业已成为"文学豫军"这棵茁壮大树的主干部分。他的写作以大地、植物、村庄、个体等各种生命形态为基点，切入中原厚土的复杂性根系，以文字来观照那些土地深处的原始爱欲，从而确立了地域性写作的正宗本色，并越过这一框架，进入当代文学谱系下乡村叙事的重要书写者序列。考察新时期以来河南文学的发展历程，或者说新时期以来乡土叙事的凡斯种种，李佩甫皆是最为重要的对象之一。

　　生长于乡村，进入城市成长为知识分子，根据自我知识经验在内心世界建构出相应的坐标系，再来反观乡土世界的文化生态，这是白话文学以来乡土叙事伦理的基本模式。这个模式结出了两个硕果：一个是鲁迅式的，意图"画出国民沉默的魂灵"，即批判审视国民劣根性的路子；一个是沈从文式的，发掘乡土世界中尚未被现代文明侵蚀掉的古典诗性质素，歌咏朴素的人性之美、人伦之美，借以对抗时代的危险性进程，恰如米兰·昆德拉所言"以对抗时代的进步来谋取自身的进步"。细究这两种路数背后的哲学支撑，可以发现前者以进化论为标尺，后者则以强调圆融的东方哲学为依托。上述归类似乎并不适合李佩甫，作家本人也隶属于进城后的知识分子群体，世界观为"现代性"所塑造，而一旦进入小说的世界，精神书写的背后则是主体的双重角色，一方面是知识分子式的批判和审视对象；一方面是回归农民本体式的尊崇和亲近"本源之地"（即海德格尔所言的还乡，使故乡成为亲近本源之地）。这种双重角色在作家平原三部曲的第一部《羊的门》及终结篇《生命册》中体现得尤为明显。双重角色的切入避开了常见的"他者"叙事，从而促成作家独具特色的乡村叙事伦理的建构，涉及村庄与外在世界的相切层面，比如村庄内走向城市的人们，比如村庄社会关系向外的延伸，与批判、反省相关的紧张、焦虑便油然而生；而当笔触深入村庄内部的生命机制，比如植物的生长，村庄内部人伦的交叉，这个相对封闭的空间带给主体的放松与诗意便清晰可触。如果加以总结的话，其乡土叙事伦理介于鲁迅与沈从文之间，是一种摇摆式的，或者说是一种兼容式的，作家试图将恋土情结与现代性批判调和在一起，从而避开传统-现代的对立模式，抛却黑白分明的二元价值判断，探究一种不同于社会学家所描述的工业化、城镇化蓝图下的乡村安身立命的新路径。恰如《生命册》结尾的一个醒目标记——主人公吴志鹏宣扬的"找到一种让筷子竖起来的方法"。如果将这种方法仅仅归属于可持续发展或者寻找生态自然与经济发展的平衡点的话，这种解读必然过于表面和肤浅，因靠近主流意识形态的陈述而庸俗化，作家的人文思量远非时效性可以涵盖，而是欲求在古老村庄纹理与现代中国之间找寻双向互动的桥梁。也正是因为这种独具特色的乡村叙事伦理，李佩甫的作品，尤其是上述两部长篇，呈现出丰厚复杂的品质。

《生命册》先是由《人民文学》分上下两卷连载，后由作家出版社结集出版。此后在接受采访的多个场合，李佩甫关于这部最新长篇小说表述最多的是两句话，一句是"每个人皆走向他的反面"，一句是"我把人当植物来写"。这两句话包含的信息量异常丰富，解读这部长篇，不妨以这两句话作为端口先行进入。先说第一句，所谓"每个人皆走向他的反面"，指的是人物性格及命运在内外力作用下，其人生曲线以反转的形式呈现在读者面前，支撑这一曲线的是一段具备相当跨度的历史时空。在小说中我们看到原本豪情万丈的老姑父被日常琐事彻底磨损，聪明执拗的梁五方变成了靠敲诈勒索为生的无赖，博学高雅的杜秋月成了诡计多端的撒泼者，追求真爱的梅村在不能自拔的旋涡中不断下陷。当然，并非所有的人物画出的皆是否定性曲线，比如小说中最具亮点的人物——虫嫂，就是由极为卑贱走向灵魂的高贵。钩沉社会政治力量对人物的异化是作家的拿手好戏，除此之外，这部小说还为读者贡献了几个被资本异化的人物，其中最典型的就是由豪爽侠义走向贪婪狡诈的骆驼了，这也表征出作家对最新生活讯息的敏感度。走向反面几乎成为小说中人物处理的基本思想原则，性格也好，命运也好，总之，他们人生的某种断裂在小说中是如此醒目，共同簇拥在一起，构成了一个村庄的巨变，如同躯体上的伤口，深入而阔大。而这种巨变并非以城市为对照物，而是与城市形成同构的关系。其中乡村的变指的是在外力切入的情况下，乡村生长机制的异变，城市的变指的是城市这个"怪兽"不断庞大之后，对个体的激荡和吞噬。"每个人皆走向他的反面"，这句话的后面其实隐藏着作家的基本创作意图，即通过这部小说试图勾勒出近几十年中国社会内部发生的城乡巨变，描绘人性的多维度衰败。联系巴尔扎克所言的"小说是一个民族的秘史"，就可见出作家所贯注的雄心，或者说是一种野心。李佩甫是一位有着宏大叙事情结的作家，跨越了三十年文学的风云变幻，其中释放出的道义感和人间情怀始终如一。

　　"把人当植物来写"，细究起来，实际上是作家一贯的写作策略，只不过在《生命册》中呈现得更加集中。这句话也涉及作家的双重角色问题，一旦回归到村庄母体，那么作家的"他者"身份就会被削弱，这一方面来自对土地的深爱，一方面来自作家在写作历程中锻造出的高度自觉，正如王国维先生指出的那样："大家之作，其言情也必沁人心脾，其写景也必豁人耳目。其辞脱口而出，无矫揉妆束之态。以其所见者真，所知者深也。"所见与所知的程度由作家的生活阅历和思想感悟所决定。村庄及植物对于李佩甫来说，实在是太熟悉不过了，小说第四章开头部分，作家以精细的笔法写到了无梁村各类树木，它们与大风之间以命相搏，从形态上看，有的弯曲，有的低矮，有的粗大茁壮；从功用上看，有的华而不实，有的外强中干，有的小材大用，等等。在他处，作家还写到芦苇这种柔软的植物，这种蔓生而低贱的植物却给村庄带来长久的福荫与庇护。静思反观之下，他在植物与人之间找到了生命状态的联系。此前的作品中，作家往往集中笔力把一两个人当作植物来写，诸如《李氏家族》中败节草与李金魁的对应关系及《城的灯》中会跑的桐树促成了冯家昌精神的早熟，这些固然卓尔不群，然则独木难成林，而《生命册》中的书写，指向村庄形色各等，俨然一体，错落有致，形成一个相对完整的生态系统，作家也因之建构出一道独特的乡村生命景观。这道景观的主体是人，背后则是植物之特性，他们蓬勃而茂盛，无论经过怎样的删改，皆以自己的方式顽强生长。如上所述，一旦回归到村庄内部来书写人与植物，作家仿佛受到了神性的照耀，能够使荣茂败枯、强弱驳杂的生命形态自动涌现出来，臻于杂花生树之境，恰是作家功力精深使然。

《生命册》凡十二章，近四十万字，采用了双线叙事结构。一条是村庄的生长衰亡史，以无梁村为微型缩影，勾勒出一系列人物图谱，以及在这片大地上栖居的各种植物，他们与它们间的精神联系，以及各自的生老病死、爱欲悲欢。一方面村庄内部的生命形态自成循环，这里有农耕时代遗留下来的饮食、习俗、信仰、劳作方式，也有人伦层面的宽厚博爱、流言中伤、窥探猎奇，甚至还有情欲层面的独特释放与自我禁闭；另一方面，村庄与现代中国的历史进程之间环环相切，占据强势的社会政治力量一次次投射至村庄内部，或急或缓地改变着村庄的生长态势；另一条叙述了孤儿出身的主人公吴志鹏在城市这个欲望的大海上如何漂浮、拼争、困惑、思考，以及努力寻找回家之路的精神历程。作家以"吃百家奶"为隐喻，道出吴志鹏所接受的来自村庄内部的各种营养，除了巨大的情感维系之外，还有古老智慧的养育。他是一个"背着土地行走的人"，在跌宕起伏、波谲云诡的欲望之海上，乡村始终作为看不见的巨大力量而存在着，渗透进他的记忆，使得他在城市内的急切行走始终没有彻底迷失。其中，老姑父的纸条以及骆驼言之的"背后有人"作为显明的符号，始终提醒着他来自何处。

就作家创作意图层面来说，后一条叙事进程无疑更为重要。吴志鹏作为一个进城知识分子的典型，作家试图以他为端点，准确刻画出一代知识分子的心路历程，他们的沉沦与挣脱，他们的迷失与自我拯救。并通过其眼睛，再现一个以"巨变"为主题的宏大布景，这个布景之上，有多元价值观的冲突，有人性的斑斓和破败，以欲望的轻为灵魂的重做证。如果从批判反思的角度去观察的话，可以总结为：旧的问题尚未解决，新的问题纷涌而至。所谓旧的问题指的是"人心荒凉之后的权力迷信所带来的苦难"（谢有顺语），所谓新的问题指的是资本作为新的因素对知识分子及古老乡村的冲击、控制、蚕食。总的来说，作家主观的强化只能说部分地实现了其目的。就艺术传达来说，《生命册》中的城市书写部分明显是弱化的，虽然小说写到了北京、上海、深圳等欲望崛起或商业气息浓厚的大型城市，也触及了资本运作的一些流程，详细勾勒了原始资本积累过程中的"黑金"色彩，以及工业化语境中人伦的新变，但这些因素的再现或多或少地带有符号化的特色。其中对梅村和骆驼这两个人物的处理表现得尤为典型，他们的精神风貌及人生命运的呈现过程，皆可见出创作主体理念渗透的因素。若对照无梁村叙事这一进程，即可看到作家的城市书写在某个意义上并未深入对象的肌理。王国维曾指出："入乎其内，方有生气；出乎其外，方有高致。"作家观照城市的思想体系达到了高远，而强烈的创作理念一定程度上干扰了其在细部上对对象幽深细微之处的深入挖掘。当然，近三十年来城乡的巨变，对于所有中国作家来说，都构成一个处理的难题。问题可能出在作家们的思维观念和方法论层面，他们将过多的重心放在社会学思考之上，而社会学观念有其时效性，而且其理论体系大多来自异域，在解决本土经验方面存在错位，若想达到恩格斯所言的"较大的思想深度和意识到的历史内容"这一高度，作家们需要建构自我的大历史观以及深厚的哲学观念。无法从社会学上升到哲学层面，我认为这是制约诸多作家的一个瓶颈。

在小说中，双线叙事之间交互叠映，它们之间既相辅相成，又相互疏离，即使是在村庄内部，"爱欲与文明"亦相互纠葛，绝非简单的对立关系。在这里，绝对的善与恶是不存在的，而是混杂为一体，构成乡村生命景观中独特的一面，恰如李丹梦在一篇文章中指出的那样，因为神性因素的注入，李佩甫作品中"生存原则被当作旗帜祭起，每个人都有权选择自己的生存轨迹，这是无罪的；同时，土地的包容力和解释性亦大大地得到强化：土地不仅孕育忠诚，同时也滋生着它的叛逆"。马尔库塞在《爱欲与文明》中就文明对爱欲的压抑作出了精彩的阐释，在他看来，在文明发展的高级阶段，人本压抑与"额外压抑"愈加难以区分，人们与统治制度的协调、同化达到前所未有的高度，然而文化的发展是以压抑人性为代价的，文化不仅压制了人的社会存在，还压制了人的人本结构，即爱欲的本能，而这种压制却恰恰是社会进步的前提。人们为了实现欲望的满足，必须从事越来越多、越来越深入的异化劳动。因此，那些大量拥有的性、爱欲、原始冲动，皆被禁锢在文明之中，人类失去了自我，走向异化。《生命册》中文明对爱欲的压抑是普遍的，除了春才挥刀自宫这个惨烈的情节之外，披上成功面纱之后的骆驼也非常典型。在外部场所，他的决断、自信、能言善辩被充分表现，而一旦回归到独在的状态，萎靡与困顿立刻覆盖了身体动作，一个极端的细节里，他甚至用自己的头部狠狠地撞击墙壁。他的人格分裂来自自我爱欲的极度弱化，即使是智慧贤德的妻子也无法将其拯救。小说中制约众多人物走向其反面的本源因素，即为爱欲丧失后的难以恢复。人性的衰败也由此而生，作家在冷静观察的同时也寄予了深厚的同情。马尔库塞同时也畅想了非压抑文明的场景：爱欲重新回到了整个身体，人在工作中、交往中、自然中都充分地释放着力比多快乐，生命本能澎湃激扬地奔流，人怀着感激与狂喜体验着造化的神奇和自然那神秘莫测的目的。对照《生命册》中无梁村女人们编织凉席的场景，以及春才在豆腐坊内专注而深情的劳动，我们是否可以说，这些段落恰是相关上述非压抑文明场景的极好旁证。当然，如此明亮的段落在小说中毕竟少见，然而这些寄寓大地诗意葱茏的一面依然被作家捕捉到了，并呈现到读者面前，读来有温润如玉之感。

在人物呈现这一层面，李佩甫对现实主义小说所尊奉的典型化并不十分在意，无论此前的作品，还是这部小说中，人物性格的立体化皆非重点表现的部分。他所关注的是生命个体与栖居的大地之间的血肉联系，是土地上的众生相。作家在艺术处理的时候，倾向于把对象置入一种极致的状态，就此观照出对象身上迸发出的生命特征。就《生命册》来说，在人物形象的处理上，作家为我们贡献了一大批形象鲜明、带有某种土地特性的人物图谱。作家怀着温情来写乡村，书写大地上蓬勃的生命力形式，除了食和性之外，在此处生长的男男女女如同未经过修整的树木，朝着各个方向生长。无梁村里有着各种极致的典型，包括：老姑父蔡国寅身上的仁义为怀，智慧能干的梁五方的执拗，既卑贱又极端高贵的虫嫂，苇香的叛逆和出格，春才身上背负的巨大人伦包袱，知识分子下乡改造的对象杜秋月身体与灵魂的崩塌，主人公吴志鹏离开—返回的精神生长模式，等等，构成一幅色彩斑斓的画卷，也对应了罗素的一个判断，即繁多的统一为美，也就是说美存在于以差异性为主体的整体结构之中。就单个人物来说，《生命册》中处理最好的是虫嫂这个形象，她是最为血肉丰满的一个，所具备的艺术冲击力是他者所无法比拟的。唯其卑贱得彻底，高贵的亮色才得以透现，她是位农耕社会下圣徒式的人物，历经炼狱的煎熬终得以实现自我的涅槃。作为一个圣徒式的人物，既非经底层民众膜拜、神化而出，亦非道家末流仪式化操作的结果，她的最终的涅槃植根于自身的苦难历程与脚下大地的支撑，恰如同苦难对俄罗斯知识分子的锻造一般，宗教般的情感品质乃自然之果。从这个意义上说，使用儒家人伦体系下的向善之心、自我牺牲、仁义教化等等教条来观照虫嫂这个形象是远远不够的，她是饱经沧桑的东方大地告别农业传统后吐出的最后一颗珠玉，圣洁鲜亮。虫嫂这个人物可谓李佩甫的独特贡献，如果与其他作家笔下的乡土叙事进行横向比较的话，我们就会发现，虫嫂是无与伦比的独特的"这一个"，是乡土文化生态中结出的令人意外的"果实"。

关于《生命册》中的人物，我还有一种强烈的感觉，小说中的主人公吴志鹏与外号骆驼的人实为一体，也就是同一个人，是一个人的不同侧面。他们都是大地的孩子，一个表征出乡村中恒定的精神，包括反思、敬畏、情义为怀等；一个表征出乡村灵魂中狂放、野性、极端破坏性的力量。作者如此"一分为二"地处理，源于试图弥合土地上的出走者与土地之间形成的巨大裂痕。

李佩甫对于中原厚土既有着近乎宗教般的神圣感情，又有着审视与忧思。《生命册》中，他的最深沉的忧思出现在书的结尾处，作家通过人物的眼睛看到：望月潭的水干涸了，大片大片的芦苇渐趋绝迹，各类树木正遭受被砍伐的命运，村里的男人多数远走他方，空气中弥漫着愈加焦躁的味道。水、植物、空气、人，这些土地与村庄的最基本要素正走向普遍毒化的状态，这一切的一切堆叠在一起，挤压作家的胸口。他观察到了农业社会转型期随资本对古老乡村的渗透而来的乡村根基的断裂，也借助人物之口说出解决的思路，即"让筷子竖起来的方法"，而如何让筷子竖起来，依然是个无解的问题。虽然出路仍然迷茫，但不管怎样，作家通过这个小说表达了他的忧思与追问，正如克尔凯戈尔所说的那样："个人不能帮助也不能挽救时代，他只能表现它的失落。"或者如雅斯贝尔斯所言："谁以最大的悲观态度看待人的将来，谁倒是真正把改善人类前途的关键掌握在手中。"

平原三部曲的前两部《羊的门》及《城的灯》的扉页上皆引用了《圣经》中的原句，以圣谕的句子昭示话语的指向。《生命册》的扉页上，作家征引的是泰戈尔的两句诗：旅客在每一个生人门口敲叩，才能敲到自己的家门；人要在外边到处漂流，最后才能走到最深的内殿。这两句话不仅紧扣这部长篇的主题，既构造一条回归精神家园的旅程，同时也彰显了作家的人间情怀品质更加专注和投入。这让我想起狄尔泰的一个判断：一切沉思、严肃的探索和思维皆源于生活这个深不可测的东西。

原载《扬子江评论》2013年第4期

《生命册》：乡村和城市相继溃败后乡关何处

苗变丽

河南作家李佩甫最早是以乡土为题材进行创作的，并且在乡村叙事时更多地倾向于权力叙事，譬如，长篇小说《金屋》《羊的门》等，尤其是后者，更是详尽刻画了乡土中原的生活、政治。随后作者又把创作的领域扩大到城市，如，长篇小说《城的灯》和《城市白皮书》等。《生命册》是作者近期出版的又一部长篇小说力作，其在前两类题材的基础上衍发并呈现出某种新质。围绕着这部小说，在文论层面上批评家们大都从社会历史和道德心理的角度论述，如，黄轶的《批判下的抟塑——李佩甫"平原三部曲"论》、刘意的《从乡村到城市的生命"浮世绘"》、程德培的《李佩甫的"两地书"——评〈生命册〉及其他六部长篇小说》、姬小琴的《从乡村到城市的生命图册——读李佩甫〈生命册〉》等等，在这些评述中，论者把乡村和城市纳入一个共同的精神视野里来进行对比、映衬式的阐释，并在价值倾向上将作为与城市相对立而存在的乡村原野充当了诗性意义的原乡。但现在我要探究的不是题材，而是作者透视题材的新颖角度。这部小说所包含社会和心理实质的丰富性和复杂性，主观化叙述视角的确立以及语气的吻合对应，处理总体结构和纷繁叙述线索时的巧妙，都成为其艺术特征的生命属性。由此，对其叙述技巧进行深刻的探讨是必要的。并且从这种叙事技巧、形式的研究出发，我得出了和上述论文不同的结论：在后现代化的今天，无论是乡村还是城市，都已不能充当人们想象的原乡之地。

一、主观化的叙述视角和城乡二元的叙事结构安排

通观整部小说，叙述者都是"我"，作者虚构了这么一个人物，已走过54年人生之路的"我"——吴志鹏，然后，为他杜撰了整段、整段的回忆。在一个暴雨即将来临的阴郁之日，渴望倾诉使"我"禁锢已久的心潮向"你"喷涌而出，"该给你说一说过去的事了"。① 相对于"我"这个叙述者而言，"你"是文本的叙述接受者，尽管从未出现。当然，我们读者也不会认为自己就是这个虚构的叙述接受者。但是叙述者"我"和受叙者"你"的建立，还是很自然地将读者引入某种"分享式"的情境之中。

故事发生在"我"的视野中，以"我"的眼光去打量周围的人，一切都接受"我"的评价。这是一种见证人的观察处于故事中心的"内视角"，"我"在一定程度上集作者、叙事人和人物的身份于一身，并且在结构上，"我"的视角是调节叙述信息和距离的重要手段，在作品中起着支配故事的作用。小说以"我"为串场人物，深入揭示城乡社会生活在当下和历史变动中的种种乱象，体现人与社会的复杂互动关系。

从叙述内质来看，故事的一切都是以事后获得的目光来讲述的，"我"目前的思想感情溶解于言辞之中，然后，又渗透到故事的每一个角落。由此，"被记忆所唤回的东西不仅仅涂染着过去的色彩。它还带有今日的感受、最新的生活经验的浓厚情调"。② 此类的语句如"五十七年后的今天，我很怀疑""后来，渐渐地，我才明白""在过去了很多时光之后，我又想"等等，在文本中俯拾皆是，它们表明对原初记忆的此刻讲述，包含了无奈的思念以及读解和阐释的分析性倾向，采取的是讲述和精神分析这双重立场的现代小说叙

---

① 李佩甫：《生命册》，作家出版社2012年版，第33页。

② 吕同六主编：《20世纪世界小说理论经典》，华夏出版社1995年版，第198页。

事方式。这就使故事的讲述既有声有色，又有识有见，在种种猜想与推测之中，往事犹如荡漾于波光之中的倒影，沉浮不定，由此，也为小说世界的构成展示了丰富多样的侧面和层次，使读者的艺术感受获得了体验丰富多样的可能性。

　　叙述者"我"在回忆往事的时候又是把基点定于什么样的历史性时刻呢？作者将"我"研究生毕业后到城市工作作为故事叙述的开端，此刻，"我"像一只柳木楔子强行嵌进城市。这一安排大意存焉，它寄寓着：从乡村到城市是"我"生命的又一真实源头，是"我"生活必经的命运之路的又一起点。这个意义单位作为一个整体情节的各层次的总和，体现了一种功能方面的优势性考虑和选择，具有标志出历史时间的意味。叙述者从乡村走来，那里有他生命最初的痕迹，而他的前景则是即将到来的未知都市生活，这样就形成了一个乡村和都市二元的建构形态。叙事从一开始就按照乡村和城市的双重性原则向前推进。这样的开端给文本提供了一种椭圆形的隐形结构，这个椭圆形的结构有两个焦点，一个是昔日的乡村生活的体验，另一个是现代的大都市生活的体验。这两个焦点随叙述的推动、遵循各自的规律一道向前发展。并且，这样一种都市-乡村二元对立式的空间结构在叙述时还进一步转换成了叙事时态的不同运用，作家在回忆中将时光在两个层面上推演，乡村事件是作为回忆追怀感念的，是从岁月的纵深处、隐秘处流淌出来的。也就是说，在故事开始前很久，乡村故事的事件已经发生了。城市是作为历史现在时来铺展推进的，城市的命运和城里人的生活经验以现在的时态诉诸眼睛。作者有着自觉而缜密的叙述意识，以对应的语言表达方式将之妥善地落实在各个叙述环节上。

二、乡村记忆和都市欲望

　　诚如孙甘露所说，回忆是一部内心的文库，我们每个人都在其中积累个人经验的词汇。在叙述者"我"的乡村记忆的词典里，"小炮弹""大洋马""小虫儿窝蛋""南唐北梁""水尽鱼飞""八步断肠散"这些俗谚都是最醒目的词条。它们都是有生命体验做依托的，分别牵引出老姑父蔡国寅、吴玉花、虫嫂、梁五方、春才、杜秋月这些"纸头上的生命"。在这幅由记忆连缀的图景上，他们一个挨一个鱼贯出场，叙述者依次追述他们各自的身世际遇和难言心结，描绘出其亲历的道德、情感或意识形态的考验，而无梁也成了一个荡漾着各种生存况味的所在。

4873部队上尉连长蔡国寅爱上了当时还是初中生的美丽少女吴玉花，他舍弃光明仕途，入赘到无梁村。这在当时是一场轰轰烈烈的恋爱佳话，但婚后的几十年，他们夫妻间却打起了旷日持久的家庭恶战。在这里我所感兴趣的并非老姑父的婚恋陡变史，而是其身上所负载的复杂的权力结构。在几十年的生活中，外来户老姑父成了无梁村"一株虬髯的老石榴"，作为一名乡村基层干部——村支书，老姑父在无梁村的政治、生产、家庭纠纷、社会舆论中都起着主导作用。其实，像老姑父这类政治人物，乡村社会到处活动着他们的身影，在文学作品中也屡见不鲜，比如，《秦腔》里的老书记夏天义和新书记夏君亭、《土门》里的成义、《石榴树上结樱桃》里的孔繁花、《平原》里的吴蔓玲、《生死疲劳》里的洪泰岳和蓝金龙等等。在伦理–政治型文化范式的乡村，这些人物是乡村跃动的脉管，是乡村意识形态的主体，能够借助公共权力随意支配他人。对于"我"这个孤儿，老姑父以村支书的身份下达命令，强制全村人共同担负起养育"我"的责任，尽管有人恨，有人怨，但众人还是不可推卸地共同抚养了"我"。可以说老姑父是"我"的恩人，"我"受其养育，受其恩泽。而恰恰也是同一个老姑父，借助于公共权力，又把这份恩情转化成了一种巨大的生存压力，使"我"不堪承受，辞职，流离失所，不敢回乡。在这个意义上，老姑父又是"我"的仇人。对于这个人物，真可谓"是爱是憎难自释，为恩为怨未分明"。

梁五方，一个以悲剧出场的人物，最终却以闹剧、喜剧而退场。这个出色的乡村匠人，因个性"各色"遭人忌恨而在政治运动中遭受家庭成分由中农改划为新富农的政治阴谋，一切财产充公。他是那么顽强，绝对而倔强，在以后的岁月中无数次地到北京上访，追求自己的尊严。无数次的上访，无数次的失败，吊诡的是，也许正是在这无数次中，梁五方已经把自身的悲剧陈述变成了演员表演的台词，结果上访陈情变成了上演时的装腔作势，其中悲剧的意味只是在于言述之中而没有渗入到情感之中。所以，时隔几十年后，得到"平反"的梁五方还要坚持不懈地上访，也许只有在上访途中，他才能入情入理地把自身的悲剧表演得淋漓尽致。在这种表演的心态下，梁五方最后变成了一个说玄道怪、巧舌如簧的东方巫师，有时甚至靠蒙骗威胁谋生，尊严尽失。在追求尊严的路途中却把尊严丢失了，让我们想到郑人买履的故事，手段异化成了目的，目的却丢失殆尽。这确乎是一个悲剧，但它并不表现崇高，反而具有一种荒谬的意味。

18岁的春才是无梁村最帅气的一个小伙。这个年龄的人隶属于一个内在的自我，内向的春才更是一直过着细致的心灵生活，有着多样的青春之梦，爱恋和原初欲望应该是其青春之梦的旋涡的涡心。他对蔡苇秀的爱恋是其内心深处的一股隐秘情怀，他们仅仅是"眼目望之"而没有"肌肤亲之"，有"心神往之"而无"身体近之"。那是一个禁欲时代，性禁忌是那个时代的道德意识形态，个人的欲望等同于罪恶。但可以显见的是，乡村男女调情解乏的粗俗游戏又极大地诱发了春才的性萌动，渴望和好奇交织的身体欲望促使他偷看了蔡苇秀洗澡。这一偷窥事件败露后，在受到传统文化秩序和伦理规约深厚影响的乡村引起了轩然大波，村人议论纷纷，猜测偷窥者为谁，一时谣言四起，外加公安人员的介入。对于这个对感情生活具有超常感受的人来说，这一切似乎只是使其敏感的神经变得更加不堪忍受。"每个人都是自己心灵的囚徒"，春才失陷于"内心的战火"而不得解脱，最后以自虐的方式完成了生命的悲剧，通过忍受一种不应得的痛苦，春才把它视为一种赎罪、一种自我惩罚。春才的生命由此成了一种残缺，他的人生随之而来的是一连串阴郁惨淡的叹息。时隔多年后，叙述者对这种情感迷失或内心情结进行了追溯："在过去了很多时光之后，我又想，这也不是愚昧。这与愚昧没有关系。这或许是一念之差，是潜藏在心里的犯罪感在作祟，是'耻'的意识。然而，这'耻'一旦包含在'纯粹'里，那结果就是一种极端。"[1]正如王蒙在《青狐》中所说，美具有一种危险，像善、热情、真诚、道德、正义、信仰以至于天才，愈是最可贵、最有

李佩甫
研究资料

① 李佩甫：《生命册》，作家出版社2012年版，第371页。

价值的东西，在某些情况下越有可能是危险的。后来春才有一个初步的觉醒，渐渐地醒悟到自己为了空洞的信念和至纯的情怀而失去幸福的机会时，他开始发问、怀疑，这是一种对自己重新认识的开始。

"坏分子"杜秋月，1962年从城里下放到无梁村，成了"我"的小学老师。在偶然喝醉时，这个柔弱的知识分子，也会慷慨激昂地颂唱屈原的"长太息以掩涕兮，哀民生之多艰……"在落难途中，无奈与乡村寡妇刘玉翠组成家庭，这样在受到社会政治的戕害之外，又因社会行为能力的弱下而受到家庭的责难和蔑视，受尽刘玉翠的嘲讽和讥弄。"文革"结束后，这个落难的读书人终于获得了政治生命的新生。这时他的思想、他的抱负和要摆脱屈辱境地的强烈欲望都驱使他和刘玉翠离婚。在诱骗刘成功离婚后，他自以为获得了一种生命力的跳跃。孰料，这一"获生的跳跃"很快就变质为一种"致死的跳跃"了。刘玉翠就如那附骨之疽、顽固病毒，死死地缠绕着他。在刘玉翠长年累月的围追堵截中，杜秋月心力交瘁，工作也荒废了。"他先是从师范学院调到一所中学，尔后又从中学调到小学，就这么调来调去，居然连小学教师的资格也荒掉了。到后来，他完全成了一个病人，课也上不成了。他脑子坏了，课上得不好，名声也不好，学校有意见，学生家长更有意见……没有多久，就让他提前退休了。"[1]随着精神的困窘和委顿，杜秋月的身体也崩溃了，中风后的杜秋月再婚了，结婚的对象还是刘玉翠，他仍被封锁在其毁灭的怀抱里，最终没有逃离出去。

在这里，作者对于生活的错位情境和人性的错位情境进行了细腻的剖析。不管初衷如何，所有的人都在原有的出发点上渐渐地偏离了正常的轨道，扭曲了自己，人生的矛盾与挣扎，错位与困窘，让我们感到人的存在的某种荒诞性，这样一种荒诞性并非只在特定的政治条件下才可能存在，外部历史的力量尽管是一种压力，但人物性格的扭曲更使生活朝着非理性的方向发展，导致命运失控而走向极端。在人物命运崩溃的时刻，文本也获得了一种力量，对人性、生命形态扎实的叙述功力也愈发彰显出来。合住书卷，轻抚书页，人性扭

① 李佩甫：《生命册》，作家出版社2012年版，第315—316页。

曲的悲怨之声萦绕耳边，空留人生莫测的迷雾散去之后的一腔悲愤。

与此同时，关于错位状态的生存心理和情感意识，还可以从很多非故事化的场景叙事中来体现。环境是一种庞大的决定力量，可以被视为某种物质的或社会的原因。"一片风景就是一种心理状态。"在文本的场景叙述中，"西伯利亚""聋""瓦损"等词汇具有一种内心的高度张力，形象地描绘出无梁的风、土、沙、石、树、草，实现了生活场景的文学化。

这些场景性叙述不仅环绕人物形象而浮现而存在，渲染了叙事的时代气氛和地方色彩，还给叙事过程以一个特殊的信息，"这不仅仅是一种氛围或背景的描述，而且是存在的现身情态，是事物汇入世界，世界进入事物的时刻，是存在的完满的时刻。因此作品对事物的描述不再只是介绍人物的环境，而具有了文学的根本功能，即使存在显现的努力"。[①]至此，故乡的人物与大自然意象联为一体，所有的人物、事件、场景乃至各种事物都是为着某种意旨的表达而紧密地连接成为一个整体。这些饱满的生活形象与人物形象的塑造都体现了作者对于乡土经验的熟识与自信。作者曾经生活于乡村，这确立了他全部的原初质朴的记忆。所以，作者在写作这部分时是那样得心应手，其精湛的笔力刻画得那样细致逼真，写乡村世界的嘈杂与变异，皆能丝丝入扣，真如看见这一切正触头撞额地站在你跟前。无疑，在阅读这部小说时，你也会发现这些乡村生活是文本叙述中的燃烧点，是最乐趣无穷的篇章，对它的领悟总是那样层出不穷。

文本中的乡村如此，而都市又是一番什么样的状态呢？都市是欲望之都，高楼大厦、华灯珠筵都在炫惑妖魅着人们的欲望之心，这就是"我"叙述中的城市本质，城市的存在方式。而骆驼，无疑是都市生活最集中的代表。骆驼来自大西北，有着西部男儿特具的血性与粗犷，"骆驼一开口喉咙里就可以喷出血米，唱得我们热泪盈眶"，[②]同时，"骆驼最伟大之处，就在于他浑身上下的每一个毛孔里都充满着洞察力"，[③]这是一个精明之人，他那前瞻的目光

① 耿占春：《观察者的幻象》，上海文艺出版社2007年版，第10—11页。
② 李佩甫：《生命册》，作家出版社2012年版，第77页。
③ 李佩甫：《生命册》，作家出版社2012年版，第150页。

能看到今后的经济发展。骆驼走向城市正如奔赴沙场，是把城市作为敌人和猎物来准备捕获的，他向城市索取一切——名利、地位，还有爱情。在这充满物欲的都市世界中，骆驼不受任何道德观念的约束，他的心就是他的通行证，而这颗热烈的心里面，对欲望有着超出常人的贪婪与执着。那种上瘾似的物欲追求，一旦开始了，就永远不会中止。在现代欲望的诱发下，骆驼企图达到欲望的制高点，骆驼渴望拥有的财产目标从几万到百万、千万、一个亿、十个亿……数目是越来越大，以致最后骆驼根本不关注自己行为的后果了，就是自己干了些什么，也是不太清楚的，他的目光只是停留在那越来越大的数字上面。从人物的塑造方面来说，骆驼是放大了的我们，他内心的欲望是我们每一个人都有的欲望，但他比我们每一个人都更强烈，他集中了这个时代共同的欲望并勇于实践，因此，骆驼是一个欲望集大成者，是一个典型的城市人物。可以猜想，在某些时刻，一旦上述城市特征骤然聚集到个人身上，这将会形成一种令人恐怖的毁灭性力量。无止境地追求欲望无异于自虐，骆驼对金钱的野心与渴望使他如精神病似的狂暴，他体验到的仅是没有尽头的焦虑、躁动、犹疑和不堪承受的精神重负，高强度的身心疲惫，一切都在劫难逃，所以，最后骆驼只能以死亡克服叔本华意义上的欲望和意志的折磨，从十八层高的大厦上跳楼自尽。

从叙事形态来看，如果说乡村叙事像一部拥有诸多变奏的交响曲的话，那么，城市叙事就是一曲单调的同声齐唱。在乡村叙事的交响曲里，小说情节倾向于通过扩展故事范围得到发展。蔡国寅、虫嫂、梁五方、春才、杜秋月这些人物的故事，分别发展成多条情节线索，每一个单独情节都有一个自己的主调，并且这些情节之间或平行独立，或曲折交叉，共同组成了一幅乡村社会图景，为我们展现了一个既有主色调，又纷呈着其他各种杂色的小说世界。乡村叙事藤蔓虽繁而枝丫不乱，叙述的节奏一节一节把握得很周到。在城市叙事里，围绕主要人物、主要事件，作者用层层铺垫的手法，带领读者拾级而上，以获得情节的飞速发展和主题的单一呈现。相对于乡村叙事的深厚广大，这里的都市叙事似缺乏密实的生活质感，大抵没有逃离商业之都的文学想象规范。从这个意义上说，我认为《生命册》更应该是一部丰厚的乡村人性卷册。

三、乡村和城市的对话意义

卢卡奇曾经说过，艺术作品的形式本身是我们观察和思考社会条件和社会形势的一个场合。有时在这个场合人们能比在日常生活和历史的偶发事件中更贴切地考察具体的社会语境。耿占春先生也说过："一个认真的小说写作者所渴求的可能不是叙述对象的真实，但他无疑对叙述形式的真实性和现实感有着极为敏感的意识。一个小说家可能不是一个社会学家，但他无疑知道一种别人不甚了了的'叙述形式的社会学'。他知道一种小说的叙事形式或叙事结构与历史的或社会结构之间的微妙联系。但是，当他孤独地进行叙述形式的探索时，几乎没有人知道他在对现实和历史进行更深入的探寻。"[1]如果以这样的理论高度来烛照文本，那么，其城乡二元的建构形态又指喻什么？无疑切中了城市文明与乡村文明的冲突这一时代困境。

小说以具有可见形式的逻辑把乡村和城市纳入一个精神视域来观照，它们之间对应关系的揭示应该具有引人入胜的艺术效果，从意义的建构来看，乡村和城市是相互做证的、双方在场的，在更深的层次上，亦可以说是两个生存领域之间进行着一场有建设意义的对话。乡村与城市这场对话主要由"我"的生命史来彰显，"我"是乡村世界与城市世界的桥梁。叙述者"我"生下来三天就成为孤儿，在无梁村吃百家饭长大，后来又是全村人力荐保送上了大学，可以说，乡村是曾经养育"我"、给"我"无尽恩泽的地方。也正缘于这一经历，后来"我"到省城上班，源源不断地接到老姑父的条子，"见字如面"，让"我"给村人帮忙，帮忙的种类繁多，寻人、考学、借钱看病、找工作等不一而足。正如小说文本中说"我"是一个有深厚乡村背景的人，"我身上背负着五千七百九十八亩土地（不带宅基），近六千只眼睛（也有三五只瞎了或是半瞎，可他们都看着我呢），还有近三千个把不住门的（有时候，能把死人说活，也能把活人说死的）嘴巴，他们的唾沫星子是可以淹死人的"。[2]正是这

李佩甫 研究资料

---

① 耿占春：《叙事美学——探索一种百科全书式的小说》，郑州大学出版社2002年版，第3页。

② 李佩甫：《生命册》，作家出版社2012年版，第1页。

种来自乡村的深厚背景转化成了不堪重负的压力，使"我"从省城辞职逃向异地，先是在京城谋生，后又辗转到上海。多年后"我"在商界打拼成了所谓的"成功人士"，但城市并不能成为"我"的精神家园，对"我"来说，城市只是一个飘荡无踪的人生游乐场，"我"仅仅是城市的一个栖居者。而乡村呢，时代的震荡和推进的力量已使故乡的面貌和精神发生了巨大变化，无论从情感上还是现实上，都再无回去的可能。城市和乡村均让"我"体验到了一种千疮百孔的疲乏和痛楚。"我"不属于都市，这是毫无疑问的，但是，"我"也不再属于乡村！对于这两个生存区域，"我"都是"在"而"不属于"。在现代主义语境中，城市出了问题，回到乡村、返回大自然就能获得解决，而在后现代性语境下，立足于城市对乡村的叙事大多是挽歌式的书写，文明的侵袭已破坏了乡村朴素的生活形态，乡村不再成为人类精神的原乡。那么，乡关何处？家园何在？这一切都寓意着人类的精神无处安放。

总之，文本二元的叙事形态使乡村与都市之间的双向流动创造了文本复杂而又丰富多彩的生活景观，使折返于乡村和城市之间的人的精神行为的叙述极富张力。作者通过塑造一系列各具特性的鲜活人物，在日常生活的层面上辽阔而周详地展现了人的繁多的可能性和群体的生存境遇。这众多的个人生活历史，在社会剧变中又是有着共同主题的时代历史的一部分，他们以各种不同方式参与到时代的动机体系之中，凭自身的力量来因应历史的流变。小说由此透射出当代城乡社会复杂的时代信息，对这个时代的困境做出了判决。

原载《河南大学学报（社会科学版）》2014年第1期

论《生命册》城乡叙事中的精神生态

王　萍

当代著名作家、"中原作家群"的主力作家之一李佩甫，在小说创作过程中一直试图找寻土地与人性间的内在关联，探寻人们的心灵世界。他潜心倾力打造的长篇小说《生命册》，是他构建的"平原三部曲"（《羊的门》《城的灯》《生命册》）的最后一部，被称为"巅峰之作"，也是当代河南乡土文学的又一丰硕成果。作品以主人公"我"（吴志鹏）贯穿整部作品，展现了从乡村走进城市、兼具城乡双重身份的"我"50年的人生历程和灵魂漂泊，同时也由"我"叙述了一系列乡村人的"民间传奇"故事与城市人的人生奋斗故事，在一定程度上反映了作者在城市现代化进程中对城乡关系的积极探寻和思考。李佩甫建构的这部小说文体文本的城乡叙事结构"结构匀称、叙事从容，是新时期文学的重要收获"[1]，并且，在富于创造性的城乡交错叙述中展示了人们的生命状态和丰富复杂的内心世界，从而折射出人们的良好精神生态。

研究资料

一、城乡人①：移至城市　根系乡村

现代作家最重要的一个本领，是能够在时间的流逝中寻求到自我形象形成的经验过程，并且创造性地把它们表现出来。也就是说，作家要善于把握和利用自己创造性的记忆，为我们创造出一个足以容纳我们或伟大或卑微的思想和精神的艺术化的容器，让我们在这个容器中经过一番摸索、思辨、挣扎，寻找到通往快乐和幸福的那条幽暗的通道，从而得到精神和灵魂的救赎。在这一点上，卡夫卡、乔伊斯、普鲁斯特是毋庸置疑的大师，而李佩甫也以他的"平原三部曲"、《等等灵魂》等作品告诉我们，他也在努力达到或接近这些现代大师的水准。

在《生命册》中，李佩甫仍在执着地构建他心中的城乡世界，展现他对城乡关系的再思考。他主要通过现实的观照和历史的回望来叙述城乡人的故事，尤其在对历史的回望中，有别于其他当代中国作家，显示出其独特性的创造。他在进行创造性回忆的过程中，以植物的魂为核心，紧紧抓住植物的滋味，使其成为创造性回忆的催生剂或联想诱因，以此唤回逝去的时光，回味过去的岁月。

《生命册》一开始就让主人公"我"详细道出了自己从乡村到城市的人生感想。在小说中，"我"把自己比喻为"移栽进了城市"的"一粒成熟的种子"，"强行嵌进城市里的一只柳木楔子"，然后运用历史回叙方式叙述自己30年前初到省城报到的辛酸，裹挟着人生的渴求、理想和梦想。在灯光闪耀的城市中，"我"羡慕城市人的生活，渴望城市人的身份。随着城市身份的认同，"我"对未来充满了憧憬和信心，开始规划人生理想：一是立足城市，二是娶个城市美女。为此"我"用心学习城市生活的各种技巧，如交际、包装、从容等；然而，家乡的诸多杂事开始汹涌而至，"我"无法拒绝，"乡愿"未

---

① 城乡人包括城市人、乡村人和本质上兼具二者身份的人（此文特指作品中的"我"，出生于乡村，通过机遇、奋斗等进入城市，拥有城市人身份，实现了乡村人梦寐以求的城市美好生活愿景，但内心深处的"根系"文化难以摆脱，其实兼具了城市人和乡村人的双重身份）。文中所说的乡村人与城市人并非严格意义上的所指，主要依据讲述人物故事时人物的身份认同归属地。

能实现，让我感到自尊心受挫。面对家乡人的不断诉求、面对经济捉襟见肘的尴尬和"我"的未来人生计划，为重拾知识分子尊严，为实现梦想，"我"毅然决定辞职去积极赢取人生、改变现状。于是北上捉刀，费尽心血，在朋友的血拼相逼下得到一笔不菲的钱，以此为资本而南下经商。小说最后也正如主人公自己的预想，通过一番奋斗打拼赚取了钱财，成为城市人与乡村人心中的富翁和楷模，然而"我"内心释然了，淡出了生活，看透了人生，曾经想摆脱掉的乡村身份现在却感到弥足珍贵，感到"那一望无际的黄土地，是唯一能托住我的东西"[2]。虽然"我"身居城市，现实中拥有城市人的身份，而其实内心世界里过去"乡村人"的身份始终存在于"我"身上，就如积淀于心的"根系"文化一样，不可能摆脱掉。可以说"我"是一个身兼城市和乡村双重身份的"城乡人"，这也是作者对现代社会转型期"背负土地行走"的城市人的清醒认识。从中让我们看到"背负着土地行走"的"城市人"的艰辛与不易，以及主人公的积极人生向度和奋斗拼搏精神。

从"我"的人生奋斗故事中，我们可以看出，"我"是一个冷静、沉思、清醒的自律式人物，尽管"这片四处漂泊的树叶再也回不到乡村那棵大树上了"[3]。但"我"也很难真正融入城市，只是拥有城市身份的"乡村人"，既具有城市人的精明也具有农村人的朴实。"我"渴望拥有城市人的美好生活生存境况，同时也希望拥有乡村人的朴实无华、本真的精神面貌。"我"移进城市，拥有城乡双重情感，其实，根系乡村。

小说也以功成名就的"我"为视点回叙自己的成长过程，作者在此对"我"进行了创造性的历史回望，从生下三天成为孤儿开始，到54岁的"我"的诸多人生经历，均以"我"为中心，由我讲述乡村人的"民间传奇故事"和城市人的人生奋斗故事，从乡村人和城市人的故事叙写中，可以看出乡村人的人情风俗，朴实厚道，坚强义气，也带有机警；城市人为实现自己的梦想而表现出自私、贪欲、霸道，表面坚如磐石、彬彬有礼，实则暗藏心机。一个个有业绩的城市人，内心也多有难言的辛酸和辛劳。"我"历经沧桑，得到了辛苦拼搏后的物质财富，但随着岁月的磨砺也失去了人生的种种精神财富，如与梅村的纯真爱情等。这就是生活，这就是人生，最后有钱也罢，没钱也罢，都免不了有人生的失落感。可见内心精神的重要。"在无限逼近历史和人性真实的过程中"[4]，作品呈现出了错综复杂的社会关系和乡村与城市之间的纷扰世界，探索了时代与人物命运的内在关联及中原文化的深厚底蕴，展现了从乡村移至城市，兼具城乡双重身份的"我"的生命状态和心灵诉求。

二、乡村人：身居乡村　遥望城市

小说表现了平原乡村人的生命本色，无论身处何处，由于自身拥有的血脉，他们都无法脱离掉固有的平原人的观念、思想、行为等。从中原文化角度展现了一个个中原人的朴实的乡村本色，也可透视出中原人的做事风格。小说中的乡村人物个个拥有典型故事，具有一定的"民间传奇"色彩，如"虫嫂"、杜秋月、蔡国寅、梁五方、蔡思凡、吴春才，等等。其中"虫嫂"、杜秋月的故事给人的印象最为深刻，令人重新思考其中所蕴含的伦理道德、教育意义，以及"不自由"的特殊时代下，一代知识分子的人生困境和精神突围。

为了更好地展现人们的生存状态和精神状态，《生命册》用了很多篇幅写植物，写平原上的一草一木、一花一树。"小虫儿窝蛋"就是那块大平原上生长的一种植物，这是一种小翠花，茎里挑出来小虫儿窝蛋。这种植物的茎很长，取出几个蛋，本身有点力不从心；但是，一到秋天或者冬天来临的时候，它的果实成熟后，就会爆开。等于把它的果实送出去，落在大地上，之后，变成种子，然后繁衍下去。小说出奇制胜之处在于用"小虫儿窝蛋"做模板，塑造出了"虫嫂"的形象。"虫嫂"是一个身体有缺陷、十分矮小的乡村妇女，也是整个平原的一个精灵。她身残志坚，一心为家为孩子，不惜牺牲自己的名声，养大了三个孩子，为了能得到粮食，不惜以肉体做置换，为同性所愤恨，千年的伦理传统，无论何种原因都无法释然众人的心理。随着孩子的长大，孩子个个以她为耻，认为她让他们丢尽脸面。为了孩子的脸面，躲避众人的视线，"虫嫂"只能悄悄关心他们。后来，三个孩子都考上了大学，成了国家的干部，尤其大儿子大国身为教育部门领导，由于自私和强烈的自尊，他仍然拒绝公开承认自己的母亲，这让我们深思。

其实，作为知识分子，我们任何时候都要记住"人比概念更重要，人必须处于第一位"[5]。否则，人何以为人呢？虽然后来"虫嫂"住进了县城儿子女儿的家，最后却因赡养问题，被女婿和儿媳"凉"在家门口，春节前孤身一人回到了老家，不久就离开人世。不仅孩子们未能原谅她的行为，连丈夫老拐在临死前也说出了压抑已久的心里疙瘩，愤恨妻子"虫嫂"的偷窃。"虫嫂"的一生可以说是悲剧的一生。她创造了人生的奇迹，也创造了快乐，创造了深思。从她身上可看出一位母亲的无私、务实、宽容、伟大。虽然如"小虫儿窝蛋"草般被人唾弃，却是强大生命力的象征。作者对其既有批判也有同情理解，后者表现得更为明显。

在当时那样的时代里，作为人们眼中的"另类"女性，她总要活下去，"要活下去，总得找找活下去的意义"[6]，为了能找寻"活下去的意义"，她便把一切寄托在孩子身上，以此实现了自己的人生价值和意义。尽管她失去了很多，从她后来的诸多言行中，却可以感到她的满足和欣慰。她通过奋斗让三个孩子实现了自己的人生梦想，乡村人不再遥望城市，而是实实在在成了城市人。为了孩子的尊严，临死前她还很坚毅地说，我能照顾自己，不让孩子回来，此时，村里人都已原谅了她的过去，纷纷对她供养出三个大学生而肃然起敬。她死后，乡亲们决定用她遗留下的三万元钱厚葬她，当三个孩子得知母亲还遗留三万元钱后，纷纷要回来，乡亲们却拒绝了他们。作为子女，应该站在特殊时代环境的角度，去理解母亲的错误，不能一律按照传统伦理思想去认识。如何回报母亲的养育之恩？如何体现对父母的"孝道"？在《生命册》中，人的形象与性格被作家以植物喻之，扩散成为有着种种不同个性特征的思想载体，而不再是一个个已经有着固定化特征的单个形象，仅凭这一点，李佩甫已经超越了许多当代作家。

另一典型人物是杜秋月，在所谓不自由时代，由于正常的恋爱却招来一场横祸，下放到无梁村接受劳动改造，成为村人眼中的"乡村人"。在乡村受尽屈辱和生活的磨砺后，终于迎来了他的"春天"，得到了平反，恢复了工作，回到了城镇。他为寻找曾经失去的真爱，欺骗了没文化、头脑简单的妻子，与其离了婚。当事情败露后，妻子也不甘示弱，两人最终还是复了婚。从中，

李佩甫研究资料

我们可以看出作者在表现知识分子与乡民对峙时，由于知识分子爱面子，胜利往往归属于村民，在那样的时代，村民总是处于强势。李佩甫的小说作品中，城乡对立时，优越者多是乡村人，并且城市人有时还要依赖乡村而生存，这在恢复城市身份之后的杜秋月身上得到了有力的体现。后来老杜中风，妻子成了他的生活依靠，他也成了妻子的精神寄托。他的美好爱情被时代斩断了，无爱的婚姻却维持到老，过着正常的家庭生活。这也许就是那个时代的爱情和婚姻——真爱不长久，无爱常相伴。从杜秋月被下放农村后对重回城市的渴望，以及妻子以丈夫的大学学历为骄傲和最后终于居住在城市，可以透视出乡村人的内心渴求：遥望城市，渴望过上城市人的生活。

此外，老姑父放弃令人羡慕的上尉军官身份大胆追妻，入赘无梁村，成为大家心目中的老姑父，轰动当时当地，后来当上村支书，为大家办了不少实事。他的典型故事在"我"看来是自然的，也是理所当然的，因为他是连接外界的一个枢纽，有了他，才有了乡村与城市的联系，城乡之间的关系得以构建。梁五方，年轻时积极活跃、聪明能干，却因时代因素的介入，最终成为上访专业户，一事无成；蔡思凡，老姑父的女儿，无论过去的事多么不光彩，但最终成为乡村工厂老总，有钱也有地位，最后也赎回了名誉，是一个不折不扣的女强人，在家乡可谓显尽风光；吴春才、王世安，传奇的人生故事，等等。老姑父写的"小纸条"贯穿其中，由"我"勾连出他们的一个个人生传奇故事，这些具有民间传奇色彩的故事蕴藉着乡村人的生活状况和内心世界：身居乡村，遥望城市。

三、城市人：立足城市　凝望内心

作为李佩甫平原三部曲的终结篇《生命册》，给我们推出了一群从乡村拼杀进城市的另外一个意义上的城市人，一群背着土地行走的"城市牛仔"。他们是骆驼、吴志鹏、蔡思凡，甚至还有竭尽所能把孩子们送进城市的乡下女人"虫嫂"（小虫儿窝蛋）等。他们是一群原本善良的乡下人，通过个人的拼搏奋斗进入了城市。在进城的过程中，他们创造性地运用着自己本身的才能和智慧，演绎出一幕幕风生水起的生命活剧，雕刻成了他们自己的一部生命册。当然，也展现了一些原本就为城市人的生存状况和心灵渴求，如卫丽丽、夏小羽、小乔等。

《生命册》在叙述城市人的人生故事时，除了"我"的讲述，作者也运用了人物内外交融和人物自己倾诉的叙事方式。骆驼就是作家在这部小说中除"我"之外着力塑造的一个城市人，作者在其身上赋予了丰沛的正能量，让他虽然立足城市，但心中始终无法忘怀自己精神的根本之地——乡村。也正因为如此，他的奋斗历程既充满了坚忍不拔的拼杀，也掺杂着一些挣扎与无奈，甚至有时候还显示出某种恶的方面的因素来。事实也是如此，我们现代人在社会中奋斗，仅仅有顽强拼搏精神是不够的，也需要有施展才能和智慧的机遇。小说很真实地在骆驼周围为我们营造了一个很强的磁力场。在骆驼周围，集中了诸多非凡智慧的知识分子精英人物，如大事共谋的"我"，幕后助力的卫丽丽，权欲密谋的夏小羽，进行生活包装策划的小乔，有权势交易的范家福等。正是这些人的合力推动使他在社会上越滚越大，赚钱欲望也随之膨胀。然而，面对助力人因他而将陷入窘境时，他骨子里积淀的诚实与善良又表现了出来，如书商拒付他们的酬劳时，为了朋友，也为了自己内心的安稳和踏实，毅然决然地不顾生命危险与书商进行血拼，终于得到了他们应该得到的薪酬。拿到第一桶金后，与"我"相商，南下经商，找寻更多的投资机会和施展自我才能的渠道。从他后来的打拼与周围人的交际以及与"我"的交流切磋，到他事业的顺达，再到他最后的跳楼自杀（为避免更多的帮助过他的人受伤害），可看出作者以从乡村走向城市的知识分子的故事来探索复杂人性的同时，试图寻找人性与土地的关系，即人性难以摆脱其生长的背景和环境，无论何时何地，这些"背负土地行走"的城市知识分子是脱离不了根系传统文化的内在限制的，尽管外在的限制已让这些知识分子呈现出强势的都市气派和都市作风，当内外限制交融在一起时，起着决定作用的还是内在限制，即内心的诚实、守信和善良。由此，作者完成了他预设的乡村与城市二元结构对立时乡村的强势表现。

李佩甫的小说有意表现乡村叙写优于城市叙写，这也是他在现代化城镇进程中对城乡关系的一种思考表现。他的许多小说中都有此现象，如《城的灯》，最后写冯家昌带着兄弟几个，到刘汉香坟头祭拜的行为，表明已身为城市人的冯家昌及其兄弟最终醒悟，若没有农村妇女刘汉香的帮助和牺牲，也不会有他们美好的"今天"。同样，骆驼的命运结局主要归因于他的内心善良，虽然他的事业成功源于他的超人智慧和强势手腕，但是，他的内在善良也是不容忽视的。的确，真善美是我们人类应该拥有的，是文学作品应着力表现的，也是读者的审美阅读需求。小说塑造了"我"的大学同学骆驼的形象，他是一个才智过人、身残志坚的人，优点与缺点都非常鲜明。他既有魄力、有手段、有毅力，又有号召力、有凝聚力、有吸引力，还重友情、重亲情、重人情，志向明确，头脑灵活，有较强的协调组织能力，有自己独有的思维方式。但与此同时，又具有贪欲无节制的缺点。

非凡的智慧才能，成就一个人，也会毁掉一个人。智慧张扬时，不要过于贪婪，否则得不偿失，要用一种平静而平和的心态去对待现实社会和人生。人生欲望节制有度，才能拥有你想拥有的一切。这些都是作品所蕴含的哲理。骆驼的奋斗是人们学习的榜样，骆驼的贪欲无节制是应警醒的，"我"的沉稳节制是作者所要表现的，作者在这篇作品中对"背着土地行走"的城市知识分子的书写态度，集中表现在骆驼与"我"身上，从中也可以感觉到作者彰显的人生观和价值观。

卫丽丽是一个知书达理，有天赋、有内涵、有城府，一心一意、真心实意爱着骆驼的女人。为了骆驼，不惜抛弃其富足的家庭和稳定的工作，跟着他一同北漂，并且在骆驼及其朋友陷入困境时默默鼎力相助，凡事不声张、不炫耀，把事情处理得很妥当，不急不躁。为了心爱的骆驼，自己不怕吃苦，为了支持他的事业，又重新学习财务管理，拿了职业会计证书，管理骆驼的股票公司，打理公司的琐事，一切安排得非常妥当，为骆驼开拓事业扫除障碍。典型的生活细节可以看出她的细心周到与才能，如她替骆驼为"我"办了难以实现的誓言：兑现对心爱的理想女性梅村的承诺。她的心智、才能，以及奋斗精神，都是值得敬佩的。范家福、夏小羽、小乔等也都表现出作为城市人的非凡智慧和拼搏精神。社会的快速发展与他们的奋斗拼搏是分不开的，但同时，我们也应当关注这些城市人的内心世界和心灵诉求。其实，作品中无论根系乡村的城市人，还是根系城市的城市人，在人生的奋斗打拼中都要不断审视和凝望自己的内心，以免偏离内心的本意，走向自己预设的反面，人生也将呈现不期的结局。

　　这部小说具体采用了城乡交错、城乡人物内心的自诉等内在的叙事结构，但仍未摆脱作者惯用的、外在的城乡二元叙事结构。"李佩甫的长篇结构基本上是一种'两地书'：乡土与城市、昨天与今天、一群人的故事和一个人的命运彼此交替运行，努力让时间呈现空间的图形，造就一种结构上的历史现实。"[7]的确，这部小说也同样如此，也是作者对城乡关系在当下的思考。城乡关系是否如美国社会学家R·E.帕克所说："城市与乡村在当代文明中代表着相互对立的两极。城与乡各有其特有的利益、兴趣，特有的社会组织和特有的人性。他们形成一个既互相对立，又互为补充的世界。二者的生活方式互为影响，但又绝不是平等相配的。随着城市的影响不断向广大农村渗入，农村人也在被改造的过程中，二者之间的差异最终是会逐渐消失的。"[8]但在李佩甫小说城乡关系的叙事中，我们还很难看出城乡差异的消失，甚至对乡村文化表现出更为留恋的倾向。总体看来，这部小说截取人物典型的生活"横截面"，把人物的众多典型生活片段连缀起来，使作品成为一个有机整体，作者通过文体叙事艺术的有机组织，在作品中表现出了城市人与乡村人的生存境遇、境况和心灵诉求。

　　作为"中原作家群"中的重要作家之一，李佩甫深知小说创作离不开自己的生活背景，要有"背负着土地行走"的知识分子良知，虽为城市人，但出身乡村的作家、知识分子，要时刻回眸过去。今日的辉煌或成就，除了自身的奋斗，还源于周围人的相助。城市成为乡村人的梦想，乡村又成为移进城市的人怀旧的真实写照。身居乡土，怀揣梦想，遥望城市；移至城市，不忘乡土，根系乡村；立足城市，凝视内心。这是我们每个人应具有的精神文化心态，其实也是一种良好的人生精神生态。作家李佩甫竭力为读者呈现自己对城乡关系的冷静审视和深沉思索，也竭力在自己的小说创作上进行着文体叙事的新探索，"《生命册》的结构是对《红蚂蚱　绿蚂蚱》的一次大规模的扩建"[9]。相信在未来，作家还将一如既往地继续城乡叙事的创作探索，为河南乡土文学乃至中国乡土文学的发展做出更大的贡献，期待着他更厚实、更具艺术魅力的大作面世。

参考文献：

[1]李佩甫.生命册 [M].北京：作家出版社，2012：封底.

[2]李佩甫.生命册 [M].北京：作家出版社，2012：424.

[3]李佩甫.生命册 [M].北京：作家出版社，2012：封底.

[4]黄轶.批判下的抟塑——李佩甫"平原三部曲"论[J].当代作家评论，2012（5）：119.

[5]保罗·约翰逊.知识分子[M].杨正润，等，译.南京：江苏人民出版社，1999：470.

[6]李泽厚.世纪新梦[M].合肥：安徽文艺出版社，1998：455.

[7]程德培.李佩甫的"两地书"——评《生命册》及其他六部长篇小说[J].当代作家评论，2012（5）：97.

[8]帕克，伯吉斯，麦肯齐.城市社会学[M].宋俊岭，吴建华，王登斌，译.北京：华夏出版社，1987：275.

[9]王学谦.李佩甫：一个被低估的作家[J].小说评论，2013（2）：88.

原载《兰州学刊》2014年第4期

现代化进程中的众生命相

——评《生命册》兼议当代长篇小说创作

何　弘

　　《生命册》[①]在第九届茅盾文学奖评选中荣获大奖，可以说是众望所归。这部作品在2012年一经发表、出版，即受到广泛关注。自创作中短篇小说《红蚂蚱　绿蚂蚱》《无边无际的早晨》《学习微笑》开始，特别是创作长篇小说《羊的门》之后，李佩甫每有作品发表，总能引起文学界以至社会上的广泛关注。那么，李佩甫的创作引起广大读者和评论界持久关注的原因究竟何在？与其同样描写"平原"的《羊的门》《城的灯》相比，《生命册》有哪些新的突破？在当下长篇小说数量激增却又佳作有限的背景下，这部作品能给我们带来怎样有益的启示呢？本文将在对《生命册》的评论中，对这些问题进行初步的探讨。

生活有宽度：全方位展现当代中国

　　自中华人民共和国成立后的20世纪50年代至今，中国的政治形态、经济形

---

①　李佩甫《生命册》，《人民文学》2012年第1、2期连载，作家出版社2012年出版。

态、社会形态、文化形态发生了巨大的变化，对全世界都产生了广泛而深刻的影响。在这个重要的历史时期，这里究竟发生了什么？这一切又是如何发生的？这对各个社会学科来说都是个重要的课题。对中国当代文学而言，有必要思考应该如何全面而准确地表现这个时代，揭示时代变化内在的规律和成因。我常常在想，如果在三十年、五十年、一百年之后，有人让我推荐一部能使读者全面而准确地把握中国自20世纪中叶至21世纪初社会发展变迁的长篇小说，我应该选择哪一部？坦率地讲，从这个方面去要求，此前的作品鲜有能令人满意者。原因何在？

19、20世纪，机械印刷的普及带来了长篇小说的繁荣。在这一两百年的时间里，阅读长篇小说是很多人认识、把握社会的重要方式。在这个时期，作家被看作无所不能的先知，被称为"人类灵魂的工程师"。随着电子技术的发展和普及，电影、电视、网络技术的发展逐渐改变了人们认识世界的方式，阅读不再像以往那样是人们了解外部世界难以被替代的方式。与此同时，近年来，在中国以至世界，社会各个层面的变化可谓天翻地覆，而且这种变化之迅猛完全可以用日新月异、目不暇接来形容。尤其是随着社会分工专业化程度的提高，社会生活的复杂性和细腻性都大大增加，这为全面准确把握社会现实带来了极大的困难。甚至可以说，自此之后，作家再想以一己之力，如19、20世纪的伟大作家那样，成为社会生活全面而准确的描述者、解释者、预言者和人们精神生活的引领者、塑造者，已几乎失去可能。也许正因如此，当下的小说写作，更多从生活的某个细微切口进入，对生活的某个方面进行深入开掘，或极力探索人类幽深的精神世界。应该说，当前小说创作的主要成就也集中在这些方面。尽管全面反映社会变迁，仍然是很多作家持续的追求，但这方面的佳作确实不多。就中国当代长篇小说创作而言，全面反映社会变迁的佳作，主要集中在表现改革开放之前特别是中华人民共和国成立之前的现代历史方面，如《白鹿原》这样的优秀之作。其实即使如《白鹿原》这样的作品，表现的也主要是乡土中国的情形。即使对于中华人民共和国成立以来的当代中国，小说表现得较为充分的也仍然以乡土为主。这当然与中国社会的基本形态密切相关，如王安忆的《长恨歌》这样表现城市生活的优秀之作，似乎很难作为全面表现中国社会变迁的代表作。当然对当代中国某个阶段、某些侧面，还是有不少优秀之作的，如路遥的《平凡的世界》等。但是，对于当代中国从农业经济到工业经济再到现代经济迅速发展，以及多种经济形态共存的社会变迁和社会现实，能够做出全面、准确反映的作品，实在如凤毛麟角。更加令人感到遗憾的是，许许多多的作家当此之时，因认识、把握上的困难而自觉选择了放弃，他们不再思考，不再能领先于大众而对生活有新的发现和认识，有意识地回避时代最迫切的问题，热衷于对庸常生活鸡零狗碎的描摹和家长里短的絮叨，对读者全面、准确而深刻地认识时代不再能提供有益的启示。我想，这也许是当下文学作品不能令社会满意的一个重要原因。

这个时候，读《生命册》，让人眼前为之一亮。

《生命册》描写的是"我"——从乡村走入省城的大学老师吴志鹏，原本希望用知识改变命运，摆脱农村成为一个完整的"城里人"，但乡村背景像一个巨大的包袱沉重得令他难以承担。于是，在经济大潮涌动的时候，吴志鹏和大学同学骆驼辞去工作成为北漂，先是猫在地下室里当枪手，然后又投身商业战场和资本市场，利用各种关系、动用各种手段，终于使企业上市，获得了巨大的成功。但个人亦如社会，发展的步伐无法停息，在畸形的环境中，不动用各种不合法的手段难以成功，动用的结果却是走向毁灭。

李佩甫称《生命册》中的"我"是一个"背着土地行走的人"。这句话作为一种隐喻或象征，正是快速转型的中国当下经济文化社会的真实写照。近三十年来，中国社会进入了快速转型期，出现了多种经济文化形态并存的局面。一方面，农业经济形态还有着很大的势力，另一方面，以制造业为代表的实体工业迅猛发展，同时，以国企改制、证券期货等为代表的资本经济迅速兴起。多种经济形态的迅速转换和共存，使每种经济形态都显得有些畸形。《生命册》中，大约有一半篇幅描写的是以普通的中原村庄无梁村为代表的中国农村自20世纪50年代大集体、三年严重困难、"文革"，以及改革开放至今城市化进程日益加快的发展变迁，全面描述了乡土中国几十年来的变化。作品的另一半篇幅，描写的是"我"——吴志鹏在城市的生活、工作经历，对改革开放以来中国城市的发展变化进行了全方位的展现。作品通过吴志鹏这个从农村走出来的知识分子的经历，对知识分子、文化人在商品经济大潮中的沉浮做了准确的描写；通过吴志鹏与骆驼的合作，对国企转制、实体经济的发展、资本经济的运作以及官、商、媒体、金融等各个方面的相互关系等有着很好的表现；通过与吴志鹏各种各样的关联，描写了如传销、官二代、艺术家、上访户等各种各样的社会现象和人物形态。需要注意的是，吴志鹏和骆驼研究生毕业后都是进入省会城市工作，然后在北京、上海、深圳开拓了他们的世界。作者把两位主人公的活动背景放在这几个当下中国最为现代化的城市，就是要更好地表现与乡土中国相对的另一面。当然，作品也有对二、三线城市以至县城的描写。如此一来，当今中国社会的各个层面在作品中就有了非常全面的表现。不唯如此，《生命册》不仅对中国传统农业经济的社会形态、文化形态、大众心理有着全面的反映，对自改革开放以来中国的现代化进程及现代经济运转的社会形态、文化形态、大众心理同样有着深刻的反映，同时对大众心理以至人性有着深刻的揭示。这部作品对整个平原各种风土人情、地理环境及各色人等的生动描写，对都市芸芸众生相的精彩描摹，使之成为一种描绘当代社会生活的百科全书式的文学作品。因此，称《生命册》为当代中国社会的全息画卷可以说毫不夸张，我以为它是迄今为止全面、准确、深入反映当代中国社会变迁的最好的作品，就反映当代中国社会生活的广阔度而言，少有作品可与之比肩。

思想有深度：多角度透视国人灵魂

仅有社会生活的宽度对文学作品来说，肯定远远不够。实际上，有很多作家，甚至很多业余作者，都怀着史诗的梦想，进行着自己的宏大叙事，期望留下自己的当代中国史诗。然而，在当今这个电视、网络异常发达的时代，每个人接触的生活面都非常宽阔，世界上发生的各种重大或不那么重大的事件，都会即时被广泛传播开来，甚至是被推送到大众的面前。此时，仅仅有宽度的文学作品肯定是空洞而苍白的。作为目前最主要文学形式的长篇小说，就是要通过对一系列事件的描写，来揭示这些事件内在的因果、规律，为纷繁的社会生活和复杂的人生经验，提供一种解释，来帮助读者认识时代和人生。遗憾的是，在这些方面，我们的文学作品表现得还不够好，还不能令广大读者满意。其实原因非常简单：如果作品提供的人生经验超不出读者的经验范围，作品的思想深度超不过读者的思想深度，这样的作品读者还读它干吗？因而，如果我们的文学不只是想用一些香艳的、暴力的或煽情的、离奇的等各种故事来作为读者无聊时的消遣，如果我们的文学不只是想用一些小温暖、小清新、小忧伤来作为读者空泛的安慰或小资情调的点缀，那么文学创作就有必要保持对作品思想深度的追求。

小说，特别是现代小说，之所以不再仅仅是故事，一个重要的原因即在于它是要通过故事传递作家对生活的认识和发现。河南有位作家多次谈道：我的父亲是一位农民，论对农村生活的熟悉，我肯定不如他，但为什么是我而不是他成了作家？因为我比他对生活更有认识。[①]自鲁迅开始，中国新文学就具有了关注现实、剖析国民精神这样的优秀传统。李佩甫是一个认真、严肃，富有担当精神的作家。多位评论家在谈到李佩甫的创作时都说，李佩甫始终值得期待。[②]之所以值得期待，是因为李佩甫总是在认真地深入生活、观察生活，总是在不断地对生活进行沉淀、发酵、思考，总是在不断地探索对生活新的认识并寻找最好的表达方式，他的创作一向因具有强烈的批判精神并带有浓郁的理想色彩，总能带给读者对于社会生活新的认识而备受关注。某种意义上甚至可以说，李佩甫是鲁迅精神最好的继承者之一。

《生命册》中，吴志鹏这个"背着土地"在都市行走的知识分子，不仅是自20世纪50年代以来五十多年社会生活的亲历者、观察者，同时也是一个深入的反省者、追问者。也正因此，《生命册》不仅是五十多年中国广阔社会现实的真实写照，更是由乡村进入城市的一代知识分子的心灵史，是国民精神的透视图谱。

吴志鹏是吃百家奶、百家饭在农村长大的，通过读书而走进城市，成为

---

① 郑彦英曾在多种不同场合说过这样的话，还有位河南作家也有类似表述。

② 李敬泽在谈及《等等灵魂》时曾说："对于李佩甫，我始终抱有很高的期待，他总是能够在具体的社会历史语境中，对我们所面临的困境、我们的灵魂状况，进行非常有洞察力的追问。"朱晓剑在《心灵的召唤》一文中也说："李佩甫到底是值得期待的。"

一个现代知识分子和成功商人。吃百家饭的细节李佩甫曾多次写过，这样一个由农村、农民哺育成长的细节，事实上正是当代中国社会发展的象征。我们的城市是由农村、农业哺育的，即使是城市化快速推进的今天，农村仍然是中国发展的基本背景。可以说，当下的中国其实和吴志鹏一样，是在"背着土地行走"。中国的现代化能否顺利进行，很大程度上取决于农业、农民、农村问题能否得到很好的解决。由此，李佩甫对平原的持续书写就显示出了重要的意义。

李佩甫"平原三部曲"的基本主题是土壤和植物，即在一定文化土壤和社会环境中人的生存状态及生长可能。《羊的门》描写的是一个"东方教父"的成长，如李洁非所言："这是一部改变了五十年来中国乡土文学面貌的作品，一部前所未有地演绎和再现了'封建集权主义'的特质的作品，一部对于当代中国史有着百科全书式的意义的作品。"① 重要的是，这部作品重在探究封建集权形成的土壤，对"人民"进行了深入的反思，因而又被称为"人民批判书"。《城的灯》则重在探究生长的方向，作者以浓重的理想主义色彩塑造了一个"圣母"式的人物刘汉香，以图帮助我们找到回归精神之城的道路。这部作品改变了过往"金钱是万恶之源"的庸常思维，对贫穷，特别是精神贫穷，进入了深刻反思，揭示了贫穷对人性成长的巨大伤害，可以说是一部"贫穷批判书"。《生命册》则更为宽阔、更为本真、更为质朴，它更贴近我们的生活经验，更贴近现实的生存环境，它对如何过上理想化的生活的思索与追问与每个人的内在精神追求高度吻合。

作为"平原三部曲"的压卷之作，《生命册》并没有如前两部《羊的门》《城的灯》那样从《圣经》中取一个中间是"的"字的三字偏正词组来命名。命名方式的不同，反映的其实是作者思维方式、思考方向的转变。堕落与救赎或受难与拯救一直是李佩甫小说创作的重要主题，也是基本的内在结构方式。到《城的灯》，作者将这个主题与这种结构方式推向了极致。但这样的方式无论在现实中还是写作中都遇到了极大的困难，以至于刘汉香只能走向死亡成为

---

① 见《羊的门》封四，华夏出版社，1999年。

一个"殉道者"，而刘汉香这个理想人物形象也多多少少显得有些虚幻。《生命册》则重新回到坚实的土地上，走进了真正属于中国人的内心世界当中，努力从中国现实的土壤中，从中国人现实的生活经验中，探究人类追求理想生活过程中的建设与破坏，寻找"让筷子竖起来"的方法。《生命册》的书名很容易让我们联想到"金陵十二钗正册、副册"这样的天书或阎王那里的生死簿，记录或隐藏着不同人物命运的最后秘密。作家出版社出版的《生命册》相比《人民文学》2012年第1、2两期连载的版本，多出了一部分，就是关于命相思考的内容。①作者保留这一部分，其实是保留了对《生命册》命名的注解，表明作者要放弃过去的思维方式和结构方式，转而以中国化的方式来理解时代和人生，探究人的可能性和命运的奥秘。因此《生命册》可以说是李佩甫为中国最近五十多年来时代与人生撰写的新《易传》，传达了作者对时代变迁中众生命运、人生秘局的参悟心得。

描写在某种文化土壤中人的生长，一直是李佩甫创作的一个重要着力点。《羊的门》关注的是权力文化，描写了集权人物在特定环境中的生长；《城的灯》关注的是人性，揭示的是贫穷对人性的伤害；《生命册》关注的是"土壤"，揭示的是人性的丰富性、复杂性与可能性。总体上说，李佩甫的这些作品，剖析了自20世纪50年代以来在广袤的中原土地上、在政治斗争的旋涡中、在喧哗与骚动的都市中奔走的各色人等的灵魂状态。《生命册》在以浓墨描绘时代变革中知识分子的生存现实与灵魂状况的同时，把笔触伸向普通群众，不仅通过共同养育孤儿等细节写出了他们的淳朴与善良，更通过他们对待梁五方、虫嫂等人的行为写出了普通人的恶，揭示了人性中幽暗的一面。

《生命册》中有句话："在这块土地上，没有一片树叶是干净的——这是风的缘故。"在一种坏的社会环境中，每个人都不可能与恶绝缘。今天的社会，丧失信仰、金钱至上，贪腐成风，很大程度上是因为这已经成为一种文化，一种集体无意识，每个人都会不自觉地陷身其中，而且会以社会原本如此来为自己开脱。

---

① 多出的这部分内容见作家出版社版《生命册》第七章后半段。

第二次世界大战之后，西方社会开始追问：是谁做出了奥斯维辛的暴行？达伦·布朗用《就范》记录了一个普通人转变成杀人不眨眼的恶魔的过程，给出了答案：普通人。20世纪60年代，阿伦特提出了"平庸的恶"这个富有启示意义的概念。她通过在《纽约客》上发表的系列文章《艾希曼在耶路撒冷：一份关于平庸的恶的报告》提出，艾希曼这类组织实施大屠杀的纳粹军官所做的是"平庸的恶"。他们因自己是体制的一个链条，自己所做的只是在执行上级的命令而为自己开脱。阿伦特认为，"平庸的恶"在现代生活中广泛存在，在一种不健全的或恶的体制中，个人完全被同化于体制当中，从不思考，盲目执行或放大因体制而带来的不道德甚至反道德的行为。这种恶是平庸的，每个常人都会堕入其中。

　　《生命册》中，无梁村的百姓，用自己的乳汁、口粮，养育了"丢"这个孤儿，显示他们的纯朴与善良。然而在运动到来的时候，在工作队的指示下，他们开始给梁五方"过箩"，悄悄地掐、拧，往他嘴里塞驴粪。类似的恶行当然还包括对待虫嫂等人的行为。如果这些人能够稍稍思考，他们就会明白，梁五方完全是以个人的能力和劳动换取财富并享用财富，这是做人的最基本的权利，理应得到尊重。如果这种基本权利都得不到尊重，那最后每个人都不再愿意通过劳动致富，最后自己必然也会受到伤害。但是，在一种不健康的政治制度下，梁五方的行为反倒成为一种错误和罪恶，而大量普通群众借助这种制度，将内心仇富的阴暗心理通过对梁五方的伤害表达了出来。可以说，制度的罪恶通过普通人平庸的恶得以实施并被不断放大。进一步思考，就会发现，对梁五方的伤害其实是对做人基本权利的伤害，它从根本上说已不是对某个人的伤害，而是对全体人的伤害。阿伦特认为，对于这种平庸的恶，任何局部名义的审判、还受害者公道之类的行为都只能沦为政治报复，因为这种恶是在对人类犯罪。如果使这些恶行成为可能的外在环境如坏的制度不能消除等，新的极端恶行随时可能出现。因此，在强调个人道德责任的同时，应努力加强制度建设、文化建设，尽力改善外部环境，使平庸的恶失去发挥的空间。《生命册》从文化根部来思考这些曾在历史上出现并可能还会在未来出现的极端行为，无疑具有重要的意义。

对虫嫂的伤害与对梁五方的伤害形式上并不相同。虫嫂是一个身体畸形的女性，为养活孩子，她会顺手偷集体的庄稼，但从不偷私人的东西。偷集体的东西是因为生存的无奈，而且它属于"人民"，而自己就是"人民"的一分子；不偷私人的东西，表明虫嫂并不想直接侵害别人的利益，仍有自己的道德坚持。然而，许许多多的人，利用他们手中的一点点权力，甚至只是一点自认为存在的道德优势，迫使虫嫂与自己发生性关系。先是邻村，然后是无梁村，各色男性抱着不睡白不睡的心态，奸淫虫嫂，而这些男人的女人则把内心的不满发泄到虫嫂身上，对其大加伤害。事实上，对虫嫂的伤害是对梁五方伤害的变种和继续。当梁五方因勤劳能干致富而遭受伤害时，虫嫂和每一个人通过勤劳摆脱饥饿穷困的道路已被堵死，为了生存，虫嫂只能顺手拿一些原本有自己一份的集体的东西去维持自己和孩子的生存。而无梁村的普通人就利用体制迫使虫嫂犯下的过错对其进行伤害，寻找各种可能的机会伤害别人并在此过程中感到兴奋和满足。这已成为一种广泛存在的阴暗心理，这同样是一种"平庸的恶"，而且更显示了人性阴暗的一面。

从另一个方面讲，虫嫂忍辱负重，苟且偷生，最后把三个孩子全都供成了大学生，这样的生存状况正是中原大地苦难和与苦难抗争、顽强生存、生生不息的现实的真实写照。而虫嫂几个孩子对待虫嫂的做法，则是在现代化进程中，特别是近二三十年来，农民期望逃离农村、逃离苦难却斩不断与农村联系以致精神家园沦丧的现实写照。其实，包括吴志鹏在内的很多人，在进入城市的过程中，渐渐成为"漂泊者"和无根之"树"，《生命册》以这样的方式，表达了在迅速转型过程中，对文化遭受破坏、精神家园丧失、建设与破坏相伴的现代化进程的忧思。

《生命册》不像一般线性推进的小说，笔墨主要集中在少数几个人物的身上。《生命册》的故事呈放射状展开，叙事也就在多个维度上进行。作品描写的性格鲜明的人物有很多，而且其中每一个人物都可以拿来进行深入解读。除了生动鲜活的农村人物，《生命册》还塑造了骆驼、范家福、卫丽丽、小乔、夏小羽、梅村等众多城市人物形象。正是通过这一个个生动的人物，一幅五彩斑斓的人物灵魂图谱展现在了我们面前。对于作品中写到的每一个人物，作者的思考同样是多元、多维的。李佩甫说："没有纯粹意义上的坏人，只有活在'环境'中的人。"作者正是把人物放在具体的环境中描写，从而能从不同的角度做出判断，对其行为给予充分的理解。这体现了一种大悲悯的情怀，作品也因此对时代现实的复杂性有了充分的表现。

艺术有高度：高效率表达精彩内容

　　宽阔的社会生活面、丰富的生活经验积累以及对生活深刻的认识和发现，对文学作品来说必要但不充分，只有为此寻找到良好的表达方式，并诉诸好的语言，才能成就一部好的文学作品。当下长篇小说创作存在的一个重要问题就是作家既不愿意下功夫观察、思考这个时代，又不愿意在语言、叙事上多下功夫，以最有效的手段完成文本表达。因而，当前小说创作存在的主要问题，表现在内容上就是简单写实成为主导倾向，思想深度大为降低；表现在形式上就是作品越写越长，表达的有效性大打折扣。多年来，在长篇小说创作中，力图全面表现中国数十年以至上百年变革的作家有很多，其中不少作家都采用全知视角叙事，按时间进程线性推进，他们以为这样才能写出史诗性的作品。结果是，这样的写法使作品写得越来越长，却仍然让人觉得言不尽意，缺乏足够的表现力。任何一种艺术，都不应该是生活的简单复制，而应该小中见大，使咫尺有万里之势。如果四百万字表达的经验和认识用四十万字就能完成，那么这样的作品一定存在问题。对当前的长篇小说创作来说，提高表达的效率，以尽可能短的篇幅来表达更多新鲜、丰富的经验，传递对生活更为深刻的认识，才是正确的方向。

　　《生命册》浓缩了作者五十多年的成长历程，凝聚着作者的所见、所闻、所思、所想，塑造了一大批遍及城乡各个行当的人物形象，其表达效率之高、表现力之强，当下长篇小说鲜有能与之匹敌者。

　　《生命册》采用的是第一人称的叙事方法，其中涉及的一系列人物和事件，许多并无直接关联，全靠"我"的讲述才被串在一起。因此，整个作品的结构，从横向看，呈放射状展开，分写了一个个鲜活的人物及其命运变迁。也许正因如此，李佩甫称这部作品是"树状结构"，即由"我"这个枝干向不同的方向伸展出一个个枝杈。这种虚拟讲故事现场的叙事方法，脱胎于话本小说，是中国传统小说常用的叙事方法。这种叙事方法有一个很大的好处，即当面临多个人物、多种事件时，可以从容调度。比如《水浒传》，以不同的板块分别描写一百零八位好汉被逼上梁山的故事，在完成一个部分的叙述时，只用"这个暂且不表，且说"这样的句式，就很轻易地转到了另一组人物和故事，直到一百零八将齐聚梁山。有一个讲述人，"花开两朵，各表一枝"，这种中国传统小说的叙事技巧，在李佩甫这里得到了很好的继承和发扬，收到了极好的效果。《生命册》正是通过"我"的讲述，从乡村到繁华都市，从底层小民到上层高官，从传统农民到现代富豪，从五十年前的生活到当下的现实，把形形色色的人物很好地分别描绘了出来，使作品的生活宽度和厚度得到了极大的拓展。

中国传统小说这种虚拟"说书人"的叙述方法，在早期的西方小说中也屡见不鲜。但这与现代小说的第一人称叙事明显有着很大的不同。现代小说通常的叙事方法是让讲述人隐身，采用内视角完成叙事；当使用第一人称叙事时，更多是为了表现人物的内心生活和精神成长。《生命册》所采用的第一人称叙事，则很好地吸收了中国传统小说和现代小说的叙事优长，使二者很好地融合在了一起。从传统小说"说书"的角度看，作品向横的方向伸出了一个个枝杈，故李佩甫称之为"树状结构"；如果按其内在的时间走向和空间转移看，作品的总体叙事脉络非常清晰，即以无梁村为代表来描写中国自20世纪50年代以来农村的变革，以"我"在城市的生活来描写改革开放以来城市的变革，全书共十二章，基本上奇数章节写的是现代经济背景下城市生活的故事，偶数章节写的是传统经济背景下农村生活的故事，到最后一章，两条线才合并起来，这样的结构其实是典型的"复调"叙事。《生命册》的这种叙事方式使作者可以以最经济的笔墨从容表现不同时代乡村和城市、农耕文化和都市文化、农业经济与现代经济不同环境中人们的生存现实；第一人称自我言说的方式又可以很好地表达作者的思考和感受，比如他对中国传统命理与时代变迁中人的生命可能性之间关系的思考等，使作品具有深刻的思想内涵。《生命册》的写作，体现了作者举重若轻的叙事功力，其表达方式使作品在表达经验的丰富性和思想的深刻性上都有极好的效果，是真正高效的艺术表达，对中国长篇小说的叙事艺术有创造性的贡献，代表着中国当代长篇小说创作一流的艺术水平。

从《颍河故事》开始，李佩甫相继创作了《平常的故事》《难忘岁月——红旗渠的故事》《申凤梅》《红旗渠的儿女们》《等等灵魂》《河洛康家》等多部电视连续剧本及电影剧本《挺立潮头》等，从而以一个优秀编剧的身份蜚声影视界。但影视编剧和小说创作毕竟有着很大的区别，说到底，影视是通过镜头语言完成叙事的，而小说只能通过文字语言完成叙事。因而对影视编剧来说，只要有一个好的故事，设计出一系列新颖的桥段，写出不同人物精彩的对话，就能完成一个好的剧本。但小说创作仅有这些，写出的最好作品可能就是一部通俗小说，不会具有太高的文学价值。现代小说通常采用内视角叙事，叙事特别注重语言的张力和美感，这是它与影视剧本的根本差异所在。而在总体结构上，小说创作在情节上更多考虑的是总体的起承转合。而影视剧本在考虑这些因素之外，因为追求收视率的缘故，总希望三分钟就要出一个小高潮，十分钟就要出一个大高潮，三五集要解决并开始下一个矛盾冲突。这样的好处是作品细节更密实，更为紧凑，因而更吸引人。但小说这样写就会显得琐碎而缺乏韵味。所以我们发现，很多作家在从事影视剧创作一段时间之后，再写小说时文学性会大大降低，这还不包括直接从影视剧本转化过来的只有故事、场景和对话的小说。但在《生命册》中我们看到，李佩甫坚持以文学的方式进行表达，《生命册》避免了剧本式小说的各种毛病。同时，作品吸收了电视剧细节密度高、桥段精彩、情节紧凑的优点，以不长的篇幅、精妙的细节，展现了春才、梁五方、虫嫂、杜秋月等一个个人物的命运变迁，使作品的可读性大为增强。

李佩甫是一个特别讲究语言的作家，语言考究、富有诗意是其创作的一贯特点。他有句口头禅"语言就是思维，过程不可超越"。可见他对语言的重视程度。在过往的写作中，李佩甫湿润、诗意而又蕴含意味、透着力量的语言，甚至多少会给人一丝雕琢的感觉。在《生命册》中，李佩甫保持了他一贯讲究语言的特点，而且表达得更加自然、从容。因为采用第一人称叙事，而且是以重新叙述的方式展开故事，作品的语言因而带有明显的口语化倾向。这使读者在阅读《生命册》时可能会觉得语言不如《羊的门》等作品那样富有诗意，那样有冲击力，但这部作品语言的自然从容及由此透出的人物内心的淡定，却是过往作品所没有的。尽管语言较为口语化，但《生命册》的语言仍然极具韵味、极耐琢磨，会让人觉得每一个词的意蕴都是那么丰富，每一个词似乎都关联着广阔的世界，让人产生无限的联想，作品的内涵也因此显得空前地充沛。

综合以上几个方面，可以说《生命册》是反映当代中国社会最为全面、最为深刻、最具价值的厚重之作，在社会价值、思想价值和艺术价值方面，都有新的突破，体现了中国当代长篇小说创作的最高水平，是当下中国长篇小说创作的重要收获。

严肃的创作态度和深厚的艺术功力，是李佩甫作品质量的有力保证，《生命册》是又一次良好的证明。传递丰富的现实生活经验并以鲜活生动的细节予以体现，对时代经验进行很好的解释给人带来深刻的感悟，语言具有充分的美感使人产生充分的联想，这是李佩甫小说的主要特点，也是其广受欢迎的原因所在，它给我们的有益启示也正在于此。

原载《当代作家评论》2015年第6期

李佩甫研究资料

现代性追求及其"真正的敌人"

—— 李佩甫的"平原三部曲"论略

沈嘉达　方拥军

在温奉桥教授看来，"'现代性'作为一个历史、文化概念，其意义构成包含了两个基本的维面：时间职能和价值叙事"。①正如伊夫·瓦岱所言，"现代性首先是一种新的时间意识，一种新的感受和思考时间价值的方式"。②就"价值叙事"而言，"就如哈贝马斯所坚信的，现代性永远都是面向未来敞开的，是永远与现时、革命、进步、解放、发展相联系的，与'传统''古代'等价值相悖离的"。③

现代性当然是一个博大的文化命题，经历过西方哲学、美学、人类学家等不懈探索以后，由福柯、哈贝马斯、利奥塔、伊格尔顿、詹明信等做出新的阐释和主张，现代性已经丰富为制度、文化、文学体验、审美等的"集合体"，是一项"未竟之业"。不过，从根本上说，现代性的冲动最主要的"还表现在

---

① 《现代性与20世纪中国文学·代序》，温奉桥主编《现代性与20世纪中国文学》，中国海洋大学出版社2004年版，第1页。

② 伊夫·瓦岱：《文学与现代性》，北京大学出版社2001年版，第43页。

③ 《现代性与20世纪中国文学·代序》，温奉桥主编《现代性与20世纪中国文学》，中国海洋大学出版社2004年版，第3页。

人的'内宇宙'的变化即个体力量的高涨"①上——德国哲学家格奥尔格·齐美尔就着重从"人的现代性"的角度来理解现代性，"个体的生成可以看作是现代性的标志"②，此言可谓切中肯綮。

第九届茅盾文学奖获奖作家李佩甫可以说是一位特别关注"人"的作家，他一直执着于对故土以及故土之上乡人的精神之旅的探索。正如其夫子自道："中国已经进入了精神疾病的高发期。当我们吃饱饭后，我们又面临着新的'生态危机'。以建设为名的这部高速列车已经刹不住了。我们不知道它要把我们带到哪里去。人类怎么与大自然融合，这对于一个民族来说，是一个新的命题。也就是说，当我们的心灵从虚拟的天空回到大地上时，大地已满目疮痍，我们已经丧失了诗意的'家园'。是的，这一切都离我们很近。看见危险了，可我们没有敌人。也许，真正的敌人就是我们自己。"③就笔者看来，李佩甫由《羊的门》《城的灯》和《生命册》构成的"平原三部曲"，所要表现的，正是在进入一个新的"时间"概念之后关于"人"的主体价值诉求及其现代性质疑。

一

成书于1999年的《羊的门》可以说是以"反现代性"作为"价值叙事"而凸显其现代性的。这种"反现代性"主要体现在两个方面：一是由呼天成在呼家堡所建构的乌托邦"封建共产主义"，以"制度"的反现代性（也就是市委书记李相义指出的"这里只长了一个脑袋"），而反观现代性的"正值"意义；二是以省委组织部干部调配处处长邱建伟、省报副总编冯云山、省银行行长范炳臣、市工商局副局长刘海程、市税务局局长彭大鹏等现代城市位高权重人物对呼家堡村支书呼天成的自觉服膺，而体现封建价值伦理对现代价值伦理

---

① 《现代性与20世纪中国文学·代序》，温奉桥主编《现代性与20世纪中国文学》，中国海洋大学出版社2004年版，第4页。

② 刘小枫：《现代性社会理论绪论》，上海三联书店1998年版，第22页。

③ 李佩甫：《我的"植物说"》，《扬子江评论》2013年第4期。

的颠覆。

显然，《羊的门》中的呼天成并不是我们惯常所见的十恶不赦的乡村恶霸，相反，作为呼家堡人的"精神领袖"，他是以"正面"形象呈现在我们面前的：当全村收入超亿元，村民都已经住上了高楼大厦之时，呼天成还是在低矮的房屋中办公；他也从没有为自己谋取任何福利。在他看来：呼家堡"是一块净地！这块净地是不允许有污染的。呼家堡只能有一个字，那就是'公'字，呼家堡不允许有'私'字！如果你想个人发财，那你就离开呼家堡！"①……然而，呼天成及其"王国"的意义正在于，在中国社会走向法治、文明、开放之时，他却以一种"原始共产主义"性质的平均主义、集体主义甚至是简单的"人治主义"，成功地对抗了适应历史发展和人类文明进程的现代社会。换言之，就是以"反现代性"战胜了"现代性"。

在小说中，呼天成的确是值得玩味的智慧能人。他非常清楚，"在呼家堡，要想干出第一流的效果，就必须奠定他的至高无上的地位。而这一切，都是靠智慧来完成的"。②他具有一般人所没有的"发展眼光"，因而在"文革"中冒险将后来复出为北京部级领导的老秋藏匿在呼家堡一年零四个月，并用"绳床"治好了被红卫兵打坏了的老秋的腰肌；他每年用土特产等物品联络从市到省再到北京的各级在位和将要在位的人物，建立起了庞大的为他所用的"人场"；他性格坚毅，不为人情所动，即便得罪嫡亲舅舅，也要驱散信教的民众，将病逝的母亲送入村里的"地下新村"（公墓）。作为儿子，他"钢"得出奇，"娘死了，一滴泪都不掉！"更令人叫绝的是，他善于"忍"和"韧"，对待自己救下因而一心想报答自己的秀丫（还有秀丫的女儿小雪儿）他只说一个字"脱"（脱衣服），然后面对女性的胴体，不为所动地练《达摩易筋经》，以此练就自己"金刚不坏之身"！

呼天成更是权力能人、政治能人，实际上，《羊的门》正是因其揭示了权力政治伦理而让人对现代性诉求更加急切。小说中，为了树立自己的权威，

① 李佩甫：《羊的门》，华夏出版社1999年版，第377页。

② 李佩甫：《羊的门》，华夏出版社1999年版，第85页。

呼天成算计孙布袋成为自己的猎物和"祭旗的第一刀";为了成为精神领袖,他惯常采用的手段就是"开会"——开会就要自我批判和批判他人,以玩弄村民于股掌之中;他发明了"十法则"也就是土规矩,诸如唱村歌、做村操、搞评议等,以求得"思想的高度统一"。小说写道:"在这1.57平方公里的土地上,呼天成可以说是唯一的主宰。""几十年来,呼家堡人早已经过惯了这种只有一个声音的日子,如果这声音突然消失的话,呼家堡人倒还不知道该怎么活了。"因为,"在这里,他的声音已经化成了人们的呼吸"。[①]如果说,在中原某个偏僻的乡村,存在这样一种愚昧现象还可以想象的话,那么,远在文明都市,那些身居高位的组织部干部处长、银行行长、地税局局长等,也一心唯其马首是瞻,就特别值得人们深思了。是简单的报恩思想作怪?当然不是或者说不只是为了报恩,尽管呼天成确实在这些人的升迁道路上出过力用过功,但更重要的是,小小的呼家堡,大大的呼天成,这个个头矮小、官职卑微的村支书呼天成,已经织就一张官网(譬如为救县委书记呼国庆,呼天成一个电话就可以调动三个县的警力;能够通过"组织渠道"改变市委的人事决定),可以在组织部干部处长、银行行长、地税局局长等人的仕途上加上重重的砝码,从而影响乃至决定他们的官运!

就笔者看来,《羊的门》是一本发人深省的大书。作为具有寓言意义的呼家堡,就是中国封建体制下的社会象征。当"文革"已经过去数十年、中国已经进入现代文明社会之时,呼家堡犹如阎连科的"耙耧山脉",仍然以其警示意义而触目惊心!从小处说,《羊的门》刻画出了呼天成这样的反现代基层人物,揭示了人性的负面和芜杂;往大处讲,《羊的门》及呼天成形象的问世,正是作者对人类文明进化史的一次执着反思。换言之,是以呼家堡的"反现代性"来证实"封建共产主义"的荒谬,证实市场经济语境下人的现代性进程的艰难!"封建共产主义"思想不会随着改革开放进程而自觉荡然无存,人的价值的呈现首先需要所有人的自主和自觉。现代社会需要的是法治和民主,权力能人只会更加顽固地阻碍中国的现代化进程。

---

① 李佩甫:《羊的门》,华夏出版社1999年版,第349页。

二

成书于2003年的《城的灯》，总会让人想起路遥的中篇小说《人生》。不过，时过境迁，高中毕业生高加林已经"更名"为冯家昌。《人生》中，高加林抛弃农村姑娘刘巧珍而移情于城市女郎黄亚萍构成了小说的叙事框架，同时也铺设了高加林备受指责的人生轨迹。从这个层面上讲，《城的灯》仍然是同一种叙事模式——在《城的灯》中，泥腿子冯家昌当兵进城，舍弃了淳朴厚重的支书女儿刘汉香而迎娶了市长的千金李冬冬。不同的是，《人生》中高加林最终回归黄土地，"一下子扑倒在德顺爷爷的脚下，两只手紧紧抓着两把黄土，沉痛地呻吟着，喊叫了一声：'我的亲人哪……'"——从而完成了对自身的道德救赎，"浪子回头金不换"，回归到了传统的光明正道上来。而《城的灯》则不然，已经功成名就的冯家昌带着几个也已经成了"人物"的弟弟，却无法也并不打算回归本土："今生今世，他们是无家可归了。"[1]

关于"乡下人进城"，作者在扉页引用《新约·启示录》语称："那城内不用日月光照，因有神的荣耀光照，又有羔羊为城的灯……"确然，"城市"作为现代文明的福地，承担起了引领文明、扩散文明的责任，是"进步""文明""发达""个性""民主"等现代属性的承载体。

一如现代性是一个复杂的集合概念一样，城市作为"现代文明"的某种象征同样也负载着诸多"反文明"乃至"反现代"的属性，诸如异化、功利、冷漠、推崇丛林法则等等。中国现代文学史上的一些作家，例如沈从文，就以一种乡村、山地、异乡的纯净等"自然哲学精神"，进行着对城市文明的现代性抵抗。多年以前，刘醒龙的中篇小说《白菜萝卜》通过叙写到城里打工的小河夫妻的道德沦丧和哥哥大河的乡村坚守，固执地表达着这一并不新鲜的主题。其后，又有《生命是劳动与仁慈》等长篇，不断强化着这一文学理念。

就笔者看来，《城的灯》因为刻写了乡下小子冯家昌进城的所作所为，一举超越了路遥当年的《人生》。具体地说，冯家昌的意义就在于，作为一

---

[1] 李佩甫：《城的灯》，长江文艺出版社2003年版，第407页。

介16岁才有鞋穿，因为与村支书刘国豆的女儿刘汉香偷偷相好而被支书破例"推荐"当兵的穷小子冯家昌，在屈辱的奔前程过程中，自觉地、主动地"向恶"，从而深刻地揭示了人的现代化进程中的复杂性（手段和目的的悖反）。

是的，自觉地、主动地"向恶""忍住""吃苦""交心"，这是冯家昌奔前程过程中的几个"秘诀"，也可以叫作"绝招"。小说这样写道：

> 夜静静的，可冯家昌心里却翻江倒海！躺在铺上，听着"小佛脸儿"（侯秘书）的教诲，他的两眼睁得大大的，身上的每一个细胞都绷得紧紧的。这是一次多么难得的学习机会呀，他要张开所有的毛孔去吸收"养分"……一直聊到了半夜时分，冯家昌由衷地说："侯秘书，老哥，俗话说：听君一席话，胜读十年书。我得跟你好好学呢！"①
>
> ……可以说，几个月来，他一直在向"小佛脸儿"学习，学习"微笑"，学习"柔软"，学习机关里的文明。可是，学着学着，他的心却硬了。②

事实正是这样，自觉向恶、一心奔前程并且要把几个弟弟"日弄"出来的冯家昌，比较起侯秘书来说是有过之而无不及，并由此开启了仕途顺畅之门。在众人唯恐避之不及之时，他陪着暂时落难的廖副参谋长"回忆"，换来日后正营级职位；他可以忍辱负重与矮胖且并不漂亮的李冬冬周旋，只因为李冬冬家族有人，能够让自己再上层楼；他甚至敢于用曾经的风流韵事来敲诈岳父李慎言，从而获得正团级职位……当然，冯家昌的"手段"还不止于此，他的精明算计，他的蝇营狗苟，帮助自己爬到了副厅级，也帮助老二冯家兴成了一个地级市的公安局局长，老二冯家运成了驻外武官，老五冯家福成了一家民营公司的董事长——冯家现在"已经是要风得风，要雨得雨了"。

耐人寻味的是，当得知冯家昌已经在外娶了李冬冬（抛弃了刘汉香）之

---

① 李佩甫：《城的灯》，长江文艺出版社2003年版，第79页。

② 李佩甫：《城的灯》，长江文艺出版社2003年版，第96页。

后，背负父亲及众乡亲谴责之重、当时还在黄土地上挣扎的冯家昌的四个弟弟，鼓起勇气来到城里要劝哥哥回头是岸，然而，令人意想不到的是冯家昌的四个弟弟，在感受到当了干部的哥哥的威严，在餐馆里哥哥能让穷怕了的弟弟们头一回真正吃饱喝足之后，小说写道：

在站台上，哥再一次嘱咐说：要坚强，沉住气，别怕（他人的）唾沫。

老五（由衷地）说：哥呀，你可要把我们“日弄”出来呀！[①]

我们只能说，面对现代都市，传统道德的力量是多么脆弱！对现代性的负值追求是如此轻易地改变了人的传统观念！

我们当然注意到了作者对“正面人物”形象刘汉香的叙写。作为“汉家之香”的乡村女子，其身上背负着中国乡土民众的诸多美德，譬如还没过门就搬到冯家，用自己的勤劳、智慧、坚强支撑起了这个破败之家；又是她，不惧人言，用宽广的胸怀原宥了负心汉冯家昌；还是她，学习种花技术并培育出了名贵品种月亮花，抵住香港商人的金钱诱惑，立志将家乡建成“花镇”……然而，刘汉香为夤夜弄钱的“六头小兽”（六个无知少年）所杀的事实，正与冯家昌的春风得意形成鲜明比照；她在临死前发出的“救救他们，谁来救救他们”的呼喊，让人忆起鲁迅先生当年“救救孩子”的振臂疾呼，可我们不禁要问：时间已经过去近百年，为什么现代文明进程上还会响起这同样的揪心的呐喊？！刘汉香的被害本身是否就是一种对现代性正负值的无言的诉说？！

三

李佩甫在《文学因无用而无价》一文中写道：“1999年写的《羊的门》，2003年出版了《城的灯》，这时候关于写‘平原三部曲’的想法在脑子里才是

---

① 李佩甫：《城的灯》，长江文艺出版社2003年版，第208页。

完整的，我要再写一部，更全面地、更宽阔地、更丰富地展现这片土壤的生命状态，我个人叫作土壤与植物的关系，就是把人当作植物来写，这块土地上的生命现象，这块土地的生命状态。《羊的门》就是写草多一些，《城的灯》是写逃离的，就是从土地逃离乡村，是一种对灯的向往、渴望，从乡村走向城市的，是写叛逆的。到了《生命册》更本土一点，就是写到知识分子，就是这块土地上一个背着土地行走的人，更多是写他的背景和土壤，写一个人五十年的心灵史。这样的话，'平原三部曲'就是完整的，在我心中需要完成的，我前后花了十二年写了这三本书。"①很简单地说，《羊的门》是写权力伦理语境下匍匐在地的人的"草根性"，忍辱负重在"封建共产主义"体制之下，缺乏自省，浑浑噩噩而不自知；《城的灯》是写冯家昌如何"逃离"乡村奔向城市，主动向恶，走上一条无法回归本土之道；而《生命册》，是写"背负"乡土之重的"我"（吴志鹏）的"五十年的心灵史"，以"我"的心灵的无根漂流、"骆驼"的城市精神变异以及受到市场经济冲击已经面目全非的乡民们的"精神之旅"，表达作者对现代社会（现代性）的质疑和无奈。

作为同是农家子弟出身，一起辞职"北漂"做枪手、携手在商海中打拼，"我"（吴志鹏）和"骆驼"（本名骆国栋）起初都承载着城市社会现代性的积极意义。这就是追求个人价值，富有生命活力等等。然而，"我"作为李佩甫认定"写得最成功的人物"，②"我"之有异于"骆驼"，按照作者的预设，就在于"我"是"一个背着土地行走的人"——"我"被设置成吃百家饭长大的"孤儿"，"我"一直无法逃离老姑父"见字如面"的追踪，"我"始终无法脱离乡土而随心所欲恣意飞翔。从根本意义上说，"我"的悬崖勒马、迷途知返，还在于"我"在小说中同时还是一个"观照者"，就是说，虽然《生命册》还是城乡两条线索，但"我"并不是一介无关痛痒的平行者，"我"同时又是故乡"背景和土壤"的"观照者"——故乡的一举一动并没有随着"我"的逃离而泯灭，相反，"我"作为植根于故土的知识分子，对故

---

① 李佩甫：《文学因无用而无价》，《羊城晚报》2012年5月13日，第B03版。

② 孔会侠：《以文字敲钟的人——李佩甫访谈录》，《创作与评论》2012年第8期。

土的深刻变化了然于胸，故乡的一举一动、一颦一笑时刻警醒着"我"，让"我"在任何时候都对未来、对"现代"葆有一份敬畏之心、内省之情。而这，也正是李佩甫称《生命册》是他的"内省书"之理路所在。①

那么，故乡又发生了哪些巨变从而引发"我"的理性警醒呢？小说写道，市场经济环境下，"我几乎找不到回村的路了"。树被伐光，井里的水受污染而不能饮用。村支书蔡国寅（也就是"老姑丈"），虽然作为部队连长时可以受人瞩目娶了村里的一枝花吴玉花，然而市场经济下他由"神"回归到生活中的"人"之后，在老婆和女儿眼里，他就是个不会赚钱的"无用的好人"（同是乡村基层干部，蔡国寅全然没有了《羊的门》中呼天成的呼风唤雨权威，也没有《城的灯》中支书刘国豆的高高在上能量）；而蔡苇香呢，从农村逃到城市，先是做卖身女赚得第一桶金，然后财大气粗地回乡办厂将故乡污染；杜秋月作为知识分子代表，"文革"中被驱逐到无梁村，被迫"洗心革面"，他的没有文化的婆姨刘玉翠最得意的事就是让老杜"在家请罪"——即便杜秋月后来平反，挖空心思骗老婆离婚，结果也是处处为老婆所制弹不得；梅村是"我"在财贸学院当讲师时的得意学生，漂亮，钟情于我，然而曾经立下誓约与"我"相守的梅村，先是被高干子弟所逼，后又为诗人所骗为画家所困，当"我"最终手持阿比西尼亚玫瑰出现在她面前时，她已经变成了喋喋不休失去了自我的怨妇；村里的春才是做豆腐能手，却自我阉割成了废人，即便豆腐货真价实也远远抵挡不住那些面上好看却不中用的假货……当然，最让我反思的是"骆驼"。这个在大学里有思想有热情的残障人士，这个年纪轻轻大学毕业就当上副处长的同学，这个下海经商搞定副省长范家福和京城隋部长的商海精英，这个身价200个亿说一不二的大佬，最终却只能在"累，心累。你说，我要那么多钱干什么？"的哀叹声中，从18层国贸大厦上纵身跃下……

这一切，不都触目惊心催人反思吗？

<hr>

① 舒晋瑜：《李佩甫：〈生命册〉是我的"内省书"》，《中华读书报》2012年12月26日。另外，在《李佩甫谈〈生命册〉：储备五十年筑就心灵史》一文中，李佩甫也说："吴志鹏有很强大的内心自省意识，他之所以避过了很多陷阱，躲过了很多有可能使他走向覆灭的时刻，原因就是他懂得自省。他不断地认识自己，不断地丰富自己，不断地清洗自己。"参见《京华时报》2012年4月13日。

《生命册》就是一部自我反省、自我调适、自我确认的小说。当别人问"我""身后是不是有（高）人"指点从而屡屡逢凶化吉时，"我迟疑了一下，说：有人。不过，不是啥子高人"。①没有所谓的身后"高人"，"我"所拥有的，还是对于"现代"的"恐惧"，也就是小说中一再强调的"荒"——"'荒'不是慌，是空"，"越是人多的地方，越荒"！②正是这种对未来、对自身身份、对周遭环境的"荒"，让"我""停下来，默默地站在人群中，看一看周围，听一听市声"，③从而拥有了"骆驼"所没有的理性和反思精神。这样，才会如小说扉页所言，"我"在努力追求"敲到自己的家门"，"走到最深的内殿"（泰戈尔语）；用李佩甫的话说就是"这本书就是映照自己，反省自己，反省这块土地，反省我的亲人们，他们是这样走过来的。所以写的时候，每当写到他们，心里有点痛，当你拿笔的时候，或者打电脑的时候，真是一种指甲开花的感觉，疼"。④而这，正是"一个人五十年的心灵史"之题中应有之义，同时，李佩甫也就完成了他的对于现代性的反思及质疑。

原载《小说评论》2015年第6期

李佩甫
研究资料

---

① 李佩甫：《生命册》，作家出版社2012年版，第401页。
② 李佩甫：《生命册》，作家出版社2012年版，第337页。
③ 李佩甫：《生命册》，作家出版社2012年版，第336页。
④ 李佩甫：《文学因无用而无价》，《羊城晚报》2012年5月13日，第B03版。

论阎连科、李佩甫小说中的乡村干部形象

周春英

一

无论是国家层面还是乡村层面，官员都是权力结构的核心因素，他们的素质直接影响到政府机构的有序运行和社会的稳定。乡村干部因为手握实权，直接决定权力资源的分配模式和运行规范，并且与民众最为贴近，是百姓的父母官，正如阎连科所说的，"村长就是皇帝，农民就是臣民，我家乡的那一隅乡村，就是整个的中国"①。所以，其本身是否清廉、运用权力时是否公正公平，直接影响到基层民众的幸福，在权力结构中起到的作用不容小觑。阎连科、李佩甫等来自中原乡村的作家，从没有停止过对故乡农村变革及农民命运的关注，对于一些乡村基层干部的恶德劣行深恶痛绝，并通过形象化的文学手段揭示这些现象，以引起广大读者的关注，同时，表达他们对中国现行政治体制得失的反思。

---

① 阎连科、张学昕：《我的现实 我的主义：阎连科文学对话录》，中国人民大学出版社2011年版，第232页。

（一）追逐权力的狂人

阎连科在长篇小说《坚硬如水》中，用戏谑和嘲讽的手法塑造了夺权狂人高爱军这个形象。高爱军出生在程岗镇，在这个89%的人都姓程的小镇，作为杂姓的高家一直处于被压制、边缘化的状态，这使高爱军从小就知道势力和权力的重要性。他刻苦读书，考上了县高中。就凭这一点，大队支书不但在他毕业后把自己的丑女嫁给他，还送他去参军，并承诺只要他在部队入了党，复员回来就把他培养成村干部。"文化大革命"爆发之后，他复员回家夺权闹革命。他与夏红梅联手，通过组建造反队伍、散发传单、造谣恐吓、告黑状、暗中去镇长王振海家乡搜集他支持和参与家乡分田到户黑材料等手段，先后把自己的岳丈兼村支书程天青逼疯、把镇长王振海和县委副书记赵青扳倒。高爱军自己则从村革委会主任到副镇长一路攀升，最后被地委关书记赏识，派专人专车把他与夏红梅接到地委大院，打算提拔他当县长、夏红梅当县妇联主任，就在即将宣布的那个中午，他们因在关书记家弄丢了一张江青的照片而被拘留，虽然后来照片找到了，还是被判了死刑。因为关书记在照片的背面写了一句"我亲爱的夫人"，他生怕高爱军与夏红梅泄密，就把他们枪毙了。高爱军的所作所为生动地再现出"文革"期间造反派夺权行为的疯狂与残忍，可以说，到目前为止尚没有一个乡村干部的形象如此典型地体现那个时段的生活，他是一个十足的夺权狂人。

《日光流年》中的司马蓝与高爱军相比，其当村长的出发点是为了改善三姓村人的生存环境。但是他的权力欲之强烈、夺权时手段之卑劣和用权时言行之霸道与高爱军十分相似。司马蓝生活的三姓村由"蓝""司马""杜"三个姓氏组成，每个姓氏轮流推人做村长，每个村长一旦上任就肩负着改变三姓村人一到四十岁就得喉塞病死亡的命运。蓝百岁当村长之后，本来应该轮到杜柏当村长，但司马蓝通过恋人蓝四十假造其父亲的临终遗言，把村长职位夺到手。当上村长之后，为了巩固自己的地位，他抛弃立下汗马功劳的恋人蓝四十，娶了自己根本不爱的杜竹翠。在组织村民去挖渠的时候，动用民兵武装，用高压和恐吓等手段，把全村16岁以上的男性村民全部拉到挖渠工地，又把寡妇和妇女动员去卖淫以筹集修渠需要的费用，其无情、霸道与古代的专制帝王无异。

《受活》中的柳鹰雀在追逐权力方面虽然没有高爱军那么凶狠，但他内心的权力欲望之强烈与前两者相比有过之而无不及。柳鹰雀是一个弃儿，是由其养父母在学校门口捡来并养大的，童年及少年时期，他经常坐在教室后面与培训的干部一起接受社会主义的教育，这一特殊的经历，使他早早就熟悉了官员和官场。其养父又刻意引导他走从政之路，在学校仓库书塔顶上夹的纸页里和临死前给县长的信中都为他指引了一条从政的道路。当副乡长时，他让群众用各种材料铺设一条50里长的红毯，让回乡祭祖的海外华侨坐着轿子踩着红毯回乡，华侨不肯坐，就让群众在华侨面前下跪和痛哭，以至于这名华侨被感动而出资修建公路和自来水系统。被提拔为副县长之后，为了改变双槐县贫穷落后的面貌，柳鹰雀编造了一个去俄罗斯购买列宁遗体，把它安放在魂魄山上的纪念堂里，以吸引游客、搞活经济的政治谎言。他设立敬仰堂，把自己的人生奋斗表贴在列宁、毛泽东等十位领袖对面，希望将来像这些领袖一样受到群众的崇拜和叩谢。在魂魄山上建造列宁陈列馆时，在安放列宁遗体的水晶棺下也给自己造了一个水晶棺，棺盖上还写着"柳鹰雀烈士永垂不朽"的字样，这一切无不显示其极度扭曲的权力欲望。

（二）玩弄权术的高手

与阎连科不同，李佩甫重在揭露乡村干部玩弄权术、谋取权力时的"恶"德"恶"行，以及中原乡村的人治特征。《金屋》中的村长杨书印表面上看起来豁达大度、八面玲珑，与县乡两级实权部门的官员关系密切，只要发现人才不惜花血本培养投资；暗地里却无恶不作，他侵吞队里的救济款和计划生育的罚款，私用队里的树和粮食，倒卖队里的1万多斤公粮并吞没一半卖粮款，奸污年轻的姑娘花妞，事后又把她打发到遥远的煤窑去工作。他心胸狭窄，当暴发户杨如意在村里造了一幢金碧辉煌的"金屋"之后，他的内心就被悔恨、妒忌所噬咬，他先是设法笼络杨如意，当杨如意不吃他这一套，而且花钱把他几十年来所犯的罪行搜集来，并当面读给他听时，杨书印就开始筹划用权术杀人。他利用县公安局、工商局亲信的忠诚和乡党委书记的年轻，不动声色地给杨如意拉上了一张权力大网，只要他一声令下，这张大网随时随地可以把杨如意罩住，使他动弹不得；又把春堂子自杀、村里麦秸垛着火、麦玲出走等事件都栽赃陷害到杨如意身上，让村民对杨如意产生敌意；同时，制造杨如意犯事的谣言，扇动不明真相的林娃瞎母去杨如意厂门口言说他的"劣"行；又故意联系媒体，让他们宣传杨如意的先进事迹从而把他放到大庭广众之下，以便借群众的眼睛找出他的不足；还在前来调查的作家面前诋毁杨如意等。可以说，杨书印在排斥杨如意这件事上，可谓用足了心思和权术，其居心之叵测、内心之阴暗、手段之残忍，完全可以作为乡村干部的"教科书"。

《羊的门》的呼天成对儒家思想深有研究，懂得驭民之术，他知道要治理好一个村庄，必须得收服民心，树立威信。他通过借惯偷孙布袋的"脸"来治理村民的偷窃行为，阻止给溺水者"喊魂"事件以破除村民的封建迷信思想，借开斗私会来瓦解宗族亲情，展览建新村时受伤者的断指以激励村民的士气，建"地下新村"时用统一排号的方式消除死后论资排辈的纠纷等几件事情，恩威并施，彻底征服了民心，使自己成为呼家堡独一无二的"王"。如果说在这些事件中呼天成运用权术是为了治理村庄、巩固地位，那么他通过发现和培养人才，并把这些人才送到要害部门，以此建立起一个亲信团队，又通过请客送礼等手段建立从中央到基层的关系网络，然后借助这些人手中的权力为自己牟利，或搅乱正常的行政法治秩序，如左右省报的舆论导向，使市委常委已经通过的决议变成一张废纸，把呼国庆从拘留所捞出来等，完全是属于通过玩弄权术为自己牟利的极端自私行为。

李佩甫
研究资料

二

阎连科、李佩甫塑造这么多具有"恶"德"恶"行的乡村干部形象，不仅仅是为了表达对这些乡村干部的憎恶，其深层次的意图，是对乡村干部这种疯狂逐权用权行为导致乡村政治生态日益恶化和人性畸变异化的担忧和批判。

（一）对乡村政治生态日趋恶化的担忧

首先，揭示乡村干部利用血缘、地缘建立人际关系，以维护既得利益和扩张权力行为对乡村政治生态恶化带来的影响。人类无论以什么样的生命形式存在，都无法摆脱血缘和地缘关系。"虽然进入阶级社会，经历了各种经济政治制度的变迁，但以血缘宗法纽带为特色，农业家庭小生产为基础的社会生活和社会结构，却很少变动。古老的氏族传统的遗风余俗和观念长期地保存积累下来，成为一种极为强固的文化结构和心理力量。"[1]中华人民共和国成立以后，随着私有制的消灭，家族和宗族势力得到了遏制，但其遗留还是无法完全消除。一些乡村干部知道在农村血缘、地缘有时候远比政策、法令管用，就利用这种尚存的关系为巩固和扩大自己的权力服务。

李佩甫在多篇小说中触及这个问题，他常常把故事发生的地点设在一个宗姓的村庄，揭示那里的村干部利用家族或宗族势力谋权或排挤打击对手。《金屋》的故事发生在扁担杨村，全村人都姓杨，村长杨书印与"带肚儿"杨如意的较量中就有老族长瘸爷等宗族势力的参与。《羊的门》的故事发生在呼家堡，也是一个宗姓村落，呼天成之所以能够成为呼家堡的土皇帝，既得益于他高超的驭民手段，也与呼姓家族势力强大有关。《无边无际的早晨》中的李治国能够在仕途上走得比较顺利，也跟背后大李庄村队长三叔等的支持分不开。阎连科的小说《二程故里》中，程天青在竞选村长中败给程天民的原因之一，就是程天青这一脉的家族势力比程天民这一脉的要弱。在《日光流年》中，司马蓝之所以能够夺来村长职位，当了村长之后能够那么蛮横，就与其背后站着司马虎、司马鹿两个人高马大的兄弟有关。

其次，抨击用"人情"做筹码，把公权转化为私权的行为对于乡村政治生态带来的影响。林语堂曾说："面子、命运和人情是统治中国的三女神。"[2]中国是一个重人情的社会，"人情"已经渗透到了社会关系的各个方面，成为

---

① 李泽厚：《中国古代思想史论》，安徽文艺出版社1994年版，第297页。

② 林语堂：《吾国与吾民》，陕西师范大学出版社2006年版，第180页。

"人与人进行社会交易时，可以用来馈赠对方的一种资源"①。它不仅具有经济价值，也具有道德和情感的价值。所以，"在这片国土上，任何人要想活得好一些就得靠关系，关系是靠交换得来的。不单单是一种物资的交换，更多的是一种'人情'的交换，智慧的交换"②。尤其在中原这块历史悠久、曾经是国家政治经济文化中心的地区，用"人情"去交换权力的意识更是深入人心。于是，一些人就把"人情"作为交换权力、维护既得利益的"筹码"，"人情"越重，隐含的期权回报就越重。而一旦实权人物接受了"人情"，按照"礼尚往来"交往原则，他必须得还"人情"，他当然不会把刚刚吃进去的钱或物再吐出来，而是利用手中的权力，给送礼者以机会、职位等。至此，"人情"在不正当的交换中转化成为权力，不但埋葬了权力的合法性，也丧失了权力的公信力。

阎连科的小说与李佩甫的小说中抨击了多种以"人情"交换权力的现象。

阎连科小说《日光流年》中，揭示了用女色去交换权力的现象。蓝百岁和司马蓝为了让公社卢主任带领外村的上千劳力继续给三姓村翻土，不惜把村里最漂亮的姑娘蓝四十送去服侍卢主任，最后卢主任带领这些人用几个月时间完成了三姓村村民需要花三年才能完成的翻土任务。在《潘金莲逃离西门镇》中叙写了用婚姻去交换权力的状况。武二为了当上派出所所长，不顾潘金莲对他的爱恋，硬是娶了村长的丑女当老婆，从此以后官运与财运一起亨通。在《乡村故事》中，阎连科还揭示了肥水不流外人田，以及通过政治婚姻结成权力网络、共同谋取利益的可恶现象。血亲权力网络势力巨大，共同的利害关系使他们互相保护，把无关的人全部排斥在网络之外，使普通民众的生存更加艰难。

李佩甫小说《金屋》中揭露了村长杨书印与"带肚儿"杨如意用物质和金钱去交换权力的事实。杨书印常常用物质或酒肉去贿赂乡税务所、工商所、乡供销社、烟叶收购站、县公安局等部门的实权人物，从而能买到别人买不到的化肥、农药、柴油等紧缺物资。而杨如意从创办涂料厂开始，就通过贿赂仓

李佩甫
研究资料

_____

① 黄光国、胡先缙等：《面子——中国人的权力游戏》，中国人民大学出版社2004年版，第11页。

② 李佩甫：《金屋》，长江文艺出版社2000年版，第13页。

库主任、银行行长，以及税务、公安等部门领导，甚至县长、轻工业部的某些实权人物，从而顺利地打通关节，办起工厂，拿到轻工业部部属企业证书，拓展了销售渠道等。李佩甫小说中还批判通过培养人才以交换权力的现象。《金屋》中的杨书印善于识人，也肯花本钱培养人才，然后把这些人才输送到政府机关部门。一旦这些人成为权威部门的实际掌权人，他们就用手中的权力报恩，使杨书印可以呼风唤雨，只要谁忤逆他，就给这个人撑起一张权力大网，使他动弹不得。

（二）对村干部、群众因迷恋和惧怕权力导致人性变异现象的批判

阎连科、李佩甫塑造如此众多的乡村基层干部形象，揭示他们身上的"恶"德"恶"行，不仅仅是因为"中国的乡村政治完全被生活化，乡村生活完全被政治化了……二者根本无法分开"①的现状，而是对他们逐权用权行为导致人性变异的深恶痛绝。

这里涉及两种现象，一种是民众被当权者玩弄欺诈以致惧怕权力、丧失反抗性。

阎连科《天宫图》中的村长借着在派出所帮路六命说过情这一由头，让路的妻子陪他睡了十个晚上。路六命不但不反抗，反而在村长来之前为妻子烧洗澡水，来之后为他们把门。李佩甫《羊的门》中，呼家堡人把呼天成看成主宰他们命运的"青天"，呼天成病重时想听狗叫声，全村人都跪着为他学狗叫。这些乡村干部翻手为云覆手为雨，愚弄民众于股掌之间，使无权的民众因恐惧或无力而丧失反抗性。路六命的隐忍与呼家堡民众的迎合，无不是权力者的卑鄙与无耻行为所导致的精神创伤。阎连科小说《黑猪毛　白猪毛》中抨击了村民们因羡慕权力转而想要依附权力的现象。当地镇长开车轧死人之后，委托李屠夫找人顶罪蹲监，稍有法律常识的人都知道这是违法的，但是吴家坡的村民们不但没抵制，反而把这看作是有恩于镇长、将来可以得到镇长的庇护

---

① 阎连科、梁鸿：《巫婆的红筷子——作家与文学博士的对话录》，春风文艺出版社2002年版，第32页。

并解决自己问题的良机。于是有四位村民争相去当顶罪人，最后只得通过抓阄的形式决定蹲监人选。当刘根宝从吴柱子那里跪求到这个顶罪的机会之后，母亲为他准备好蹲监用的生活用品和吃食，隔壁邻居把自己刚离婚的表妹带来见面，并且当夜就确定婚约。第二天早上，村民像送别参军的农家子弟一样热情欢送他。最后因死者家属只要镇长把死者的弟弟认作干儿子，不但不去报官，而且不要镇长赔一分钱，刘根宝的顶罪之旅才宣告结束。刘根宝和村民们表现出的由羡慕权力到依附权力的行为和心理，彰显出他们的人性扭曲畸变已经到了彻底丧失自我独立性和精神自由性的程度，这种做奴隶而不得的悲剧，不但改变不了他们的命运，反而加剧了他们在物质和精神上的双重贫困，丧失了最起码的人格和尊严。阎连科的《耙耧山脉》中的村民又是另一种表现。李贵因为村长生前从不把他放在眼里而心怀仇恨，村长死后，李贵借守灵之际在村长的尸体上撒了一泡长尿以发泄不满。但他知道村长势力巨大，在公众面前又表现得非常积极，亲自给村长守灵，把真的人民币作为冥币烧给村长，鼓励村长妻子哭丧。李贵的儿媳因为家里要申请一块宅基地，对于村长长期霸占她的身体不敢反抗，村长死后，她扒开村长的棺材，把他的阳物割下来，塞到他的嘴巴里，淋漓尽致地发泄了对村长的愤恨。这种平日慑于村长手中的权力不敢反抗，死后加以报复的行为，也是一种典型的人性变异扭曲现象。

第二种现象是，已经掌权的村干部权力欲继续膨胀以致迷失人性。

阎连科小说《寨子沟，乱石盘》中的朝廷三爷，只是一个偏僻山村的村长，但在掌控别人命运过程中得到的精神满足，使他的统治欲越来越强烈。村子里的婚丧嫁娶、春种秋收、集体外出射獐、购买日用品，甚至羊被狼吃了、蛇爬进被窝等大小事情都要过问。为了让沟里人丁兴旺，他严禁沟里的女孩嫁到山外去，他打死偷人的妻子和女儿，把唯一的孙女强行许配给她不爱的山豹，最后被恨他的孙女毒死。《丁庄梦》中，当了几十年村长和支书的李三仁，因执行县教育局长的卖血经济任务不力，被撤了村长职务。坚决不卖血的他禁不住妻子的辱骂，也开始卖血。多次卖血身体十分虚弱的他本想休息一阵子，但血头丁辉一句奉承话"你不当村长就没人敢当这村长了"使他内心的权力欲望再度泛起，为了报答血头，不顾身体状况继续疯狂卖血。十年后，感染艾滋病的他与其他病人一起住在老君庙小学里，有人把他放在床头的钱与象征权力的公章偷走了，他十分着急，不但在每个病人床头找，还把老鼠窝都找了一遍。临死时因为找不到印章而不肯闭上嘴和眼睛，有人买了一盒印泥，刻了一枚假印章放在他左、右手，他才彻底合上嘴和眼睛。这种可笑可怜行为的背后体现的是一种可悲的权力迷恋心理。

产生上述现象，既与村干部本身丧失最起码的道德修养有关，也与民众放弃反抗、逆来顺受有牵连。阎连科对此十分熟悉，他说："……中原农村的人们都生活在权力的阴影之下，在中原你根本找不到像沈从文的湘西那样的世外桃源。我家是农村的，从几岁开始，对村干部是什么、乡干部是什么、县干部是什么，都有直接的认识和领教。那时候，你的工分、口粮都控制在上边有权力的人手中，每一个人都是在权力的夹缝里讨生活的，哪怕一点点权力，都可以与你的生存密切相关，可以成为你比别人过得好的砝码，也可以成为改变你命运的砝码，直到现在仍然如此……这样的环境，自然就形成了普遍对权力的敬畏和恐惧。"村干部权力欲的过度膨胀、用权时的自私冷漠，使民众对权力产生惧怕和羡慕心理。而民众对于当官者无理要求的不抵制与本身对权力恐惧和渴望的心理，反过来助长了一些不良干部的贪婪行为，也促使了权力宰制温床的产生。

阎连科、李佩甫两位作家，带着深刻的生命体验关注乡村权力结构中的核心要素——村干部的言行，揭示一些乡村干部疯狂逐权、恶意用权的特征，以及这些做法对民众包括他自己的人性畸变带来的巨大影响，体现了两位作者对村干部各种恶劣品性的理性审视，以及真切的底层关怀和反思精神。同时，也与两位作者身后的文化背景，以及官本位文化、道家文化的消极影响有很大关系。

首先，与作家身后的文化背景有关。阎连科、李佩甫的家乡河南，因其历史上的重要地位，儒家思想早就深入人心，民众在儒家思想的不断规训和熏陶中，变得循规蹈矩，甚至在多次朝代更迭、战争杀戮和权力的强制性支配下，对权力产生恐惧和崇拜心理。鲁迅说："无论是想做奴隶而不得的时代，还是暂时做稳了奴隶的时代，农民都具有奴仆的心态，对'官'只能是仰视，心中充满着惧怕。"①这种状况一直到中华人民共和国成立以后尚未完全消除，阎连科对此深有体会："因为自己从小生活在乡村的最底层，对村干部有一种敬畏感。"②

其次，与河南的秩序文化、等级文化，尤其是官本位文化的长期消极影响有关。秩序文化容易导致生活的呆板和迟缓；等级文化会使上级任意指挥操控下级，下级也会无原则地溜须拍马；而官本位文化的消极影响最为严重，它导致民众对掌权者由惧怕而失去反抗性，也使一些民众或干部把如何争夺权力作为人生奋斗的目标。阎连科、李佩甫所在的中原地区，中华人民共和国成立以后农村权力结构经历了三个时期：土改时以农会为领导核心、人民公社时以村党支部书记为领导核心以及改革开放时以党支部书记和村委会主任共同管理村庄的"二元化"管理。在这一过程中，国家的组织边界逐渐深入到村社一级，整个社会形成一套从中央到地方的高效权力运作机制和严密的管理秩序。国家授予村干部的权力很小，只有返销粮的分配、生育指标的划拨、征兵名额的分派等。即使如此，因为农民手头无权，也没有办法去限制村干部的权力，致使一部分素质低下的村干部利用手中的权力为自己或亲朋牟利。

第三，与道家文化产生的负面影响有关。河南是道家的发源地，道家的始祖黄帝、道家哲学的代表人物列子、老子、庄子都是河南人。历史上的河南是兵家必争之地，老子所在的陈国、庄子所在的宋国都先后在兼并战争中被吞没。老子从这些血腥的事实中得出"天下之至柔，驰骋天下之至强"的结论，提倡"无为而治""与世无争"的哲学。后世学者把这种哲学称为"弱者"哲学，这种思想随着朝代的更替慢慢渗透到当地民众的心灵深处，成为一种集体

李佩甫 研究资料

---

① 鲁迅：《灯下漫笔》，《鲁迅全集·坟》（第一卷），中国致公出版社2006年版，第225页。

② 阎连科、梁鸿：《在阴影下行走——阎连科、梁鸿对话录》，《广州文艺》2002年第9期。

无意识。这种"弱者"哲学，虽然有让为官者放低姿态、低调行事，从而减少是非争斗的积极一面，但也会使民众消弭斗志、不思改革、乐于被驱使，从而使为官者因缺少抵制和监督而变得飞扬跋扈；而且，民众的这种消极状态极容易被掌权者所利用，成为他继续腐败的助推剂。

原载《中国现代文学研究丛刊》2015年第11期

抵达故乡，我即胜利?

——读《生命册》

李　振

李佩甫
研究资料

当梁五方让筷子竖起来的时候，我很想知道他在锅排上写下了什么。李佩甫或是那个叫丢的孩子在《生命册》里问："在二十一世纪的今天，你信吗?"这当然会有一种很科学的解释准备在那里，不过在平原的乡村就有人信，"是真信"。也许这就是"不科学"的魄力所在，试想一片没了巫婆神汉、没了磷火狐鬼、没了小把戏和吹牛喷空儿，只有科学和一清二白的土地将会多么贫瘠和无趣。也许正是这些猜不透才让一个地方成为故乡，让人迷恋而纠结，正如我们猜不透土地，猜不透人情，也猜不透生命，却从未停止去理解它们的努力。

一

一个人在无梁村叫丢，进了城就被叫作吴志鹏，这很容易把人搞乱，尤其是把自己搞乱。这个人想象自己是一粒种子，被移栽进城市；又觉得自己是一个楔子，一根强行嵌进城市的柳木楔子——这本身就带着浓浓的敌意。他是作为一个征服者而来，却背负着"五千七百九十八亩土地，近六千只眼睛，还有近三千把不住门儿的嘴巴"。于是，他就会陷在"丢"与"吴志鹏"的战争中，让自己疲惫不堪。

初到城市的吴志鹏看着马路上的灯火和潮水一样的人流，心里充满了暖意。他并没有乘车，慢慢地走在街道上，他是想"用脚步丈量一下这座我很有可能就此扎根下来的城市"。这个时候，整个城市都让他幸福，因为他以后就是城里人了，他甚至想用胜利者的口吻跟城市打个亲切又粗野的招呼："你大爷的，我来了。"然而，吴志鹏来到城市的"幸福"又迅速地被城市击得粉碎。真正让吴志鹏困在无力和危机感之中的是来自无梁的电话和梅村的出现。乡亲们的电话再一次将他与试图逃离的无梁紧紧地拴在一起，小到几瓶农药，大到招生、贷款、打官司，到了省城的吴志鹏俨然成了无梁的代言人。而城市姑娘梅村的美好和优越又不断刺痛着他，让他对自己来自乡村的身份生出深深的耻辱和厌恶。与其说无梁的乡亲和梅村构成了乡村与城市、历史与当下的冲撞，不如说它们形成了反向的拉力，它们在不断撕扯吞噬着吴志鹏存在并生活下去的证据。在这种反向的牵引中，吴志鹏离双方越来越远，他不是疲惫地喘息于夹缝之中，而是痛苦地辜负或是背叛了那些本不可辜负的人，孤零零地被置于一个不属于他的城市。

骆驼简直就是吴志鹏的救世主。不管以什么样的方式，骆驼把吴志鹏拖出了让他尴尬而痛苦的泥塘。与背负着无梁的吴志鹏不同，骆驼看上去无牵无挂，也正是他的无所牵挂促成了他的"抢"和决绝。但说他无所牵挂也许太过绝对，可能只是背负的方式不同。李佩甫让骆驼在小说中避免了吴志鹏所有的弱点——他拒绝回忆他的出处，那些仅能证明他来路的"花儿"反倒成了吸引女人的武器；他疯狂、不计后果，为了从老万那里讨回应得的酬劳不惜重重地把刀插进自己的胸口，而在此之前，苦闷的吴志鹏只能走丢在北京的夜色里；他无凭无据地意识到"一个伟大的时代来到了"，应该到南方去，而"伟大的时代"却让吴志鹏胆战心惊……两个不一样的人放在一起才会催生出更多的戏剧性和种种可能，而这一过程本身就是从乡村到城市不同方式的集中呈现。当吴志鹏初到上海几乎被生活的窘迫压垮的时候，远在深圳的骆驼送给他的是："你瓜是富贵人？"这句话其实在二人的处境之间画上了等号。同样的出身寒微，"还有什么苦不能受"？在小说不断强调吴志鹏背负着土地，不断强化吴志鹏与骆驼之间的差异时，骆驼背后沉重而苍凉的西北也正在隐隐地现出轮廓。所以，仅仅把骆驼的疯狂与自负理解为一种单纯的性格或者一个时刻准备沸腾的灵魂被困在残缺身体里的副作用，可能会辜负李佩甫对这一人物的良苦用心。骆驼一直保持着吴志鹏初到城市的感触，只不过当陷入困境时，吴志鹏的无力变成了骆驼更具侵略性的反扑。为了证明自己可以建立起一个让城里人再也不敢轻视的王国，任何阻力在骆驼那里都不成问题。当吴志鹏满足于股市涨涨跌跌每日进账五百的时候，骆驼想的是翻倍，再翻倍；账户资金有限，骆驼可以违规贷款；为了提高中签率，骆驼直接买断了打新期间所有通往镇江的船票；他不相信自己有弱点，睡不着可以不停吃安定，但他相信别人总会有弱点，用一粒来自美国的纽扣就撬开了省里的门路，四个月后他收购企业的上市报告被送到北京。骆驼的失控那是后话，在这里更重要的，是什么让他具有了如此的能量和野心？性格决定命运对骆驼来说简直就是鬼话，他有他埋藏至深的秘密。

李佩甫
研究资料

骆驼的身世始终蒙着一层迷雾。虽然在北京时骆驼借着酒意向吴志鹏透出了因为"作风问题"不得不出走的经历，但这并不是最隐秘的骆驼。骆驼一步步走向自负走向失控的过程，也正是骆驼的身世和骆驼背后的人浮出水面的过程。股市获利之后，骆驼心中的目标数字不断放大。当他燃烧着说出十个亿，"就像燃烧尽了似的，显得很疲惫"，靠在沙发里忧伤地说，"我四岁那年，吃大食堂那年，我哥哥从远处跑来，气喘吁吁的。……他手里握着一个'面疙瘩儿'。那是一碗稀饭里最稠的东西……我哥在大食堂里喝完了一碗稀饭，剩下了一个'面疙瘩儿'，没舍得吃。他吐在手里，给我拿回来……"① 我们在小说里很少看到软弱伤感的骆驼，他几乎时刻保持亢奋，眼睛里闪着慑人的亮光，而此时的骆驼早已泣不成声。骆驼另一次泪流满面，则是厚朴堂即将上市："我手里要是有十个亿，我会拿出五个亿，给我们西部山区的父老乡亲，每家每户修一个水窖。我手里要是有一百个亿，我会豁出来，拿出五十个

---

① 李佩甫：《生命册》，作家出版社2012年版，第166页。

亿，修一个大水库，让西部的乡亲们祖祖辈辈都不缺水吃。我要是有五百个亿，我就炸开唐古拉山口……"①这里当然有骆驼夸张的表演，在他为公司上市焦头烂额之时，记得乡亲缺水无疑成为一种很能调动人的武器。但是，这又何尝不是骆驼让自己保持动力又为自己的疯狂和贪婪做出的最能够被宽恕的交代？临死前，骆驼在给吴志鹏的最后一个电话里说："兄弟，咱们是老乡啊。最近，我让人查了家谱才知道。当年，咱们还是一个县的，我们家是逃水过来的。"②这个时候，骆驼是不是在流泪已经无关紧要，因为他的身世变得清晰，也就完成了他在小说中的使命。他的魄力、仗义和先知先觉，他的疯狂、贪婪、不择手段，就像他账户上仅仅意味着数字的金钱，统统化作了一个乡村苦孩子也能在城市中呼风唤雨的条件和代价。

犹如修仙成魔，骆驼是百无禁忌的吴志鹏。几千亩土地和几千双眼睛，吴志鹏所背负的沉重流于情感和字面之上，而把全部身家都押向城市疯狂豪赌的骆驼，却把背负着的西北掩藏得更深，也发力更狠。从这个角度讲，吴志鹏更像是小说的安全绳，他让故事不会失控，让小说里那些决绝的情绪和力量不至于压倒小说道德和伦理的天平，而骆驼作为一种极端的存在，却更能说明问题。因此，走向绝路的骆驼和后来风轻云淡的吴志鹏只不过是一棵藤上长出的两颗果实，骆驼所经历的一切，又有谁敢保证它不会在某个时候从吴志鹏心里隐隐露出头来？

二

李佩甫无疑是了解乡村的，也了解当代农民和乡村文化的奥秘。他花了那么多的心思去写柳树、榆树，写苓子花、抓地龙，却让人猜不透他是不是要成全吴志鹏对于故乡的想象。但更多时候，李佩甫对吴志鹏并没有多少怜惜，《生命册》向我们展示了一个逐渐异化并走向破败的无梁，一个吴志鹏的被毁

① 李佩甫：《生命册》，作家出版社2012年版，第238页。
② 李佩甫：《生命册》，作家出版社2012年版，第349页。

坏了的故乡。

"运动"这个词，在一定的时期内，加上前置定语……是有特殊含义的。这样说吧，在某种意义上，它几乎可以说是"人民"的盛大节日。就像是西方的假面舞会，是一种精神意义上的狂欢，或者说是庸常日子里难得的一次放纵，是爆发式的疯狂。[1]

无梁当然逃脱不了"运动"，吴志鹏记忆中的那些人——老姑父、梁五方、虫嫂、杜秋月——都在"运动"中被编排起来，成了压在他心头最躁动也最恶毒的一块石头。

虫嫂好偷，在村里自然也就坏了名声。开"斗私批修"大会，虫嫂常常被揪出来。站过桌子，游过街，但一点都不残酷。虫嫂满不在乎，人们似乎也对"娃饿了"有着格外的宽容，于是"虫嫂就成了人们日子里的'盐'"，一天劳动下来在村口上拿虫嫂逗逗趣，人们倒在很苦的日子里找到了快乐。但是，当虫嫂突破了"底线"威胁到村里的女人，事情就没有那么简单了。由村支书的老婆吴玉花带头，虫嫂被众女人按在地上剥光衣服。她们醋意大发，下手狠毒，"先是撕她、掐她、'箩'她……等她号叫着好不容易逃出炕房时，女人们又嗷嗷叫着追出来，四处围追堵截，把她赤条条地包围在场院垢雨地里"[2]，抄起木棒、桑叉、牛笼头、扫帚等等一切随手能够抓到的东西，一边追打一边叫骂。"运动"赋予了人们以群体身份任意使用暴力的权力和习惯。如果说对虫嫂的施暴还是因为她对别人切实的侵犯，那么梁五方的遭遇则来得有些莫名其妙，原因仅是"傲造"和"各色"。工作队进村后，凭着一己之力盖起三间瓦房的梁五方被揪了出来，二十四条"罪证"摆在面前。不知谁灭了汽灯，漆黑的牲口院里只听到有人高喊："箩他！箩他！"小说在这里呈现了一场狂欢式的集体行凶。有人因为没能用鞋底扇到梁五方的脸而面目狰狞，有人手里一闪一闪地亮着，是缭鞋的锥子藏在袖中；有人面上是应付着推，下边的手却是发狠地拧和掐……全村的人都被调动起来，"在一连串的口号声中，

---

① 李佩甫：《生命册》，作家出版社2012年版，第121—122页。

② 李佩甫：《生命册》，作家出版社2012年版，第212页。

我看见唾沫星子漫天飞舞；我看见在漫散着红薯屁味的牲口院里人头攒动；我在风中还闻到了一股股臭脚丫子的气味（好多人都把鞋脱了，脱了鞋就用鞋底子扇他）……我看见人们的手臂起起伏伏，真的成了箩面的机械手了；我看见人们的眼角里藏着恐惧和喜悦，眼睛里泛动着墨绿色的灿烂光芒；我还看见，就在梁五方倒地的那一刻，他的二哥五升偷偷从袖筒里掏出了一个驴粪蛋，塞了他一嘴驴粪"①。

我们无法否认人性之恶，但问题是它会在什么时间以什么样的方式被激发出来并毫无节制地宣泄。相对属于当下的进了城的吴志鹏，恶的释放被寄存在属于历史的乡村；相对于城市里作为个人的孤零零的存在，人性之恶又以群体的名义得以表达。在这里，我们应该能够感受到小说刻意制造出的某种断裂，它不是所谓文化传统的截流，而是来自小说的结构及其传达出的情绪。虽然在历史与现实之间，也就是吴志鹏的城市生活与乡村生活之间，小说用人物的"背负"来进行牵连，但我们依然能够发现其中沟通的困难。立足于城市的吴志鹏对故乡美好田园的想象完全无法与"运动"迭起充满暴行的乡村对接，那么他后来在商场中的节制难道来自他背负的无梁？当看到梁五方被围殴，看到这个跟自己没有任何过节，没有任何仇恨，甚至是如偶像一样去崇拜的人倒在地上的时候，"我只是、只是兴奋，我的手忍不住发痒，发烫，有一种指甲里想开花的感觉"②；当看到虫嫂被追打，"我必须承认，那时候，我无比快活"，抢先爬上了场院边一棵老柳树，为的是看得更清楚一些，相比虫嫂的呼救，更关心的是她"胸前晃悠着两只跳兔儿一样的'枣山子'"。这个时候，老姑父的存在则成了事情走向至关重要的一环。他曾经顶着雷瞒产私分，给村里保住了几十亩的胡萝卜，曾经抱着吴志鹏一家一家地寻奶吃，近乎以强迫的方式让全村人养活了这个无父无母的孩子。然而，这个入赘无梁的女婿自然成不了白嘉轩，当然也没能成为呼天成，他渐渐成了无梁的"第一陪客"。当他因为"作风问题"在全村人面前"谷堆"下去的时候，也就意味着无梁村秩序

① 李佩甫：《生命册》，作家出版社2012年版，第124—125页。
② 李佩甫：《生命册》，作家出版社2012年版，第125页。

的崩坏。所以，他面对围起梁五方发泄愤怒也发泄快感的村民只能毫无回应地喊"不要打，不要打"，只能在辈分最长的句儿奶奶发话之后才敢站出来让民兵把赤裸的虫嫂送回家。老姑父原本是面对洪水的最后一道堤坝，却没想到这堤坝竟是如此松垮无力。那么，无梁风树花草的静谧和无梁人的骚动与聒噪；"背后有人"的遐想和对来自无梁电话的真切恐惧——种种断裂、错位和悖论揭开了一个秘密：在吴志鹏离开无梁之前，他的乡村已经陷入疯狂和混乱，早已是一个被毁坏的是非之地。

《生命册》由此为理解中国乡村与城市的关系打开了别样的路径。我们往往习惯于在城市与乡村之间建立起直接的冲突，把乡土中国的崩溃与中国城市化、现代化的进程置于一个同步的互为因果的逻辑中，但《生命册》所呈现出的断裂和错位恰恰让人发现了那种抽象的逻辑推演的漏洞。绝大多数情况下，乡土中国及其权力秩序、伦理关系等一系列价值体系的崩溃并非来自我们今天所理解的城市与现代的冲击，正如小说对"运动"的特别强调，吴志鹏的故乡毁坏于被"运动"激发出的隐秘而狰狞的人性之恶，毁坏于权力的滥用和底线的丧失，而这个时候，吴志鹏也好，无梁也罢，跟城市与现代并没有发生多少关系。鲁迅曾以"侨寓文学"来界定那些立足于城市对乡土中国展开想象的创作。那些作家建构了一个乡土中国的乌托邦，建立了一整套基于乡村、土地、农民的价值观念和审美情趣。但是，"运动"的来临让那种心无旁骛的乡土情结陷入了尴尬境地。就像无梁之于吴志鹏们，所谓故乡不过是一个仅供自我原宥和慰藉的诗意幻象，至于那个出生地和那群把他拉扯长大的人，早已在"运动"中斯文扫地。于是，在小说整体性的城乡对立中，"运动"如何先行摧毁了乡土中国则成为《生命册》提供给我们的重新审视历史与时代、审视社会生活转型的重要经验。

三

无论吴志鹏和骆驼在心灵深处是如何相同地扎根于故土，但他们向外的表达方式和最终结局的巨大差异却让我们不能视而不见，它在情感上诱导甚至是逼迫着我们做出某种选择，在吴志鹏与骆驼之间，也在城市与乡村之间。在这选择中，我们要回答的是有关价值、有关审美、有关心灵归属的一系列问题。

其实这样的选择一直在进行着，但长期以来，我们对城市、城市生活、城市文化始终有所保留。从某种程度上说，乡土文学构成了中国新文学传统最核心的力量。基于知识分子视野和启蒙立场对乡土中国的审视贯穿乡土文学始终，并由此剖出乡村文明、乡村秩序的肿瘤。但是，那些被赋予了现代性和启蒙的理性叙述其实是建立在对乡土中国的深厚情感之上，正是因为对乡土中国的爱与留恋才会让人"哀其不幸，怒其不争"。

1949年以后，农村题材成为中国文学创作的主流，在城市与乡村之间的选择更是毫无悬念，甚至对代表城市的生活与文化进行了批判和改造。《我们夫妇之间》就是一个很好的例子。小说中的妻出身贫农，而丈夫李克则是一个知识分子干部。在"抬头湾"的时候，两人相安无事："我"在油灯下工作，妻在哄睡孩子后默默写大楷；闲时，妻教"我"纺线、织布，"我"给她批仿或是教她打珠算。但等进了北京，一切都变了。高楼大厦，丝织窗帘，那些街道、霓虹灯和舞厅里传出来的爵士乐让李克感到强烈的诱惑，那才是他离别十二年的熟悉生活。而从农村走出的妻子却时刻警惕着身边的一切。夫妻两人的分歧无时无刻不爆发出来，这让李克分外恼火也分外尴尬。小说由此引发了1949年后文艺界的第一次批判运动。陈涌、冯雪峰、丁玲等在《人民日报》《文艺报》接连发表文章，批评它"是把知识分子与工农干部之间的'两种思想斗争'庸俗化"[1]，是"玩弄人民的态度"和"低级趣味"[2]，讲"作者只要李克的爱人——就是女主人公——改造，所以胜利的还是原封不动的李克"[3]。然而，这是一篇知识分子丈夫最终被工农兵妻子感化、改造的小说，其中妻子对丈夫的质问至关重要："我们是来改造城市的，还是让城市来改造我们？"在这里，城市是与资产阶级捆绑在一起的，城市文明无疑是资产阶级

---

[1] 陈涌：《萧也牧创作的一些倾向》，《人民日报》1951年6月10日。

[2] 李定中（冯雪峰）：《反对玩弄人民的态度，反对新的低级趣味》，《文艺报》1951年第4卷第5期。

[3] 丁玲：《作为一种倾向来看——给萧也牧的一封信》，《文艺报》1951年第4卷第8期。

的糖衣炮弹。这其实是很长一段时间中国文学所建立起来的"城市想象"。对城市以及城市文明的怀疑和抵制配合着对阶级意识明确的农村题材的大力推广，形成了当代文学特殊的乡土情结和价值观念。当然，几代中国作家又与乡村有着或深或浅的关联，当他们离开乡村进入城市，最熟悉的生活常来自乡村，最需要抒发和表达的情感来自乡村的剥离。于是，作家们的故土情怀与那种意识形态化的乡土叙述轻易地组合起来，形成了一种不可动摇的文学主题和审美趣味。当时代发生着急剧的变化，城市不断扩张，大量人口向城市迁移，而那种有关乡土的文学趣味依然如故。我们几乎可以任意轻薄地对待城市文学，把它说成是肤浅的、时尚的、毫无历史感的，而厚重、深刻等等依旧是为乡土叙事所独享的光环。这个时候，审美趣味就变成了审美需求，甚至成为某种权力。

李佩甫当然也绕不过这种故土情怀，从《羊的门》到《城的灯》再到《生命册》，城市与乡村在小说中反复纠缠不停碰撞。但李佩甫显然不满足于追忆乡间风情，他更想在城乡的流动间发现那些更能刺痛人心的力量，比如权力、代价、身份的异化和无处可去的绝望。当然，李佩甫也在这一过程中被迫进行着选择，其中不乏无奈与伤感。《城的灯》里冯家昌经历背叛、挣扎，几乎带着整个家族挺进城市，但他是最后的胜利者吗？同样，《生命册》中吴志鹏与骆驼的一生一死又怎会是走哪条路的单选题？

当骆驼从十八层楼上跳下，吴志鹏与骆驼的"较量"似乎有了一个结果，仿佛城市的"抢"与乡村的"慢"有了一个了断，仿佛骆驼是在为他背弃了乡村的宽厚与内敛付出了代价，而吴志鹏的全身而退则完全得益于他不敢辜负的无梁。但这也许只是我们一厢情愿的想象，是我们试图用乡土情怀和乡村道德解决问题的自欺欺人，是我们对乡土中国的凭空坚守和留恋，是我们的自我安慰和麻醉。事实上，没有什么能够阻挡骆驼的步伐，一个骆驼从楼上跳下去，不知又有多少骆驼从乡村挤进城市。正如骆驼的焦虑和膨胀、他的不计后果与不择手段，这可能是他们进入城市唯一的道路和不可避免的副产品。这个时候也许有人会说，还有吴志鹏？但这种提问本身就没有底气。如果没有骆驼，吴志鹏大概还在省城的学校里备受煎熬，他会在梅村那样的城市姑娘面前无尽地自卑并萎靡下去，他会在无梁乡亲们的电话和不知来自何处的老姑父的字条里把自己逼疯。更重要的是，即便有了骆驼，背负着无梁的吴志鹏又能往何处去？这其实是我们始终不愿面对，不敢做出有力回答的问题。失去了骆驼的吴志鹏似乎更坚信自己道路的"正确"，却失去了方向和走下去的力量。这时候，他开始想念童年的时光，开始怀念家乡的牛毛细雨，怀念瓦檐上的滴水，怀念家乡夜半的狗叫声，怀念藏在平原夜耙里的咳嗽声或是问候语，怀念蛐蛐的叫，怀念倒沫的老牛，怀念冬日里失落在黄土路上的老牛蹄印，怀念静静的场院和一个一个的谷草垛，怀念钉在黄泥墙上的木橛儿，怀念门搭儿的声音，怀念家乡有风的日子……可是除了怀念呢？"四顾茫茫，满脸都是泪水"，只有对自己说："家里没人了。真的。没有一个亲人！"①

骆驼和吴志鹏有着相同的根系，但后者更多地承担着小说的审美需求。我们需要在城市化的滚滚浪潮里找到一方净土，需要用吴志鹏一生背负的无梁自我安慰。但是我们也必须意识到，吴志鹏只不过是被理想化了的骆驼，他在小说中可以成为一面飘扬的旗帜，但不能阻止旗帜下无数的骆驼被城市化的战车碾得粉碎。这就是一场角逐的残酷，即便是无所不能的叙述者在此也没法给出一个明确的答复。老姑父迁坟的时候，蔡思凡问吴志鹏："真不打算回来了？"吴志鹏在心里说，"我得找到一个能'让筷子竖起来'的方法"。李佩甫让这种情感上无法舍弃的选择笼罩在神秘和不确定之中，但他心里其实清楚，"一片干了的、四处漂泊的树叶，还能不能再回到树上？……也许，我真的回不来了"②。

《生命册》完成了一次在城市中有关乡村的痛苦吟唱，它让我们看到了怀疑，看到了留恋，看到了早早被毁坏的乡土中国，看到了那些挤入城市寻求认同的乡村孩子如何悲剧地牺牲。如果说《城的灯》以痛苦的抉择从行动上为"进城"提供了可能，那么《生命册》则从心灵归属上证明了"归乡"的不可能。它在彰显一种精神传统的同时，也颇为残酷地摆明了我们无法选择无法拒

① 李佩甫：《生命册》，作家出版社2012年版，第399页。
② 李佩甫：《生命册》，作家出版社2012年版，第433页。

480

绝的现实，那就是故土与家园的崩溃和重新获取身份认同的艰难与代价。叶赛宁曾豪迈地宣布：抵达故乡，我即胜利。也许叶赛宁的时代真的过去了，我们不得不直面某种绝望——不是我们无力抵达，而是故乡早已不知去向。

原载《中国现代文学研究丛刊》2016年第2期

李佩甫

研究资料

李佩甫平原叙事的社会学意义

吴圣刚

李佩甫从开始创作到"平原三部曲"问世，形成了比较完整的平原叙事。在他的作品中，中原（平原）、土地、天空、颍河、村庄、野草、树、狗、驴、男人、女人、历史、方言、口语、瞎话儿、民间故事等，既是乡土社会的构成元素，也是构成作品的要素，更是解读平原叙事的重要符号。它们在作品中自成体系，通过作者的叙事，体现出某种社会学意义。

一、土地、野草和人

李佩甫的叙事往往起于贱如草芥的庸常生活的琐细。"我是一粒种子。我把自己移栽进了城市。"（《生命册》）"桐花的气味一直萦绕在童年的记忆里。""桐花很淡的，淡出紫，那紫茵茵的，一水一水地往喇叭口上润，润些紫意来，而茎根处却白牙牙的，奶白，那一点点的甜意就在奶嫩处沁着。"（《城的灯》）这与他观察社会和事物的视角有关。李佩甫的生活从来没有离开过河南，甚至没有离开过豫中平原的那方水土。他虽然生在小城市，但自幼在乡下姥姥家"厮混"，后来又作为知青下乡，当过农村大集体的生产队长。所以，他的生命、他的人生经历是与那片土地以及土地上的标记一草一木紧密联系在一起的。实际上，在李佩甫的意识中，草木稼禾是真正的生命之源，因为土地孕育了草木稼禾，草木稼禾供养了生命，泥土并不能直接成为人和其他动物的食粮。

但是，草木从来没有享有过高贵，往往被人小觑、蔑视。草木稼禾，特别是野草，是土地上随处生长的植物，而且一岁一枯荣，极其普通，人们从来不珍视，践踏随意。"在平原，有一种最为低贱的植物，那就是草了。"（《羊的门》）然而，草木虽然低贱，生命力却十分顽强，无论人们如何践踏，无论土地怎样贫瘠，只要有一点水土，它都要生长，甚至人们把它踩在脚底，割了一茬又一茬，烧了一遍又一遍，它仍然不放弃生的希望。正是这极普通的草本植物，滋养了无数有生命的动物，特别是人。在李佩甫这里，人是与植物直接关联的，或者说，人和植物是分不开的。"我说过，我是把人当作'植物'来写的。就此，《羊的门》《城的灯》和最新出版的《生命册》这三部长篇组成一个'平原生态小说'系列，或者叫作平原上的'植物说'。"①为什么把人当作植物来写？是因为李佩甫从低贱的野草身上看到了生命的高贵，精神的高贵。在芸芸众生，在中原，人犹如普通的草木一样，平淡地生存着，或百年或数十年，有枯有荣。人并非天生之高贵，也不是以寿命长短论高贵，而是以生命历程中所体现的精神和价值判断是否高贵。在李佩甫的笔下，有树、庄稼，更多的是野草。《羊的门》的第一章，李佩甫不厌其烦地介绍了二十多种平原上的野草，而且入木三分地揭示了草的本性，"平原上的草是在'败'中求生，在'小'中求活的"。这二十多种甚至叫不出名字的草，其实就是平原上生活着的各色各样的人，很多人虽然卑微，甚至被人欺辱，但他们仍然昂首活着，并且用自己的生命样态和底气续写着历史，汇集成洋洋大观的中原文化。

进一步说，历史与人的关系犹如人与草的关系。中原地区是中华民族的核心地带，几千年的重要历史事件都曾经在这里发生，战争、灾祸，历史的车轮在这里反复碾压，人的生命有时就像野草一样遭到不断的践踏，一茬一茬刈

---

① 李佩甫：《我的"植物说"》，程光炜、吴圣刚：《中原作家群研究资料丛刊·李佩甫研究》，河南大学出版社2015年版，第15页。

戮，但生命的根系仍然顽强地存在，人们并没有舍弃历史，而是像低贱的野草那样无声而顺从地排列在历史的路途之上，支撑着历史的延续。一般意义上，人都是普通的，身份的高低贵贱并不能消除人的一般规定性，所以，毛泽东认为，人民是创造历史的动力。[①]历史并非神仙皇帝的历史，而是普通人生活的历史。民族的文化、中原的文化就是这样的文化，它是几千年普通人生活方式、精神生态的凝聚，普通、俗成、平易、精炼、持久，持续生长、蔓延，它的高贵、深邃不在于其身份，而在于其坚韧和生生不息的品质。

无论是植物说还是野草叙述，李佩甫的目的还是讲述人的故事。作者以草喻人，切入历史车轮之下的社会底层，讲述底层普通人的故事。这些人物皆与中原这块土地纠缠不清。他们都是地地道道的中原人，或者是一辈子厮守着这片土地，或者是在这片土地上出落成人，总之，都是由这方水土养育，跟这方水土有斩不断的血脉关系，中原大地及其历史是他们共同的底色和背景。这些人物或生活在一个村庄，或者生活在固定的生活圈，朝夕相处，喜怒相知。他们在一起生产、生活、奋斗、创业，有庇护、扶助、合作，也有矛盾、冲突、仇恨，爱恨交织，构成了五味杂陈的厚重浓烈的生活。李佩甫熟知"乡土中国"的困惑和人际关系中矛盾纠葛的症结，因而设身处地以"当事人"的身份，讲述他们感性、原汁原味、原生态的故事，呈现出一系列带有浓厚泥土味或显著中原印记的人物形象。"描写在某种文化土壤中人物的生长，一直是李佩甫创作的一个重要着力点。"[②]

《羊的门》中的呼天成，是李佩甫笔下有代表意义的乡土人物。尽管作者在叙述这个人物时有所保留，或者说，作者故意采取一种欲言又止、欲说还休的手法，神化玄化这个人物，但作品让我们深深地感受到了这个乡土人物的能量，看到了一个乡土世界的"巨人"。呼天成二十多岁就成了呼家堡的掌门人，几十年中，他以自己的胆量、执着、能力、智慧，把一个贫穷的乡村改造

① 毛泽东指出："人民，只有人民，才是创造世界历史的动力。"《毛泽东选集·第三卷》，第1031页。

② 何弘：《坚韧的探索者和深刻的思想者》，程光炜、吴圣刚：《中原作家群研究资料丛刊·李佩甫研究》，河南大学出版社2015年版，第152页。

成富裕、小康的样板村，建立了自己的"乡村王国"，同时也建立了自己在呼家堡的绝对权威和不倒神话。他不仅在呼家堡建立了自己牢固的关系网，在呼家堡之外也有一个巨大的人情圈，所以，他足不出户就能够影响县里、市里的事情，当呼国庆职位岌岌可危，甚至身陷囹圄之时，他一句话或活动一下便使其转危为安。呼天成是中原乡土文化的产物，也有当代中国社会政治的鲜明印记。

钢蛋（冯家昌）和丢（吴志鹏）是从平原土地中走出来的人物，但他们生于平原，在乡土的滋养和塑造中成人，因此，血液中混合着平原泥土的原汁。冯家昌的父亲是上门女婿，孤家小姓在村里没有地位。母亲早早去世，难以撑起门户的父亲把当家的重担交给了年幼的他。他别无选择，无论多么艰苦、困难，他都得面对。困苦生活，磨砺了他坚强、坚韧的性格和意志，他忍耐着，积蓄着，一种信念在心中成长。他要帮助父亲把四个弟弟带大，他要挣脱这苦难的土地，走向希望和向往的城市。他在困苦中养成的勤奋、忍耐、坚韧帮助他实现了愿望，在城里成家立业，并且把弟弟们也带进了城市。但当他们真正成为城里人后，那刻在骨髓里的乡土情结又不由自主地浮上心头。

吴志鹏是"嵌进城市里的一只柳木楔子"。（《生命册》）他是上了大学，读了研究生，具备了嵌入城市的条件之后落户到城市的。但吴志鹏成了城里人却改变不了其乡土背景和血缘关系，还必须承载乡土文化赋予他的人情重负。所以，村里所有的人都是他的亲人，每一个人的电话都承载着亲情的重托，他必须去办。然而，一粒乡村的种子撒在城市，并不意味着拥有城市，更不意味着有能力解决乡亲们所有的问题。于是，乡土文化成了他卸载不了的负担，他害怕电话，他像躲瘟疫一样躲避电话。无奈，他选择了逃离，逃离到更远的地方。

二、家族、村庄和社会

家族是由血缘亲缘结成的关系体，是人类形成群体的一种形式。家族与村庄具有同构性，很多情况下，家族与村庄合二为一。村庄是乡土社会的基本空间。"村庄是历史生活的基本单元，也是历史的基本载体，它不仅通过村庄的相互联结成为历史的平面，而且能够向历史的纵深处穿越，犹如现代城市，村庄在历史的坐标中纵横交织，历史的各种元素汇集其中，村庄即农业社会的历史。"[①]村庄是故事延展的场域，也是作者叙事的主要空间。

李佩甫讲述的人的故事，皆纳入了村庄的单元，因此，他的乡土叙事就是村庄叙事。村庄既是符号，更是社会实体，"王权止于县政"恰恰说明村庄在农业社会组织中的重要地位。村庄既是农业社会人们安居的"村舍"，也是社会交往、流通的枢纽。在李佩甫的作品中，村庄既不是点，也不是一个平面，而是一个延伸的长廊，时间在长廊中流淌，生活在长廊中交替，人们在长廊中百转千回。可以说，村庄具有巨大的容量，村庄的生活也具有无限的丰富性，它涵盖了乡土社会的所有内容，人的生老病死、生产生活、经济活动、文化活动、社会治理，甚至民族、国家、政治等等，都成为村庄实体的重要构成。以"平原三部曲"为代表，李佩甫用了大量的篇幅，通过人物的成长、奋斗甚或挣扎、沧桑经历等展示若干村庄变迁、发展的历史，其历程可能是迟缓、滞后的，也可能是跌宕、剧烈的，让读者从中窥视乡土社会历史的浑浊与厚重，感受深植平原沃土的中原文化的丰富与多彩。

呼家堡是中州大地上的一个普通村庄，但同时它又是一个独特的村庄。它的特殊性不是因为它具有某些优越的区位，也不是因为它的构成具有某种独特性，完全是因为它出了一个独特的人物，一个人改变了一个村庄，一个人改写了村庄的历史。呼天成作为家族的代理人，首先组织抓"贼"，让"贼"在大庭广众之下把"赃物"亮出来，刹住习以为常的顺手牵羊、小偷小摸的坏毛病。其次是让村民们集中揭查私心，公开亮丑，暴晒灵魂，清理思想上的污垢，剥离身上的不良行为。再就是树立典型，制定村规民约，倡导新风尚，培养新的村民精神。呼家堡在新村建设中设立展览台，把麦升和徐三妮断残的指头放进去展览，弘扬他们的牺牲精神，激励村民为新村建设奉献；为在纸厂

486

---

① 吴圣刚：《论当代河南作家的历史质感》，《信阳师范学院学报（哲学社会科学版）》2013年第3期。

生产中殒命的老曹设立"英雄榜",举行追悼会,把老曹奉为"英雄",尊为"烈士",坚定人们对呼家堡事业的信念;呼天成驱神祛鬼,在众目睽睽之下破除"打捞灵魂"的迷信,果断将承载迷信陋俗的十亩水塘填平;他敢于忤逆母亲信奉的宗教条规,坚决按照村里规矩安葬母亲;制定"呼家堡法则",使呼家堡完全按照自己的规则运行。正是在呼天成的主宰下,呼家堡由过去贫穷落后涣散的乡村,变成了一个靠集体经济发展、共同富裕的社会主义新村庄。呼家堡的发展轨迹和历史变迁中,承载的是传统历史文化中均贫富的思想和新时代中国特色社会主义的集体主义精神,其中都蕴含着民族文化中绵延不断的内核。

无梁村和呼家堡相比,是中原大地更为普通的村庄。它的村情、民情、生产、生活、交往等等都与中原乡村保持着更广泛的一致性。吴志鹏是一个孤儿,但他的生命、生活却得到乡亲们热情的呵护和帮助,他是喝着全村女人的奶,吃着百家饭长大的,老姑父作为村支书就是他最大的家长,村民都是爱护他的家庭成员。这体现着民族文化中扶贫济困的传统美德,也反映着乡土生活中人与人的血脉关系。正是在乡亲们的呵护和帮助下,吴志鹏成了一个研究生和大学老师。但是,也正是因为他生命中的这种背景,无论他走多远,他都与这里存在着一种扯不断的关系,这种关系既是现实结下的,也是历史结下的,是流在血管里的,是刻在内心深处的,是乡村人与人之间广泛存在的。所以,吴志鹏是他们的骄傲,他们也寄予吴志鹏更多的期望和重托,无论吴志鹏是否承载得起,那是一种绵延的文化,一种殷殷的亲情、乡情。吴志鹏的逃离,是因为他意识到了这种乡土关系和重托的问题,一种文化和乡情的严重超载。但吴志鹏并非乡土文化彻头彻尾的反叛者,事实上,他就是中原乡土文化的成果,他在精神上仍然与乡土保持着多重的藕连。当然,无梁是普通的,更多的无梁人顽强地生活着、拼搏着,生命也是普通的。人物的变化对应着乡村的变迁,人物的发展史也是村庄的发展史。乡土生活常常是波澜不惊的,历史和文化就深深地潜藏于其后。无梁的平淡和深沉正是深沉厚重的中原文化的展现。

李佩甫最擅长的就是进入民间社会。这里的土地、人、风物他都十分熟悉,都与他保持着心理上的相通性,进入乡土民间,就进入了他纵横恣肆的叙

李佩甫
研究资料

事场域，他的灵感，创作的爆发点，鲜活的人物，精彩的故事，乡土风情，就会接踵而来。《羊的门》是从"土壤的气息"开始叙事，接着，陈述许国三千年颠沛流离的历史，"一页黄纸一页泪。连年的战乱，天灾又是那样频繁，人是怎么活过来的呢？"之后，似乎该说到人，讲故事了，但作者却耐心地、不厌其烦地介绍各种野草。这样的叙事安排，作者是有深意的，那就是彻底把读者带入乡土民间社会，让你完全进入民间，感受这里的人、物、故事。中原这一方水土，人为什么能够在几千年灾害和战乱中生存下来？就是因为人学到了野草的生存精神，像草一样紧紧扎根土地，不离不弃，吸收这片水土的养分和气息，以延续生命，延续历史，延续文化。《城的灯》是从桐花的气息开始的。桐树是中原地区常见的一种树，桐花的"娘娘香"是一种美好的记忆。但这种美好中常夹杂着苦涩和无奈。父亲一早发现"会跑"的桐树后，见人就"这得说说"。他找村支书刘国豆和村干部"说说"，找老德"说说"，找穗儿奶奶"说说"，找全村人"说说"，可是谁也不跟他认真"说说"，谁也给他说不出一个所以然。人们似乎很冷漠，父亲很无奈、无助，作品一开始就透出几分凄凉。这就是乡村人情、关系、地位、势力的真实写照，门头硬和门头弱带来的利益的不均衡。同时，乡村中好事跑前头，赖事躲千里，也是人们常有的心态，家长里短，邻里纠葛，谁都不愿意掺和惹一身骚。所以，没人给父亲主持公道。《生命册》中吴志鹏所拥有的血缘和人情关系图谱，也是乡土民间社会结构和人际关系的典型反映。中国是一个人情社会，而乡土民间更是如此，费孝通先生认为乡土中国是一种"差序格局"构成。①在农村，人们世代居住在一个村庄，长期通婚和毗邻，人与人大多沾亲带故，人们都不见外，在家互助，出外互帮，几乎就是乡村人们的一种思维。所以，当吴志鹏走出无梁，在城市有了"地位"以后，理所当然地成为他们的代言人和依靠，所有的关系线条都连接到他的身上。

　　呼家堡乡土治理也体现出重要的社会学意义。一是呼家堡的"十法则"，几乎是乡村生活无所不包的村规民约，是呼家堡及其掌舵人呼天成的创造。

---

　　① 费孝通：《乡土中国》，北京出版社2005年版。

这种创造不是完全的创新，是一种实用主义的活学活用，也有几分庸俗社会学的成分。例如村歌分为晨曲和晚曲，晨曲《东方红》，晚曲《大海航行靠舵手》，这是政治世俗化的产物。"村规（一）：钟声就是命令。""村规（二）：安装在各家各户屋门上方的'广播匣子'不能关，更不能私自拆除。呼天成说，要注意听'精神'。"评议法细则（三）脱裤子，"注释：'脱裤子'即为一种自我检查的方法"。"婚姻法，又叫'传统法'。注释：呼家堡人的婚嫁，除了遵守国家法律外，还要遵守呼家堡的一个特殊规定。不管谁家娶亲还是嫁女，都要接受一次'班子'的传统教育。"这是一种乡土权力的蔓延，是一种乡土政治学。凡此种种，其中体现着民间智慧，也体现着农民的机智、狡猾、顽劣。二是冯家和的《上梁方言》及其注释。作者整理了乡土民间"上梁"近30个常用的字词，并做了民间意义上的解释，这些字词是一种地方语言，但在使用中所体现出的含义，又是一种丰富多样的乡土生活，更是一种原生态的中原乡土文化。《城的灯》之所以把它以上梁方言的形式集中展示出来，是因为在人物和故事叙述中有所不及，作者要把民间风情充分表现出来，并实现对乡土文化的坚守，冯家和的形象及其《上梁方言》作为一种符号，完成了这一文化使命。

三、历史与现实

李佩甫无疑是一位现实主义作家，他不但关注历史，更关注现实，与现实保持着亲密的关系。他的作品反映了中原大地几十年的社会生活，既有大量的丰富的乡村生活，也有突飞猛进的城市生活，并且把乡村与城市打通连接起来，表现人物的成长、命运，表现中原地区社会的历史、发展、变迁，为我们铺展了一幅辽阔、宏大的中原画卷。

中原地区的河南是中国的缩影。中华人民共和国成立之后，特别是改革开放以来，中州大地发生了巨大变化。李佩甫直面现实，置身于伟大的历史变革之中，忠诚地踏实地用自己的笔触书写古老的土地在新时代的嬗变，乡村社会与城市发生的变化，中原人民在这种历史变迁中付出的代价、遇到的矛盾和困惑、获得的幸福和喜悦。颖河、大李庄、呼家堡、上梁、无梁是中原乡土社会的镜像，《金屋》《李氏家族第十七代玄孙》《羊的门》《城的灯》《生命册》《无边无际的早晨》《颖河故事》等，则构成了中原乡村新时代的变迁史，极具丰富性、深刻性。颖河是淮河水域不起眼的一个小小支流，颖河两岸的人们和村庄与平原上的其他地方极其相似，但他们的生活必然汇入到社会的发展之中，成为时代变革的参与者、付出者、受益者，因此，时代变革将全面影响他们的生活。呼家堡在几代人的奋斗中，从贫穷中走出来，成为小康型的社会主义的集体农庄。这个明星村庄的支书呼天成在经营村庄的同时，积累人脉，经营"人场"，使他的关系直接连接到县、市、省，甚至京城，不仅为村里谋取利益，还影响到县、市的权力运作，让我们看到权力在中国社会盘根错节生长的图景。大李庄、上梁、无梁等村庄是中原乡村的真实写照，这里的人们为幸福的生活奋斗着，挣扎着，他们有的像冯家昌、吴志鹏、蔡苇香一样走进了城市，但更多的人仍然守在这里，在这片土地上繁衍、生长，播种希望。无论是呼家堡，还是大李庄、上梁、无梁，都已经走进了时代的快速变动之中，社会的变革将改变一切，无论是乡村的社会结构，还是每个家庭、每个人的生活方式，都会受到深刻影响，乡土的中原正在被城市化、市场化、商品化的浪潮浸淹，人的身体和精神也在经受着物质化、信息化、技术理性的诱惑和挤压。

　　《等等灵魂》《城市白皮书》等反映的是城市生活，是中原城市变革的展现。无论是平原省会还是许田市，都是中原地区城市的符号。《等等灵魂》中的任秋风本是一个有胆识、有魄力、有商业头脑的人，他能够捕捉商机，敢于接手一个濒临倒闭的国有商场，善于谋划，慧眼用人，傍依"商学院三枝花"，凭借着大胆的创意、过人的公关能力和卓越的商业才能，在商海中生死搏杀，令商场奇迹般崛起，成为全国首屈一指的超市航母。但是，事业的巅峰面临着悬崖，功成名就面前潜伏着各种利诱，胜利容易让人冲昏头脑，迷失灵魂。在权力欲驱使下，任秋风盲目拓展，贪大求全，资金链断裂，首尾难顾，终令苦心经营的"第一商业帝国"全面崩塌。作品让我们想到1990年代在全国传播的广告词："中原之行哪里去，郑州亚细亚。"郑州亚细亚的兴衰正是任秋风"第一商业帝国"的存照，这是中原城市改革中的真实故事，是市场经济的一个典型案例。《城市白皮书》无疑是对城市的透视和批判。随着现代化的快速发展，中原城市群战略的推进，城市的规模急剧膨胀。城市提供给人的不仅仅是空间、市场、机会，还有挤压、风险、陷阱，有现代文明的炫目，也有城市死角的阴暗，暗藏着现代与传统的对抗。作品通过一个病女孩的眼睛，以鲜活独特的意象和可感可触的声、光、色、味等，通过对城市生活内涵全方位的解剖，辛辣地讽刺了市场经济中道德的逐渐沦丧、机制的不合理、法制的不健全等大环境下人被异化的种种形态。这里，病女孩显然成为一个隐喻，她是某些病态城市的象征。当你以一个现代城市的享受者、受益者感受城市时，它可能是正常的；相反，当你作为一个受伤者感受城市时，它可能就是有问题的、病态的。这是一幅变幻着的中原城市画卷，其中涂抹着中原文化的深层底色，更渲染着现代文明的鲜亮色彩。

原载《小说评论》2016年第4期

古代文论视域下的《生命册》

张　欢

492

　　凭借一系列扎实而有分量的中长篇小说，李佩甫已经成为当代文坛一位卓有成就的实力派作家，也是文化"豫军"中的核心人物。《生命册》作为其"平原三部曲"的收官之作，创作和表现的领域进一步从农村扩大到了城市，但不变的仍然是对植根于大地乡土的芸芸众生的关注，对他们生存境遇与精神状态的审视。围绕这部小说，批评家们关注的焦点大多集中在作品中对溃败中的乡土文明的书写、时代与城市文化的多重批判、人与土地的背离等方面，其共同点是从现代文化视角来看待作品。而笔者则试图切换一个角度，从古代文论的视域来观照《生命册》，发现其不论在思想还是笔法上，都深深根植于中国古典文学和古老东方思维，与传统有着千丝万缕的联系，李佩甫作为中原之子，实际上是最得古典文学浸润与熏冶的作家，对于《生命册》的评价，既要看到蕴含其中的现代意识，又能关注到它对传统的继承，两相结合，方能全面。现就其与古典文学及文化的联系简述之。

一、多维批判：诗教传统的继承

　　我国古代文学一直对文学作品的政治教化功能有着强烈而鲜明的要求，

"以诗为教"的传统几乎贯穿了整个华夏文明史，所谓"诗教"的重要方面就是对政治与现实生活中不良现象的讽谏与规劝。在最初的语境中，"诗教"，特指的是围绕《诗经》这个文本进行的教化与教育的活动，而在后代的发展中，"诗教"逐渐成为一个特定的名词，特指向儒家文艺观中强调文学的社会功用以及政治教化作用。而这种诗教传统又分为两个方面，一方面是对于现实与政治不良方面的多维度讽谏与批判，另一方面则是十分注意这种讽谏与批判方式的委婉与得体，"温柔敦厚"是对诗教的另一个重要要求。可以说，这种强调"温柔敦厚"的诗教传统始终贯穿于李佩甫《生命册》的创作中，在作品中得到了复现。

大厦如倾要梁栋，"一马平川，雨水丰沛，四季分明"的无梁村却偏偏无梁！对于立志"要让筷子竖起来"的作者来说，对此不能不进行深沉的反思。而李佩甫把他的思考与规谏，即这种"诗教"所蕴含的多维的文化批判力度，体现在了书中一个个走向反面的人物身上。

《生命册》中每个走向自我毁灭的人物，都有其性格上不可避免的缺陷和残疾。骆驼是个大才子，有领袖气质，毕业后从政，三年就升到副处风光无限，却因"作风问题"而被免职，被逼下海，又从做枪手写男女关系小说开始积累了第一笔原始资金。随后炒股，收购药厂，借壳上市，利用规则的种种漏洞上下其手，屡屡得逞。赚到了一千万，就想赚一个亿，过了不到一个月目标就变成了十个亿。随着骆驼的野心越来越膨胀，他为人处世也越来越肆无忌惮，最终东窗事发只得跳楼自杀。小说总结说，"骆驼犯的错误是每一个中国人都会犯的"。那种依仗权力金钱的能量而肆意妄为的膨胀野心正是骆驼自我毁灭的根本原因，"他代表的是在金钱的诱惑下一步步抛弃自身的坚守，以'奋斗'的名义出卖自己的灵魂并且染黑周围的人那一类失节的知识分子"[1]。扪心自问，我们哪个人心里不藏着一个"骆驼"呢？而骆驼在身家最大、事业最风光无限的时候东窗事发，不正给了所有欲效法骆驼的人一个警示

李佩甫 研究资料

---

① 晏杰雄、周刍：《人与土地的融合或背离——〈生命册〉中的人物群像》，《文艺争鸣》2013年第1期。

吗？从政与经商的两次失败都是骆驼身上这种贪婪性格或者说是人性不可克服的弱点所造成的结果。"天欲其亡，必令其狂"，古老而智慧的东方哲学又一次在骆驼身上应验。而小说中作者刻意拿出来与骆驼形成对比的，正是主人公吴志鹏。"我"之所以能避开和骆驼一样的命运，就在于能在紧要时刻保持清醒的头脑，骆驼和"我"，一个是火命，兴之暴也亡之速也；一个是水命，处卑居下上德不德，说到底，是两个人性格的不同，即骆驼的贪婪和"我"的节制是导致二人不同命运的根本原因所在。作者在二者的剧烈对比中给我们呈现了人生警示。

梁五方是个很"傲造"的泥瓦匠，年轻时候就手艺不凡，独自一人代表师傅挑战唐大胡子，擅作主张以"龙麒麟"代替老法迎战，虽然取了胜利却也犯下了"越师"的大错，但他不但没有意识到自己的傲造性格的大害，反而愈发"各色"，他嘴里最常说的一句话就是："你吃过大盘荆芥（见识）吗？"他不用村里任何人帮忙就在水塘上盖起了一栋房子！"木秀于林，风必摧之"，这样恃才傲物的人物终于在政治运动中受到了全村人的报复，最终房产被没收、家破人亡，由一个聪明能干的手艺人沦落为一个不学无术的无赖上访户。在他这样悲剧的命运里，我们不能不看出作者在其中寄寓的人生讽谏与规劝。

当然，这种文化批判的力度绝不仅仅限于人物自身的性格，正如李佩甫在《城的灯》中所指出来的一样，"人的成长也是由气候来决定的。我所说的气候，是精神方面的，指的是时代的风尚。什么样的时代风尚，产生什么样的精神气候，什么样的精神气候，造就什么样的人物"。造成骆驼与梁五方毁灭命运的，还有不可忽视的外在因素。小说中的人物在一个时代的特定的历史语境中活动与生存，他们的精神状态也不得不受到时代和环境的影响，而骆驼身上那种紧张的"抓""抢""一定拿下"的心态，就是改革开放以来一种很典型的时代焦虑症候的体现。他那种"我现在只信一个字：'钱'"的思想，正是时代对欲望的无尽扩大与释放所造成的恶果，骆驼的失败表现了小说对时代过于追求"速度""释放"的批判。

而无梁村村民借着运动对梁五方残酷的群体性报复打击，则深刻地揭示出了一种特殊政治年代里大众狂热的推倒、破坏心理，"我只是、只是兴奋。

我的手忍不住发痒，发烫，有一种指甲里想开花的感觉！这是真的。所以，我告诉你，在一定的时间和氛围里，恶气和毒意是可以传染的"。这种"合理暴力"甚至影响到了未涉世事的儿童，在这样一段惊心动魄的描写中，我们仿佛看到的是鲁迅笔下形形色色看客、帮闲的复活，钱理群在分析阿Q最后被砍头的场景时说道："'看/被看'的模式在这里已经转化成了'吃/被吃'的模式，而后者正是前者的实质。"① 而被这种"拿残酷做娱乐""对羊显凶兽相"的国民劣根性和集体无意识所吞噬的，又何止一个阿Q，一个梁五方呢？！

《礼记·经解》云："其为人也，温柔敦厚，《诗》教也。""温柔敦厚"是诗教的重要原则也是方法，虽然古人提倡"言之者无罪，闻之者足以戒"，但当作者通过文本表达思想感情时，仍然应该遵循怨而不怒、犯而不校的原则，这一切都要遵循"礼"的规范。作为中原大地孕育的作家，李佩甫也深得《诗经》的风人之致。就像作品中的"我"常常能感觉到"在骆驼醉眼的后边，仍醒着一双眼睛"一样，我们也能在芸芸众生的背后，看到一双潜藏着的作者的眼睛，这双眼睛中，我们读到的不是暴力、血腥、戏弄和嘲讽，而是对于形形色色生命的一种大悲悯。

相比莫言、张炜等作家习惯性地向读者展示肉体毁灭的过程以增强小说的表现力与刺激感，李佩甫在这里则显得节制与含蓄许多，梁五方在上访过程中的挫折、辛劳我们只能通过他的衣着窥探一二，至于骆驼跳楼自杀的结果也只是在卫丽丽的电话中带过而已，但这并不代表作品缺乏悲剧的力度，作者在节制与热情之间拥有着一种惊人的保持微妙平衡的能力。事实上，骆驼自杀前的电话，已经反映出他内心的历程：从极度挣扎、惶恐、无助到最后的淡定释然，而梁五方在前后精神与身体状态中的巨大转变中，在群体性施暴中发泄出的人性丑陋与阴毒对五方在心理上的戕害已经可见一斑。就像黑泽明在电影《影武者》中拍摄战争一样，导演并没有直接向观众展示交战的场面，而是将镜头对准了战争的目击者，从他们表情的惊愕与痛苦中，让观众感受到战役的

---

① 钱理群：《鲁迅作品十五讲》，北京大学出版社2014年版，第46页。

惨烈与残酷。在这里作者采取了同样的手法，避免了给读者以剧烈、直观的官能刺激，而同样达到震撼心灵、讽谏众生的作用，所谓怨而不怒、犯而不校，"温柔敦厚"的诗教原则时时贯穿于作者的创作之中。

二、花树含情：比兴手法的运用

比兴具有复杂的意义结构，是中国古典美学中最重要也是最有特色的表现手法之一。作者借助于某一类事物或者受这一类事物的触动、启发，综合运用联想、想象、象征、隐喻等手段，来表现另一类事物的特点、形象，以展示其内涵的方式，称之为比兴。在古代文学的语境中，比兴都是合在一起说的，尽管二者意义有所不同且在解说时仍会分说比较，但是它们的意义是相辅相成的，离开比，就无法解释兴，同样，离开兴，也无法解释比。

比兴之说根植于中国传统注重类比的思维，孔子曰"为政以德，譬如北辰"，老子说"天地之间其犹橐龠乎？"借北辰、橐龠这些生活中常见的物象来阐释其观点，是中国古人说理的一大特色，李佩甫就直承了这种东方思维，在很多章节之前不直接写人物故事，而是用了很多的笔墨去写景、写物，以此来映衬人物的性格与内质，这正是得比兴手法之助。在接受采访的多个场合，李佩甫对于《生命册》说得最多的一句话就是——"我把人当植物来写"。而事实上植物作为一种原始的兴象，在古代文学中早已有之：《离骚》中以香草喻衬自身品德之高洁；《周南·桃夭》以桃花之鲜艳比女子形貌之姣好；《周南·汉广》以乔木引起诗人对游女的爱慕，表达求之不得的内心痛苦。小说第四章的开头，作家不厌其烦地描写了无梁村的各类树木，柳树、榆树、槐树、楝树、椿树、枣树……这些植被习性各不相同，但"平原上的树有一个最可怕，也是不易被人察觉的共性，那就是离开土地之后：变形"。这里就是以树比人，借树起兴，用树的枝干变形来喻人之精神变形，或者扩大一点说，这是《生命册》中所有身份地位不同却肉体灵魂均被异化的人物群像的展示。用刘军先生的话说"静思反观之下，他在植物与人之间找到了生命状态的联系"①。

18岁的春才是无梁村最帅气的小伙，他常常一个人到深不可测的望月潭去游泳，静静躺在水面上随波纹漂动，像一条大鱼，"后来，村里也常有人说，春才是鱼托生的"。而鱼在古代是重要图腾，象征着生殖崇拜，闻一多对此研究颇深："鱼在中国具有生殖繁盛的祝福含义。"②汉乐府诗《江南》"鱼戏莲叶间"实际上就可以解读为男与女戏的隐喻，这与鱼托生的春才在望月潭游泳何其相似！我们不妨这么认为，健壮腼腆的春才一出场，就注定着这个人物缠绕交织着爱恋与原欲。他对蔡苇秀的爱恋在那个耻于谈性的乡村文化语境中只能秘而不宣，旺盛蓬勃的生命本能与极度的性压抑长期交织冲突在一起，而乡村女人们那些"半含半露、有荤有素的话，就像民间生活的密码，终日包围着年轻的春才"，又极大地诱发着春才，促使他去偷窥蔡苇秀洗澡。这一偷窥事件败露后，在深深受到传统道德秩序和人伦规约影响的无梁村引起了轰动，议论纷纷，谣言四起，外加国家法律机制的介入，还有那个传闻中的警犬"哈顿"，对于敏感腼腆的春才来说，都是难以忍受的精神痛苦，这也进一步加剧了他的道德负罪感和对生命原欲的憎恨，最终选择以自残这种肉体灭绝的方式寻求解脱。春才最终和无梁的那些树木一样，变了形，不仅仅是身体上的残缺，他的后半生也始终笼罩着一层挥之不去的郁结和惨淡。"这与愚昧没有关系。这或许是一念之差，是潜藏在心里的犯罪感在作祟，是'耻'的意识。然而，这'耻'一旦包含在'纯粹'里，那结果就是一种极端。"乡土民间固然有着鲜活旺盛的生命力，高粱地的狂欢热烈而奔放，但同样应该意识到这种乡村性观念的复杂性，一方水土养一方人，作者云："后来我才明白，在我的家乡，所谓'水土'是一种'墒'。这'墒'里还含着两个字：后悔。'后悔'若升一格，那就是：幽默。"被平原的水土弄得扭曲变形的，并不仅仅是树木。

除了形形色色的变形的树，那些平原上非人工种植的花也是设比起兴的

---

① 刘军：《〈生命册〉："爱欲与文明"的纠葛与疏离》，《扬子江评论》2013年第4期。

② 闻一多：《说鱼》，《古诗神韵》，中国青年出版社2008年版，第33页。

重要物象，翎子花、地龙花、仙人花、野生的喇叭花……这些花看上去都不起眼，但各有各的形态和习性，正如平原上默默生存的农民，都是最广大而最不惹人注目的群体，却都千姿百态、各有特点，小说中这些类似散文的描写看似闲笔，实则正是作者的高明之处，这使作者得以于行文张弛之间做到自如地把握，也赋予小说一种回环变化的节奏之美，将读者引入对人物命运的关注与思考之中。"我之所以给你说'小虫儿窝蛋'，还因为它与一个女人有关。"显然"小虫儿窝蛋"的渺小、不起眼与内蕴的惊人爆发力就是虫嫂这个人物的写照。

"小虫儿窝蛋"和"虫嫂"在名字里就有一个共同的"虫"字，从这点上看，就能让人猜到二者在外形上小、不起眼的特点，确实"'小虫儿窝蛋'白日里是不长的。你就是盯着它看，不眨眼地盯着看，它也不长"。它"一般都生长在沟渠边沿的杂草丛里，数量并不多，不经意你看不见它"。而虫嫂的身材用现在的话来说，是很袖珍的，"也就一米三四的样子"，以至于结婚时她的丈夫老拐牵着她走出来时，"就像一个大人牵着一个孩子"，她倒不是不起眼，可恰恰她引人注目的地方就在于其身量的矮小，除此之外，虫嫂就是一个很普通的乡村妇女，割草、打水、煮菜……正如那些乡间野花一样，平原大地上这种生存如草芥的妇女随处可见。

但"小虫儿窝蛋"的另一个特点就是蕴含着惊人的生命力，"别看这种草花看上去小身小样的，却有一种惊天动地的弹射功能，每当冬天到来的时候，寒风一凛，那花苞陡然间就炸开了……"而身量短小的虫嫂同样能在平凡生命中爆发出巨大的能量。在贫穷的乡土，虫嫂面临的处境是：丈夫残疾，子女众多，"一屋子嘴，蝗虫一样"要靠她一人养活。可这个女人却在这样的条件下供养出了三个大学生，甚至最终在死后留下了三万元的积蓄！在这过程中，她为了达到目的不惜偷窃、卖血甚至卖身，她宁愿做"三只手"，乃至"松裤腰"，成为最让人看不起的女人也要养活一家人，这个过程中虫嫂受到的不仅仅是外人的鄙夷和蹂躏，还有丈夫和子女对她的冷眼与轻蔑，乃至最终两个进城工作的儿子都不愿认她，连丧葬费都是靠自己捡垃圾攒下的积蓄。"唯其卑贱得彻底，高贵的亮色才得以透视，她是位农耕社会下圣徒式的人物，历经炼狱的煎熬终得以实现自我的涅槃。"①这样的评语不禁让人想起那在寒冬下陡然炸开的"小虫儿窝蛋",毫不起眼却默默生长,平凡普通又能量惊人。平原大地上的那些树木花草,并不仅仅是容易变形和不起眼的植物而已,它们内藏的,是整个民族的心灵秘史。

三、纲举目张:"列传""互现"笔法的交织

有论者指出:"阅读李佩甫的《生命册》,很容易让我们联想到《水浒传》。"②那是因为《生命册》独特的叙事方式和《水浒传》类似,《水浒传》从王进开始,便是史进、鲁达、林冲、杨志、宋江、武松等一个个人物依次出场,这些人物的命运彼此独立而又各有联系,就像一棵大树上长出的分叉一样,纵横交错,彼此各自独立发展却又统一在作者的安排下,时分时合,相互呼应而又变化无穷。实际上这种列传、互现的笔法并非《水浒传》一家有之,实是中国文学一种传统的叙事方式。

"《水浒传》一个人出来,分明便是一篇列传";"《水浒传》方法,都从《史记》出来,却有许多胜似《史记》处。若《史记》妙处,《水浒》已是件件有"。③金圣叹的这两句话就点出了《水浒传》和《史记》的继承关系。《史记》有五体,其中本纪、世家、列传是主要部分,均以为不同身份地位的历史人物作传记载其生平为主,这种"人本位"的纪传体叙述方式和《水浒传》一脉相承,也成为后世大部分史书(如《汉书》《三国志》等)撰写所采取的主流体例,如果还要对列传进行细分,那么《史记》《水浒传》又有单传与合传,单传如《孔子世家》和武松传,主要叙述某个人的事迹,并且分成了若干个叙述单元来讲述;合传如《屈原贾谊列传》《石秀杨雄传》,把两个或

---

① 刘军:《〈生命册〉:"爱欲与文明"的纠葛与疏离》,《扬子江评论》2013年第4期。

② 王春林:《"坐标轴"上那些沉重异常的灵魂——评李佩甫长篇小说〈生命册〉》,《文艺评论》2014年第1期。

③ 金圣叹:《读第五才子书法》,《金圣叹批评本〈水浒传〉》,岳麓书社2006年版,第3页。

者更多人合在一起写，他们往往性格相似或者命运交叉，故而合为一传。

《生命册》作为一部凡十二章近四十万字的大部头著作，在叙事方式上就借鉴了《史记》《水浒传》描写人物的列传形式，先后写出了"我"（吴志鹏）、老姑父、骆驼、梁五方、范家福、夏小羽、虫嫂、杜秋月、刘玉翠、春才等十几个不同的生命故事，其中单数章以"我"的命运为主体，作为最大的一篇传记贯彻整部小说，偶数章则以无梁村那些形形色色的生命为主，彼此独立却又共同构筑起了乡村的生命群态。这样就做到了把各种人物的个性命运从宏大叙事中解放出来，能够给作者腾出足够的创作空间来浓墨重彩、精细入微地雕琢每一个人物。同时这些人物也分单传合传来写，梁五方、虫嫂、春才都是一人一章单独讲述描写，可视为单传。而杜秋月与刘玉翠，老姑父与吴玉花则始终被放在一起来写，因为他们一生的命运都纵横交错在一起，小说的戏剧冲突也大多因他们的矛盾而起，围绕他们的矛盾而写，故而不可分割，可视为合传，而小说最大的合传，笔者则认为是单数章节，也即"我"的那部分故事。在这一部分，通过"我"的生命经历，作者将这个过程中与"我"发生生命联系的众多人物如骆驼、梅村、范家福等人的形象逐一展现，共同构成了那部分离开土地进入城市闯荡的乡村生命的合传。

纪传体这种叙述方式在司马迁和施耐庵达到了顶峰和走向了成熟。其突出标志之一就是作者在这里不仅以人为主，而且还注意到了各个篇章之间的内在联系，将一个人的事迹分散在不同的章节叙事，从不同的角度来观察、审视同一个人物、事件，这样可以主次分明，使得行文明白晓畅，又能鲜明饱满地塑造人物的性格，向读者展示了其多面性和复杂性，称之为"互现法"。李佩甫作为一个深厚汲取中国古典文学养分的当代作家，自然也深谙此等笔法，并将其运用到小说中。梁五方的生平除了在小说第四章集中记录外，这个人物也多次出现在吴志鹏传和蔡苇香（后改名蔡思凡）传中，老姑父在第二章之外，早已用纸条和电话多次登场亮相；"我"和骆驼的诸多暗号，比如"杜秋月"表示"面临危险，要立即回头"、梁五方代表"过头了"、老蔡代表"要注意分寸"，都是人物性格在其他章节的另一种展示方式；至于那些常出现在"我"口头的歇后语，如"春才下河坡——去球"，早已在春才传之前多次出现，既暗示了人物命运，也引发了读者的阅读期待，为春才的登场做好了铺垫，凡此种种，皆为"互现法"穿插纵横之表现，愈变愈奇，愈变愈见作者行文之妙。这样的笔法其效果也显而易见，骆驼、梁五方、虫嫂、春才这些人物不论在命运的独特鲜明还是性格的宽广和复杂上，都达到了相当的高度，笔者也以为，众多人物形象的成功塑造，是《生命册》最突出的艺术成就之一。

而从人物的衔接分合来看，金圣叹特地提出所谓的"莺胶续弦法"和"草蛇灰线法"。"莺胶"据说是一种黏合力极强的煎胶，可用之黏结拉断了的弓弦，所谓"莺胶续弦"即在描写一个人物的经历要告一段落时，让他与另一个人物在特定的场合相遇产生交集，从而自然而然地慢慢过渡到对另一个人物命运的描写上。如鲁智深倒拔垂杨柳引出林冲，宋江踢翻炭盆引出武松等。在《生命册》中，首先叙述的是"我"考上大学刚进入城市的故事，而后在第二章笔锋一转转到"我"的童年记忆，"我"生下来就是一个孤儿，在老姑父的抚养下由无梁村的女人集体喂奶养大，摸过无梁绝大多数女人的屁股和乳房，因为"那是老姑父批准的"，"现在，我要给你说一说老姑父了"，而后就自然而然地引到了老姑父也就是蔡国寅的叙述上去。《生命册》人物众多，如树枝一般交叉纵横，作者能将其无缝连接并且统一联系在一起，很大程度上正是用了"莺胶续弦"之法才得以如此。而"草蛇灰线法"，即好比蛇穿过草丛、线拖过炉灰，留下了很恍惚细微的痕迹，在文章中则表现在多次交代同一事物，反复使用同一词语，形成一条若有若无的线索，贯穿于情节之中。《水浒传》中武松打虎前一连写到十八次"哨棒"，《红楼梦》中屡屡出现的判词、戏文，均是文章隐性的线索。在《生命册》中，也有多次出现贯穿通篇的那些特定物象，如老姑父写着"见字如面"的纸条、骆驼藏在保险箱里的秘密材料、那盆据说埋着老姑父人头的"汗血石榴"，这些物象的设置，一方面增添了小说的悬念，另一方面也如一条隐线般串起了整个小说的众多人物，使之相互呼应，将重要叙事单元缝合得天衣无缝，使全篇游而不散，做到了个性与共性的统一。

综而论之，李佩甫的《生命册》在思想情感上继承了我国古代文学中伟大的诗教传统，在对笔下一个个人物的毁灭殒命的描写中展开了对内部人性之劣与外部环境之恶的多维度批判，而这种批判同时又遵循了"温柔敦厚"的诗教原则，富含一种节制的张力与收敛的美德；而《生命册》在塑造人物形象方式上也深得比兴之助，通过对无梁大地上树木花草的描写来映衬那些乡村生命的形象，使其特点更为突出与鲜明，并且赋予了小说张弛从容、回环有度的节奏之美；在结构小说方面，小说直承《史记》《水浒传》这些古典文学的笔法，以"列传""互现""鸾胶续弦""草蛇灰线"等方式来结构小说，使之寓鲜明独特个人于广阔宏大的乡土叙事之中，做到了个性与共性相统一。李佩甫对这些古代文学笔法的谙熟于胸和自如运用，既显示了作者宽阔的视域和不凡的才力，也赋予了作品沉厚的文化分量和饱满的精神内质。

原载《文艺评论》2016年第5期

李佩甫小说论

孔会侠

　　李佩甫是以"小说"来表达他的"大说"的。这句话蹦出来的时候，我没有做褒语的倾向，也没有下贬语的意思，只是想尽可能地为他的小说创作找一句概括。他得于此，作品厚重而指向大时代的社会批判与反思；但他也损于此，这定向文学追求的固执棚架了他的文笔，使其无法贴向具体个人生动复杂的微妙内在，而是专注在社会性或集体性特征的归纳与现象概括上。从1978年发表在《河南文艺》上的第一篇小说《青年建设者》，到2012年出版并连续获得各种奖项的《生命册》，一直如此。为什么？生于20世纪50年代的这一代作家，内在精神诉求的构成中，对自我生活的关注都淡弱于对国家民族命运变迁的忧患。我想，这是那个年代成长起来的作家的宿命，很难讲对他们是哺养中某种意义的成全，还是限制中某些方面的桎梏。人无法选择其成长环境，只能受其影响和塑造。佩甫他们这代作家，心里最早被埋下的那颗种子是关于奉献和牺牲的，他们与世界的关联点是他们自身对世界的意义，他们顽固的文字情结体现于他们痴情于文字负载社会批判、人心改良的大道追求。

　　那么，佩甫在"小说"中"大说"了什么呢？佩甫的写作就是对经验的不断反刍，在反刍中升华着认识，在认识中完成着"大说"。说说植物，从植物身上领会生命形态与土壤的生成关系；说说"人场"，在人情关系的透视中疑惧与现代社会标准相悖的生存规则；说说过去，在怀恋过去的一点一滴中渴望寄托无以安身的惶急灵魂；说说现在，在观察当前的种种世态中捕捉并勾勒驳杂时代图景的精神轮廓。当然，归根结底，他一直在"说"自己，和自己想要以文字介入时代变化的内部、以其解决时代精神问题的执念。尽管佩甫的小说与他个人生活的重叠交合非常少，但文字什么也藏不住，他的性格和情绪、认识和思考、矛盾和痛苦，他对生活的理解，对文学的理解，甚至他在写作过程中矛盾情绪使然的停顿犹豫，或急切表意使然的不管不顾，都暴露在外。尤其是从1986年的《红蚂蚱 绿蚂蚱》开始，他寻找到了自己的文学疆域，也同时寻找到了那个叫作"李佩甫"的叙述者，此后，这个叙述者实际上就是他文字世界的头号主角了。

一

佩甫从童年开始，就注定成为这样的佩甫了。作家的童年是他们创作生命的母体，在童年，他们第一次感受了偌大世界里的复杂人情世故，并从此刻骨铭心；他们在混沌中建立了自我在社会人事中的位置和方法，这成了他们观察和把握世界的视角。他们在童年经历过的往事是他们生命体验的原色，他们经历过的情感是他们日后文字的基调，他们渐渐形成的性格和习惯，是他们在文学世界中的行进方式。佩甫也时常强调童年经验对他的意义，他说："我一直有个观点，一个人的童年，几乎决定他的一生。在童年世界观基本定型了，后来会不断修正自己，但不会发生太大变化。"[1]于佩甫而言，他的童年经验和性格中的固执、内警，是他文学事业的难得成全，但同时，有些经验的教训和性格中拘谨、怕事的那一面，也成为他文字书写中难以避免的局限。

佩甫生于城市，但他大部分的笔墨却倾注到了乡村，而且深情得好像是乡村人天生的兄弟姐妹一样，他们的生活变化和精神痛苦时常牵扯着他的神经悸动。这要从佩甫童年经历的另一部分说起了，关于这部分生活的回忆，他在

---

[1] 李佩甫：《上网写字不能叫创作 警惕庸俗化的泛滥》，《中华读书报》2012年5月3日。

文字中表露得最多、最深情。中篇小说《黑蜻蜓》道出了这段生活与他写作选择之间的因果。小说先迫不及待地交代了他跟乡村的关联基础——恩惠。"那时小脏孩就是一个小要饭的。他赤肚肚儿穿一小裤头，很黑，很瘦，一身肋巴骨，还拖着长长的鼻涕。他八岁了，在城里上小学一年级，饿得不像城里人。他来乡下就是为了糊一糊总也填不饱的肚子。"[①]二姐带他在庄稼地里四处转悠，吃野果、烧红薯、找花生，他认识了广阔无边生机勃勃的田野。不仅是二姐，还有舅们的照顾，姥姥每晚说不完的"瞎话儿"，与孩子们一起白天割草、夜晚在月明地里疯耍……整个村庄赐予了他童年记忆另一种新鲜广阔的自由与源于人心、人情的温暖，于是他将灰茫茫的天、苍黄黄的地刻进记忆，将绿油油的庄稼地、羊肠般的道路，以及混合了臭味和腥香的牛粪刻进记忆，将路边不起眼但蔓延成片的野草、带着细细尘沙和青味儿的风刻进记忆。成为作家后，他明白了：这记忆恩养了他一辈子的写作，写他们是自己的情不自禁，是责任的选择——在这群人立场上发声。因此，写作大地是他坚持的方向，是受恩者带着亏欠心理的感动与反哺。

李佩甫
研究资料

二

佩甫从1978年开始发表作品。他写作的第一阶段是从1978年到1985年，这期间他发表的作品有：《青年建设者》《在大干的年月里》《谢谢老师们》《憨哥儿》《二怪的画》《多犁了一沟儿田》《我们锻工班》《十辈陈轶事》《青春的螺旋线》《小城书束》《蛐蛐》《森林》。这些作品在佩甫的文集中基本没出现过，在关于佩甫的评论中也罕被提及，这相当于一个孩子的蹒跚学步，他还没确定自己的方向，还没形成自己的步伐特征，但仔细辨析会发现：这蹒跚中却已经蕴含以后的步履身姿。这时期的创作简单、青涩、生硬，像个愣头小子的初来乍到，却有股真诚的不屈不挠的劲头。这个时期的佩甫，勤奋内秀，进步速度挺快，几乎每篇作品都有某个方面的改变和突破，而这些突破

---

① 李佩甫：《黑蜻蜓》，《中国作家》1990年第5期。

点也被他在以后的创作中继续践行。

从1981年的《憨哥儿》开始，佩甫转向写农村人事。《二怪的画》《多犁了一沟儿田》《十辈陈轶事》《蛐蛐》《森林》是这时期的代表作品。城市生城市长的佩甫，其文笔的自如灵活却是从写农村人事开始的，是"憨哥儿"这个"双栖"人物启示了他的关注转向。憨哥儿是接班到工厂的青年农民，他踏实肯干，善良厚道，但被城里工人（尤其是有关系的那些）取笑，什么好事都轮不到他。但他最后赢得了漂亮"师姐"彩凤的喜欢，羡煞人也。这篇小说里，他没有意识到的潜意识里的"城乡对立""乡暖于城"的情绪在文字间先破了土。《二怪的画》中，他用河南方言进入了文学思维，并对天地自然初次回味："五更，苍苍的，天地尚分不清鼻眼儿。"[①]二怪有个没成色的父亲，他很早就明白了要靠自己成长、强大。这里，乡村场的"成长课"拉开序幕，一系列孩子们在这个背景中及早走向了人生。《多犁了一沟儿田》写黑子与德贵为争执是否多犁了一沟儿田差点打架，最后是孝敬公婆、恩养孩子的寡妇秋嫂来批评一顿。这里，秋嫂作为民间道德典范的权威性开始出现，佩甫诉求民间道德来解决实际问题的思维方式在此刻萌芽。随后的两个短篇《蛐蛐》《森林》是早期创作成绩的体现，也是他个人对农村的诗意情感和与自己发狠死磕的个人性情的体现。他从这两篇小说，进入了作者的主观世界。《蛐蛐》开始诱惑人沉醉了，《森林》写三个"阳壮壮的汉子"的攒劲憋气，改变现状实现理想的心理。在《森林》这篇小说里，佩甫以"没有关系"的乡下"弱势"蕴蓄愤恨能量、等待爆发的情绪，叙述着汉子"阳壮壮"改命运、打天下的内宇宙，是佩甫由外在描写到内心塑像的突破。这股对不公平怒而自狠的情绪弥漫在佩甫此后的所有作品中，既是他明显的对立情感和思维、双线互比结构形成的原因之一，也是他追求平等、公正、仁义的思想内核在文字中作为社会判断基点的呈现。

三

---

① 李佩甫：《二怪的画》，《莽原》1981年第2期。

1985年到1992年，是佩甫写作情绪最饱满激越的一段时期，作品由此直入佳境。这段时期的佩甫，以"地子"的身份进入了对中原大地的书写。但这个"子"，尽管有血缘关系紧密相连，尽管佩甫从心态到笔势都与他们同荣辱共命运，但终究不是浸泡于乡村场的亲子，而是心怀亲近悉心观察着的外子。

1985年，李佩甫发表了《小小吉兆村》，这个中篇可以视作前一阶段的收尾，也可以看作新一阶段的引子。佩甫的文笔介入了村场里复杂的生存背景。我将它放在这里，是因为它跟这个新阶段的写作更为一致。佩甫灵魂里有个"黄土小人儿"，他之前不知道，经由"小小吉兆村"，他发现这小人儿在他心里守着一屋子的珠宝藏身门后。于是，他怀着狂喜打开门，放这小人儿到阔大的乡村世界里奔跑，然后追寻着他的足印一笔笔写下这村庄的精魂。佩甫的写作激情充分鼓荡起来了，这个时期是他创作生命力的勃发，既有对乡村记忆的默念怀想，也有对乡村历史的想象追溯，还有对乡村当下变势的急惶恐虑。有时候，他以人物或场景的拼贴组合描写一个村庄的风情；有时候，他以"花开两朵，各表一枝"的双线交替将小说直接扯入阔大的几十年的时空构架中抚今追昔；有时候，他以不可抑制的强烈情绪用第一人称的"我"和第二人称的"你"来倾诉解不开的困惑和挣不脱的自缚。

《红蚂蚱 绿蚂蚱》开始，佩甫在刚发现的自己的经验世界里，实现了真正的打通，他进入了自己的记忆和情感深处，找到了他语言的思维方式。这个作品像他模糊涵蕴了许多年而终于唱出的牧歌。这牧歌唱出了舅们艰辛中的善良，唱出了舅们灾难后的坚韧，唱出了舅们劳动时的壮美，还唱出了五姨一片真心换负心的可怜。佩甫带着满怀感激，和着瞎子舅的琴声，唱出了"姥姥的村庄"的"村味儿"，跟其他村庄一样五味杂陈混杂一气的"村味儿"。《红蚂蚱 绿蚂蚱》就像从心底深处缓缓流出的单纯明朗的前奏，不久，他连续写下这样的一系列中篇小说，如《红炕席》《送你一朵苦楝花》《黑蜻蜓》《画匠王》《无边无际的早晨》《村魂》《田园》《豌豆偷树》《乡村蒙太奇》等。但曲调就复杂而多变起来，好像几种不同的声音相和相冲，共同鸣奏着这乡村难辨明难诉尽的众生相。这乡村仍是无私而善良地给人以哺养，这大地仍是宽厚地托养着人的生息，但佩甫已经正视并且开始在大视野中的审视，写乡村阴暗而残酷的另一面。在《豌豆偷树》中，他再次聚焦"有毒的成长"，以一位教书育人的王文英老师的视角，深入到了乡村权力和乡人势力如何让一颗幼小的心灵在被伤得越残的情况下，一日日地弥坚起来。他痛恨地批判这没是非趋附强势的人场，他担忧这被毒素侵蚀了的心灵还能不能健康起来。《乡村蒙太奇》的最后，人们像黑夜里冒出来的一个个恶鬼，嗷嗷叫着抢光了保松家的果园，逼得保松以"上吊"进行控诉与讨伐。村场此刻像残酷的动物场，强者将弱者捆绑至此，将他们的尊严一层层剥下，弱者将更弱者捆绑至此，以更残忍的戾气施虐，发泄心头长久沤下的心火。

1986年《小说家》的第5期，发表了佩甫的第一部长篇小说《李氏家族的第十七代玄孙》（下简称《李氏家族》）。《李氏家族》是部很有价值的作品，既是当代文学第一部书写家族史的文本，又是佩甫被点燃后才思迅速喷涌的佳作，也是佩甫创作所抵达的第一个高峰。这是篇没有固定明确的意义指向、反有复杂意味多处潜藏，让人停顿沉思且不断有新感受产生的好作品。《李氏家族》用有限的先辈生活片段与当代人生活片段交替出现，组成了一个浩浩渺渺的无限延续的家族发展史。这家族历史的追溯，何止是李姓人的繁衍史？是每一个人隐在茫茫黑暗中漫长坎坷的来处，是我们民族从蛮荒到近代的动荡发展史。佩甫此刻已经进入了他后来不断深入思考的命题：时代变化中的乡人的生活动荡与精神不安。家族过去与现在的关联，佩甫有困惑与感慨，却不下结论，只是真诚而忠实地还原、展现，但在无声无息间还是敏感而机警地嗅到了那个气息：断裂。血脉代代相传，会有不变的东西在底部沉淀，但断裂和遗忘还是发生了，这在中国乡村的发展中，是已经公知的事实。先辈的经验不再构成今人的参照，先人的传统不再成为今人的守诫规约，先人的精神不再是今人精神的营养，先人的脏污也不再是今人反观的明镜。断裂则传统之根枯萎，遗忘则负面毒素重焕生机。《李氏家族》是佩甫写作和思考上的一次飞跃，是他确立知识者的理性审视和现实批判的体现，他赋予了人事存在以感情之外的眼神和视角，同时，创造性地使用了他以后常用的结构方式：双线并进，一条时间顺序的纵线，一条切开截面、多人事拼贴的横线。

说不清为什么，读《金屋》这部作品，让我常常在想起它时想起路遥的

《平凡的世界》。两部作品都在改革十年间的背景下写作，后者怀着理想主义的相信，相信正在好、会更好，前者却是困惑和疑惧，担忧正在坏、会更坏；佩甫看到了"金钱"把人溃败得一塌糊涂，他看不到"人之为人"的存在，只是一群担不起自己命运也认不清自己灵魂的"愚众"，路遥却塑造了一个亮在无数底层青年心里的精神模范式的人物——孙少平，他在贫穷境况中自尊自强，成长为有独立思想和精神的胜者。《金屋》无疑更有社会性、前瞻性的眼光和预见，但《平凡的世界》却更闪耀着个体生命人格尊严的光芒。《金屋》是则"寓言"，它将写作意义的指向延伸到未来的茫阔时空，在佩甫的创作序列中，它是部重要的过渡作品。这时的佩甫，一股脑儿扎进现实旋涡中，带着先天的距离感，敏感而警觉地辨析着"扁担杨"一丝一毫变化的来由和本质，他用象征性的"金屋"预言了时代转型中的茫乱、人心的失衡。"金屋"是大地上突然耸起的时代象征体，是关于大地在物质进程中命运的寓言，它以无法抗衡的诱惑与力量搅扰着村庄曾经的宁静与安稳，给村庄带来了前所未有的"变乱和灾难"。《金屋》写得劲儿大气儿足，读来让人心怦怦直跳，有几股发源不同灵魂的紧张和悲壮相互撞击着左冲右突。在这部长篇里，佩甫开始重点思考"人场"关系学和"村场"成长课，这是以后佩甫作为思考核心的"人与土地"关系学的具体组成部分，佩甫的这些思考，和后来的认识同一方向，前后呼应地呈现出不断完善、深化的清晰轨迹。难能可贵的是：佩甫在"众人皆醉我独醒"中焦灼不堪，但他却有客观、宏观的历史眼光，他明白这发生是过程的必然，这代价亦是必然。小说的结尾他写道："一位有眼力的村人说：扁担杨村注定要经受这么一个罪孽深重的时期，注定要有人接连不断在那邪光里经受一次又一次痛苦的洗礼。在千百次血与火的冶炼熬煎中，那一声声灵魂的呻吟也许会唤醒扁担杨村那些最优秀的后人。"同时，在感情依恋与理性认识中他倾向了后者，毫不遮掩地直面并揭示了这块土地的残酷与偏狭，在人们生生不息的繁衍中，这个生存场已经形成了自己的习惯和规则，这习惯规则所具有的强大力量附体在一群人身上，毫无情理地"同化"或"排斥"着不一样的异己，成为民族根性顽固未变的劣点之一。

　　这个时期的佩甫，怀恋没有导致对乡村的乌托邦虚化，而是导向对乡村

509

李佩甫

研究资料

事实的更多关注以及由此而来的更多理解、认识和反思。于是，他的土地情感让他痛苦于他的现实发现：年轻人对土地的背叛与逃离，麦玲、小妹、杨如意……向往新生活的欲望与挣脱旧生活的枷锁，让他们义无反顾，但得不偿失的代价让这些失迷在佩甫心里砸下沉甸甸的坑窝。

四

1992年，佩甫写了电视连续剧《颍河故事》——堪称乡土电视剧史上的经典。尽管其情节和人物是几个中篇的合成，但还是消耗了佩甫大量的经验积累，和据经验生发想象性细节的能力。佩甫惶恐地感到提笔空空的危机，于是，1993年就成了佩甫着力寻找突破的调整期。他长久"面壁"，既对自己的写作进行了阶段性总结，又对整个中国文学进行了深入的思考，在这两相交叉的总结和思考中，他意识到必须建立自己的思想体系和语言体系，必须切入精神深处，写出超越"具象社会学"意义的作品。他仍然视线朝下，面对生活的林林总总，在成因链条的追索中，将文字意义深化到社会学之上的历史文化、人性终极等层面。他继续尝试写城市，从家乡小城转向到身处其中十来年的省城，并延续《金屋》的思索，加大笔力集中写欲望病源侵入人心后所引发的系列精神疾病。但怎么写呢？他不愿另辟蹊径，而是让自己的"魔幻"或者"超现实"的小尝试继续拓展，不再是某个具体意象的"魔幻"——比如《金屋》中生硬插叙的金屋的魔幻色彩，《画匠王》中"蛋儿"破袄处的"小麦芽儿"，《满城荷花》中老徐脸上的"人面桔"，而是想整体尝试，探索一下自己在这种写法和想象上的极限。于是他写了《城市白皮书》，借一个有特殊功能的小女孩的"眼睛"，呈现一系列的关于人灵魂形象的"意象"，并让这些有病意象成为长篇小说的主体内容。佩甫也受着现代主义（尤其是魔幻现实主义）的诱惑和逼压，心里那股不撞南墙不回头、不信猫不吃生姜的倔强和不服的性格起了作用，他非要尽全力试一试，非要让自己以非现实的"通灵"叙述进入时代生活的本质深层——繁华表象下危机潜动的时代精神深层。这个因病而开了天眼的小女孩能穿透皮肉看见人五脏六腑的花花肠子，能穿透建筑物看清别人家发生的种种事情，她发现，人心里都有病，各种各样的。她的眼其实是佩甫透视世道人心的镜头，他将遍布城市各个角落的平凡人的内心抖搂个小葱拌豆腐，可见他观察之久、归纳之细、沉淀之久，但这部小说最终还是流于现象整合类的病相报告。并且因画蛇添足地用了"魏征叔叔"的视角和叙述作为补充，一下子将意义空间填塞得过满，像城市的景观一样，连物与物之间的空隙也不存在，让人在有意暗示或明示的密集主题指向中透不过气来。佩甫用力过猛，以千斤重写千斤重，灵动不起来。

1999年，李佩甫的代表作《羊的门》由华夏出版社出版，在当时引起了轰动。大象有形，佩甫写的是养人的大地千百年中所形成的"意形"，是关于中国人社会生存真相的村庄寓言。相信读过《羊的门》的人，一定会被前边写土地和草的篇章震惊住了，没有人这样写过，这么新鲜，这么细致，感觉捕捉得这么准，平原的气息——混合着泥土味，青草味，和人的鼻息，就在眼前、在耳边。《羊的门》是当下生活的寓言，呼天成形象的内涵就是这部书的寓意所在。呼天成谙熟这块土地上的人们，他们草般坚韧，羊般无主，他们不可能承担和改变自己的命运，他们需要一个责任感和能力都强大的"牧羊人"，既手握皮鞭管理他们的日常，又能领他们到丰沃的草场；他深谙土地文化的内核蕴含着现实规则中的有效主导力量——人情，所以他善于经营人场，善于长线短线地以送"私恩"来编织牢固可靠的人际网，以求关键时刻的"公报"；他高度集权，心底坚硬，不仅规划了村民整齐一致的日常生活模式和思想模式，还保留着封建统治者的"独尊""极权"；他练"易筋经"，将外圆内方的智慧以不扬之平的韬略深藏，想完成一个"圣者"的自修，但深具讽刺的是，在貌似完成或战胜中，他远离了自身，失去了自身，连基本的生理欲望的渴求和能力也丧失了。

《羊的门》是典型的双线结构，呼家堡是主线，颍平县是副线，副线印证了主线的实效，是主线意指辐射全国的外证，暗示着这是部国家场的生存寓言，呼家堡不仅仅是一个村，它外联着县、省、国，并因其如鱼得水的发展与通达而象征着这村里的生存规则实质是整个社会规则的外化。读《羊的门》会有种被淹没的感觉，好像水要消失于水中，人要消失于人场中。我于是特别焦急地想在《羊的门》中发现"人"，一个健康、苗壮、完整的"个体"，我看到成者呼风唤雨，但其个人性丧失了，败者俯伏顺应，其个人性也丧失了。"人"哪里去了？剩下一个谢丽娟吗？她也是沾染了病菌泡了一阵染缸的。这就是土地蕴含的内核吗？"人"从来没有作为过"人"，作为过"自己"？我深陷在一种连同自己命运在内的悲哀中——土地之子无法逃离、爱恨交织的悲哀。

富裕了的呼家堡人为什么在呼天成死后发出一夜狗叫？富裕了的"造假村"村民为什么在蔡花枝被抓走后个个缩回脑袋，甚至不去照顾他的瞎子娘任其饿死？佩甫逐渐强烈地认识到：物质贫穷对民性的伤害很大，但精神贫穷的伤害更大，物质富足的国人并没有同时精神进步，反有因物质繁盛而刺激出了更多欲望、欲望将民族精神往更低处拖去的社会现象。《羊的门》后，佩甫就着重思考着精神贫穷、如何摆脱精神贫穷的问题。于是，他写了《城的灯》，这是他力求表达精神拯救的意图，但有"病急乱投医"的急切盲目，有种开不出药方的精神无助。《城的灯》的突出意义在于刘汉香这个人物形象，其显目败处也集中在此。佩甫为求她形象的典范完美，在她身上叠加了太多优点，且不敢让她沾染任何俗世之乐或俗世之浊，最后干脆将她生命的本能需求也禁锢起来。虽然佩甫在扉页引用的仍是《圣经》中的话，但刘汉香却是民间传统道德所升华出的当代圣女、当代烈女，她宽厚善良，将度众生沉沦之心放在弱肩，但不堪重负，最终丧生在风气浸染的年轻人的"恶"手下。刘汉香比呼天成单薄、虚弱很多，但她是佩甫的精神理想化身，尽管其构成要素带着源于民间源于过往的陈旧，但他在后面文字中还是像在写一首悲壮的诗歌，关于昂扬与挺拔、纯粹与执着。佩甫想往更虚上写，想从这片土地上升华出一片神性之光，但这片土地的现实气太重了，她最后还是"玉碎"在现实的泥沼。但佩甫最终成全了她，也成全了自己的执意，让她成为大地上的一个"传说"。佩甫以文学价值上的牺牲堆起了一个供人们下跪忏悔的"香姑坟"，点亮了一盏城市进程中灵魂迷途知返的"灯"。《城的灯》中，点心匣子、烟盒纸做的作业本等过去小说的细节再次出现，暴露出作者生活体验的透支，他对当前农村生活不再熟悉，不再亲切，不再理解。这恐怕也是50后作家长期与时代对话式写作所面临的整体困惑与不足。

《生命册》是耗费佩甫心力最多的一部作品，因为在写《生命册》之前，佩甫似乎就明确了这部书对自己终生写作的意义。于是，他将50多年的生活经验和30多年的写作经验都在心里重新盘点，再次在面壁状态中长久反刍，他渴望多方面的突破，而突破对于拘谨而求稳的佩甫来讲，是件不易的事情。这部作品，事实上是在检省来路的过程中思考前途：社会发展的几十年现象反思，试图在困厄中寻找"让筷子竖起来"的方法；叙述状态和方式的经验反思，试图克服以前写作的明显不足。印象深刻的变化是：是时间的磨砺让佩甫缓解了情绪，面对社会世相更加理性宽和，于是，那常常敛不住的惶急之气几乎不见，叙述从容舒缓，从而尽力避免了《羊的门》《城的灯》的"半部现象"，以长至五年的时间硬是将三十多万字的写作情绪和思索一撑到底。这是有意做到的，为这点，他甚至把自己的写作情绪和状态再次调整到了"蚂蚱时期"。同时，他"取长"延续这么多年攒下的写作经验，过去乡村场的构成人物仍写得鲜活生动，命运感很强。但在这些人物和情节中，那背草捆、编席子、吃百家奶、烟纸盒写作业等重复性内容，仍凸显着一个"外子"凭听闻目睹所得的经验在生发作家想象性细节过程中内源不足的制约。但是，他很注意积累与时俱进的新经验：一方面频繁地下农村走，了解新变化，沉淀新感受，着意弥补1990年后农村生活经验匮乏而导致的"慢拍""跑调"现象；一方面积极发掘积攒下的都市生活经验，并保持与周遭变化同步"合拍"，主动炒股，体会人物可能有的心态起伏。他让几十年的"郑州"生活体验发酵出了一种独特气味，与乡村场的变迁混合一起，显示了中国大地上城乡场已难分彼此，共同经历着时代的急促变动，这让作者对于社会转型的思索更加深远。

一个作家所创造的人物序列里，一定有一个是他自己形象的"孪生"，而《生命册》中的吴志鹏，就是佩甫自己，他第一次破天荒地写了距离自己最近的人物。吴志鹏身上叠印了佩甫的经历、思考、性格和情感，他的"有背景"，他的"背着土地行走"，其实就是佩甫在坦陈这么多年来他与土地的关系和这关系的因缘，土地给他的沉重是注定，给他的成全也是必然，是土地让他保持清醒，在时代旋涡中得以身入心离、适可进退。佩甫以自身体验塑造这个人物的用心就在于此：精神贫穷的人们只有精神富足才能得到拯救，精神富足的表现就是一个人有思想、有认识、知反省、能修正。他的形象是刘汉香形象的延伸、克服与超越。这部小说是佩甫关于农村与城市现状的思考，城乡在这个历史点以奇特的组合同质化了。"《生命册》的城市叙事包裹了故乡人的命运，而乡村叙事又演绎了现代性的嘴脸，它们是彼此依存、难以割舍的充满了自身矛盾的整体。"在这部整体性的城乡叙述中，佩甫的新发现和新认识得以充分表达，但新困惑和新忧患却在怅惘中难以解决，他只能回归无梁村，在目睹无梁村的"水尽鱼飞"后，试图寻找"让筷子竖起来"的方法。他就这样一如既往，在发现后思索，思索后困顿，困惑中寻找，即便自知无望也决不放弃希望。他就这样在不知何为但定要为之的结尾，强化了回归健康人性、理智"正面建设"良性社会发展的宏愿。

佩甫对文学怀有神圣之心。莫言获得诺贝尔文学奖的时候，佩甫特别激动，他说："莫言为我们这一代作家的写作画了一个圆满的句号。"佩甫内心里有和深切的社会责任感一样重的文学使命感。文学对于佩甫的意义，是出口、寄托、追求，是佩甫几乎整个的世界。他愿意沉溺其中，他甘心摒弃一切享乐与闲暇，烦恼与实务。他希望以委屈、牺牲去维护一个不受干扰的世界。他把他的情感、思想、痛苦都投射到了这个世界。他的文学世界是一句句大地的声音，从遥远处而来，从历史深处而来。佩甫热爱这块土地，他一次次凝视，一次次反刍，一次次形而上地深思。于是，这块土地在他心里发了酵，散发出混杂而强烈的气息，那气息日夜流转在佩甫的血液里，飘散在他的口鼻前，他时而沉醉时而厌恶，时而激动时而愤慨，时而在简白中温暖，时而在芜杂中绝望。

每个作家都有自己逃不过的作茧自缚，因为性格，因为经历，因为情感，因为思维。佩甫比较保守、克制，因此局限性明显，导致读者对其重复性细节、类型化人物、社会性总结、单向度推进等方面产生阅读倦怠。但佩甫就是这样，当他将目光紧紧地锁在大地上的一切的时候，久久注视的大地就是他的视域和精神聚焦，忘记了仰头看看天的高远，星河的灿烂，忘记了闭目任神思自由玄游几番。

原载《小说评论》2016年第5期

附录：李佩甫研究资料索引

1. 黎辉《当代青年农民形象的新开掘——简评小说〈窗户〉〈十辈陈轶事〉》，《奔流》1983年第8期。

2. 乐平《李佩甫小说漫谈》，《奔流》1984年第10期。

3. 何彧《男人们，中原的男人们哦——读李佩甫小说有感》，《奔流》1986年第9期。

4. 甘以雯《深沉的性格　多彩的人生——读〈李氏家族的第十七代玄孙〉》，《小说评论》1987年第1期。

5. 杜田材《创新：宽阔而狭窄的路——从李佩甫近作说到创作的突破》，《奔流》1987年第4期。

6. 亦文《从〈红蚂蚱〉到〈李氏家族〉》，《小说家》1987年第6期。

7. 小风《老实人，却不是弱者》，《小说家》1987年第6期。

8. 刘忱《从蛛网里挣脱出来——简评〈李氏家族的第十七代玄孙〉》，《理论月刊》1987年第1期。

9. 张宇《实实在在的李佩甫》，《文艺报》1987年1月17日。

10. 庄众《琐记李佩甫》，《百花园》1988年第5期。

11. 南丁《李佩甫与他的小说》，《文艺报》1988年4月16日。

12. 林焱《现实与神话的二重走向——评〈李氏家族的第十七代玄孙〉》，《当代作家评论》1989年第1期。

13. 周百义《历史进程中的人性谛视——读长篇小说〈金屋〉》，《小说评论》1989年第2期。

14. 占春《无罪的大地——读李佩甫的〈金屋〉》,《当代作家》1989年第3期。

15. 杜田材《思辨理性的追求与表现——评〈送你一朵苦楝花〉》,《莽原》1989年第3期。

16. 庄众、曾凡、李佩甫《象征的金屋与〈金屋〉的象征——一次没有结束的讨论》,《小说评论》1989年第6期。

17. 曾凡《李佩甫与他的小说》,《人民日报》1989年6月6日。

18. 陈继会《善与恶的悖论:〈李氏家族〉的历史哲学——读〈李氏家族第十七代玄孙〉札记》,《小说评论》1990年第2期。

19. 吴方《乡土情思与李佩甫近作》,《北京文学》1991年第1期。

20. 张宇《早晨的风景——读〈无边无际的早晨〉》,《北京文学》1991年第1期。

21. 潘年英《李佩甫小说语言的文化意味:读〈黑蜻蜓〉札记》,《今日文坛》1991年第2期。

22. 王鸿生《追问与应答——李佩甫和他的神话视界》,《上海文学》1991年第6期。

23. 梅蕙兰《凝冻的厚土与跃动的大地——李锐与李佩甫创作比较》,《中州学刊》1992年第1期。

24. 张剑桦《“喧哗与骚动”之后的思索——读〈金屋〉札记》,《许昌师专学报(社会科学版)》1992年第1期。

25. 汪淏《“问讯”与“审判”:李佩甫〈无边无际的早晨〉读评》,《小说评论》1993年第1期。

26. 陈继会《永恒的诱惑:李佩甫小说与乡土情结》,《文学评论》1993年第5期。

27. 孙爽《走向大平原——〈颍河故事〉座谈会摘要》,《当代电视》1994年第2期。

28. 雷达《在剧变中探究乡土之魂——略论〈颍河故事〉的艺术成就》,

《中国电视》1994年第3期。

29. 鲁枢元、李佩甫《关于文学与精神生态的对话》，《莽原》1994年第4期。

30. 吴喜华《紧扣一个"逼"字：看电视剧〈颍河故事〉》，《电影评介》1994年第6期。

31. 寇保刚《〈颍河故事〉外的故事：记著名作家李佩甫》，《文学报》1994年3月1日。

32. 何向阳、李佩甫《文学与人的神话》，《文学世界》1995年第4期。

33. 乔美丽《描述对象的转型：评李佩甫中篇小说〈夏天的病历——城市白皮书之二〉》，《莽原》1996年第2期。

34. 何弘《铁肩担道义，妙手著文章：李佩甫新作〈城市白皮书〉研讨会纪要》，《莽原》1996年第5期。

35. 陈继会《拷问"城市"》，《东方艺术》1996年第5期。

36. 彭加瑾《"平常故事"不平常：看电视剧〈平平常常的故事〉》，《当代电视》1997年第2期。

37. 陈继会《〈城市白皮书〉：当代城市精神生态的忧思和拷问》，《小说评论》1997年第2期。

38. 张喜田《城乡、古今中的挣扎与修炼——李佩甫创作论》，《河南师范大学学报（哲学社会科学版）》1997年第3期。

39. 孙荪《捕捉变化中的乡土精灵——李佩甫散论（上）》，《中州大学学报》1998年第1期。

40. 晓慧《失业不失志　自尊得自立——评李佩甫的小说〈学习微笑〉》，《西安教育学院学报》1998年第2期。

41. 申霞艳《"现实主义冲击波"冲击什么：从〈学习微笑〉谈起》，《中山大学研究生学刊（社会科学版）》1998年第4期。

42. 伊夫《难忘岁月——红旗渠故事》，《当代电视》1998年第6期。

43. 雷达《永恒的财富——〈难忘岁月——红旗渠故事〉的创意与风格》，《中国电视》1998年第12期。

44. 胡勇《一部反映下岗职工生活的好小说：读李佩甫的小说〈学习微笑〉》，《河南教育学院学报（哲学社会科学版）》1999年第1期。

45. 李少咏《画出当代人的困窘与希望——读解李佩甫中篇小说〈学习微笑〉》，《周口师范高等专科学校学报》1999年第1期。

46. 张书琴《民族精神的开掘与重建：电视剧〈红旗渠故事〉解读》，《东方艺术》1999年第2期。

47. 李胜先《李佩甫的长篇小说〈羊的门〉》，《中外文化交流》1999年第5期。

48. 何弘《众说纷纭〈羊的门〉》，《莽原》1999年第6期。

49. 张国文《李佩甫长篇新作〈羊的门〉评介》，《海峡两岸》1999年第9期。

50. 孙荪《初识呼天成：读李佩甫的长篇新作〈羊的门〉》，《文论报》1999年第9期。

51. 《对现实生活的深邃透视：李佩甫新作〈羊的门〉研讨会发言纪要》，《文学报》1999年7月22日。

52. 侯耀忠《一种发自灵魂的声音：李佩甫与他的〈羊的门〉》，《文艺报》1999年8月26日。

53. 丁增武《"批判"的恢复——析〈羊的门〉的主题意向》，《小说评论》2000年第1期。

54. 李伯勇《"村妇性生存"的全息裸示——〈羊的门〉阅读笔记》，《小说评论》2000年第1期。

55. 黄书泉《长篇小说阅读札记》，《小说评论》2000年第1期。

56. 聂雄前《绝对的错误：〈羊的门〉之我见》，《芙蓉》2000年第2期。

57. 翟业军《棋子走不出棋盘——李佩甫〈羊的门〉片论》，《徐州教育学院学报》2000第3期。

58. 张宇《打开〈羊的门〉》，《当代作家评论》2000年第3期。

59. 刘思谦《卡里斯马型人物与女性——〈羊的门〉及其他》，《当代作家评论》2000年第3期。

60. 曲春景《权力文化的叙述结构》，《当代作家评论》2000年第3期。

61. 甘以雯《一部13年后依然走红的长篇》，《全国新书目》2000年第3期。

62. 曲春景《放牧人群：从苏格拉底到呼天成》，《文艺争鸣》2000年第3期。

63. 赵修广、晏立东《乡土恋歌与悲歌——论李佩甫乡土小说的双重主题》，《淮北煤师院学报（哲学社会科学版）》2000年第3期。

64. 周志雄《论李佩甫小说中的"成功者"形象》，《河海大学学报（哲学社会科学版）》2000年第4期。

65. 摩罗《悲悯与拯救》，《读书》2000年第5期。

66. 郭力《穿行于历史与现实之间的寓言写作——〈羊的门〉阅读札记》，《北方论丛》2000年第6期。

67. 张宁《我们的"现在"和"现代"》，《上海文学》2000年第7期。

68. 奚同发《创造富有民族特色的形象：与作家李佩甫谈长篇小说〈金屋〉》，《文学报》2000年8月31日。

69. 郭海军、李向明《现实的寓言图式——关于〈羊的门〉的一种疏解》，《内蒙古民族大学学报（社会科学版）》2001年第2期。

70. 侯运华《论李佩甫的小说创作》，《河南大学学报（社会科学版）》2001年第2期。

71. 姚晓雷《乡土呈现中的一种知识分子批判——李佩甫小说的一个主题侧面解读》，《平顶山师专学报》2001年第3期。

72. 蔡莹《析〈羊的门〉和〈软弱〉中的豫中文化》，《伊犁教育学院学报》2001年第3期。

73. 杨玉东《生命与生存——从〈活着〉和〈羊的门〉看生命的意义和生存的本质》，《南京理工大学学报（社会科学版）》2001年第4期。

74. 朱菊香《呼天成形象的文化意蕴——评李佩甫的小说〈羊的门〉》，《芜湖师专学报》2001年第4期。

75. 曾镇南《中国乡土小说三家略论》，《理论与创作》2001年第5期。

76. 刘学林《种植声音的李佩甫》，《热风》2001年第7期。

77. 赵修广《天使与祸水——〈静静的顿河〉、〈白鹿原〉与〈羊的门〉男女关系模式散论》，《淮北煤师院学报（哲学社会科学版）》2002年第1期。

78. 颜婉蓉《〈败节草〉人物精神赏析》，《内蒙古电大学刊（教学辅导版）》2002年第2期。

79. 姚晓雷《试论李佩甫笔下的反叛一族》，《杭州师范学院学报（社会科学版）》2002年第2期。

80. 方向真《背叛的尴尬》，《中州大学学报》2002年第2期。

81. 李灵萍《揭开人情文化封建陋习的冰山一角——论〈羊的门〉对传统人情交往的反思》，《浙江海洋学院学报（人文科学版）》2002年第2期。

82. 胡焕龙《沉痛的历史与文化反思——读李佩甫长篇小说〈羊的门〉》，《淮南师范学院学报》2002年第4期。

83. 赵卫东《"村支书"和他的反抗者——〈羊的门〉等五部乡村叙事文本解读》，《小说评论》2002年第6期。

84. 文贵良《话语与权力的互动生长——呼天成形象分析》，《书屋》2002年第11期。

85. 尹季《家族小说〈羊的门〉中的乡村国民性格》，《河北工程技术职业学院学报》2003年第1期。

86. 雷达《李佩甫〈城的灯〉》（雷达专栏：长篇小说笔记之十七），《小说评论》2003年第3期。

87. 王洪辉、郝崇《〈羊的门〉的家族神话与悲剧性反讽——陷落的乌托邦》，《北华大学学报（社会科学版）》2003年第3期。

88. 贺绍俊《印象点击（040-049）——〈城的灯〉》，《当代作家评论》2003年第4期。

89. 杨庆东《解读〈羊的门〉》，《山东省青年管理干部学院学报》2003年第5期。

90. 王健、赵志英《〈羊的门〉三题》，《江苏教育学院学报（社会科学版）》2003年第5期。

91. 庄桂成、岳凯华《善与恶是人性中的天使和魔鬼——读李佩甫的长篇小说〈城的灯〉》，《当代文坛》2003年第6期。

92. 刘海燕《李佩甫：来自平原的声音》，《作品》2003年第10期。

93. 周百义《李佩甫激情点燃城市之灯》，《大河报》2003年3月20日。

94. 周百义《李佩甫：我一直在研究"土壤"》，《中国文化报》2003年3月20日。

95. 蔚蓝《城灯光照下的尘世意象：评李佩甫的长篇小说〈城的灯〉》，《文艺报》2003年3月25日。

96. 周百义、秦文仲《李佩甫用激情点燃"城市之灯"——关于长篇小说〈城的灯〉与作者的对话》，《人民日报（海外版）》2003年4月22日。

97. 刘学林《文学豫军的崛起与突破》，《中国艺术报》2004年4月30日。

98. 贺绍俊《农业文明的最后晚餐》，《中华读书报》2003年5月28日。

99. 雷达《〈城的灯〉中的圣洁与龌龊》，《中华读书报》2003年6月11日。

100. 侯耀忠《生命意义的永恒追寻》，《光明日报》2003年7月2日。

101. 樊希安《向往城市的代价》，《光明日报》2003年8月21日。

102. 张正华《李佩甫〈羊的门〉的创作特点》，《郑州航空工业管理学院学报（社会科学版）》2004年第1期。

103. 舒坤尧《荣格与牧羊群》，《美与时代》2004年第2期。

104. 姚晓雷《"绵羊地"里的冷峻剖析——李佩甫小说的主题方面的解读》，《文艺争鸣》2004年第2期。

105. 陈宣良《"我们"的道德意识结构——从小说〈羊的门〉说起》，《开放时代》2004年第3期。

106. 何西来《道德的和宗教的救赎——读〈城的灯〉》，《南方文坛》2004年第3期。

107. 何向阳《羔羊生命册上的绳记——评李佩甫长篇〈城的灯〉》，《南方文坛》2004年第3期。

李佩甫
研究资料

108. 张延国《试论李佩甫小说中的传奇化叙事》，《理论与创作》2004年第4期。

109. 卜海艳《何处是我家园——李佩甫面对乡村和城市的两难选择》，《信阳师范学院学报（哲学社会科学版）》2004年第4期。

110. 郝崇《〈羊的门〉的文化选择》，《长春工业大学学报（社会科学版）》2004年第4期。

111. 汪树东《直面城乡二元结构的价值迷思——评李佩甫的长篇小说〈城的灯〉》，《理论与创作》2004年第5期。

112. 黄艳芬《试论李佩甫笔下的基层权力》，《合肥学院学报（社会科学版）》2004年第3期。

113. 陈昭明《永远的乡土情结——李佩甫小说的人文情怀与审美范式》，《南昌大学学报（人文社会科学版）》2004年第5期。

114. 卜海艳《中原民众性格管窥——论〈羊的门〉中"'败'中求生，'小'处求活"的生存术》，《美与时代（下半月）》2004年第7期。

115. 姚晓雷《"绵羊地"和它上面的"绵羊"们——李佩甫小说中百姓一族的一种国民性批判》，《山东社会科学》2004年第8期。

116. 赵红杰《矛盾心态下的双重认同——评李佩甫的长篇新作〈城的灯〉》，《许昌学院学报》2005年第1期。

117. 路庆平《病的隐喻与城市批判——李佩甫〈城市白皮书〉的"病相"解读》，《平顶山学院学报》2005年第1期。

118. 刘涵华《简论李佩甫创作思想的嬗变——以〈金屋〉和〈城的灯〉为例》，《殷都学刊》2005年第1期。

119. 李丹梦《乡土理念的嬗变与持守：话语·价值·权力：析"中原突破"的深层意蕴》，《上海文学》2005年第2期。

120. 张晓辉《明灯抑或幻象？——解读李佩甫长篇小说〈城的灯〉》，《名作欣赏（下旬）》2005年第2期。

121. 刘绪义《家政治：城乡冲突中的生态符号——以李佩甫〈城的灯〉为例》，《理论与创作》2005年第3期。

122. 郭东辉《欲望与疼痛——论李佩甫小说人物形象》，《美与时代》2005年第4期。

123. 张月萍《刘汉香：一身诗意千寻瀑》，《平顶山学院学报》2005年第4期。

124. 张云《隐忍、冲撞、突围——〈城的灯〉中冯家昌"活"的哲学》，《许昌学院学报》2005年第6期。

125. 蔚蓝、小韩《城乡批判李佩甫》，《文化艺术报》2005年3月30日。

126. 潘称意《此城到彼城——〈城的灯〉中冯家昌形象的现实意义》，《时代文学》2006年第1期。

127. 荆爱珍、孙荣秀《试论李佩甫〈城的灯〉中的恶魔性因素》，《华北电力大学学报（社会科学版）》2006年第2期。

128. 张磊《城市边缘人的尴尬与悲哀——〈城的灯〉主人公人物形象解读》，《咸宁学院学报》2006年第2期。

129. 刘新锁、刘英利《道德立场的坚守与困境——对李佩甫小说的一种解读》，《江苏社会科学》2006年第5期。

130. 胡峰《城市的罪恶与乡村乌托邦——评李佩甫〈城的灯〉》，《山东教育学院学报》2006年第5期。

131. 李春《由李佩甫的小说创作看作家关于"乡土"的三种状态》，《时代文学（双月版）》2006年第6期。

132. 孙爱霞《生存困境中的人格裂变——〈城的灯〉之冯家昌的生存哲学解析》，《小说评论》2006年增刊。

133. 庞嘉季《一位老编辑的文学情怀——庞嘉季给李佩甫的一封信》，《大河报》2006年8月9日。

134. 李博微《论李佩甫小说的文化批判主题》，《开封大学学报》2007年第1期。

135. 李丹梦《卑贱的神圣之旅——李佩甫论》，《中国现代文学论丛》2007年第1期。

136. 沈新燕《从权欲叙述看作品精神内涵——以〈沧浪之水〉、〈城的灯〉、〈红煤〉为例》，《安徽文学（下半月）》2007年第2期。

137. 周飞伶《农民叙述的一种理性回归——试解读〈城的灯〉与〈天高地厚〉》，《广西师范学院学报（哲学社会科学版）》2007年第2期。

138. 朱晓科《李佩甫：〈等等灵魂〉》，《中文自学指导》2007年第3期。

139. 汪政《什么是最重要的》，《长篇小说选刊》2007年第3期。

140. 王志勤《李佩甫的艺术特征》，《宝鸡文理学院学报（社会科学版）》2007年第3期。

141. 马珂《物质之城与精神之城：突围中的挣扎——论〈城的灯〉中人物形象塑造》，《平顶山学院学报》2007年第4期。

142. 刘全志《用精神救赎异化的人性——论李佩甫小说〈等等灵魂〉的主题意蕴》，《平顶山学院学报》2007年第4期。

143.《李佩甫：物质时代的精神守望》，《出版人（图书馆与阅读）》2007年第5期。

144. 黄惟群《与其等等灵魂，不如等等文学》，《山西文学》2007年第5期。

145. 王志勤《论李佩甫的"权力情结"》，《郑州航空工业管理学院学报（社会科学版）》2007年第6期。

146. 段永建《论李佩甫小说对乡土叙事的固守与突破》，《天中学刊》2007年第6期。

147. 张玉凤《李佩甫小说的复仇者形象》，《文学教育（上半月）》2007年第12期。

148. 何向阳《为国民的"善美刚健"写作——李佩甫长篇小说〈等等灵魂〉》，《文艺报》2007年2月10日。

149. 左丽慧《李佩甫：给时代"提一个醒儿"》，《郑州日报》2007年2月13日。

150. 奚同发《一切尚待精神的救赎——长篇新著〈等等灵魂〉出版之际访作家李佩甫》，《文艺报》2007年2月17日。

151. 丁河月《谁的灵魂走失于权力之城》，《中华读书报》2007年3月21日。

152. 何向阳《对灵魂的追问、质询与重铸——评李佩甫长篇小说〈等等灵魂〉》，《大河报》2007年5月24日。

153. 陈茁《带领文学豫军实现"中原突破"——访新任省作协主席李佩甫》，《河南日报》2007年9月2日。

154. 李娟、马臣《男性的"圣母"想象——论李佩甫小说〈城的灯〉女性叙事的谬误》，《陕西理工学院学报（社会科学版）》2008年第1期。

155. 肖建国《善良的李尚枝》，《作品》2008年第1期。

156. 谭晋宇《论〈羊的门〉对现代性和国民性的思考》，《湖南人文科技学院学报》2008年第1期。

157. 卜海艳《赤子情围成的藩篱——论中原传统地域文化对李佩甫创作的负面影响》，《中州学刊》2008年第2期。

158. 李博微《论李佩甫小说的权力批判主题》，《名作欣赏》2008年第2期。

159. 王志勤《论李佩甫笔下的女性形象》，《牡丹江师范学院学报（哲学社会科学版）》2008年第3期。

160. 张艳《平原上的小草花——李佩甫小说中"花"的意象分析》，《安徽文学（下半月）》2008年第4期。

161. 冯源《憬悟与隐喻》，《绵阳师范学院学报》2008年第12期。

162. 《李佩甫：生命的根部在中原》，《中华读书报》2008年4月23日。

163. 赵秀莲《从中原草根阶层的生存之道看现代乡村国民性恪：评李佩甫小说〈羊的门〉》，《时代文学（下半月）》2009年第1期。

164. 丛坤赤《困境中的探寻：解读〈城的灯〉中的"乡下人进城"》，《现代语文（文学研究版）》2009年第1期。

165. 孙德喜《从〈羊的门〉看一个政治神话的诞生》，《常熟理工学院学报》2009年第1期。

166. 赵淑芳《论〈羊的门〉对鲁迅小说的精神传承》，《河南师范大学学报（哲学社会科学版）》2009年第2期。

167. 赵秀莲《评李佩甫小说〈羊的门〉》，《长城》2009年第4期。

168. 蒋有红《试析李佩甫小说创作中的男权意识》，《漯河职业技术学院学报》2009年第4期。

169. 张林贺《从李佩甫小说文化呈现看现代精神重塑的重要》，《河南商业高等专科学校学报》2009年第4期。

170. 陈英群《乡村社会权力的流变——李佩甫乡土小说的社会意义》，《当代文坛》2009年第5期。

171. 张磊《李佩甫的乡土文学世界》，《咸宁学院学报》2009年第5期。

172. 王文参《从〈等等灵魂〉看李佩甫对河洛文化的背离与超越》，《小说评论》2009年第6期。

173. 陈英群《挥之不去的乡土眷恋——管窥李佩甫的乡土小说世界》，《郑州大学学报（哲学社会科学版）》2009年第6期。

174. 曾凡《叙述的节奏与作家的心态——致李佩甫的一封信》，《文学报》2009年8月6日。

175. 孔会侠《盘旋在乡村上空的历史幽灵：论李佩甫笔下乡村统治者形象》，《三峡文化研究》2010年第1期。

176. 侯运华《"城的灯"映出人性的阴影——论李佩甫都市题材的小说创作》，《理论与创作》2010年第3期。

177. 邵燕君《画出中原强者的灵魂：李佩甫和他的〈羊的门〉》，《中国作家》2010年第5期。

178. 自由《脱壳而出的灵魂》，《新前程》2010年第5期。

179. 谷显明《现代化语境下农民进城的艰难历程——以〈人生〉、〈城的灯〉和〈泥鳅〉为例》，《文史博览（理论）》2010年第5期。

180. 段晓会、傅宗洪《城乡之间的人格路：评李佩甫的长篇小说〈城的灯〉》，《宜春学院学报》2010年第6期。

181. 杨建锋《权力欲求下的自我挣扎与精神迷失——浅谈〈羊的门〉中呼天成的权力经营》，《湖北经济学院学报（人文社会科学版）》2010年第

7期。

182. 郝崇《论李佩甫小说〈羊的门〉的生命哲学与批判精神》，《长城》2010年第10期。

183. 艾军《论李佩甫小说〈等等灵魂〉》，《河南农业》2010年第12期。

184. 孙宝灵《村支书原型呼天成——文学豫军笔下的村支书与河南人的官本位文化（一）》，《学理论》2010年第13期。

185. 马书红《漫漫求索路，启蒙当歌哭：我读李佩甫长篇小说〈城的灯〉》，《大众文艺》2010年第13期。

186. 陈国和《〈城的灯〉中的冯家昌》，《语文教学与研究》2010年第21期。

187. 孙宝灵《村支书群像——文学豫军笔下的村支书与河南人的官本位文化（二）》，《学理论》2010年第22期。

188. 孙宝灵、孙云华《官文化与精神边缘化——文学豫军笔下的村支书与河南人的官本位文化（三）》，《学理论》2010年第24期。

189. 洪治纲《"人场"背后的叩问与思考——论李佩甫的〈羊的门〉》，《名作欣赏》2010年第27期。

190. 孟凡东《病态社会的启示录：李佩甫〈城市白皮书〉散论》，《才智》2010年第28期。

191. 冻凤秋《中原厚土孕育优秀作家群——访河南省文联副主席、作协主席李佩甫》，《河南日报》2010年11月16日。

192. 王慧《犹疑与突破：新世纪语境下李佩甫城乡书写姿态》，《开封教育学院学报》2011年第1期。

193. 迟丽《李佩甫小说〈送你一朵苦楝花〉叙述视角分析》，《大众文艺》2011年第3期。

194. 刘刚《传奇及其背后——论〈羊的门〉的悲剧意义》，《殷都学刊》2011年第3期。

195. 王平《解读李佩甫的〈羊的门〉》，《文学教育（下）》2011年第4期。

196. 阿让《学习不微笑》，《长江师范学院学报》2011年第5期。

197. 陈英群《浅析李佩甫小说中的下岗女工形象》，《作家》2011年第6期。

198. 张琳《政治权力下的人性悲歌》，《当代小说》2011年第8期。

199. 艾燕萍《何为明灯——〈泥鳅〉与〈城的灯〉农民工进城叙事比较》，《青春岁月》2011年第10期。

200. 赵柳月、刘保亮《论李佩甫小说的爱情叙事伦理》，《名作欣赏》2011年第27期。

201. 周阳、周水涛《冯家昌的进城之旅及其精神困厄——兼谈农民后代进城的精神历程》，《名作欣赏》2011年第27期。

202. 桂娟《红旗渠精神语言：顶天立地的"活"——专访河南省作协主席李佩甫》，《新华每日电讯》2011年10月23日。

203. 张晓梅《论李佩甫90年代以来乡村小说的当代性》，《现代语文（教学研究版）》2012年第1期。

204. 谢红丽《也论李佩甫笔下的权力一族》，《文学界（理论版）》2012年第3期。

205. 郭中平《述评李佩甫的〈送你一朵苦楝花〉》，《现代语文（教学研究版）》2012年第3期。

206. 赵丽萍《呼天成的权力运作之术——评李佩甫的〈羊的门〉》，《群文天地》2012年第3期。

207. 陈超《新世纪底层叙事中农民市民化审美形象的构建——以李佩甫〈城的灯〉为中心》，《长春工业大学学报（社会科学版）》2012年第3期。

208. 邓小红《李佩甫对叙事视角转换的探索》，《平顶山学院学报》2012年第4期。

209. 汤晨光《〈羊的门〉和道家思维》，《广西师范学院学报（哲学社会科学版）》2012年第4期。

210. 程德培《李佩甫的"两地书"——评〈生命册〉及其他六部长篇小说》，《当代作家评论》2012年第5期。

211. 李中华《李佩甫小说创作与道家文化》，《名作欣赏》2012年第5期。

212. 黄轶《批判下的抟塑：李佩甫"平原三部曲"论》，《当代作家评论》2012年第5期。

213. 杨艳全《故乡之恋与家园突围：冯家昌"侉子"形象分析》，《文学界（理论版）》2012年第5期。

214. 李佩甫、舒晋瑜《看清楚脚下的土地》，《上海文学》2012年第10期。

215. 束辉《悬念生辉——谈李佩甫〈生命册〉的情节设置特点》，《平顶山学院学报》2012年第6期。

216. 吴彬《"戏"说〈申凤梅〉——评李佩甫长篇小说〈申凤梅〉》，《石河子大学学报（哲学社会科学版）》2012年第6期。

217. 苗梅玲《用生命细述"生命"——李佩甫访谈》，《东京文学》2012年第6期。

218. 刘涛《一篇乡村女人的史诗：读李佩甫〈虫嫂〉》，《东京文学》2012年第6期。

219. 侯耀忠《一部平原人厚重的"人生哲学"：读李佩甫的长篇小说〈生命册〉》，《党的生活》2012年第6期。

220. 杨秋意《你能逃离乡村有多远——读李佩甫长篇小说〈生命册〉》，《农村·农业·农民（A版）》2012年第6期。

221. 刘菲《城乡之间的人生　致命飞翔的生命：评李佩甫〈城的灯〉》，《北方文学（中旬刊）》2012年第7期。

222. 王阳《权力笼罩下的男女关系模式——浅析李佩甫〈羊的门〉、〈城的灯〉、〈等等灵魂〉》，《北方文学（下半月）》2012年第7期。

223. 孔会侠《以文字敲钟的人：李佩甫访谈录》，《创作与评论》2012年第8期。

224. 甘浩《轻俏时代的文学忧伤——李佩甫小说的叙事伦理分析》，《创作与评论》2012年第8期。

225. 杨秀丽《欲望都市下的人性裂变与文化转向》，《安徽文学（下半月）》2012年第8期。

226. 杨春风《歌者·思者·忧者：李佩甫精神形象》，《创作与评论》2012年第8期。

227. 霍艳《通天人物，一只变味的羊》，《中国图书评论》2012年第10期。

228. 束辉《你是我对那土地的回忆——李佩甫小说美学分析》，《北方文学（下半月）》2012年第11期。

229. 曾洪军《一部批判"权力"现象的力作——重读李佩甫〈羊的门〉》，《名作欣赏》2012年第23期。

230. 孙竞《知识分子的内省书——访作家李佩甫》，《文艺报》2012年4月2日。

231. 文一《李佩甫新作描绘从乡村到城市的"浮世绘"》，《人民日报（海外版）》2012年4月3日。

232. 金涛《让认识照亮生活——河南省作协主席李佩甫谈新作〈生命册〉》，《中国艺术报》2012年4月9日。

233. 秦华《把人当作"植物"写——访河南省作协主席李佩甫》，《郑州日报》2012年4月13日。

234. 王波《李佩甫：贫穷才是万恶之源》，《中国青年报》2012年4月17日。

235. 潘启雯《土地孕育忠诚也滋生叛逆——评李佩甫〈生命册〉》，《大众日报》2012年4月20日。

236. 舒晋瑜《李佩甫：上网写字不能叫创作》，《中华读书报》2012年4月25日。

237. 李树友《深度挖掘中原文化底蕴的扛鼎之作——评李佩甫的长篇小说〈生命册〉》，《汴梁晚报》2012年6月9日。

238. 奚同发《河南研讨李佩甫长篇新作〈生命册〉》，《文艺报》2012年6月18日。

239. 江天《坚韧是生命的脊梁——读李佩甫〈生命册〉》,《新民晚报》2012年7月29日。

240. 曾镇南《李佩甫长篇小说〈生命册〉:剧变时世中的畸人列传》,《文艺报》2012年8月29日。

241. 舒晋瑜《坚守"平原"这片写作领地——河南省文联副主席、作协主席李佩甫谈"中原作家群"》,《光明日报》2012年8月31日。

242. 刘洋《李佩甫:"中原作家群"要"背负着土地行走"》,《河南日报》2012年9月3日。

243. 姬小琴《从乡村到城市的生命图册——读李佩甫〈生命册〉》,《光明日报》2012年9月15日。

244. 石绍河《乡土是我们永远的背景——读李佩甫长篇小说〈生命册〉》,《张家界日报》2012年9月18日。

245. 王晓欣《李佩甫:平原就是我的写作领地》,《河南日报》2012年12月14日。

246. 慧子《生命的轻与灵魂的重——读李佩甫的长篇小说〈生命册〉》,《淄博日报》2012年12月21日。

247. 张晓峰《展时代变迁 铸心灵史诗——读李佩甫获奖长篇小说〈生命册〉》,《京郊日报》2012年12月24日。

248. 舒晋瑜《李佩甫:〈生命册〉是我的"内省书"》,《中华读书报》2012年12月26日。

249. 王学谦、汪大贺《焦虑的心灵,破碎的土地:李佩甫长篇小说〈生命册〉的情感世界与价值指向》,《华夏文化论坛》2013年第1期。

250. 晏杰雄、周刍《人与土地的融合或背离——〈生命册〉中的人物群像》,《文艺争鸣》2013年第1期。

251. 曾云《"母亲、爱人、妻子"与"目标、道德、结果":浅析李佩甫小说〈城的灯〉中的女性形象和挺进城市之路》,《剑南文学(经典阅读)》2013年第2期。

252. 马治军、鲁枢元《超越城乡对立的精神生态演绎:从〈红蚂蚱 绿蚂蚱〉到〈生命册〉》，《南方文坛》2013年第2期。

253. 邹文律《平原上盛开的红花——论李佩甫〈羊的门〉的乌托邦书写》，《清华学报》2013年第2期。

254. 张维阳《论李佩甫的"平原三部曲"》，《小说评论》2013年第2期。

255. 王学谦《李佩甫：一个被低估的作家》，《小说评论》2013年第2期。

256. 周志雄《论李佩甫长篇小说〈生命册〉》，《小说评论》2013年第2期。

257. 何弘《坚忍的探索者和深刻的思想者》，《小说评论》2013年第2期。

258. 王海涛、张纪娥《多维批判视野下的〈生命册〉》，《小说评论》2013年第2期。

259. 申霞艳《乡土中国的权力结构及其变迁——〈生命册〉与〈羊的门〉对照阅读》，《扬子江评论》2013年第2期。

260. 成艳军《人性的扭曲与裂变——论〈羊的门〉中孙布袋的人物形象》，《开封教育学院学报》2013年第2期。

261. 罗光琼《周大新、李佩甫小说中农村女性形象的比较研究：以〈湖光山色〉、〈城的灯〉为例》，《北方文学（下旬）》2013年第4期。

262. 刘军《〈生命册〉："爱欲与文明"的纠葛与疏离》，《扬子江评论》2013年第4期。

263. 孔会侠《写意中原——李佩甫印象》，《扬子江评论》2013年第4期

264. 张正华《解读李佩甫"平原三部曲"中的女性人物》，《长城》2013年第4期。

265. 李鲁平《李佩甫：写透中原大地——五〇后作家访谈录之七》，《芳草》2013年第5期。

266. 王学谦《田园与反田园叙事的混合：论李佩甫〈红蚂蚱　绿蚂蚱〉及现代田园小说审美传统》，《文艺争鸣》2013年第6期。

267. 杨艳全《农裔知识分子入城的生命图册》，《文学教育（中）》2013年第9期。

268. 何弘《李佩甫的艺术探索》，《芒种》2013年第11期。

269. 王学谦《人物与灵魂的深度：评李佩甫的长篇小说〈生命册〉》，《芒种》2013年第11期。

270. 刘芳《试论李佩甫家族文化之权力意识》，《语文学刊（高等教育版）》2013年第11期。

271. 侯芳《寻找属于自己的精神家园——解读李佩甫〈生命册〉》，《淮海工学院学报（人文社会科学版）》2013年第16期。

272. 徐光临《从〈羊的门〉看讽刺手法的运用》，《芒种》2013年第22期。

273. 张晓峰《时代变迁的心灵史诗——读李佩甫长篇小说新作〈生命册〉》，《北海日报》2013年1月26日。

274. 朱田文《展示生命的多样性和复杂性——读李佩甫的长篇小说〈生命册〉》，《宁波日报》2013年2月25日。

275. 谭高《时代变迁的心灵史诗——读李佩甫的长篇小说〈生命册〉》，《湄洲日报》2013年3月6日。

276. 陈进武《高度警惕"恶"对文学价值的损害》，《中国社会科学报》2013年5月6日。

277. 王陌尘《李佩甫：黑暗王国的揭秘者》，《北京日报》2013年5月16日。

278. 赵国栋《先行者的悲剧——李佩甫中篇小说〈寂寞许由〉读后》，《汴梁晚报》2013年9月28日。

279. 杨海羽《〈生命册〉和〈城的灯〉中"回不去"意蕴层分析》，《青春岁月》2014年第1期。

280. 王春林《"坐标轴"上那些沉重异常的灵魂——评李佩甫长篇小说〈生命册〉》，《文艺评论》2014年第1期。

281. 李文《谈李佩甫〈生命册〉中城乡互照关系的书写》，《重庆工贸职业技术学院学报》2014年第1期。

282. 苗变丽《〈生命册〉：乡村和城市相继溃败后乡关何处》，《河南大学学报（社会科学版）》2014年第1期。

283. 楚天遂《用真情和灵魂写作——评李佩甫长篇小说〈生命册〉》，《郑州师范教育》2014年第2期。

284. 孔会侠《论三位老人形象的现实寓意：从呼天成、夏天义、孟八爷的形象谈起》，《小说评论》2014年第3期。

285. 沈昕莘《李佩甫〈生命册〉中吴志鹏形象解读》，《文学教育（下）》2014年第3期。

286. 王萍《论〈生命册〉城乡叙事中的精神生态》，《兰州学刊》2014年第4期。

287. 余海燕《〈送你一朵苦楝花〉的叙事矛盾和矛盾叙事》，《合肥师范学院学报》2014年第4期。

288. 孔会侠《"三十二年后"的"外子"叙述——论李佩甫的叙述视角和结构》，《平顶山学院学报》2014年第6期。

289. 肖玉风《论李佩甫小说中的乡下人进城——以〈城的灯〉和〈生命册〉为例》，《许昌学院学报》2014年第6期。

290. 胡勇《不畏挫折，不甘沉沦：评李佩甫中篇小说〈学习微笑〉》，《佳木斯职业学院学报》2014年第8期。

291. 王学谦、汪大贺《"吃人"悲剧的当代叙事——李佩甫〈送你一朵苦楝花〉与鲁迅〈狂人日记〉的精神联系》，《学术交流》2014年第9期。

292. 刘超越《浅谈〈送你一朵苦楝花〉中体现的复调性》，《大众文艺》2014年第24期。

293. 刘春香、吕桓宇《李佩甫：没有人的景，永远不是一个活的景》，《河南日报》2014年10月16日。

294. 刘静《在逃离和追逐中审视灵魂——读李佩甫〈城的灯〉有感》，《河南电力报》2014年12月26日。

295. 张正华《灵魂的灯——解读〈城的灯〉中刘汉香形象》，《吉林广播电视大学学报》2015年第2期。

296. 刘晓洁、周春英《背叛的宿命与幸运的羔羊——论李佩甫笔下冯家昌与呼国庆两位人物形象》,《名作欣赏》2015年第5期。

297. 尚亚菲《乡村个体的群体突围——以〈城的灯〉中的冯家昌为例》,《华北水利水电大学学报（社会科学版）》2015年第5期。

298. 张少委《论李佩甫小说的苦难叙事》,《许昌学院学报》2015年第6期。

299. 沈嘉达、方拥军《现代性追求及其"真正的敌人"——李佩甫的"平原三部曲"论略》,《小说评论》2015年第6期。

300. 何弘《现代化进程中的众生命相——评〈生命册〉兼议当代长篇小说创作》,《当代作家评论》2015年第6期。

301. 王治国《论"中原三部曲"民间书写的多样性及其限度》,《文艺评论》2015年第7期。

302. 孔会侠《李佩甫："过程是不可超越的"》,《名人传记（上半月）》2015年第10期。

303. 刘芳《试论李佩甫文学创作的乡土情结》,《芒种》2015年第11期。

304. 周春英《论阎连科、李佩甫小说中的乡村干部形象》,《中国现代文学研究丛刊》2015年第11期。

305. 陈晴晴《论李佩甫的"我的平原"》,《西江文艺（上半月）》2015年第12期。

306. 刘芳《李佩甫文学创作的叙事特点》,《作家》2015年第12期。

307. 刘定中《苦难的屈辱的可敬的——解读长篇小说〈生命册〉中虫嫂形象》,《湖南文学》2015年第12期。

308. 付玉《揭开人情交往的面纱——李佩甫〈羊的门〉》,《芒种》2015年第18期。

309. 艾军《独特的结构与奇异的意象——李佩甫小说〈生命册〉的研究》,《作家》2015年第24期。

310. 张文娟《为生命绘图——读李佩甫长篇小说〈生命册〉》,《名作欣赏》2015年第32期。

311. 奚同发《想了解深层中国，就去看乡土小说——贾平凹、李佩甫中原对话》，《河南工人日报》2015年6月11日。

312. 何弘《李佩甫：坚忍的探索者和思想者》，《光明日报》2015年8月18日。

313. 郭利《叩问生命与灵魂的历史长卷——读李佩甫长篇小说〈生命册〉》，《新消息报》2015年9月21日。

314. 刘秀娟《李佩甫：文学是社会生活的"沙盘"》，《文艺报》2015年9月28日。

315. 寇宝刚《中原大地的灵魂图册——李佩甫平原三部曲印象》，《河南电力报》2015年9月29日。

316. 苏鹏《乡土中国的"人物志"——评李佩甫的长篇小说〈生命册〉》，《文艺报》2015年10月9日。

317. 王平《感谢生养我的"平原"——记河南省优秀专家、第九届茅盾文学奖获得者李佩甫》，《河南日报》2015年10月15日。

318. 卢楚函《李佩甫，背着土地行走》，《环球人物》2015年第24期。

319. 陈冲《从茅奖进入李佩甫的文本》，《文学报》2015年12月3日。

320. 方志红《重复的意义——论李佩甫小说中的重复》，《信阳师范学院学报（哲学社会科学版）》2016年第1期。

321. 李群《文学是生活的"沙盘"——"李佩甫与河南文学"专题座谈会纪要》，《信阳师范学院学报（哲学社会科学版）》2016年第1期。

322. 樊会芹《中原赤子的深沉思考——李佩甫〈生命册〉主题论》，《信阳师范学院学报（哲学社会科学版）》2016年第1期。

323. 姚龙雪《李佩甫〈豌豆偷树〉与鲁迅〈狂人日记〉之比较》，《许昌学院学报》2016年第1期。

324. 刘海军、吴平一《论李佩甫"平原三部曲"的情感表现——以〈城的灯〉为中心》，《许昌学院学报》2016年第1期。

325. 唐小林《躲在土地背后：李佩甫〈生命册〉的形式分析》，《许昌学院学报》2016年第1期。

326.寇宝刚《对中原大地的灵魂扫描——李佩甫平原三部曲印象》，《河南电力》2016年第1期。

327.《人物与灵魂的深度——评李佩甫的长篇小说〈生命册〉》，《天津社会保险》2016年第1期。

328.李振《抵达故乡，我即胜利？——读〈生命册〉》，《中国现代文学研究丛刊》2016年第2期。

329.尹静《转型期乡土知识分子的罪与罚——论李佩甫的长篇小说〈生命册〉》，《河北科技师范学院学报（社会科学版）》2016年第2期。

330.李仲凡、康晓丹《李佩甫的地理经验与小说重写》，《临沂大学学报》2016年第2期。

331.李洋洋《现代理性精神烛照下的人物群像——论李佩甫的"中原三部曲"》，《安徽文学（下半月）》2016年第3期。

332.申慧芳《论李佩甫小说〈生命册〉中的地母原型》，《成都师范学院学报》2016年第3期。

333.李芳芳《浅析〈生命册〉叙事结构及深层意蕴》，《绥化学院学报》2016年第3期。

334.常如瑜《论〈生命册〉中的生态意识》，《河南师范大学学报（哲学社会科学版）》2016年第4期。

335.郑萌《论〈生命册〉中的生存困境与救赎意识》，《华北水利水电大学学报（社会科学版）》2016年第4期。

336.高文华《〈生命册〉的叙事艺术探析》，《北方文学（下旬）》2016年第4期。

337.吴圣刚《李佩甫平原叙事的社会学意义》，《小说评论》2016年第4期。

338.黄高锋《〈生命册〉：生态忧虑与人文关怀》，《当代作家评论》2016年第4期。

339.徐江涛《勘探被忽略的存在——读李佩甫〈城的灯〉》，《名作欣赏》2016年第5期。

340. 唐小林《李佩甫的小说"配方"》，《文学自由谈》2016年第5期。

341. 张欢 《古代文论视域下的〈生命册〉》，《文艺评论》2016年第5期。

342. 孔会侠《李佩甫小说论》，《小说评论》2016年第5期。

343. 郑瑞娟《乡下人进城的苦难书写——以李佩甫小说〈城的灯〉〈生命册〉为例》，《美与时代（城市版）》2016年第5期。

344. 吴珊珊《〈生命册〉：个体生命的叙事伦理建构》，《湖北文理学院学报》2016年第6期。

345. 李青《〈生命册〉中引号所包含的语言艺术特色分析》，《湖北函授大学学报》2016年第6期。

346. 刘蕊《用另一种眼光解读李佩甫——从〈生命册〉看乡土文化》，《湖北科技学院学报》2016年第6期。

347. 铁艳艳《守护与改造：挺进城市的精神与希望之灯——〈城的灯〉中刘汉香形象分析》，《艺术科技》2016年第6期。

348. 高慧雯《论〈生命册〉对现代化进程的批判与思考》，《白城师范学院学报》2016年第7期。

349. 吴圣刚《李佩甫与中原文化的叙述方式》，《中州学刊》2016年第8期。

350. 刘蕊《挣扎的灵魂——对〈生命册〉中女性形象的解读》，《鸡西大学学报》2016年第7期。

351. 艾军《历史观照下的中原乡民生态群落——对李佩甫小说〈生命册〉的解读》，《兰州教育学院学报》2016年第10期。

352. 许丽萍《论李佩甫〈生命册〉中人物群像的深层意蕴》，《北方文学》2016年第15期。

353. 王诗雨《论李佩甫〈城的灯〉城乡叙事中的审美想象》，《名作欣赏》2016年第15期。

354. 铁艳艳《中原乡村双重生存困境中的逃离与坚守——〈城的灯〉中冯

家昌与刘汉香形象解读》，《新闻研究导刊》2016年第15期。

355. 李梦园《〈城的灯〉——城内的辉煌，城外的悲伤》，《人间》2016年第19期。

356. 曹玉霞《"乡下人进城"小说中人物生存图景探究》，《名作欣赏》2016年第23期。

357. 冯跃华《〈生命册〉与当代中国的人、都市、乡村》，《名作欣赏》2016年第23期。

358. 杨东明《其人其文其格——浮思李佩甫》，《大河报》2016年3月25日。

359. 雪野《用文学为民族点灯——读李佩甫〈生命册〉》，《兰州日报》2016年5月20日。

360. 吴兴刚《拷问现实中的人性——读李佩甫〈等等灵魂〉》，《攀枝花日报》2016年7月1日。